文成天縱

太行山笔记

阮章竞手稿四种

（上）

阮援朝 编

GUANGXI NORMAL UNIVERSITY PRESS
广西师范大学出版社
·桂林·

太行山笔记：阮章竞手稿四种
TAIHANG SHAN BIJI: RUAN ZHANGJING SHOUGAO SI ZHONG

出版统筹：汤文辉
出 品 人：乔祥飞
责任编辑：刘一江
责任校对：闫　曦
责任技编：王增元
书籍设计：田　洁

图书在版编目（CIP）数据

太行山笔记：阮章竞手稿四种：上、下 / 阮援朝编. -- 影印本. 桂林：广西师范大学出版社，2024. 8. -- ISBN 978-7-5598-7114-5

Ⅰ. I267.5

中国国家版本馆 CIP 数据核字第 202426MH68 号

广西师范大学出版社出版发行
（广西桂林市五里店路 9 号　邮政编码：541004
网址：http://www.bbtpress.com）
出版人：黄轩庄
全国新华书店经销
三河弘翰印务有限公司印刷
（三河市黄土庄镇二百户村北　邮政编码：065200）
开本：787 mm × 1 092 mm　1/16
印张：80.5　　　字数：1 288 千
2024 年 8 月第 1 版　　　2024 年 8 月第 1 次印刷
定价：1800.00 元（上、下）

阮章竞

（摄于 20 世纪 90 年代）

阮章竞（左）在太行山

（摄于 1963 年春）

与太行剧团成员合影

前排左起：张振亚、阮洪鹰（阮章竞长子）、贾宗谊、李叔勤；后排左起：夏洪飞、唐方印、阮章竞（1946 年摄于焦作）

前　言

我的父亲阮章竞先生是个靠自学和勤奋而取得文学艺术成就的人。他在 1947 到 1949 年间创作的长诗《圈套》《漳河水》及歌剧《赤叶河》，在中国现当代文学史上留下了不灭的印记；他的童话诗《金色的海螺》，已成为 20 世纪中国儿童文学的经典；他描写中共阵营知识分子心路历程的长诗《漫漫幽林路》和小说《山魂》三部曲，是他为同代人无悔青春所作的真实记录；他的《阮章竞绘画篆刻选》是他一生酷爱美术的心血结晶。

我的祖父是个贫苦的渔民，子女多，负担重，不能给父亲接受完整教育的机会。所幸，在父亲的童年时代，我们的家乡广东省香山县（今中山市）因靠近香港、澳门的缘故，是一个得风气之先的地方。那时的香山乡下，有历史沿袭下来的宗族制度，乡民们怀宗念祖，重视教育，男孩子中很少有文盲。哪怕只是上几年乡塾，也是家家都要努力做到的。家乡的华侨很多，虽然大多靠出卖劳力谋生，但凭胆气、谋略成功的人士也不少，上海南京路上的四大百货公司，全部是香山籍人士的产业。父亲强烈的民族自强意识，应当是由此而来。父亲还是个有强烈“存史”意识的人，也许这种意识就生长在家乡民风中那些礼敬先贤、追思邈远的传统仪规里。正是通过这些古老仪式，中国人对历史的信仰，悄无声息地种进了父亲的心中。

父亲生于 1914 年 1 月 31 日（农历正月初六）。他 9 岁开蒙，13 岁就辍学到油漆店当学徒，17 岁出徒后，很快成了能独立完成工作的油漆画匠。虽然他排行第六，却是第一个能为家里挣钱的孩子。这样的经历，使性格内敛的他，面对生活充满勇气和自信。

1934 年，家乡经济凋敝，20 岁的父亲到上海，靠画工手艺谋生。他很快就投入了左联主导的抗日救亡歌咏运动，由此选择了中国共产党领导的政治方向。1937 年 8 月，淞沪抗战爆发。在离开上海时，他将自己三年多时间里所记录和创作的文字资料，存放在中山老乡何少菱那里（当时他在何经营的菱花照相馆做美术设计工作，以此换来吃住）。1951 年他回上海考察“三反”“五反”运动，特意找到何老板想取回那些资料，得知资料已为兵燹所毁，大失所望。何老板只能为这位 14 年未见的老乡精心拍摄一张着色靓照，以示歉意。

1937 年 12 月中旬，父亲撤退到了武汉，他没有接受继续参加左翼音乐活动的建议，而是在冼星海的安排下，毅然北上太行山，投入到抗击日本侵略军的前线战斗中去。12 月 30 日父亲从河南清化县，朝陵川方向登上了太行山。从此，他在这雄伟群山中生活战斗了 12 年，经历了抗日战争中在那里发生的所有战斗，也由此开始了他的文学生涯。

初上太行，他先做了三个月地方游击队的指导员。在一次邂逅长谈之后，中共中央北方局军事部部长朱瑞任命他担任新组建的“国民革命军第十八集团军第八路军太行山剧团”的艺术和政治指导员，后任团长。1939 年底，他被选为中华全国文艺界抗敌协会晋东南分会常务理事。在剧团，他是才华横溢的多面手，不单写剧本，做导演，又是化妆师、美工师，还能自己谱曲，演奏乐器，画壁画，并兼任“前方鲁艺”的戏剧导演课教员。

父亲从来都认为自己是一个抗战的“群众工作者”，文学艺术是他工作的手段。为了使以文盲、半文盲为主的山民，能看懂、听懂剧团的演出，他开始用当地的民歌小调填词，向士兵和农民展开全民抗战的动员工作。本书中的第一部分，就是他在太行山期间收集的民间语言。在日寇严酷的“剔抉清剿”“梳篦战术”中，每当敌情紧迫，必须轻装行军时，他都会把当时手头的文字资料“坚壁”起来：或埋在地下，或藏入树洞、墙洞中。但能找回来的，终是少数。他在 1941 年之前所有的作品和记录，全部毁失殆尽，只有 1941 年下半年以后的三本抗战时期的笔记本保存了下来。

1944 年 1 月 24 日（农历除夕），他接到通知，漏夜赶往太行区委党校报到，参加整风学习。让人始料未及的是，这一期的整风竟然长达一年四个月。当时匆忙赶路数十里前去报到，根本来不及对手边的文字材料进行整理。整风采用的封闭管理，也让他无法对没有带到党校的资料做任何处置，使他又损失了一批手稿和笔记。

抗战胜利后，军队转到外线作战，根据地相对平静，群众工作的重心也从战斗转到土地革命。父亲此时已到太行区文联担任戏剧部长，后任太行区党委文委委员。他仍然作为“群众工作者”，一度带领工作团到安阳西部的东、西积善村进行土改复查工作。

这时，资料保存的客观条件得到很大改善。即使这样，能在社会大变动的背景下，有意识地保存资料的人，也并不太多。父亲的“存史”意识，在这里凸显出来。本书的第二和第三部分就是这一阶段的记录。

父亲固然是以一个文学家的身份，为积累写作素材而存史，但更为重要的是，他从来都认为文学艺术是为时代和人民服务的。所以他对亲自经历的社会变革，始终充满了热情，对在社会变革中做出牺牲的战友、乡亲，始终抱有一份“后死者”的责任心和使命感，要为他们留下文字的记录。

中华人民共和国成立后，父亲历任华北局宣传部文艺处长、副秘书长；中国作家协会党总支书记、肃反五人小组成员；包头钢铁公司党委委员、宣传部长；《诗刊》第一副主编等职。但他心向往之的是文学艺术创作。

父亲在日寇宣布投降，参加大反攻进入焦作时，就决定要用长篇小说的形式把八年中太行军民的拼死抗战写下来。这部小说的创作，不但被各种“群众工作”和政治运动打断，还要为政治环境的变化，不断改变构思。直到父亲 2000 年 2 月逝世，这部 81 万字的小说历时 53 年，最终只发表了第一卷《霜天》的 45 万字。本书第四部分《重回太行山笔记》，是继 1947 年 3 月初稿、1954 年 11 月二稿之后，为第三稿的创作而再次进行的素材收集。

“文革”结束后，父亲被选为第五届全国政协委员，担任了北京作家协会第一任主席和名誉主席。他在后期的创作中，不断发表以太行山生活体验为素材的文学和绘画作品。他自己在 1982 年写的《〈漳河水〉第二次修订版序言》里说：“抗日战争是我一生最重要的时期。它决定了我对祖国、对人民、对爱好、对工作、对人生一切的基本态度。生存与死亡，自由与奴役，个人与祖国，爱情与国家命运，牧歌与弹啸，田园风光与战地烟云，无不都在决斗的环境气氛中。要做一个诗人，首先不能随心所欲。道理很简单，不打败日本法西斯，所有的中国人都逃脱不了当亡国奴的命运，诗人也难幸免。”

本书选取的四种笔记，从三个不同的角度记录了 20 世纪 40 年代太行山的历史状态：民间语言、资源再分配和战争中的普通民众。这些状态以原始的面目展现，没有加工，没有干预，既不精致也不纯粹。它不是从第三人称出发的“田野调查”，而是一位革命知识分子第一人称的“田野生存记录”。本书的出版，提供了一个从原始材料的研究思考中见仁见智的可能性。我想这正是父亲“存史”的原因吧。

在“文革”中，父亲曾万分痛心地砸碎过收藏的铜佛坐像，焚毁过黄胄的国画，磨去过刻在一方端砚底部自己的篆刻作品《黔之驴》……但从未想过要毁掉这一批笔记。

他在长诗《漫漫幽林路》中说：

有权封住今人口，
无能捆住后人手。

问圣贤，知道不知道，

历史，从来就不怕斧头！

除了本书收录的太行山笔记四种，他留下的89种笔记中还有：1946年太行第二届群英会时在武委会上做的会议记录；1950年—1954年在华北局宣传部时期的工作笔记；1956年—1959年在包钢建设中的工作笔记；1961年访问墨西哥、古巴两个拉美国家，并亲历"吉隆滩战役"的前线笔记；等等。这批笔记都弥足珍贵。

为了维护住父亲"存史"的愿望，我们将他全部的笔记赠给了国家图书馆。

父亲个人记录的历史片断能够留存、面世，对先人可说是最好的纪念了。

阮援朝

2016年10月

目　录

民间语言记录

关于《民间语言记录》

阮章竞先生是广东中山人，他出生的沙溪乡是讲隆都话的。这是一种由闽南语演化来的方言，与中山县城所操的石岐话大为不同，在广府白话方言区内，属于另类的方言孤岛。

在动员民众参加抗日战争的文化工作中，他深刻认识到，面对以文盲、半文盲为主的民众，用他们喜闻乐见的方式说话，是相互沟通的头等重要大事。

他初到北方，方言的差别是巨大的障碍。他不但要尽快听懂偏远山区的方言，还要用北方语言来写作，需要花大气力去学习和积累。这种学习积累成了他一辈子的习惯，也成就了他文学语言的风格。被称为民歌体叙事诗巅峰之作的新诗《漳河水》在语言上的光彩，庶几发源于此。

最早在 1938 年 9 月，他就用当地民歌《卖扁食》的曲子填词写入他创作的话剧《巩固抗日根据地》。战火中，他创作的绝大多数戏剧的文本都佚失了，却有《秋风曲》《牧羊儿》两首插曲，在民间口口相传，中华人民共和国成立后被基层文化馆收集进了民歌集，而重新回到作者手中。

在阮章竞先生留下的 80 多册笔记中，每册都有记录下的群众语言。集中做专门记录，是在 1939 年 11 月。当时太行山剧团分散到辽县的许多村庄开展农村戏剧活动，在剧团团员们的共同努力下，他记录了一整本民歌小曲。有辽州小调、小花戏、襄（垣）武（乡）祁（县）太（谷）秧歌，这些都是民间生活的反映。还有上党宫调、中路梆子和武安落子，就是帝王将相、才子佳人等古代故事了。可惜这个笔记本被一个音乐工作者借去，再未归还，让他遗憾终生。

本书所收的两本语言记录，记录之一记于 1942 年。这是太行山根据地频遭日寇残酷扫荡的一年。有年初开始的“年关大扫荡”，八路军总部被包围、左权殉国的“五月大扫荡”和接下来的“秋季大扫荡”。阮章竞在年关扫荡后患伤寒住院治疗，在 5 月的扫荡中又两处负伤，经过一次麻药失效的手术后，被时任县委书记的妻子赵迪之接到位于根据地腹心地区的武乡县养伤，入冬才回到剧团的领导岗位。

这一本记录中有文字的页面有 101 页，约 2.3 万字，多是方言、歇后语等生动活泼的群众语言。他这一年的活动地域是在武乡、黎城、武安一带。

记录之二的开始时间是 1948 年 3 月，与本书第三部分中的《土改纪事录》在时间上是相同的。从中亦可看出，阮章竞记录语言与记录工作是分为两个系统的。而根据本书 149 页提到 1951 年 11 月 11 日“人民日报王谦的山西老区五个农村情况调查报告”，记录的结束时间应该在 1951 年底前后。

这一本记录中有文字的页面有 48 页，约 1.4 万字。语言中与政治活动相关的内容比例有所增加。

1948 年初，因太行区的部队主力已在半年前南渡黄河，转入外线作战，根据地相对平静。当时阮章竞已在太行文联任戏剧部长一年有余，并写出了歌剧《赤叶河》、长诗《圈套》这两部以后被选入“中国人民文艺丛书”的作品（后写的《漳河水》也被选入此套丛书）。

1948 年 3 月 5 日，他参加太行区党委的安阳土改工作团并任团委，到了河南安阳的东、西积善村。5 月底结束土改回机关，担任太行区党委文委委员。因为妻子时任邢台市委宣传部长，华北局也常在石家庄开会，他的活动范围有所扩大。

1949 年 3 月，他完成了《漳河水》的初稿。第二部《荷荷》中的诗句：

种谷要种稀留稠，
娶妻要娶个剪发头。

种玉茭要种“金皇后”，
嫁汉要嫁个政治够。

就可以在这册笔记中看到原始采风的痕迹。

安阳土改后这段时间收集民间语言的工作是怎样穿插进行的，未见其他材料。

YXUI
Xungxuang 1942.

"兔子不吃窝边草"
"扣掐鬼"(吝啬汉)
"扎一刀不出血"
"抗战一年，大米白面，抗战二年，小米乾饭，抗战三年，糠屁股露蛋"(战士们谈抗战中生活逐渐艰苦同时也带讽刺之意味)
"烧火做饭，养儿抱蛋"(社会上轻视女性的俗语)
"宰相肚里能撑船"，(宽洪大量)
"你不放屁谁能闻到臭呢"？(你不说话谁能知道)
"毛厕石头"(又臭又硬)
"养儿待老，种竹傍居"(社会中对儿子的态度)
"人走运气马走膘，兔子走的背时运，兔子走了运，鸟枪也打不着。"
"天不变地不变"(言世界永恒是一个样的)

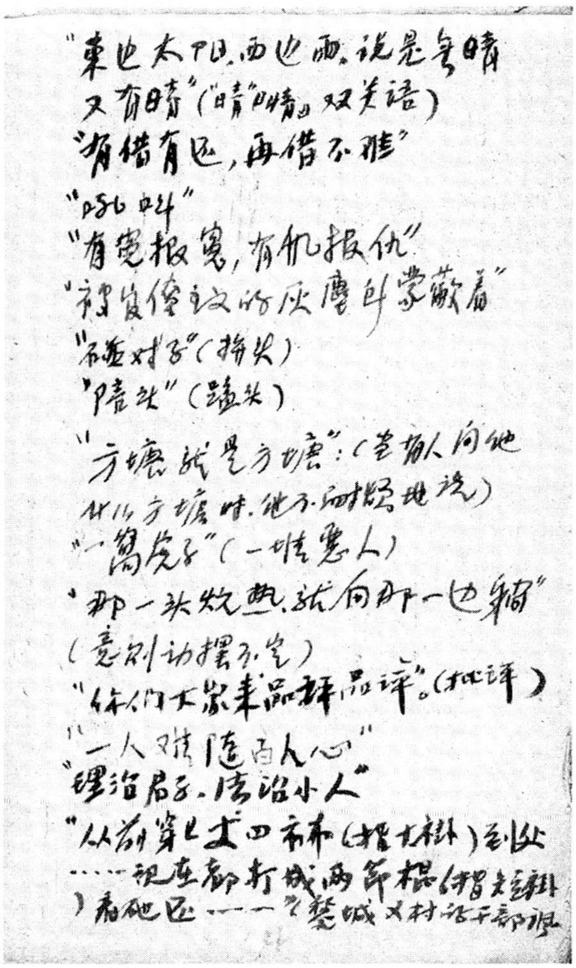
"东边太阳，西边雨，说是无晴又有晴"（"晴""情"双关语）
"有借有还，再借不难"
"[illegible]"
"有冤报冤，有仇报仇"
"被官僚主义的灰尘所蒙蔽着"
"碰钉子"（挨头）
"陪头"（碰头）
"方塘就是方塘"：（当有人向他讲八方塘时，他不耐烦地说）
"一窝党子"（一伙恶人）
"那一头炕热，就向那一边躺"（意即动摇不定）
"你们大家来品评品评"。（批评）
"一人难随百人心"
"理治君子，法治小人"
"从前穿毛式四开衫（指大褂）到此……现在都打成两节棍（指短褂）看他还——"《楚城乡村话干部报》

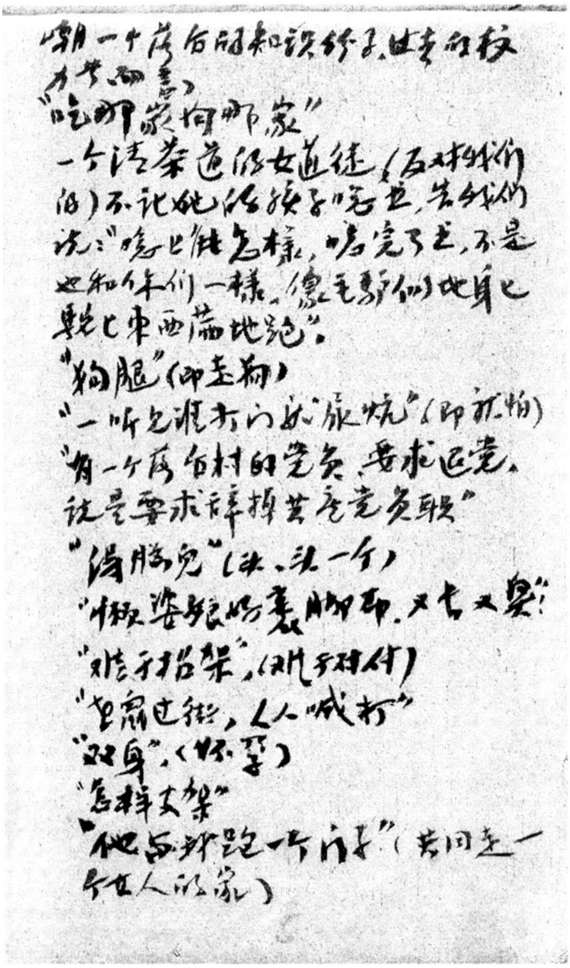
嘲一个落后的知识分子，些老的教书先生（画）
"吃那家饭向那家"
一个清茶道的女道徒（反对我们的）不让她的孩子吃药，告我们说："吃了能怎样，吃完了去，不是也和你们一样。"像毛驴似的他身上驮上东西满地跑"。
"狗腿"（即走狗）
"一听见谁打问她，就慌"（即就怕）
"有一个落后村的党员，要求退党，就是要求辞掉共产党党员职"
"得胜儿"（头、头一个）
"懒婆娘裹脚布，又长又臭"
"难于招架"，（难于对付）
"老鼠过街，人人喊打"
"双身"，（怀孕）
"怎样支架"
"他与那跑一个门子"（共同走一个女人的家）

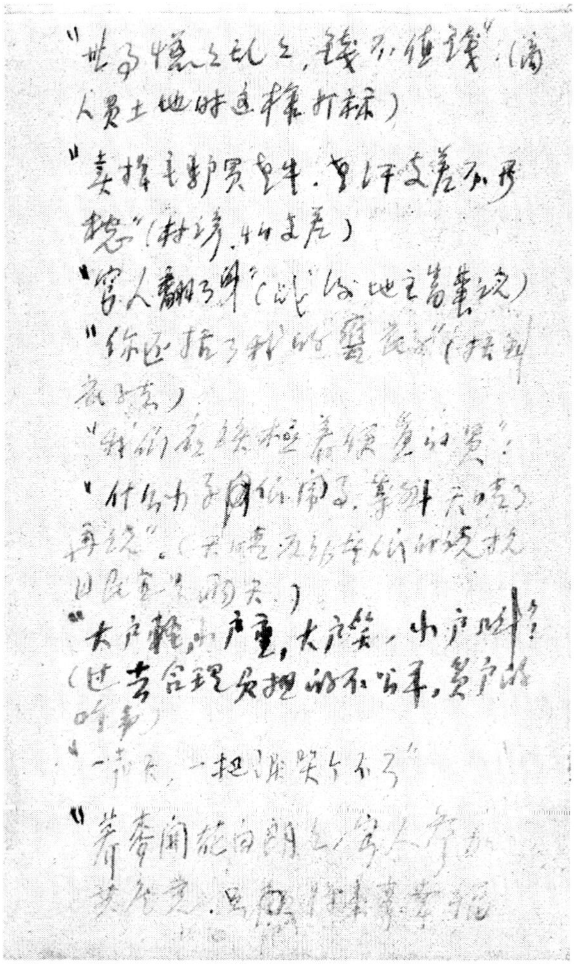
"世事慌乱乱，钱不值钱"（商人买土地时连粮折标）

"卖掉毛驴买黄牛，[illegible]"（[illegible]）

"穷人翻了身"（[illegible]地主当众说）

"你还指了我的[illegible]"（[illegible]）

"[illegible]"

"什么办子[illegible]再说"（[illegible]）

"大户轻，小户重，大户笑，小户哭！"（过去合理负担的不公平，贫户的[illegible]）

"一声天，一把泪哭个不了"

"荞麦开花白朗朗，穷人[illegible]"

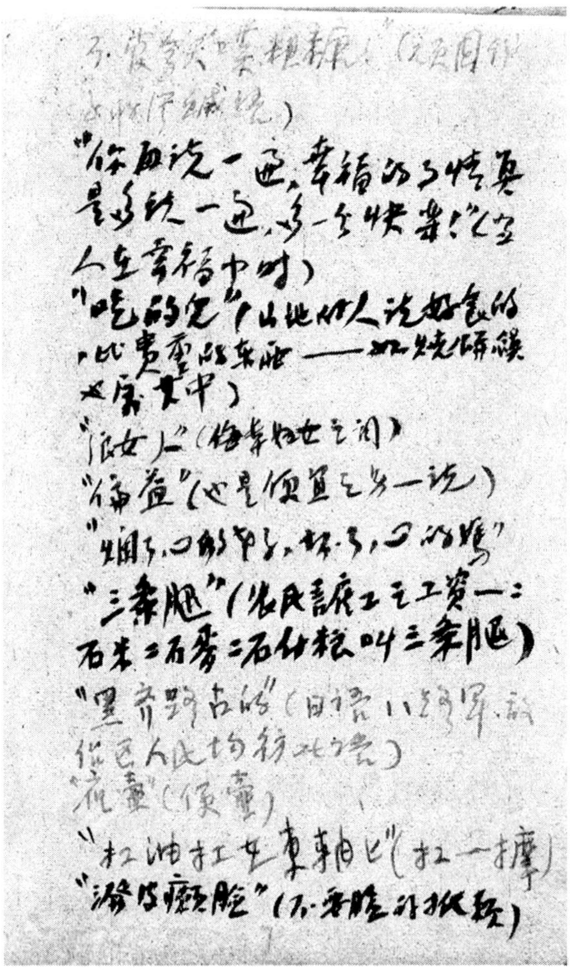

"你再说一遍，幸福的事情真是多说一遍，多一分快乐！"（写人在幸福中时）
"吃的宽"（山地的人说好食的比贵重的东西——如烧饼馍之类其中）
"做女人"（待产妇女之间）
"便益"（也是便宜之另一说）
"三条腿"（农民讲雇工之工资——二石米二石麦二石杂粮叫三条腿）
"花壶"（便壶）
"扛油扛盐车轴儿"（扛一摞）
"溜皮癞脸"（不要脸的批评）

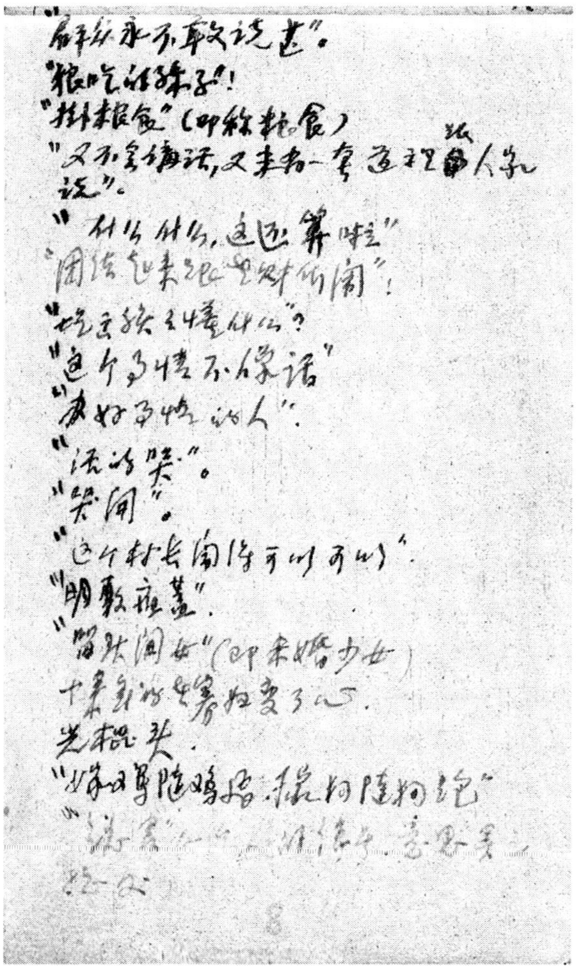
"解放永不敢说甚"。
"狼吃的孩子"!
"拼粮食"(即粮食)
"又不会講話，又来着一套這種人家說"。
"什么什么，这还算啥"
"閑话也講不出來什么闲"!
"婆娘們懂什么"?
"這个事情不像話"
"最好事情的人".
"活的笑"。
"笑间"。
"这个村长闹得可以可以".
"[illegible]"
"留头闺女"(即未婚少女)
十來多的女人变了心.
光棍头.
"嫁鸡随鸡嫁.嫁狗随狗跑"
[illegible]

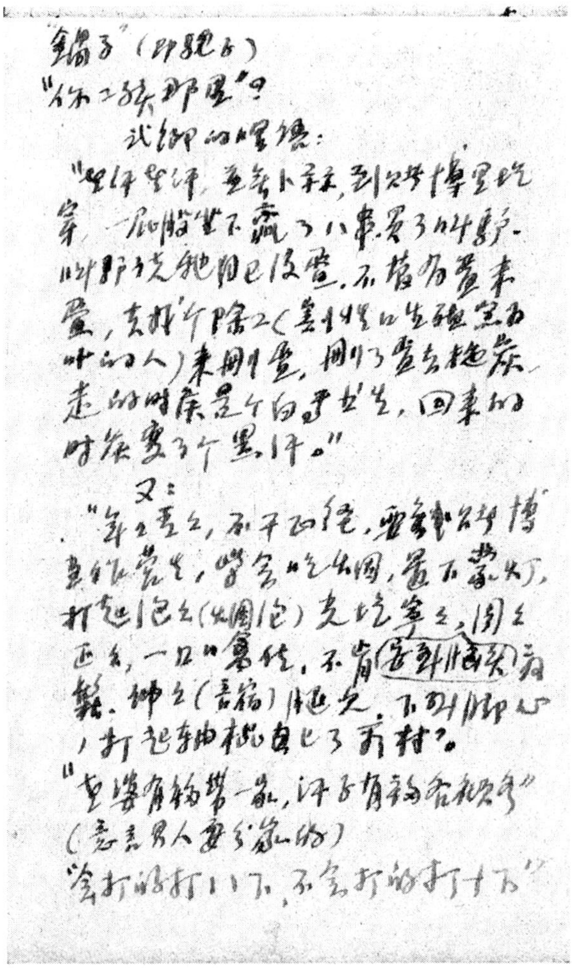

"锔子"（即钯子）
"你一该那里"？
武乡的[illegible]谣：
"黑伴黑伴，爷爷下来，到公家学里吃穿，一屁股坐下[illegible]了八桌，买了[illegible]，[illegible]那[illegible]他自己没管，不管有管来管，[illegible]个除二（[illegible]生[illegible]的人）来删管，删了管去[illegible]，走的时候是个白面书生，回来的时候变了个黑伴。"
又：
"年年春春，不干正经，要[illegible]公家博来[illegible]，嘴会吃大烟，[illegible]不离灯，打起泡泡（大烟泡）[illegible]，闭闭眼眼，一口一口[illegible]，不肯（[illegible]）[illegible]。[illegible]（[illegible]）[illegible]，下到脚心，打起[illegible]比了[illegible]。"
"[illegible]有福带一家，汉子有福[illegible]"
（意是男人要养家的）
"会打的打八下，不会打的打十下"

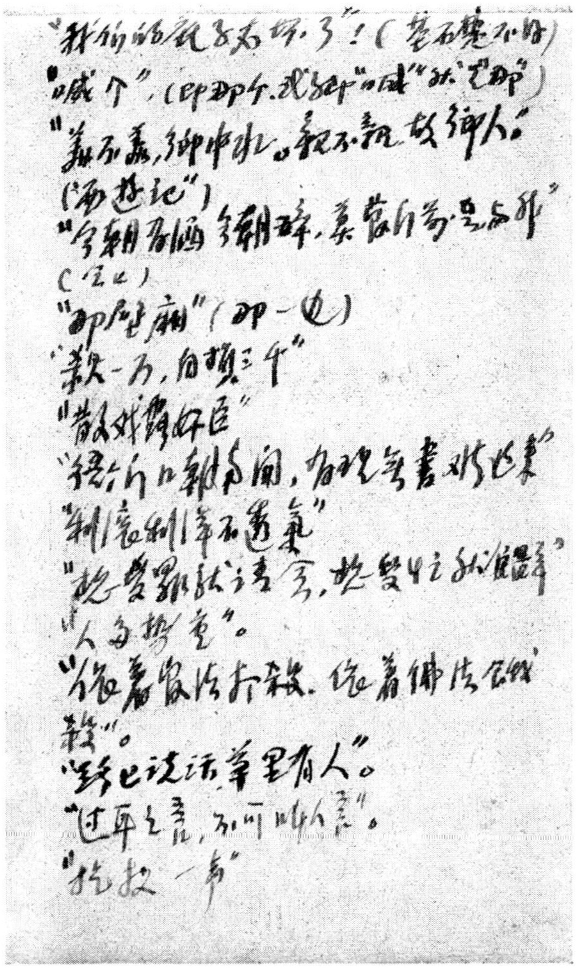
"我们的戏子太坏了"！（[illegible]）
"喊个"，（即那个。[illegible]）
"美不美，乡中水。亲不亲，故乡人。"
（"西游记"）
"今朝有酒今朝醉，莫管[illegible]是与非"
（全上）
"那壁厢"（那一边）
"杀人一万，自损三千"
"[illegible]"
"[illegible]，有理无书[illegible]"
"[illegible]"
"[illegible]"
"人多势重"。
"依着官法打杀，依着佛法饿杀"。
"野地说话草里有人"。
"过耳之言，不可听信"。
"[illegible]一声"

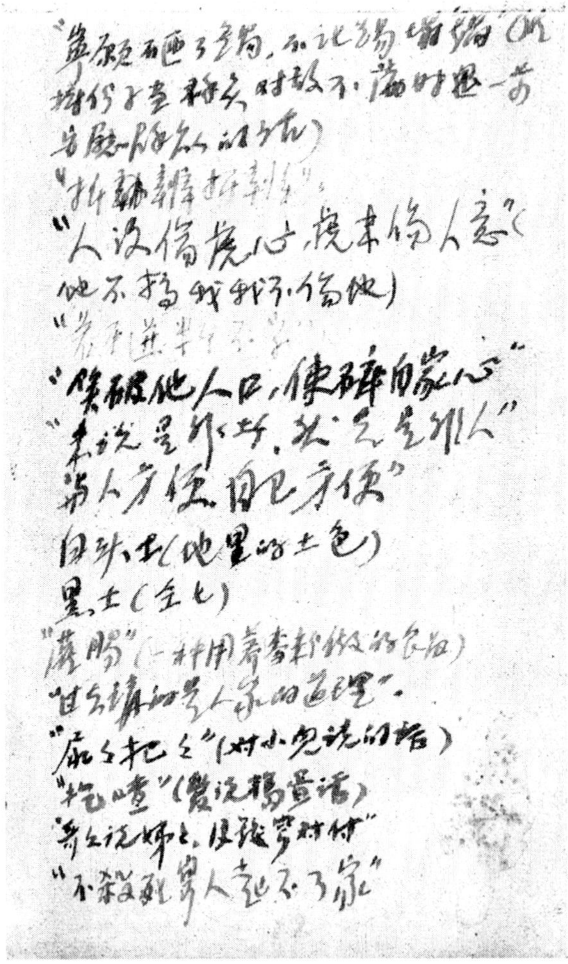
"人没伤虎心，虎来伤人意"
"笑破他人口，便宜自家心"
"与人方便，自己方便"
黑土（仝上）
"麻々把々"（对小儿说的话）

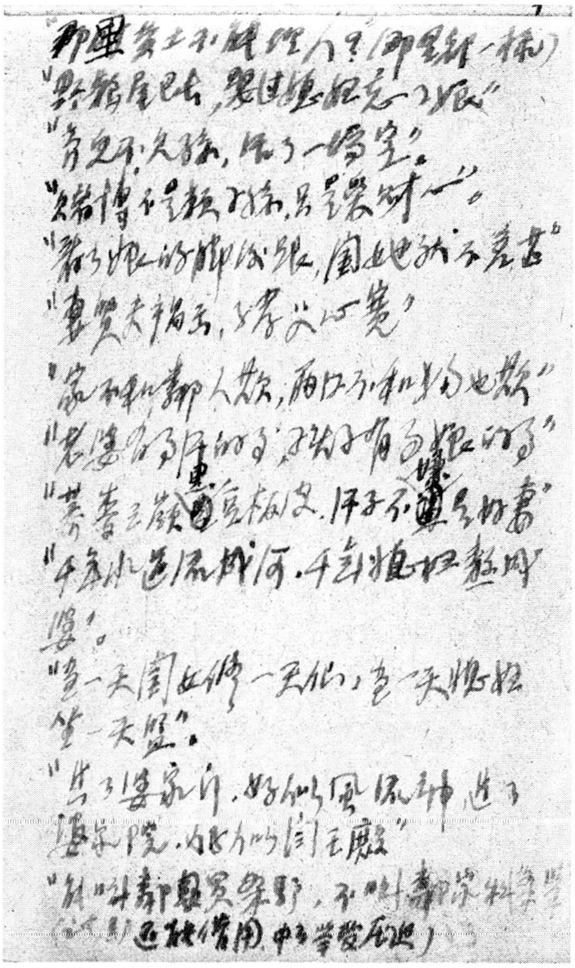

那里黄土不埋人？（那里都一样）

[illegible]

[illegible]

[illegible]

[illegible]

"妻贤夫祸少，子孝父心宽"

[illegible]

[illegible]

[illegible]

"千年水道流成河，千年媳妇熬成婆。"

"当一天闺女修一天仙，当一天媳妇坐一天监"。

"出了娘家门，好似风流神，进了婆家院，好似阎王殿"

[illegible]

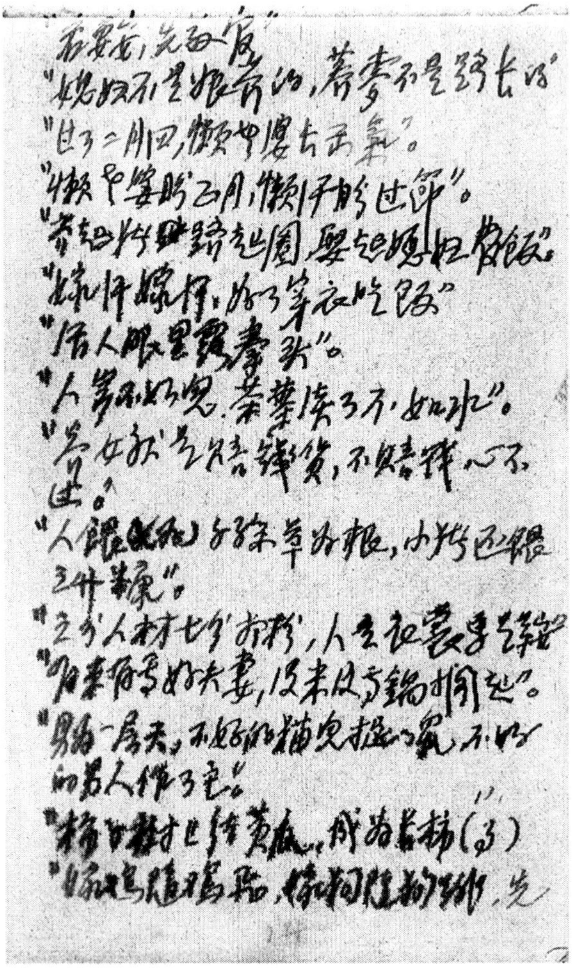

[illegible]，先[illegible]"
"媳妇不是娘养的，荞麦不是[illegible]长的"
"过了二月二，懒婆也要去[illegible]"。
"懒[illegible]婆盼正月，懒汉子盼过节"。
"养起猪跑出圈，娶起媳妇[illegible]饭"。
"嫁汉嫁汉，为了穿衣吃饭"
"情人眼里[illegible]"。
"人穷不如鬼，茶叶凉了不如水"。
"养女就是赔钱货，不赔钱心不过"。
"人[illegible]分家单分粮，小狗还跟三升[illegible]"。
"三分人材七分打扮，人是衣裳马是鞍"
"原来有个好夫妻，没来及了锅[illegible]"。
"男的一层天，不好的猫儿捉个鼠，不好的男人作了主"
"[illegible]，我为甚[illegible]（了）"
"嫁鸡随鸡[illegible]，嫁狗随狗[illegible]，先

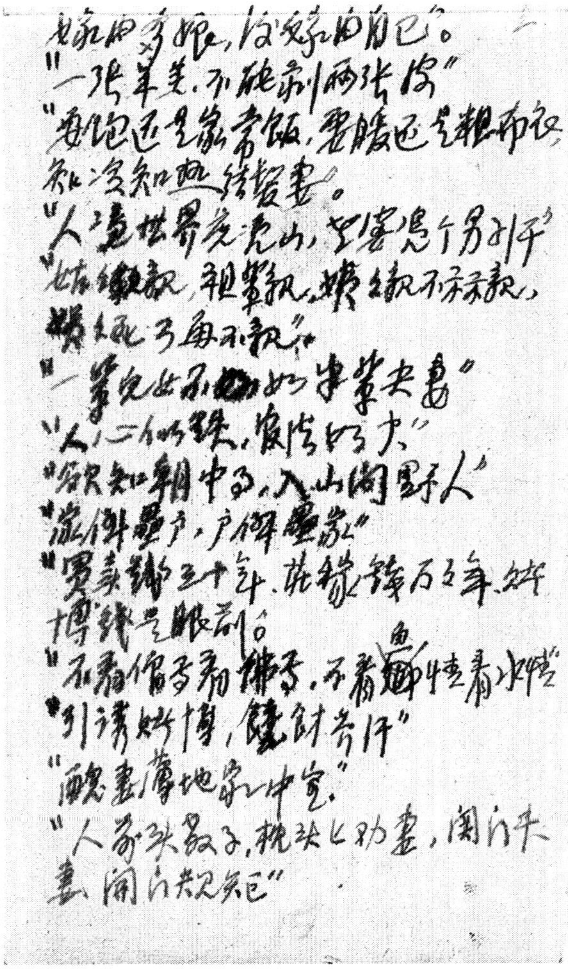

头嫁由爹娘，后嫁由自己。
"一张羊皮，不能剥两张皮"
"要饱还是家常饭，要暖还是粗布衣，知冷知热结发妻。
"人走世界虎走山，皇帝爱个小儿子"
"姑舅亲，祖辈亲，姨表亲不算亲，姨娘死了不算亲"
"一箩儿女不如半路夫妻"
"人心似铁，官法如炉"
"欲知朝中事，入山问野人"
"家饶一户，户饶一家"
"买卖钱三十年，花样钱万万年，赌博钱是眼前的"
"不看僧面看佛面，不看鱼情看水情"
"引诱嫖赌，骗财害命"
"丑妻薄地家中宝"
"人前教子，枕上劝妻，关门夫妻，开门规矩"

"良言一句三冬暖，恶语伤人六月寒"
"家贫出孝子，国难显忠良"
"酒逢知己千杯少，话不投机半句多"
"人在矮檐下，怎敢不低头"
"官打民不羞，父[illegible]子不羞，夫打妻不羞"
"常将有时思无日，莫待无时思有时"
"花有重开日，人无常少时"
"人死如灯灭，好似汤泼雪"
"临崖勒马收缰晚，船到江心补漏迟"
"知山知水不知深，知人知面不知心"
"卖的打豆腐，专拣软的欺"。
"黄金那为贵，安乐值千金"。
"随人一年，医人一马"
"多言语失，恶言重伤心"
"才高语壮，力大欺人"
"在家怕穷，出门怕乱"
"~~侧王集中英雄汉~~
"吃不下真红的，也是小豆汤"
"不见阎王，鬼不死"

"小心起吃油糕，只怕烫了手"

"吃饭要吃米，说话要说理"

"一瓶不响，半瓶晃当"

"直脖子狼，不会回头"

"开了荷口袋，看外道外"

"瞎子戴眼镜，多那一层"

"米豆角儿开花上了架，连人隔儿香不出"

"乘他牛（来马囊中的粮草）[illegible]，[illegible]"

"方月[illegible]"（[illegible]之货，就为钱人用来通嘴八路军要粮）

"天塌了，银棒儿撑住"

"好就是要的，坏就是打的"

"树不要[illegible]"

"做寒衣（衣衣）做不着一冬，[illegible]打不着一年，娶妻娶不着一世！"

"财主家多了一个屁，穷人咳了三声"

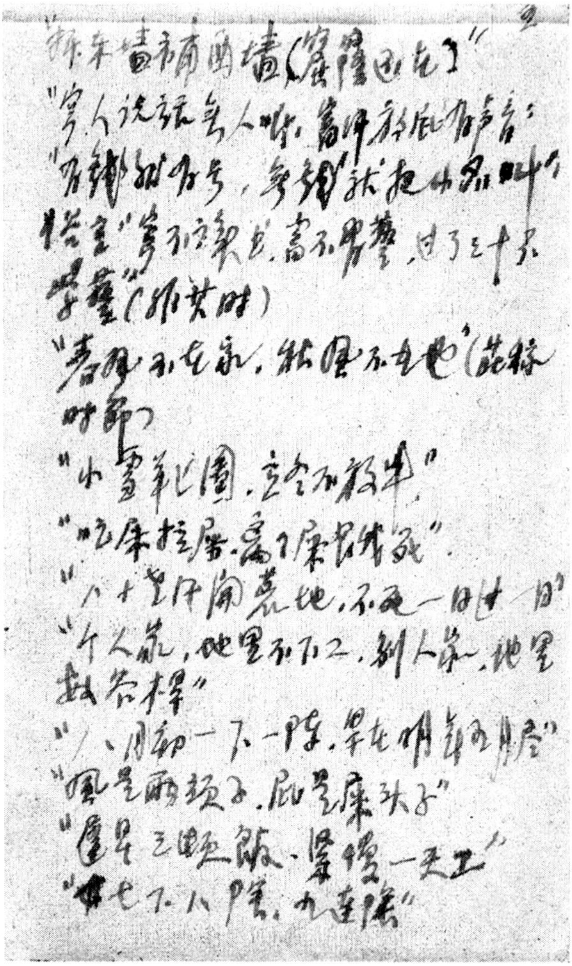

"拆东墙补西墙（窟窿还在）"
"穷人说话无人听，富人放屁有声音"
"有钱的有点，无钱的抓起小米叫个搭窑"
"穷不读书，富不学艺，过了三十六学艺"（抓艾时）
"春风不在家，秋风不在地"（庄稼时节）
"小雪封地园，立冬不种麦"
"吃东拴屋，穿了东家衣裳"
"八十里平原庄稼地，不如一日做一日"
"个人家，地里不下工，别人家，地里做活样"
"八月初一下一阵，旱到明年五月尽"
"风是雨头子，屁是屎头子"
"屋里三顿饭，紧慢一天工"
"七下八晴，九连阴"

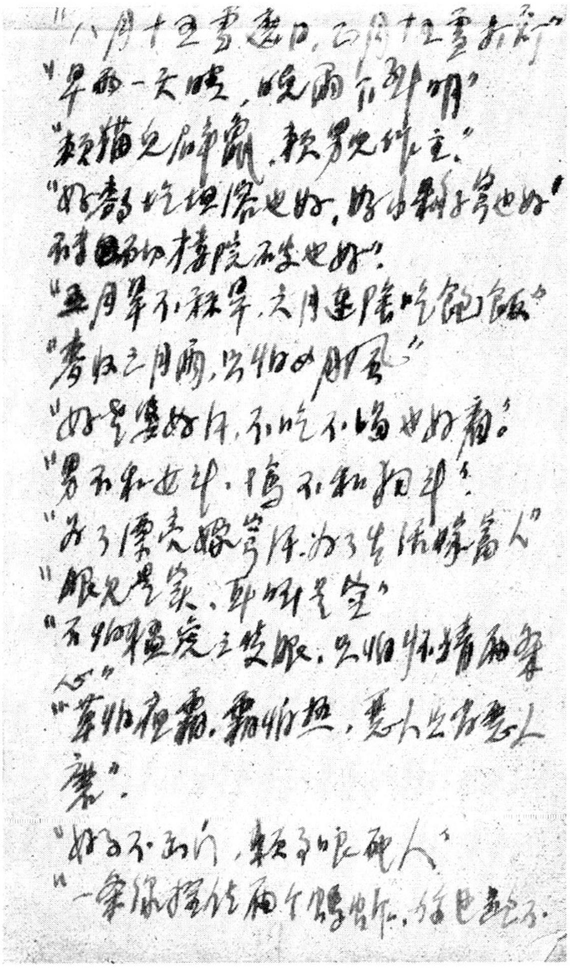

"八月十五云遮月，正月十五雪打灯"
"早雨一天晴，晚雨下到明"
"懒猫儿不捕鼠，懒男儿不作主。"
"好[illegible]吃埋怨也好，好小料子穿也好，
不[illegible]楼院不坐也好。"
"五月旱不算旱，六月连阴吃饱饭"
"麦收三月雨，只怕四月风"
"好[illegible]好人，不吃不喝也好看。"
"男不和女斗，鸡不和狗斗。"
"为了漂亮嫁[illegible]，为了生活嫁富人"
"眼见是实，耳听是空"
"不怕粮食[illegible]，只怕[illegible]的女人"
"草怕秋霜，霜怕太阳，恶人自有恶人磨"。
"好马不[illegible]，赖马咬死人"
"一条绳拴住两个蚂蚱，谁也跑不了。

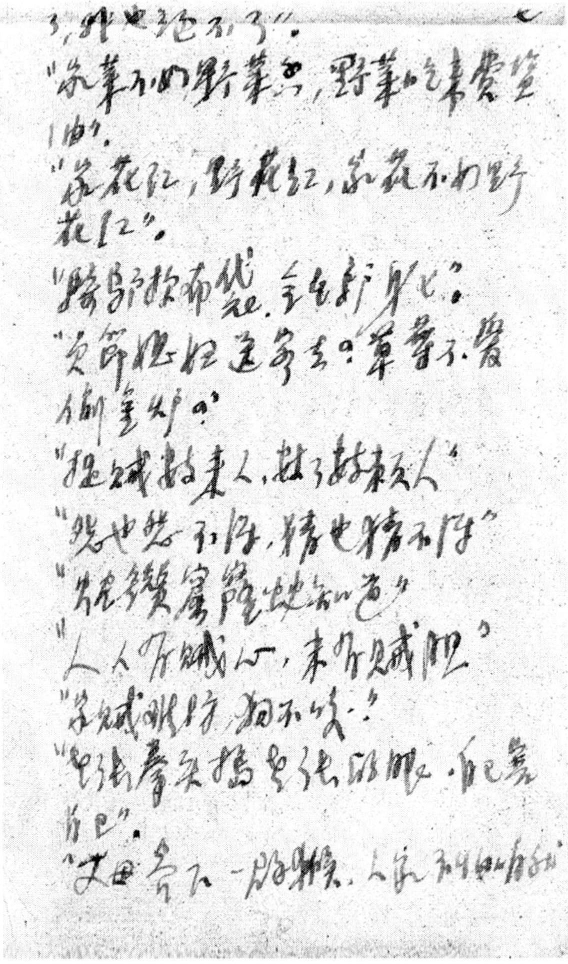

了，[illegible]不了"。
"家菜不如野菜香，野菜吃来费盐油"。
"家花红，野花红，家花不如野花红"。
"骑马挎布袋，[illegible]"。
"[illegible]节[illegible]送客去，[illegible]不[illegible]"。
"捉贼的来人，放了的救人"
"憨也憨不得，精也精不得"
"[illegible]"
"人人有贼心，未有贼胆"
"家贼难防，[illegible]"
"[illegible]，自己[illegible]"。
"丈母[illegible]一路[illegible]，人家不如自家的"

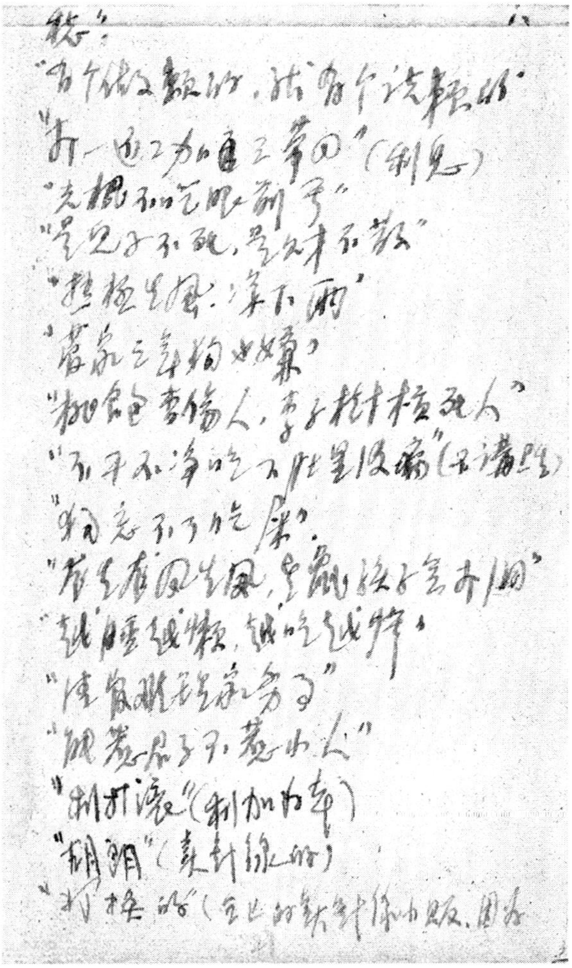

谚：

"有个偷鸡贼的，就有个说谎的"

"打一[illegible]加三拳头"（[illegible]）

"光棍不吃眼前亏"

"[illegible]不[illegible]，[illegible]不教"

"[illegible]生风，[illegible]下雨"

"当家三年狗也嫌"

"[illegible]伤人，[illegible]死人"

"不干不净吃了肚里没病"（[illegible]）

"狗改不了吃屎"

"龙生龙凤生凤，老鼠生子会打洞"

"越睡越懒，越吃越馋"

"清官难断家务事"

"[illegible]君子不[illegible]小人"

"[illegible]打滚"（[illegible]）

"胡闹"（[illegible]）

"[illegible]的"（[illegible]）

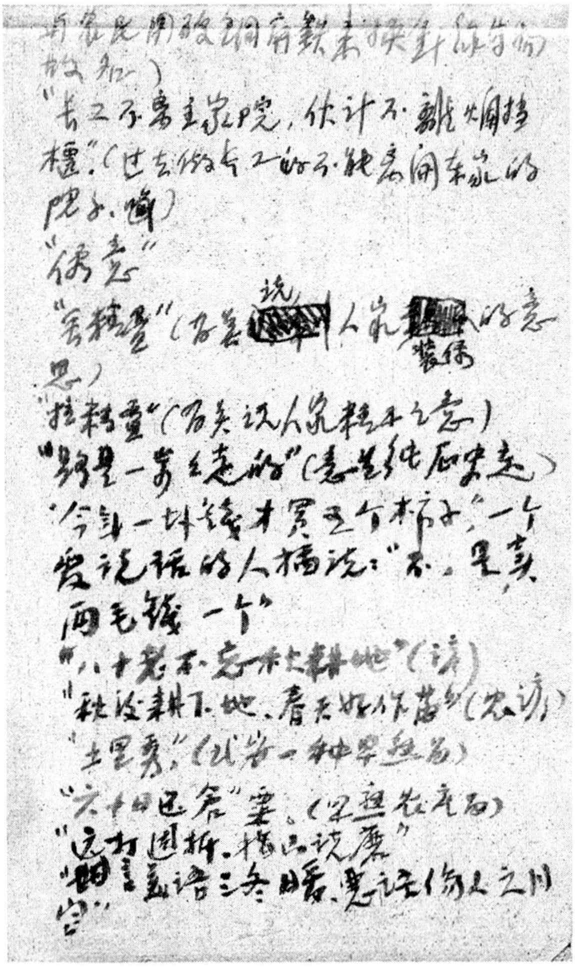

[illegible]农民用[illegible]（[illegible]）

"长工不离主家院，伙计不离烟荷[illegible]"（过去做长工的不能离开东家的院子、喻）

"偎意"

"害精量"（方言 说[redacted]人家[redacted] 装得 的意思）

"抬精量"（方言说人家精明之意）

"好是一步走的"（[illegible]）

"今年一块钱才买五个柿子"，一个爱说话的人插说："不，是卖两毛钱一个"

"八十岁不忘秋耕地"（谚）

"秋后耕下地，春来好作苗"（农谚）

"土里秀"（[illegible]）

"六十四还仓"[illegible]（[illegible]）

"[illegible]"

"[illegible]"

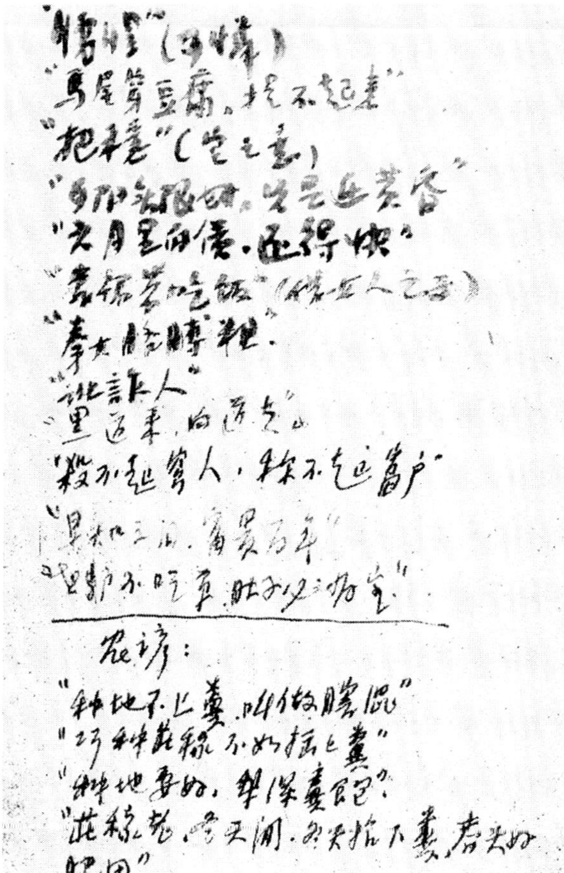

"[illegible]"（[illegible]）
"马尾穿豆腐，提不起来"
"[illegible]"（[illegible]）
"[illegible]，[illegible]"
"六月里的债，还得快"
"[illegible]"（[illegible]）
"[illegible]"
"批评人"
"里边来，[illegible]"
"[illegible]穷人，[illegible]富户"
"[illegible]"
"[illegible]不吃草，肚子[illegible]"

农谚：
"种地不上粪，叫做瞎混"
"巧种庄稼不如拾上粪"
"种地要好，犁深粪饱"
"庄稼[illegible]，[illegible]天[illegible]，[illegible]拾下粪，春天好肥田"
"[illegible]，[illegible]，大粪[illegible]，[illegible]不用谈"

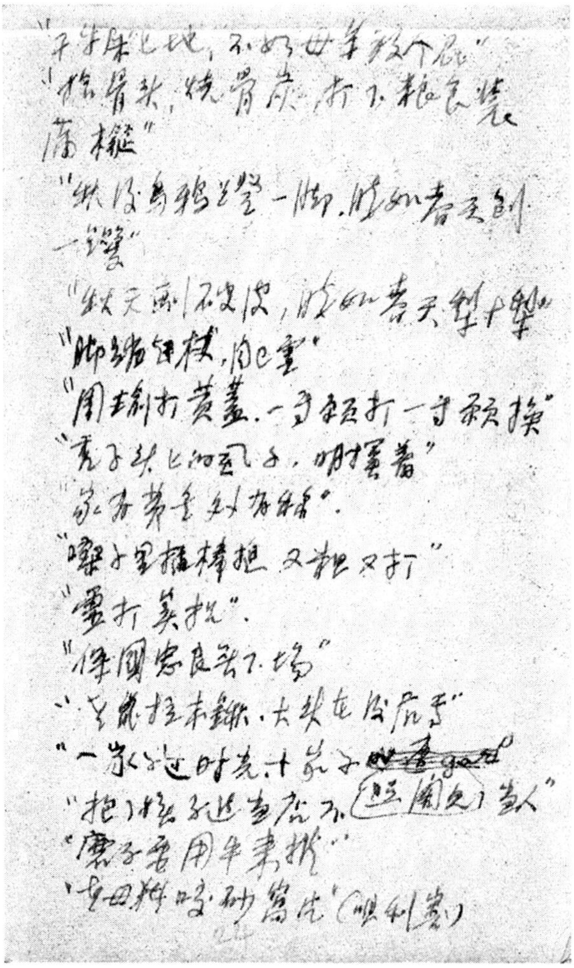
"千年朵朵地，不如母羊放个屁"
"捡骨头，烧骨炭，打下粮食装
蒲篮"
"秋后马鸦子蹬一脚，胜如春天刨
一镢"
"秋天翻了破皮，胜如春天犁十犁"
"脚踏铁耧，自己重"
"周瑜打黄盖，一个愿打一个愿挨"
"秃子头上的虱子，明摆着"
"家有黄金外有秤"。
"嗓子里插棒槌 又粗又打"
"蛋打鸡飞"。
"[illegible]"
"老鼠拉木锨，大头在后面"
"一家人过时煮十家子[illegible]"
"把小孩子送去店下（[illegible]）当人"
"[illegible]用牛来犁"
"[illegible]"（[illegible]）

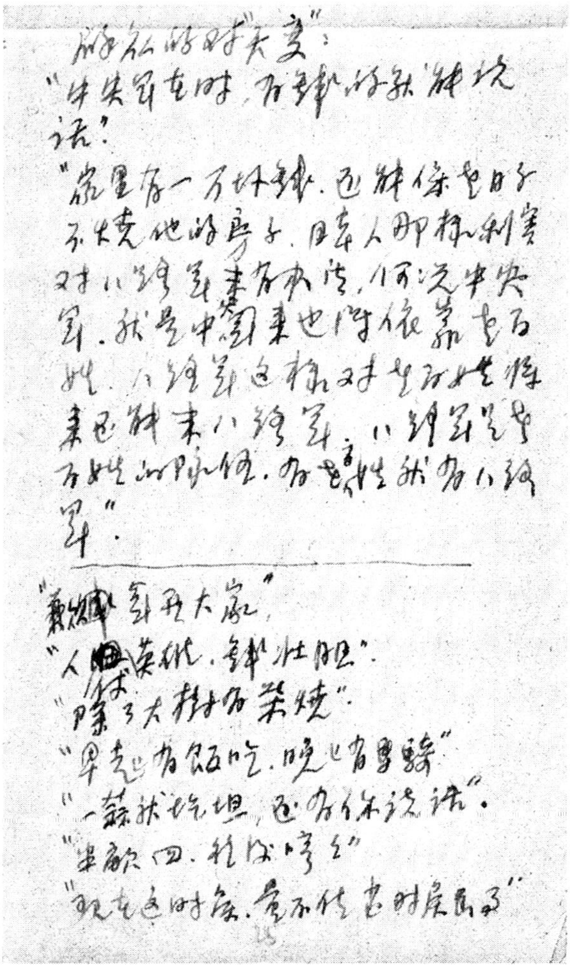

解放的好天变"：

"中央军在时，有钱的就能讲话"

"家里有一万块钱，也就得保是日子，不烧光他的房子。日本人那样利害对八路军来有办法，何况中央军。就是中国来也得依靠老百姓。八路军这样对老百姓，将来也就来八路军。八路军是老百姓的队伍，有老百姓就有八路军"。

"[illegible]靠大家"

"人仗英雄，钱壮胆"。

"靠了大树有柴烧"。

"早起有饭吃，晚上有马骑"

"一[illegible]状纸恒坦，也有人说话"。

"半截田，种了嘴了"

"现在这时候，谁不给农时庄稼了"

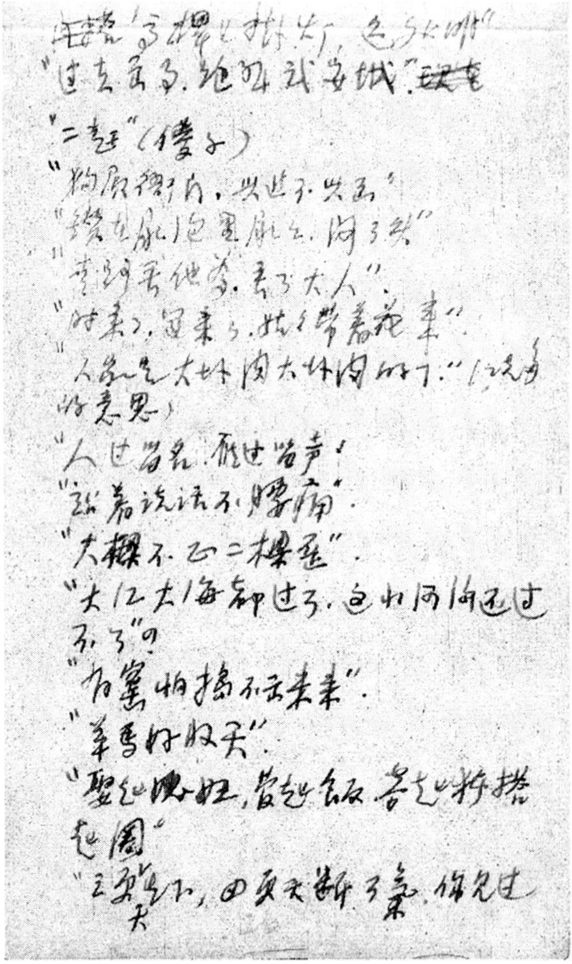

[illegible]"高楼楼抹头，这乡长哪"
"过去家富，绝对我当城"。[illegible]

"二老子"（傻子）
"狗屎[illegible]，出进不出去"
"攒[illegible]，[illegible]，[illegible]"
"[illegible]，老了大人"。
"好来了，回来了，姑娘带着花来"。
"人家吃大块肉大块肉的了。"（说我的意思）
"人过留名，雁过留声"！
"站着说话不腰疼"。
"大樑不正二樑歪"。
"大江大海都过了，[illegible]河沟还过不了"？
"有窝怕掏不出来来"。
"羊马好收买"。
"娶[illegible]媳妇，发[illegible]，[illegible]搭起圈"
"三天[illegible]不，四天[illegible]，[illegible]过

大前世地？连鸡叫也未有听过”。
“至秋的咀”（神设之意）
“×××抱了不哭的孩子”（作恒免了）
“穿衣裳硬的，吃的是热的，就不会冷。”
“家有千口主，当家是一人”。
“不经跌，不知把滑”
“柿子摸软的，顶个火窝的”。
“不怕他胡缠，只要打他痛处，再缠也不怕，跟着他缠在腿上一样，用红头绳头照尾巴上一咬（一戳），咬痛一下就咬了”
“坏人好比在手上的刺，刚扎上就了就来有事，要是你的屁长，会长脓，再就不好办，大人生了痛”。

歌谣：
“打灯笼，打灯台，爷爷娶了个后奶奶，脚又大，嘴又歪，亲爹爹气得不来，奶奶你个不走吧，爷爷娶了个你再来，哈哈哈

[illegible]们门关柯闭 [illegible]着肚子跑出去来"

"拼灯棍，打灯花，爷爷熬了个十七八，又揉粉，又戴花，喜得爷爷笑嘻嘻！"

"拼灯棍，打灯花，爷爷补个十七八，晌天做饭吃，晚上喂脚鸭！"

"估计估计"。"估计估计"。

"女人上墙头，掉了重奶"

"不降降（勤谨）两破鞋，降降两破鞋"

"多畜和利害了好的"

"两顿不吃饿 一顿吃个饱"

"没有土打不起墙"

"[illegible]不院土庭"

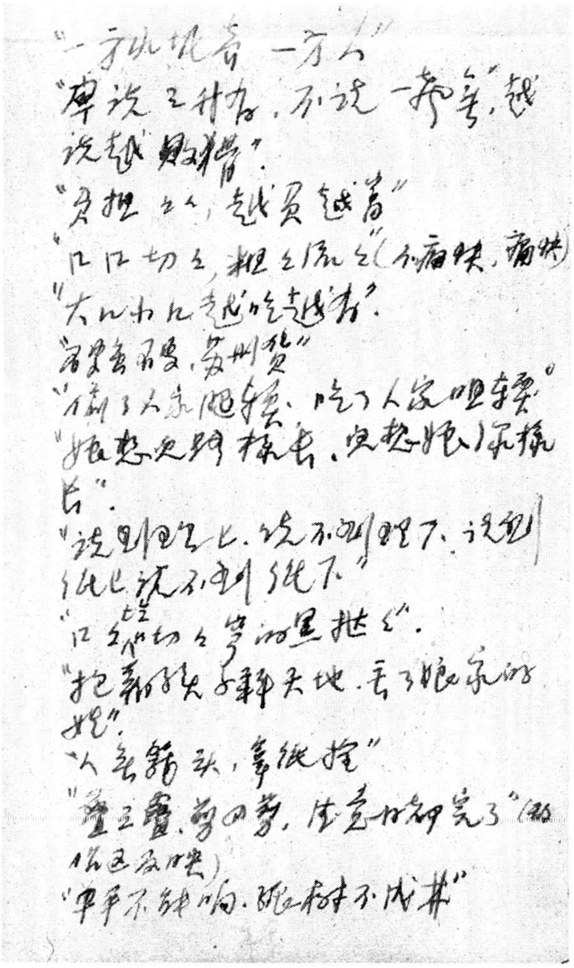

“一方水土养一方人”
“卑说三升高，不说一斗多，越说越糊糟”。
“负担重重，越负越重”
“口口切切，粗粗流流”（不痛快，痛快）
“大儿小儿越吃越有”。
“窗里去门后，苏州货”
“偷了人家烟袋，吃了人家烟袋”
“娘想儿时长江长、儿想娘儿家扁担长”。
“说到嘴上，说不到理下，说到纸上，说不到纸下”
“口甜心切切当面黑抵抵”。
“抱新娘子拜天地，丢了娘家的姓”。
“人争馒头，争口气”
“叠三叠，剪四剪，总是剪却完了”（形容过去发嫁）
“单单不能响，独树不成林”

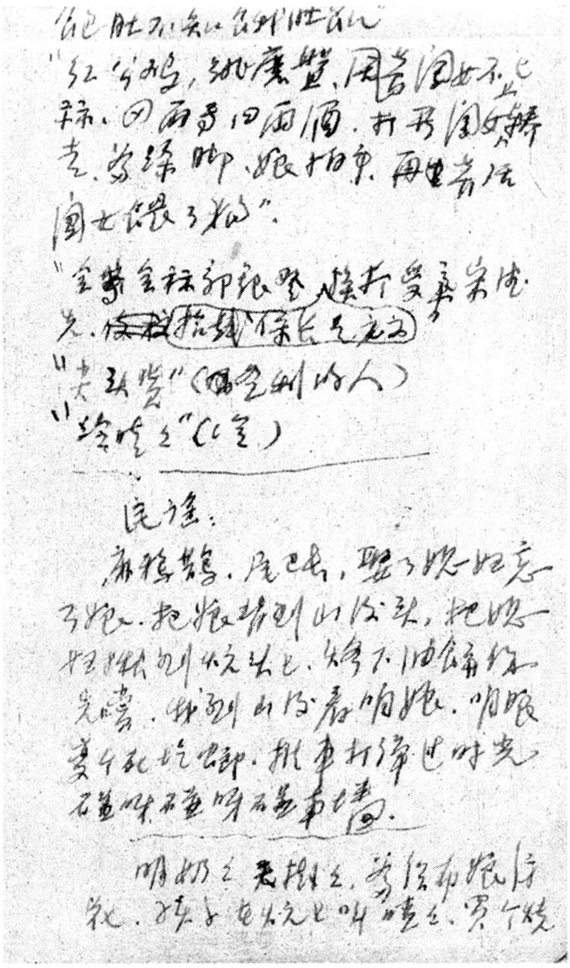

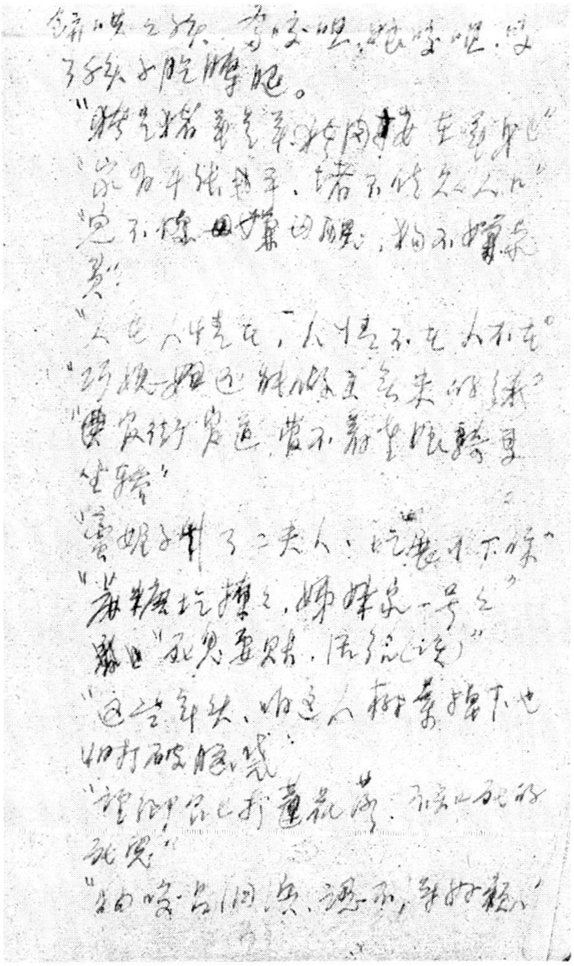

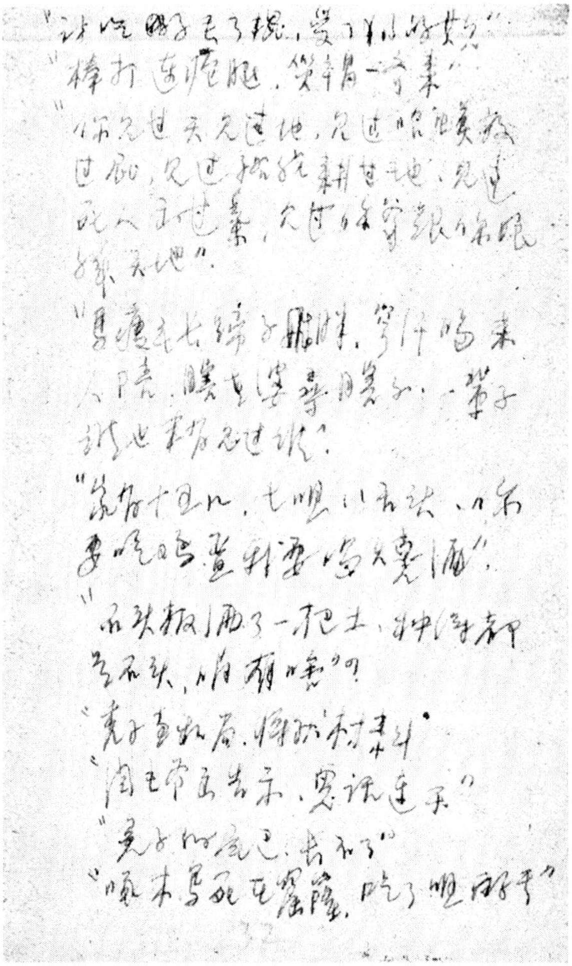

"讨吃[illegible]子丢了棍，受了狗的欺"
"棒打连疮腿，笑掉一个牙"
"你见过天见过地，见过[illegible]过[illegible]，见过[illegible]耕过地，见过死人穿过衣裳，[illegible]你爹跟你娘拜天地"
"[illegible]长蹄子[illegible]，[illegible]什么来人[illegible]，瞎子[illegible]瞎子，一辈子[illegible]也未[illegible]过[illegible]"
"[illegible]十五儿，七[illegible]八[illegible]，小[illegible]要吃鸡蛋[illegible]"
"石头板上[illegible]了一把土，种[illegible]都是不熟，[illegible]"
"秃子当和尚，将就材料"
"阎王爷出告示，鬼话连天"
"兔子的尾巴，长不了"
"啄木鸟死在窟窿，吃了嘴的亏"

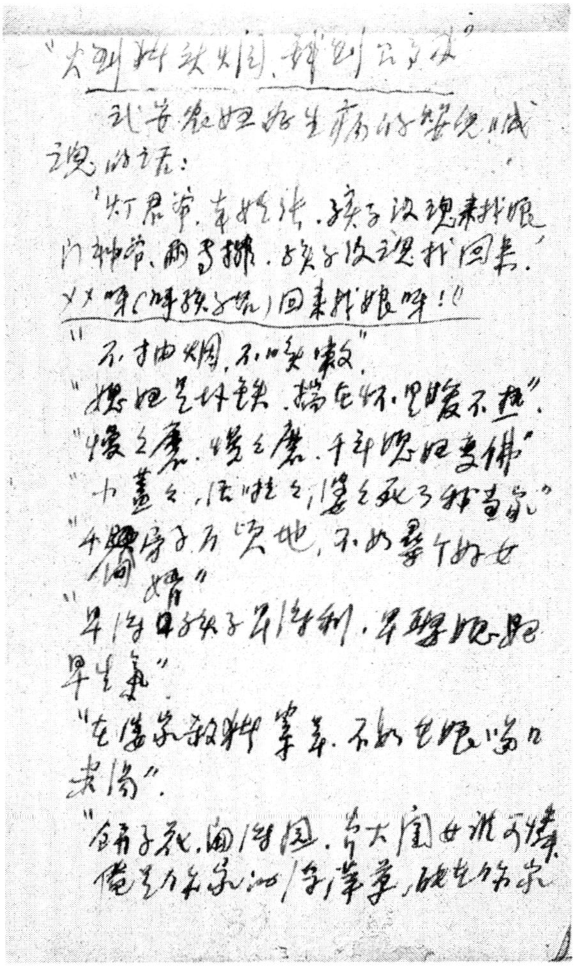
"火到猪头烂，钱到公事办"

我家农妇给生病的孩儿喊魂的话：

"灯盏爷，亮堂堂，孩子没魂来找娘。门神爷，两旁排，孩子没魂找回来。××呀（呼孩子名）回来找娘呀！"

"不抽烟，不咳嗽"。

"媳妇是块铁，揣在怀里暖不热"。

"懒老婆，馋老婆，千年媳妇变佛"

"小盖盖，活娃娃，傻傻死了我当家"

"千间房子万顷地，不如寻个好女婿"

"早得儿子早得利，早娶媳妇早生气"

"在婆家熬煎几年，不如在娘家当个老闺女"。

"金簪子花，满头园，大闺女说不得……俺是个人家的，孝顺，……"

住几天"

"[illegible]上的人儿常不在，蒋贼的公鸡子打不死"（壶关加不在，讨懒的在）

"懒婆娘秋社会，懒婆娘秋锅台"

"打死一只兔，够吃一路粮"

"人要修行早修行，地要秋耕早秋耕"

"水不清，鱼儿打滚，朝不明，出来害国奸臣"

"今日打我我不怕，打我也是为人挡，我们心中明如镜，打我只有路一条"

"廿岁姑娘七岁郎，夫妇二人入洞房，说你是郎郎太小，说你是儿不叫娘"

"远来的和尚会念经"

"县城的和尚，老是一张嘴"

"篱笆扎的紧，野狗钻不进"

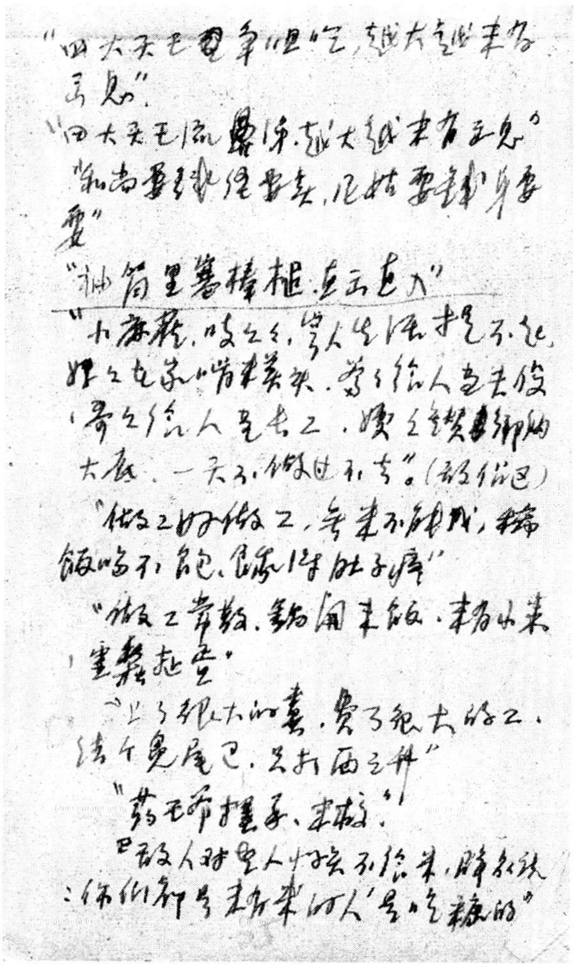

"四大天王[illegible]，越大越出来有出息"。
"四大天王流[illegible]，越大越来有出息"
"和尚要钱经要卖，尼姑要钱身要卖"
"[illegible]筒里塞棒槌，直出直入"
"小麻雀，吱吱吱，穷人生活过不起，娘在家里[illegible]，爹爹给人当长工，哥哥给人当长工，[illegible]的大床，一天不做过不去"。（[illegible]）
"做工好做工，年米不够吃，稀饭吃不饱，饿得肚子痛"
"做工靠勤，锅有米饭，米有小米，[illegible]"
"吃了很大的苦，费了很大的工，结个兔尾巴，[illegible]"
"[illegible]，米[illegible]"
"[illegible]人对穷人[illegible]不给米，[illegible]：你们都是[illegible]的人，是吃糠的"

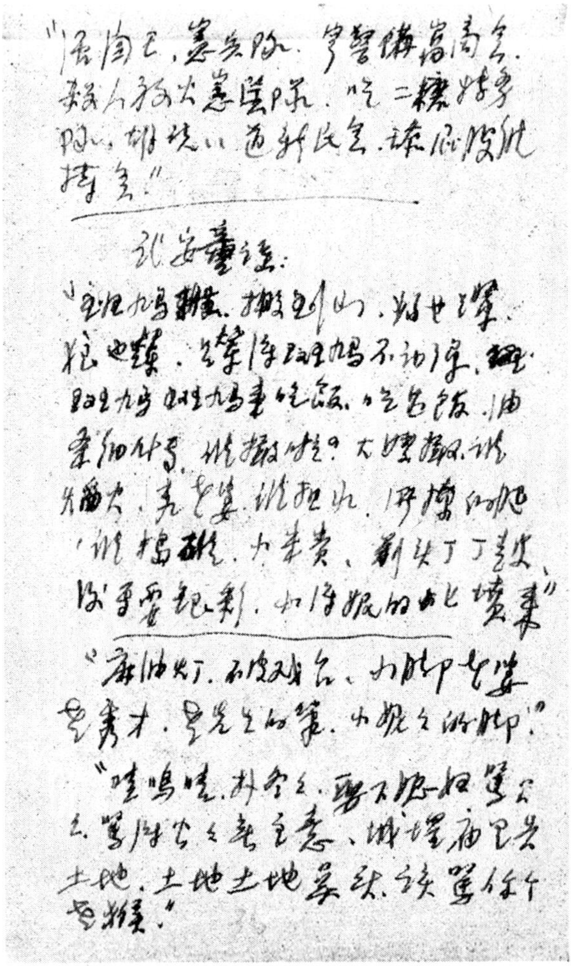

"活阎王，宪兵队，[illegible]警备[illegible]。杀人放火宪兵队，吃[illegible]警备队，[illegible]新民会，[illegible]。"

武安童谣：

"斑鸠[illegible]，[illegible]到山，[illegible]。[illegible]斑鸠不[illegible]，斑鸠[illegible]吃饭，吃[illegible]饭，[illegible]？[illegible]"

"点油灯，[illegible]，小脚先生[illegible]秀才，是先生的笔，小妮妮的脚。"

"哇呜哇，[illegible]，[illegible]土地，土地土地[illegible]，该算什么[illegible]。"

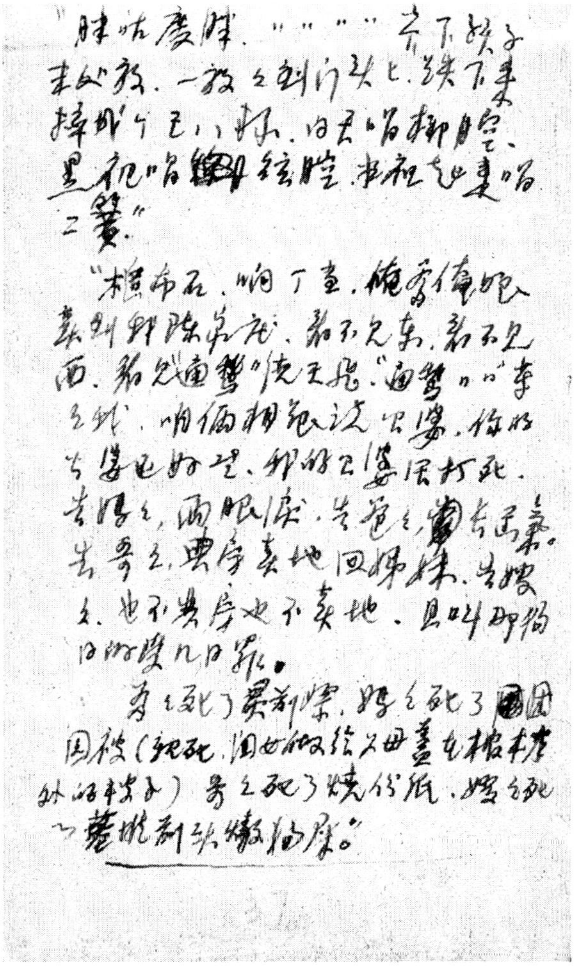

"肤咕囊膛。""……"扒下鞋子
来就打，一打打到门头上，跌下来
掉成个王八样。白天唱柳腔，
黑夜唱弦腔，半夜起来唱
二簧。"

"棋布石，响丁查，俺爹俺娘
来到野猪岗。看不见东，看不见
西，看见通州"读王祝"通州"的李
子树，咱俩相跟读书学。你的
婆婆也好过，我的婆婆打死。
老娘娘，两眼泪；老爸爸，当面说哀。
老哥哥，要房要地回娘家。老嫂
嫂，也不要房也不要地，只叫那狗
日的吃几日饭。

爹爹死了要新坟，娘娘死了团团
团被（就是用女做给父母盖在棺材
外的被子）爹爹死了烧纸纸，娘娘死
了落挑新头摇棺材。"

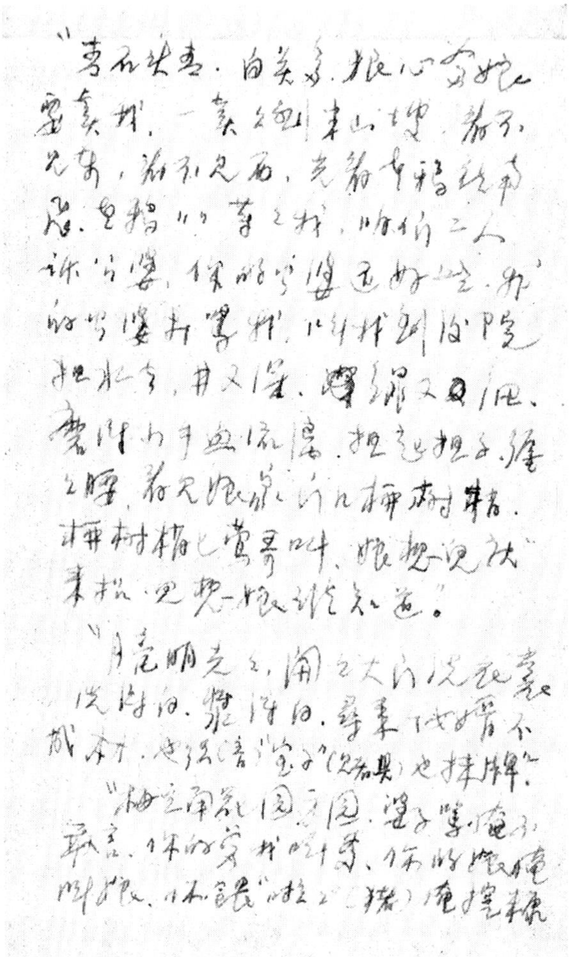

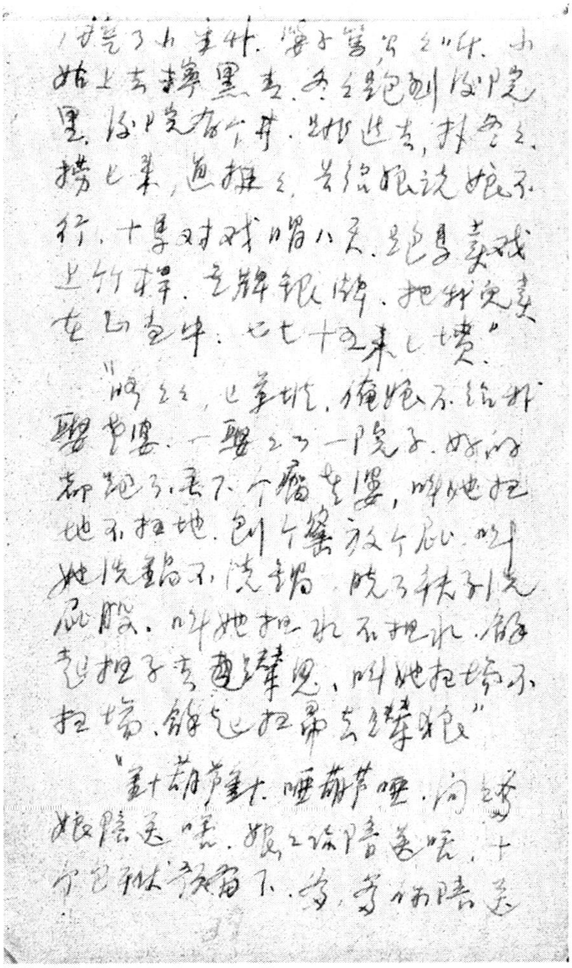
挠了小半升，婆子骂々々个。小
姑上去撵黑去，去々跑到后院
里，后院有个井，当她进去，找々々，
捞上来，直捏々，当给娘说娘不
行，十条对戏唱八天，绝马卖戏
上竹桿，金牌银牌，把我卖
在西首中，七七十五来々赎。"
"喷嚏々，已草地，俺娘不给我
娶媳妇，一娶々了一院子，好的
都跑了，丢下个瘸老婆，叫她扫
地不扫地，创个窝放个屁，叫
她洗锅不洗锅，晓了秋了洗
屁股，叫她担水不担水，解
起担子去逮鳖儿，叫她扫场不
扫场，解起扫帚去逮娘。"
"针葫芦针，哑葫芦哑，问々
娘陪送啥，娘々说陪送啥，十
个包袱放窗下，爹々爹们陪送

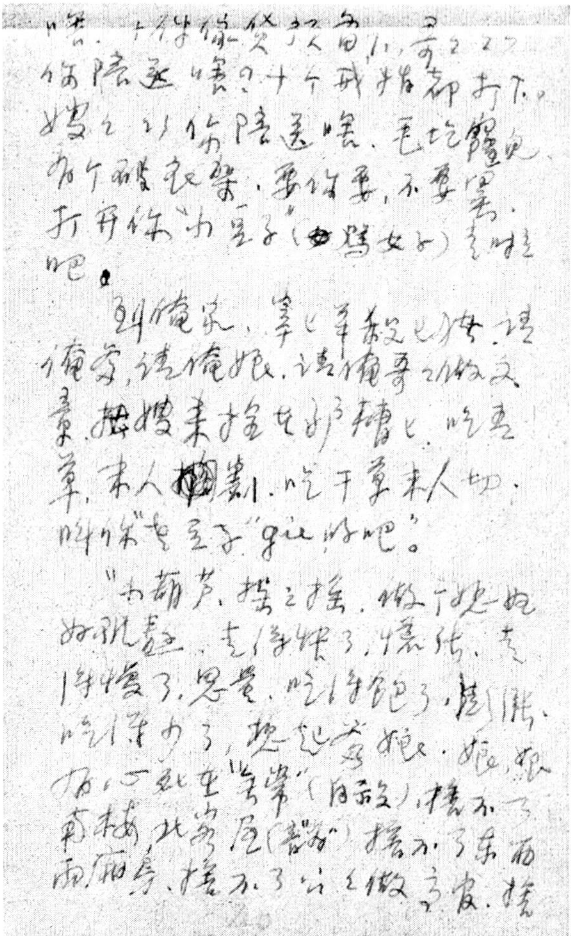

唔。十个[illegible]爹打人的，哥哥哥

你陪送啥？十个戒指都打下。

嫂嫂，以你陪送啥，毛坨[illegible]

为个破衣架，要你要，不要[illegible]。

打开你"小匣子"（女[illegible]女子）看看

吧。

到俺家，拿上羊毛上炕，请俺爷，请俺娘，请俺哥哥做文章，嫂嫂来掐花炉糟糟，吃青草，木人剁，吃干草木人切，叫你"小匣子"gie好吧。

"小葫芦，摇之摇，做个娘娘的孤魂，走得快了，慌张，走得慢了，鬼赶，吃得饱了，胀，吃得少了，想起亲娘。娘，娘，你心就在"[illegible]"（[illegible]），摇不了南楼北家屋（[illegible]），摇不了东西两厢房，摇不了公公做个官，摇

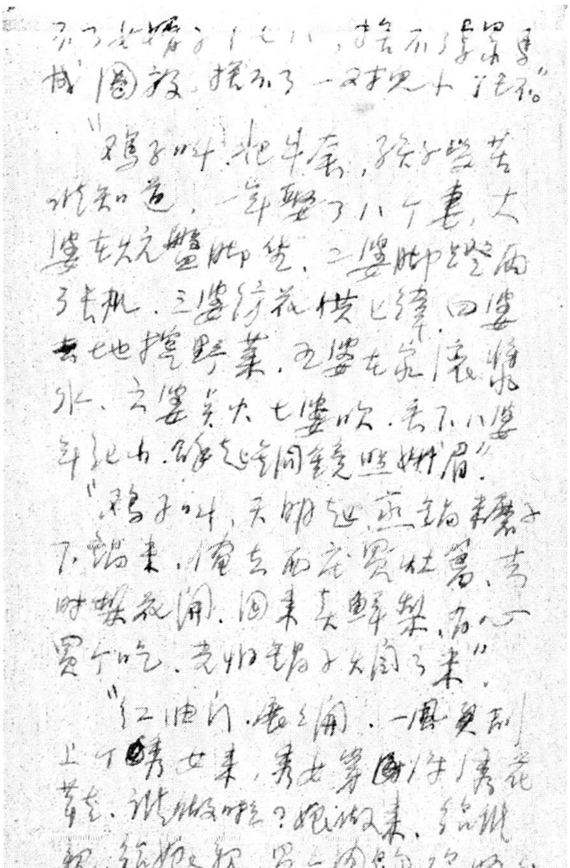

不了去娶个十七八，捡不了条鲤鱼
做个圈套，捉不了一对[illegible]了吃不。”

“鸡子叫，把牛喂，孩子些苦
谁知道，一辈娶了八个妻，大
婆在炕上盘脚坐，二婆脚蹬两
张机，三婆纺花横上纬，四婆
去地挖野菜，五婆在家做饭
水，六婆烧火七婆吹，剩下八婆
年纪小，手拿着铜镜照娥眉”。

“鸡子叫，天明起，燕子衔来泥子
下锅来，俺去西庄买杜鹃，专
时桃花开，回来卖鲜梨，留个
买个吃，剩的钱子换了来”。

“红油门，两扇开，一团梳头
上个绣女来，秀女穿件绣花
鞋，谁做哩？娘做来，给姐
姐，给娘娘，买个肉饱给娘娘，
娘吃肉，姊吃汤，媳妇手巾脚跟

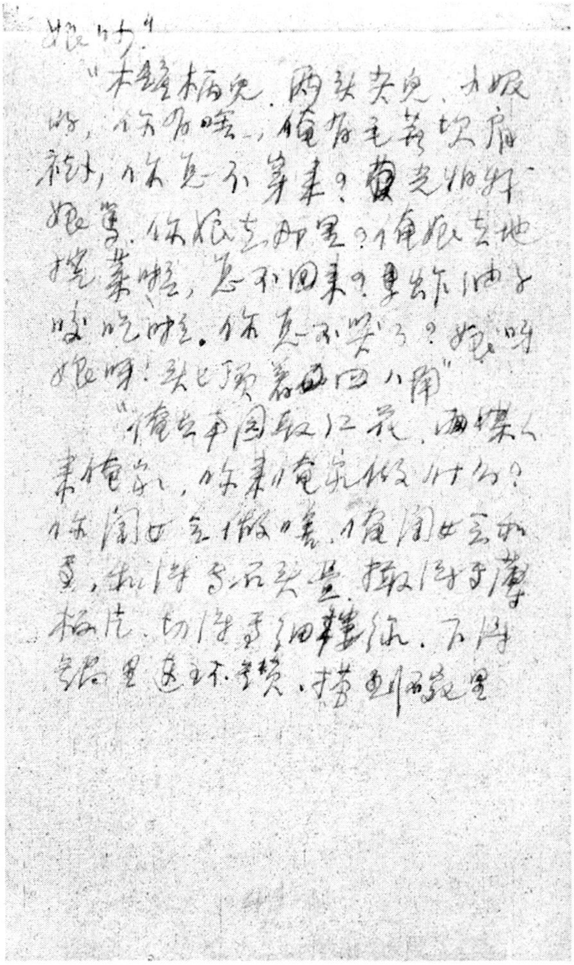

娘呀！

"木[illegible]梳儿，两头尖儿，小娘呀，你有啥，俺有毛蓝坎肩衬，你怎不穿来？[illegible]老的好娘等。你娘去哪里？俺娘去地挖菜啦，怎不回来？要给你们做吃的啦。你怎不哭了？娘呀娘呀！头上顶着[illegible]八角"

"俺去年用取红花，两媒人来俺家，你来俺家做什么？你闺女去做啥，俺闺女去成亲，剁得了[illegible]，擀得了薄格片，切得了细条条。下得锅里连不[illegible]，捞到碗里

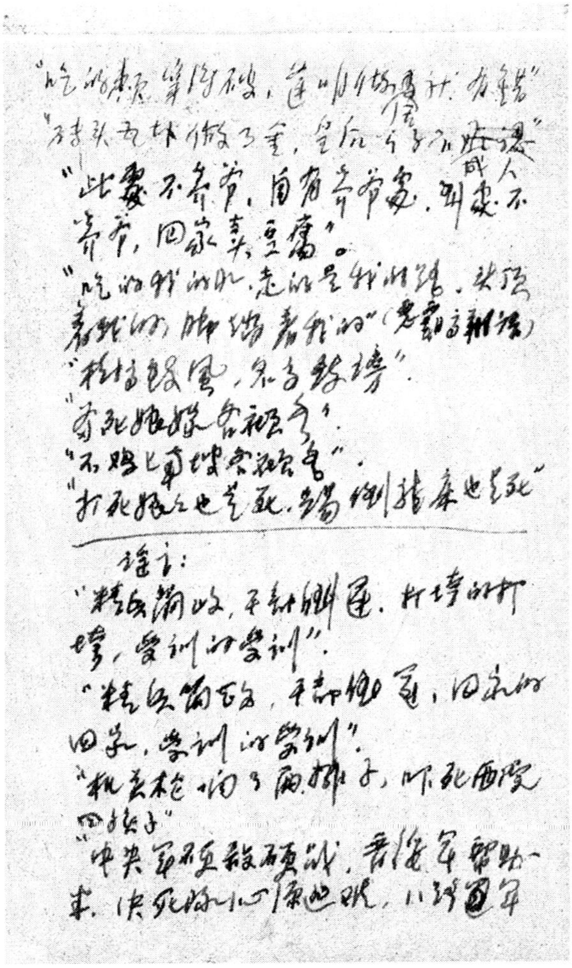
"吃的粮食穿的衣，[illegible]"
"[illegible]"
"此处不养爷，自有养爷处，到处不养爷，回家卖豆腐"。
"吃的我们的，走的是我们的路，[illegible]我们的，[illegible]靠我们的"（[illegible]）
"[illegible]"
"[illegible]"
"[illegible]"
"打死[illegible]也是死，[illegible]也是死"

谚言：
"精兵简政，干部[illegible]，打的打，学习的学习"。
"精兵简政，干部[illegible]，回家的回家，学习的学习"。
"机关枪响了两梭子，吓死[illegible]"
"中央军[illegible]，[illegible]"

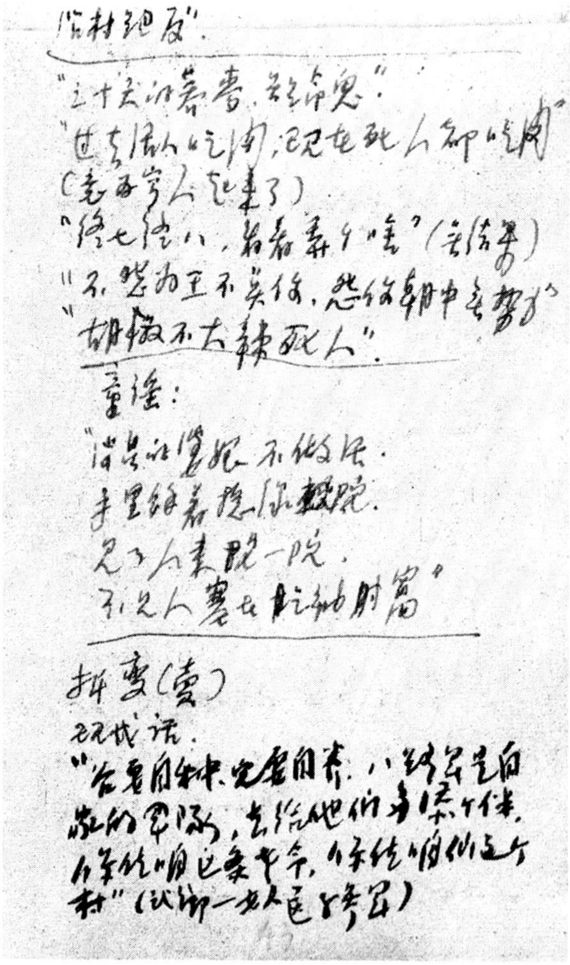

农村谚语

“三十天的暮春，好活命鬼”

“过去活人吃肉，现在死人都吃肉”

（意思穷人起来了）

“穷七穷八，翁翁弄个啥”（老汉说的）

“不然为王不当作，然给朝中当驸马”

“胡椒不大辣死人”。

童谣：

“咱是社里好姑娘，不嫁农民，

手里纺着棉花线，

见了人来跳一跳，

不见人来把轴转”

拆变（卖）

老人说话：

“咱是自私的，这是自私的，八路军是自救的军队，去给他们当八个兵，八个给咱远处当子弟，八个给咱们这个村”（试卸一老人[illegible][illegible][illegible][illegible]）

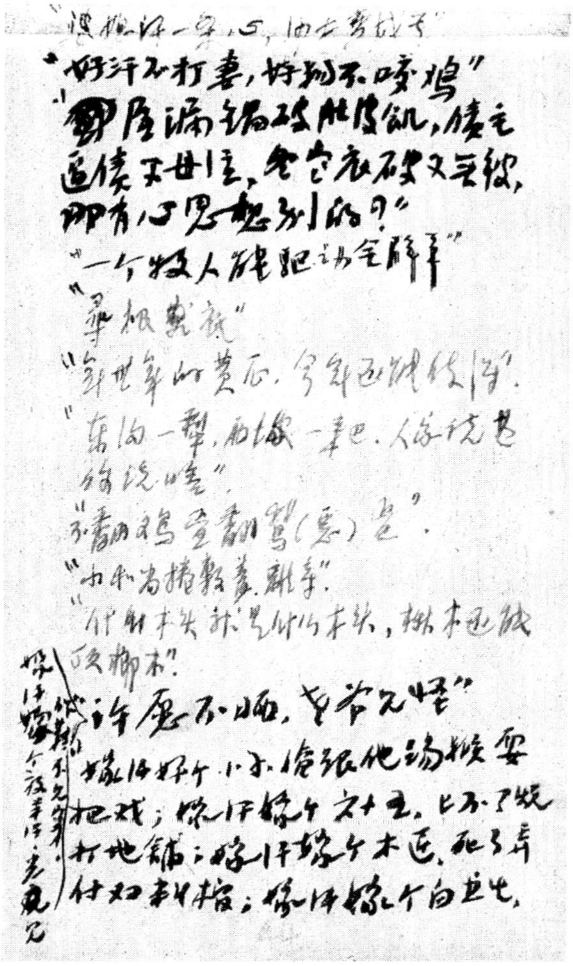
"[illegible]一学人心，由于[illegible]"
"好汗不打妻，好狗不咬鸡"
"房屋漏锅破肚皮饥，债主逼债天廿三，老乞衣破又无袄，那有心思想别的？"
"一个好人能把一场全解开"
"寻根问底"
"[illegible]年的贵人，今年还钱[illegible]"
"东间一犁，西塘一耙。人家说甚你说啥"
"不翻鸡蛋翻鸭（恶）蛋"
"[illegible]"
"什么木头就是什么木头，槐木还做槐木"
"许愿不还，老爷见怪"
嫁你好个小子，偏跟他跑猴耍把戏；嫁你嫁个文士，上不了炕打地铺；嫁你嫁个木匠，死了弃付[illegible]；嫁你嫁个白面[illegible]
嫁你嫁 [illegible] 老鬼

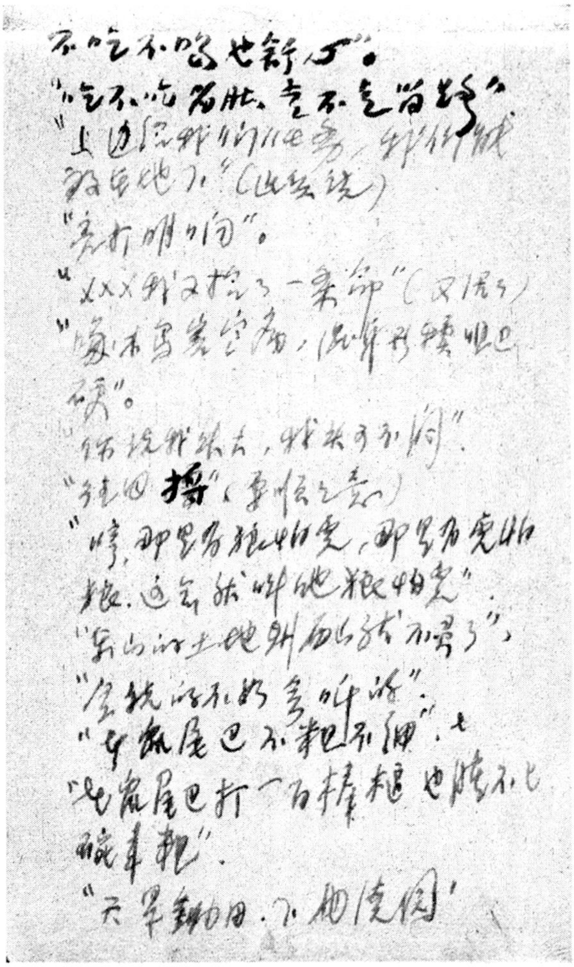

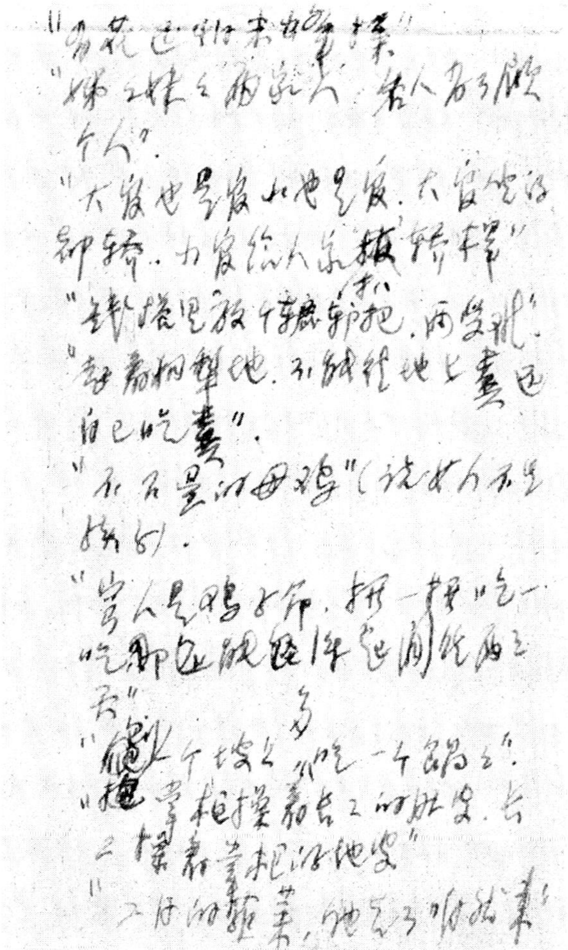

"菊花还比[illegible]"
"妹妹妹妹两家人，各人有各[illegible]个人"。
"大官也是官，小也是官。大官管的[illegible]，小官给人家[illegible]"
"[illegible]，两[illegible]"
"[illegible]，不[illegible]地上[illegible]自己吃[illegible]"。
"不下蛋的母鸡"（说女人不生娃的）。
"穷人是鸡子命，[illegible]一[illegible]"
"[illegible]"
"[illegible]个[illegible]，吃一个[illegible]"。
"[illegible]"
"[illegible]"

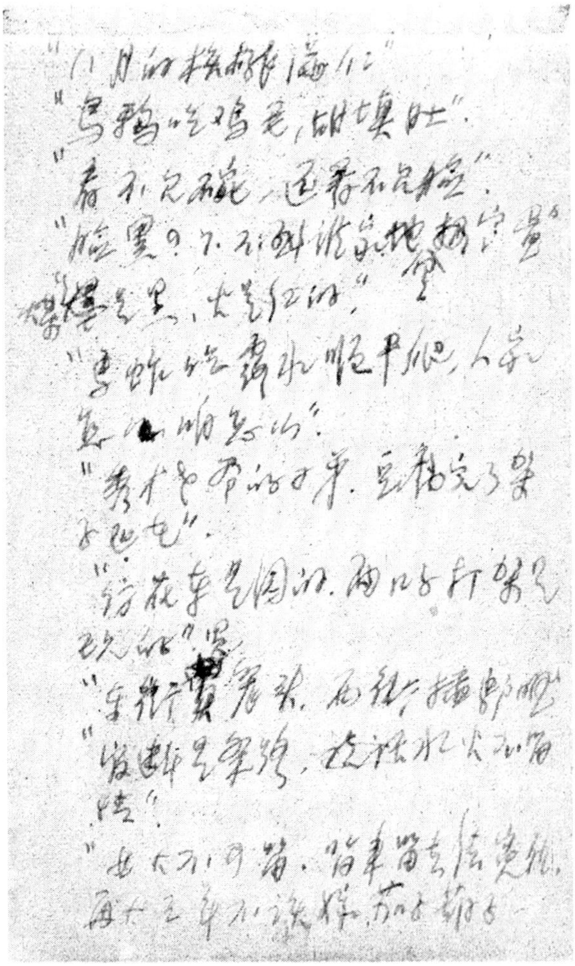

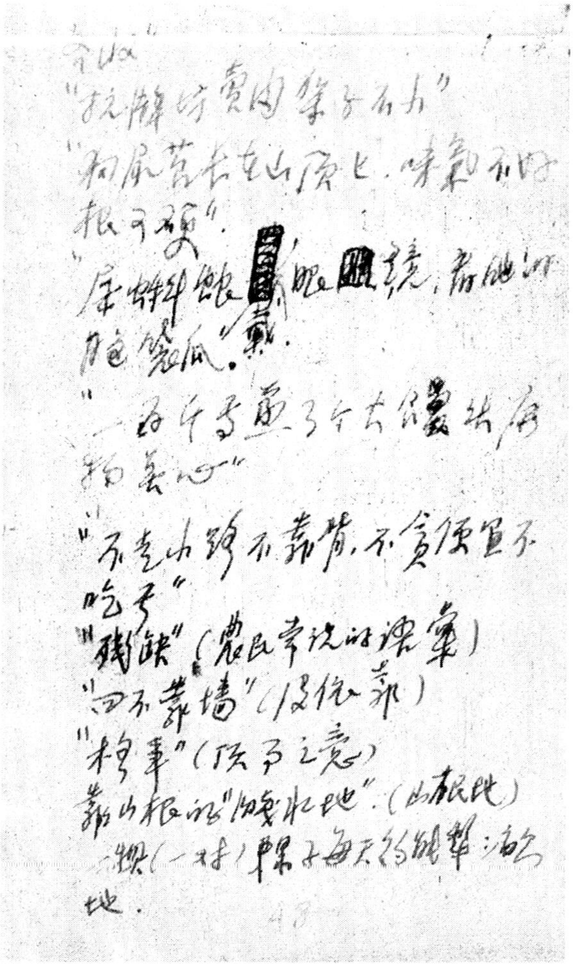
[illegible]
“[illegible]贵肉[illegible]”
“[illegible]在山[illegible]，味气不好，根子硬”。
“[illegible][redacted]眼[redacted]镜，[illegible]”
“一路行来受了个大[illegible]的[illegible]心”
“不走小路不靠背，不贪便宜不吃亏”
“残缺”（农民常说的[illegible]）
“四不靠墙”（没依靠）
“[illegible]事”（[illegible]之意）
靠山根的“[illegible]地”。（山根地）
一[illegible]（一对）骡子每天[illegible]地。

“卖日的”（常指以劳动帮人耕地作工）
“女人没事不兴在家坐”（出嫁以后）
“挖了一‘盘’炕土”（即一座炕土）
“××人的地尽黄土包”（尽大土丘）
“长辫的人”（留辫的人）
“掌鸡汗”（怕老婆的人）
“大门不出，二门不迈”
“这样的媳妇，咱自己‘整’不了她”
“这两只大脚片”（天足女人的脚）
“[illegible]（整整齐齐）[illegible]”
“婆母”（婆婆）
“河南蛤，山东棒，不要屁股就是毛”
（毛也是屁股之意，此为山西人故意骂外省人的俗语）
“花了个铜元，比磨盘还大”。
“一窍劈不开”。
“换粗粮，不换米头面”（穷吃大多不系小料）。
“哑狗不敢揍”。

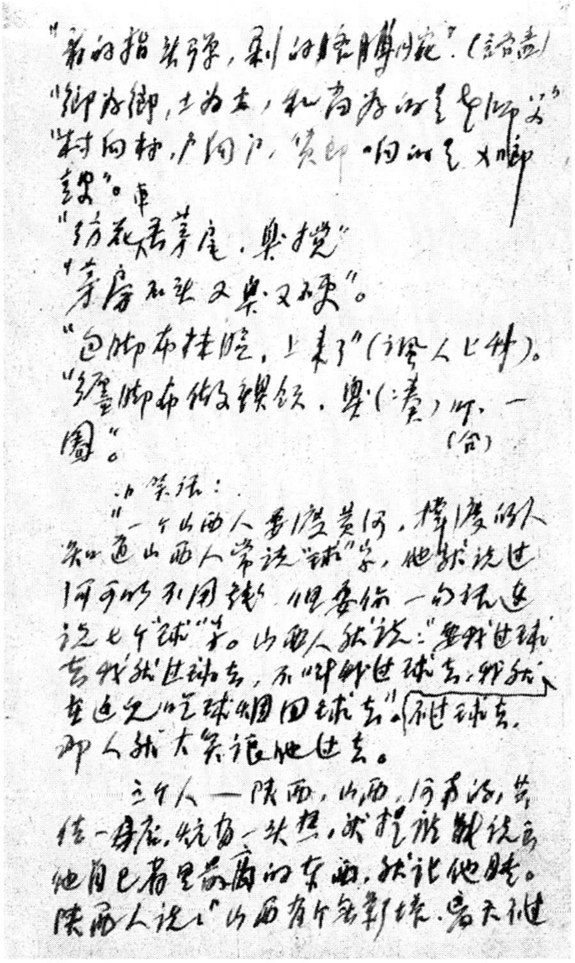
"前的指头弓弹，剩的挤[illegible]眼睛"。（说话声）
"卿为卿，土为土，私商为私[illegible]"
"村向村，户向户，贫[illegible][illegible][illegible]
[illegible]"。
"纺花看茅庵，真搅"
"茅房不光又臭又硬"。
"包脚布抹脸，上来了"（说人上升）。
"缠脚布做裤衩，臭（凑）的一圈"。（合）

小笑话：
"一个山西人要渡黄河，撑渡的人知道山西人常说"球"字，他就说过河可以不用钱，但要你一句话说七个"球"字。山西人就说："要我过球去我就过球去，不叫我过球去，我就在这儿咬球烟囱球去"，不过球去。那人就大笑让他过去。
三个人——陕西、山西、河南的，共住一个店，晚上一块睡，就提议说各说他自己省里最高的东西，然后让他睡。陕西人说："山西有个宝塔，高天[illegible]

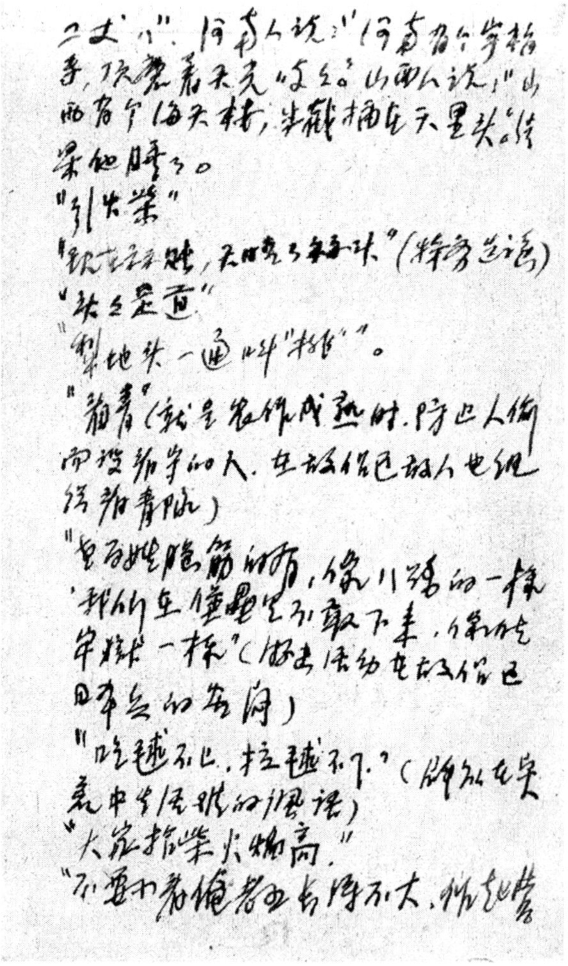

二丈八"。河南人说："河南有个岑梢子，顶着青天还嫌低。"山西人说："山西有个通天楼，半截插在天里头。"饶架他睡了。
"引火柴"
"铁匠锈铁，天晴了会奔水"（特务造谣）
"秋后是道"
"刨地头一遍叫"搂""。
"看青"（就是农作成熟时，防止人偷而设的看守的人。在敌伪区敌人也组织看青队）
"老百姓隐藏的粮，像小鸡的一样，'我们在堡垒里不敢下来，像坐牢狱一样'（解去活动在敌伪区日本兵的答词）
"吃饭不上，拉饭不下。"（饥饿在突袭中生活时的俚语）
"大家拾柴火焰高。"
"不要小看俺，老虎长得不大，能咬

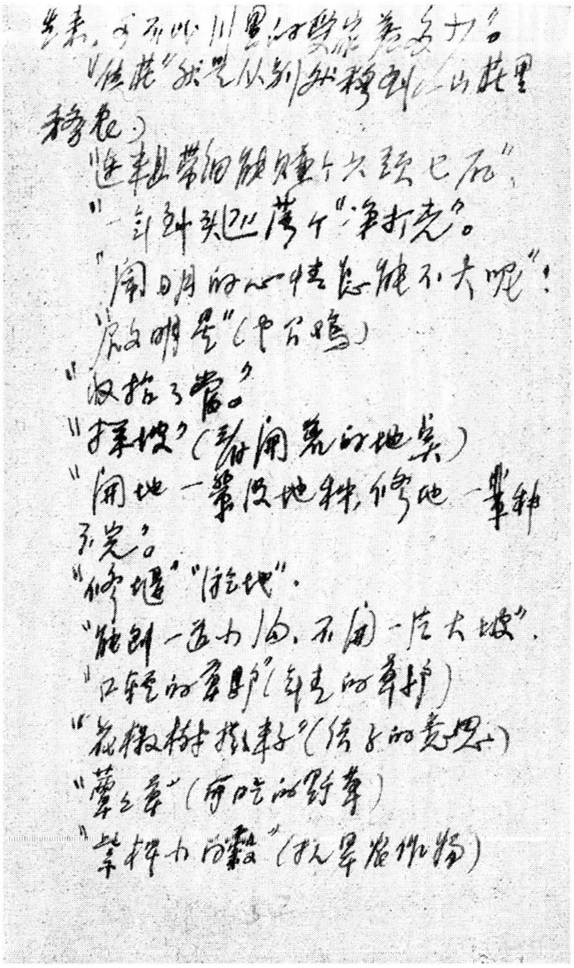
出来，可不比川里的[illegible]差多少。
“侯庄”就是从别处移到[illegible]山庄里移来。)
“进[illegible]带回[illegible]个大头巴石”，
“一斗斜头凹落个”“净打壳”。
“开明明的心情总能不大呢”！
“启明星”（中分鸣）
“収拾了當。”
“撂荒坡”（新开荒的地头）
“开地一辈没地种，修地一辈种不完。”
“修堰”“修地”.
“能剜一道小沟，不开一片大坡”.
“[illegible]的草路”（年青的草杪）
“花椒树摘椒子”（结子的意思）
“苦苦菜”（可吃的野草）
“[illegible]”（[illegible]）

"卖仓""买仓"（即卖响、买响）

"骆驼的尾巴，用得着去剁，用不着去接头。"

"一个驴蛋蛋，一口劳来饭"

"不怕慢，只怕站"

"黑长红长白不长"（土地的上质）

"忘好"（剃骨头）

"今年少吃一升米，明年多吃一斗黄"

墨面婆说"今年的黄萝像瓢灯根一样"，另一个墨面婆说"像针一样大"。（形容黄萝的生长）

"树叶往下往树根落"

"庄稼摇时种，苗要接时送"

"人家歇晌他斜上园，去锄[illegible]供给油盐"（描写七十年来地主的形象）

"打黑的油桌椅子，旧的告钱地换了"

"盒食"（华北风俗：谒见土地时请客吃[illegible]）

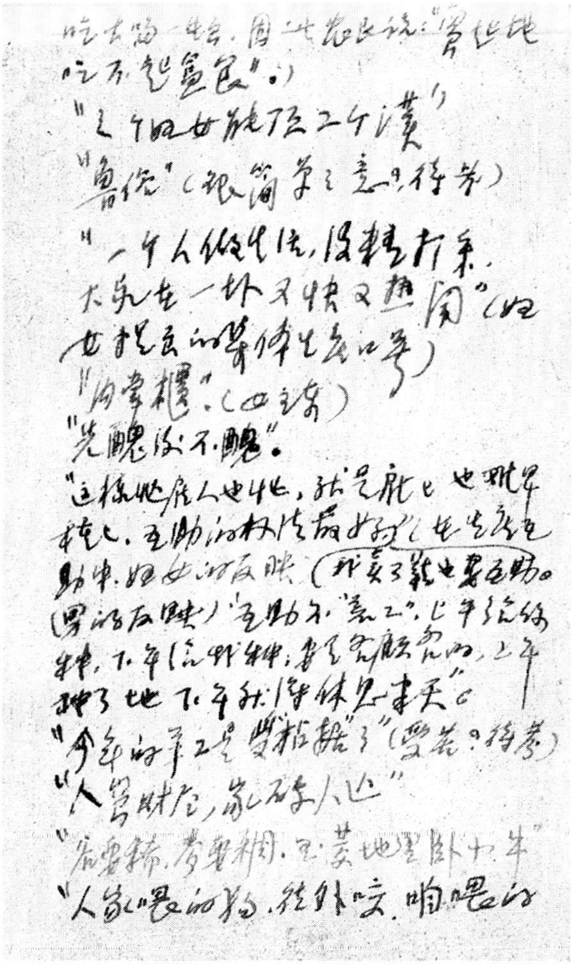

吃大锅一些会，固然农民说："劳作地
吃不起[illegible]"。）
"这个妇女能顶二个汉"
"鲁侉"（[illegible]简单之意？待考）
"一个人做生活，没精打采，
大家在一块又快又热闹"（妇
女提高的劳动生产之[illegible]）
"内掌柜"。（西安[illegible]）
"先醜後不醜"。
"这样地底人也忙，就是忙也[illegible]
[illegible]，互助的把活做好了"（在生产互
助中，妇女的反映）（我家了就也要互助。
（男的反映）"互助不"养"工"，上半年[illegible]
[illegible]，下半年[illegible]；[illegible]，上半年
种了地，下半年就得休息过冬天"。
"今年的事是要抓紧了"（[illegible]？待考）
"人[illegible]财旺，家[illegible]人达"
"[illegible]，[illegible]，[illegible]地里卧十年"
"人家喂的狗往外咬，咱喂的

狗，往里咬"（武乡团村等某地干部）
"老牛力气大来就"（仝上，对粮简回答干部说）
"多做（指生产）不如少做，少做不如不做，多打不如少打，多打要麻烦（公粮统累税），老不算帐的"（仝上，对生产救灾）
"猫儿不吃鱼是假话，但当中打八路军要给咱们折价"（仝上）
"救不活他就饿死咱"（仝上，对征收说）
"少吃粮食多吃菜，日本来了不受害"（仝上）
"君子当时不出相，小人得志把人害，斯文扫地学堂拆，到底是个那样"（仝上）
"山不在高很，人不在老富，这世界，谁吃谁"

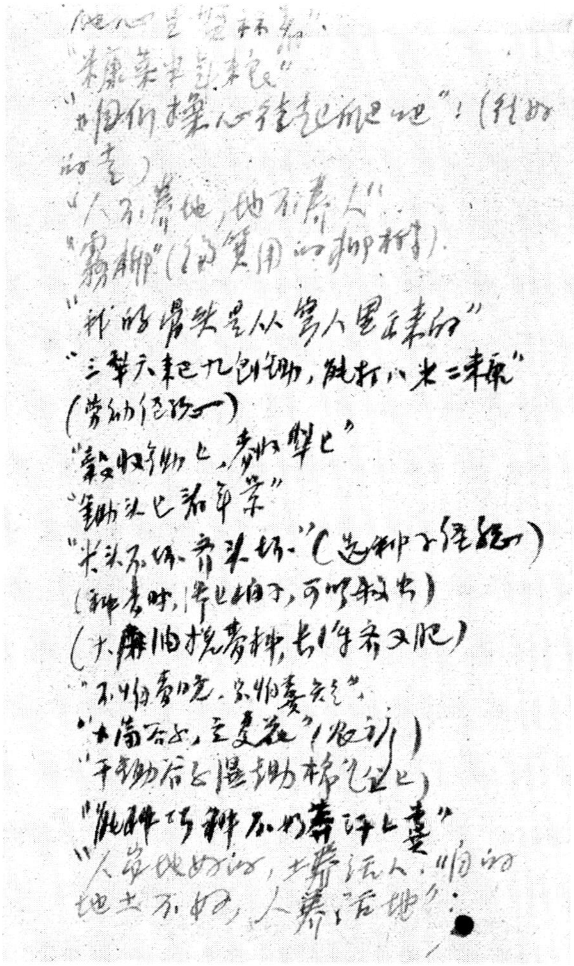
随心里想种么"、
"糠菜半年粮"
"咱们操心往起爬吧"！（往好的意）
"人不养地，地不养人"
"霜柳"（穷贫用的柳树）
"我的骨头是从穷人里来的"
"三犁六耙九刨锄，能打八米二来[illegible]"
（劳动经验一）
"谷收锄锄，麦收犁犁"
"锄头上有年景"
"米头不好，苗头坏"（选种子经验）
（种麦时，常上柏子，可以杀虫）
（大麻油拌麦种，长得齐又肥）
"不怕麦晚，只怕麦[illegible]"
"小满谷上，芒麦花"（农谚）
"干锄谷谷，湿锄棉花花"
"能种好种不如养好苗"
"人靠地养活，地养活人。"咱的地土不好，人养活地"。

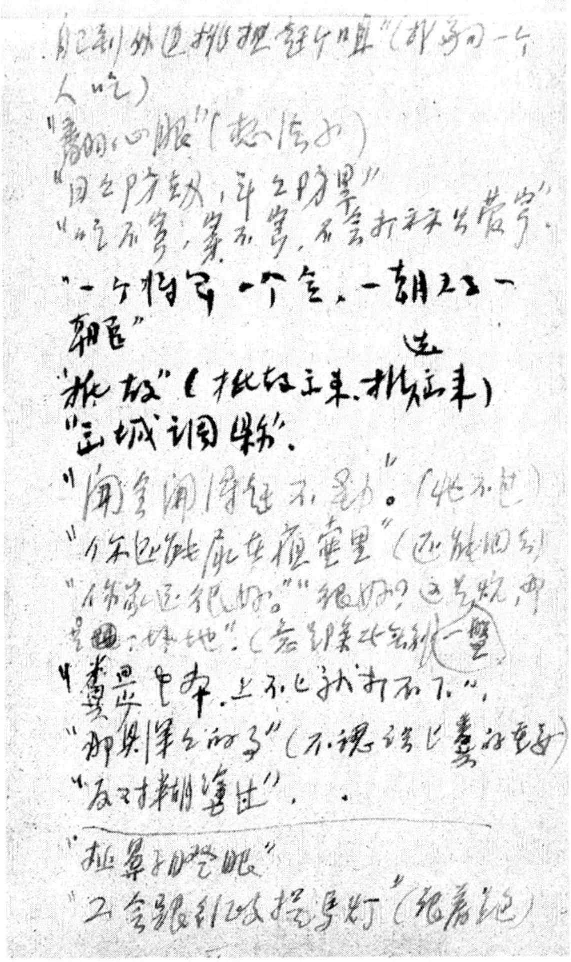
自己割外边排把盘个喔"（[illegible]一个人吃）
"翻心眼"（[illegible]）
"日日防敌，年年防旱"
"吃不穷，穿不穷，不会打[illegible]穷"
"一个将军一个令，一朝天子一朝臣"
"拆放"（拆放下来．拆下来）
"玉城调粉"．
"闹着闹得链不动"。（他不也
"你这铁疙瘩在穷窑里"（还能回到
"你家还很好。""很好？这是炕，哪里[illegible]地"（[illegible]一壁
"[illegible]，上不上就打不下"．
"那些[illegible]"（不[illegible]
"[illegible]"．
"拉鼻子瞪眼"
"[illegible]"（[illegible]）

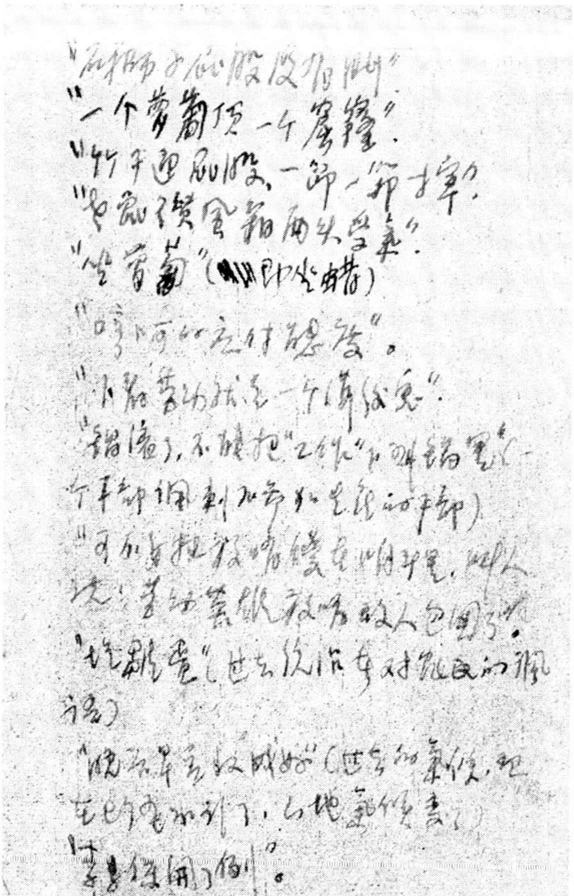
[illegible]
"一个萝卜顶一个窟窿"。
"竹子通屁股，一节一节打穿"。
[illegible]
[illegible]
[illegible]
[illegible]
[illegible]
[illegible]
[illegible]
"[illegible]"。
"闹气不屁"。

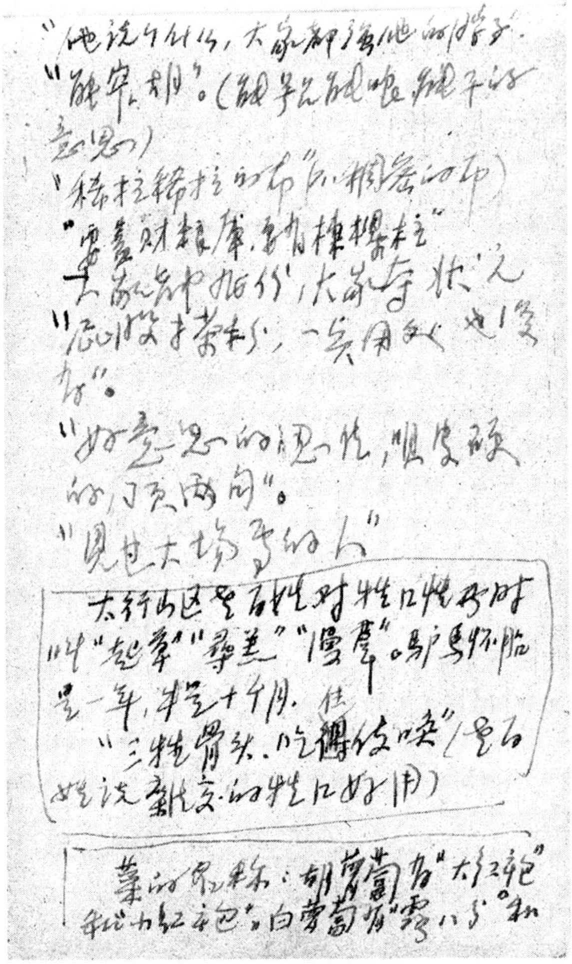
"他说个什么，大家都随他的腔子。
"醉窝窝"。（醉字念做噎，醉子的意思）
"稀拉稀拉的布"（不稠密的布）
"聚宝财粮库，镇宅榛楔柱"
"大家都帮他们，大家夸状元
"忽然打发来了，一点用处也没有"。
"好意思的通情，顺便谈的顶两句"。
"见过大场面的人"
太行山区老百姓对牲口性别时叫"骚羊""草驴""儿马"。驴马怀胎是一年，牛是十个月。
"三牲骨头，吃糊住喽"（老百姓说新买的牲口好用）
菜的名称：胡萝卜有"大红袍"和"小红袍"，白萝卜有"露八分"和

“纸不个闹”。

“有了白萝卜，这个嫌吃穰，那个嫌吃空萝卜，这个嫌干布吸吸，那个嫌湿布泡净”

“红头萝卜紫皮蒜，你找你的女婿，我找我的汗”。

“媳妇偷来，饿的肚皮饿，小狗跳上墙，饿的跳上墙低”。

“茶壶里煮饺子，肚里有货嘴倒不出”

“武大郎卖甲鱼，什么人卖什么货”。

“癞蛤蟆镶金，摆不上桌子前”。

“他父亲开间馒首子，他母亲当做生意，经得多见得广”。

“猪嘴里拿下话，王八不是个君”。

“鼓楼上的雀子，耐惊耐怕”。

“猪八戒照镜子，里外不是人”。

“冻豆腐，难拌（办）”。

“吊死鬼的脖子，麻缠”。

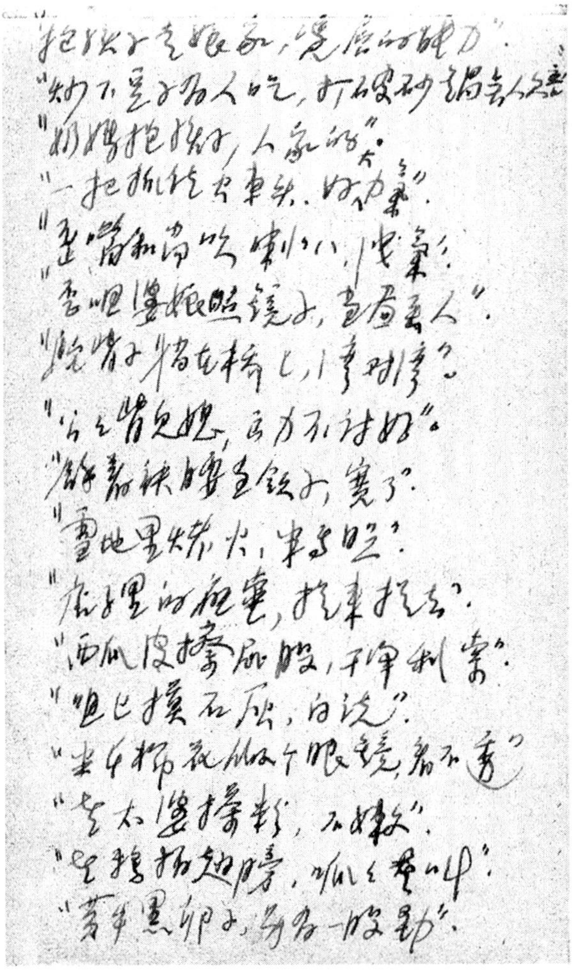

"抱孩子走娘家，[illegible]的能力"。
"炒不熟了给人吃，打破砂锅[illegible]"
"奶妈抱孩子，人家的"。
"一把抓住牛车头，好大力气"。
"歪嘴和尚吹喇叭，邪气"。
"[illegible]照镜子，[illegible]人"。
"瞎子猫在桥上，[illegible]"。
"公公背儿媳，出力不讨好"。
"[illegible]镜子，宽了"。
"雪地里烧火，半头暖"。
"庙里的泥塑，搬来搬去"。
"西瓜皮擦屁股，干净利索"。
"隔山摸石头，白说"。
"半斤棉花做个眼镜，看不透"。
"老太婆擦粉，不嫌"。
"天鹅折翅膀，[illegible]"。
"黄牛黑卵子，另有一股劲"。

"[illegible]，白费力气"。
"瞎子[illegible]，碰上就[illegible]"。
"铁公鸡，一毛不拔"。
"玉石[illegible]美，又光又滑"。
"猪八戒吃人参，生吞活剥（或"不知贵贱"）"
"和尚头上摆珍珠，明显着"。
"老鼠钻风箱，两头受气"。
"脚踏西瓜皮，滑之乎也"。
"猴子见[illegible]，又蹦又跳"。
"武大郎爬梯子，上下够不着"。
"肉包子打狗，一去不回"。
"脚踏两只船，没主张"。
"石狮子的屁股，摸不着门"。
"[illegible]油，又尖又滑"。
"吃西瓜喝凉水，凉透人心"。
"毛房里吃烧饼，恶心"

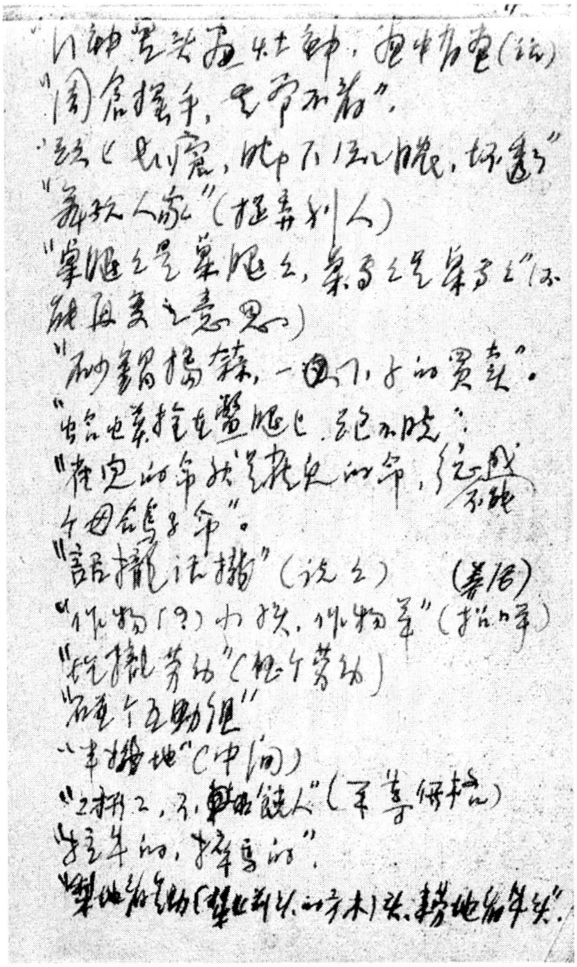

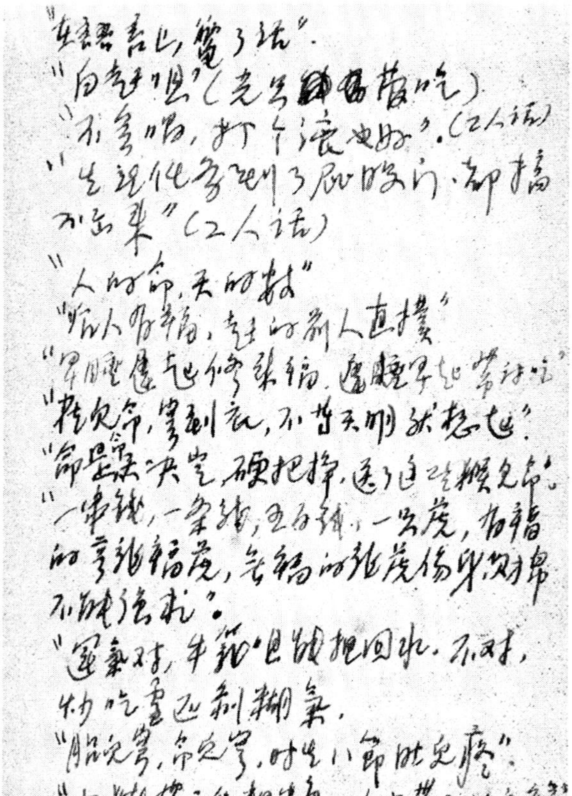

"东家吃香的，穷了话"。
"白吃饭"（光吃饭菜吃）
"不会唱，打个滚也好"。（工人话）
"生孩作子到了屁股门，都搞不出来"（工人话）
"人的命，天的数"
"穷人有幸福，老天的前人直接"
"早睡懒起也修来福，迟睡早起常辛苦"
"穷是命，穿烂衣，不等天明就起身"。
"命是天决定，硬把挣，逃了这些穷鬼命"。
"一串钱，一条龙，五百钱，一只虎，有福的享龙福虎，无福的被虎伤身没得棉不能活"。
"运气对，半夜也能挑回来。不对，快吃到口还剩糊气。
"八字定，命也定，时生八节就定穷"。
"小鸡带三升粗糠，人也带三分衣禄"
"龙生一个闹九江，猪生一窝抢粗糠"。
"吃了喝了有福的，留下买地租房的"。

"跟什么样人学什么样，跟着巫婆会跳神"

"跟着好人学好人，~~[struck]~~不板比(扳)寒佬年"？

"蚂蚁快跑饿断腰，吃糠也不让吃油饼"（劳动吃不比过去吃不比，不劳动吃的比劳动吃的比）

"日月常在何必人忙"

"怕的就是墙缝里的蝎子"？

"狼到千里也吃肉，狗到千里也吃屎"

"一日清闲一日忙"，

"有命不在年，不板长短事"

"学跟你"

"人走好运地加劲，人走倒运地生病"

狐子没打着 落了一屁股~~臊臊~~臊臊"

"你吃鬼我，我吃鬼你"（互相捣鬼）

"不烧香 不磕头，小操"实际是小事。

"屎到屁眼打问门"。

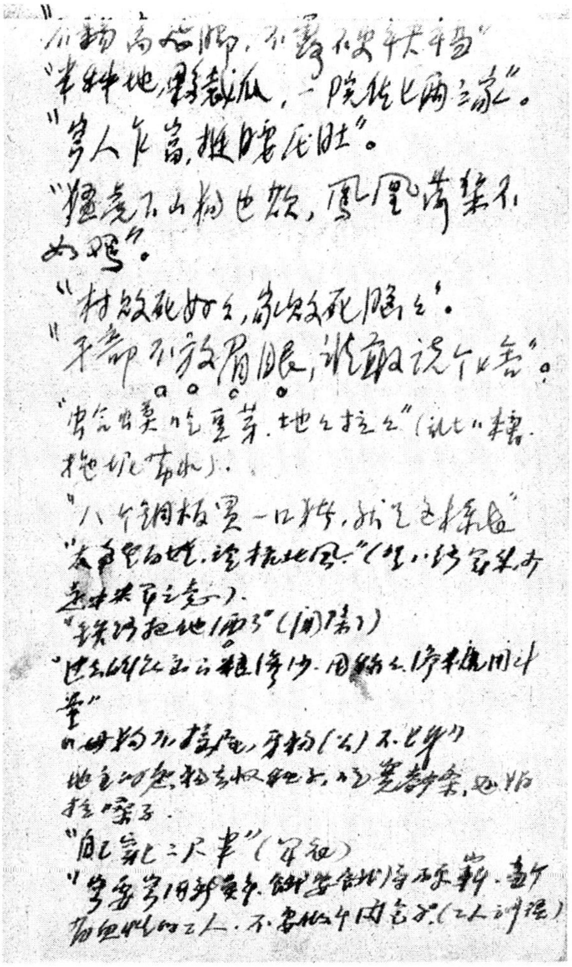

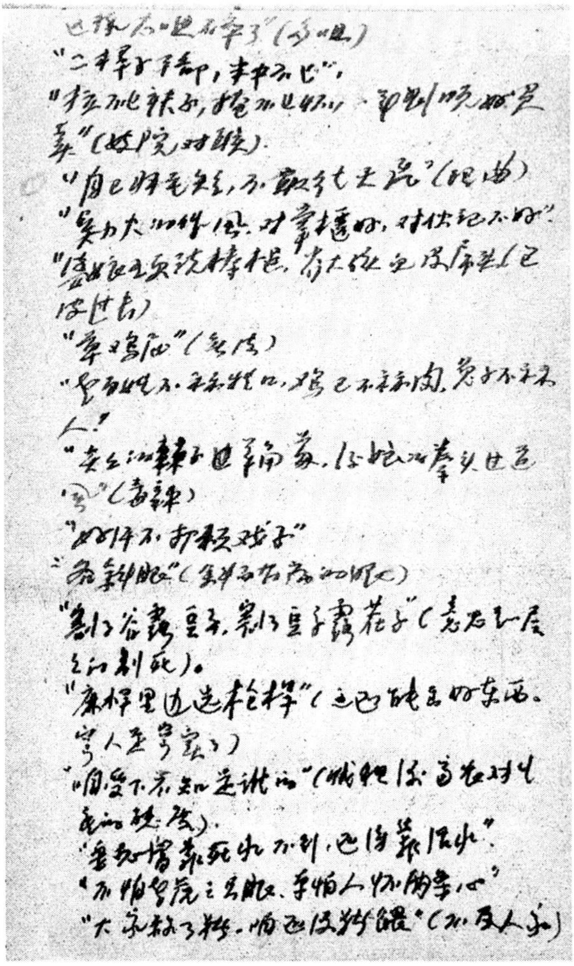

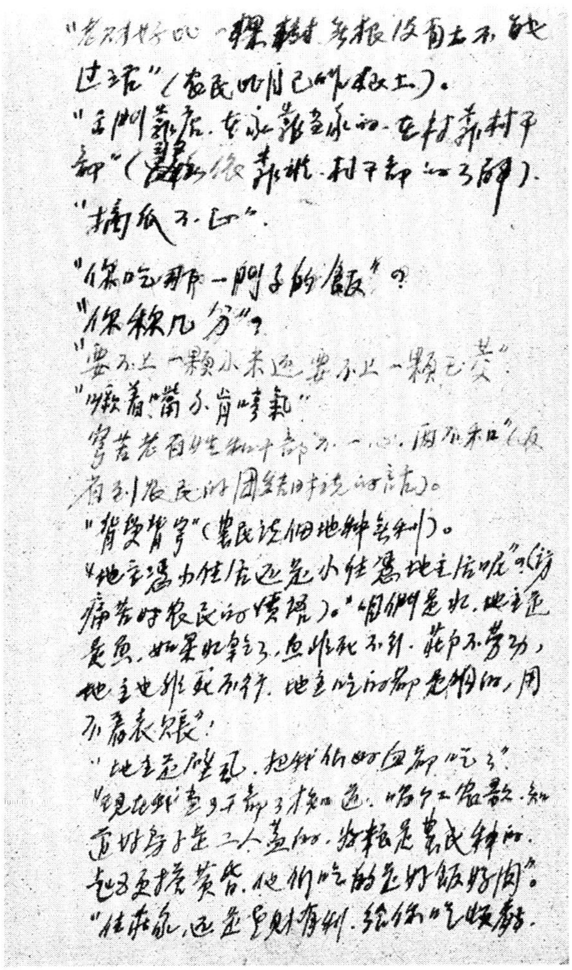
"老农对我们说：一棵树多根，没有土不能过活"（农民比作自己根本土）。
"三州茶店，长永蔡[illegible]家的。在村兼村干部"（[illegible]依靠[illegible]，村干部[illegible]）。
"搞成不一心"。
"你吃那一门子的饭"？
"你称几分"？
"要不上一颗小米还要不上一颗豆荚"。
"嗽着嘴不肯吭气"
穷苦老百姓和干部不一心，两不和"（反省到农民的团结时说的话）。
"背受背穷"（农民说佃地种无利）。
"地主过的什么日子还是小娃过地主日子呢"？（访痛苦的农民的情形）。"咱们是水，地主是鱼，如果水干了，鱼非死不行。农户不劳动，地主也非死不行。地主吃的都是咱们的，用不着表[illegible]"！
"地主是瞎子，把我们的血都吃了"。
"现在打倒了不奇了才知道，咱们这些人，知道财主是工人养的，粮是农民种的，[illegible]黄昏，他们吃的是好饭好肉"。
"住在家，还是受财主剥削，给你吃糠麸。

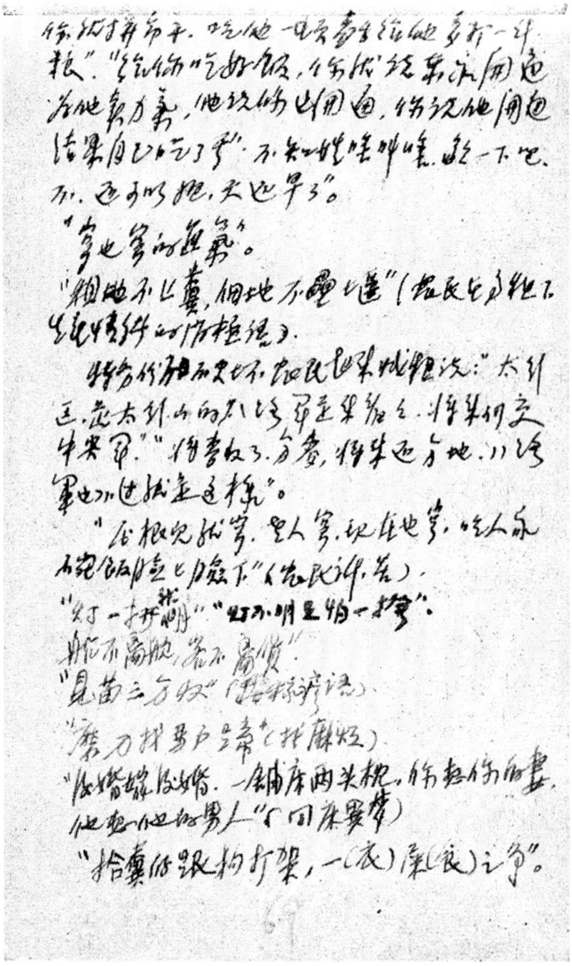

你们[illegible]平。吃他一口[illegible]给他多打一斤粮"。"给你吃好饭，你们[illegible]用通给他气力气，他说你也用通，你说他用通，结果自己吃了亏"。不知[illegible]。[illegible]一下也不[illegible]，天也早了"。

"穷也穷的硬气"。

"粗地不上粪，细地不叠堰"（[illegible]生活情形的[illegible]）。

特务们和反动分子在农民中[illegible]说："太行区，在太行山的八路军是要[illegible]，将来[illegible]来了"。"将来[illegible]，将来[illegible]地，八路军也[illegible]这样"。

"不根究就穷，[illegible]人穷，现在也穷，吃人家碗饭，[illegible]脸下"（农民[illegible]）。

"灯一拨就亮""灯不明是怕一拨"。

"船不离舵，客不离货"。

"见苗三分收"（[illegible]谚语）。

"磨刀[illegible]户上蹄"（找麻烦）。

"[illegible]结婚，一铺床两头枕，你想你的妻，他想他的男人"（同床异梦）

"拾粪的跟狗打架，一（衣）来（衣）之争"。

69

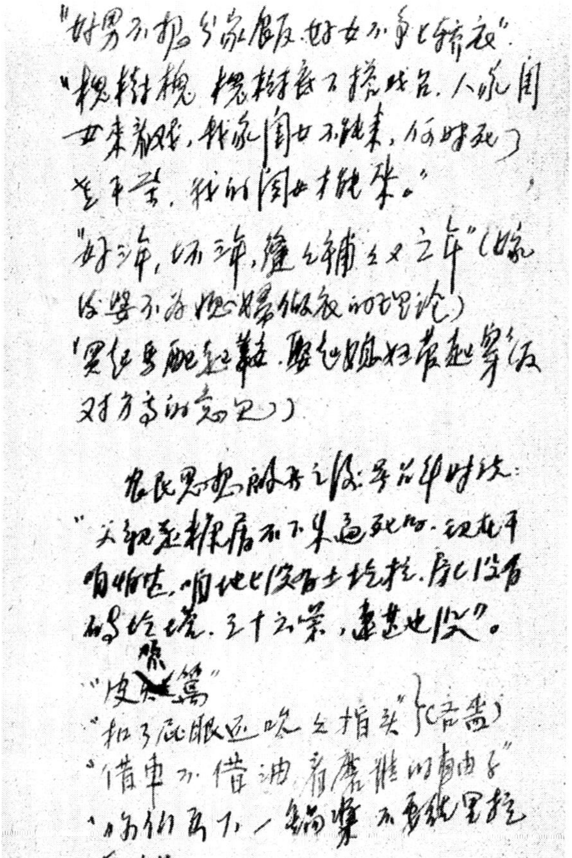
“好男不吃分家饭，好女不穿嫁妆衣”。
“槐树槐，槐树底下搭戏台，人家闺
女来看戏，我家闺女不能来，何时死了
老干部，我的闺女才能来。”
“好汉，坏汉，离不了铺盖之年”（婚
后婆不许媳妇做衣的理论）
“男娃要配红鞋，娶个媳妇看起穿衣
（对方家的意见））
农民思想顾虑之深与互助时说：
“大船要靠桨，唐不下来逼死你。现在干
咱怕啥，咱也没有土地粮，房也没有
砖与瓦，三十六策，走也没门”。
“皮[illegible]篇”
“扣了屁眼还吮吮指头”}（吝啬）
“借车不借油，看磨推的轴子”
“你们再大，一锅煮不到我锅里捞
好人”。
“全家穿一件包公史精，贵了家也不到

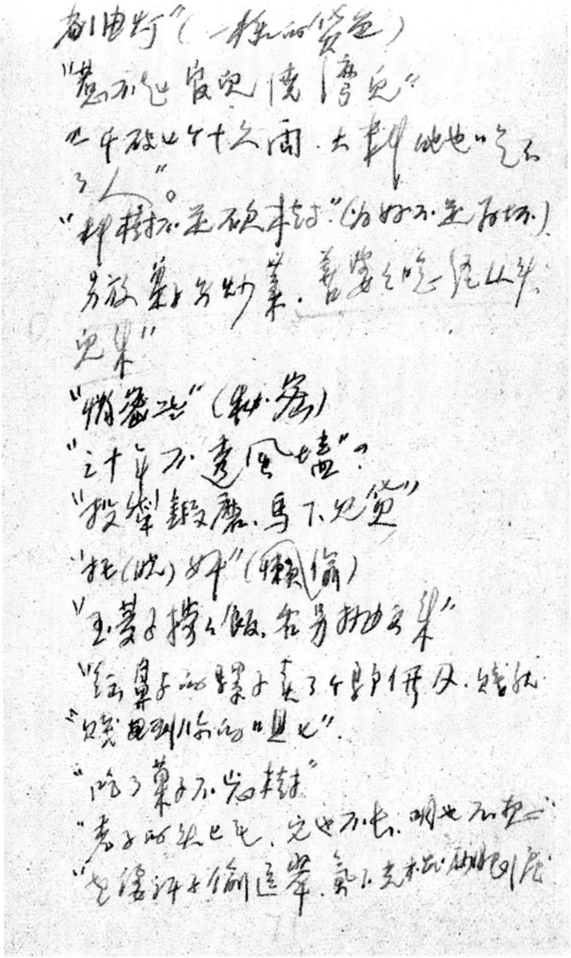
[illegible]曲灯”（一样的[illegible]）
“[illegible]不[illegible]食鬼[illegible]鬼”
“四[illegible]八十[illegible]雨，大[illegible]地也[illegible]了人”。
“种树不[illegible]木[illegible]”（[illegible]）
[illegible]菜[illegible]菜，[illegible]从[illegible]米”
“[illegible]”（[illegible]）
“二十年不透风墙”？
“[illegible]磨，马下[illegible]”
“[illegible]（[illegible]）[illegible]”（[illegible]）
“玉茭子[illegible]饭，[illegible]米”
“[illegible]鼻子的骡子卖了个[illegible]，[illegible]
[illegible]”。
“[illegible]了菓子不[illegible]树”
“[illegible]子[illegible]，[illegible]也不[illegible]，[illegible]也不[illegible]”
“[illegible]

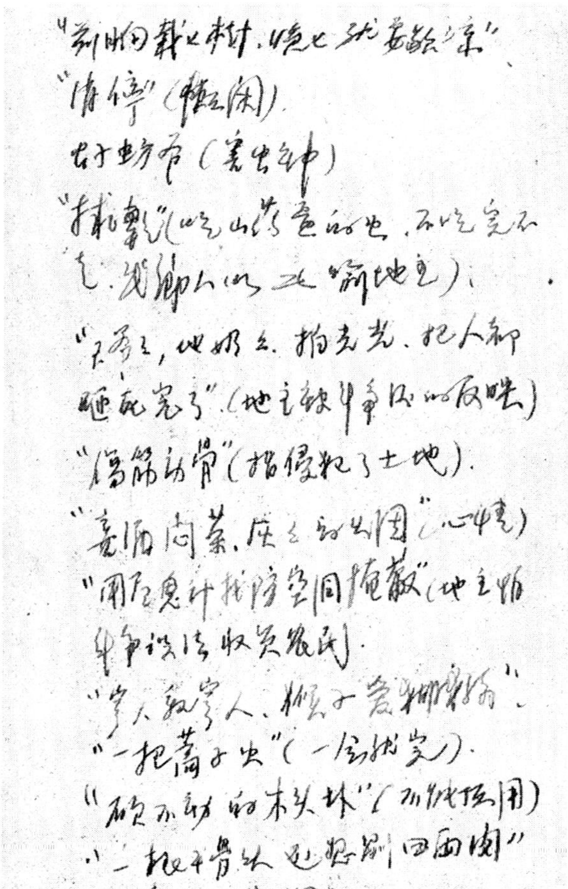

“剥削阶级本性，吃喝我们的血汗”、

“清停”（糟蹋）.

好吃懒做（寄生虫）

“拣剩饭”（吃山珍海味的也，不吃完不丢，我乡人吃不上的地主）.

“天爷，地奶奶，揞老光，把人都整死完了”（地主被斗争以后的反映）

“伤筋动骨”（指侵犯了土地）.

“亲娘肉菜，床上的[illegible]”（心情）

“闹尽鬼计找防空洞掩蔽”（地主怕斗争设法收买农民）.

“穷人救穷人，猴子爱[illegible]”.

“一把蒿子火”（一会就完）.

“碰不动的木头块”（不能依用）

“一根骨头也想刮四两肉”

“四邻、中人”（调解人）.

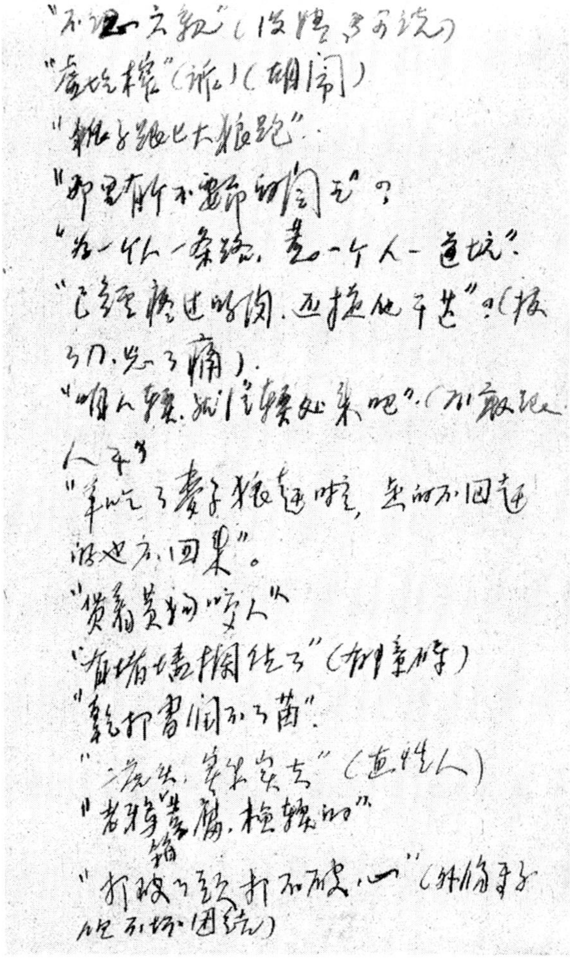

“不认六亲”（没情义可谈）
“虚圪糠”（诈）（胡闹）
“糠子跑比大粮跑”
“那里有所不露的闲气”？
“为一个人一条路，害一个人一道坑”
“已经瘦过啥肉，还捡他平些”？（挨了刀，忘了痛）
“咱人赚，他们赚她来吧”（不敢说人乎）
“羊吃了麦子粮食啦，来的不回去的也不回来”。
“货看黄狗咬人”
“在墙墙搁住了”（树章桥）
“鞋打书闻不了苗”
“没意思，寒心实去”（直性人）
“老猪爱（错）腐，槌棒的”
“打破了头打不破心”（外有矛盾不妨团结）

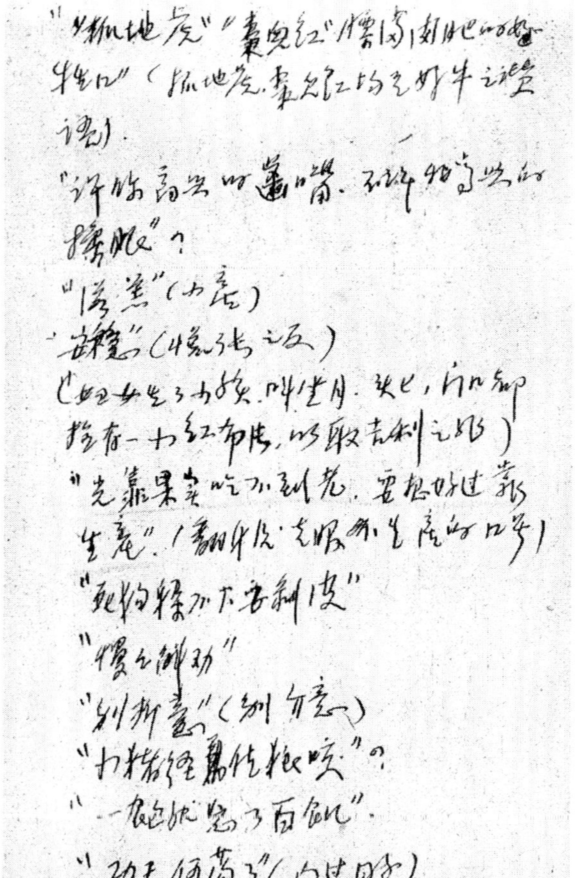

"抓地虎""枣儿红""撂[illegible]时把时好牲口"（抓地虎、枣儿红均是好牛之褒语）。
"许你富家的蓝嘴，不许佃户家的撑眼"？
"落羔"（小产）
"安镫"（[illegible]之谓）
（妇女生了小孩，叫坐月。头七，门口都挂有一小红布条，以取吉利之始）
"先靠果实吃了到老，要想好过靠生产"（翻身后老眼前生产的口号）
"死狗操了不要剥皮"
"惯了懒动"
"剁折蔓"（剁分蔓）
"打糊涂鸡住粗咳"？
"一顿饱不了百饥"。
"功夫何消了"（白过日子）
"灶灰比土热"

"比喻人'打俤'的含意（打弟的含意）

"我们不敢摆功"

"地也不要太多，闹大了也得受牵累"

"中央军""遭殃军""扛筹队"

"吃不干饭不净，办事不太发心"

"太行不倒，八路军不走"。

"农民一开始就向剥削者斗争，你们粮食是怎样来的？是靠你们剥削来的，你们不劳动却能抱着大姑娘老婆，尽吃好穿好？我们劳动一年却没吃穿，打光棍"。

"砍倒大树有柴烧"

"瘸锅子"（驼背）

"心急喝不到豆粘粥"

"来耍耍给你李何下"（弄好了）

"像俱不服事"

"遇人动手"（碰到事情）

"不使眼色"（不弄坏）

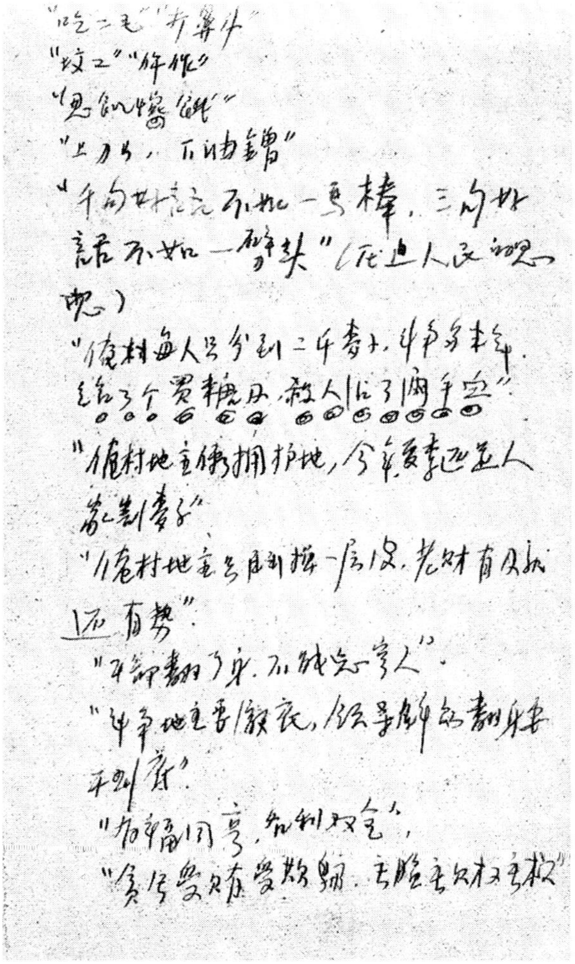

"吃二毛""开算小"
"校工""作作"
"鬼飢嚎饿"
"上刀山、下油锅"
"千句好话不如一马棒，三句好话不如一斧头"（在边人民谚语）
"俺村每人只分到二斤麦子，快过年节，给了个买糖瓜，穷人得了两手空"。
"俺村地主俩拥护地，今年领导起来人家割麦子"
"俺村地主多用剥削一层皮，老财有人就还有势"。
"千年翻了身，不能忘了穷人"。
"年年地主要倒霉，但亏解放翻身来到底"。
"有福同享，名利权全"，
"贫农受穷受欺负，富农主财主权"

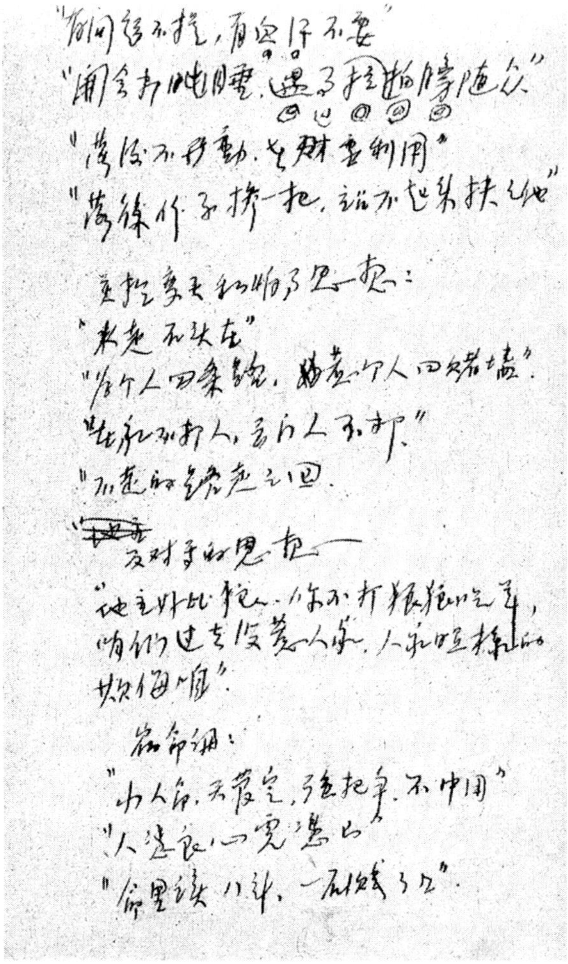

"有问题不提，有意见不要"
"开会打瞌睡，遇了挫折随众"
"落后不劳动，光财要利用"
"落后份子搀一把，谁不起来扶他"

关于享受和怕死思想：
"来去不自在"
"各个人四条腿，[illegible]个人四[illegible]"
"出私不打人，当个人不打"
"加速的锻炼之回

~~[illegible]~~
反对享乐思想——
"地主好比狼，你不打狼狼吃羊，咱们过去受苦人家，人和咱这样的欺侮咱"

宿命论：
"小人命，天注定，强把争，不中用"
"人凭良心宽患[illegible]"
"命里该八升，一[illegible]"

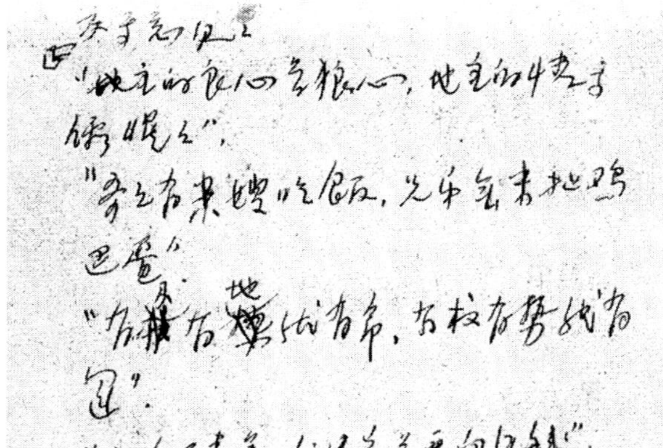

关于[illegible]

"地主的良心是狼心，地主的[illegible]

[illegible]"

"穷人有[illegible]吃饭，[illegible]

[illegible]"

"[illegible]

[illegible]"

"[illegible]钱"

"流过的血，欠过的[illegible]

[illegible]"

"知足长乐，能忍者安"

"吃亏人常在"

"穷苦人辛苦一年[illegible]秋，富人一辈子吃

[illegible]"

"[illegible]，不[illegible]"

"人多势力大，柴大火焰高"

"[illegible]"

"人不亲，[illegible]亲，[illegible]"

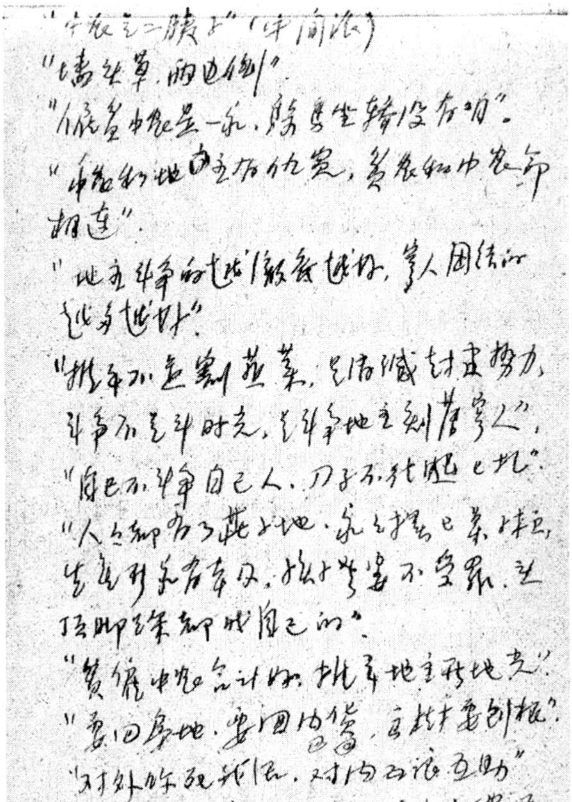

"中农是二胰子"（中间派）
"墙头草，两边倒"。
"低着脑袋是一家，除了坐轿没有咱"。
"中农的地与地主的仇是，贫农和中农命相连"。
"地主斗争的越彻底越好，穷人团结的越多越好"。
"斗争不要割韭菜，只清除封建势力，斗争不是斗财产，是斗争地主剥削穷人"。
"自己不斗争自己人，刀子不往里扎"。
"人人都分了好土地，家家摆上菜和酒，生意开张有奔头，打下粮食不受罪，这些账都成自己的"。
"贫雇中农合计好，挑了地主和地支"。
"要回房地，要回血债，要挖掉穷根"。
"对外阶级战线，对内互谅互助"
"一家斗争大家胜利，十分之九的农民作主分果实"
"剥削我的不长久，农民翻身了人做主"。

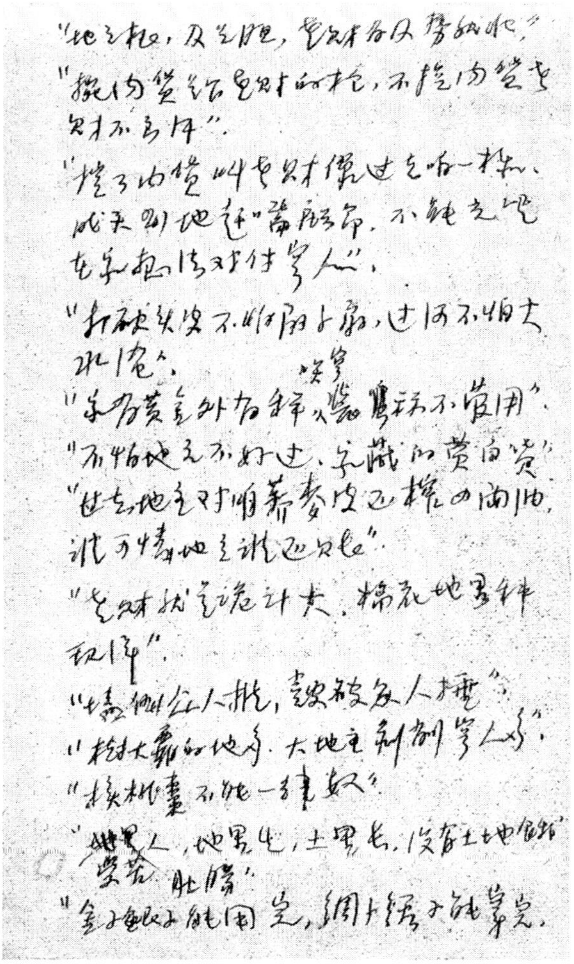

"地主租，及主租，老财者只劳动收。"

"挨门贷给老财的粮，不挨门贷老财不出件"。

"挨了门借叫老财像过年一样，成天到地主"端盘子，不能支吃在家想法对付穷人"。

"打破头皮不怕阴上霜，过河不怕大水淹"。

"家有黄金外有秤，(咳穷)嗡寡妇不发用"。

"不怕地主不好过，家藏的黄白货"。

"过去地主对咱荞麦皮面，棒面油调油，现可情地主说过日子"。

"老财找主说计大，棉花地里种红薯"。

"情愿给人挑，莫被穷人捶"。

"搞大粪的地方，大地主剥削穷人了"。

"核桃枣不能一律收"。

"地里人，地里生，土里长，没有土地饿受苦肚肠"。

"金子银子能闹定，铜子银子能算完。

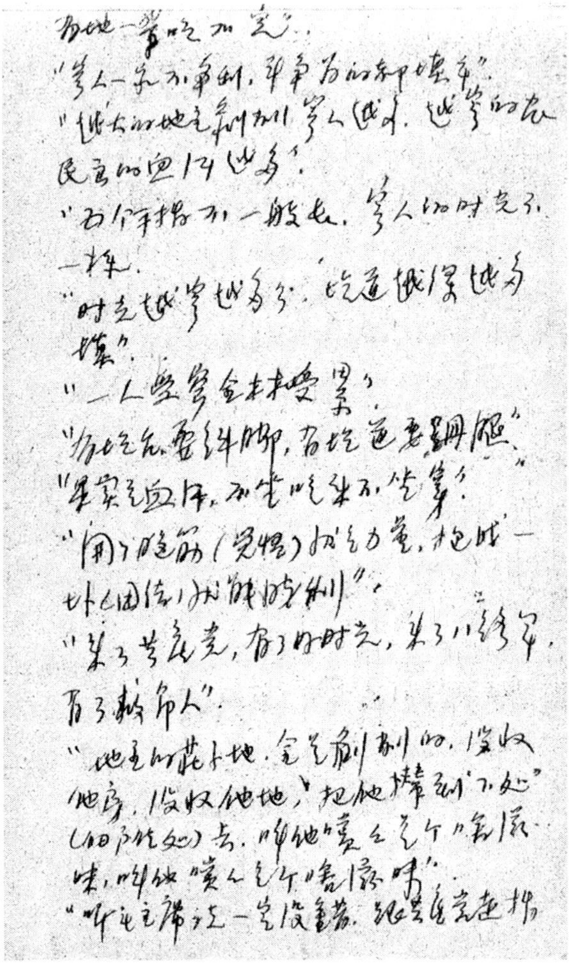
有她一[illegible]吃不完"。
"穷人一家不剥削，辛辛苦苦的[illegible]"。
"地主的地是剥削[illegible]穷人的，地主的衣
食[illegible]"。
"五个手指不一般长，穷人的时光不
一样。
"时光越穷越多，吃得越多越
坏"。
"一人[illegible]"。
"有吃无穿[illegible]，有吃[illegible]"。
"果实[illegible]，不[illegible]吃[illegible]不[illegible]"。
"闹翻身（觉悟）要[illegible]力量，抱成一
块（团结）就[illegible]剥削"。
"来了共产党，有了好时光，来了八路军，
有了救命人"。
"地主的每个地，全是剥削的，没收
他房，没收他地，把他撵到一处
（[illegible]）去，叫他"尝尝穷人"的滋
味，叫他"尝尝穷人的"滋味"。
"听毛主席的话一定没错，跟着共产党走

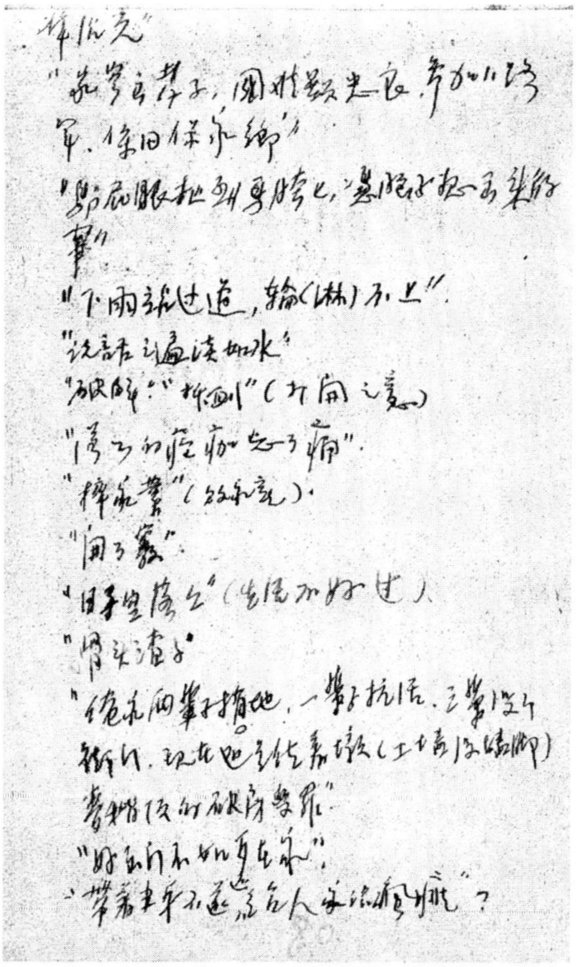
[illegible]"
"家穷出孝子，国难显忠良，参加八路军、保田保家乡"
"鸡屁眼拴到手腕上，急脾[illegible]赶不上[illegible]事"
"下雨跳过道，轮（淋）不上"
"说话三遍淡如水"
"破鞋"、"拆烂"（打开之意）
"[illegible]"
"摔气罐"（发脾气）
"闹了[illegible]"
"日子里落了"（生活不好过）
"骨头渣子"
"俺家两辈子种地，一辈子扛活，三辈子[illegible]，现在也是贫雇农（土改后结婚）[illegible]破除迷信"
"好[illegible]不如[illegible]"
"带着[illegible]来不还，[illegible]人家[illegible]"

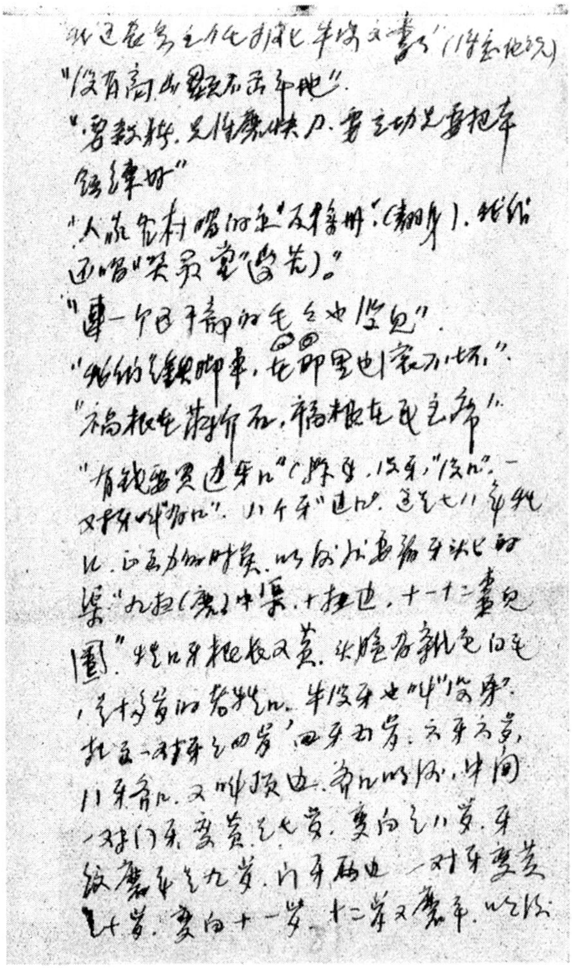
"现在农家主人化打得比单位文章"（[illegible]他说）
"没有高山显不出平地"。
"要致富，光依靠快刀，要主动先要把本领练好"
"人家农村唱的是"不掉册"（翻身），我们还唱"哭灵堂"（诉苦）。"
"连一个区干部的毛毛也没见"。
"我们的铁脚车，在部里也[illegible]不坏"。
"福根在蒋介石，福根在毛主席"
"有钱要买过年儿"（牲口，口牙，"口儿"，一对牙叫"对牙儿"，八个牙"道口"，这是七八年牲口。[illegible]
[illegible]
圈"[illegible]
[illegible]

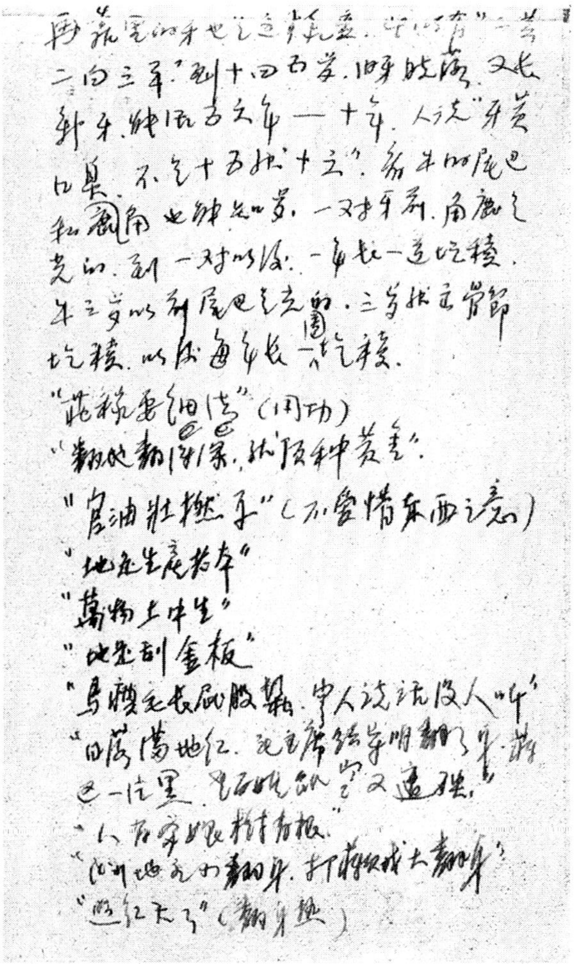
再花里的牙也之这样长来，所以有"二节
二白三年"到十四五岁，以牙脱落，又长
新牙，能活五六年——十年。人说"牙黄
口臭，不到十五就十六"。看牛的尾巴
和角也能知道，一对牙前，角底之
光的，到一对以后，一年长一道圪棱。
牛三岁以前尾巴是光的，三岁就出骨节
圪棱，以后每年长一圈圪棱。
"庄稼要细活"（用功）
"翻地翻得深，好顶种黄金"。
"官油壮槛子"（不爱惜东西之意）
"地是生产根本"
"万物土中生"
"地是刮金板"
"马瘦毛长屁股翘，穷人说话没人听"
"日落满地红，毛主席给咱翻了身。蒋
过一阵黑，老百姓就又遭殃。"
"人有爹娘树有根。"
"泥河地主打翻身，打倒蒋就成大翻身"
"遍红天了"（翻身谣）

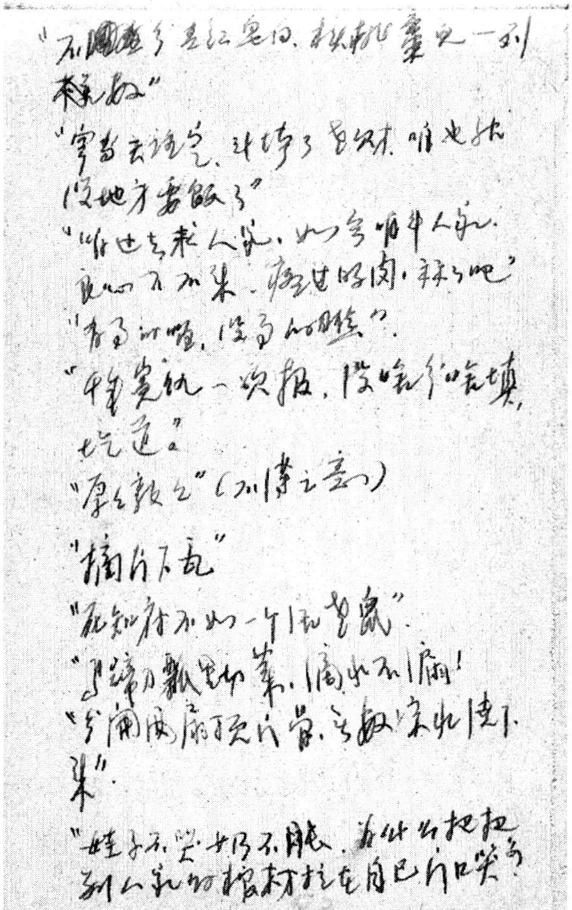
"不[illegible]了是红是白，[illegible]一到[illegible]"
"[illegible]去[illegible]，[illegible]了[illegible]，[illegible]没地方要饭了"
"作甚去求人家，[illegible]人家，良心[illegible]，[illegible]好肉，补补吧"
"[illegible]，没[illegible]的[illegible]"。
"[illegible]一块板，没啥[illegible]啥填，地道。"
"厚厚敦敦"（[illegible]之意）
"[illegible]不乱"
"[illegible]不如一个[illegible]老鼠"。
"[illegible]，滴水不漏！
"[illegible]下来"。
"娃子不哭奶不胀，为什么把拉别人家的棺材拉在自己门口哭了"

"东侧吃草头，西侧吃猪头"
"秃小叫唤没人听（秃小猫头鹰）
给它个嗐东西，另一衡八跳，
闻谣办谈，大家不听鬼叫唤"
"咱对老财要清翻他，拔他根眼
毛也差不了他！"
"打铁靠捶，翻身靠斗"
"老财不读书，咱们种了几十年头，
他也没给咱啥，刀打咱的头（翻
不起）。"
"一贫万富，过了这村没这店"（现
在不斗啥时候没机会）
"地主过去有地就有钱，有钱就读
过书，长大就能做官，做了官就压
迫欺负剥削我们；咱们没地就
受穷，咱没钱就得挨大棒，立
起式，就得摇晃棵地，就得受
饥挨饿"。

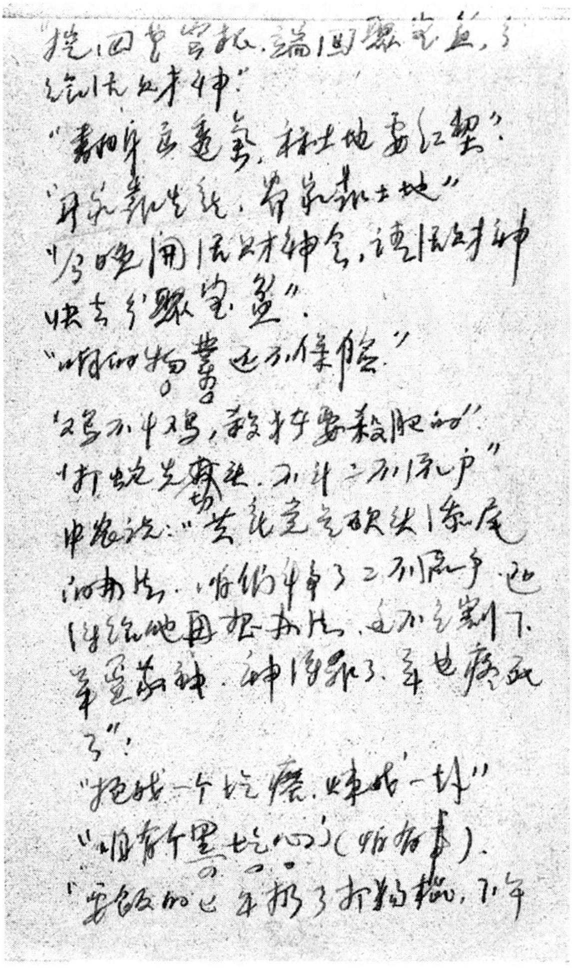

“挖个窖窖放，端个聚宝盆，了
结债还财神”
“春耕要透气，种土地要红犁”
“种瓜靠先生，穷家靠土地”
“今晚开侍财神会，请侍财神
快去守聚宝盆”。
“咱们的警还不像话”
“鸡不叫鸡，杀猪要杀肥的”
“打蛇先打头，不斗二流户”
申说：“芸花定会砍头除尾
的分法，咱们争了二流户，也
得给他再拉扯，他不会割了
单进菩神，神得罪了，单也瘸死
了”！
“挖掉一个坑瘤，快成一块”
“咱有个黑心的”（坏分子）。
“要饭的也来拆了打粮擂，不干

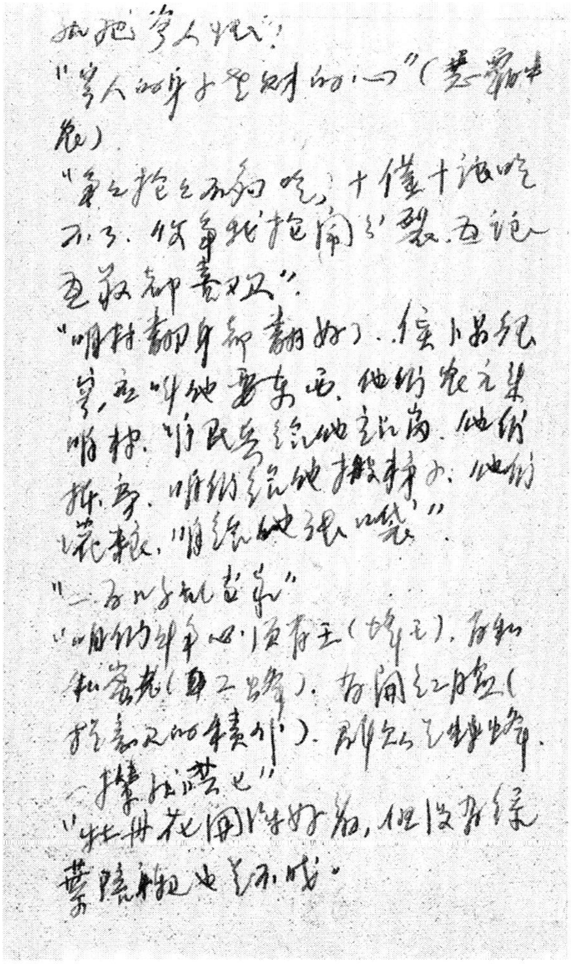
和他穷人一伙！
"穷人的身子是财的心"（某翻身农）
"拿上枪去不知吃，十懂十说吃不了。你拿我枪开了裂，五谷五籽都喜欢"。
"咱村翻身都翻好了。候下当纪念，应叫他要东西。他们农会来咱村，咱民兵给他站岗。他们开会，咱们给他搬桌子。他们宣传，咱给他张口袋"。
"一石以子就出家"
"咱们革命必须有王（蜂王），有知蜜花（采工蜂），有闹红脸（指表面的积极分子），那就是蜂蜂一样地生也"
"牡丹花开得好看，但没有绿叶陪衬也是不成。"

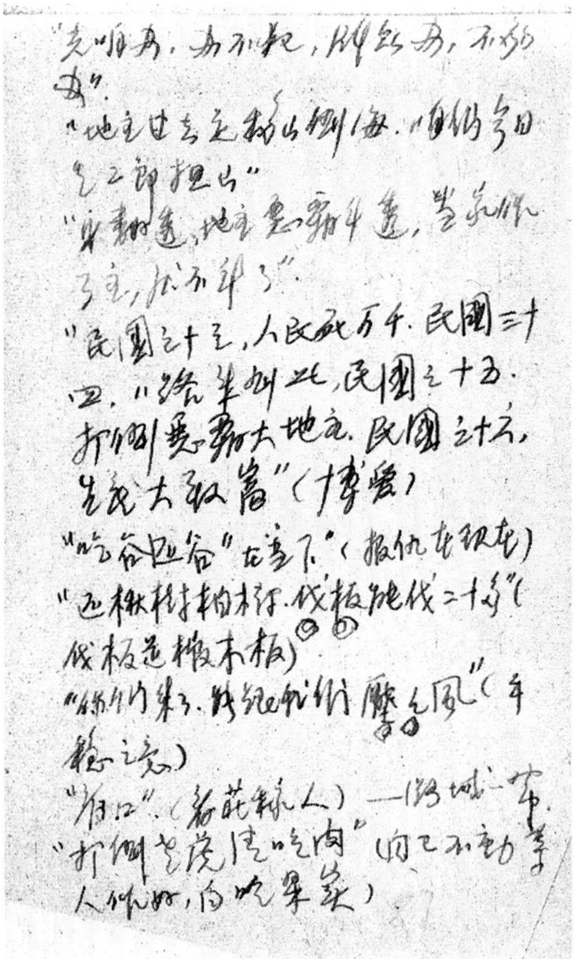

“[illegible]母，母不知，[illegible]母，不知母”。
“地主甘言[illegible]出[illegible]，[illegible]自己节省出”
“[illegible]翻身，地主[illegible]翻身，当家作主，[illegible]”。
“民国二十三，人民死万千。民国二十四，”[illegible]到此，民国二十五，打倒恶霸大地主。民国二十六，生民大翻身”（博爱）
“吃谷还谷”[illegible]下”（报仇者[illegible]）
“[illegible]树柏树，代[illegible]代二十年”（代[illegible]木板）
“你们来了，替我们[illegible]风”（[illegible]之谈）
“[illegible]”（[illegible]人）——[illegible]城一带
“打倒老虎[illegible]吃肉”（[illegible]不动[illegible]人们好，[illegible]吃[illegible]）

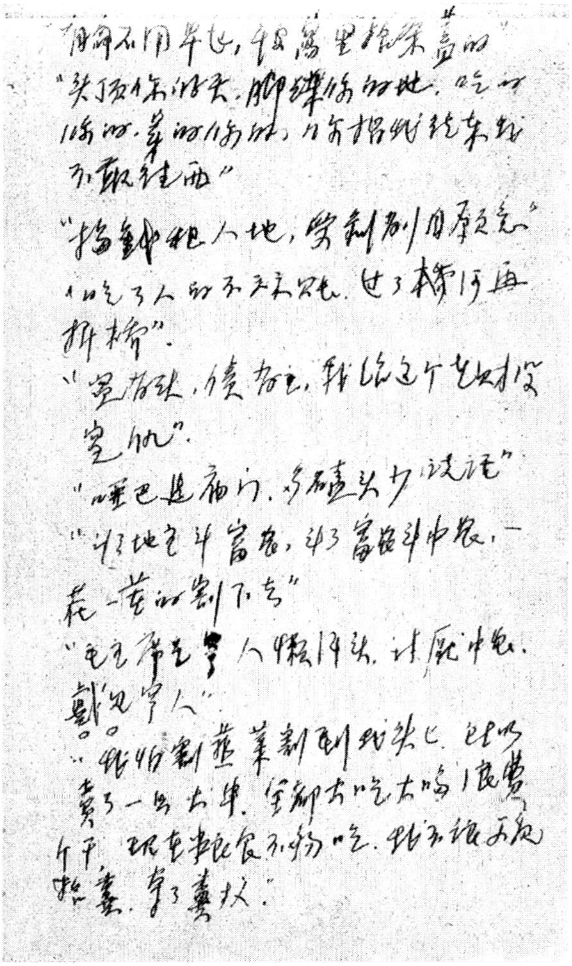

“[illegible]不用举手，[illegible]里抢[illegible]的”
“头顶你的天，脚踩你的地，吃的你的，穿的你的，你指我往东我不敢往西”
“搞割尾巴人地，学刮刮风[illegible]”
“吃了人的不[illegible]，过了桥再拆桥”。
“冤有头，债有主，我给这个老头打[illegible]”。
“哑巴进庙门，不磕头少说话”
“好地主斗富农，斗了富农斗中农，一茬一茬的割下去”
“毛主席是穷人[illegible]，斗屁中农，戴帽穷人”。
“我怕割资本割到我头上，但我费了一些大牛，全部去吃去喝浪费，现在粮食不够吃，我不能再做粮囊，穿了囊袄”。

开始我觉得，中农也不吃脏，也
不喫嘴。高玩斗争，后来听说斗
争好比刨山，刨了这角刨那角。
把我听怕了。斗争得厉害好，我
怕弟打要我命。才送城大吃很
费八斗之。把死时穿的衣服都准
备好，停[illegible]死了”那天急的哭了
几，我就死哩，给还楚哩”
“我不满意八路军拍中农。我被
绑也会打包斗中农藏东西。我被
糊了九次麻袋，被没收。大吃大喝”
“我的一个牛被穷下人拿。我说
她吃苦的脸，怕牛多操斗。把家
也分了。”
“中农想通了，说解放了穷帽”。
（以上为中农思想）
“早晨来糠糊茶，中午手抓抓，晚上
张不撑她妈东糠锦粥，糠[illegible]
粮，树叶汤）。

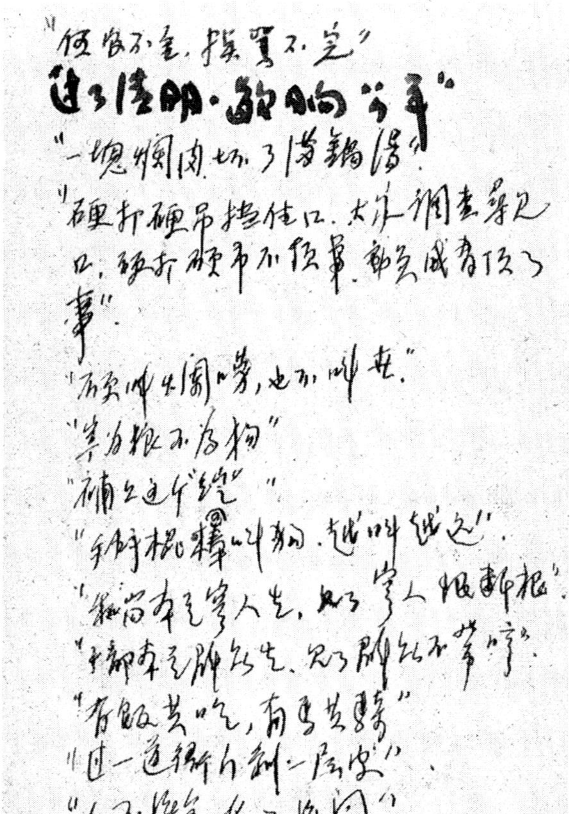

"衣食不全，打算不足"
"过了清明，歇晌午"
"一块烂肉坏了满锅汤"
"硬打硬吊捂住口，大伙闭着寻见口，硬打硬吊不结果，都会成为坏了事"
"石头碰出闹嘴，也不叫苦"
"半分粮不存物"
"补上这个缺"
"手拿棍棒叫狗，越叫越远"
"秧苗本是靠人生，好了靠人根靠根"
"干部本是群众生，忘了群众不带亲"
"有饭共吃，有马共骑"
"过一道桥剥一层皮"
"人不得道，依不得国"
"时到如今，不错待好人"

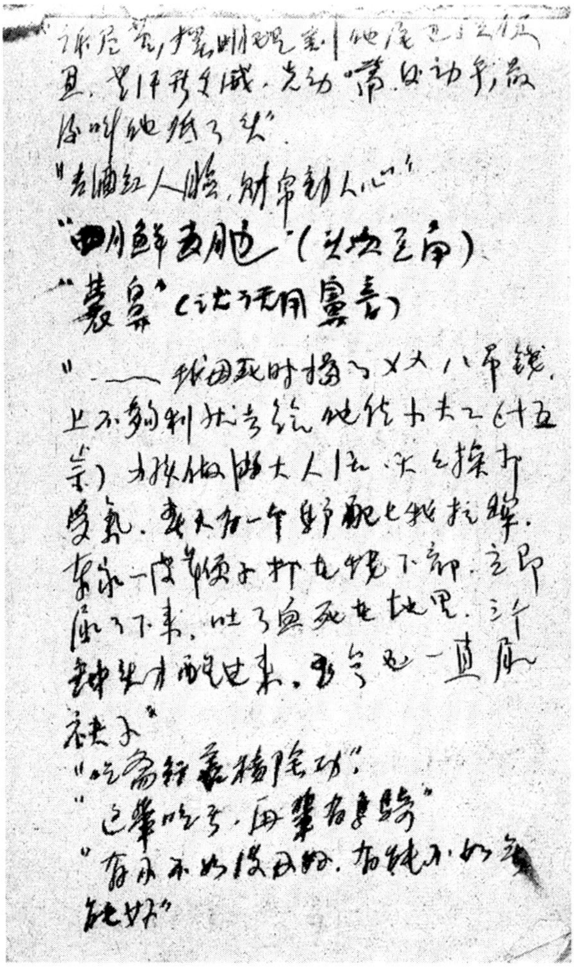

诉苦会，[illegible]|他[illegible]

且，[illegible]，先动嘴，后动手，最

后叫他低了头"。

"黄酒红人脸，财帛动人心"

"[illegible]"（[illegible]）

"[illegible]"（[illegible]）

"——我母死时借了×大八吊钱，

上不够利就去结，他给[illegible]十五

岁）[illegible]大人[illegible]，天天挨打

受气。有天[illegible]一个[illegible]

东家一皮靴子打在我下部，立即

昏了下来，吐了血死在地里，三个

钟头才醒过来，我今也一直[illegible]

[illegible]"

"[illegible]"

"这辈吃亏，两辈[illegible]"

"有儿不如没儿好，有钱不如没

钱好"

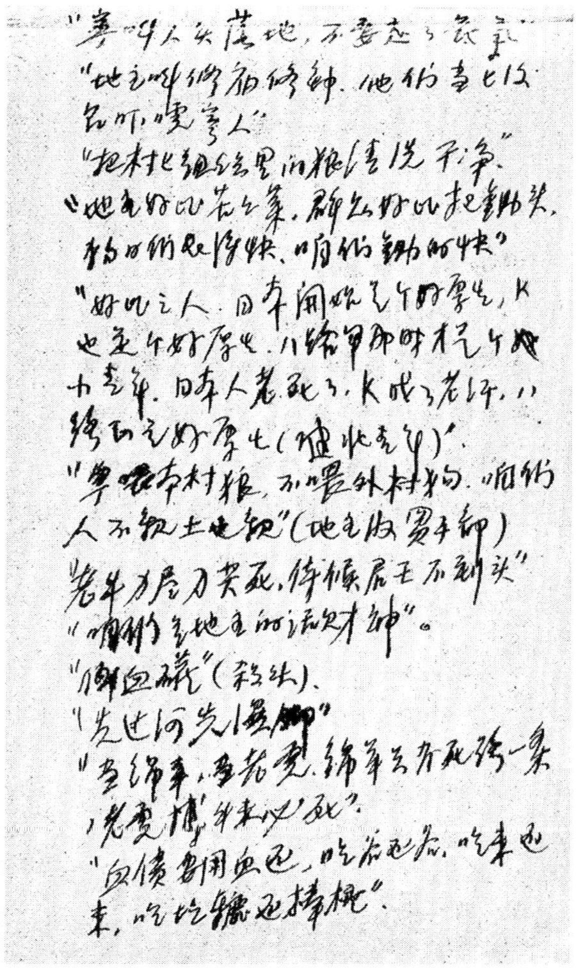

"穷[illegible]人头落地，不要忘了[illegible]"
"地主叫你们[illegible]，他们[illegible]
[illegible]人"
"把村[illegible]里的粮清洗干净"
"地主好比苦瓜藤，群众好比扯藤头，[illegible]们[illegible]快，咱们[illegible]的快"
"好比之人，日本闹的[illegible]个好学生，[illegible]也是个好学生，八路军那时[illegible]个小青年，日本人老死了，[illegible]成了老汉，八路还是好学生([illegible]青年)"。
"穷[illegible]本村粮，不[illegible]外村狗，咱们人不[illegible]"(地主[illegible])
"老牛[illegible]死，[illegible]不[illegible]头"
"咱们是地主的[illegible]"。
"[illegible]"([illegible])、
"[illegible]"
"[illegible]"
"[illegible]"。
"[illegible]，吃[illegible]，吃[illegible]来，吃[illegible]"。

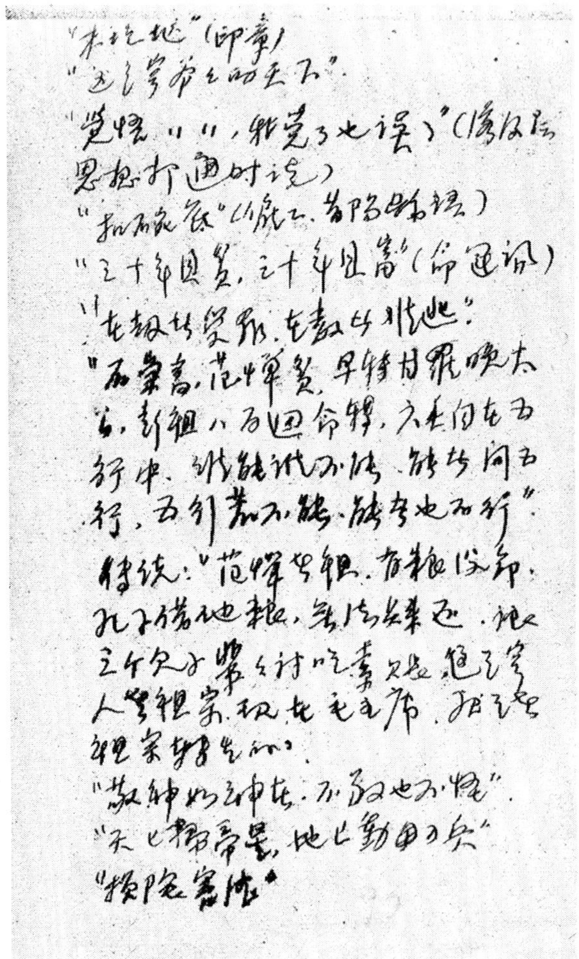
"木把地"（印章）
"这么学节上的天下"
"觉悟""，我觉了也误了"（滕[illegible]思想打通时说）
"扫荡家"（倪二、当陷物者语）
"三十年团员，三十年出当"（命运词）
"在报地学罪，在敌地北地"
"石崇富，范丹贫，早转甘罗晚太公，彭祖八百回命转，六五自在五行中，我能说不信，能去问五行，五行都不能，能去也不行"
传统："范丹出粗，有粮没卸，孔子[illegible]地粮，[illegible]来匹，但三个反子常常讨吃素，只是通了穷人当粗家，现在毛主席，翻了身，粗家[illegible]生的。"
"敬神如神在，不敬也不怪"
"天上扫帚星，地上动刀兵"
"摸阴[illegible][illegible]"

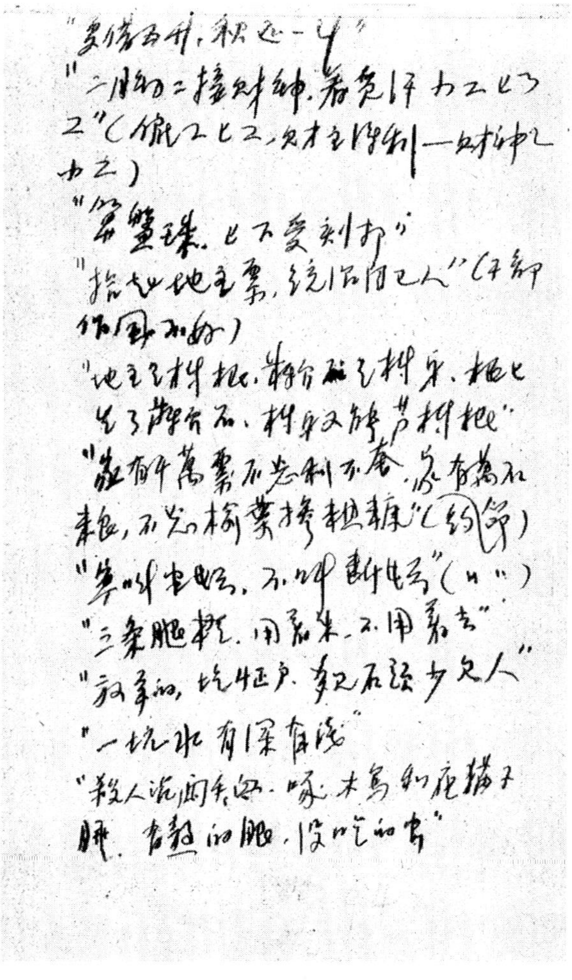

"要借五升，秋还一斗"
"二月初二接财神，看[illegible]九工七工"（[illegible]工七工，财主得到一财神之力之）
"算盘珠，上下受剥扣"
"指[illegible]地主粟，饶你自己人"（干部作风不好）
"地主[illegible]样样[illegible]，[illegible]样[illegible]，[illegible]样样[illegible]"
"谁有千万粟不怕荒不饿，家有稀不粮，不光吃榆叶掺糠糠"（约节）
"笑吟吟出门，不[illegible]断肠"（〃〃）
"三条腿扶着，用着来，不用着去"
"放羊的，坑牛汉户，多了不显少欠人"
"一坑水有深有浅"
"杀人[illegible]手[illegible]，啄木鸟[illegible]在猫子眼，书熟的眼，没吃的[illegible]"

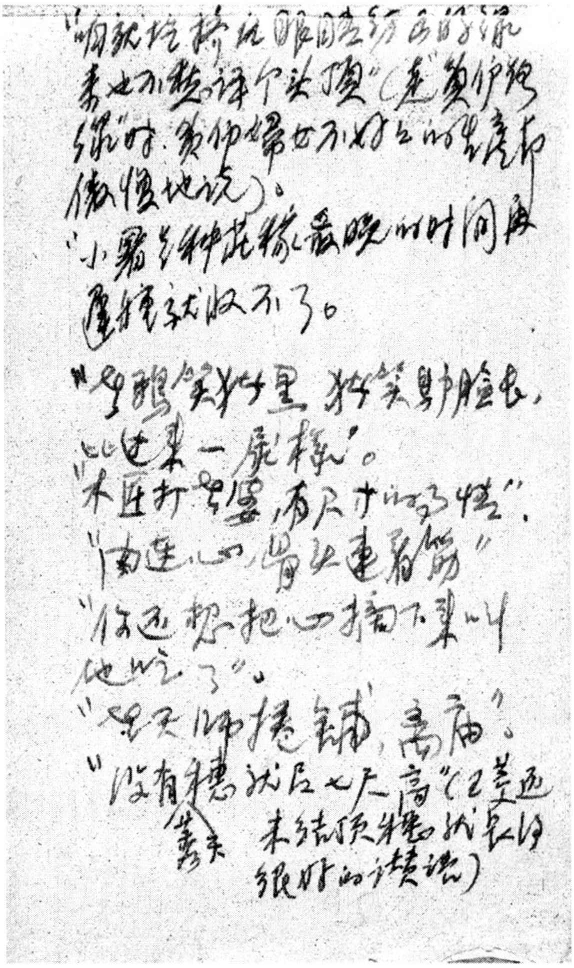

“泪就给挤在眼眶里转了的泪水也不能让个头摆”（是贫农伊鸿说时，贫农妇女不好意思的害羞都微微地说）。

“小麦子种在稼最晚的时间底，迟种就收不了。

“乌鸦笑猪黑，猪笑驴脸长，比起来一般样”。

“木匠打家具，有尺寸的了性”。

“肉连心，骨头连着筋”

“你还想把心掏下来叫他吃了”。

“要天师搭铺，高庙”。

“没有荞麦穗就长七尺高”（这是还未结须穗就长得很好的赞语）

"听玉茭拔節来了"（拔節，就是玉茭长了一節的意思）

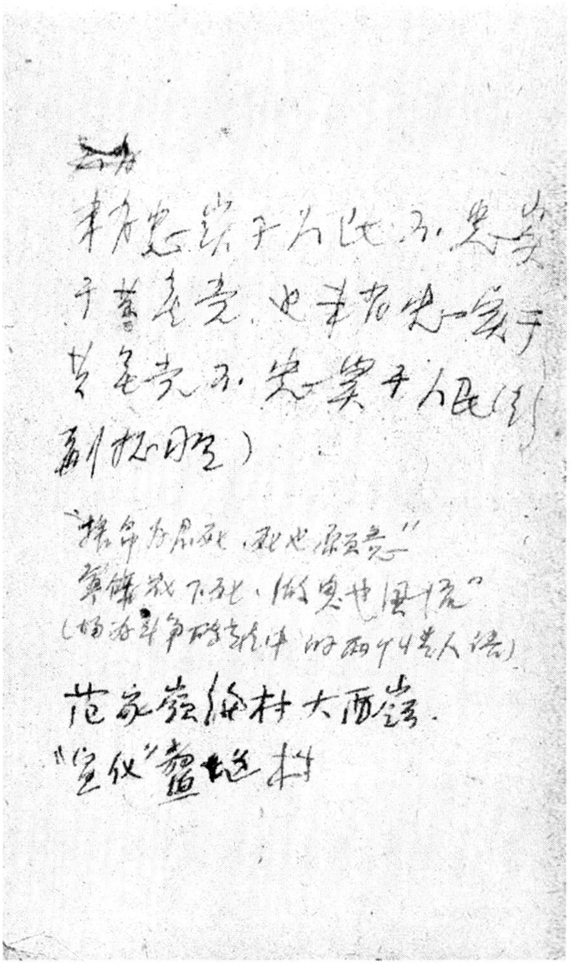

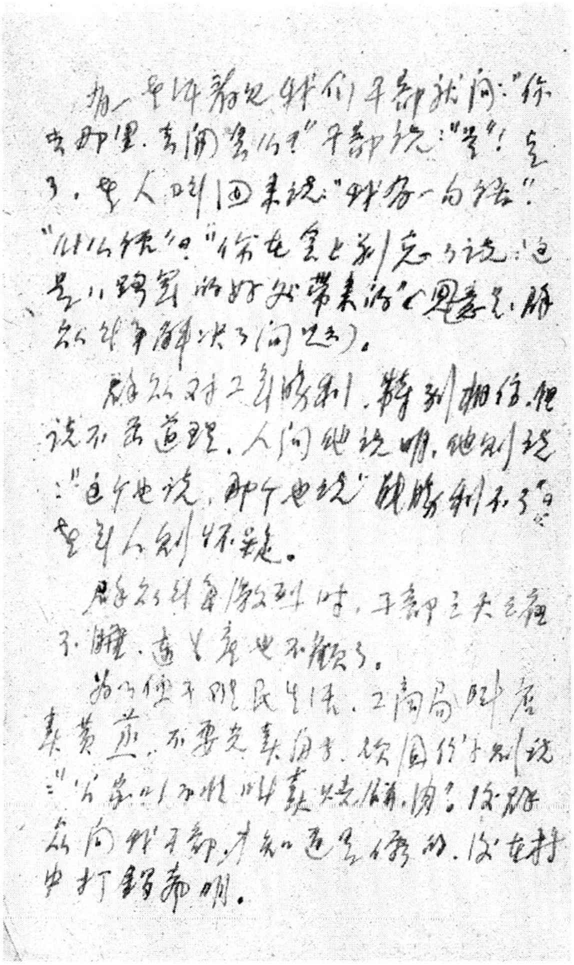

有一早饭前见我们干部就问："你去哪里，要问要什么？"干部说："是"！走了，要人叫回来说："我有一句话"。"什么话？""你在会上别忘了说：这是八路军的好处带来的"（思想是，解放斗争解决了问题）。

群众对土地胜利，特别相信，但说不出道理，人问他说明，他则说："这个也说，那个也说"，就胜利不了，也是有人则怀疑。

群众对争取胜利时，干部立大主张不懂，这样也不能做了。

为了便于照民生活，上面局叫唐来黄芷，不要先来肉去，镇国们则说："以象叫我们喝茶烧饼，肉？"经过向我干部，才知道是借的，便在村中打锣声明。

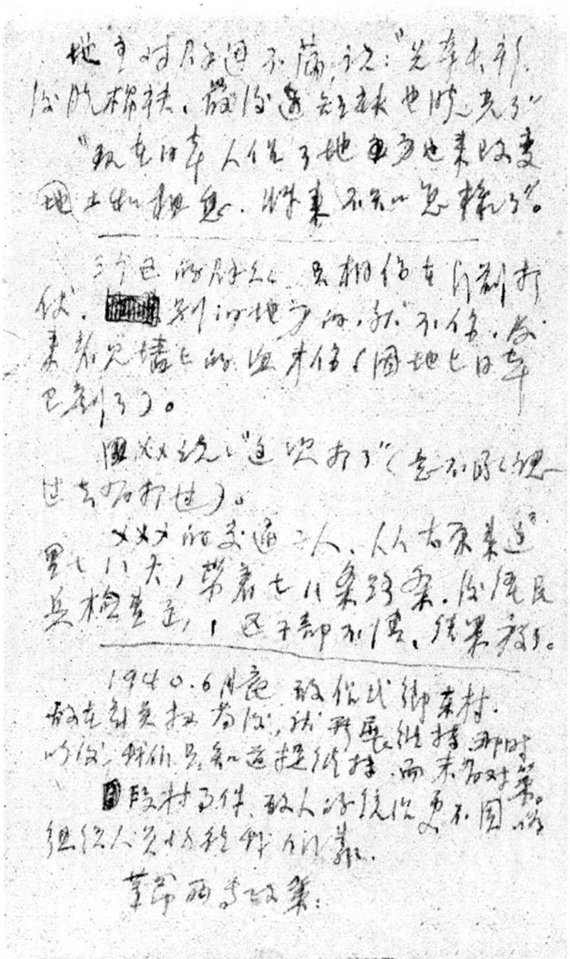

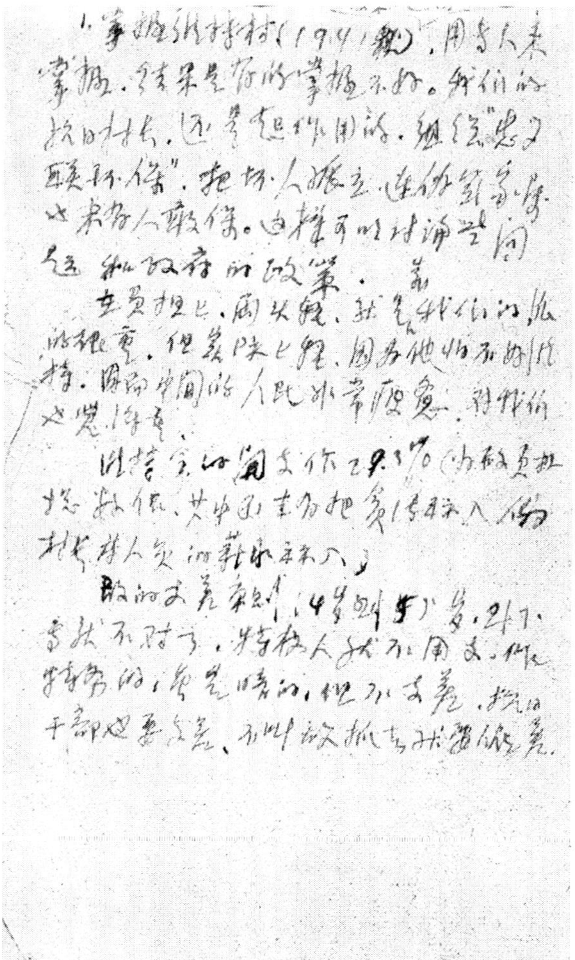

1.掌握张村村(1941年),用本人来掌握。结果是苛的掌握不好。我们的救日村长,还是起作用的。组织"忠义联环保",把村人联立,连保等[illegible]也要各人联保。这样可以讨论些问题和政府的政策。

[illegible]担任,周以镜,就是我们的[illegible]的[illegible]。但是陈之[illegible],因为他们不好[illegible]。[illegible]中间的人民非常痛恶,对我们也觉得[illegible]。

[illegible]的[illegible]工作了95%的敌负担[illegible],其中还[illegible]把负担转入伪村长村人员的苛杂税[illegible]。

敌的苛捐杂税(4月到5月)[illegible],当然不对了,特务人就不用交。伪特务的,[illegible]暗的,但不交差。村的干部也要交差、[illegible]

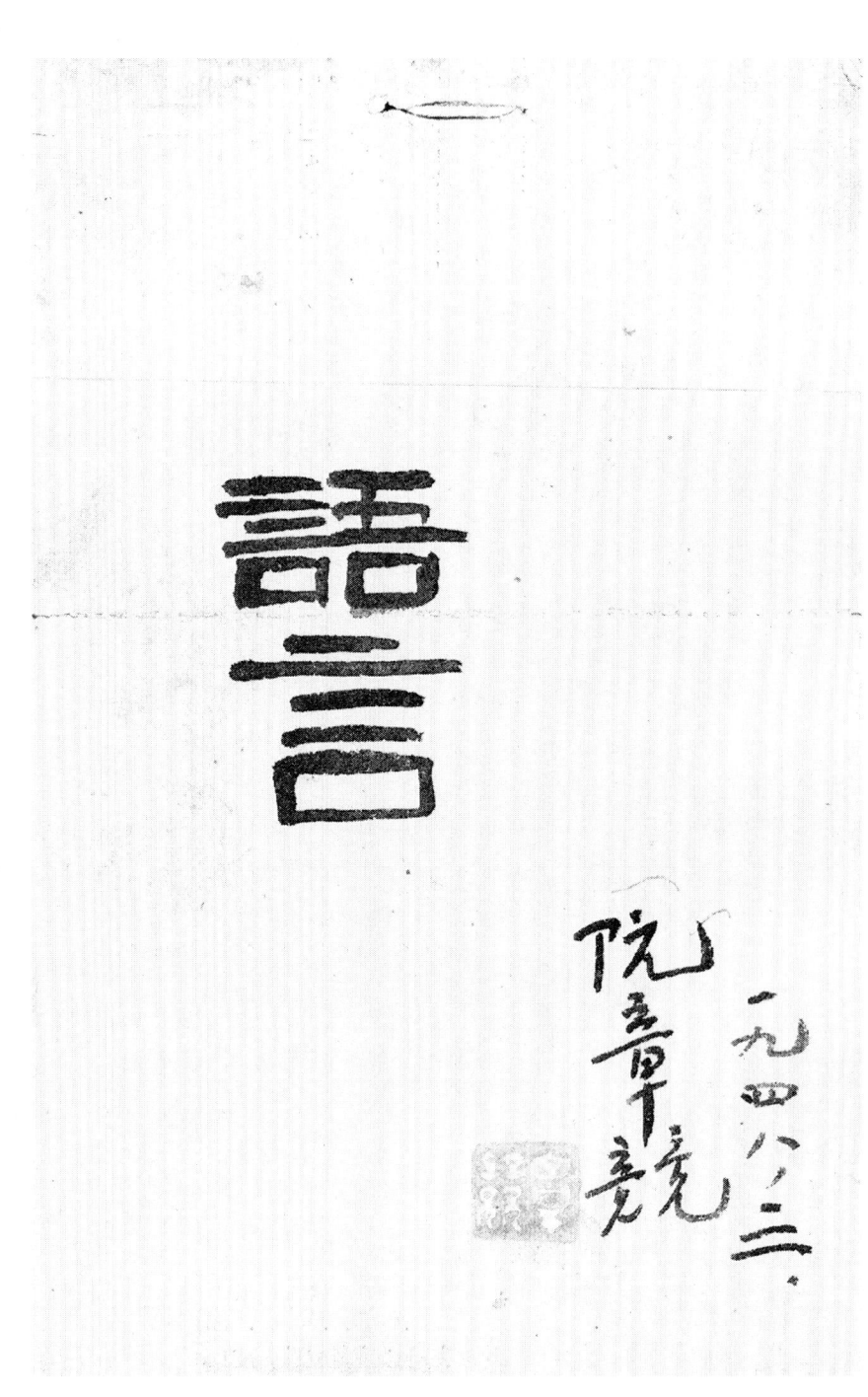

一

語言

阮章競

一九四八，二.

大樑不正二樑歪，根紮不正倒過来。
物向物，卤水向豆腐（向，化音，克制的意思，一物治一物）
"前儿天我女孩儿嚷嚷着，不要买了，也不打算动，现在不来过比较好的办法，副我就我仲鼓，我觉得很合适"。
"挠拉"（不正派的男女关系的人，安阳就叫这个人"挠拉"）也叫"塌拉"。
"麦地里面挑棉棵，那根长一点就横掉"
"场也不治地也不犁，他劳动过"？

"咱说话绝了，脸都不过脸"。（把话说绝了，当面不好看）
"哑巴梦见娘，说不出有地方哭"。
"想不，缝工？早起五更……""揪着他起来，揪着他起来……"（一种候鸟的叫声，初夏从南飞来，九月往南飞去，每天五更就叫叫，故安阳那边称之为起来鸟）
偏城是山西的地方，从道路上说，他是个棉花地，老塔是偏城和武安的交界，西南坡上，屋山是偏城发，坡下河北涉县武安，一个村叫杨竹岩，那家姓偏的个笑话说："偏南下山来，下来到河北借把笊篱，回到家里来还了笊篱"。意思是他们两省。
"生米糕，死要活受"
"河北工"就是给人至少赏劳动。

"菜箩头，笨背子"（意为人说菜的箩头，背柴火的背子，这样比的意思）

"怎你穷也来闹年"（不好时运的年头）

"伤寒疯疯瘟疫，一阵不如一阵"

"端端截截"（齐心绝艺）

"精明人好谗话，糊涂人好相骂"

"你们待在区助但里边说'割'了"（割，不要之意，分割开来了）

"河岸上盖地房——悬架"。

"绿茄长到车地也不怕刨锄一镢"（不锄草了）

"收五斗，遍锄三回"。

"横竖角杈都没刨"。（边上角上不去刨）

"提耩刨谎，耩长截谎"

"过了伏月年，跑马就种田"。（过墙下种，防止春晚了）

"门神老了不捉鬼了"（也不中用之意）

"十亩地一棵谷"（独生子之意）。

"霜降柿子红"

"小雪封地，大雪封河"（地冻河冻）

"多搅粪土，少搅地，我以前地多粪少，没做又迭，少打了粮食。上粪多，做道好，地越种越肥，越种多打粮食，就拿那几亩地的事来说，周到这十亩地里，能打粮食能顶十三亩地”。

“精和谁心里很清楚”。

“巧嘴当巧舌头，顺嘴当桃林院”。

“嘴上锈了”

“绝锅断顿”（没饭吃）

“瞎打画”（胡乱计划）

“教化成一心了”（团结教育好）

“走不到，花不了，用，藏样不缺，不用锁”。

“担挑贸易”，“担挑跑腿”（一样的意思）。

“没根没精”（没有根据之言）

“打人莫打脸，骂人莫揭短”

“瞎猫拖住个死老鼠，死也不放”。

“专拣吃红柿，拣软的捏”。

“盘你这坦脑筋，一百辈子也凿不开”

“天上银灯千万盏”（星星）

“鱼菜两苗地，不上秋”。

“咬嘴咬嗑的，可不怕查哑巴卖了你”

“心又放回肚里了”（安心了）

“秋葫芦晚瓜，一嘟噜两么三”。

“眼头烟雨”（有目共的困境）。

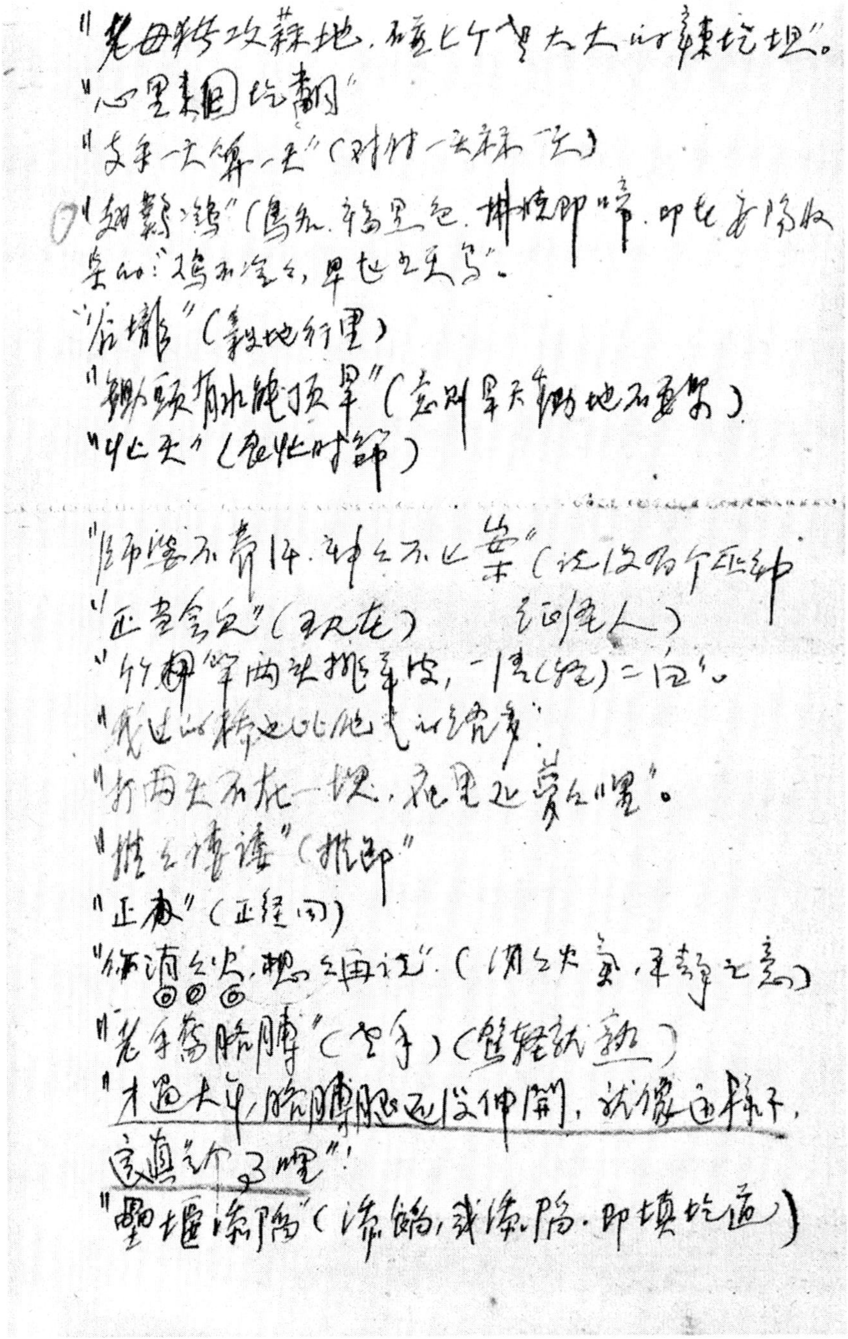
"老母猪攻蒜地，碰上个个大大的疙瘩坨坨"。
"心里来回地翻"
"支手一天算一天"（对付一天算一天）
"翅鹳鹳"（鸟名，稍黑色，拂晓即啼，叩也农民收获："鸧不住了，早也起来吧"。
"谷垅"（谷地行里）
"锄头有水能顶旱"（意即旱天锄地不要紧）
"忙天"（农忙时节）
"师婆不离神，神也不离案"（说的两个巫神这两个人）
"正当会儿"（现在）
"竹竿穿两头挑半边，一青（绿）二白"。
"我过的桥也比他走的路多"
"打雨天不在一块，夜里也要在一块"。
"推推拖拖"（推却）
"正本"（正经的）
"惦酒的火，想的细说"（闲的火气，平静之意）
"老手紧胳膊"（空手）（能轻就轻）
"才遇大年，胳膊腿也没伸开，就像过年子，这真许了哩"！
"塑墙滚隙"（滚缝，或滚隙，即填地道）

"堰壑"（地边的缺口）（地边的坑坑）

"心急吃不了热豆腐"。

"欲速了不为做活"

"这给我的心思真真不隔好着"

"庄稼要好，犁深耙饱"

"衣裳露肉的穿不上"。

"胜不胜"（行不行）

"你们说吧，咱也知道你们这个好了，谁不知道穿得

好，像当年这样俺这个人，再有个把手拉扯，一个人做做吃吃，能够们们，顾不住啥啥，你们也要可以，就没工夫"

"好吧，可就这啊，也个花个钱没法过生活哩？那个说吧，也得搭对好做哩"。（"搭对对"，"生活上搭对"）

"挑拣"（即挑剔之意）

"数和划"（计划划，安排好）

"调停停，抱层层"（那会装样的好）。

"人多嘴杂"。

"豆地留穀（谷）生，吃不了过路种田人"。

"太失落了"（失败到底之意）

"有理不在高言"。

"大前不送你，我一个人连胳膊带腿都要来回

票呀！"

"老母猪往菜地里跑，打的吃棍撵了"。

"二十三来月正南，鸡叫三遍好锄田"。

"背黑处"（背亮的地方）。

"戴鬼脸照镜子，自己吓唬自己"。

"河滩里的树木根连根，×××和我心连心"。

"白露秋分谷穗黄"

"乌鸦还会报娘恩"。

"败媳妇"的败字有坏的意义。如败家、败媳妇，就成这样称呼。有时"败"只坏的意思，亦如好字含义在内。

"你在外面恼恼，家里过也不安，你算什么人？"

"我在外跑活，家里过得像谈呢"。这两句对于的"恼恼"和"过得像谈"字，十分逼真地表现村女的情感。

"张嘴""常说""嘈嘈"的说嘈嘈，不顶嘴，就是"常常"意。

"你把良心背在脊背了"

"败媳妇顶得我心胆炸"的炸字，很好。

"打死你这个败东西给人家瞧瞧"。

"两头不接地"。

"败？还得要她娘重生个她呢"。

"打她服了软"（低头，屈服之意）。

"山老婆不做活，整天纺个纺线车"（山地女人不会纺花）。

"早穗个个收，迟种不过年头"（早种好）。

“一前胸黏了二么八个穀”

“先杈你个的下膝骨”（下膝骨，猪之下巴骨，即喉咙了。

“卖豆芽不拿秤，生抓了”

“俺这个锄头时光”（用锄头吃饭，劳动吃饭）

“多一升不如少半碗，富了禾如穷光荣”

“这是两个刺手钱”

“西房脊子卧绵羊，白戳”（白学，双关语）

“花不楞々”（即像姑娘花朵一样好看）

“你車不摆，馬不丢”

“俺家没时光了”（死了丈夫人对人这样说）在××地方遭了罪了！

“你家可是个好媳妇”（称人家的媳妇这样

“他怎么那样猥獕”（猥獕 畏缩之意）

“遇了事情你不长眼”（不知分寸，不知世故之意）

“这么大，就不懂一星子气儿”（不懂一点事）

“只要到功夫，没有办不成的事”。

“眼看一家人，月落星散”

“千里姻缘一线连”，“夫妻棒打不散”。

“小油瓶盛浆糊，装糊涂”。

“不整治他”（即治々他）

"不快当"（不痛快，不舒服）

"撵着个个赶着个个"（好的不信，坏的就信之意）

"真磨牙"（废话多，爱说话）

"谁的放在那里记不清"

"人忙失急"（身忙错乱了了性）

"那你光说我哩，别人有个头疼脑热，这个药糖也搁着，净给人买"。"你说那话亏良心？有一回给你买回来你不吃，只好放着长了毛，没捨吃，从来就不亏理你。冬天放着布盖着被窝子，放着花套头子套不给，别的人家谁舍得？！大冬天掐那两眼猫[illegible]，若能顶个席用不能？"（两口顶嘴）

"脸前也不能搁起"嘴呀"！

"枣木疙瘩，一百辈子也劈不开"。

"下大雨没打伞，淋[illegible]了"。

"担泥搞过冰滩，步步小心"

"四十岁老[illegible]婆生孩，半辈子没"养过"

"正经花场巴罢一片大窟窿"（花项只去一个说法）

"窟窿怕啥，给不了补着他"。

"横竖挑眼"

"穷"常光怕豆腐烧，谢客"喜之就知道"

"骑驴抱着走的腿"！

"张天师叫鬼迷了，神仙没用"
"挑来挑去要连好肉也能做得那么周到"
"冻得腿肚光转筋"
"锅腰子树，前（钱）紧的哩"
"这号人说话嘹太"
"不动油瓶不油手"
"一口吃了个菜花饺，咱心明她不明"。
"五月里果子结满枝，冰雹打得落满地"
"夜壶盛酒不是好东西"

"要想骂么，给了个明奶奶"（朝向头胡言乱语）
"千里雷声万里闪"
"杌杌板凳烧碗窑，总是抓着狗当她"。
"花长缨子缺"（花长了缨穗就脱落）。
"横把浪"（横行之意）
"肚子快把肚子烧破了，你还给老子摆架子哩"。
"咱是弄到外奥里不香"
"咱想起人家来，敌人在时候，挖地里藏一捆，花椒种地里把一黑夜，叫敌人捉住，打敌反活，亲手送了命。斗争地主，人家怕落人。咱也他娘不说亲戚朋友，本家相好，脸上怕要失。咱去动员动员这个，说服说服那个，动员着

军的时候，把脑袋都熬破，几黑夜不睡觉，
到时候，上下都落不下好。"
"每天数算吃这吃那"（每天计划吃这吃那）。
"你翁人下菜碟"。（看人态度不一样）。
"你快去吧，人家要你嗡咾，不展啊"。
"我这个屁股挪动，而不是旁人说下来的"
"吃肉不香，吃糕不甜"
"锦脖还旋道儿"
"怨你连个话都懂不得，叫人嘿你们哩"（这个
嗬字用得很生动）。"倒把人心急死了。
怨我不懂话哇"。
"小小去锄地，没在门边不着在头把锄
钉钉了锄，就说不用干。荒了地，秋天没收
成，不饿说怕砸了锄抓不牢，不过要操心，
刹再把锄钉了"。
"切了脑袋的蚂蚱，死蹦"。
"看你两个这个攥攥劲儿"（指你两个调情要
全的意思）。
"我说这个清没完，你这个花东西"（妙在"花"字）
"穿黄马褂二门腰拴"（意指有势力的人）
"她虽然是媳妇，可是肚里鬼肠子不少"（办法
不少）。（形容诡秘）。

“穀子黄，怕风摆”

“土地炮两响”（两头炮），“桂花飞雪地烧火，一团热”。

“隣家逢斗杯”（隣家什么都清楚）

“人犯家不犯”（人得罪了你，家也得罪了你）

“野鸡跟上老鹰飞，呈啥胳膊呈啥腿”？

“干锄谷湿锄花，不干不湿锄芝麻”。

“狼怕摆手，狗怕弯腰”，“狗怕打棍（不懂）”（言狼狡猾多疑）。“宁走十步远，一担一子”“[illegible]”（[illegible]）[illegible]

“[illegible]”（[illegible]）。

[illegible]“冬至[illegible]，夏至[illegible]，春秋两季地[illegible]”。“草[illegible]草[illegible]”：“[illegible]，打[illegible]用[illegible]”。

[illegible]土改中[illegible]农谈过去都[illegible]，[illegible]土改[illegible]，[illegible]，回[illegible]上[illegible]地[illegible]，[illegible]土改的成果，[illegible]的方法，[illegible]“[illegible]地[illegible]，[illegible]地主[illegible]。一[illegible]劳动[illegible]，[illegible]土地[illegible]地

也不对，不收钱这种字地主是否用得上"吃"？

"瞎鄙扎捞钉"

"烧灰火打生铁，媳妇闺女一样没有个成人家"。

"母猪不要种"娘们不是人"（轻视妇女的土话）

"世上男人到头，世上女人到院"（不许出门）

"吃米捡虫"

- - - - - - - - - - - - - - - - - - - -

"彩绣生得好，着衣长得俏，是个不能主着家"

（×村干部对妇女的话）

"种谷要种稀留稠，娶妻要娶个剪发头"（男的唱）

"种谷要种金皇后，娶闺要娶区干部（意思说，来的好）（女的唱）说明新的婚姻观在村庄。

妇女现在参加了劳动，男人改变了观点，"人人一份（土地）人人劳动，男人一犁，女一锄（锄地），谁能不吃饭"？

支前："千层底，细针针，一条心，纳鞋底，纳鞋帮，战士穿上打胜仗"

又："田底沙土，石碾子细，不需来耕，种来也要用手去，剪除吃土打老蒋"

（村掌妇女做鞋的歌，宣传的）

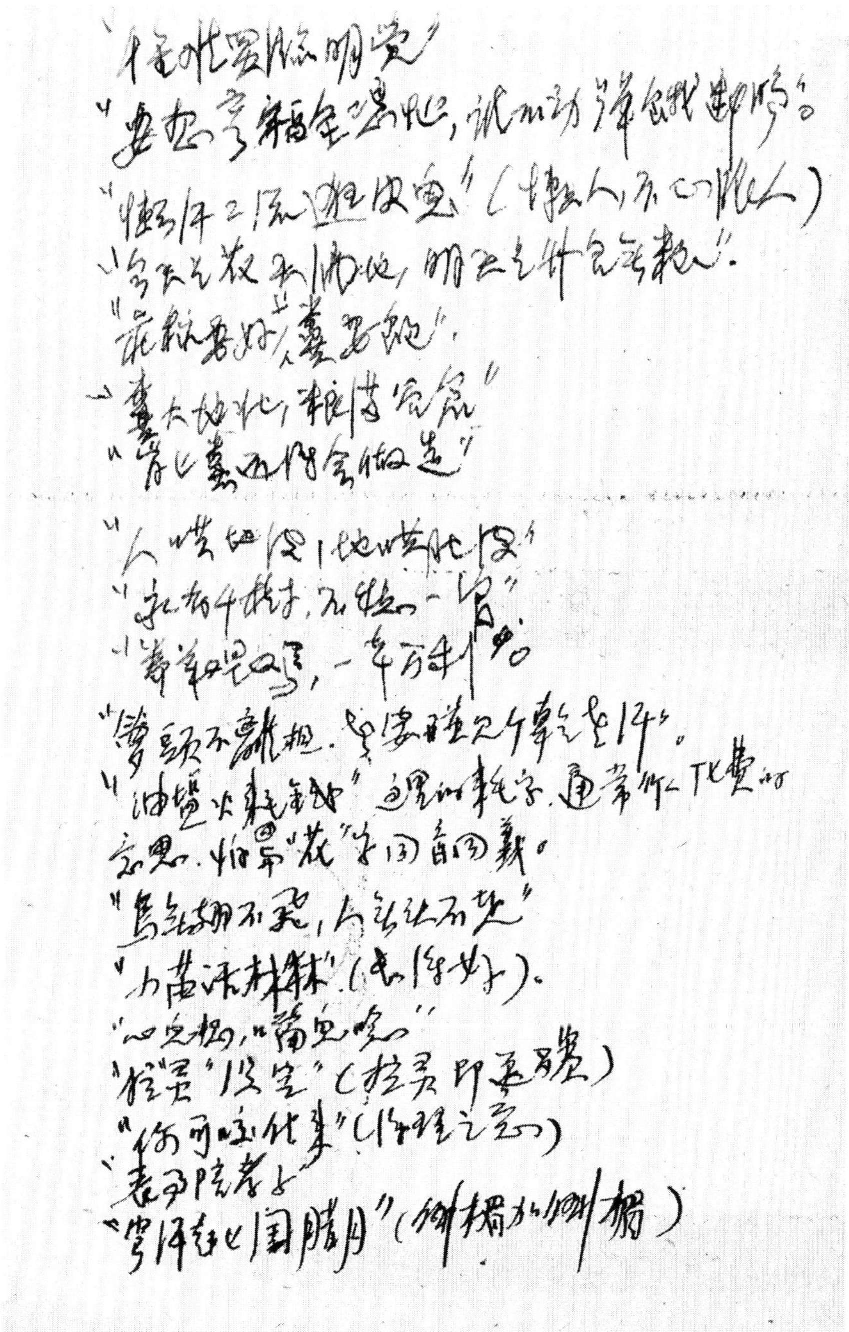

"淫雨打落地人似的，迷了眼睛了了"（淫雨，即冰雹，落地即切入地）。

"三月米糠四月鸟，五月野鸡不敢打"（糠儿即麻雀俗名）

"野鸡嫌它儿里栽葱，野鸡嫌它河里洗澡"（野鸡，野鸡嫌它刻儿地活动多去，黑野鸡不叫野鸡，这样称呼，才能显出来）

"翘嘴嘴，露出巴掌大的牙"（形容能说会道）

"长得像个人样儿的，要人有人，要样有样，要活手有活手"。（言其好，同时手也巧）

"人少好吃糖，人多好做活"。

"你这样不好，答：可不，常吃好的不滋润（滋味）

"你也穿得不错，答：可不，老是常穿件裹肉褂。

你有地吗？答：有，白天我在太阳地，夜里在月亮地，如果转侧了屁股地。"

"镰过头不顾屁股"

"这人，放屁连三个要人也收收（刷刷）呢"

"八来标子二棒槌，料不到他一个钱"（言懒惰，顽皮之人）

"姑家（风水先生）进了院，全家搬（挪）了窝"。（言为风水先生一进家，什么也有问题，都要重弄）

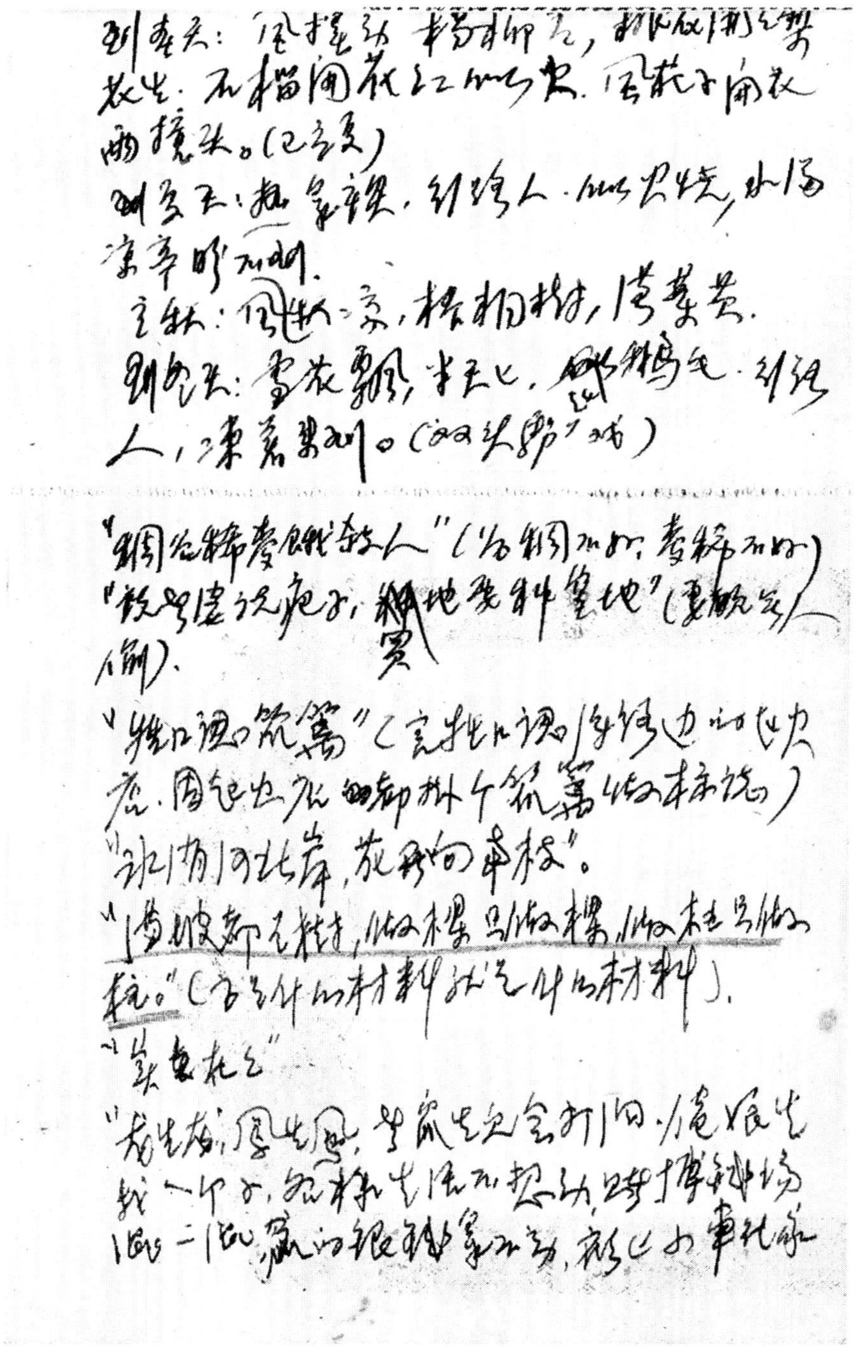

到春天：风摆动，杨柳青，[illegible]
农[illegible]：不[illegible]闲花[illegible]，风花[illegible]
雨[illegible]。(已完)
到夏天：热[illegible]，闷煞人，[illegible]，小[illegible]
凉亭[illegible]。
立秋：风凉凉，梧桐树，落叶黄。
到冬天：雪花飘，北[illegible]，[illegible]，冻煞
人，冻[illegible]。([illegible])

"[illegible]人"([illegible])
"[illegible]地[illegible]地"([illegible]
例)。
"[illegible]"([illegible]
[illegible])
"[illegible]"。
"[illegible]"([illegible]什么材料就是什么材料)。
"[illegible]"
"[illegible]

家家送，倒也好，爹一斤，娘一斤，要婆子来找
咱的命，姑娘把烧纸（香）（拿）烧了[illegible]，有一个
时运差，揣在里肚帅尾巴，将着二两[illegible]
她，一定轿夫打了，回去没理说，走回
回家看了往家跑，说他打了爹也打，娘也
骂，要等你死了吧，她说要你王八
我吃喝。有一天，富家园，东村有个土地庙
俺也那里把身安。头更打一更一点来，好
比那孙女借粮又打战，谯打二更二点来好
比猴儿偷着蒜。谯打三更三点来，好比
进了周[illegible]。谯打四更四点来，东[illegible]
梁好大汉。谯打五更王鸡叫明，这就[illegible]
去陪情，东去讨，西去讨，去讨[illegible]同文一串钱
买下筐，买下担。王（切）家菜子一斤多，只有那
天撑米用，家也[illegible]细[illegible]，[illegible]的钱子儿
了包网钱儿了事。人人说是苏州好，一心要
进临清城，进了临清城，我把花[illegible]换。
旧的换新的，太行路，力茬牛，两个女
子门口站，一个穿着黄[illegible]，一个穿着红
绿，王八[illegible]拉，拖了进，一下来进菜花
院，登了高楼上花厅，吃的鸡鸭，打的
秦[illegible]，王花去酒宴[illegible]，两个女子陪他住，

吃喝玩乐

补拉包子拌一样，她把金菜送罢一路

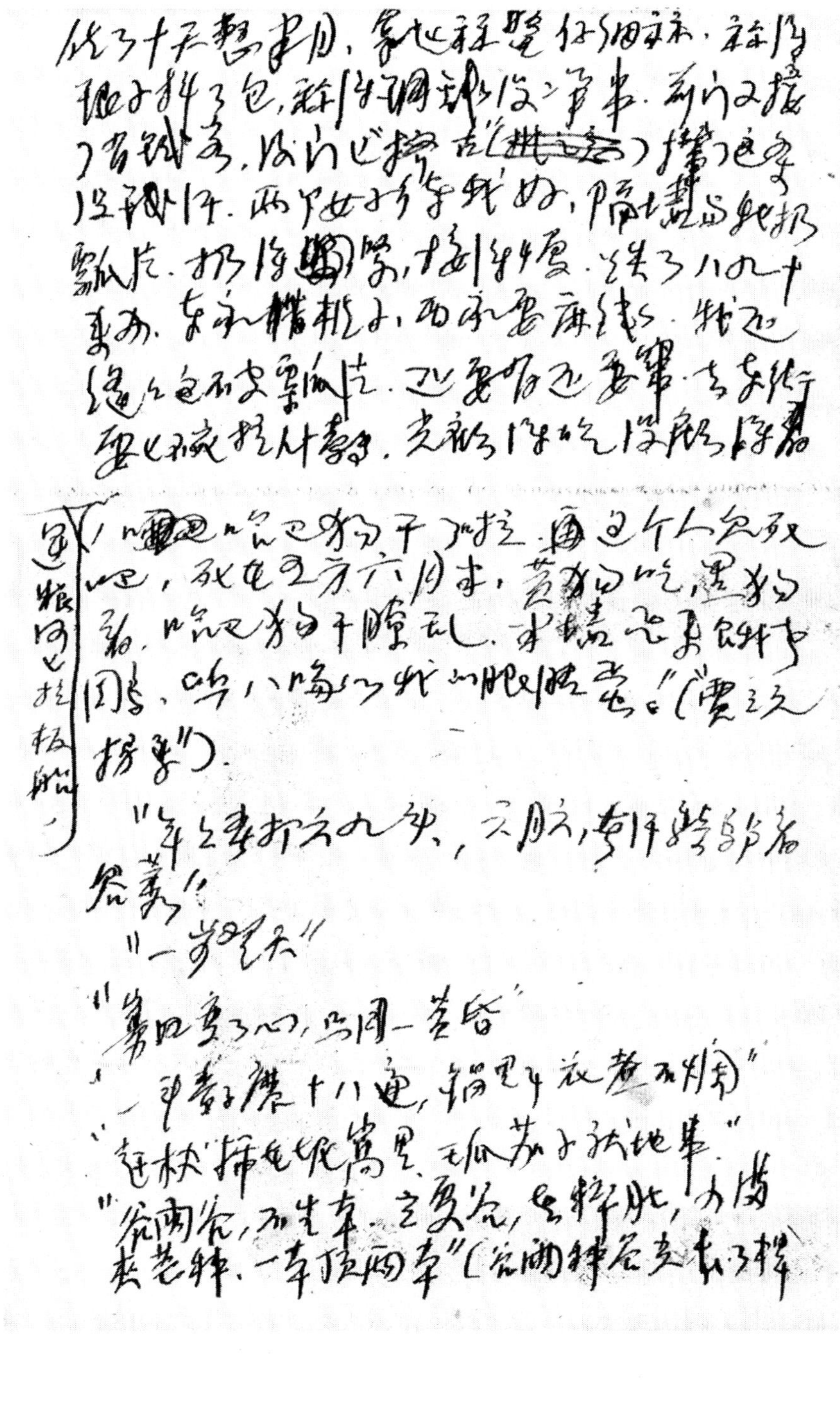

结论不好，主要辩论，交长了根，最好和少荡
些辩论之家。）

“大荡不辩，甚辩不当，最好辩孰在主要述”

“现在粮食涨价，农民都说“金斗满了”。间在粮食
上了。所谓“金斗不涨”“或“银斗不涨”是旧历逢腊月的
一个名词。意谓不下雨，粮食上涨，叫间在
粮食上了，如下雨了，这叫“不涨”，叫谓之不涨间
在地上了，来年则丰——”

“不论多生几个人多饿”，人多饭少，最好是
“少人多饭”。又叫什么“多生一个人多一张嘴”，这
是全部作为乡村的九族保有的习俗。
（作家提作物的说法）

“针工勤俭学习，地里的活也能学不会”。

“过去我们家穷，只有中农水稻，没不说，租别
人家作物过，我也学会了地里”。

“初三初四蛾眉月，十二十三月满鸡叫，
廿四廿五，月亮半夜”。

“你看是个什么样子，像我样到，你看她
紧摇，你不看看样子。”（农村老人说）。

“荒了苗子，收不了麦子”，

“宁可要个肥瘦地将就，不要你个墙的肥满
药”。

"说也错不对，虚不偏"？
看他生牛吃馒菜，练个啥用"？
"你为了这些钱没有办法"。
"雪片的花子飘飞满山的地"（以喻多）
"有人没钱不算穷，有钱没人不算富"。
"穷生五子不为富，富生五子不如穷"。
"我就个老毛病"，"老毛病出满腿"。

"多啥说你多啥有理"（我多会说你你多会有理）。（没有不适应的时候）
~~"你舍~~
"嚷手数嘴"
"不是白落生气"（白糟蹋的气）。
"狗拿耗子多管闲事"
"查地砖"（铺在地上的砖）
"冒了尖"（出了顶尖的，多么尖的）
"我和他有沾连"（有关系）
"俄天天大门不出二门不迈"
"这里头也做情"（给情面）

"为什么不找年轻的道，专门找八十岁了老汉个要《低头》"。

"顶家过日的"（当家过日子）

"她不外走男里走女的过日子"

"又不是为了什么铁担的了"（铁手）。

"传下去叫街坊四邻笑话咱"

"叫她先把我喊了吧"（先把我割喊）

"你就光见别人的黄病，看不见自己的疮"

"这女达地盘出宝"（意嫁女太近常回家要东西）

"生撑的哑巴说话"（逼着人生气）

"咱知情达知理的，还隐瞒什么，良心过不去"

"反正咱难免也没有好，谁叫咱把底打坏？"

"水带了这些饭也这样"（水淹了这些地饭）

"把脸气的紫成猪肝来了的"

"我嘴笨着"（嘴笨着）

"上了年纪脑筋可有点死"

"老着老脑的拉家话"

"这会儿年青年人真信不老古心了什么心？
就是要动劳说呀"

"不如你回那心窝窝"（老子、心爱的人）

"他这婆子说：你揣着拿钱到你们去家吧"：

"叫你为个针线稿成了我吧"。（刀让针线活的人说针稿）

"别跟我乱嚷嚷吵"。

"我家的这个是我自己来的，还你针线做的好坏来的"（妇女这样回她丈夫的话）。

"绵羞活臭里来折人"（绵，自己检查自己的话）

"你吃了疯狗奶了？乱咬人"

"有你这么坑人的，连过路的人也坑了"（扯来对说话人都带上）。

"烧了几辈子高香，娶了你这个女人"。

"那这算个缠人的"。（说人的行为另类）

"专门会软硬兼施打闹吧"

"别拉破了"。

"早晨吃一顿宝皇后，中午饭吃蛋100个，晚上有个剪发社，节省时间剩了，现在已经超过计划了。（绿城农民的思想）

"过去翻身组织也集体讲了克服劳力畜力不足，现在有拨工了，劳畜力也有了，互助组织都消灭了"。

"早年过去是我们的红军，现在进城了。农民说：下了川，忘了山，进了城，忘了乡"。（现在他作章某某，怨很大）。

山西榆次地委的一个通讯员，是从乡下调来的。他在办公室中，为了电话不相信是能讲话的，以为里边装着什么人在其中。有一次当他一人在，电话铃响了，他去接，听见是找他的，他十分奇怪把电话盒子都打开了，要看看里边藏有什么人。去找他的人就说他刚刚讲过话，声音都十分像，这才相信电话是真的。

"三十亩地一头牛，老婆孩子热炕头"（平原县农民思想）

"金正月，银二月，摸摸拉拉三四月"（此意是形容他们的旺月与淡月）、群众和干部不了解过去政策路线，纷纷去了解生活的重要："生产工作干什么"，"土改以后翻身么"，"反正生产不会把错误"。有的英雄模范纷纷要求："我们只要生产"，同时说"没吃菜、没饭吃"的怪话。

[illegible]村（榆次）干部和农民普遍地抓紧以后晒麦育苗，而且干部和农民大家见长地说："今年要早早查，使明年新造完，耕地有个大问题，妇女会[illegible]地……"全区干部说："八路军讲实际，这个人说得就是不实际"。

山西省关于春耕宣传工作指示中指出需要回答干部的两个问题：

敢不敢收复，如何收复？土改后来说，农民一方面要求收复，而另一方面又怕"冒尖"，"怕露富"，加上以前的教训，[illegible]。因此，农民的思想是"一本发家"，[illegible]，劳动不收复。

"三月不茬墒，麦子土里藏"（三月有雨不把谷场茬好，则打麦时麦子却茬到土里去了）

"麦子棉花是親家""麦黄收花"

"麦黄种麻，麻黄种麦"（節气）

1950.3.

长治区目前农村的思想情况

生活普遍是有所提高，劲头大，"比过去强了"（也不好）。平原的地方经过安置的生活情况也有改善了。山区较少的富农，干部要封建成分，有的买大车、牲口。

农业社会主义思想的表现：主要是居功自傲（老中农和新中农、副乡长），到村去做典型调查的说"你还要发家致富!"。"信用社是发展副业的，互助组是发家致富的，以后是把副业的钱又收集在公家手里，这不就是发家致富"？不然会村干部宣传："农业社会主义要……

每个节日为精彩的三十担书"。反映："家家这样，人人这样，明年一定要节约哩！"

"明天就节约了还能不节约哩！"

我们在群众中向干部说"我要买点地不买？行不行？"干部直截了当地说"你们借的钱可以起地主哩！"

负担："敲敲打打了，摊派多了，还不是给了加重负担"。老伴说："反正没法，明天大地主要增加负担，还不能说，说了又是特务造谣。"

"过去没有钱学生读，可是大团长拉了圈子，如今倒钱学的没啥的。"

又找评议不同："不出不行，出了还得说前程不行。"

市民感到负责任的话：中医干部实习模样："放下走了来多年革命，也不想要实验在家庭"。横额："悔之晚之"。

下北街有人家："白薯玉茭每户一斤，萝菔菜芝菜每户一根"。横幅：以加紧生产。

上北街姓郭（中学生）："一丝一缕一粥一饭，物力维艰，生产节约，可惜可惜可嗟；一时一日一月一年，光阴易度，青春不再，好学好思好读书"。横："革命时刻"。

市场过去是："关了抹四排哑硬"（要价没半钱）"的道路财也不来，胡乱搞也无大财！现在的人都觉得富（不要）的口号懂得："人家们钱都挂在外边，咱也挂了？"

"咱也一头蒜，挂一挂就灵"，广东人。

出卖木柴小孩："毛主席叫咱享福哩，咱就坐着享福吧。"

"要四没过阮家享福"。

"水流千道归大海，树叶落在树根下"。

"庄稼老汉上饭锅，人家咋做咱咋做"。

"制度严，工作多，家里小孩要寄人，那里能够来工作"。（农民干部思想）

"有钱不买宽川地"（农村中不敢买新开地）

"远地有人家的，[illegible]代当奶奶"

回想地主剥削之事也一一，存了此回忆的一事。

（同样是地主也把剥削的回忆想起来了。

"学先进，学好样，做法官（向先进学习）

"有的想得睡不着"（已知吃亏也得受着）

"不吃剥削，不打穷人"

党员学训，干部生活和愿望，说："以前只说日本打（过）来了，地主和打坏了，土地也平分了，革命成功了，就是一道道要建设个这样好的社会"。"早知道共产主义这样，谁还怕呢？""不好好生产等不到，也等不来共产主义社会"。也有讲社会主义前途，干部不懂，引起议论，来身来地来分耕种等。

山西稷山讨论县干部对于还是讨了便宜，贫农则认为是讨了便宜，中农则认为是吃了亏。

"一亩只棉，三亩田。要多水，种棉花，收更如积花。翻地翻两遍，多收一半。"

太谷白城村工作团回村后：又开了代表会，干部会，支部会，把工作布置下去，现在把长期会议和工作作风已改变了。现在干部到村间他们生产情形，大家都说：我们把会都开了，工作都做了。

"去路只有一次，如今搞好，生产工作今年搞不好还有明年"

"坐官不知民受苦"

"大路洒香油，小路撒芝麻"

"阴天准备晴天菜"

"谁都有本难念的经"。

"三星正当头"（半夜以后）

"你去也要富里搞，你要我也不打搅你"。

"谁不知道这样，谁不知道怎么的"

"黄花闺女"（少女）

"吸闲烟"（不干活时吃烟）

"捣鼓闹婚姻"（如打仗，和老相打架，话）

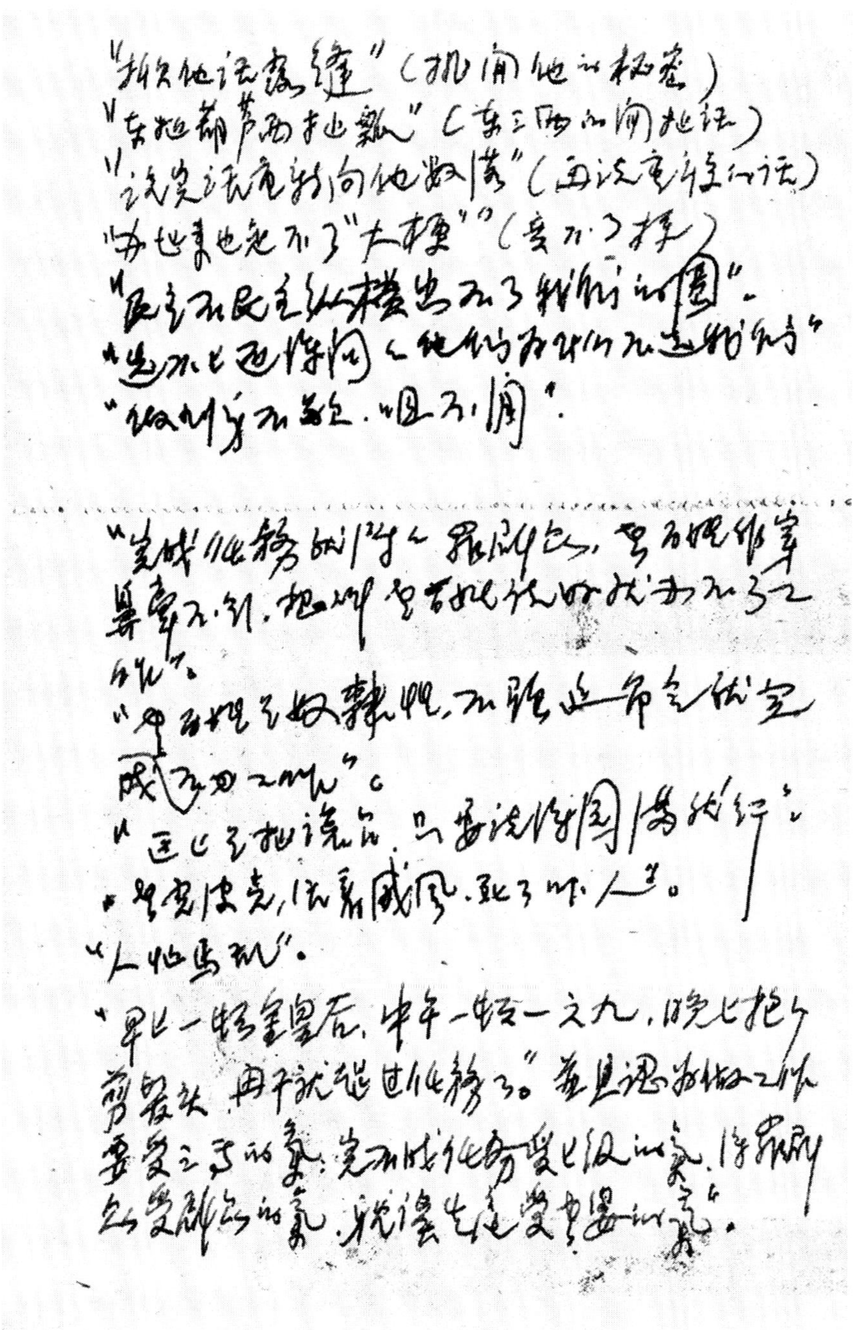

"抓住他话露缝"（抓询他的秘密）
"东扯葫芦西扯瓢"（东一句西一句地说）
"[illegible]向他数落"（[illegible]）
"[illegible]免不了"大样""（[illegible]）
"民主和民主[illegible]出不了我们的圈"。
"[illegible]"
"[illegible]，咽不[illegible]"。

"[illegible]任务的门路[illegible]"
"[illegible]"。
"[illegible]只要[illegible]就行"。
"[illegible]威风，[illegible]人"。
"人[illegible]"。
"早上一碗[illegible]，中午一碗一文九，晚上[illegible]，再干就超过任务了。"[illegible]

⑦"党组时，也是集体劳动的，那些地"叫好又出的现象 希望恢复"；因此，群众说"共产党和是好，坚持几天就变成这样了"。

⑥"你要吃馒头，他要吃小米，则共产主义社会怎办"？

⑤讲共产主义社会，群众误认为打锣吃饭吃饭，吃了穿绫罗花，很多群众以为地里去打吃了饭，穿绫罗花那么大，硬搬在一块那能行？有的怕排，就了人家，有的怕投了入批完地绝收，有的怕排不下去家，有的写成写信他拖拉机和肥田料，怕如此，更避免地……。有的说，山地拖拉机不能打事，根本是骗人。"

干部觉开会统计数目多，群众反映说："白天不见面，黑夜是开会"。"丢不了干部的脸，劳不了群众的眼"。村干觉反映说："人是骨头肉长的，开会半夜会，第二天劳动怎样能起模范作用"？

"圆通是党员从上级里到了下来的"

"窑里有手可以吃东西，地里有手可以吃人"。

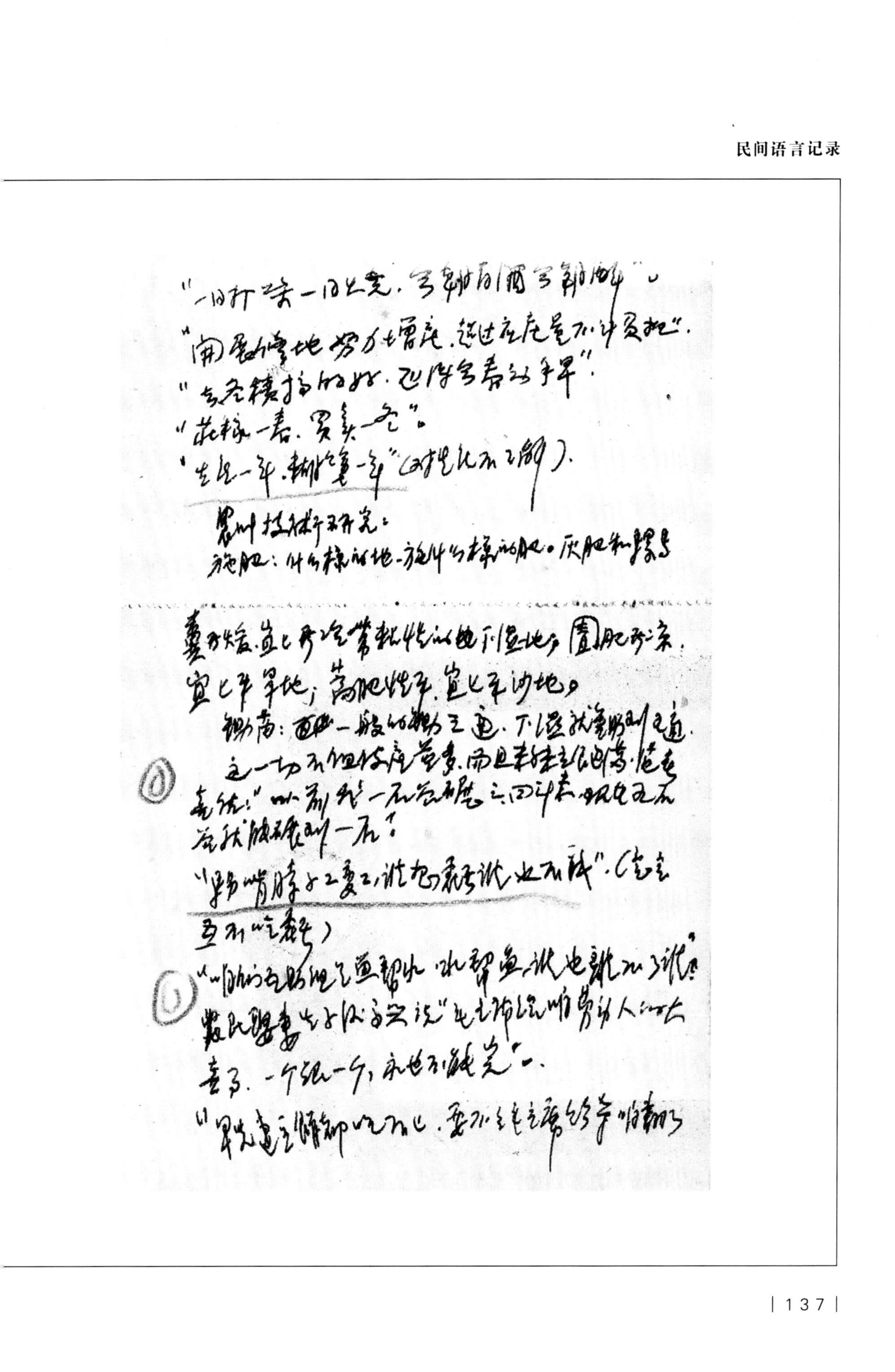

"一日打柴一日烧，[illegible]"。

"闹[illegible]地势力增产，[illegible]"。

"[illegible]"。

"花钱一春，[illegible]"。

"生长一年，耕作一年"（[illegible]）。

农业技术研究：

施肥：什么样的地，施什么样的肥。灰肥和[illegible]

[illegible]，宜于[illegible]地；[illegible]肥性平，宜于沙地。

[illegible]：[illegible]一般的[illegible]，下[illegible]

这一切不但[illegible]，而且[illegible]

[illegible]

[illegible]一[illegible]？

"[illegible]"。（[illegible]）

"[illegible]"

[illegible]

[illegible]，一个[illegible]一[illegible]，[illegible]"。

"[illegible]

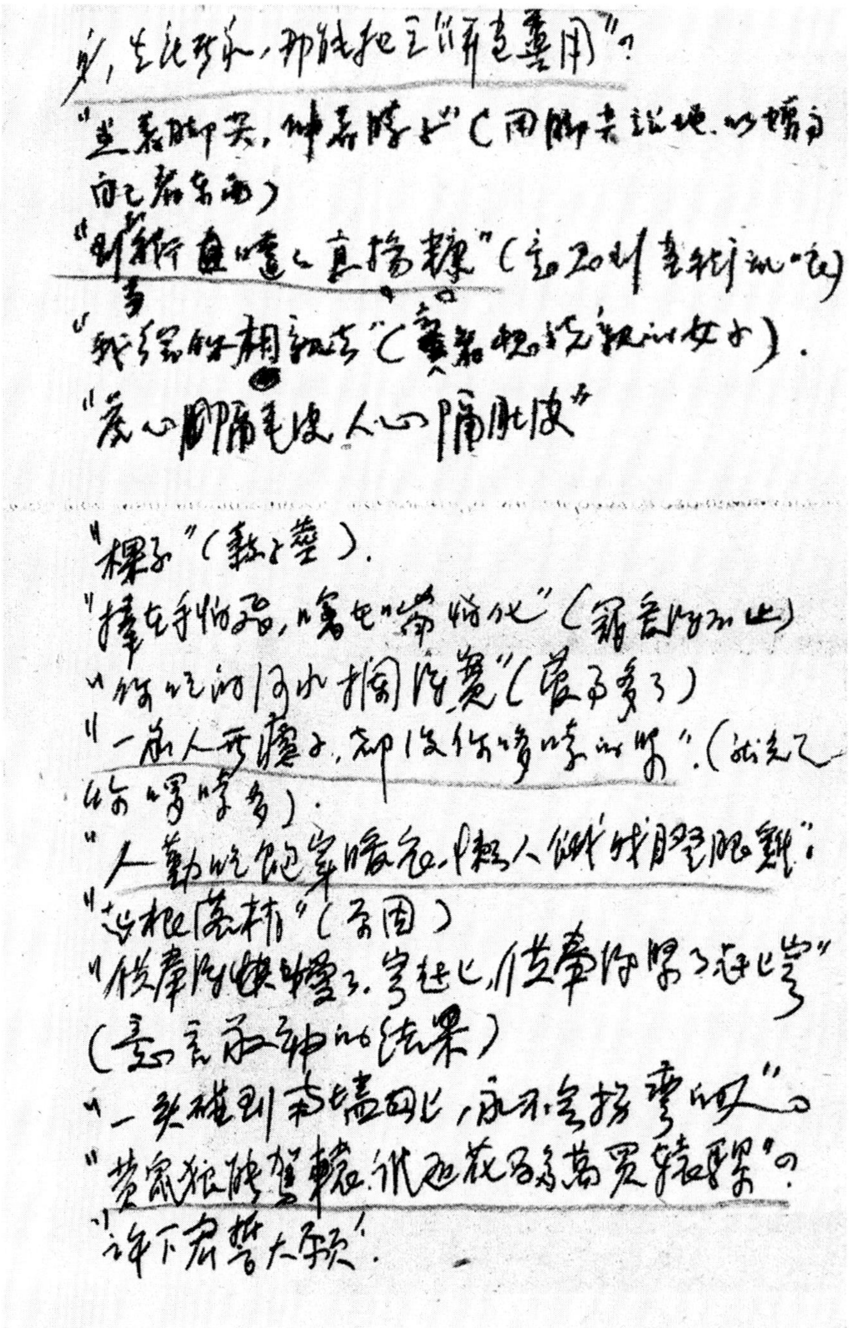

[illegible]，生死存亡，那能把王"[illegible]"重用"？

"[illegible]脚笑，伸着脖子"（用脚去踩地，以[illegible]自己的[illegible]）

"[illegible]直[illegible]"（[illegible]）

"我们俩相[illegible]"（[illegible]女子）。

"[illegible]心隔毛皮，人心隔肚皮"

"裸子"（[illegible]）。

"捧在手[illegible]，嘴[illegible]"（[illegible]）

"你吃的[illegible]"（[illegible]）

"一家人[illegible]，都没你[illegible]"。（[illegible]多）。

"人勤吃饱穿暖衣，懒人饿得肚皮贴脊梁"。

"连根落[illegible]"（[illegible]）

"[illegible]了，[illegible]"

（[illegible]的结果）

"一头碰到南墙上，永不会拐弯的"。

"[illegible]"。

"许下宏誓大愿"。

“要吃吃个大鲤鱼，要娶娶个大女婿”。

“何怕东风多吹半晌？

“麻子地里种了果，数阳鸡儿又粗又大”。

“苍蝇钻在蛋壳上，嗅嗅找不着个门道”。

“五个手指头掰饼子，嘴里嚼上一阵子，什么也捞不着”

“一”带者了了大五个大学究，西瓜子烧心”；

“注意，笑话！不能当吃烫只可以[illegible]”！

“死猫送它，跑不来”

“方子熬黑豆，良饿死牛”

“我们准备先给他做说去”（[illegible]谈话）

“手勤手刨吃不闲”（劳动不能够多吃用）

“人家骑马咱骑驴，回头看见推车汉，比上不足，比下有余”。

“没出五服”（同宗的关系）

“年轻时曾在一个锅里要勺子”（吃一锅饭）

“燎泡话”（讽刺人的话）

"大伯子背兄弟媳妇，里外不落人"

"人勤地不懒"

"不使镢头快刀割韭菜"。

"横鼻子竖眼睛"。

"咱好像比他小三辈"。

"舌头下压死人"。

"一碗水端平，无高无低的"。

"情留一线，往后好见面"。

"笨口拙腮"（不会说话）。

"众流为海，堆石为山"。

"地靠着××人"（意思是说地里看）

"会看戏的看门道，不会看戏的看热闹"

"沙地填红土，红土地填沙"。

"红土地里填黑沙，不长不由它"。

"春犁深，秋犁浅"。

"春种骨头秋种皮" } 两季作物的种法，犁法。

早枣喜沙地，大枣喜阳坡地，苹果喜红土地，樱桃柿油喜岗地，李子喜阴地。（施肥经验）

“单丝不成线，独树不成林”。

“不是味”（不对头）

“春误一日，秋误十日”

“凭天吃饭，量力求财”

“上粪不上粪，全看地里锄”。

“稠耩稀锄，放开穿豆”（种谷要种稀苗）

“无多棵苗，留一棵苗就结一个穗”。（不懂农业技术的人的话）

“种在人，收在天。”

“黄毛丫头爬地难”（骂农村女孩的话）。

“瘦死的骆驼也比马壮”。

“唸道唸道”（谈论之意）

“大年初一吃饺子，没有一个外人”。

“挑对象不怕穷，在纺织厂不来！”

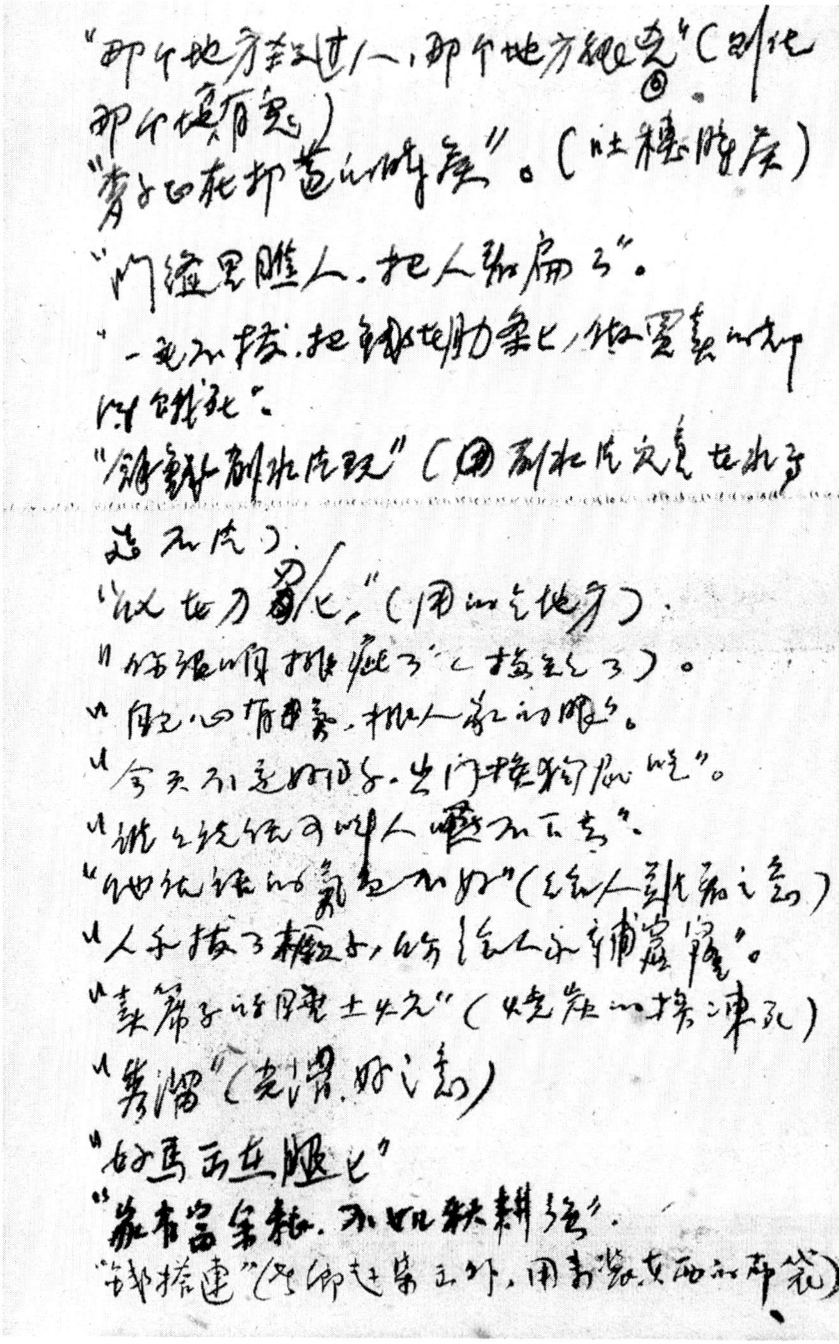

"那个地方能过人，那个地方能过兔"（[illegible]那个坑有兔）

"剪子口在抽苞的时候"。（吐穗时候）

"门缝里瞧人，把人看扁了"。

"一毛不拔，把铁[illegible]肋条条，做买卖的都叫饿死"。

"锦绣[illegible]副水浇地"（[illegible]副水浇地[illegible]走不完）

"[illegible]长刀[illegible]"（用以说地方）

"[illegible]顺排[illegible]了"（挤到了）。

"[illegible]心有[illegible]，[illegible]人家的眼子。

"今天不是好日子，出门撞狗屁呢"。

"说说话话可叫人[illegible]不下去"。

"他说话的气色不好"（给人就看[illegible]）

"人手拔了[illegible]，给[illegible]人不铺窝窝"。

"[illegible]篱子[illegible]土坑"（烧炭的[illegible]冻孔）

"[illegible]溜"（光滑，好[illegible]）

"好马出在腿上"

"家有当余粮，不如秋耕[illegible]"。

"钱搭连"（[illegible]，用来装东西的布袋）

"世傅挂有心劲"（比傅有心劲）

"红白喜事"、"待人家处在红白喜事"

"一什檀香木、
雕刻一马鞍、
新人往上坐、
荣华保平安。"（婚娶时唸的词）

"一拜天地、
二拜高堂、
三
夫妻对拜、
四入洞房。"

"人走栽筋斗"（栽[illegible]）

"灯草灰撑也撑不起、一点也不响"。

"别把咱的家底揭出去"（把秘决说给人家知道了）

"双夹橘头"（[illegible]）

"没有服人的气魄，用着能吗"

"嘴儿好、心儿辣、笔管子把人杀"。

"莲菜抽筋断头受制"

"打锣闹台人不来，弦通节全又反对"（[illegible]若问）。

农作害虫种类：棉蚜（害棉苗）、猿叶虫（害白菜）、大蛛（害天花）

母、麦叶蜂、蝗蝻、地蚕、蝼蛄、蛴螬、花

蜘蛛。金针虫、象鼻虫（害棉田）、心虫、蛴螬（害麦地）

（吃小苗）救草先

“贫农花不下，米农治相条”（左权县小小说）

作者描写一干部精细的描写自己：

“饭后一躺，窝窝一摞，酸菜一团，炕沿一坐，

与世无关，可是舒服”。还有“安家，没有

土地，大实单”。

“七大家，八小户，二十四户来铺路，七

十二户跟着走”（指合作互助），“八十三

户摸不着”。（对群众干部工作的

批评）又：八路军的政策，没法说。

“保苗如保命，锄头定生死”（锄苗要讲技

术之意）

老年人向老年人学习，例如利用锄的适当

跟注等。

“庄稼不铲尽，粮食打满囤”。

精神思想：

母亲……，总之不到“为人民服务”，

谁为我们服务？"要回家当"主人"，"不稀罕去了"。已得到"土地、老婆、大犍牛"之后，"棒子一场（玉茭），窝子一窝，酸菜一缸，烧火一堆，居然辛苦，倒也舒服"。表现的目标们日子们的口头话。

有说："人到三十不学艺"，"将来没多少，出车夫有汽车火车，挑水有自来水"，年轻也不回来。工作同志会说："完成任务，受上级的气，完成任务受群众的气，耽误生产受家庭的气"。

"省级是科学化，专级是正规化，县级是制度化，区级是一盆糊涂，村级是一锅糊汤"（下乡区村干部的反映）。

"背着手底子，不拣八字"。

"我戴着捂眼（给牲口推磨时蒙眼的东西）给你推磨，你现在戴着眼镜还看人？"（农民在斗争时向地主）

“成天谈格，磨嘴打结”

“叫他死的骸子茅不留”！

“马叫鸡鸣”（即以前政府的笑）.

“先剥你自家与换朱”！

“夹头棒”“缩头鞭”（都是说剥削阶级人的自私的）

“不给人家吃一井里水”（永不跟他来往）.

“插队冒烟人”（揭露剥削害）

“豈有闲钱收花沫”（当租佃时的话）

“大声嚷嚷的叫他来吃！”

“春天能下得人过这女人，她说，她也就不会给结婚之动”（以神话表达）

“狐子不嫁空翻脸”（一号的人）

“人多嘴稠”。

“玉茭秆子像胳膊，穗子像棒槌，谷穗子像狼尾巴”。

“为人不嫁郭单仔，三年守寡二斗米，
三十黄昏吃一顿，初一五更还得守年关”。

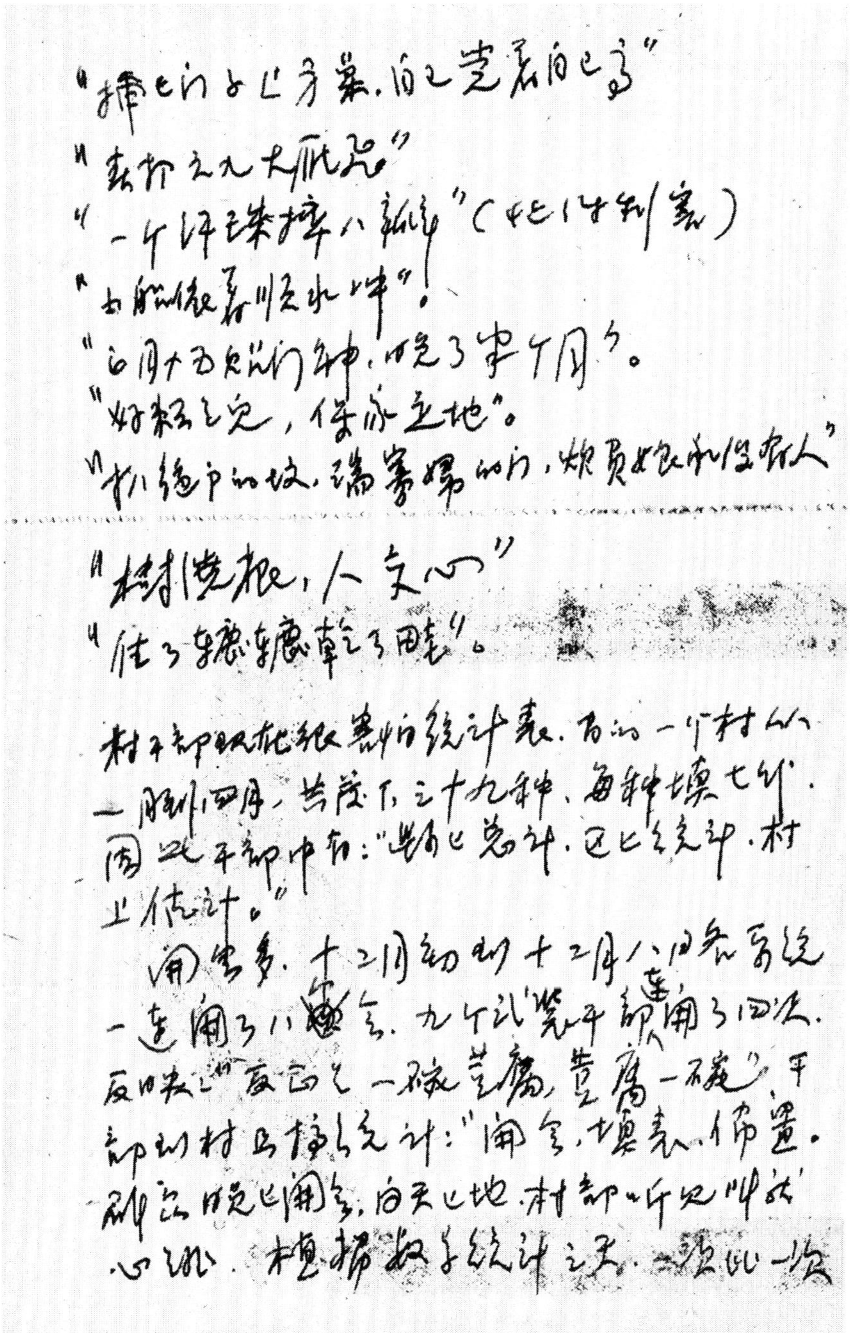
“[illegible]了桌，自己党员自己[illegible]”

“麦[illegible]三九大[illegible]”

“一个汗珠摔八瓣”（[illegible]）

“好船依靠顺水推”！

“正月十五贴门神，晚了半个月了。”

“好粮[illegible]，[illegible]土地”。

“扒绝户的坟，踹寡妇的门，欺负[illegible]人”

“树靠根，人靠心”

“住了[illegible]了[illegible]”。

村干部[illegible]统计表，有的一个村从一月到四月，共发下三十九种，每种填七份。[illegible]干部中有：“[illegible]总计，[illegible]统计，村上估计。”

开会多，十二月初到十二月八日[illegible]连开了八个会，九个[illegible]干部连开了四次。反映：“会[illegible]一碗[illegible]”。干部到村上搞统计：“开会，填表，布置。”[illegible]晚上开会，白天上地，村部[illegible]心眼。[illegible]统计之[illegible]，[illegible]一次

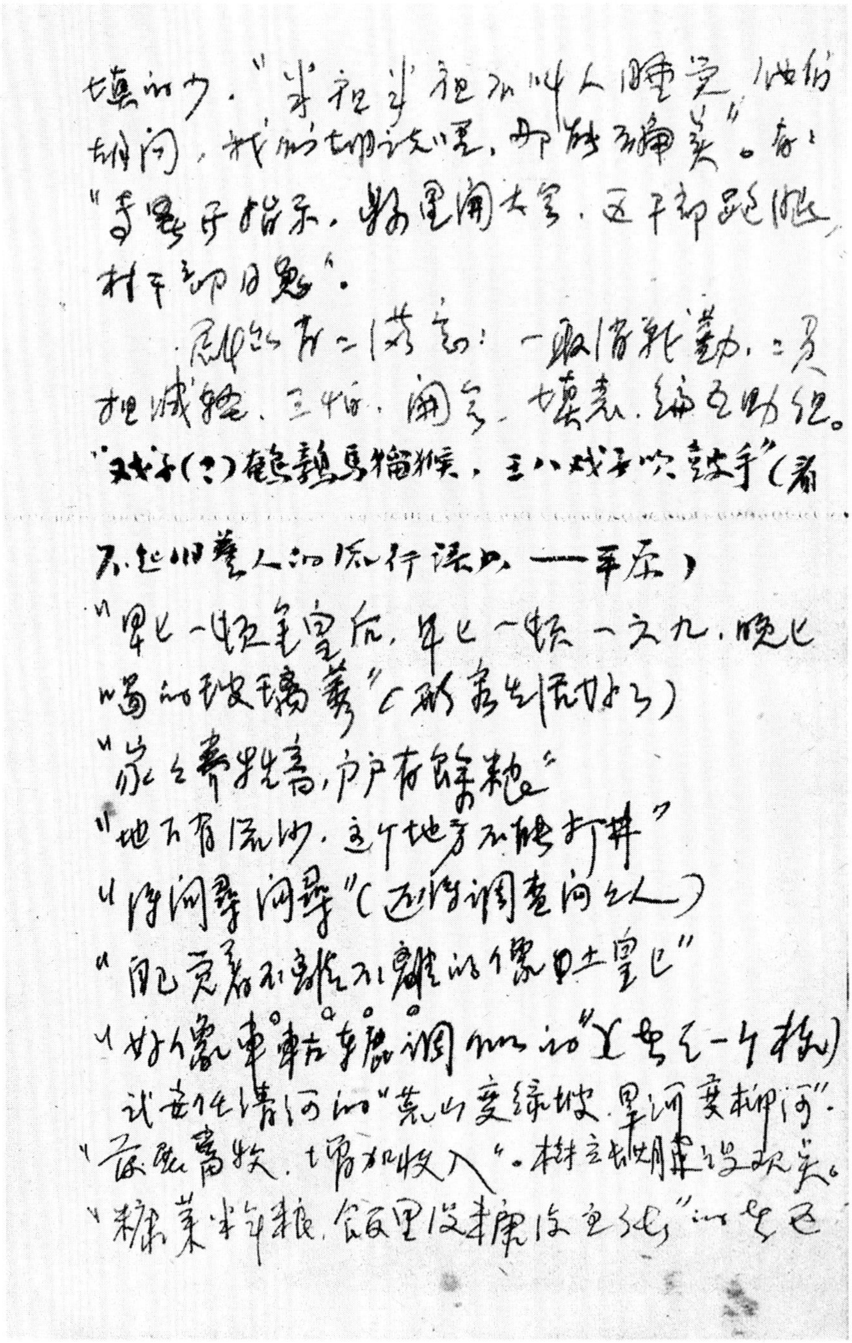

填的少。"半夜半夜不叫人睡觉，他们
胡闹，我们都说是，办不到的。"答：
"专署开指示，县里闹大事，区干部跑腿，
村干部日鬼"。
剧的第二个阶段：一取消勤劳，二是
把戏轮，三填，闹空，填表，编造数字。
"戏子(?)飞禽走兽猫猴，王八戏子吹鼓手"(看
不起旧艺人的流行话儿——平原)
"早上一顿金皇后，午上一顿一文九，晚上
喝的玻璃筹"(新旧生活对比)
"家家养牲畜，户户有余粮"
"地下有流沙，这个地方不能打井"
"深问浅问"(还得调查问人)
"自己觉着不离不离的像土皇上"
"好像车辙车辙调的"……
武安任堡河的"荒山变绿坡，旱河变柳河"。
"发展畜牧，增加收入"。树立模范便是如此。
"糠菜半年粮，饭里没糠便生气"……也是

情况已变为"早晨一顿金皇宫，晌午一大九，晚上被瑞秀"

"三代没有一个读书人"的情况已经变化。

"兴了新婚不死人了"

"婆婆教个底，媳妇也得接上"。现在的女人说："我也要吃也要穿，也要劳动生产，我不学你的尾巴"。婆婆理亏了。

"过去吸大烟、赌钱鬼、小偷贼，现在劳动模范多；以前挨打坏女人多，现在模范夫妇才够多；以前长工多，现在当干部、住学校的多；以前没吃没穿的多，现在吃白面，穿市布的多；以前靠穿要多，现在人民帮助多"。（见一九五一、十一、十一日人民日报载廉江的县区这个农村情况调查报告）

"农业生产合作社就是互助组强"。因为合作社的经营增加了60%以上的收入。入社的农民都这样形容合作社的优越性。

"靠翻身，靠互助，才能有今天"。很多认识他们长来之至要的农民这样说。

“过去我们受压迫的只有五大本领：一哭、二骂三睡觉，四不吃饭五上吊。现在婚姻法是救命法，兴了新婚姻法有了觉悟”。

“世道好了，年轻人再会懂道理。纺花织布、上地劳动，比咱们当媳妇时强多，不用咱们管也能学好”（婆婆对媳妇的新关係）。

“南山的猴子，见什么学什么”。

“过路桥拆了，把美好的现在也弄坏了”。

“拉硬弓”（嘴硬，固执）

“打败了的老母鸡，刀砍了的鸡”（狼狈相）

“经师不如访友，访友不如偷艺”（民间艺人学艺的话，意则师父也不能把全部技术传授）

“你弄些什么”？（弄些两字是指出话的意思，如你又不是说人，弄些什么？）

“老婆三天不打，就上房揭瓦”。

乡间记事

关于《乡间记事》

《乡间记事》是阮章竞为自己 1945 年 6 月到 1948 年 12 月间，六段生活工作日记所做的题名。整个记录分为六部分，记在两个不同的本子上，约 17 万字。

1943 年 10 月，阮章竞担任团长的太行山剧团重新划归八路军总部领导，他被太行区党委留在了区文联工作，离开工作了五年的剧团。随后他到黄烟洞兵工厂深入生活两个多月。

1944 年 1 月下旬，他到妻子赵迪之（日记中称为“樱”）担任县委书记的武乡县，准备和妻儿（长子阮洪鹰，乳名“小洪”）一起过个春节。第三天下午是农历除夕（1 月 24 日），区党委宣传部长彭涛突然找他，要他立即到太行区党校参加整风学习。他连夜出发报到，这一次的整风学习持续了 16 个月，到 1945 年 4 月底整风结束。因为整风学习中的一些经历，整风结束后，他坚决不肯回文化工作岗位，执意去做实际工作。区党委分配他到太行八分区（辖陵川、高平、晋城、修武、温县、孟县、武陟等地），随后他又去赤叶河村搞调查研究。

《乡间记事》之一就是 1945 年 6 月 8 日阮章竞出发去赤叶河村开始的日记。

1945 年 8 月 15 日日本投降的消息传进山沟，阮章竞在 8 月 16 日离开赤叶河村，参加大反攻。《乡间记事》之二《反攻生活录》就是当时的记录，这也涉及整风后他的思想活动。这部分笔记提到的扩军工作，实际上是他在陵川高平民兵大队参加收复焦作战斗的开始。陵高大队主要在焦作的东西大井矿区，配合主力部队作战。收复焦作后，阮章竞留在矿区做工会工作。新区局面十分复杂，他带着两颗手榴弹和一支枪机打滑的旧驳壳枪与战友一同开展工作。在这样紧急的时刻，难做日记也是必然的。

我们一般晚上到群众家里去，白天群众要干活。老百姓不敢留我们吃饭，我们只好回当地的区公所吃饭。夜里，老百姓给我们安排没有人住的房子过夜。因为我们如果在谁家留宿，会给房主带来灾祸。

我和关平经常发现敌人留的字条，上面赫然写着：

"洪荒共匪，快点滚蛋，如果不滚，小心冷枪。"

有几次夜里，我们还和敌人交过锋。我们每天枕枪待旦。有时间，一夜会打几次枪。

——《阮章竞文存 回忆录卷》，北京十月文艺出版社，2022年，第612页。

我军占领焦作后，《乡间记事》之三在1946年3月、7月有八九段不连贯的记录。

1946年10月，国民党军队再次占领了焦作。阮章竞随机关撤退后，区党委调他到长治参加太行区第二届群英会的宣传工作。中国国家图书馆善本部收藏的阮章竞笔记中有一册《修武钓鱼台营调查材料之二（1946年12月）》，是太行区武委会的同志所记录的"太行第二届群英大会"材料。群英会后他回到太行区文联，任戏剧部长。由于集中精力于创作，笔记中断了一段时间。

1947年2月阮章竞写出《圈套》，3月—6月写出了长篇小说《太行山不倒》的初稿，9月完成新歌剧《赤叶河》第一稿。10月，《赤叶河》在河北武安冶陶镇召开的冀鲁豫边区土改动员大会上首次演出。音乐是他和高介云在武乡县一个盲人戏班子的帮助下搞成的。华北人民文工团的作曲家梁寒光看了演出后，开始改编音乐。12月石家庄解放，梁寒光改编过音乐的《赤叶河》，在石家庄连演7场。12月28日中共中央华北局宣传部召开《赤叶河》座谈会。《乡间记事》之四中有这次座谈的发言记录。

1948年3月—5月，阮章竞参加土改工作团，在河南安阳的东、西积善村工作了三个多月。这段活动在《乡间记事》之五中有比较连续的记录。

1948年7月阮章竞从土改工作团回到机关后，担任了太行区党委文委委员。《乡间记事》之六《关于妇女的材料》，记录于1948年12月14日。这也是《乡间记事》的结束。而他的《漳河水》正是那时进入构思阶段，并于三个月后的1949年3月26日写成的。

附：

《乡间记事》摘要

（1945年6月—1948年12月）

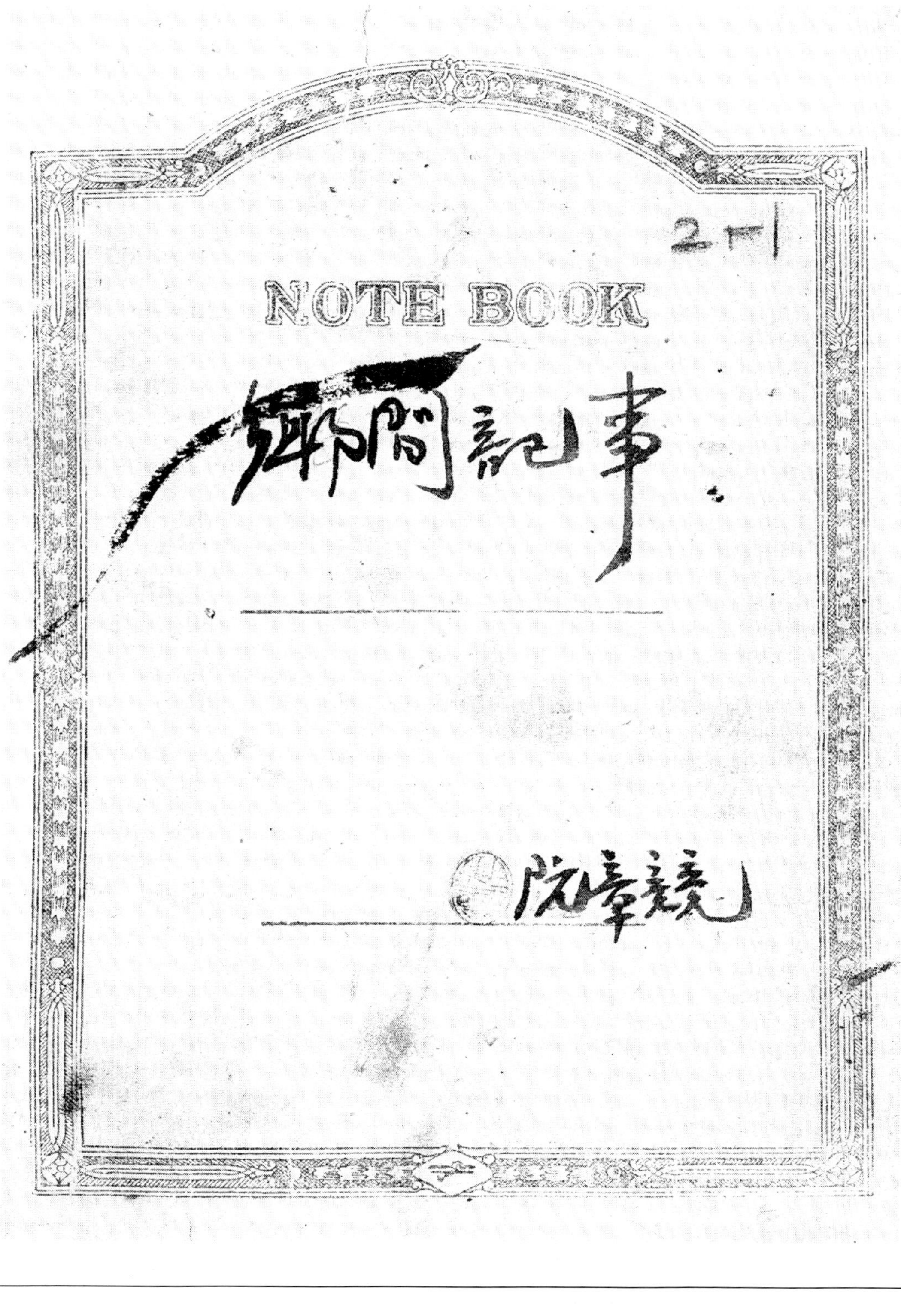
2
NOTE BOOK
鄉間記事
阮章競

1

工作日记　　1945.6.

8/6　今天下乡，调查研究的工作的真正开始。我参加了几天[illegible]工作，以[illegible]学习[illegible]根据地的生活，以备将来工作中的参考。特别这次参加了县长[illegible]的会议，对下层工作的情况，得到了一些初步的知识。[illegible]

我感到有些[illegible]，在我思想中存在[illegible]这几方面的想法：一是我要作这些[illegible]农村工作，[illegible]

[illegible]

这[illegible]是为人民服务的，[illegible]

这些[illegible]

我在[illegible]一个老太太[illegible]

晚上[illegible]

9/6　[illegible]

[illegible]

[illegible]

下午[illegible]

[illegible]

[illegible]

10/6　[illegible]

从去年[illegible]任务的完成。我深感到这个工作并未在群众的[illegible]。老乡说[illegible]问我们[illegible]：他未想到[illegible]群众自觉[illegible]。[illegible]。

我们说[illegible]，他说群众[illegible]翻身了[illegible]。但因为[illegible]时，他们有这样的思想："人民[illegible]（[illegible]），[illegible]（[illegible]村[illegible]十几年，全村[illegible]）我们[illegible]"。[illegible]。这都是极其宝贵的[illegible]。

有一个同志告诉我[illegible]，我[illegible]。

13/6 昨夜睡得太晚，今天早上起来的时候，太阳已很高了。这里的[illegible]，[illegible]一片片的[illegible]。

为了完成调查任务，[illegible]。白天，人都忙于下地，[illegible]又不回来，[illegible]。我常常思想这样一个问题：这样[illegible]，[illegible]任务完成不了的，我是这样的官僚主义地做吗？心理实在不愿。只是[illegible]帮助自己去了解情况。但我又想如果把我放在一个单独的工作，没有地方的[illegible]帮助，那我会[illegible]工作吗？我几次想去[illegible]人谈，[illegible]地里去，[illegible]，应从何入手呢？从哪个[illegible]。我根本不了解这村的人物如何，[illegible]。村长[illegible]。晚上他又出去[illegible]。[illegible]。我考虑到今天[illegible]一定回来，[illegible]一下吧。我也想起了解本村有多少个户，哪户如何，我可以从这些户入手。

我把这里的调查提纲[illegible]了一下，[illegible]也有帮助。

他刚才来了一信，通知我到[illegible]开会，[illegible]。我也不想去，[illegible]。[illegible]，[illegible]好。

我今天想了一下[illegible]东西，把[illegible]的问题和[illegible]了。我[illegible]这个东西[illegible]好的[illegible]的，但我还未[illegible]一个适当的[illegible]。我想这个东西[illegible]也很[illegible]。

[illegible]回来了。[illegible]来回，晚上和他们谈了一下个户情况。他来之，他们开会去了，又[illegible]，又[illegible]，我[illegible]听了一会。

14/6 [illegible]今天晚上由[illegible]回来，这时村的人也来了，他们在这开村干部会。吴[illegible]同志也来了，几天来的打开[illegible]工作，[illegible]的生活，[illegible]开。[illegible]热闹起来。

今天一天差不多[illegible]热闹的，白天区[illegible]在此召开民兵训练，到来了全区的民兵，[illegible]。不过我和他们[illegible]。[illegible]报告，问题很多：[illegible]，[illegible]民兵如何[illegible]？民兵应[illegible]模范，在村里要起[illegible]的作用，防[illegible]，打[illegible]，训练，国际形势，国内形势等问题，[illegible]。民兵在[illegible]，天气又热，都[illegible]了，会后也不讨论，[illegible]民兵组织[illegible]。[illegible]的作用[illegible]。

我今天[illegible]。

和[illegible]谈情况，谈得很晚。[illegible]一些土地打[illegible]。和[illegible]的谈话，使我了解了[illegible]问题。[illegible]的[illegible]。这样对调查土地[illegible]的工作，是有利的。我很[illegible]本村

人对情况了解[illegible]有把握的。但我们[illegible]要到群众中间去。这个[illegible]
困[illegible]地主已[illegible]好多了。[illegible]
又来[illegible]
[illegible]，参加[illegible]他们[illegible]。我写了信，去了半天了。

17/6．[illegible]。地主已
[illegible]。天将黑了，[illegible]
[illegible]
[illegible]他们的[illegible]（一个月）[illegible]
我很高兴。

接了[illegible]
[illegible]他们已[illegible]
[illegible]材料，[illegible]
[illegible]
利用，[illegible]问题。
晚上写了一封信。

十七日，早上[illegible]
今天[illegible]区报告，[illegible]材料
[illegible]。

18/6 今天听到[illegible]区的[illegible]报告，[illegible]
的工作深入性，[illegible]
在工作的报告中，[illegible]
[illegible]
[illegible]村的工作[illegible]。

二区的工作报告，[illegible]特别[illegible]
村干部[illegible]，结果形成了一场大[illegible]，[illegible]材料[illegible]
意。[illegible]我们[illegible]
的[illegible]村[illegible]。我们干部[illegible]
[illegible]用[illegible]来[illegible]人，而且[illegible]
中的积极分子。[illegible]
的结合，[illegible]。同时[illegible]
上也[illegible]统一，不团结，[illegible]作用[illegible]
[illegible]一点。

[illegible]村[illegible]，而且[illegible]
[illegible]。
晚上[illegible]他们的[illegible]，[illegible]
作为参考。

19/6 昨天夜里讨论的工作太累，在宿舍。大概深夜一时已过十二点钟了。早上[illegible]起来。今天同意二区的补充报告，内容[illegible]。我[illegible]一个调查[illegible]，在这里也[illegible]问题。这是较好的，但还不是已经[illegible]，还要有[illegible]。

一区工作的报告，干部情况没有积极负责，[illegible]自由主义，贪污腐化是相当严重的。党委会在整顿工作上，走了些[illegible]，但从他们的报告中，[illegible]干部中的问题，这是[illegible]。

四区的工作，也说明了干部情况的问题，一个干部在[illegible]中是积极份子，而我们[illegible]干部[illegible]腐化堕落，这也就说明了我们过去对干部的调查[illegible]。一[illegible]打入地狱，这就是一个[illegible]的一个例子。[illegible]麻烦了。

今天的报告都[illegible]了这个问题，干部[illegible]，[illegible]不能从全面的了解，[illegible]，一定不能[illegible]干部。

[illegible]的一个教训，就是不能单从一方面[illegible]全面的了解情况。他们大概对[illegible]工作，[illegible]积极份子[illegible]。人[illegible]报告[illegible]干部来帮助工作[illegible]。[illegible]干部[illegible]里[illegible]。我在[illegible]也在[illegible]。我[illegible]积极份子[illegible]不能[illegible]。因此了解[illegible]。

25/6 会议[illegible]。但[illegible]自己[illegible]，对[illegible]。但[illegible]一个[illegible]人来说，[illegible]学校，[illegible]。[illegible]自己的[illegible]一步。[illegible]自己[illegible]。[illegible]干部[illegible]问题，我第一[illegible]一个[illegible]。[illegible]研究[illegible]讨论。[illegible]讨论。我[illegible]。

[illegible]会议。我[illegible]。我[illegible]。[illegible]工作[illegible]，我[illegible]。我[illegible]工作[illegible]。我们[illegible]。[illegible]问题[illegible]。[illegible]地主的[illegible]，[illegible]地主[illegible]。农民[illegible]。他[illegible]。农民[illegible]地主[illegible]。[illegible]人民[illegible]农民[illegible]地主[illegible]。[illegible]农民[illegible]自己[illegible]。农民[illegible]。[illegible]文明[illegible]。我[illegible]。

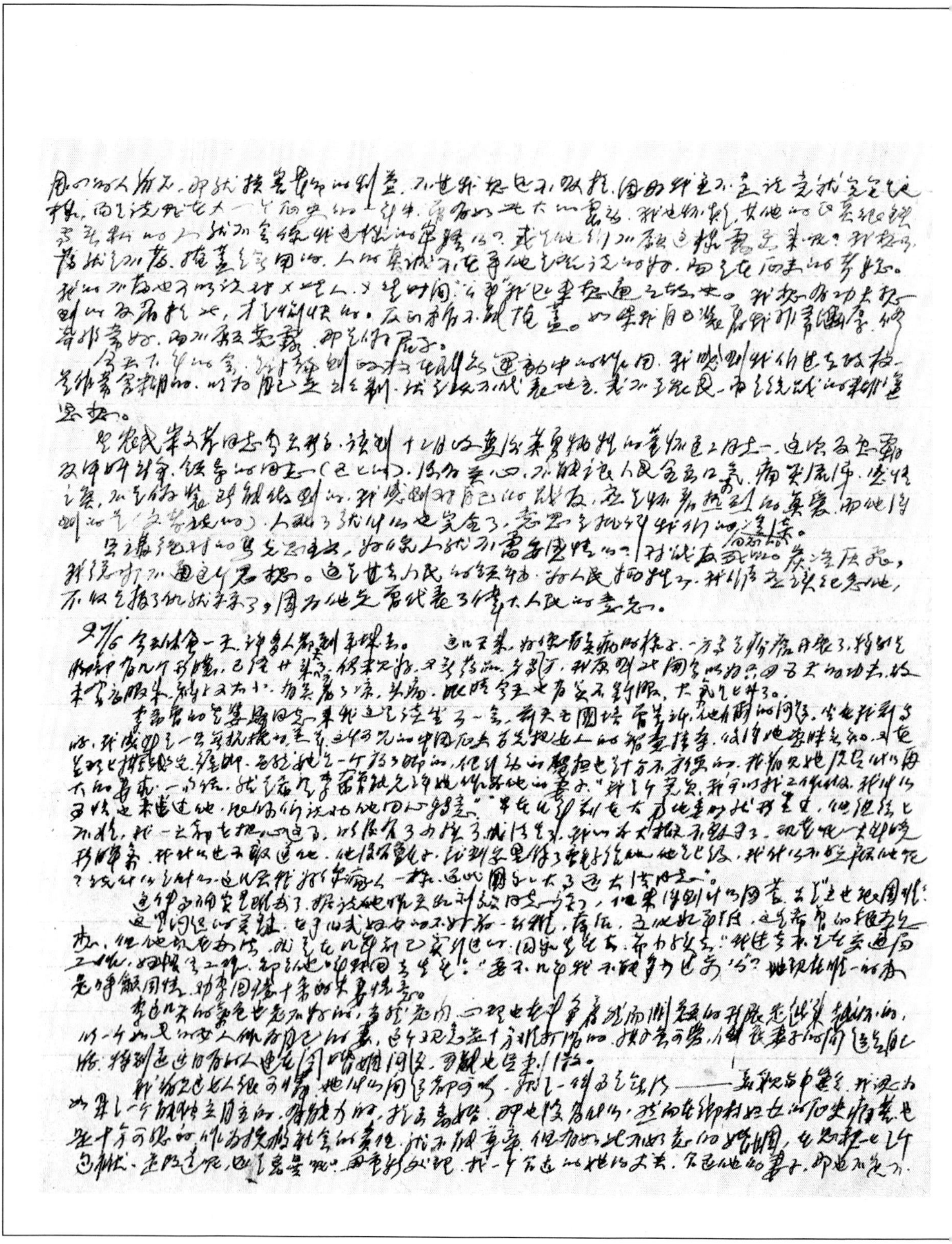

晚上[illegible]

[illegible]

30/6 昨夜下了大雨。[illegible]精神也很疲惫。[illegible]天已不早了。[illegible]

我想把几天的笔记写了一下，觉得这个材料还是很丰富的。[illegible]

明天是党的纪念日。[illegible]

[illegible]

休息时[illegible]

[illegible]

7/1 今天是党的廿四周年纪念日。[illegible]

华人物的一个前半［illegible］拉着她才死去，眼看也很大。当然后来当农民当的了，但也很好的［illegible］这种事情。如王隆川农民领袖，为官兵所迫，跑到童关义人（农民领袖）家里，官兵到，女主人把他化装成她，做出去，而她却穿他的衣服告官兵说，要抓走去。我们觉得［illegible］不到，指着指那陵川时，却是一女人。女人就说他们（官兵）强奸妇女，把她抢来了。他们就有了话说："三十二里小营乡，赶不上童关一婆娘。"民国十四年曾有林默先生［illegible］，［illegible］当地，成立和平组织，都被［illegible］杀死了。这以后国民党对共产党［illegible］。十六年［illegible］都镇压下去。抗战以后［illegible］也是很苦的，［illegible］时期［illegible］人［illegible］。［illegible］那么就很以［illegible］也很保重的。

中午会餐。下午开座谈会，午后回来了。晚上为［illegible］写了一封信。

2/7. 今天早回饭后，把我们的［illegible］交通局要来，［illegible］，很好。

今天讨论的问题是关于［illegible］的问题，也闹了一些意见。是否这样的研究方法是好的呢？我觉得没有什么使人会注意其中，因为为研究方法，就自己的研究的问题，自己把问题想出来或来了之后，先谈方法，岂不是空嘲弄笑的？这样说有道理。我觉得进入到具体的会议中人家问，什么问题都有，什么问题也未集中深入研究的，明确思想问题，先是接触问题然后［illegible］。如统一领导先的团结等问题，都是十分需要解决的，能来深入讨论，不过我来参加，又不敢提意见。

我看了研究九先的材料，我今天来参加会，我觉得不十分需要。我打算以后结合我的情况参加会的［illegible］，心里很急。

△ 现在大概已经快生相了。本来打算去休养几个月，后来说是一停了，我们到时才把九先材料带走，可以在车的过程中，全部看完（大概又是说"完了"）管他了的。本来今天应把心情稳定在车上的，什么东西在撑我呢？我是这样在家慌里慌去，总不能入睡，算了，头又痛，又没有数的，检查身体很不舒服，痔又生了，总是麻，究也不大的了，也不快好，脑时常某一阵子，特别最近的出来很化脓，十分疼，影响身体特不舒服。

今天会议结束了，我明天就要下乡去了。我觉得思想问题，以后要来完成，想早是不去。如果未做出什么成绩，心里总觉得很对不住，我总是不能去的。

今天中午后，去了结长家的［illegible］问题，也引起了自己的意见，就不满，说好她说，也要找我已经三十了，仍然这么的［illegible］呢？自己分去说明做这工作的困难，多方面也说明她的思想，就只能做了这个工作，从这些方面［illegible］，也住不多。这个意见今天在会上陈述中的错误［illegible］。我的［illegible］也会用我说中中文稿工作的批评，并出［illegible］的一个试点来看。以后我们不再这样做这个工作的感到不舒服。［illegible］的人就这样出来说"这是你们把思想［illegible］不正确，莫非之外者"，他事事跟随他的要求去做"谁都不会好的出路"。这样她才得到了满足。

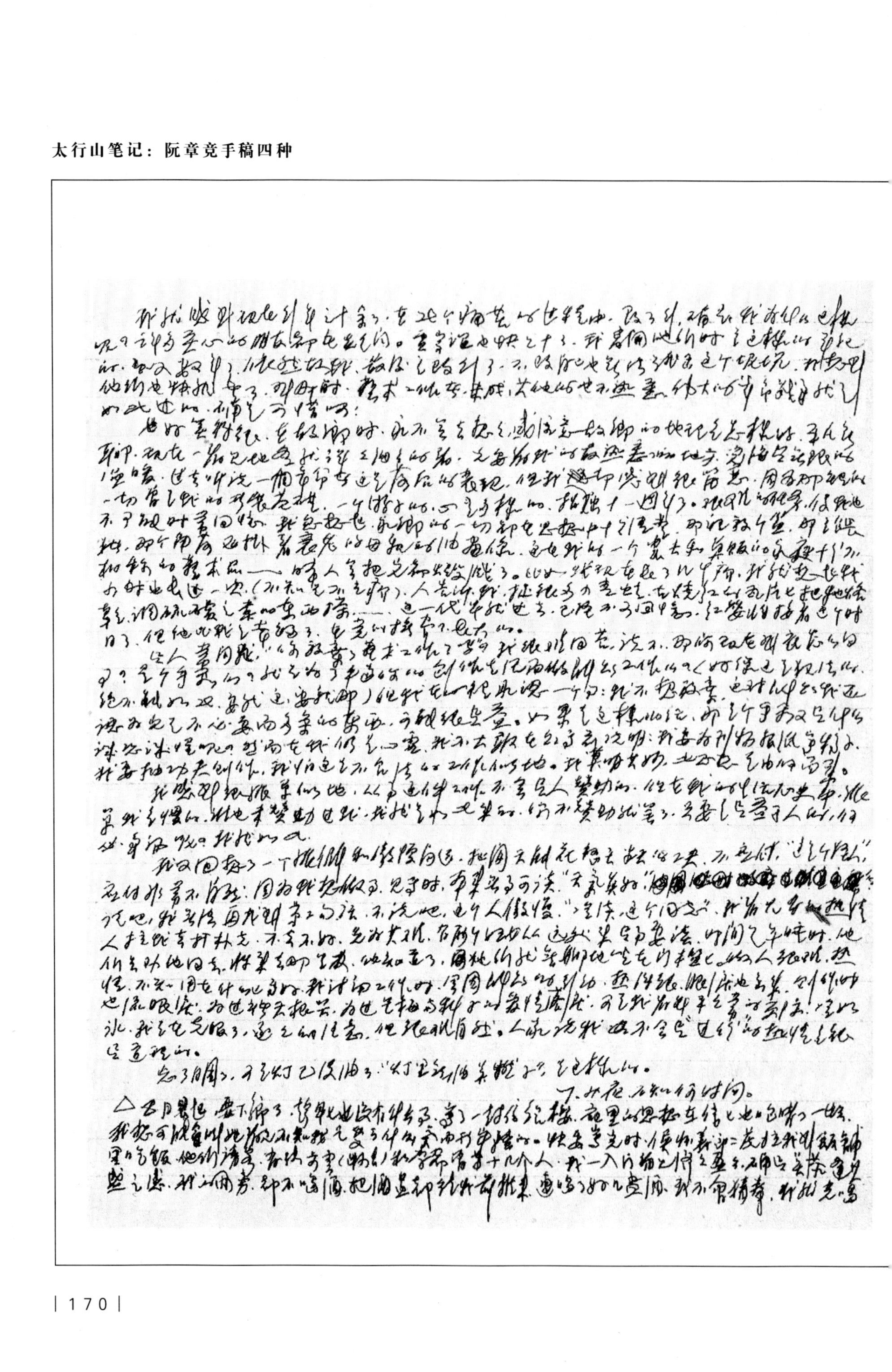

[illegible]

[illegible]

[illegible]

[illegible]

[illegible]

[illegible]

[illegible]

[illegible]

△[illegible]

[illegible]

[illegible]

我[illegible]农村[illegible]。中国[illegible]！

[illegible]

[illegible]

七月六日下午记

△ 六日[illegible]

[illegible]

[illegible]

下午[illegible]。

[illegible]

七、七、晨记。

△ [illegible]

“七七”[illegible]

说，现在你又我们不明白了”。又说：“那我来算了！”我说“一定去”。

我在郭洲沟主要研究也是他妈的好，不比三平晚在个村里做工作，这样倒了个好主意。

晚上府民校开会。烧了菜和饭出来说话，[illegible]都起了好多。[illegible]其他。真他妈的，当时我把[illegible]他的[illegible]人[illegible]。

十四日和四个农民谈话。两个是记住家人，一个妇女，一个老工人，还有一个是住了人（党员）较觉悟。其他的都说“是好的”。他也知道八路军来了给他分了地，但对什么都不大热心。[illegible]时间的情形解决他们的时间[illegible]。王某说他过去卖了房子[illegible]（十二月以前），卖了个[illegible]把他的房子以后回来，但别人就要了不肯搬出房子（因他是参加了决死队，不敢和他[illegible]）以后就出去了。把粮食、衣服都拿了。[illegible]不[illegible]的身子。多么可怜的样子！

谈得很起劲，但谈不出什么新东西。这三个（除去住家人）都不愿和别人互助生产。[illegible]性很大，但谈不出思想。时间太长，看他们累了，我结束了这次谈话。不过我少打下了他们谈话的内容了。

七，十日下午记。

△ 没要什么了。来参加的同志可能说在村中找来把来参加过去的工作研究一下。他其他[illegible]来了又[illegible]，现已三天了，还不回来。[illegible]他是要麻烦。

前天晚上我带来[illegible]不事先定的文章了，后来看了一下，如觉得是写的好。写了个表格。昨天我把它全部弄出了，[illegible]部分，还不很完善。又修改了一下。今天全部誊好了。目的是了解的精致，我们个人知道是能写的。可是没有别的[illegible]也就[illegible]了。有一些用我的原来一段章稿。我看再细看一下，这样就已能够[illegible]，修改王文也就可以了。如有人到那里去，把他带去。

收到钱前程同志的来信，他和刘满同志离开了。我可以专做我们的工作。而且指常把各地的情况要他调查一下。还说到李一民在隆[illegible]研究几个问题，使我已大“[illegible]”。也引起自己的不[illegible]——要能做出工作成绩来。怕白费工夫去搞不出问题。

七，十三日上午记。

△ 昨天完整地了解一个打兑章队员的问题。事情是由一个兑章队员出去的，一小娃站岗，说兑章的不知，不放出去。结果兑章队开会批评这小娃。以后又叫小娃去站岗，他不让那兑章队员出去，打了一巴掌——也因这件事去告状。来参加兑章的自己派人到[illegible]，报告村长，说当会要开会斗争那小娃的人。开斗争会时，小娃们不然[illegible]，我问他敢不敢？引他们找出理由说[illegible]，很坚决。下午开斗争会。村干部先征求他们的意见，小娃提出为什么打小娃。当时[illegible]思想。第二次什么人[illegible]都不来？开会了，被打的小娃先报告被打经过，简单明晰。被斗争的人，在来开会时我（曾）问他为什么打小娃？他说“没有思想”。在兑章的威力下，这个人也很坦白，承认了错误。不好的地方，兑章还[illegible]比如还问他为什么说“我们是你们站岗的，你到什么地方去我们不知道”，兑章要问这是什么思想。后来因他说话[illegible]，还打了他一巴掌。最后这人也全承认了，而且自动的[illegible]五十元给兑章打枪去。我很感到新中国的主人——兑章，在新民主主义的社会中，已经不是简单的，说很有道理，这些出的[illegible]人[illegible]来[illegible]。如他们说，我们不要钱。[illegible]就给兑章打两个枪去。过去的兑章在大人面前不敢说话，而且大人也不把小娃当作一回事。现在这样在面谈，毫不慌色，大人也在兑章面前服了。

十四，晚记。

△ [illegible]的工作会报，减租是由[illegible]代替的。李怀[illegible]件好的就没收了他的土地，也[illegible]减租，但[illegible]了二十石粮，只报五十石，不敢实报，怕[illegible]。现在[illegible]了。特别是在今年[illegible]

生产中。[illegible]……农民说[illegible]……封建剥削[illegible]……地主都[illegible]……[illegible]

[illegible]

[illegible]

[illegible]

[illegible]

△ [illegible]……大体完成了。[illegible]

六、十七，中午记完。

[illegible]……八路军，[illegible]

[illegible]

[illegible]……把他禁闭起来。[illegible]

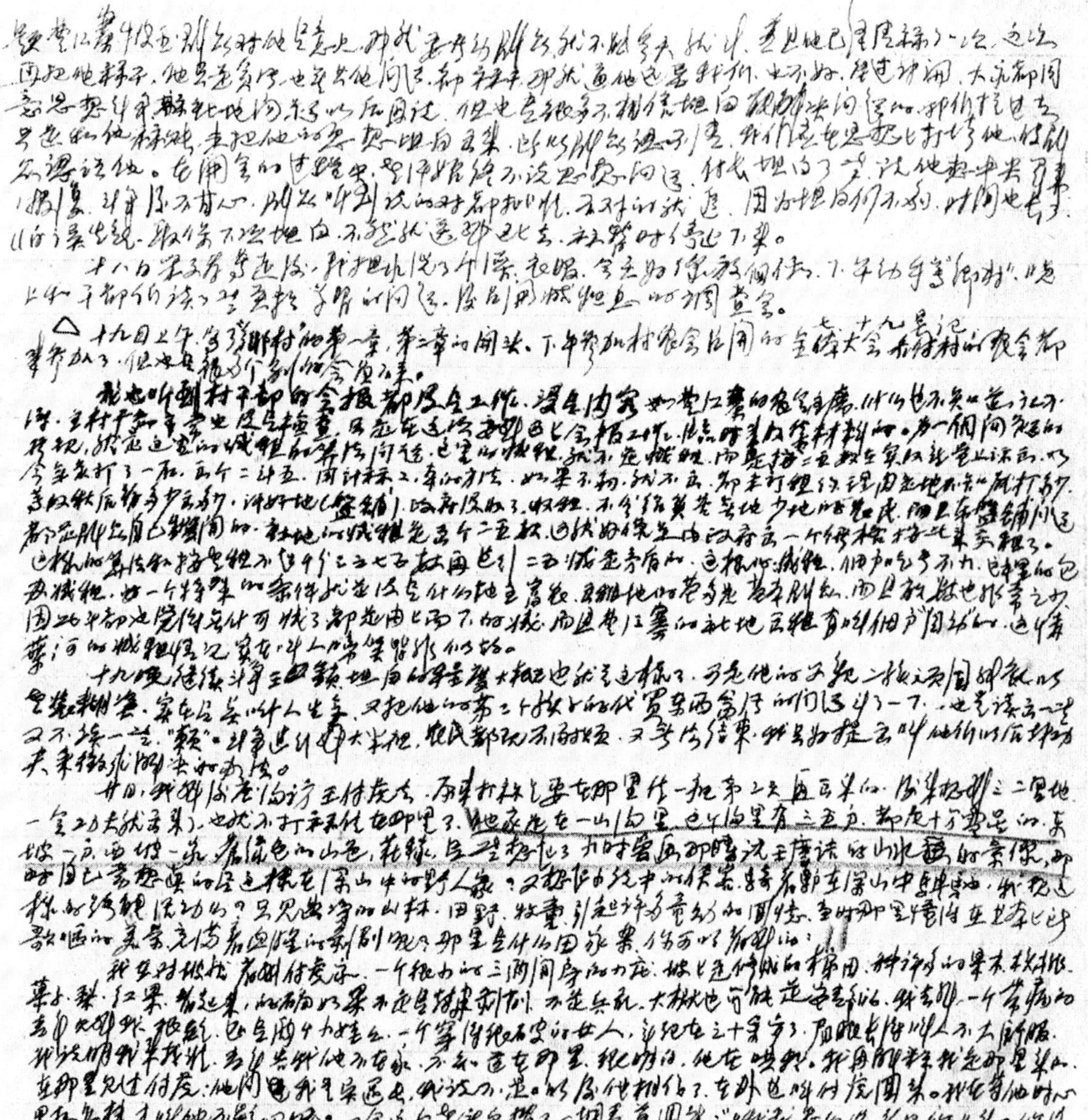

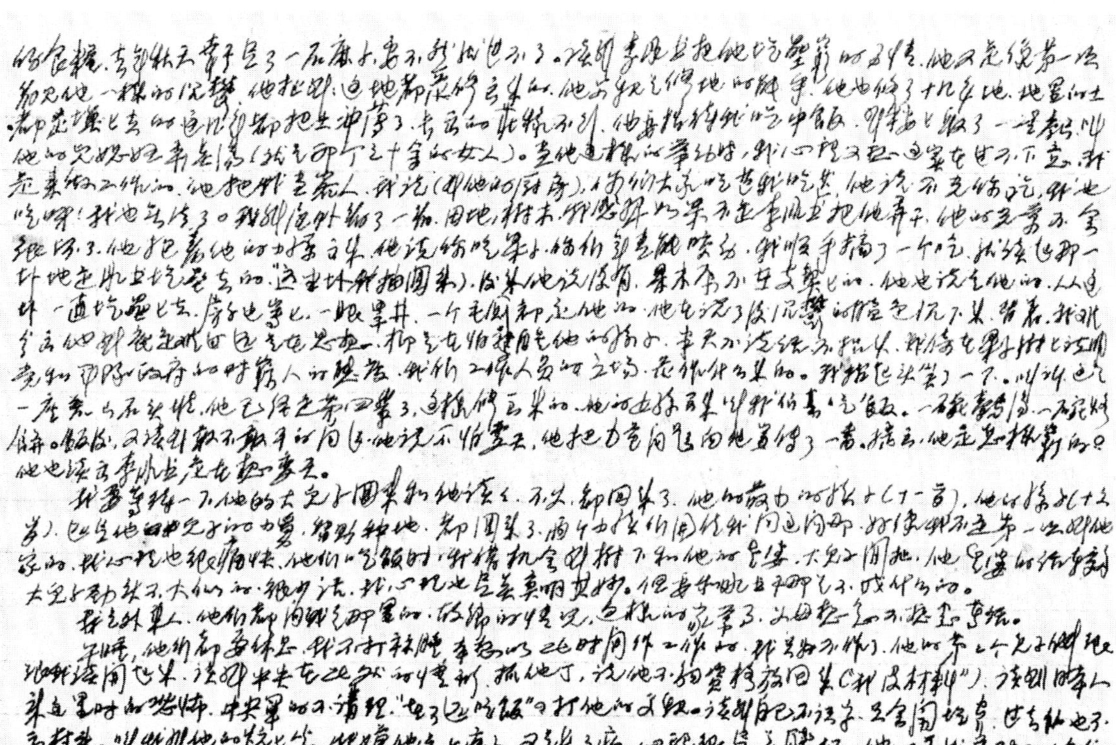

七.廿一日下午记

[illegible]

农民们的[illegible]

[illegible]

来的农民[illegible]四十多人。[illegible]

[illegible]

这个材料[illegible]

[illegible]

[illegible]日记。

今年[illegible]

[illegible]

[illegible]

这个问题[illegible]

在一些具体材料的谈，只进行了一个[illegible]的斗争材料及[illegible]斗争，这特别好些。

我与马同志又研究了关于[illegible]的问题，我们研究土地政策，过去也[illegible]，他们的实际材料的报告，结合和实际结合，进行讨论。现在的着重注意[illegible]同村工作联系[illegible]，也还好些。我认为[illegible]本区的执行政策[illegible]问题还不十分清楚的。[illegible]的土地当作[illegible]土地没收，就是问题了。[illegible]地，[illegible]。[illegible]因而农民[illegible]。[illegible]把土地[illegible]，[illegible]说明农民[illegible]的剥削。[illegible]地主[illegible]，[illegible]收了土地，由[illegible]。[illegible]问题[illegible]来解决。我觉得这[illegible]错误的。[illegible]土地[illegible]关系，[illegible]。[illegible]土地[illegible]问题[illegible]，[illegible]根本。[illegible]土地问题[illegible]把土地[illegible]（[illegible]）。[illegible]。[illegible]问题，我[illegible]错了。现在很[illegible]的。[illegible]干部对[illegible]部，因而这里的[illegible]问题[illegible]错的，[illegible]了不少了。

七、廿三日晚记。

△廿三日原来[illegible]这村的执行[illegible]情形，[illegible]，[illegible]。[illegible]地[illegible]这个工作[illegible]。[illegible]地[illegible]，[illegible]。[illegible]的[illegible]来迟到。

[illegible]今天回来了，[illegible]里来[illegible]一个半[illegible]。[illegible]回来，[illegible]的情形[illegible]了一下，[illegible]错了。[illegible]错的。这个人的一个[illegible]了一点。他回来[illegible]。[illegible]都在这里。这个人[illegible]，他不[illegible]东西[illegible]。[illegible]他一[illegible]。又怕[illegible]，[illegible]。这个[illegible]，[illegible]东西[illegible]，他自己也[illegible]他[illegible]他[illegible]。如果他[illegible]也不会把[illegible]在那里。[illegible]，[illegible]不[illegible]随便，[illegible]。[illegible]，[illegible]里，不[illegible]。[illegible]他们一[illegible]。

[illegible]（[illegible]）[illegible]在这里[illegible]，[illegible]。他[illegible]一个[illegible]这样[illegible]。[illegible]，[illegible]不[illegible]大人[illegible]。这样[illegible]一个[illegible]了大半个[illegible]年，[illegible]问题时，[illegible]。

晚上，农民来了六七人，今天[illegible]，[illegible]的[illegible]，两个[illegible]向我[illegible]问题。[illegible]地问题。

[illegible]问题[illegible]，我一[illegible]封建剥削的利害，[illegible]农民[illegible]，[illegible]他的[illegible]。如今天[illegible]里[illegible]他[illegible]家[illegible]和[illegible]，[illegible]不许[illegible]别人，[illegible]他，[illegible]，利用人家的[illegible]，[illegible]。[illegible]不[illegible]来，这次斗争农民[illegible]他[illegible]的[illegible]，[illegible]干部[illegible]干部[illegible]，不[illegible]这样，[illegible]了一个[illegible]的[illegible]来[illegible]农民[illegible]。[illegible]。这[illegible]的干部，[illegible]主义的[illegible]。[illegible]干部[illegible]区干部了，[illegible]，工作[illegible]的[illegible]。这村的[illegible]他们造成的。[illegible]工农干部，也[illegible]，[illegible]工农的[illegible]（[illegible]中农成份），[illegible]一[illegible]，[illegible]了[illegible]的，[illegible]，[illegible]时[illegible]。[illegible]人[illegible]他们，[illegible]

错了的？这些干部们不敢[illegible]的道路。我与大家在干部会上[illegible]问题而且会觉成一来。现在这里的干部们对他们都也[illegible]不亲切的[illegible]，干部说的，即很敢说不对的。

七、廿四日上午记。

△ 华家店的工作，经过几天的调查统计，也就差不多了。文荣是廿五日进来的，两个晚上的讨论，[illegible]现在都从这种[illegible]一晚上开始，[illegible]以后讨论，比学训的好（他们不知道现在的学习也是自由讨论）。不过开会情绪是好的，每天晚上吃过饭就自动的来到这里来。

前天参加了一个妇女们的会议，讨论的题目是：为什么要做军鞋，其次是往那（小那）对自己有什么好处。[illegible]坐在那里都害羞，都不敢说话，一个人的问才嘻嘻的说几句。对于般的道理还能从自己的经验中发表。[illegible]对干部的大了，[illegible]，不敢伸开。以前不很也懂那种坏处，[illegible]知道些了，[illegible]不大。他们说过去那大姑娘媳妇[illegible]，[illegible]。这真把妇女们害坏了。

根据说，华家店原是[illegible]家的土地，过去是一大地主，村很大的[illegible]，现在华家店[illegible]清，现在的都是华家店的转，[illegible]华家店。

老农民××，过去在[illegible]住过江寨，因过[illegible]把他家弄完了，是一个老人，要我去他的地。我[illegible]他，把华家[illegible]地主[illegible]。[illegible]问过[illegible]，[illegible]说我家的就我要死人，老人的儿子的[illegible]，第二天[illegible]了，[illegible]地主[illegible]说：[illegible]你可以把我的[illegible]。他们[illegible]的说笑话，一定[illegible]把我[illegible]地主家里，[illegible]地给了他。已经十几年了，现在那老人的后代也已变成穷[illegible]了。[illegible]来，我和他谈话，他说：[illegible]了，[illegible]也不好过[illegible]了。幸[illegible]一[illegible]，[illegible]现在都是穷人了，他[illegible]不敢[illegible]自己的[illegible]人。我很[illegible]他的话。

昨天把盘铺的工作[illegible]了一下，我和文荣[illegible]里去[illegible]，[illegible]个[illegible]，[illegible]来[illegible]土地的[illegible]，[illegible]了。地主过去对农民的[illegible]，[illegible]，[illegible]盘[illegible]的情[illegible]，[illegible]好像[illegible]了一[illegible]。

华家店的工作是告一结束了，我[illegible]，[illegible]因[illegible]又[illegible]，又[illegible]调查了一下。昨天晚上和几个农民闲谈华家店的过[illegible]，全村五十八人，土地只[illegible]一百一十八亩，过去[illegible]，[illegible]大[illegible]，[illegible]。每人平均的一亩多地[illegible]。我[illegible]这里的农民，[illegible]我很少，因[illegible]（全村共廿二家），很多都没生孩子，[illegible]告诉我：“[illegible]一条[illegible]子[illegible]口子[illegible]道[illegible]了”。[illegible]，农民过去都是靠[illegible]。[illegible]

七、廿八日[illegible]记

△ [illegible]的工作，[illegible]结束了，廿八日[illegible]，[illegible]文荣[illegible]上[illegible]，[illegible]盘铺去。

[illegible]，听说妇女工作已展开，小学校已开学，[illegible]，[illegible]。我在学校里借了[illegible]纸[illegible]来。

[illegible]，[illegible]。[illegible]江寨[illegible]，[illegible]，[illegible]告诉我：这里[illegible]，[illegible]十里[illegible]寨[illegible]一[illegible]，[illegible]。[illegible]寨，农民[illegible]。

盘铺，不[illegible]是盘铺而是盘[illegible]，一[illegible]的农[illegible]，[illegible]，[illegible]盘[illegible]七家，[illegible]大[illegible]，[illegible]人。

[illegible]住在西盘[illegible]的一[illegible]，[illegible]在那里。他[illegible]和[illegible]农[illegible]大[illegible]

东盘坡材料

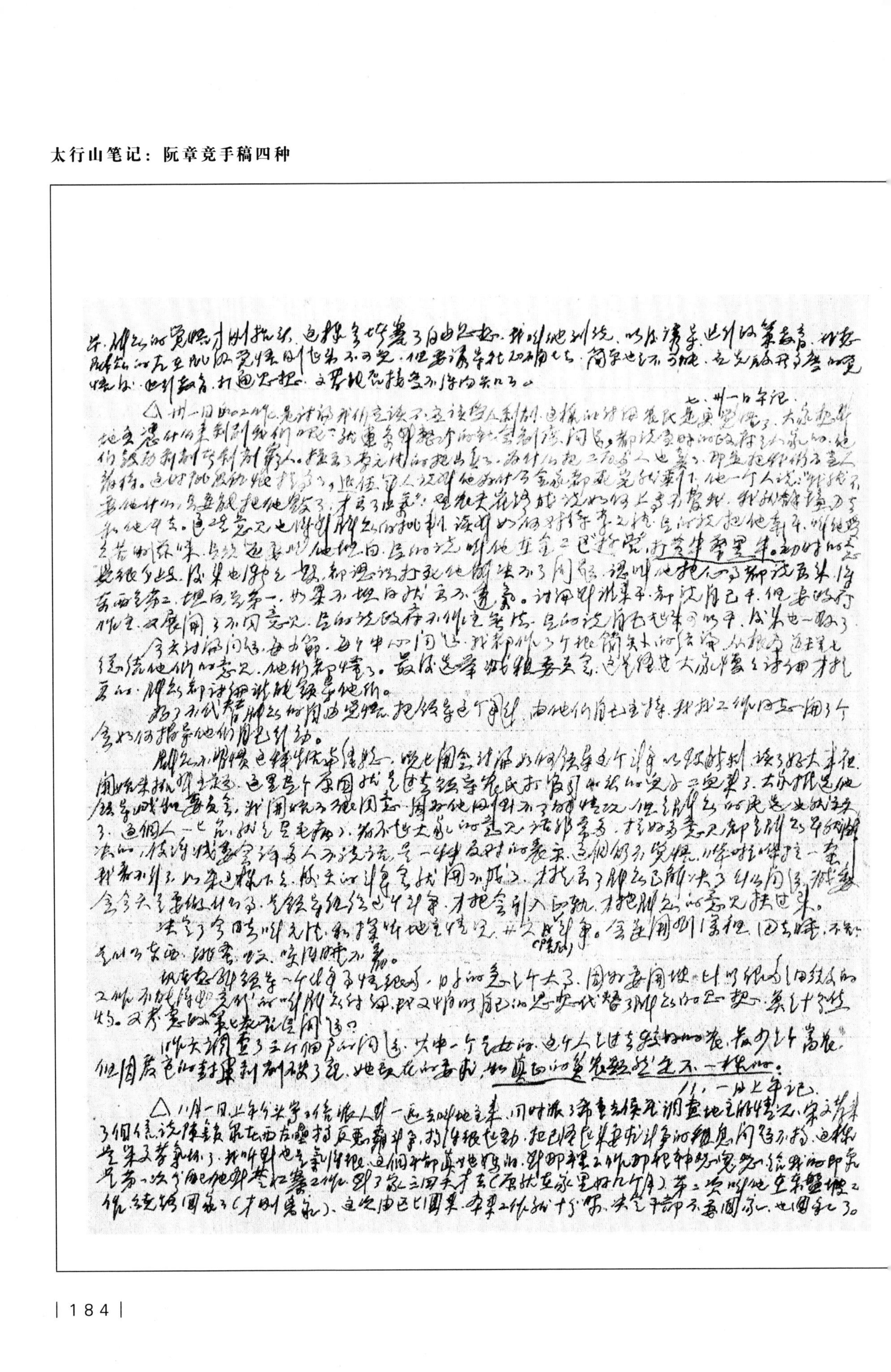

[illegible]

七、卅一日午记

[illegible]

[illegible]

[illegible]

[illegible]

[illegible]

[illegible]

[illegible]

[illegible]

[illegible]

11、一日上午记

[illegible]

自从你村的附近各村对他的意见真不少。东头的和他挂着，不接受。说东村对他有成见。刚刚对他有成见，他在自己的村子里还好，那个地方专找女人，在那里的威信也是可以的。自从白[illegible]来要报。我们都不敢相信。因为小组长村的刚刚要求成理。[illegible]那没人在那里往来，叫他去不放心。有这个人又不行，才叫他去。[illegible]他的问题[illegible]他的，他生在那里，工作在那里一部分载了的。但是我现在的问题，叫他好好的和东[illegible]配合。他回去就不能在那里住，在家里。现在却把刚刚的[illegible]情况问题。不反要翻了。东头老乡那时，他却在大会上[illegible]刚刚的情况说不开意。

张会主席[illegible]了这见刚刚的[illegible]却都不能通过。因为[illegible]不见我[illegible]说。只好来[illegible]进行了。

今天进行的第一步，先是刚刚在前的情况好多意见。这个人在那[illegible]的人上。不要先[illegible]打死地主[illegible]第一段[illegible]。但还[illegible]。今天说进步，我们为什么今天要团结地主。打死还是叫他把[illegible]的[illegible]的。什么[illegible]翻了身。翻身主要靠是靠什么？意见开始很多，但也很快一致。我最后把今天的[illegible]政策向大家谈了一下。大家都[illegible]的拍手。我[illegible]他们听了[illegible]我的话。我学了他们的[illegible]。因此[illegible]他们过几天都就懂了。

接着是进行斗争的程序，开始不好，刚刚没有斗争经验，斗不过地主（王保[illegible]一位[illegible]地主）。每个关节我叫他们检讨，怎样才能斗倒地主。这样反复几次，刚刚经过了这段。每个任务。又练习了地主要怎样说，不要怎样说，[illegible]不要怎样说，都指出了地主的狡猾。刚刚都为意，说不[illegible]。

刚刚现在却在练练一段时分。晚上[illegible]会开会研究好的斗争（[illegible]）。在村地主的[illegible]问题上我们[illegible]的说，我们[illegible]说不能客气，现在不[illegible]，[illegible]了。最后决定不能客气，但也不[illegible]他吃，我们吃什么他吃什么。[illegible]也不[illegible]他[illegible]，叫他[illegible]，[illegible]的[illegible]。[illegible]地主[illegible]其他地方的斗争是一样的。

今天又[illegible]在[illegible]的一个[illegible]：这是[illegible]的[illegible]斗去在这[illegible]，[illegible]过一个人[illegible]的粮食[illegible]，只要[illegible]粮[illegible]。[illegible]都[illegible]不[illegible]要[illegible]二两粮食了[illegible]，[illegible]粮食，[illegible]了[illegible]的。[illegible]以后的后代都成了[illegible]。

我现在要去调查[illegible]个农民的材料。[illegible]好，[illegible]的[illegible]不大[illegible]。因为这是农民觉悟的[illegible]，不过一般[illegible]。[illegible]也可能[illegible]的精[illegible]，不过这[illegible]的。

我现在要[illegible]这村的情况[illegible]。[illegible]，[illegible]都[illegible]，我[illegible]斗争[illegible]，我可以[illegible]，把[illegible]一下[illegible]了。[illegible]的。

（八二日下午记。）

斗争前后

二月下午，[illegible]村农会主席[illegible]的时候，[illegible]一人[illegible]的问题。[illegible]的[illegible]。我[illegible]把调查问题[illegible]，我决定了[illegible]一[illegible]天把问题来作个调查。

[illegible]的[illegible]，[illegible]问[illegible]。农民的生活[illegible]的。我[illegible]的农民[illegible]，他[illegible]

赤贫户的生活

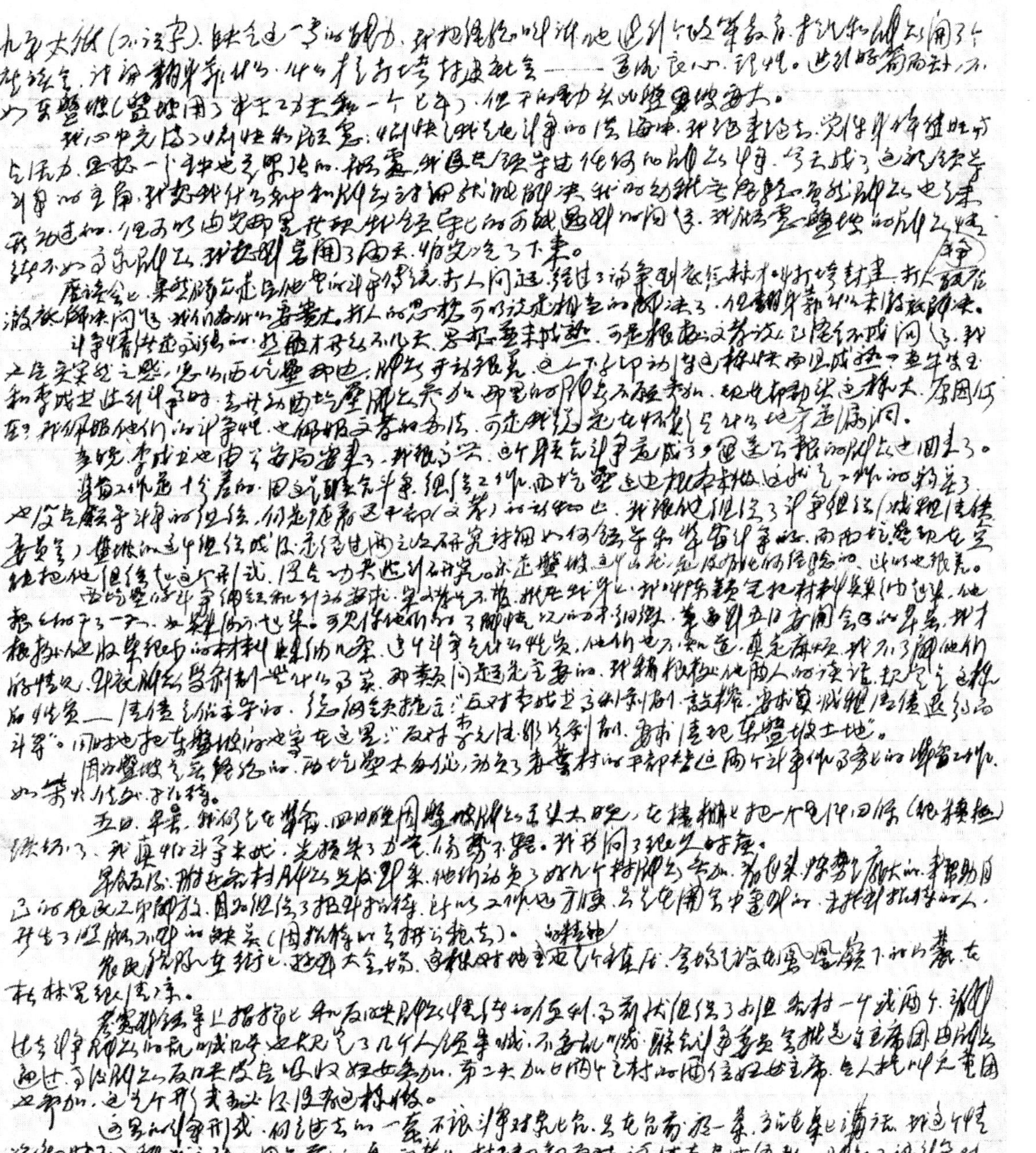

负责会上上课。我想这一定是后悔当时的作法。现在的我绝不再运用这些方法。入伙随便，然也没坚持意见，恐怕还不一定就完全是服务的，而是几个旧干部的意见罢了。

斗争会的进行，开始了，胖子提意见。第二个提意见的是一个妇女，说那李成虎以好的[illegible]剥削他[illegible]，以致[illegible]人也。现在[illegible]他，[illegible]，控诉了地主[illegible]。胖子[illegible]，[illegible]他控诉自己二十年来的受剥削经过，愤慨的感情激动，[illegible]。[illegible]打李成虎的，[illegible]作用。胖子愤慨，[illegible]李成虎[illegible]，李成虎[illegible]，胖子追问他的思想[illegible]。[illegible]一下[illegible]把李成虎打倒了。他[illegible]胖子提出的问题的答复。现在[illegible]胖子在[illegible]冲锋陷阵[illegible]。我们[illegible]胖子[illegible]他一个下马威，使他[illegible]了这一下的[illegible]。再来[illegible]他叫他坦白。吴学[illegible]（已去）这时也来代表[illegible]了。[illegible]一[illegible]地主，叫他坦白。[illegible]检讨[illegible]。提出典型问题追根[illegible]，在三五个胖子[illegible]典型。胖子[illegible]意见，[illegible]时一批[illegible]问题[illegible]。

[illegible]又开会。我们向地主要他坦白思想中问题。这一场用得很好。真正做到追根问题[illegible]地主剥削胖子们的[illegible]。胖子听得[illegible]，也[illegible]过，我[illegible]大笑。[illegible]全场[illegible]地主的[illegible]，如地主说"我为什么[illegible]，你[illegible]不[illegible]，我[illegible]，不但[illegible]，就连[illegible]也不行。""我为什么不[illegible]你了。"把他抽了。因为我[illegible]什么都已经完了。我[illegible]。我就又[illegible]别人了。[illegible]剥削[illegible]把穷人剥削完了。[illegible]。他[illegible]你的[illegible]将会[illegible]，将会成为[illegible]。从七八岁为[illegible]，[illegible]七了，仍是[illegible]，[illegible]了：

[illegible]中，[illegible]大笑。

二[illegible]李成虎[illegible]说："你[illegible]，李成虎"。

吴学[illegible]"这很成功"。

时间已不早了，太阳已经在西边了，胖子不[illegible]，不吃饭也要[illegible]，[illegible]。

午饭后，[illegible]研究[illegible]典型追根。[illegible]两个典型[illegible]，一是试[illegible]，一是[illegible]。这两个都是[illegible]李成虎[illegible]。[illegible]，像[illegible]一样[illegible]。李成虎[illegible]强奸[illegible]妇女。胖子们[illegible]，[illegible]追根典型。[illegible]，[illegible]了追那些问题。检讨了[illegible]。[illegible]地主[illegible]强奸妇女。[illegible]每个人[illegible]问题都要追根。[illegible]时间[illegible]不[illegible]。[illegible]。妇女也在午饭后检讨了参加会我们[illegible]什么。

[illegible]追根[illegible]，[illegible]了[illegible]，[illegible]妇女[illegible]，[illegible]追[illegible]妇女问题，而且[illegible]。他又在[illegible]中提追问李成虎[illegible]问题。

一[illegible]开会，就[illegible]也追问[illegible]妇女的问题。[illegible]，[illegible]他[illegible]。[illegible]地主[illegible]。[illegible]妇女[illegible]，[illegible]我们妇女[illegible]他一样。我[illegible]，[illegible]干部和村干部在[illegible]。[illegible]，我们[illegible]他们。因为[illegible]。如果一[illegible]，全场[illegible]。[illegible]，他们[illegible]李成虎[illegible]，[illegible]李成虎[illegible]。[illegible]李成虎，叫他坦白。[illegible]女人[illegible]，[illegible]。

过粮食人多多。真是乱七八糟。李成荣边喝边笑嘻嘻的说他的奶奶引诱妇女的事情，妇女们不平。我急了。这是好笑，我不也在笑，妇女也笑。我气的批评："李成荣，你笑什么，你敢侮辱妇女吗？"主席制止了大家的笑，才稍稍明朗严肃，脾气才稍稍缓和。成荣怕了，我批评了，向妇女承认了个错，大家的态度才好了。

又转到追问杖[illegible]为什么要参加国民党。他说是被骗加国民党，[illegible]中央军，又[illegible]问，[illegible]地，他说他是被人骗加了国民党。[illegible]问题，群众中又说出过去他是国民党抢粮了他。

[illegible]，[illegible]问题和要在大会上追粮，怕新的社会不安。[illegible]负责干部来[illegible]这个问题。我想他已经承认了，[illegible]时间[illegible]，一定知道，不如在大会上坦白，又去追已晚，停止了这个追粮。

晚上在开了两个斗争委员会小组长、主席团联系会，先讨论每一个问题都要追粮，检查大家的优点缺点，这个问题在小组长里[illegible]帮助[illegible]小组讨论。主席团接着研究当天大会情况，[illegible]思想，[illegible]问老和土地主李成荣谈话。会上检讨了上午会成功的地方，下午会的[illegible]，检查了关于两性问题的缺点，脾气都很能够[illegible]检查，[illegible]不坏的。[illegible]主席[illegible]。大地问题[illegible]中心问题，[illegible]斗争的办法，仍是要追粮。小问题[illegible]他[illegible]对了。但[illegible]时间的问题都怕[illegible]一主解决不了李成荣一个人的问题，[illegible]向他[illegible]五十件，我提出的办法是在大会上明天追李元德的大问题，他的[illegible]相当的家底封建剥削[illegible]，[illegible]全部通过。[illegible]问题，[illegible]，而[illegible]要追粮。我[illegible]从脾气中来的，而[illegible]不好，但他和[illegible]我也[illegible]说不能把封建的[illegible]集中追粮。

六日清晨就开大会，会场依在庙里追粮李元德，[illegible]二定[illegible]了他的问题就追粮。[illegible]他[illegible]，我[illegible]二[illegible]来参加斗动，斗争的全部[illegible]过程，他[illegible]在开大会前[illegible]，结果[illegible]，因为[illegible]把他的全部[illegible]，就[illegible]脾气，打不中要害，[illegible]。脾气也[illegible]一点，其他村的脾气不明白全部过程和剥削的方案，帮助[illegible]，不能[illegible]打击地主，[illegible]追他的[illegible]地，[illegible]。我很着急，[illegible]不[illegible]，我就[illegible]检讨这个领导的方法：不是从脾气[illegible]集中到[illegible]，而是[illegible]剩下[illegible]追，[illegible]脾气对地主的[illegible]，他们[illegible]时[illegible]计[illegible]，[illegible]李元德在[illegible]的全部剥削[illegible]暴露，[illegible]脾气[illegible]，进行追粮，休息吃早饭。

吃早饭后又转到村基大会场开会，脾气情绪很[illegible]，李元德非常[illegible]，什么也不承认，在[illegible]时[illegible]。

我们做工作的[illegible]一只知道[illegible]脾气，而不研究脾气的问题。[illegible]讨论[illegible]李元德的个别问题，我想他一定[illegible]他[illegible]的，今天会场上[illegible]，就是"地主向[illegible]"。[illegible]一个[illegible]（[illegible]），在大会[illegible]四十[illegible]剥削[illegible]了一[illegible]李元德，[illegible]李元德[illegible]向他[illegible]银，他（[illegible]）[illegible]向李元德要粮要粮银，我听到这个问题三个[illegible]。李元德死不承认[illegible]，[illegible]大会的[illegible]三七廿一，[illegible]李元德[illegible]，[illegible]的[illegible]，他们也[illegible]主席[illegible]，问[illegible]问题的人来谈，我[illegible]他们[illegible]是李元德[illegible]，[illegible]，他[illegible]向李元德[illegible]，其余[illegible]脾气也[illegible]不对，把问题[illegible]了，以后他也不[illegible]。第二天[illegible]，又来一个妇人（他们[illegible]李家）来，我[illegible]，[illegible]他们把[illegible]他的[illegible]办法，他们去了，以后又[illegible]，说[illegible]地[illegible]。

第二个斗争[illegible]，[illegible]一个[illegible]农民向李元德[illegible]。

保问死了，他现要向王孩要。可是希望[illegible]又不[illegible]，[illegible]道王孩卖粮，现[illegible]。这问[illegible]许多群众都不[illegible]。王孩也不服理。[illegible]几个也[illegible]不当三七廿一的积极分子[illegible]把王孩扣下去服理了。我的思想是可能王孩犯了这些，但中间隔了一个人，[illegible]不到[illegible]。王孩[illegible]群众中低头了，但不服（在群众[illegible]王孩是[illegible]的地方），[illegible]说过去（廿[illegible]）[illegible]了他的[illegible]。他把[illegible]回了。[illegible]去[illegible]不好。[illegible]了[illegible]半[illegible]十八亩[illegible]地（[illegible]）。又为不当三七廿一的[illegible]了。[illegible]不可。[illegible]在群众[illegible]人[illegible]下，[illegible]。

这几个人[illegible]问[illegible]的中农[illegible]富农。[illegible]什么都[illegible]。我觉得[illegible]。我们[illegible]他们[illegible]他也[illegible]。

在这里[illegible]今年已经几十岁了。[illegible]“每不[illegible]红[illegible]”。[illegible]这根[illegible]，他是个[illegible]，[illegible]个[illegible]。[illegible]他[illegible]，[illegible]就本的[illegible]。[illegible]一个[illegible]，[illegible]他[illegible]，不[illegible]好。一双[illegible]红眼，但[illegible]却很[illegible]。[illegible]他却[illegible]，问[illegible]才[illegible]说他就是这样吧”。[illegible]，他[illegible]向群众[illegible]，他[illegible]别人[illegible]。他[illegible]群众的[illegible]，[illegible]不下，[illegible]一[illegible]觉[illegible]，他[illegible]说：“[illegible]了[illegible]”。[illegible]时，他[illegible]，把群众[illegible]。群众[illegible]了。[illegible]，我[illegible]他[illegible]了一[illegible]，[illegible]。但他[illegible]问他[illegible]，群众问[illegible]不[illegible]了。[illegible]不服理，他[illegible]是十分[illegible]的。王[illegible]问他[illegible]地主[illegible]，他说[illegible]。群众[illegible]他好[illegible]，[illegible]他说不[illegible]。群众说：“[illegible]一[illegible]”？[illegible]他[illegible]，他说：“这——这是什么”？你[illegible]才[illegible]什么[illegible]。群众[illegible]问他[illegible]什么[illegible]，[illegible]十[illegible]，为什么[illegible]人[illegible]不服理。人[illegible]，他[illegible]：“你们[illegible]”？群众[illegible]了，[illegible]，但[illegible]他的[illegible]：“你[illegible]大了，[illegible]不[illegible]”。这个人的[illegible]去[illegible]了不[illegible]。[illegible]问[illegible]又[illegible]了。群众很好，[illegible]他每个问[illegible]。

他的[illegible]在群众的[illegible]下，[illegible]问[illegible]，什么都[illegible]他[illegible]，但他[illegible]都知道的。但[illegible]说：“[illegible]这样吧”。[illegible]不[illegible]问[illegible]。

下午[illegible]问[illegible]，[illegible]。群众[illegible]根[illegible]，[illegible]的本[illegible]，[illegible]说的好[illegible]十[illegible]，这[illegible]地主的[illegible]下来，[illegible]也[illegible]。[illegible]他[illegible]，他[illegible]不说，[illegible]问[illegible]他[illegible]？[illegible]说：“我知道[illegible]不[illegible]”。[illegible]他[illegible]，[illegible]不服[illegible]，他[illegible]的[illegible]，[illegible]了，[illegible]剥削[illegible]不[illegible]人的。他说[illegible]，[illegible]：他说[illegible]什么都[illegible]了。[illegible]了。“[illegible]一[illegible]”。

[illegible]群众[illegible]已经不[illegible]群众深入[illegible]，[illegible]不好。[illegible]这[illegible]也问不[illegible]，[illegible]几个中农，我们[illegible]体会，[illegible]他[illegible]（[illegible]）。[illegible]积极分子[illegible]这[illegible]。

检讨劳动英雄的解放是大家的团结，又得干部的帮助。我提出地主的好意们说他是有两种不同人的道理，这个道理是不是打破他了？举了条部[illegible]的例子分析，所以会上这时又觉悟了，吴守仁去说服地主，这样又重新开会，开得很好，最后是把地主的好意完全暴露。

最后民兵想追到[illegible]的讨论，但没实现，结果搞得不好。我了解也不知道此，只叫宋文芳说他是三支枪，不知道是谁。他们来找想在会上讲的，不过还是最后搞得乖乖的。

吴守仁来回去，我提出了要会议对过去斗争的检查同志作个决定。他同意我的意见，留下晚上开斗争会。东壁他们问题，可新会斗争会的人斜眼都很不来。我提出了土地部们在检查他们调[illegible]，查自己，你们要好，我说由于[illegible]地主是农民的，他们要好，打倒了地主的[illegible]搞事要[illegible]造成农民翻的检举，特别是以后的要成为自己翻身的，我想了来盘他们的耕地四十八亩，他说是土地部们地保管的，开始都是农民的，[illegible]已经[illegible]没有收了。查他们他们为[illegible]了费用，[illegible]的额外剥削不算了。可是讨论到以后问题宋文芳提出具体情况不知道是什么问题，只知道是个性情，他不会讲（不讲了），也不能问。他们那时的[illegible]，后来我们搞好的问题，讨论了出现，他说出来了。第二天早和他们[illegible]都是讨论了头问题的何种法，我找了头工作的[illegible]来[illegible]讨论，他们都反映[illegible]了解，[illegible]个[illegible]一两个，分不出类型。最后，大家都来了，决定根据[illegible]之[illegible]新的不能[illegible]。土地部们的依法[illegible]条例办理，[illegible]的[illegible]问题[illegible]。[illegible]十二月改变[illegible]的工作，[illegible]部们接待。

七日，东壁他们的讨论如何种，开始在[illegible]中农和[illegible]的富农都要一个都不要，太，像那个女人，我不要地要大[illegible]白银二百两，他说为这就可以致富了。后来讨论[illegible]一致，我们两边[illegible]研究[illegible]一起可以掌握我们的办法时，才提出，我把[illegible]的道理都读了一下。[illegible]劳动是[illegible]。[illegible]不是[illegible]讨论[illegible]，[illegible]，[illegible]都怕你[illegible]全部[illegible]的意见。

积极分子也起了很好的作用，[illegible]到自私的人和自私[illegible]。一家之[illegible]大问题是太，是[illegible]把地主清除，第二是[illegible]他们的意见，怕人说他们[illegible]，积极分子动员[illegible]他们，意见完全一致。这是比较好的。但是[illegible]了，我们提出讨论[illegible]不同意。

[illegible]来很好的讨论[illegible]问题，宋文芳的[illegible]的，[illegible]打人，打了狗腿。[illegible]，[illegible]两个[illegible]打人[illegible]，[illegible]来由（通文芳[illegible]）[illegible]打人，[illegible]妇女打[illegible]，[illegible]晚上[illegible]的妇女和[illegible]妇女[illegible]，这个干部我真不明其用心何在。

他们[illegible]会上[illegible]干部（十二月改变）的问题，他们[illegible]成[illegible]，[illegible]第一[illegible]，他们[illegible]打狗腿[illegible]东西。[illegible]时，我[illegible]他们[illegible]，他们不[illegible]，[illegible]，[illegible]问，[illegible]他们[illegible]。他们[illegible]，[illegible]打[illegible]狗，[illegible]狗[illegible]成[illegible]，结果[illegible]成[illegible]，[illegible]外[illegible]人，[illegible]干部的，[illegible]时很[illegible]，[illegible]都笑了。我打[illegible]狗，[illegible]，第一回打后，狗[illegible]不[illegible]，第二回打的宋文芳[illegible]先打，结果又打了一[illegible]，[illegible]的[illegible]，[illegible]把他[illegible]了也

不治世，但已手抄自己的手抄，而且是在五天[illegible]批评[illegible]（陈文仲等人答应补了些材料）以外生的。我感到我们的领导同志是只讲平而不考虑的策略。

打后，宋文等两个人的会面，不能够等这个人的[illegible]问题讨论了，正在拉去，我想不去，然后人去，去吧，我情况不清楚，而且听说我[illegible]讨论的原则是非常不[illegible]的。当时我很想，不去就说我是[illegible]而不想[illegible]他的，我勉强答应去听他们讨论，不多会功夫，我才[illegible]几个[illegible]问了几个别问题，他们已讨论完了，他们会报时，文[illegible]已来，去快黑了，就要[illegible]。

然决定[illegible]我们的[illegible]，我以[illegible]答应，他[illegible]也不[illegible]，我说他说好，具体情况我不了解，那一部分他自己说。我想这不是[illegible]人[illegible]，怎样才[illegible]打[illegible]付[illegible]，[illegible]还非常了[illegible]，不[illegible]一读[illegible]具体部分，我不知道[illegible]了，[illegible]答应，他也说不[illegible]。[illegible]很多[illegible]会决定是不一样的。

晚饭后，[illegible]已开[illegible]，[illegible]问题[illegible]，[illegible]不[illegible]同意，[illegible]了一下，[illegible]从他的具体了来[illegible]决定[illegible]，[illegible]如果[illegible]可以作[illegible]的土地部分，[illegible]四十[illegible]的[illegible]，而这[illegible]的[illegible]个[illegible]成[illegible]的大户，[illegible]不[illegible]问题，而且[illegible]七[illegible]八[illegible]，[illegible]别人，[illegible]了[illegible]的地，而[illegible]成[illegible]，[illegible]也要[illegible]，不[illegible]二[illegible]的[illegible]二[illegible]才[illegible]，[illegible]二[illegible]，[illegible]问题，[illegible]问题，[illegible]廿，[illegible]问题，[illegible]不[illegible]问题，[illegible]问题都不[illegible]一[illegible]的[illegible]的，我[illegible]中犯了很大的错误，[illegible]而不了[illegible]思想和[illegible]，[illegible]问题的[illegible]，[illegible]不[illegible]来[illegible]了[illegible]大户，而[illegible]大户把地都抽回，他们[illegible]（[illegible]土地，[illegible]大户的），[illegible]，[illegible]。我[illegible]我们[illegible]都不[illegible]解决不了这里的问题，但[illegible]的问题[illegible]，[illegible]了，[illegible]了。

散会后，我又和[illegible]研究这样解决不了问题，他又说了[illegible]个[illegible]，[illegible]已在前年[illegible]了。我实在着[illegible]，怕解决不了[illegible]的问题，[illegible]不好，[illegible]。一夜不安。

[illegible]的[illegible]，却[illegible]的问题[illegible]了全付精神！

四三年以前的不[illegible]，这个决定解决不了这里的[illegible]问题。

第二天（11.17）[illegible]，[illegible]，我还未[illegible]，[illegible]了，不[illegible]，[illegible]这样[illegible]，[illegible]不[illegible]。我们又研究了，[illegible]几个[illegible]把[illegible]几十年前的地，[illegible]他[illegible]地，可[illegible]不知道，[illegible]不知道，但[illegible]的，[illegible]的，我[illegible]，[illegible]不[illegible]几十年以前的一样[illegible]。

宋文等[illegible]不[illegible]了，[illegible]问题了（十[illegible]报[illegible]），我[illegible]不[illegible]情况，我[illegible]我们人[illegible]不了这个问题。

我的[illegible]从思想上打通，不要以我们的[illegible]，把情况[illegible]，[illegible]开会，我们又把[illegible]土地部分又[illegible]了一番。

我们的工作同志[illegible]非常简单，我又[illegible]这样的[illegible]开一会，[illegible]打通了，[illegible]，[illegible]了[illegible]。

[illegible]，[illegible]不[illegible]，我[illegible]了，[illegible]我们讨论时（[illegible]），[illegible]问题的[illegible]，我们讨论了一夜，一个[illegible]情况[illegible]会[illegible]。

干县又是什么用呢？文书不是也不行。十日就要报到。他是负责人，聊了了急得解决。我身上去了答应聊么就去主要，我说明我不了解情况，以也已讨论。文书起了，当就聊么回到了我村去解。由开动他们的情绪来做工作才去。

我心仍不安。咱们聊了聊么，算槐不过这算。虽然不是我[illegible]自开始的，但责任是在一起的。当回过头的，我几次想不管，又想到这聊么又叫，就不管。

燃灶聊么我真想不到自己讨论去评有好办法，自觉的意志。他们原来的[illegible]了。光是粮食就九百多石，钱是五千多块。第二天平县，我来不及和他们讨论，他们自己就决定，粮食减谷一百石，钱是一块[illegible]钞换一元，不要银洋。原来他们许多人是要银洋的，我有了光，特别是他们对[illegible]钞的办法，要把自己的纸票拿出。不要银洋，这已经是了不起的进步了。

下午他们清地主来了，围着就问老了，地主想不出什么就要把他清减了，也清过几次的商商，中间也停顿了一下，调查了地主的情况。不，不能太这样。又说服聊么，个别自私的聊么也是无不满意了。但最后是达到意了。[illegible]地主非常满意，我们也懂得了地主每个抗属[illegible]二个[illegible]。

最后我说地主的意见，当地老百姓非常满意，果他们四个人说，人民都说每也清一点打，这次却很好，看他说起十几问题，地主有很多话了，现在了家[illegible]。

我也指出地主过去剥削的[illegible]农民生活的困难，说明农民应该讲理的意识，算大是农民的伟大，解释抗日政府的法令不但对农民好，对富人也是好的，向工作成为农经觉悟可以开展的。他们又问了士绅是什么阶级的人。我解释士绅能参加抗日民主工作，也同民意代表不是没有的。地主非常高兴，和农民也互相说好才别。

天下雨。又为李仁喜一个寡妇[illegible]了求王。她原来自她的老婿女婿高文什核。这个女人过去就是的女儿作[illegible]的。第一个闺女一[illegible]的嫁。先嫁了十二个男人，最后最[illegible]病死了。现在她又想从第二个闺女中金到，村子[illegible]过去是[illegible]，这件她[illegible]了她的私心。这次她又来闹了，要和女婿解除婚约，她批评我们不说她办，又笑又闹。我们[illegible]的把他们都叫来，[illegible]了个[illegible]，[illegible]中[illegible]。他们[illegible]不了解，不高兴了。但偷要[illegible]西给女家不敢[illegible]，就对[illegible]母是十分害怕[illegible]的结果。我们解释了法令，他要求解除。女父来了，闹[illegible]来[illegible]，那个[illegible]说我不要，如是我[illegible]，他[illegible]，我问他的女儿，女儿不[illegible]结婚，即就解除好了。女父母大喜，眉开眼笑，要求[illegible]，[illegible]把粮。结果我问[illegible]过去给她一百[illegible]，和[illegible]米，一匹布，根据婚姻条例，[illegible]。[illegible]了，[illegible]了，[illegible]也不[illegible]了。对他们都[illegible]解决。

她母女二[illegible]说：“都是你(指母)，[illegible]，你[illegible]来，你[illegible]！”[illegible]倒了她，非常[illegible]，[illegible]和她都[illegible]，[illegible]大快。

九日——十二日记

△[illegible]不[illegible]回[illegible]间[illegible]，[illegible]。

[illegible]晚上，[illegible]回来[illegible]日本已经投降了。[illegible]这消息，我[illegible]，[illegible]这是抗日战争的结束啊，民兵都[illegible]了。我[illegible]什么呢？[illegible]国防[illegible]，[illegible]也[illegible]不[illegible]的问题，[illegible]村情况，[illegible]，[illegible]，[illegible]已开动，[illegible]，[illegible]的问题[illegible]。

[illegible]干部们说的，春蒙[illegible]什么问题。时间给我们打断了。甚至说是来得好[illegible]，所以摸不清怎样下手。现在已有了门径，只是时间[illegible]。他[illegible]春蒙一村，[illegible]去一下的。

居然，我们统计[illegible]，春蒙的[illegible]问题[illegible]太多了。[illegible]这两天我们[illegible]的谈话中，谈出了许多问题。对干部的[illegible]问题也[illegible]开始[illegible]。[illegible]劳动力很大，[illegible]也暴露出好几个问题，都需要解决。他们一[illegible]各家不同的[illegible]。从整理干部的材料[illegible]，[illegible]这村里的[illegible]村干部，[illegible]问题都解决了。[illegible]，[illegible]不能，[illegible]。[illegible]干部对本村的[illegible]。这就是春蒙[illegible]村工作的[illegible]。

现在提出的问题是[illegible]问题，[illegible]问题，干部与干部，干部与群众的问题都十分[illegible]。我还有四十个不到的[illegible]户[illegible]。[illegible]了一个大生产，一个[illegible]，和[illegible]几个新问题。

这里的[illegible]问题[illegible]也就[illegible]。[illegible]问题了[illegible]好好[illegible]婚姻[illegible]结婚。[illegible]。我[illegible]这样[illegible]问题[illegible]了。

十三日下午记。

△当在春蒙[illegible]的[illegible]，[illegible]的结果。但由于战争形势的变化，在[illegible]好[illegible]，[illegible]回去了。但又[illegible]农民问题来解决，回去就不会再来了。农民也渴望自己和他们解决问题。我[illegible]了问题，干部还可以为他们解决。[illegible]他们的[illegible]服务，[illegible]。

整理材料中[illegible]劳动的[illegible]。这样的统计，[illegible]，[illegible]很费功夫。特别[illegible]。这[illegible]，但[illegible]材料[illegible]不完全，如[illegible]还有几户未统计在内。[illegible]干部的统计工作[illegible]。[illegible]统计[illegible]户[illegible]不全。

特别[illegible]调查的统计[illegible]了。[illegible]一[illegible]不[illegible]，[illegible]。[illegible]统计的[illegible]，他把[illegible]了，[illegible]。[illegible]统计不一定有[illegible]科学，而且要费很大的功夫。

晚上又开[illegible]会议，有一青年（十九岁），这个孩子，[illegible]他[illegible]人的[illegible]，[illegible]他说，他不说，好像[illegible]一样[illegible]。“[illegible]”他是个[illegible]，从小[illegible]他[illegible]。但是现在又在本村[illegible]，把他[illegible]，[illegible]人[illegible]。今年[illegible]又有人把二亩多地，以八斤[illegible]，[illegible]。[illegible]不[illegible]。我[illegible]太[illegible]。[illegible]叫他[illegible]说，他好像在[illegible]里，从来[illegible]。今天在自己的[illegible]。我[illegible]问他[illegible]，他说[illegible]，[illegible]。我[illegible]他[illegible]了他的[illegible]，[illegible]。他[illegible]笑[illegible]。我[illegible]也[illegible]了，[illegible]他十九岁[illegible]，这是一个[illegible]孩子[illegible]多少孩子啊！我再[illegible]不[illegible]时，[illegible]不要怕，[illegible]！[illegible]“[illegible]世界”[illegible]积极说话了，[illegible]别人[illegible]问题[illegible]，他就说对[illegible]！我[illegible]说[illegible]，[illegible]他。他不[illegible]，[illegible]。他说对，[illegible]说[illegible]，他[illegible]了。我[illegible]去。

我在[illegible]时，觉得心上[illegible]了一件东西，[illegible]这个孩子，[illegible]热情[illegible]。我[illegible]他再谈谈。

十四日[illegible]。

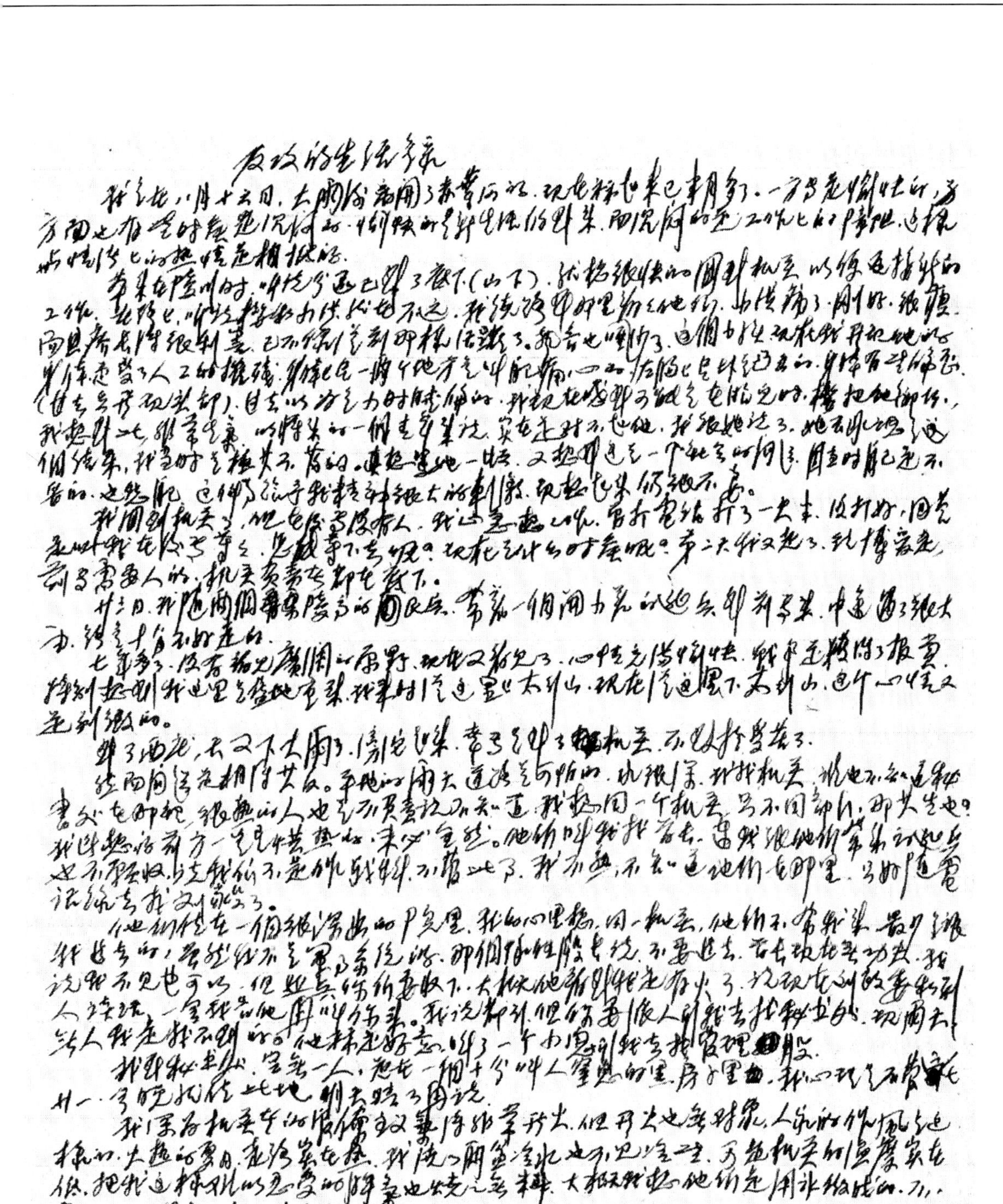

我本来已不想吃饭了，但给了同志们的热情，碗、筷已经拿来了，还去叫来[illegible]，吃了两碗[illegible]完了。大[illegible]是大师父们的说法，老[illegible]"下面"，但[illegible]自然而不休。

[illegible]呢？[illegible]，林[illegible]，我和李棣、[illegible]，大家除了个"[illegible]"两字的[illegible]外，大家在嘻嘻！我不是谁的[illegible]，也不是[illegible]，[illegible]我还是去找[illegible]。我又想到，我这个党员，出去回来不是也不是[illegible]的问题，而是向组织报告，[illegible]"首长"，我应该跟组织负责人会一道我已回来，现在工作[illegible]需要的，我应该[illegible]他们会[illegible]我回来，分配我工作。我想了，第二天就写了条给刘毅，这样写的——

刘毅同志：

我们[illegible]时[illegible]，[illegible]，但因机关[illegible]，未[illegible]，[illegible]，如有什么工作需要我作，请你随时通知我。

廿四号

大雨[illegible]的太行山[illegible]，出门都十分不方便，我除了到剧团玩玩，几乎无地方可去。

条子送去了几天，没见找我谈话，我心里想起现在的情形就是如此的，[illegible]大[illegible]的[illegible]，[illegible]除了军事[illegible]外，机关人[illegible]不少，他[illegible]工作，又加上雨天，李棣说他[illegible]部门[illegible]一下，除了[illegible]外，就是睡觉，我心里[illegible]，[illegible]对国民党的看法也是不信的。雨天一停，[illegible]，[illegible]不组织[illegible]工作，帮助村里的工作，[illegible]，[illegible]整理人民战争中得到的胜利品（衣服、毯子等）。这个东西很使部份同志的思想。

生活实在闷气，在这个伟大的时代中，本[illegible]，还有其他也是好的，为什么这样使用干部呢？闲那里搁呢？

这种心情，[illegible]，[illegible]。但同[illegible]，[illegible]。我和李棣谈，[illegible]，但又[illegible]。

[illegible]的工作了，在现在，什么我都可以做，只要[illegible]的工作，[illegible]任何工作都[illegible]作用的。[illegible]大城市，大概[illegible]分配去做什么，自由[illegible]，可能[illegible]。如果[illegible]，[illegible]文化工作[illegible]在战争中一部份同志的[illegible]一样——[illegible]，我也不[illegible]。[illegible]，如在农村工作，[illegible]简单的[illegible]工作，我们要好的[illegible]，[illegible]剧团的同志也发生了[illegible]的[illegible]。我为他们[illegible]，那么会[illegible]呢？在一部[illegible]的部门中，[illegible]不可以呢？但[illegible]的问题。

我[illegible]工作[illegible]，[illegible]很愉快，[illegible]，可以[illegible]。[illegible]剧团[illegible]，[illegible]不好，我十分[illegible]，[illegible]的帮助，[illegible]。但又很[illegible]，[illegible]大的时代，剧团现在的材料[illegible]，[illegible]。[illegible]"民族的[illegible]"。

[illegible]，[illegible]的办法，[illegible]一样的[illegible]。

[illegible]，[illegible]的干部，[illegible]工作，现在不需要了[illegible]，[illegible]文化工作[illegible]，大概可能[illegible]，如现在[illegible]。我很不[illegible]机关或[illegible]的形式工作。

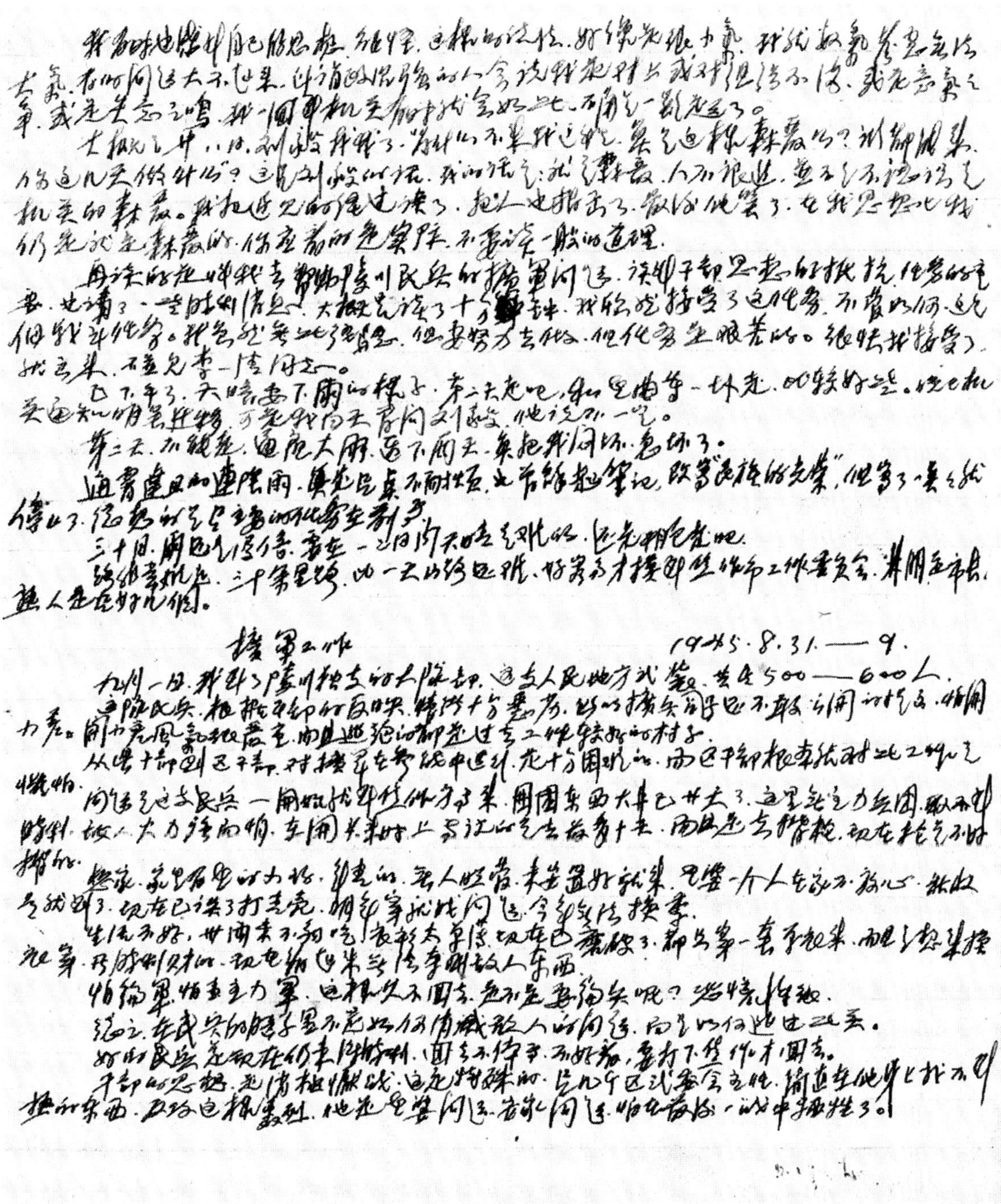
擴軍工作
1945.8.31——9.

北阳村斗争積極份子的回顾

先说材料，第二天开会，第三天就是宣布。

先是庙前，每一家向我们的报名。头一天上级来了，也来就过来的人，接到十八家地主。报名以后，倒的东西都拿完了。

头三天开会以前，不知多少人。

来开会的有那样多人，晚间开会，第二天开会，就把他“送”回！“咱们都是生产的”（群众），“你看，就是这样，你们都是大地主”？

“过来这样，我不知道……”以后八路军来了，就上了团围。

“不要说他那样们的事，……”“……”！

郭德选讲：一定要问家，他不计失败，敢不敢干？“敢”！（众呼）

“咱也就是比不上……倒是……”

“我说……，说他……打他”。

第二天……倒地主：要那粮，要什么？

（众答）不敢吃，没有一点“不怕”，……吃他，斗了以后吃了一顿饭

郭达亮发言：这是青年……。请吃了一顿饭，咱们来，我不能……

（……）……的是敢说不敢说？

（……）。不行，你自己吃了……

郭大炳：先把材料搞好，就先过郭大章一家（先斗他）。“大家过我第二个……，她是……”……到……二十元……地主……就……三个……把他“送”了……不说她。

郭仁：民国二十八年过来，把……交给……介绍……

要是我们……一个……说了二十块……又把我们……

……杀人……大郭……地主……

郭大选，把……斗了……（……）。

口号：一攒打老地主，二攒打小地主，倒东西拿回来，团结起来好翻身！团结有力量。

第一天开会……十八家，先倒了三家。第二天七十家人，第三天……

第三天倒了东西太多了，……他……“一直……就是一直干吧”！……（……）。……

……“先试试”……

……人就……（……）。

郭大章一来，先……他，……他不……

……打他。

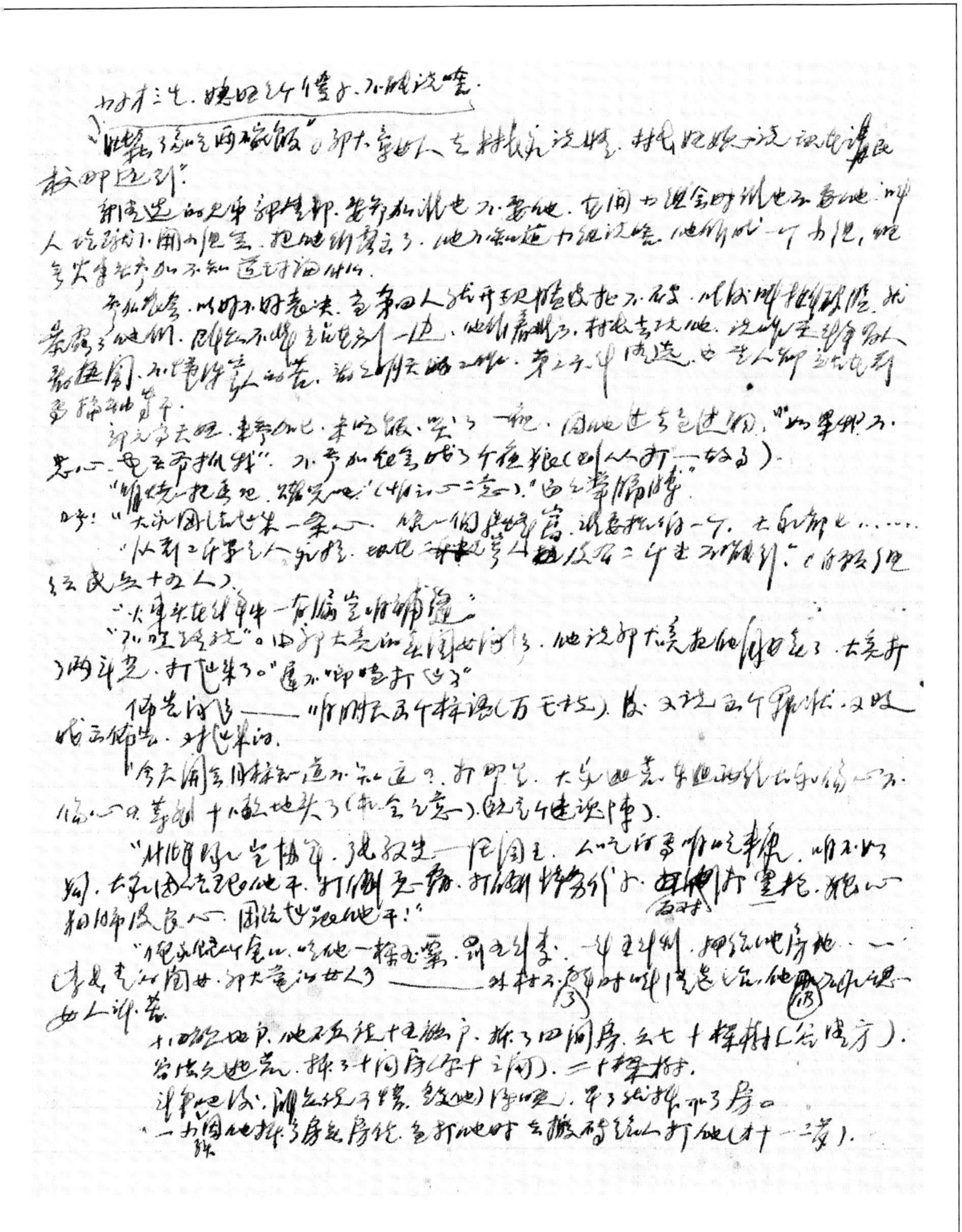

恶霸欺压的具体情况　　2.8.于[illegible]

郭传方：[illegible]地主[illegible]，[illegible]八年战争[illegible]来了，[illegible]太大，[illegible]没有收，[illegible]“[illegible]”[illegible]。地[illegible]人，[illegible]了地，[illegible]在家[illegible]八千元，[illegible]八千元[illegible]。[illegible]时把[illegible]了，由郭传[illegible]了两石四斗元。[illegible]的人家打[illegible]，[illegible]了，[illegible]了八[illegible]三[illegible]。郭传[illegible]第一次[illegible]，把三亩[illegible]，[illegible]地上在家，郭传[illegible]人[illegible]了，把我八亩（九）地[illegible]下[illegible]处。地完了，把[illegible]里[illegible]地[illegible]了，我[illegible]外[illegible]，[illegible]死在外边（山东[illegible]）。[illegible]把[illegible]间房拆了，[illegible]三间。[illegible]二月初二八路军[illegible]到了[illegible]，他不敢再拆。我三伯父郭[illegible]，他[illegible]，[illegible]下十九亩地户，[illegible]一[illegible]。不[illegible]把[illegible]间房拆了，[illegible]三间，[illegible]卅[illegible]了。

史宝安：[illegible]地[illegible]（[illegible]），他（郭大[illegible]）过来，大[illegible]人，[illegible]一样。[illegible]我[illegible]，打我一枪把[illegible]打掉，“[illegible]打我一枪[illegible]”！[illegible]了几[illegible]，[illegible]打他。

郭德道：郭[illegible]地，他[illegible]，[illegible]。[illegible]，[illegible]要。

郭大里：[illegible]（[illegible]）。[illegible]十一[illegible]地（[illegible]地），四[illegible]元。[illegible]，又把[illegible]，[illegible]人一[illegible]石元。

二条，[illegible]一亩二[illegible]（[illegible]）[illegible]来[illegible]。把[illegible]打死又[illegible]（[illegible]）。三十[illegible]（他[illegible]）。

三条，[illegible]村有个[illegible]向我要[illegible]，“你不[illegible]，[illegible]几户”，我怕[illegible]，他打我[illegible]了一[illegible]，把[illegible]回，又打，把我[illegible]打，[illegible]了一[illegible]。

四条，郭大[illegible]了，[illegible]，我和[illegible]山，[illegible]廿七[illegible]，[illegible]地（[illegible]地），他把地[illegible]两千二百元，[illegible]一个[illegible]（[illegible]）。

到了[illegible]，他要我两千元，[illegible]，[illegible]不[illegible]，[illegible]一[illegible]，[illegible]了，[illegible]了，他[illegible]了，又[illegible]几天，来[illegible]人，又把[illegible]了。

[illegible]二三十[illegible]地，[illegible]六个，[illegible]，[illegible]地，[illegible]（大[illegible]）。

[illegible]，[illegible]回到[illegible]了[illegible]，[illegible]打[illegible]，又打了一[illegible]。
[illegible]

[左侧批注：[illegible]二年[illegible]人[illegible]；[illegible]六七十]

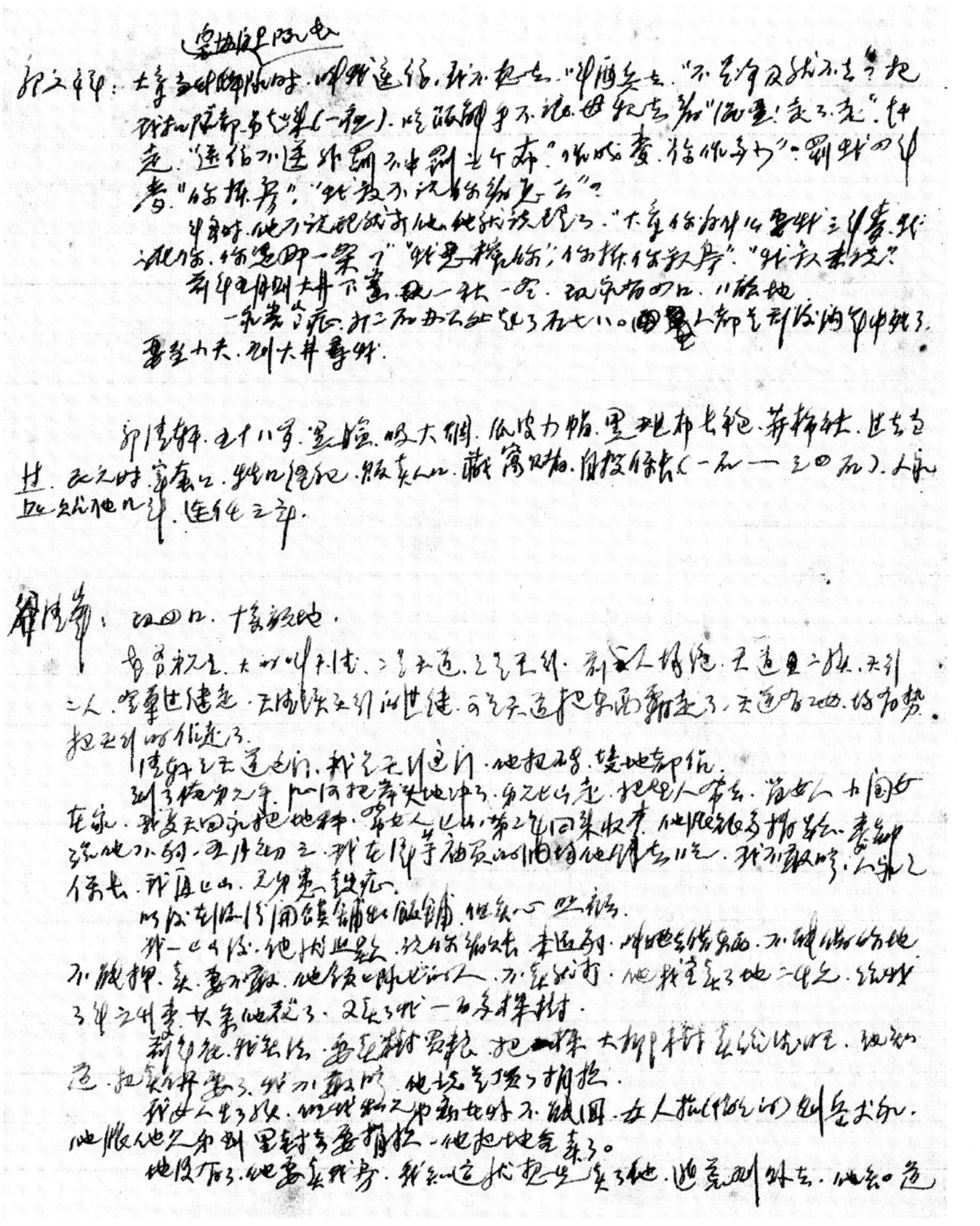

去…郭清林（郭山长）把我们打了。他们去开我们，我了。他要三百斤粮给队长。你们给三百斤粮就不打了。我说他二百元他不信。（用我说了），他们说为啥给的迟些）我说四十元也要给他。叫我家里三儿人坐割

打了，人家就把他要当

为了没让闹说，把我房烧了（用刺刀挑上西门洼）。

我二叔郭清如回了就死。三叔清堂二儿被杀，打不知

郭里寺。三儿人（郭学元）在乡不许去问。四叔清保被杀二儿，老娘也饿死了

俺死了的共四个。俺被杀的有七。被饿死的八个人。

二叔家的儿子也都完。

郭清和：郭军闹鬼杜说：

受不了阎锡山。这样不是啥好的。回来要干。不是的话去找人讨，我说自由去闹时今晚。

郭国太老婆被他杀了。郭清选，阎锡山的人被杀。

大家打了。清和死了。我们就害他。[illegible]他的去弄他，打了一顿。第四天[illegible]阎锡山的家。阎锡山说实话。

（过去国民党太太，把他入了公家。他要说实，就应该带几个人去[illegible]）

把他送到渠下（实说他们）。他们也实不了。结果回来又去公家。

郭说阎（我们受拖不了搬场）去夜了。

政府实给他（以后大家）

他们也在他说了自己家实话。不敢说。刚打他一家阎说。

王振文已经死了（五十多岁，草腐吃饭不足）。本想不打他，可是他被郭[illegible]要打他。打死，他就死了。

他老是说，他们有条在，被[illegible]人当一回。他一看的"我们大家说话[illegible]也我们家[illegible]算了，去吧"

他们就说，[illegible]入说[illegible]他，他[illegible]

罚了十五石麦。

郭清和翻身的故事：[illegible]

郭听说八路军来了，就由此回来，他[illegible]，[illegible]村中的[illegible]他。就住在李村[illegible]。他有一个亲戚，[illegible]人，叫[illegible]，[illegible]。这次来了就写个信给他，叫他回来住。说过去[illegible]都可以解决，他就写了一封信给村里[illegible]。人家（清和说）说：他[illegible]八路军[illegible]也不怕，他[illegible]什么？

他回到家来，王清和郭[illegible]说：他要[illegible]，我先[illegible]他，清和不敢

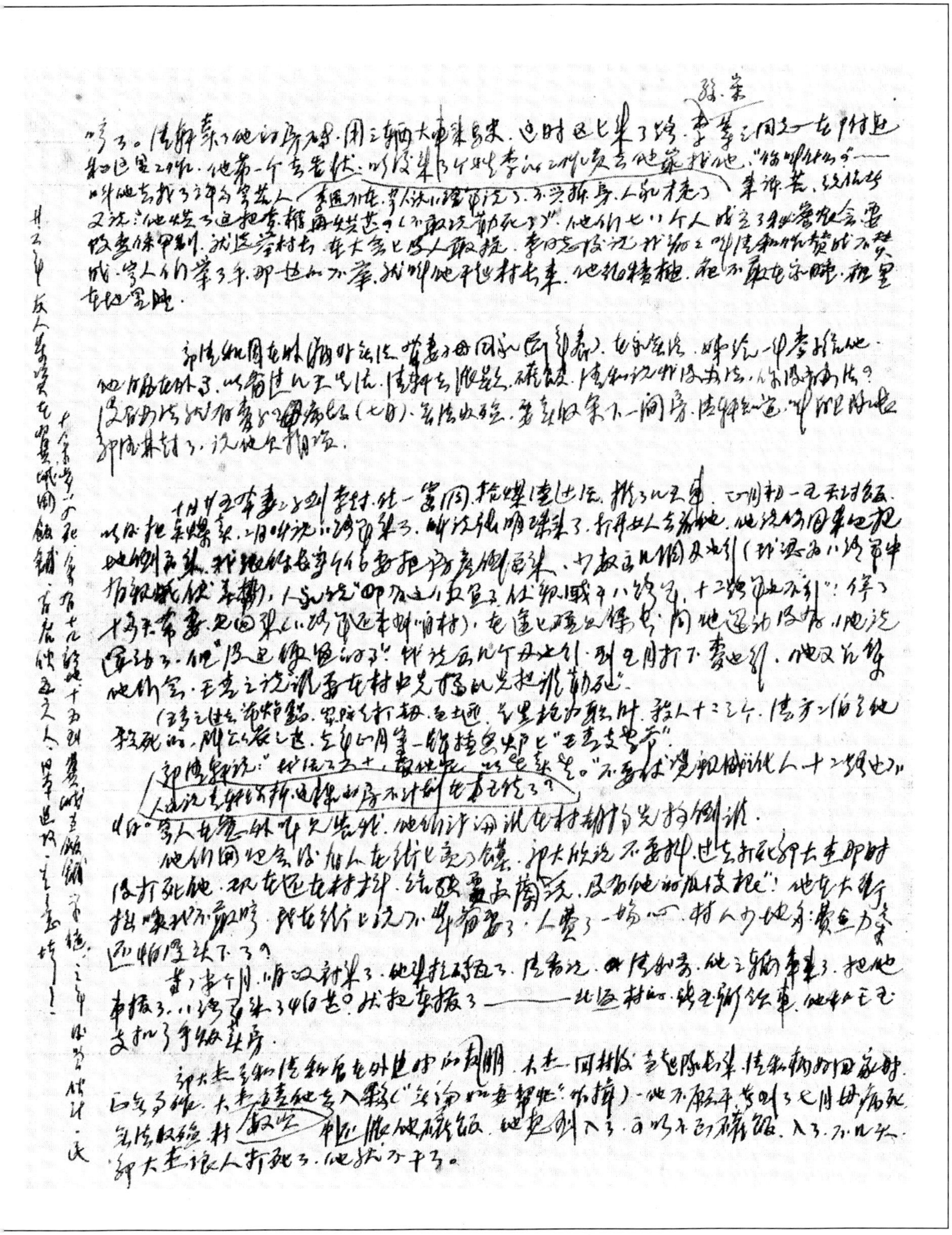

武乡寺口运农民运动积极分子训练班上的发言

东王村的发言

郭仁：我家去的，[illegible]……老一辈，[illegible]……他做的事了（完）。
他家有的东西都在外村。

大黑：我们这里叫大黑，[illegible]……
[illegible]……
这些……到冬收时。

我……去了东……，[illegible]……
不给地……
"哎呀，很好，我们大事……"
"八路军……"
郭大义：[illegible]……（……）。
[illegible]……了。

这山：[illegible]……（"……"），[illegible]……吃？（问七）
[illegible]……不在家，[illegible]……，但他不
[illegible]……（……）。
[illegible]……，他不说真话，[illegible]……两句真话。

郭这亮：[illegible]……200元，[illegible]……50元，[illegible]……我借了十几
[illegible]……，又打我一顿，[illegible]……。

"[illegible]……人道是……人了"
[illegible]……，大人不让，[illegible]……
[illegible]……。
"火柱插个窟窿[illegible]……"　"[illegible]……"（[illegible]）
"[illegible]……一个[illegible]……"
（[illegible]……）"[illegible]……"
"吃饭要吃[illegible]……，大家都[illegible]……"（[illegible]）。

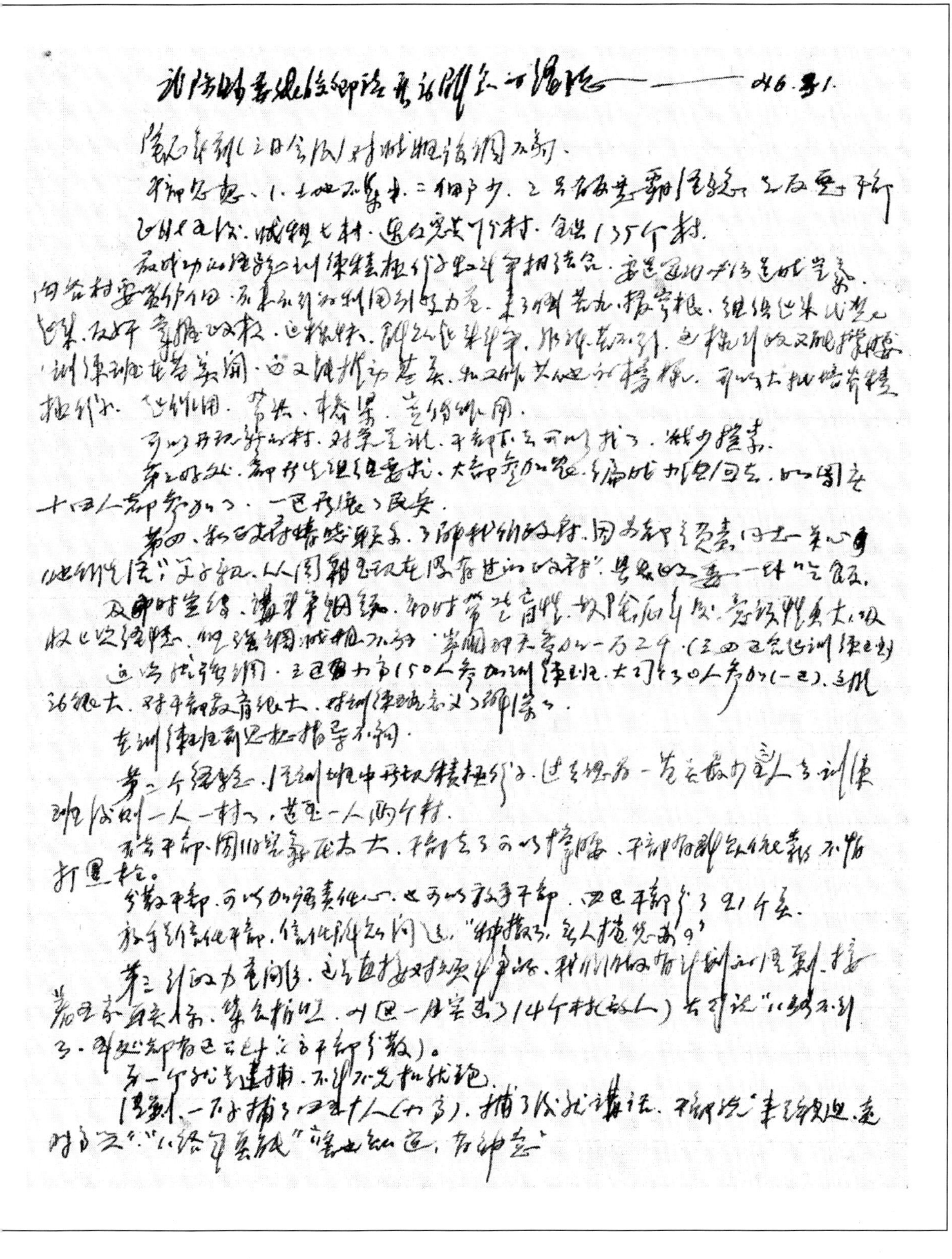

到会的群众很细密"找不着粮车闹的"。
英勇杀人问题，"好好羞太我吧"，他说说，"以前也是当面骂我的说"，同时说人民们。没有这个办法好，现在政府给人民服务，被杀人的全是好了的最后"狗们儿都比闹了"，斗争过去以后的村有的很害。
第四，一要求平地进行组织，[illegible]和农会有意，[illegible]教育"反村[illegible]过简，及时评比"要求群众组织，坚决，这样具体的组织，以后的村，没有这个具体，被指去门谈，和用农会的问题。
这里一闹民兵和农会这些组织的，对农会很有意见。
各思想指导上：
闹纠纷的积极分子们顾虑我了死，死过的人，要命不去，要全党来解决，要求好好的作。
中间分子怕好的给好的，好好的，人家干部批评。
落后分子怕闹情，怕分不好，怕错。
的指导思想要表明观念，翻身靠自己，政府只能帮一把，有的很[illegible]的。翻身四条路："依靠群众自己，打倒地主，依靠政府"每一个一村力量不够时大家帮助"到村去报。
创造强调创造翻身"，过去人家有的多，有多，一心，双我们要有民兵，校———那么说"要靠了这翻身"
组织上翻身的要求联合，和平分配，联防、要打成绩、打胜仗、联防，联系农会。

最后村干部争问题，如对新的时干部争批判，这条是，好多心在干部的，但一些干部不大好。
翻身翻了的翻身干部。[illegible]
四区一月末，共二十多村，其四十几个村，发动的中的四个，全县有个集，共一万五千，完成一个集，已有集反校，三已接近过来的，一已转向。
全县本来在三月的二月底，搞反奸。
干部包办这个问题，干部中的部分很大，吸不够解闹的研究。

前年借三百元，三斗麦种，本利都给，四月借麦[illegible]（实村）。

时之杰，五十三，六口人，三亩地，过去有八亩地，[illegible]一头牛，[illegible]拉走。
那几年在县做药材[illegible]（[illegible]计）。现三亩地全是[illegible]。
租佃者[illegible]亩地为[illegible]二年[illegible]，[illegible]一半，地也不给（地18000
给19000元。

王月高，四三，四口人（过去六口），十二亩地，从郭坤十五亩，挂枪墙
[illegible]，开过油房（合伙的）[illegible]几百元。[illegible]二[illegible]拉走。

王光有，[illegible]，一妇，五十八，三亩地。妇[illegible]，[illegible]地，[illegible]

郭俊山，四[illegible]，[illegible]（三口人），五亩地，过去[illegible]，大车，二[illegible]学校。
[illegible]，[illegible]亩地，[illegible]，[illegible]，[illegible]
[illegible]
[illegible]
[illegible]
[illegible]

[illegible]
[illegible]
[illegible]加入。
[illegible]

郭大中，二口人，地五亩，过去在[illegible]城里药店学徒，以后在大地主伙计。
[illegible]
[illegible]

宋[illegible]，[illegible]，三口人，[illegible]挂枪墙，[illegible]
[illegible]
[illegible]挂枪墙[illegible]3500元[illegible]
[illegible]1500元[illegible]
[illegible]

[illegible]15亩地，[illegible]
[illegible]
[illegible]

郭村的孟李史东头、精粗作了。

参加座谈人：谷春方、时之杰、郭元林、王先有、郭大才、王月高。

在斗争中，斗争积极分子。去年退地倒算时得回了土地、房。这次斗争中，挤住的东西都退回，共十几五人。

为什么以前和为群众协同军要斗的家，不想叫全体民众知道，要求来分。

共产、报仇、雪恨，意思为大家分得。

谷春方诉时事，仇仇心大。

郭元林，过去是贫户，有二十余亩地，两个牲口，王月高也不坏，认为给说的被落。

国民组长时退问题，干部一天已四处，不能出庄，这事着的何时的要。

本村办学已八九年来间断，十几年文化已中断。

过去院里街头的草有人多。

县大店第中、土匪、什么队、保安军协军、当团长，把本王村抢的最厉害。后来英雄打了他来抢走，他一来办学校都跑走。

郭德章当乡队付，郭德林当乡队长，大队长为刘先汉，有枪四十人，郭某常有十余人。郭德林是由他外甥郭大安拉到集的，利用他作自己的保护者。郭大安已逃往向村郑州，德亲当着保林，他是司令，德林负任。

过去土地为国民党要害，地主家出的往作已。

郭政俊是指挥××的组织，在当协军，以来过是的搞法，收俊帮助的中农差利。

此村人均为的西湾移来的，本法的主流斗争，以至党员在其中很人指者不少。

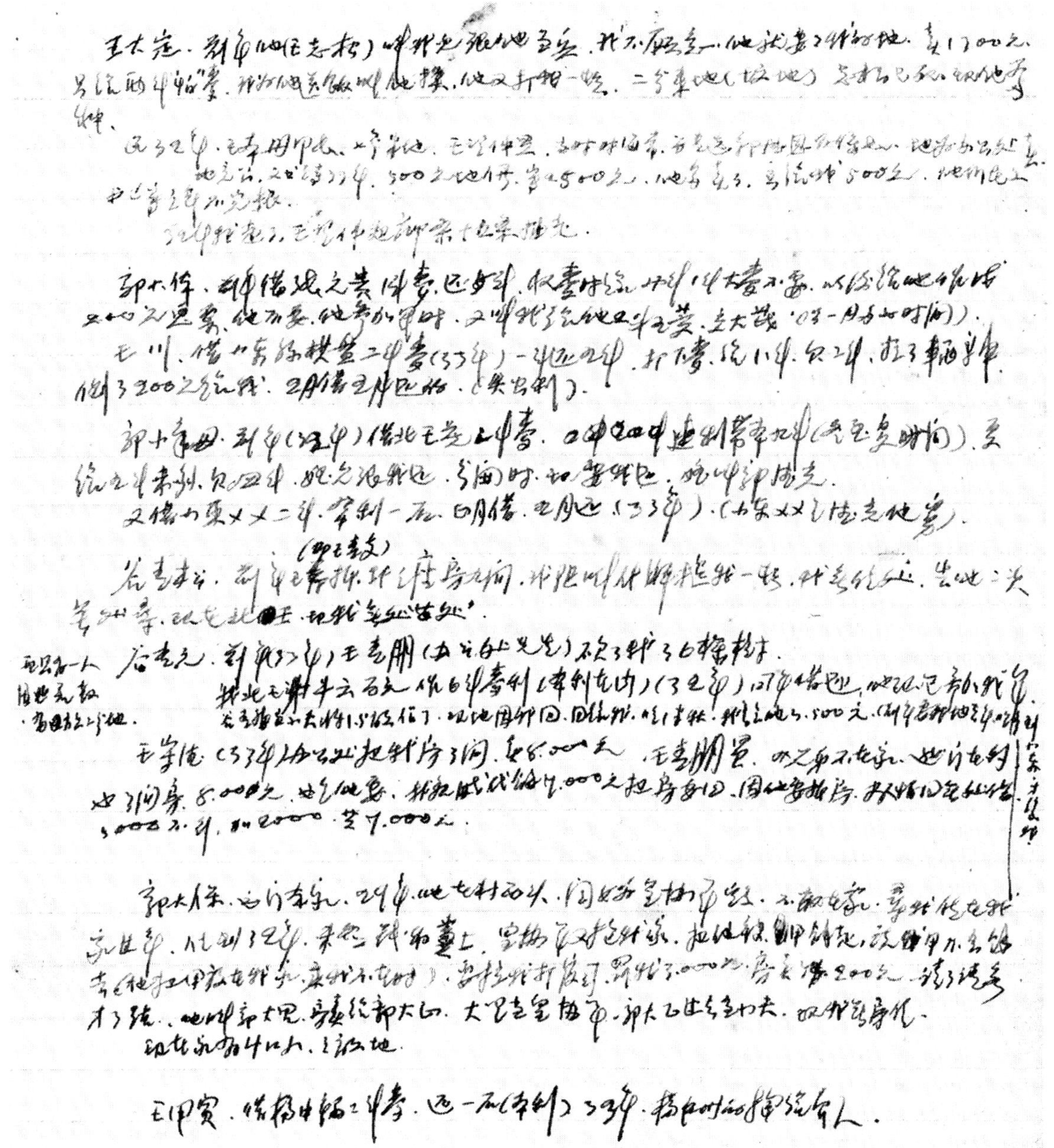

高读之七（第六）　　　　　　　　先绝，拉桃的青把，要把，打 两把

郭大财　之后地主拍卖，钾革，让中农 [illegible] 500元"[illegible]"，把头布长，派了1000元
（民29年）

钟先茂　之 [illegible]（[illegible]），说我种地不宜措，派钱13000，卖 [illegible] 地，借力东陈 [illegible]，本利一 [illegible]（[illegible]）[illegible]
[illegible] 三口人，七亩地。

郭德章　　　　　　　　　　　　　　　　　　　　　　统了一 [illegible]
郭德章，[illegible] 户，[illegible]，[illegible]，中农，[illegible] 村中 [illegible]，[illegible] 九亩地，[illegible]，[illegible]，[illegible]，不 [illegible] 地 [illegible]，[illegible]，[illegible]，[illegible]。　［[illegible] 不 [illegible]］

[illegible]，遗留问题尚未处理，[illegible] 问题 [illegible] 解决，[illegible] 地，[illegible]，[illegible] 也不 [illegible]。

[illegible]（[illegible]），[illegible]，[illegible]，[illegible]，[illegible] 地，[illegible]，[illegible] 地 [illegible]，[illegible]（[illegible]）[illegible]。
[illegible]，[illegible]，自己种地，[illegible] 七 [illegible]，[illegible]。
[illegible]，[illegible] 地，[illegible] 15 [illegible] 地，[illegible] 十二 [illegible] 地不 [illegible]。
[illegible]。

王 [illegible] 13 [illegible]。

户 [illegible] 户（[illegible]）
[illegible]，[illegible] 十 [illegible]，[illegible]。

[illegible] 七月 [illegible]，[illegible] 打 [illegible] 时 [illegible]

郭殿修。以前中农，已当过八个镇[illegible]。穷人[illegible]吃棒[illegible]，晚上吃个[illegible]。[illegible]随
[illegible]吃棒、吃菜，半如[illegible]，[illegible]地，家[illegible]了。
他说："[illegible]我把身[illegible]了又[illegible]个好人。"大[illegible]个[illegible]
跟你[illegible]："跟我[illegible]也[illegible]不[illegible]。""我[illegible]。"
要不还跟他留个[illegible]。他的东西还没什么好。
[illegible]人了"[illegible]"。[illegible]
半个[illegible]人不敢去找他，[illegible]。

郭德章，[illegible]大[illegible]说话。大[illegible]。他[illegible]"大[illegible]，[illegible]
[illegible]。"[illegible]："我[illegible]
[illegible]"（[illegible]）。
[illegible]地。
[illegible]。"[illegible]
[illegible]了"。

王[illegible]，他[illegible]打人[illegible]，[illegible]人[illegible]，[illegible]不[illegible]。[illegible]
[illegible]了个半（[illegible]来[illegible]），[illegible]地。他[illegible]。[illegible]
[illegible]，[illegible]不[illegible]。[illegible]人[illegible]。
[illegible]了，[illegible]来。又不[illegible]来，[illegible]。他[illegible]了。
[illegible]他"[illegible]了"[illegible]他说话。大[illegible]"[illegible]？"[illegible]人[illegible]
大[illegible]"。
过去他[illegible]。[illegible]。

[illegible]、[illegible]。[illegible]说"他[illegible]了，[illegible]他[illegible]人[illegible]"[illegible]说[illegible]
[illegible]。见什么人说什么话。
他[illegible]"[illegible]了，[illegible]了跟我[illegible]个[illegible]板"。

为啥自[illegible]事[illegible]？
郭[illegible]："[illegible]。[illegible]来[illegible]。[illegible]。[illegible]"
[illegible]。为啥[illegible]不[illegible]事[illegible]。

王瑞庭，抢王小根1斗麦1斗豆子，粮1石麦（九月到三月）。

时集成，范和亭，[illegible]闹起了，王小根把墙推走了，他说[illegible]"[illegible]

向房在我手心中[illegible]。

[illegible]王明[illegible]（[illegible]）[illegible]（[illegible]），[illegible]

[illegible]100元（100元本）[illegible]，[illegible]

[illegible]，[illegible]，[illegible]。北[illegible]村：[illegible]，[illegible]村[illegible]。

[illegible]村[illegible]。

[illegible]，[illegible]4000元，[illegible]。

[illegible]，[illegible]。

[illegible]，（[illegible]

[illegible]）[illegible]（[illegible]），[illegible]，[illegible]，[illegible]。

[illegible]，[illegible]，[illegible]，[illegible]，[illegible]。

[illegible]，[illegible]。

[illegible]人[illegible]。

[illegible]：[illegible]元[illegible]，[illegible]，[illegible]（[illegible]）[illegible]。

（[illegible]200元[illegible]

[illegible]（1000元，[illegible]200元[illegible]，[illegible]，800元[illegible]（[illegible]）

[illegible]人[illegible]，[illegible]，[illegible]，[illegible]

[illegible]：[illegible]（[illegible]）[illegible]十二月[illegible]，[illegible]，[illegible]5000元，

56[illegible]3,000，[illegible]月[illegible]，一[illegible]元[illegible]，33[illegible]9[illegible]（[illegible]）（[illegible]，[illegible]

人，[illegible]），[illegible]，[illegible]，[illegible]。

"[illegible]"[illegible]

[illegible]

[illegible]（33[illegible]），[illegible]（[illegible]）[illegible]20元，[illegible]200元，[illegible]

[illegible]，~~[illegible]~~[illegible] [illegible]，[illegible]7[illegible]，[illegible]

[illegible]，[illegible]，[illegible]，[illegible] 1,500元，[illegible]

[illegible]5,400[illegible]，[illegible]，[illegible]

[illegible]，[illegible]，[illegible]，[illegible]

[illegible]，[illegible]，[illegible]，[illegible]十月一[illegible]，[illegible]，[illegible]一月

[illegible]，[illegible]，[illegible]，[illegible]

王[illegible]地不好。[illegible]来[illegible]。[illegible]大家也要。

又给了[illegible]村[illegible]，[illegible]。

借[illegible]村[illegible]，[illegible]给了[illegible]1[illegible]，不[illegible]给了地1亩1分地，[illegible]了一亩。[illegible]给了3,000元[illegible]，把地[illegible]。

借[illegible]东时先借[illegible]元[illegible]，(1200斤(?))[illegible]。

[illegible]。

[illegible]，在北[illegible]村[illegible]，[illegible]农民[illegible]。

[illegible]

对村长[illegible]。

积极分子 男6人。　　民兵 15人（以前是20人）

付2.　　中8.

中4.　　村1.

贫15.　　贫11.

领导成分：村长，中农，商人。农会主席，贫农，现中农。[illegible]。付主席过去付农，现中农。现村长过去付农，现中农。[illegible]中农。[illegible]过去付农现中农。

债务户 33户。中10 贫20。付2。雇1。

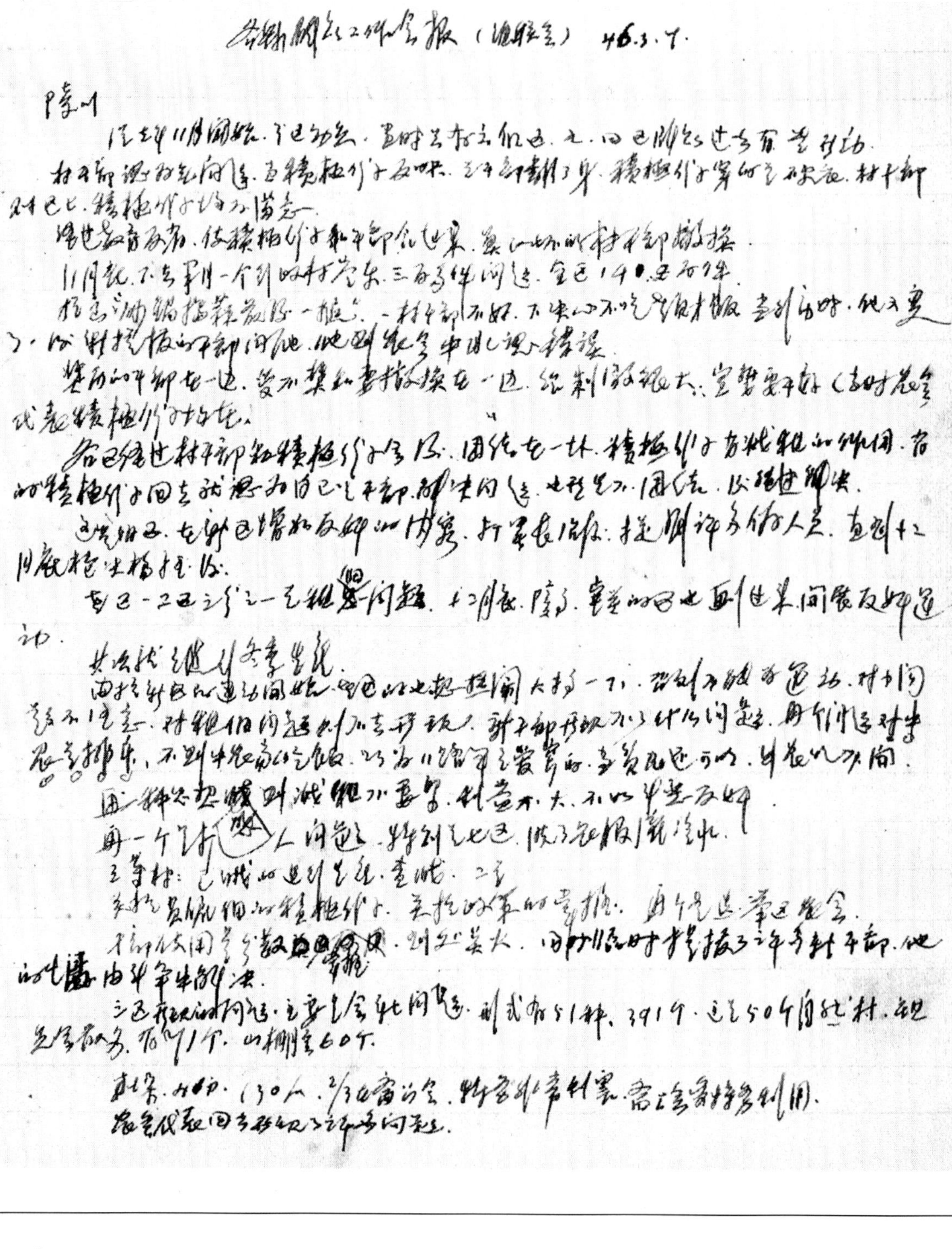

[illegible] 46.3.7.

陵川

[illegible]

县妇女会议上的公开信要"保护土改胜利成果"还有抄给"保护土改胜利成果"。

三区：2221件（土匪）。抢1894件（从11月开始）杀171件。伤66件。烧42件 外84户回村。704户归村 斗16起。428元：（?数）。

抢17。绑78。杀44。增资15。 贫20 烧11。奸14。抓捕 棉6（1月末统计）。12月至一1.底。

全区户数：~~21??户~~ 中518。贫700 佃47 雇24。

双全为12户。3个面108户。

此数目各地区按单排算。

七区统计（11月开始一至1月底）

件数：抢146。绑577。杀806 烧64。贫271。奸554。资113。共2.530件。

对象：地24。 佃13。中195。中299。贫56。共584。

背景：K132。 三青68。中统383。 共583。

果实：米3.759万斤 谷545万斤。盐123万斤。步枪27。

手枪9。布4470尺。羊502只。牛28头。猪5头。

款1444。洋5.003元（银洋）。掃11件。衣裳139.304。

房347。地974.9亩。棉被1384床。衣362件。

土改时期：粮2.209石 麦181.2石。布117尺。羊120。牛14头。45.140

（全案）房2311间。地605.4亩。衣2054件。

坏分子户：地10、中312。贫624。佃30。雇701

不满户：地153。中21。贫18。

上升户：贫431。佃64。雇31。

生活：纺机69架。织布1.207架。纺织妇女1.183人。

各种贷款：469.974元。发放442.78.石

运输组 参加人324。

文化村 369.030元（运输）。

54个行政村 28个区村。人口17.668。农会1.454。民兵364。户3.481。

"翻身中的农民"

[illegible]、

1、2月底时，各村[illegible]问题，各村[illegible]。

又[illegible]：救灾开始，他们拿了一天半时间，干部[illegible]，[illegible]干部[illegible]。干部回来，[illegible]一谈，内容[illegible]。干部[illegible]："如果[illegible]一个人去[illegible]。"[illegible]救灾[illegible]。[illegible]，因之，[illegible]。

一[illegible]，[illegible]个积极性[illegible]。

救灾[illegible]，干部[illegible]："[illegible]。"

如此才救得[illegible]：[illegible]，但[illegible]。

把这积极性[illegible]，人民[illegible]：[illegible]。"[illegible]"："[illegible]，人民[illegible]人民[illegible]。"

咱们[illegible]一解决问题，人民[illegible]。干部[illegible]问题，[illegible]。[illegible]15村，大部[illegible]积极性了[illegible]，[illegible]。干部[illegible]：人民[illegible]，[illegible]"[illegible]人民"。人民[illegible]，干部[illegible]，[illegible]积极性了[illegible]。

救灾也积极性了来，[illegible]救灾干部来，[illegible]，[illegible]干部[illegible]，[illegible]。

腊月间98个村（全县），[illegible]5,800余，[illegible]1,100余。[illegible]问题，[illegible]研究，[illegible]问题，[illegible]。②[illegible]。③[illegible]干部积极性了[illegible]，[illegible]。[illegible]一下，[illegible]。[illegible]，[illegible]。

干部提出的：①[illegible]。②[illegible]。

长期研究克服这些问题，[illegible]。

这是[illegible]的原因。解决这些问题，[illegible]人民[illegible]，[illegible]。

怎样把积极性[illegible]。

在一边开积极分子会的本传（五·四已）。约6或500人。半时间村里分喷问题。他们都说人民广果实，自己来作。武器……[illegible]。

问他们的翻身，村里还有人们来翻身。在你们村翻了身不翻身。你村也翻了身吗？能翻身怎样翻身。这样由他们来做。[illegible]我们自己，[illegible]，我们自己。已经到了帮助别人去翻身。靠我们？靠自己。[illegible]村都去[illegible]？

他们（积极分子）去别村不是我村长，却还跟积极分子[illegible]。向去村边村长。我去他们去：[illegible]要了什么问题。第二天和积极分子商量。

我们要他进来打官枪。叫他们去不能。他们都[illegible]。调查了问题回来，留着[illegible]。他[illegible]。干部和他们的[illegible]。干部说了[illegible]：“不要主席说”。种地。[illegible]。

和一村干部去[illegible]。人家一去[illegible]。他去[illegible]。人家[illegible]。毛主席说过了。（[illegible]村）共计去了三十七个问题。

干部说：该为开积极分子大会。[illegible]。

也有[illegible]问题。[illegible]一切[illegible]。他[illegible]。种不来。[illegible]人[illegible]不来种不了。[illegible]不打[illegible]了。

[illegible]。大部分[illegible]。干部不[illegible]说了。

[illegible]。积极分子[illegible]：“农会[illegible]代”：“[illegible]”“农会[illegible]”。[illegible]，积极分子[illegible]，他们[illegible]农会。[illegible]。人民向农会主席[illegible]。[illegible]说：“过年了，[illegible]。”[illegible]一手拉着农会主席，一手拉着他娘。说[illegible]过年[illegible]人。[illegible]。又[illegible]向[illegible]。他[illegible]，主席[illegible]了。他又[illegible]了。又跟主席说[illegible]他。[illegible]。[illegible]14[illegible]人）。都[illegible]。[illegible]。[illegible]。他说[illegible]不好。[illegible]好。农会[illegible]。他[illegible]。他[illegible]说了：“农会[illegible]。[illegible]。”又[illegible]农会主席说：“[illegible]一下。”“[illegible]一下。人[illegible]。”又跟他[illegible]。[illegible]时[illegible]人。[illegible]

要去找农会说她，把她丈夫弄去埋了（自杀了）。据好八道之类（坏人）。农会叫她去叫个家人去找他，说来弄死。农会去审问，给她们搜我。要斗农会主席。农会员们这些报告（四老太太一家）把她一说。坏人要留他的斗恶霸，要留把农会打死。女他们农会员不敢动了。后来我们去找他们找我这几个老太太。要她说要斗恶霸能斗垮？她说我老了，斗什么？？你不会跟他们斗到底？闹会。人都散了，罚四十担米不去。我们说不行。不然的话再去弄也[illegible]。

这次从来参加会的都去了。不去不行（人家说），说农会是大恶霸。

把农会主席叫了来，问你什么打农会，打会员，要求打死农会，报四个人。打了不少。又说你们农会好了。不跑就要农会好了。要去请客。这个都去请客，不许去请客。闹了一天。

干部们把自己卷起来了问题，不吃饭，又不敢走。（很饿饭吃了）把人放了。人家把农会弄到大街上。"要农会都来，有冤报冤"，的要斗打农会，把农会弄起，我干部去陪。

这样一闹，这自己成了问题。斗争起来的话，为什么不审判农会民兵都去，把他闹回来。不斗么不行，他们村的也会干啥们。

请客大部农会不去，"打不去罚，到城里去不去"。

我们来的人都把这事闹[illegible]了。向那里告状。他怕这些把他，在农会中又找四个人，偷这个，怕有了，开除农会，只留个几我们。不闹宣誓。

我们把问题研究了，把整个五六人找他了。我们一去他们（坏人）不敢来了。农会自己想说又不敢说。

了解二十七（8）个农会的七至八人，谈也们说：这些人都头很大，过意[illegible]他们都[illegible]。

来了农员有的光笑，不说话。当着报告的老太太说了一些实话。

计划六萧里农会民兵七八百人，"天下穷人是一家，农会领到[illegible]农会去人，农会了农会自己处理"。"对，农会处理，不行有些路程，再不行送给他们去谈他们[illegible]都去"（这个训练班的一个青年说）。接着到村的农会员找本村的农会开大会，动员他们说：自己人不被坐到萧去人，不怕的有的说在会上不敢说，以后动员都敢说了，没有坐过的，[illegible]。

先锋苏[illegible]区，外村农会来搞选去，把头打了一顿。人们说是"翻身时坏农会成立好农会"。会上杀了两[illegible]二人，群众都笑了，说笑了。

听说定农会主席说：[illegible]"坏人要[illegible]，坏农会不好也要[illegible]"。"你们不[illegible]倒就倒，一手拉着把他从土里拉出，拿铁打锅，叫人知道，你们是白[illegible]闹"。

"因为赶快开会检讨，学了讲理的"。

这样的运动很多，送的菜送东西都有。

"'[illegible]过来'情况，反恶霸斗争就又来减租了，收[illegible]也不能收了"（干部[illegible]执一）

一年十二斗租，[illegible]，[illegible]一月一斗，二月[illegible]，三月六斗——[illegible]（[illegible]式）。

情况：

市内已181家，4,239户，16,894人（现有增加）。

地 4,776.86亩

李村区：22个行政村，75个自然村（山上8个行政，山下14个行政村）5176户，20392人，地

圆村区：17个行政村，35个自然村，3,588户，18,506人，地34,845亩（每人平均1.88亩）劳力5,385（男2,357，女3,028）。

群众运动——

15个去过去的[illegible]村，[illegible]有[illegible]统治者[illegible]，除此外，各乡都是外来的，除（181家已闹会）的外，这里都有很大的村[illegible]。

181家的[illegible]是统治者，有十余亩地（小组的），[illegible]人，[illegible][illegible]，[illegible]。[illegible]。

111家[illegible]被斗了，[illegible]，[illegible]被斗了，过去[illegible]。

"过去我长了两只手，[illegible]，打恶霸了"（[illegible]，[illegible]的人）。

工会53人，儿童会6人，妇救会16人，民兵21人，自卫队20名

安乐子村。　旧传日寇来攻时，群众要打他，因他在斗争中积极，但有时傲头，好面子，群众怕他检讨他，他就表示要改好。

恩村区：原属偏城县，从12月才去，现已三月了。

平村、定头、恩村、附城、偏城，为最好的石子村，十三天中总是斗争结束。因为过去在那里有基础，大革命时代就有党的影响，有地下党员，早的抓的很紧，后来因为遭到破坏，革命不可能成立了。故开始慢，相继组织，建立了党的组织。其次为附城，但区长打开局面。恩村，较多，封建势力较固，认为已安稳，农会发展了100多人。

本区组织部已向了江开展。

"一"劳动英雄的经验：过去偏城组织了农民联合会，这些英雄都是从根据地所过去的联合会而来的。这样作用很大，各村都派有代表，四五百人，发展到有一万多人（将近两万人）。农民认为自己的组织是"翻身队伍"，要组织起来斗争。

由此推动了各村的斗争，积极分子对外村影响到各村都翻身，成了大运动的开始。

儿机调查	户	绍地	人	地
中東村	214户	15	59人（男19·女40）	285.8亩

水地73.5亩
旱地57.7亩
西地98.5亩
山地4.5亩
荒地40亩
平均每人4.8亩

付农　14户　111（男52·女59）　水地97.2亩
旱地102.5亩
西地80.5亩
山地20.
荒地15.
共383.2亩
平均3.45亩

中农　91户　人514

西王村　267户　1,339人（男629、女710）。工人25。

[illegible]　[illegible]、雇贫21。佃户40%。贫102户（佃48）贫农无地40%户。
（内有户3无地的）

地主8、富16、中120、贫102、雇21。（均为户数）。

租额——

水地、亩1石—1.5石的。金租[illegible]（1石（两季））每季5石的　租额[illegible]。

债务形式——放粮制、买青制、卖青制　地[illegible]。
（旧社会）

（1个工、2个资　年7石　[illegible]、单衣一套、增资约4.5石（大米）、鞋4双、袜2双、单衣
（[illegible]）2套、棉衣1套。

解放[illegible]　地60亩[illegible]、[illegible]　产量60石。（[illegible]）

现该村工资[illegible]5石。

李村[illegible]情况——

[illegible]比西村、[illegible]、均为大村、工业[illegible]。

西王村工人400余、在[illegible]80余、[illegible]、农业收入占1/3。

一个[illegible]个月中净了[illegible]石多方、一般[illegible]两[illegible]。

"婚姻结爱（旧[illegible]）、[illegible]？

[illegible]迷信、[illegible]、[illegible]、大人（男）[illegible]、[illegible]、女
的（[illegible]）[illegible]、[illegible]、[illegible]、[illegible]、[illegible]
来[illegible]、[illegible]用竹[illegible]、[illegible]（[illegible]）。

"[illegible]"（[illegible]）

"[illegible]"（[illegible]）。

[illegible]、[illegible]。　"人[illegible]、[illegible]"

"[illegible]、[illegible]来了"

"[illegible]、[illegible]、[illegible]"

"[illegible]，[illegible]"。"[illegible]、[illegible]"？

"[illegible]、[illegible]"。

"[illegible]、[illegible]人""[illegible]、[illegible]"。

"[illegible]、[illegible]、[illegible]"

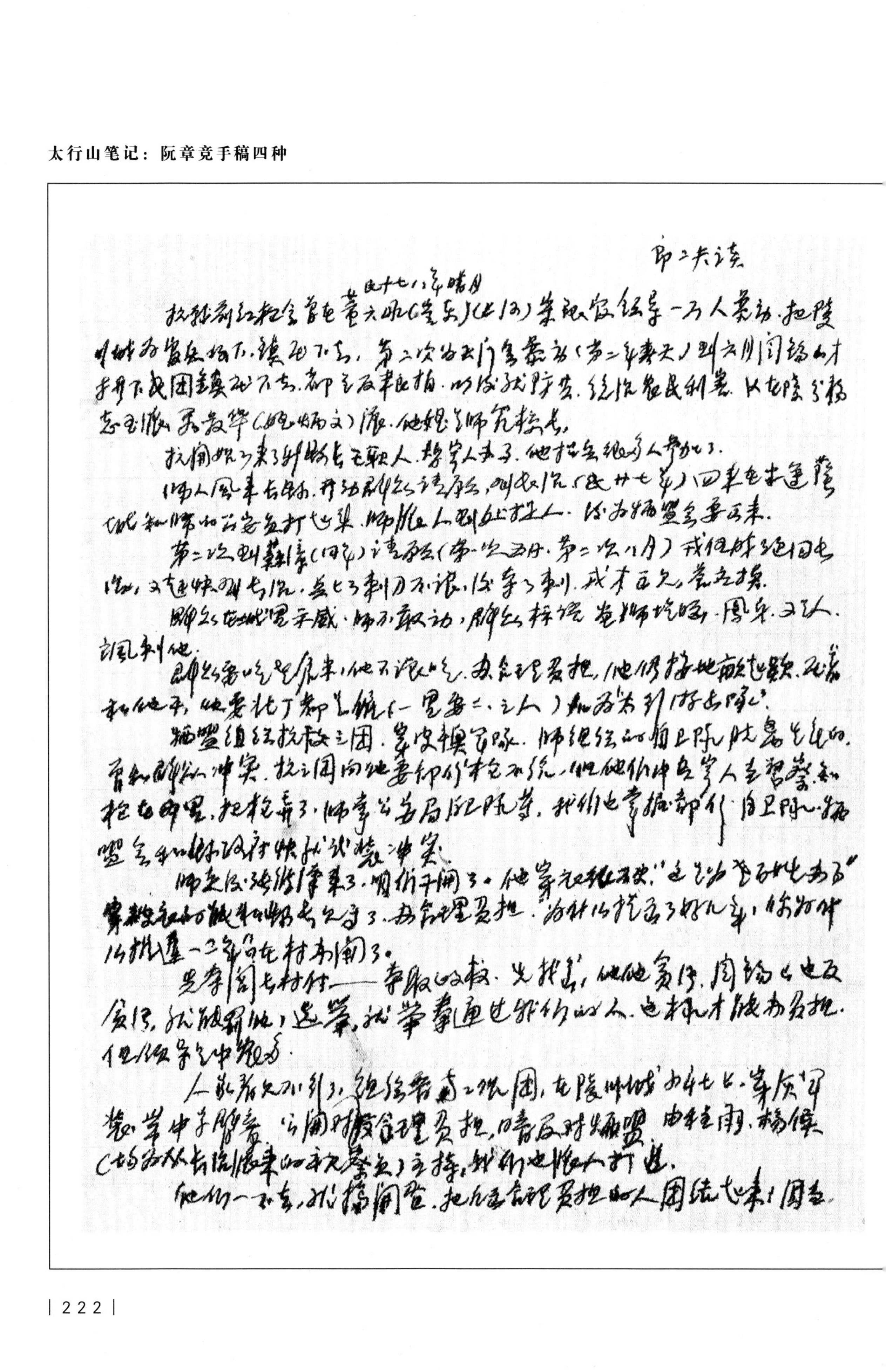

第二次谈

民十七八年时期

抗战前红枪会首领黄六明（崔庄）（七十[illegible]）策动农民群众一万人暴动，把陵川城为农民占了，镇压下去，第二次出门暴动（第二年春天）到六月间结果才[illegible]民团镇压下去，都是在本地[illegible]。以后我们[illegible]，给农民利益。以后陵川[illegible][illegible]派（魏师文）派，他担任师范校长。

抗战开始来了[illegible]县长王[illegible]人，[illegible]人去了，他[illegible]组织人参加了。

[illegible]回来在[illegible]，开始[illegible]，那时候（民廿七年）回来[illegible]陵川城和[illegible]打出来，[illegible]人到处打人。[illegible]来。

第二次到[illegible]（四年）[illegible]（第一次五月，第二次八月）我们[illegible]回去，[illegible]，[illegible]了[illegible]不[illegible]，[illegible]了[illegible]，我才[illegible]，[illegible]。

[illegible]城里[illegible]，[illegible]不敢动，[illegible]，[illegible]，[illegible]人，讽刺他。

[illegible]来，他不[illegible]，[illegible]负担，他们[illegible]地[illegible]，[illegible]和他来，他要[illegible]（一里多二、三人）[illegible]到[illegible]。

[illegible]组织抗敌三团，[illegible]，[illegible]自卫队[illegible]，[illegible]冲突。抗三团向他要[illegible]枪不给，他们[illegible]人去[illegible]和枪[illegible]，把枪弄了，[illegible]自卫队[illegible]，我们也[illegible]自卫队[illegible]冲突。

[illegible]来了，[illegible]开了。他[illegible]“[illegible]”[illegible]了，[illegible]负担。[illegible]了[illegible]，[illegible]一二年[illegible]村[illegible]了。

[illegible]村村——[illegible]，[illegible]，[illegible]，[illegible]，[illegible]，[illegible]的人，这样才[illegible]负担，但[illegible]中[illegible]。

人[illegible]了，[illegible]二[illegible]团，在陵川城[illegible]，[illegible]中学[illegible]，[illegible]负担，[illegible]（[illegible]）主持，我们也[illegible]打[illegible]。

他们一[illegible]，[illegible]负担的人团结起来，[illegible]。

时负担多少。当农会投机也跟着来了。咱们就和他打开了。把他军装也扒下了，东八渠他们卅人受训，我们缚了他廿多人，当时各村的村长也来接，去说好，保，我们领着"八路军一二〇"！

那时敌军在村的枪，因为离得开些了。一来他们就去抢了，一来就吃打，当时农会插盟二人被敌杀死。

全县已争取了三分之二的枪，区长也差不多都换成咱们人了。

詹多第、徐小俊，过去是大金村的，在凤凰山上。他有一二个团土匪队伍。阎把收成为第二战区，来到阳川，就装成对抗理员把，各村都说好，他们把好多村打坏了吐血了！人民又去请愿，正要离开要打。各村组白的自卫队，组织起来，用自己买枪（卅七年七月），把詹多第打死，消灭一部，各村都有军了私的保安队，训练出来的（被县长说的）。他这时把兵已先要投走了。同一县的干部，区长等都打开。八路军把消灭了一下，要成决死队打。

人家又组织建设委员会"简称"建委会"，程玉等，张洪明是他组织起来。人家也组成"突击队"专门突击我们。咱们当时侦察做得好。当时的也负担中的富农、将富农"暗杀团"，当时他有九十七军。当时他们军队来村里要东西，暗中就把他杀了。先给他吃好的，八个人把着他，打了枪，掉在窟窿里。

那一年[illegible]向程玉[illegible]，张洪明接任县长。程[illegible]不敢打他，他这时又把徐小俊的土匪队来，队伍从先就挑了他，打了一顿，去县府请愿。他们也是两委员，答应了把程扣了，董上章和土匪有关系，他给跑了。

阎又借八路队伍又来（中央军），你决死队又去打徐小俊到平陆川打，把徐去的人要回来，把八路队伍拉了一部分人马。

那时阳川好了两个解放的村，中央军在城里只一些解放村。我们都在东边，他们常来去听，咱也常闹他。他们的人也传出北秋林会议了，上面在整顿。

这时咱们就杀开他人了。军队、突击队已把出来。

决死队的姓[illegible]的背叛，带着他的八个人跑了。我们都到阳城，要找出了变，找回人到决死队里去。

安阳南，他们接了三个人二，[illegible]（[illegible]），[illegible]，他们[illegible]李[illegible]了，[illegible]了三刀，[illegible]干部了。[illegible]武[illegible]，[illegible]，村长，[illegible]了。[illegible]不[illegible]粮[illegible]。

"[illegible]不[illegible]，[illegible]，[illegible]一[illegible]，[illegible]回来"军队也[illegible]，[illegible]退了，[illegible]退了。[illegible]来退，[illegible]时[illegible]干粮[illegible]军队打仗，[illegible]半[illegible]拉走的，[illegible]一个月[illegible]，都带走了，[illegible]"一[illegible]，[illegible]来了。

[illegible]十人[illegible]，人[illegible]，[illegible]

[illegible]，[illegible]都带回来了，带走了二三十人。

[illegible]，[illegible]人了。

[illegible]九[illegible]。

焦作李封区的"七七"反内战参军运动　1946.7.

到会的4000余人。群众自己呼的口号"打倒蒋介石，打倒国民党，不[illegible][illegible]回来（[illegible]）"[illegible]没有[illegible]，有[illegible]没有[illegible]""反对美国[illegible]"[illegible]，[illegible]不行，[illegible]"[illegible]"[illegible]了，[illegible]不[illegible]，八路军过来了，[illegible]好日子，他[illegible]来[illegible]南去"李封一个七十多岁[illegible]，她[illegible]一个人[illegible]"[illegible]，[illegible]大家一[illegible]，三人[illegible]，[illegible]不[illegible]，[illegible]烧火做饭，[illegible]"东西[illegible]封民兵干部说"就[illegible]过去死了，今天[illegible]，[illegible]上前线[illegible]。李封过去一个[illegible]，[illegible]长，[illegible]过去[illegible]了，[illegible]干部，[illegible]来[illegible]不行。东王封的妇女们开展妇会，大家说帮助军队，[illegible]妇[illegible]说："[illegible]

他来了，她也跑了，解放军来打"。上白洋淀接触到的女（小刘）姑娘，随她的娘说红火的时候，把她绑上捆到山上埋在雪里。[illegible]来，她哭了，她说我被[illegible]。孙子和老民兵：那时候他上前线打不行，她就绑上男人也来说："（姑老男人参军）民兵骑着[illegible]不怕受[illegible]，现在找去哪里也行。妇女们学习也太[illegible]三。张兰英她说自己在[illegible]，帮助军队，拥护咱八路军。[illegible]间[illegible]主席[illegible]说：我[illegible]，我们去告他们勤坚决干，[illegible]。[illegible]间民兵[illegible]说：[illegible]，[illegible]向一[illegible]都[illegible]利，咱[illegible]了，她那[illegible]，[illegible]来我们没家，[illegible]："[illegible]。"[illegible]军队[illegible]家[illegible]妇[illegible]给[illegible]妇女[illegible]。[illegible]部[illegible]好。

来了个大[illegible]，每个人[illegible]自己在[illegible]。

[illegible]干部都不睡不吃，连[illegible]都不回去，[illegible]也不回去。

有个[illegible]村长[illegible]，她[illegible]不[illegible]，不拥护八路军（[illegible]）。[illegible]（[illegible]）[illegible]，[illegible]不[illegible]家乡，[illegible]人，[illegible]一个[illegible]。

一个[illegible]战士说："如果去[illegible]，那[illegible]也要去"。一个人[illegible]，[illegible]来了，[illegible]了[illegible]，[illegible]去。[illegible]回来，他妻妻[illegible]参军了。人[illegible]她[illegible]，[illegible]大[illegible]。

[illegible]说："我们[illegible]了，有了她，[illegible]，我们[illegible]了天下，[illegible]干部，[illegible]，[illegible]不行"，"[illegible]下"。

[illegible]互助："人家都说没有男人不能过[illegible]，我觉得没有互助组才不能过[illegible]"。

"[illegible]一[illegible]"[illegible]翻身[illegible]，[illegible]不劳动[illegible]。

[illegible]，干部[illegible]，[illegible]一[illegible]，[illegible]地[illegible]）草[illegible]"[illegible]说："[illegible]人[illegible]一天[illegible]，[illegible]"。

唯的[illegible]，不[illegible]之一天（[illegible]）[illegible]。心上[illegible]一[illegible]，[illegible]他[illegible]，不[illegible]，[illegible]人，[illegible]。左[illegible]

围困情况材料

退却4000多人，过去被组织的民兵总共20000人。

敌情：伪军三个团，团长[illegible]三百，以后增加到[illegible]人。[illegible]（约[illegible]）。伪第一师，张岚峰是敌的参谋长，郝[illegible]是团长，郝[illegible]长，李[illegible]长（[illegible]）。[illegible]郝[illegible]，第二李[illegible]。

四大亭——郝[illegible]，李[illegible]，[illegible]，[illegible]，[illegible]。

[illegible]，安[illegible]，村长[illegible]中，[illegible]全林[illegible]，[illegible]，[illegible]。

[illegible]，村长[illegible]，[illegible]村长[illegible]。

[illegible]张运隆[illegible]，敌人[illegible]。

[illegible]一些大人，在村第二圈[illegible]，遇敌人，[illegible]，她[illegible]不定，得自己摸索。

王[illegible]，敌包围村，[illegible]他，因他一人夺了敌人枪，[illegible]他也不会使用。

[illegible]，[illegible]，[illegible]，[illegible]，[illegible]，[illegible]，[illegible]，民兵[illegible]敌人[illegible]，敌[illegible]，他就打，敌[illegible]，有一次包围，敌来，[illegible]一些被[illegible]。

[illegible]，[illegible]，[illegible]，[illegible]，[illegible]，过去[illegible]过去[illegible]。

[illegible]，[illegible]，[illegible]。

七[illegible]

张[illegible]，[illegible]，[illegible]，[illegible]，[illegible]，在[illegible]村外[illegible]敌，[illegible]，一[illegible]三十多人，[illegible]。

敌[illegible]

如对敌[illegible]，[illegible]不[illegible]，[illegible]。

[illegible]在[illegible]。

[illegible]一二里地。

王[illegible]地雷大王，李[illegible]村，[illegible]，[illegible]。

[illegible]，用[illegible]，敌人[illegible]，[illegible]。

[illegible]，[illegible]，[illegible]，[illegible]，[illegible]也[illegible]用，[illegible]，[illegible]，打了敌一六七斤。

敌人在[illegible]围[illegible]人。[illegible]，[illegible]人，敌六七人在[illegible]，[illegible]把枪[illegible]敌人弄死了。

（[illegible]）

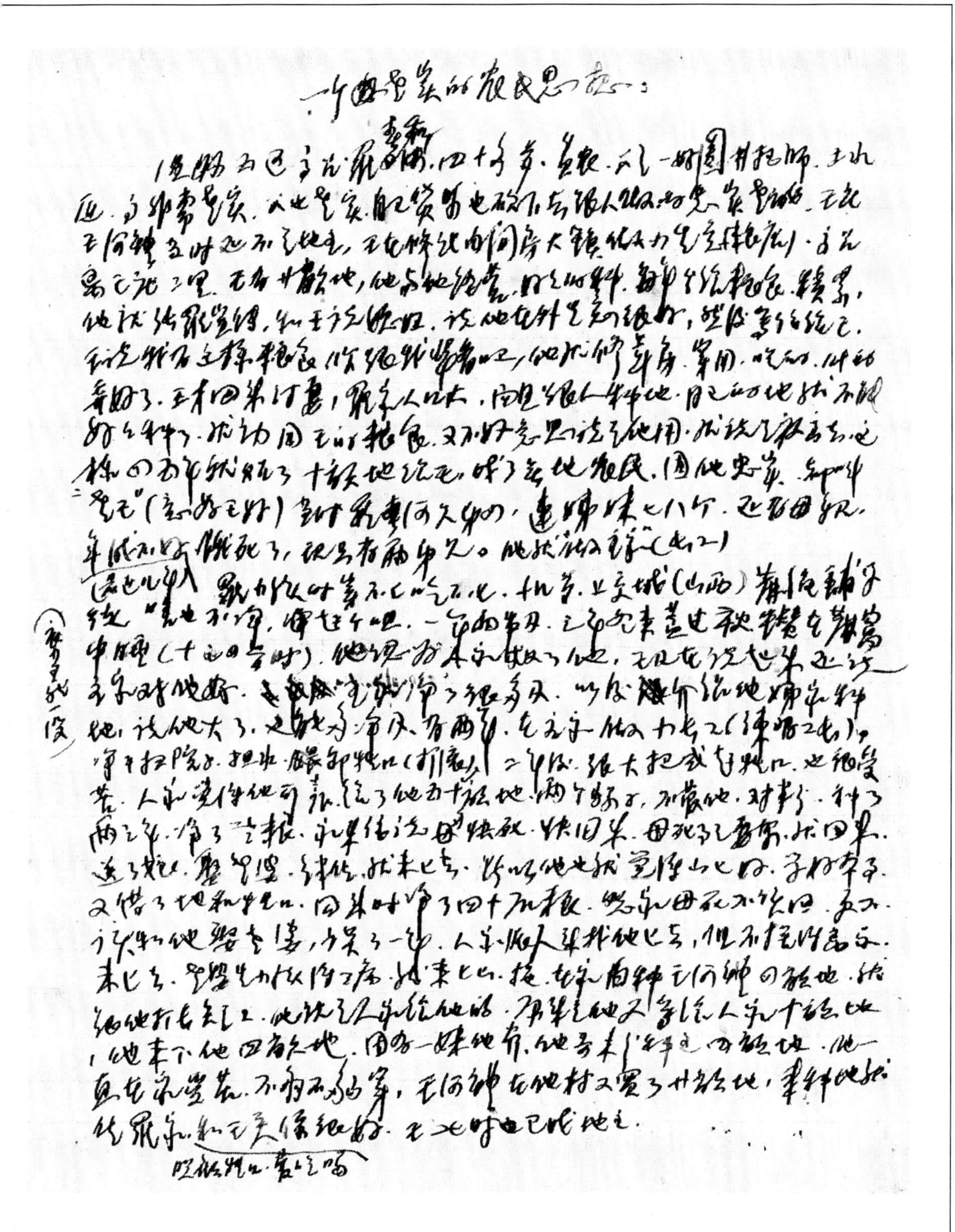

一个地主家的农民思想：

权也说是：这回他倒霉，王的佃户在该村很多，害怕的说公。他走了去山西北，人家撤了他，打长工也当了本了。[illegible]思想很重，打击他的[illegible]之一。[illegible]给他净了几十石粮，不过又[illegible]“那也不是我的”。一直人家对他好，“谁不一辈子穷”。

以后斗争[illegible]：[illegible]你要公道心，“一辈代人”他走了。“我们也[illegible]，心也[illegible]。[illegible]什么人”才知道是一个力气，才[illegible]。这是一个[illegible]。因此[illegible]，他[illegible]不[illegible]人对[illegible]，他说[illegible]“[illegible]不一[illegible]”[illegible]。[illegible]他[illegible]，但[illegible]他不[illegible]，[illegible]也[illegible]几十年，不[illegible]，问他[illegible]。这是[illegible]他[illegible]了，[illegible]人家的[illegible]，[illegible]不[illegible]的[illegible]。[illegible]也来，又[illegible]。[illegible]“我们王[illegible]的[illegible]，他家的[illegible]都[illegible]我[illegible]他[illegible]，他也[illegible]我[illegible]他[illegible]，[illegible]都不[illegible]，[illegible]不[illegible]，[illegible]了[illegible]“[illegible]不[illegible]他[illegible]的，为什么[illegible]？”“我[illegible]三十石[illegible]，[illegible]都不[illegible]了”。[illegible]人[illegible]。

[illegible]人[illegible]，[illegible]人[illegible]二（[illegible]）[illegible]，[illegible]地主[illegible]了他，他[illegible]，[illegible]了，[illegible]来，[illegible]次来人[illegible]了[illegible]，才[illegible]了二十[illegible]二[illegible]。[illegible]还不[illegible]，[illegible]他[illegible]了十四年长工。

[illegible]的大[illegible]，地主[illegible]不[illegible]一下，[illegible]不[illegible]的。[illegible]——[illegible]村的[illegible]对象，[illegible]村[illegible]，[illegible]不[illegible]，[illegible]村大[illegible]，[illegible]大[illegible]，[illegible]村[illegible]加[illegible]，一[illegible]，[illegible]村[illegible]也[illegible]，[illegible]不[illegible]，[illegible]村[illegible]了。

[illegible]对[illegible]的[illegible]，[illegible]来[illegible]，加[illegible]的，大村[illegible]时，[illegible]的[illegible]，[illegible]时[illegible]一下，[illegible]一下，大村[illegible]他[illegible]几十石，大村[illegible]一[illegible]，二百石[illegible]，[illegible]一[illegible]不[illegible]。他也[illegible]，[illegible]不[illegible]不[illegible]。[illegible]他也

女人之后，讲了斗争对象为个人[illegible]打而已。斗争来实也少了些。的文村群众说"仇村了东西，是斧保成意了"。我们干部训了半天，不少也好了来。文村群众第一晚上斗五个，情绪很高。但干部主张大会不在下半夜，[illegible]下半夜过了。第二天吃了保中斗争，斗中途才要回家吃饭去，人家不工作，气的群众情绪低落。

× × × ×

沁源古寨村，地主孙文达，光绪末年（三年）灾荒时，来源放账，买了好些地。开始对农民进行高利贷剥削，开设什货铺，民元年以后"永成意"杂货铺，用各种方式，如利打滚，大加一，利上加利之剥削！头利押当买粮食，穷的农民交不起粮息，地主将过年无时一点钱都不"姓王的"钱都铺去，也有的还不上息，给地主做多年佣工还不了账。此把保押给地主。四三年以前过粮息，同地主挣出八路军工作，老抗情在多余粮了几石粮食。四五年又勒动减租息，地主将一部分土地给了干部和积极分子，一部分给了家典卖给本家亲友。将干部积极分子土地隐瞒，群众吃明减暗不减。明了暗不少，群众未勒动起来，对干部很不满。

去年土地改革时决议：农会一般组织多要以该村为老区，群众却群众都不相信，对干部积极分子很多。"减租息也不干部开刀"。干部则说这村没有问题，群众已翻身，土地早都解决了。

分委调查了这村材料后，就召开支部会，但是有干部讲话，其余都不吭。会后调查知道干部包庇，"干部和地主一势"。

又召开会，有人提出干部分了好土地，群众未翻身。有个干部却解释："这村工作不错，团团了穷人，向地主算了账，减了租息，增了生产互助。"

分委则又找干部谈话，先问那些人翻了身，那些人分了地。支书村长农会就把实情说出：如何少数人代替群众，干部对地主有"吃饭"。

分委勉干部作自我批评，承认错误。分委则拍胸说明"你坦白很好，过去你是党在领的，但包庇地主却不对"。干部坦白不害怕，反提高威信，决定向地主斗争。

但在群众中，没有处理错误，群众不相信，则又决定在群众中张[illegible]批评，但首先说大家去审查通过。地主则从中造谣，干部们右之活动。以功[illegible]，惶然失措，以为斗干部。乡委决定撤换干部，在群众中动员，揭发地主阴谋。这样干部才体会出其中的错误："不要紧，大家也要拥护"。干部们向农民宣誓：一心一意为人民服务。

× × × × ×

敌伪匪地区的对敌斗争

蒋介石支援了土匪，特务，用机枪大炮掩护下，袭击河北[illegible]之边区。民兵打了几次来侵犯。

敌人来前，伴着侦探队，先到，向老百姓说，乱造谣言，说八路军都投降了，在阳城投了原子弹。而说军队对群众接困帮助好好救。侦探队到处乱杀，许多干部跑了，十几日敌寇又来了。个别的要怕动摇，要求野战军快来。以村[illegible]退却，[illegible]看守，[illegible]上就继续[illegible]，行组，通知，[illegible]参加了民兵游击队。群众转移时，看见蒋军都穿新的衣服，帽子，枪，而且也是[illegible]的也跟来了，[illegible]。但干部都未打下长期打[illegible]的决心，[illegible]两字。

敌人修碉堡，把干部家房[illegible]拆了。侦探队实行"倒算"，把过去斗争分的财物东西倒算回去。还组织富人农，[illegible]，只有少数恶霸地主要回东西，有的不收。"这边的事，不得不收，你先放在我家里，八路军来了你再算账"形成[illegible]不退。我们民兵游击队，晚上去抓侦探队，[illegible]打死，向各村宣传："那村倒算就到那村抓人"。侦探队都跑了。但敌知道了，要派队围住，搞不下，又把碉堡的[illegible]人来看，[illegible]出来，只好围住[illegible]。

敌人倒算，建立伪政权，收缴民兵武器，鸡子，粮都抢去，要粮要款，一国要一斗斗粮，[illegible]斤粮，花，布，鞋等（[illegible]军没拿去）。

× × × × ×

[illegible]运动

X村130户，20[illegible]地，郭姓的大户，自从[illegible]过一个月的工作，发动[illegible]斗争，[illegible]20余人，村[illegible]了。[illegible]"[illegible]"[illegible]太重，引起农民的[illegible]运动，[illegible]人郭XX二人以通八路[illegible]，[illegible]农民对[illegible]常[illegible]。[illegible]农会[illegible]人，[illegible]"[illegible]人，伸冤报仇"，[illegible]"[illegible]"。[illegible]（[illegible]），[illegible]"[illegible]"。[illegible]八十八人，[illegible]伸冤报仇"。[illegible]（[illegible]）[illegible]："人[illegible]，[illegible]"。郭

××二人解了，这些奋斗指挥大家，来积极商量打官司。富裕×，因发[illegible]的状纸，真像以递信方式，实行盟誓："与卖人保长打官司到底，若半途退了永不能翻身"。老的说"打到底，输了官司卖庄田，到底要告"。地主答"输[illegible]，赢了官司[illegible]"。郭××输了两石麦的报费，到处告状也如何打黑枪，欺侮妇女，[illegible]，[illegible]也保长。

一个女人诉苦：

"没丈夫，给人做，吃人饭，养女儿，半夜三更不能睡，天明鸡叫就起来，给死做活累死不管。女家吃饭里闹饥荒，咱们碗里盛的是稀饭。我生了小孩，他说我抱着小孩少做活，逼我吃了[illegible]不行。我和孩子睡在河边好几天。没啥给把小孩丢在河里。第二天真心丢在那个上。这就是地主的良心"。

穷人翻身：

"我从民国九年到现在，没有好过一天。我也挨过好几年饿，也要过好几年饭，房烧完了，头缝破了。该当还是当，苦头吃过，如今翻了身。有房有地有吃穿，信共产党以后才能活得好"。

"共产党好处多，[illegible]翻身根不忘"。

"今年实现翻身，搬来大块的铁犁，心里觉着快活。要想着以前时候，[illegible]以后来了，还害我穷生病，我要紧紧地握住枪杆。翻身后，我也没心思"。

"我家穷，父亲时用席子搭了个棚了，睡觉盖麻皮，又有老婆要卖了，揭不开锅，腊月里，[illegible]在外边，二十夜才回家来，借了二斤荞麦面，不防大年初一地主去要账，把二斤面给抢走了。大年初一去外边讨吃"。

"咱爹在世，给××扛活，儿子来了全家饿死，只留下一条狗和我，敌人找不到主人，把狗打死，等他回来，叹了一口气说"要好好把狗带走"。我一听这话，伤心得大哭起来，咱们穷人还不如一条狗。"

地主一个人娶了十一个女人，六十多还娶十六七岁的闺女，穷人[illegible]讨不上老婆。

“二十九年饿的没法，去地主家寻吃的小米，被看见弄到村公所，说偷他的豆荚子，不尽是也不行，罚三十元，卖了地换不了，也不起利，还得给地主当长工。家合是一年累二十年苦，一年累六十年债，古石头压在身上还不倒过”

“穿的吃的是糠菜，七年吃的是单饼子（糠窝窝）。黑夜吃的是红高粱蒸饼馍（红菜窝）这个还在有时也没吃的。不租地主地更不行。还要受不饶一口粮不能过。粮食二斗粮结二石几。实际上是脸涂上嘴。”

土地是谁的？

“开天辟地时，三皇治世纸作业，一人一块土地，作下了的成为地主，没作下了的成为地主的奴隶。”

“土地是三皇治在世时定下的。谁有命就是谁的。我没命就得给人家受苦。命里有八斗，给一石就把我要了命”。

“贾峪一百十户人家，有八户地主。原来结有都是荒坡，全村群众刨成了地。後来王学林，王金林，窦姓给造契争讨也有七十里远，西至五里边，依契看就“远得很，远到得很了”。把全村地都拿了，全村大半数沦为（没地没饭的人），结果才归到群众，高梁剩剩许多年。”

“保认”（群众说地主）

农民得了土地，没说给土地是他的，自在地里受苦，地主说（给），他总得不不走一步。以前偷了人的，唉，这次四十亩也要，怕以后土地还不来西。

“我去年实地里劳动，不敢从地主门口走，怕人家问：‘去去加里’。今的权服，穿在里边，不敢见人。”

闫老爷说：“我今年六十多岁，三辈子没有一亩地，想给孙子讨媳妇，张口就问我有多少地。咱没土地谁肯嫁咱。穷的绝了后代。这次分给我二十亩好平地，去年娶了两个媳妇，生下个童男童女，大家说我高兴不高兴，没有土地就不行”。

“我给地主做长工时，地主叫我给他们拾……大仙节，我就偷了些地吃了个光。吃事也没有”。

地主听穷人说：现在还有什么毛主席，早就死了。说明天那一年打了一个大雷，把他那时死的。我七八岁时，见毛主席来看我们在咱村里说财讨吃。老财没饭吃，就不能。劳动群众一直斗老财。现在从分国，分团。三团一齐打八路军，毛主席该个什么事。将来中央军来了，就得杀你。咱们果实多难说。

叫你们好吃难咽。今天你们要土地，明天[illegible]果操，有朝一日[illegible]又打[illegible]，杀得穷农民一个不留！"

叫地主搬家时，地主说："你们让房子给我好好看住，以后我回来住，谁[illegible]富和楼[illegible]不敢给我闹坏。"

妇女说："我也去做鞋，村好的穿第一等好鞋，次等第二等鞋，再鞋是第三等，里子都是棉絮。根本穿不了几天，过去叫做'给我们'。我就拆了红布条。不让说坐月子，就是说要得病，[illegible]。"

"过去我挨偷去，就是把他放在水里淹死他。"我说："别理他。"

"我挨打时，不敢穿棉袄的，穿自己的。将来天变，把我打了就算了，不杀[illegible]人就够。"

地主利用女人做工，工资"不高"，每月给一文，剥削不动的女人归去。"

人物纪录：

西柏涧村的村长，党员，贫农出身，在村里很坚决，但作风很生硬。村里只有庙，许多迷信妇女都去烧香，他听说，就去到庙里，把香头上，把妇女们赶出来，召开批评会，哪个妇女烧哪个，不烧不行，这样给了妇女在精神上很大打击。村长的老母娘也在，挨了个大的。

阎来贵，西穆[illegible]贫农，在参加贫农团时，曾当过主任，自报成分，又说又不敢说，说得断断续续，人家又催他，他又说了几次，人又说："叫你说呢，好好的说呢！"他停了半天又说："嗯——（报告），哈，我在过去，嗐，——我在过年。"突然又高声，又快速的一股劲的说出来。

郭[illegible]勤，中农，从刘庄村上娶了个[illegible]，[illegible]他详细的说，[illegible]说起话来，不[illegible]。[illegible]大会上给[illegible]提意见，[illegible]才说。他[illegible]："我是[illegible]，也不[illegible]。"[illegible]说："[illegible]到我家偷的，还是[illegible]偷的？"[illegible]到[illegible]偷的时候，郭说："对，那是你到我家偷的，我[illegible]。"[illegible]，他又说："[illegible]到我家偷[illegible]，[illegible]，我问[illegible]是啥意思？"[illegible]说了[illegible]，就是他家偷。他又不[illegible]

她说："对，你也能说数了啥东西？"我答了，她又问"我问你们的组织，是啥思想？你家在我家前没有存过钱吗？"我没说话，他又说"你有存过啥钱都回去大店上找我时，说我们了你的路费"？我要再没说话。后来他想讨他钱，他又说"没有存过钱，是你要讨我的，这是你啥也不知，我问你是啥思想"。这样惨苦之后，不想不能的把平安并没有回答。大家都哄然大笑，他却还是慢慢的出去，也不知道问他是啥思想。这种一个重要的极度的朴素的谈话全不一样，全是用套的，引的，反问的，抓到时以为他是违犯了的那个高人，但又不是，实际是说辞出的，与行为文字记的作用。

（李[illegible]懂组织的话。）

西精英一家地主是这样弄钱的：两个人陪着他玩麻将，甲就说，他摸押心宝，叫乙买不宝。开牌时，乙说二，甲说："呀，你累赢了。"说是个二。乙又猜四，甲说："又是四，你怎弄的？"乙也是家人，以前是真的，不会上当，不过也如此。过了四五时，甲又押心宝，叫乙下，从两棚间以来的钱上，都是乙赢。一到两棚间时，乙就输了，甲就说不怕，下一宝就押中了。这样三里路，把乙的大洋锁全部赢了，而且还要还了他的债。（两人坐在马上，背背相向。）

"拼锄钩的时候"
（秋收前的一段农闲）

我们要实行民主作风，改变行政命令包办代替的作风。中部不错，加强对群众的打击要开会，开了打稀，开会时先说，群众就在下面注意了，开会表示不耐烦，不愿听就回去，他也已经说过，最后的群众都走光了。第二次又开会也是这样，说好的就听，不想听就回去，现在下面群众都又走光了。第三次他因此改了，他就明朗里说，让民主动员。他干不了，情绪不振了。

"赤叶河"剧本写出在河间大会演第一次后，冀中局宣传部召开的座谈会上各地同志的意见——

1947.12.28.

优点：

1. 描写前一部分，和后段部分，（中间部分突出）很好，斗争的形式，合乎事实情况，当时的阶级和农业情况，同时反映了批评过去的政策。

2. 参观的地方：当时的问题，着重反映过去政策，村干部的力量，在把这部分加强，因为村干自觉翻身到落不底。另一点是王大富的经济翻身翻不起，只把地主斗死，而地主的粮食被烧了，但情形和事实串通，应和村干联合起来，具体深入底层，村干会和群众的矛盾，表现这一点，则表现村级组织，是包含阶级的斗争的。

其次，用调子，用适合各地方的，主要在剧中变化太多。

方言不懂，这剧用一部分"楼三摆"调不好，地方性太浓厚。

缺点：

1. 从劳动创造世界开始，土地原是农民，很突出，但不够明确。

2. 农民失了土地，主要用了赌博放债，不用这么强调的，不用赌博。

3. 翻身，反而了些阶级阶级，有两个东西可考虑：一是抹煞人民阶级？二．当前的串通，还不突出。

歌是很好的，调子有的不免口胃。

结论：

对群众的教育方面，比较大，土地的来源，很明确。

剧本对阶级教育很好的，地主的压迫农民至今，没有改变道理，时以今天的地主，是好的。

另一方面，是只用农民的赌博，或用债的问题而负债。

最后的是村干部问题，村政命令，官僚主义，是否从而寻解决问题？是否要表现地主和村干接触的黑暗方面来，现在只有个别的不同。

另外：调子太乱。如大先生在春叶的的地方，有没有？多不多？化装之不相称？

冀太同志：

落后的土改成了主人，农人怀疑，王锁住时抱了佛脚？法活不梦被害，这样更觉好，太行工作深入。

用了宣传劳动创造一切，在平原就很难说明，这描明很深刻。

不适的地方：对博的要求，他在封建制度下，也会做法的，用自法的好，还是非法的好？但一般例不一定这的些，对结尾苦疼？

再一点：斗争中的组织路线问题，老是取消旧村干的老基本干部，他们不了解下层，从原有基础上来开展斗争，是否能够保存它原有作用？

对过去的减租息，是否批判的太利害？那时是民族战争，感到有些，是否社会在村干的不好处？

王大富的转变太快些，原这样落后，后又这样积极。

话些不懂，像鬼子扮戏。

地主状是罪恶，代表性不够。

区干的转变，模糊，不明确。农民在地里哈哈大笑，是否有这现实性？

狗腿前后保护死，感觉不痛。

只是用一的唉——的词，不太好。

王大富的来了说了的参军，来向解放道歉？

徐鲁黄：

中心工作结合，和经常党的结合。土地回家，听取群众的意见，很好。

演技上都很成功，调子也可以，□音不懂，但不要紧。

前头很多小插曲，这些删掉了。

如何能更好？

小区干只单纯作风问题，不是组织改造，像这样的，就罢免了。经过作风改造则完，如经组织改造，则更完。

对村年的，漂亮些，我想对这则不熟。

二是最后打死。 作者没有这些，为了相见不够亲热，感动力则差些。

海啸：

音乐朴素，土调，但结尾差些，不够统一，不能表达激情，如细节。

有的女生操用作家性，没有表现出这样真实。

开幕太模糊，要突出很苦不容易。

地主暗消过火了，为了哄骗不用喽啰——

史平：

音乐上过得没留印象，联系性不够。

如能用更能适合于本地的。

土地当得好何收？

燕燎：

序幕，作者表现土地还家，用来引起我们，它要有英雄的存在。情绪上都嫌模糊，它不把他翻过来，根苦才得到土地。

阎王的问题，当代二十年，也可，如第三部时翻不过来，它程度上差别，要的话，应把加深的统治。

斗争好像都集中在大富一家里头，大先生对秦贵的那个统治还不明，土地好像全的不够。

地同志：

土地出的问题，不简单，在剧里就不容易，是不一定要强调这一点？劳动可以创造一切，可以，但我们并不要着重。

土地还家要来找到，这就很困难，我们写它还要封建存在，在我们最后分配，执行很难，不要等待决定。

人民信念，今天已很少，得来塞，主要写中间一段。

然的问题，作者可以这样结到了斗争，把接近团圆之际，表现出来，在戏上，有先的动景，不要好的，用作动景。

剥削问题，回来，就麻烦了。

形式上，方言戏很好，农村广泛能演更好，如灯光布景，一方面该

意的，如节奏舞台化很庸俗。如採用一些旧剧的方法，

欧阳山：

改编意的很成功。很多关键的问题，相联系，也是主要的。

如区干问题，是结局吗？还是如何？但可以肯定起来，是较易做到的。刻干是如何的，是农民现在大会表现，考虑，不要免除，以致破坏统一。

结尾问题，应先有怀疑和考虑，在中途做过长期的。

关于剧本的序幕，太美化诗意，不能因用了朴素而美化，生活应很苦。好像旧社会还有好些地方。

赌博问题，有方很多，是种艺术。但在戏里，不太能吸引观众。因为是在后台。同时地主的狠。　　开头应不用舞台，以后，应有人有入圈套的条件，以后才陷入。

地主剥削的，交代不明。地主剥削太大了，是怎样。情节也不是。为什么会来到这地方呢？应该加以了解。

词句上：有些过份诗意些，通俗化不适当？

整个来说，材料本身就是很好的材料，是否能更好的处理，更能代表现实。

音节方面，在这种调里唱不懂词，过于地方化。

贫农的组织没解决，四干只去找了，斗争会没结果。村四干都没有来，这更是重要。

劳动创造一切，这能难说清。而且每天关于平均土地，只抽象地说也不是地主的地租了。

中青：

土地应还家，但没有分配给农的观念。

剧本大会是否一般，主要的没有文艺上还没达到的。剧团进步很快。

缺点：剧本臃肿，不肥。一个解决这样问题不易。如解决土地，应退，彻底还。但根据现在，不易做好。

这等作品是否有结论的，要求什么才用材料。

好的是本身反映了问题，本质的语言，戏的插曲很好。没用旧

的或新的形式以来缠．已经有．但有矛盾．地主没确定来行．从反映的十里地的地主．什贫农在我周看不出来．和原募的未留．这是要外排除，革命．是说的．没弄清．地权，什么没有这地方．可能存的．不能以群众．

土地还多．可以解决．四十里地．不能自己耕．一定雇人，有二地主，我们可解放解决农人．用加租的办法．或是多用二五减租．引起佃户来．农民要经营土地，放了利贷，有劳力做计．是王大富来要钱借来用．生活很苦．受地主剥削．不是一般的问题．王老部来的．

其次．地主剥削．从年买卖劳动．在从租息．高利贷，赌博．结婚用个了把什么钱（？）对于不好．负债和息不清楚．

地主和佃户的生活．剥削不到．过程中来影响不着．公生活的表现．这就对群众的政策不去．

开头太简单．来个对比．或解放后的对比．地主从外的里去．如何去．是剥削者人家．有个用一切方法，就被了庄．或中央军来以后才破产．或早也打．加上中央军统治．更荣善之．

如枪械又租．翻身翻不透．

在何处裁剪止．五四指示后，把问题安排出来．人民除清不解决．要有根据．着重在五四指示中．傍的是继贵人．要有运动才行．

乡场不要讲附加于着．笑．乡场我可以不？

罗贵州

王二明　王双喜．王全对门寡妇走埋的．

西楼县党员干部名单：

王雨舟	支书	小组长 党	陈三子	付支书	武指 党 中
范存贵	村长	党	王万枝	武主	
王万国	付村长	中	聂海林	农主	党
郭海林	民教	不中	郭雨保	民队	党
郭东来	财政	党	牛二子	仓库	党
郭海雨	合作社	党			

安阳二区

下乡纪事（西积善村） 1948.3.5.

[illegible] 郭家，六十一岁，是中农。十二口人。有十八亩地，现四十余亩。自言是八路军来后地主卖给他的。说他当了四十年[illegible]，有了二亩地，以后[illegible]了[illegible]（二十元卅九十元[illegible]）。买了十八亩地，现有二头驴。[illegible]四十九团[illegible]来入农会。[illegible]他儿子曾[illegible]一饭铺，[illegible]卖了房给地主，后地主还叫他修理，[illegible]不叫入农会。据村长说，他儿子现在东边，[illegible]地主[illegible]饭铺的[illegible]物资。他（村长说）是郭家的[illegible]。现在只有郭一人劳动，两个儿子都死了，留下三个媳妇。

[illegible]他们吃饭时，郭常以眼向门外[illegible]女的，大概是[illegible]不[illegible]家人，[illegible]他。

[illegible]他对我们说好，对村干们也说好，对[illegible]农会[illegible]，但不敢表态。

[illegible]：[illegible]四户未翻身，[illegible]郭[illegible]等。[illegible]时，他把东西存在[illegible]，郭[illegible]也
[illegible]：没有翻身的，只想[illegible]，不[illegible]，[illegible]也没有[illegible]什么东西。

（他[illegible]：王二[illegible]，[illegible]一[illegible]，不[illegible]，[illegible]四五户，[illegible]他[illegible]，他[illegible]也[illegible]，[illegible]人。）

我们[illegible]，不很好，因为我翻了身了。[illegible]我[illegible]地，我[illegible]不很[illegible]，但不[illegible]吃[illegible]，[illegible]了[illegible]。

[illegible] [illegible]来[illegible]，[illegible]四[illegible]年[illegible]月，[illegible]四[illegible]月，[illegible]农[illegible]，[illegible]回来。[illegible]，[illegible]没翻身[illegible]。从前一人不到一亩地，现[illegible]每人有[illegible]亩地，现[illegible]不了吃[illegible]。下[illegible]，[illegible]不了吃[illegible]。

郭[illegible]，土地法大纲一来，他[illegible]一[illegible]，他是中农，过去[illegible]。因为他[illegible]过[illegible]，[illegible]一[illegible]回来，[illegible]。打过他女人，[illegible]土地[illegible]，[illegible]农。

[illegible] 5户，[illegible]，有一部分[illegible]（[illegible]农会[illegible]），[illegible]。[illegible]，对[illegible]大地主。第二[illegible]。

|王二[illegible]| 四十[illegible]，四[illegible]地[illegible]地，[illegible]，[illegible]，[illegible]下[illegible]。
|[illegible]| 二[illegible]，十二亩地，[illegible]地，[illegible]三口人，下[illegible]，十七八岁，[illegible]3[illegible]，不[illegible]。

王悔和、王明义、焦世民、付行堂、郭春娥（[illegible]这三代[illegible]，不[illegible]）。

王黑女，一方反映很蛮，什么也不干，一方先还了[illegible]，抽洋烟，也不穷。四十七八岁。
老[illegible]，回家[illegible]，过去也[illegible]。

王力借去[illegible]不[illegible]。

（左侧边注：老百姓说不上嘴，都[illegible]了）

王田嘎的四个典型 王悔和、王二明、焦世鸣、付行堂女人、一家抗属。

要付主任去组织他们来开会，很不好来。只来了抗属、又来了行堂女人（行堂下煤窑去了），以后焦世鸣来了。王悔和一直去找王二明，很久才来，当着他二人面前来，说焦世明又去叫他，[illegible]来。

开头我说明来意，为什么来，[illegible]，[illegible]人[illegible]。[illegible]了没有，我们是奉命来做[illegible]，这村什么时候不翻了身，我们就不走，要求他们[illegible]。大家都说翻身了，有地、有房（他们[illegible]），说了一些[illegible]话。我说明[illegible]人的[illegible]，不需要说好听话，[illegible]。我们工作[illegible]，[illegible]人还不能吃饱穿暖，把[illegible]了东西，[illegible]。我们[illegible]，我们说[illegible]没有，[illegible]我们[illegible]人家说[illegible]，大家[illegible]，我说有的人，[illegible]人，[illegible]。大家[illegible]，我问分配的公平不公平，[illegible]，他们都[illegible]。

焦世鸣很好，说话很[illegible]也较直爽。他分了几亩地，[illegible]（[illegible]）。现十二亩半，不[illegible]，[illegible]了四斗八升粮来，[illegible]，用借款买来[illegible]，分配[illegible]。[illegible]房地，[illegible]，衣服、[illegible]东西，而且[illegible]，[illegible]不敢[illegible]，[illegible]人[illegible]。

抗属，[illegible]七八斗[illegible]，[illegible]二斗米公粮。

行堂妻说："人家说：你不[illegible]，[illegible]都有，不用分东西，一下[illegible]都[illegible]了"，"[illegible]人分不[illegible]东西"。

二明[illegible]他[illegible]，[illegible]人[illegible]，我说[illegible]这样，[illegible]说不[illegible]。

[illegible]人[illegible]，[illegible]地[illegible]，留下一[illegible]给他[illegible]。

[illegible]的情绪很好，但二明、悔和，[illegible]，我不[illegible]，[illegible]说[illegible]都没[illegible]，[illegible]还不敢[illegible]，[illegible]不宜[illegible]不追问。

（左侧圈注：[illegible]董[illegible]）

王万围（付村）一斗[illegible] 三口人，十一亩。
付[illegible]（[illegible]）第一，十亩半
付三子（[illegible]）第一，七人，廿八亩[illegible]，[illegible]三亩[illegible]地，[illegible]一亩[illegible]地
王万枝（[illegible]）第一，六口人，地廿一亩八，[illegible]间房
郭东来（[illegible]）一人，十二亩地
焦海林（[illegible]）第一，地十五，人四
郭丑和（[illegible]）四口人，地十四[illegible]，房十一间
郭黑[illegible]四口人，第一，房十三，地十亩半

盛珍　付村长从十八岁起，三十四岁当过中共党员（民十一当兵，廿二回来，当兵时打过内战），当红军后三月就回。
过去有八亩地，他又娶了媳妇（第一个孩），地都给了媳妇。租地十一亩，买了三亩，买了九间房，一个娃儿，两儿，有了个女。
作风不好，他说别人不是没有翻身，是分了东西不好好干。
他作的恶，发了家，[illegible]，现在[illegible]，[illegible]被斗争。
当时搞清查，追三代，搞[illegible]，[illegible]搞了[illegible]，[illegible]回来，一下子都分了田亩好地，[illegible]，[illegible]地，[illegible]有个自私，[illegible]村[illegible]对[illegible]地给了，[illegible]四十多亩，又分给三十多亩。
过一[illegible]八个党员，[illegible]不好的是付村长，[illegible]问过，都不说，[illegible]都说[illegible]，有[illegible]，有害怕，但一般的[illegible]都不[illegible]，有[illegible]煤窑工人，旧农会主任[illegible]，他来和他细谈。

马[illegible]　[illegible]廿六户，七户加入农会：王[illegible]，过去当过[illegible]，[illegible]，[illegible]工人，对村[illegible]，但不敢说，[illegible]工人，[illegible]王[illegible]，王[illegible]，都[illegible]，王[illegible]地，不好。
王[illegible]，旧富，[illegible]，王金[illegible]，下降富，[illegible]地，[illegible]，中农下降富，[illegible]旧富，王[illegible]，[illegible]地，都[illegible]，王[illegible]，[illegible]加农会，[illegible]从[illegible]回，又[illegible]东边，[illegible]加农会，[illegible]东西，王[illegible]，[illegible]地，不[illegible]农会。
[illegible]户中，过去[illegible]户贫农：
王[illegible]，人六，地廿，[illegible]。[illegible]（偏）[illegible]，十八亩都是[illegible]地，他[illegible]，[illegible]换二亩地（[illegible]地来换），[illegible]一回[illegible]，[illegible]王[illegible]，都[illegible]，第二回，[illegible]地，[illegible]，[illegible]，民兵干部[illegible]，民兵[illegible]，干部都[illegible]，[illegible]，[illegible]，[illegible]多不[illegible]，少分地，下一天[illegible]十二——十四斤。
王[illegible]，[illegible]，[illegible]不[illegible]，[illegible]地。
王[illegible]，王[illegible]（王[illegible]）[illegible]农会。
[illegible]九，八大一[illegible]，[illegible]干部[illegible]户[illegible]。
两个[illegible]人——李[illegible]，[illegible]，[illegible]。
[illegible]在山上[illegible]，[illegible]，[illegible]找不到了。他[illegible]（[illegible]）
[illegible]东西，[illegible]地[illegible]不[illegible]。　[illegible]不[illegible]，[illegible]不[illegible]，[illegible]农会[illegible]东西，[illegible]不[illegible]，[illegible]
[illegible]，[illegible]中
村书记郭[illegible]，[illegible]时，[illegible]人[illegible]，他[illegible]东西，[illegible]，[illegible]地，
旧中农。

即说有二户未翻身，他们说有八户没翻身。

5月6日集会

西柏洞情况：一般说，根本没动的贫户，困难较大。170余户贫户都动了。[illegible]：干部们多没翻身，[illegible]，但[illegible]不好，[illegible]不好。[illegible]都是不[illegible]，如同桂林，把过去好地都换成好地。[illegible]。[illegible]，他们[illegible]。[illegible]不知道。（[illegible]）

[illegible]不决，[illegible]详细。[illegible]，[illegible]。

村干部问题，一般不谈，不提。[illegible]，觉悟都不太高。八路军[illegible]，中央[illegible]，八路军[illegible]解决问题，中央军不能解决问题，一来觉悟[illegible]。

[illegible]，[illegible]干部[illegible]。[illegible]，[illegible]干部，[illegible]。

一[illegible]情况，[illegible]中农：[illegible]。[illegible]中农[illegible]中农，[illegible]对土地[illegible]。[illegible]中农，[illegible]决定他们是什么中农。工作团[illegible]，不会[illegible]了，或[illegible]不[illegible]一[illegible]。

[illegible]，[illegible]，[illegible]都害怕。如一[illegible]，村教他们[illegible]，[illegible]他是什么[illegible]，他们[illegible]。

[illegible]：这[illegible]人四十里，怕，不[illegible]。

干部情况：

支部21人，干部差不多都是党员。支部不[illegible]公开，[illegible]人太近。如一[illegible]会谈，[illegible]不怕，只怕公开，[illegible]人把他[illegible]，[illegible]一个，把[illegible]了[illegible]？[illegible]有问题的，怕公开，[illegible]太近。

[illegible]支部会[illegible]，[illegible]不[illegible]党，[illegible]他[illegible]党的[illegible]妇女会长[illegible]，村[illegible]。[illegible]，[illegible]。干部[illegible]，[illegible]好，但我们弄不清楚。

[illegible]，[illegible]。[illegible]人二[illegible]，把[illegible]，[illegible]人[illegible]党。

[illegible]，但[illegible]，[illegible]主席，[illegible]不到[illegible]。

[illegible]，[illegible]命令。

[illegible]干部[illegible]，[illegible]，判了三月徒刑。[illegible]了一[illegible]，[illegible]了。[illegible]，[illegible]一个干部[illegible]，都是一个人[illegible]，[illegible]，[illegible]，判了徒刑。[illegible]都[illegible]的[illegible]。

西积善情况：

郭兴棋，富农，"叫他工作，回来了，怕，家伙"[illegible]，怕[illegible]（怕减封建）。

牛丑子也怕，"叫贫农会宣传的，很怕，有些还不敢拉"。

[illegible] 有几户中农被斗（三四户），因为家里有人当伪军或伪组织，现在不敢说啥。

有两个贫农，问他翻身没有？翻了，怎翻的？也就是都由翻身来的（郭黑子）。

郭秀修说：我不种[illegible]地，谁种？荒得没人管。他要说：种好地好，心里有底（怕倒算）。"地主真耕很好，我们搬进去，问得慌！"八路军都好，只有手上一根刺，拔了就好"（郭同和，说在阳城来下）。

有的贫农，等待平分，要好地。土地法按大纲。他问：人家说，土地法大纲是法令大纲，他又说：我懂了，土地法是大纲，以后人说是平，他又走了，说当平。因有就是等待按大纲。

被斗过的中农，不满，特别是被打死的。

斗过的提问已斗了，不挂平柳，因那地方，觉得为了，先得不敢说。大家都把我找平柳问题，他们[illegible]一问就不说。

王章宝，老模范，中农人，从前在的身地，翻身都拔了，他又是当了九年的乡团。

王五常，要把地主包衣东西，地主说是一笑，他才能一点，被郭给打死。

王七娃，因不服翻身打人，吃，说病了，结果人家说他是顽固，罚了一顿。因为户儿重[illegible]，他是装病的，他有身体上病，结果说他是特务，罚了一斗，九双裹脚（九尺布）。

李俐林，那时在他当时，[illegible]很大，但因不上山，满仓，后来他人回来了，来了说他俐林，把地主的回来的东西没收，但当时吃饭时，不当给情况人了，只当配给七十亩的[illegible]。

逼王化，郭马贵仲（[illegible]），因为以前是学好，都把果实退出，只他的益也物退的。为王五常，王二黑，都没收了果实。有的[illegible]补了补。

王俊小，贫农，说他特务，逼他供出十几个人，牛丑的也与他咬出的，全都已被打死。

分配果实：全村共要计四十人：[illegible]、王青贵、侯海林、王付和、郭海文、三战士（[illegible]）郭[illegible]，郭保成（[illegible]），郭炳良（[illegible]），王瘤子（[illegible]）郭何林（[illegible]），王双贵 郭德成（[illegible]）。

布衫裤，棉袄一身，夹衣一身，盖一，铺一，毡一，口袋一条，袜子一件。（以贫户中的每人给这样分）篮子一（人多的[illegible]篮子）。

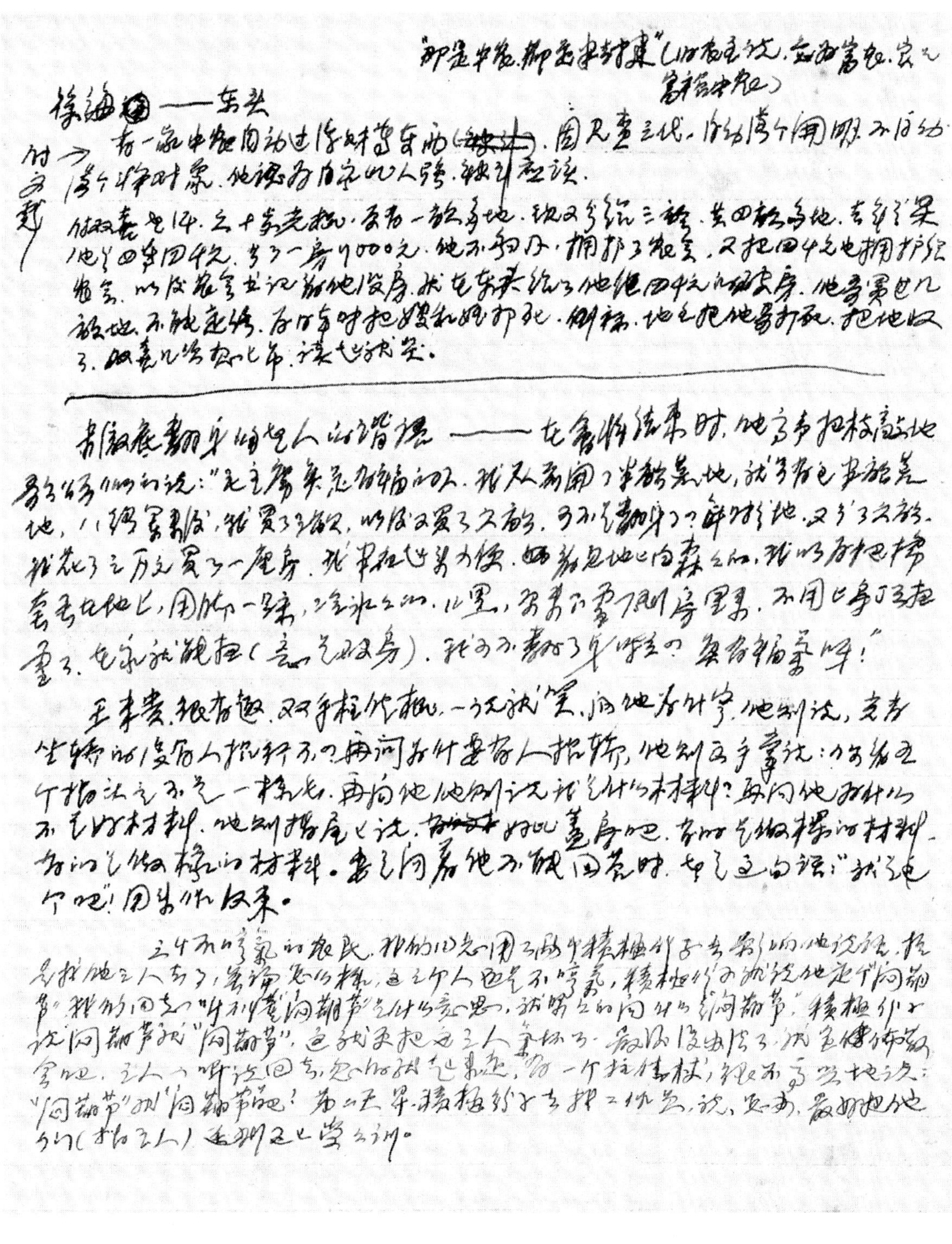

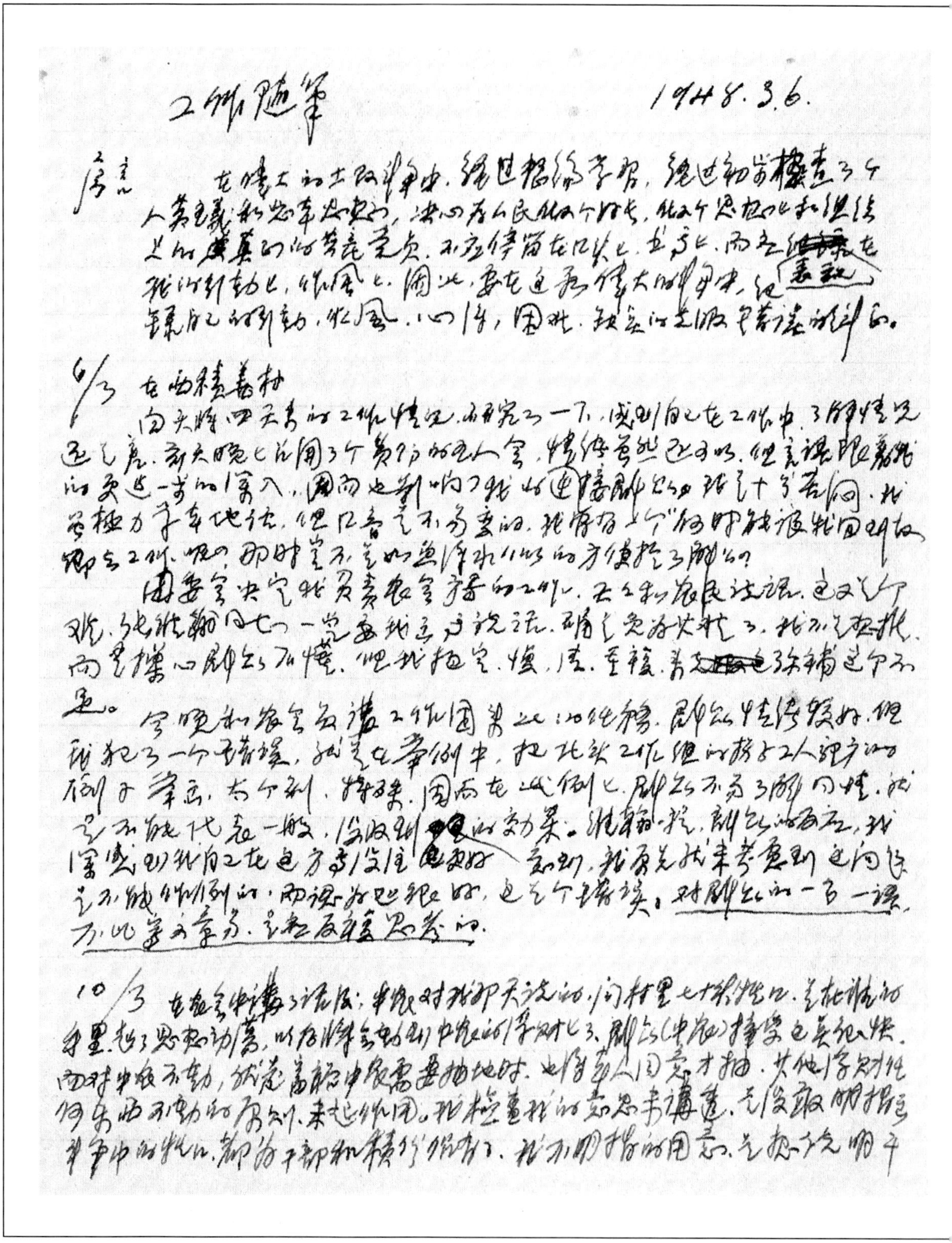

工作随笔
1948.3.6.
6/3 在西積善村
10/3

部问题，是农民内部问题，而不要把他们当作斗争对象，斗了干部。这个意思的[illegible]虽然也了麻烦。我就直接了当说了我说老干部手里。但是另外一个意思就是干部和地富根本不能一样的评价。我在工作中的困难，本村地富已经[illegible]问题就是干部自己[illegible]的话，我想我也有的[illegible]方面来说，很难说好。我是指明是老干部自里，同时也说明干部问题和地富不一样。这是实话，对群众说极不实的。这是个统一艺术。真是个大的关键。

昨天把搞农会工作的同志们集合研究了一番，总结去谈（晚上）。他谈的也很模糊不清，对农民谈话，好似[illegible]真实不实际的。

工作队到了新Pai村（以后），用前几天的办法，已经过时了。应发动自己去找贫雇，去找别人讨论讨论，谈也差多了问了。要谈我自知[illegible]，用群众自己去串通去，这样就最好。

我的苦恼，在于[illegible]的不方便，使我很多了情不能深入的谈心。群众的土话，也十分费力的听懂。唉！[illegible]的条件，慢慢去[illegible]我常要问自己，去谈接近了贫雇，我回答是差得很。同时，自己也接触过来研究，思想，也费了不少的工夫，可也这给是个必要的，总结我应当进一步去（情况、用）接近贫雇。

12/3 昨天下午，开团委会，研究了工作情况，觉得工作已到一个新的关头，我是说用过去那套手法，已不适用了（[illegible]情况也如此）。我现在是如何打通积极分子思想（就转说是积极分子了吧），叫他们去进行串连工作，培养他们的自觉，不要替代工作团，本村是把地域打乱，不要单纯地分割开。成立了三个系统，一个是支部，一个是妇女（因农会的不能[illegible]开），一个是串连的工作，由我来总结研究，大家都参加。

夜里我们四个贫雇来开会，四个都是[illegible]，有一个[illegible]，[illegible]（书记），开头我介绍了我们的任务，继之问了大家的历史，指出历史的意义，叫每个人就控诉自己的历史，我借此大体上明白他们的过去，最后就讨论如何对待目前的问题，如何办？

我同时谈了对农民的态度和对干部的处理。大家都高兴。以后就讨论如何串连。我们暂时仍作为一个组。讨论到很晚才分手。

今天晚上的[illegible]方案，开得很好。我们从两方面来总结的：继续[illegible]里[illegible]的成绩，明确他们向他们找出串连和如何串连的方法。其次是今天利用下雨，农民不能上地，我又组织积极分子[illegible]到别[illegible]了一下。对[illegible][illegible]的串连作用，而对[illegible][illegible]他们的[illegible]和串连的[illegible]。[illegible]今天晚上我[illegible]了三人，把[illegible]的[illegible]。把地[illegible]了。而且他[illegible]很[illegible]。

今天晚上讨论的问题，[illegible]经过我们[illegible]的[illegible]。[illegible]在[illegible]加强[illegible]教育。先读[illegible]农民书，以便[illegible]对[illegible]，[illegible]从[illegible]农民书中，展开讨论。中心[illegible]到串连的[illegible]。结果[illegible]非常热烈。觉[illegible]大[illegible]了。会[illegible]时间很短。[illegible]今晚[illegible]的帮助，方[illegible]（读农民书），方便[illegible]。

15/3 昨天团委会，开会研究西[illegible]村的情况，[illegible]了这村的运动。[illegible]村，[illegible]，民主[illegible]相结合的方针。对[illegible]是[illegible]，治病救人。支部[illegible]，连一个中农也没有，廿个党中，有十七个人下过[illegible]，[illegible]。支部建立时间也不很长，缺乏党内教育。[illegible]，地富的[illegible]。[illegible]支部内部，[illegible]村长[illegible]，[illegible]较好。另一派[illegible]，[illegible]最[illegible]的一派。这派[illegible]，[illegible]同[illegible]，偷窃，[illegible]。[illegible]。

[illegible]（私教人）从目前工作看，我了解的情况，也[illegible]个大[illegible]，[illegible]的[illegible]材料，自己[illegible]工作方式，[illegible]，[illegible]。当然也[illegible]，但[illegible]地方工作的[illegible]，[illegible]。[illegible]材料。

今天[illegible]，我[illegible]工作[illegible]，[illegible]。[illegible]，[illegible]，我用[illegible]了，他很[illegible]，不敢[illegible]，没这个[illegible]，[illegible]。

我觉得[illegible]我要像[illegible]那样的[illegible]，我[illegible]，所以在[illegible]，还是[illegible]！

个辅导员的工作方式，不能坐在台上当领导，我对于他们七八的帮助也很不够，说也说了，解决不了问题，并没给帮助。

今后应多以时间来深入摸摸，不能马虎敷衍了，这样对他们，工作也是干不出来的。

从本组的讨论中，群众能反映：王金、陈老鸣都不很满意，说他们不是没学，而是错了学实，联系实际空，王金我们很相信，陈老鸣我就不大相信，也没见过这些表现，不过他也不能作为典型的是真的，这点我则不固定。

我现在也是在考虑中，通过讨论中，我觉是不十分可[illegible]的，这样以后的他们作骨干，是不行的！我们当然要做，改掉缺点，说是容易，在事实则不行，我存在怀疑他们作不了骨干。这些待后来再作结论。

17/3 昨天下午组里研究前天（15晚）的座谈会，开来大家都以为开不好是形式问题，我认为这不是形式（大会或小组分开讨论），而是对群众的思想摸得不透，就很难[illegible]诉苦者[illegible]群众的情绪，提高思想。我开头就想[illegible]先抓住群众，[illegible]诉苦也可，但又不肯完，他[illegible]实的困苦，群众对[illegible]的问题，没啥兴趣，如王指说："[illegible]，地主[illegible]都不在了，诉他有什么用"？[illegible]群众[illegible]，村中不民主，[illegible]，群众[illegible]的[illegible]，[illegible]少数，没[illegible]，[illegible]人[illegible]，[illegible]，也有少数人[illegible]，但有个[illegible]，[illegible]，群众[illegible]，他[illegible]。

[illegible]用诉苦的方法，不一定好，我们的思想[illegible]群众，在[illegible]小组会上，一谈问题就[illegible]现在的问题。昨天研究了一下，[illegible]不[illegible]这个问题，而是[illegible]的问题，这是[illegible]，大会小会，都不能作出这样的结论，而是我不相信群众的表现。

昨晚，[illegible]参加我们的座谈会，群众讨论很热烈，[illegible]问题，现在已很明确，[illegible]他[illegible]的[illegible]，昨晚[illegible]，而群众[illegible]我们[illegible]他和[illegible]。[illegible]的[illegible]，[illegible]不放手，[illegible]，而是[illegible]的[illegible]，我[illegible]了一个[illegible]的地，[illegible]他的[illegible]作了[illegible]。

[illegible]群众[illegible]中，[illegible]我们[illegible]的[illegible]，[illegible]了我自己。

18/3 昨天晚上参加妇救的小组，觉得很沉闷。第四一支的情景是个局面，觉得无办法。後来去找[illegible]操作问题。我操了又好[illegible]的部觉得无法，群众思想不成熟。组织得很散乱。最后准选小组长，推了半天，推不出人。推了四个，各种都不干，最后一个是王[illegible]了我翻身更不当代，替别人家去翻身，是这样的人。其他的也一样，要求也不大。还就是按法定依靠来做好。开始很高兴，很快就推出了人。而来依靠人的我认为[illegible]组成的。这是依靠个积极的。

今天研究了小组（工作组）的情况，最重，这组还没有开展。我昨去了个别和宣传员谈了一下，主要是开导他，说他办法的组织者，解决群众思想，由他们去串通。现在群众经过宣传到他们自己能活动了。

到北头听了第一妇女组的情况，他们的活动工作，还不是，就是仲调解子。也自说解决了个骨干很困难，解决不了人们的问题。也只能是活动工作差。

发动妇女很好，昨天我碰见张[illegible]和王玉梅（第二小组长），我觉得她们很有能力。因为部分在群众问题（过去是对地主的部分，土匪，不穷的叫之人，现在又是接了多少）的，很了很慢的激烈斗争。我觉得这人们觉悟较高。

工作我想也自然有些急，但不敢问法，我十分耽心的情况下去，也许又是我对群众的观点，太对着重组的做法。

下午开了个调查会，调查过去的地主剥削，和斗争情况。

晚上参加群众的小组会，群众问道争地的不休。问题中在如何呢？部分把地主和贫农的果实分配出来，我以后的干部意见。有人说不要分配果实，留他们不敢不回，他们不能劳动，如分配了，了，对调换干部是[illegible]掌握帽子。我后说他说：依靠他们也是个好办法，但我不敢，如果他们死了，不是更难办吗？众人大笑，这个办法不行。掌握帽子这是个好办法，但帽在哪里？众人又大笑。今天晚上报告会，去部署的。群情很好。

19/3 昨夜又下些雨来，这里的天气这十分不好走。早饭后，研究情况，据王庄同学反映，该村支书是杨德（东坡公）。他是男人，有两三个人，自己好久的闹家别扭不舒服，吃饭又不见他少吃，也不至于不能下炕。在他们那里也有不积极的工作，实在也是如此。这确是个问题。我们为了这工作情况，一定要找干部谈谈，又据支书有成见。二是时间很少，只能叫支书自己讨论，以便了解他们的民主生活。就是黄里说的不知道哪时来过，开始查，因此支书摸不清前途如何办理。至于我们这里只能叫支书开讨论，来随时继续搞好。因此，支书对干部的处理，还不能放心。如东坡公的女积极分子张某某吃不下饭，怕工作困难，干部犯错误。决定找某某谈谈。支书是这个问题。找了第五户翻身户，他们说是贫农，他们对工作很有感受。我们对这一点很要紧的，要不抓时间去也不好。晚上会后的会报，支书虽然是如此，我希望加强黄里的力量也是如此。

地主娘，是本村的一个……干部的意见，这人不好，那天大家要吸收她的，我则劝意见不会有不良影响。……的人物。包儿去，我想见她和程家去传达海某在谈话，今天东坡公反映她到斗争对象……，是本了的党的女人。东坡公支书也说这人在这里不好。这里是一村斗争的……会有去讨了，磨光了。我告诉那些黄里，回说是她工作和黄里谈好了，说她自己在这里做得很好的很不少。我不十分相信，但不能强力使不要她，同意她报说未参加。

另一个新的人相似的问题，也是支书和部分意见的，我说此法好的问题，我今晚去北头听会报，不要自己一个人去……动他们……。他一家人……说："我开群，就得听真"！好他也过着封建统治者的家庭，虽然实际情况，但完全过剥削寄生生活，现在也不劳动，过去什么都干，土匪，局子，保长，乡长，他有个儿子都是伪军，作为了一个进步分子，他又成了抗属！享受一切的权利。

又9/3 ……的时候，……一次。听了本来的……情况会报

还未结束。西柏涧组已经来了。来询问团委会，我把本村情况作了个报告。会
上又报告了整党部份。西柏涧的情况，据报告看来，那的存的还是很差。主要
的问题是在整根上走了偏路。中部的只起了作用。也是极其重要的。也有的
是组织上的问题。郭笃的学习好了先生，自然却在土改中，吃了个思
想包袱最沉重的人。据他们反映的情形，都十分替他吃惊。因一般
老青组织不负责。主要在检查什么想法在土改中却为此表现。工作情况，
结婚只起了作用，说"在党内中找不到男的"。说如果在完成了土地工作，不
准回去结婚，也许回去。我对此很惊愕。顺便又联系到村坞落后的
地主的外偏长的问题，只起了缓冲，不能代替一方面。也说明了对于他
们那时的错误的思想。

此村工作，虽然基本搞了，要求全面贯彻的是什么东西。我们今天
研究了这些情况，提出来组成贫农团，和此后工作的道路。

晚上开全村党员大会，洪翰要我讲讲当时要的问题。我不满意他
是不联系，我看到了不少的方法，跟他讲话都十分暧昧，思想很
不通。我准备了提纲，又和洪翰研究了一下，他提出了些补充。
今晚来开会的党员两百人，我讲话的内容，主要是：廿十来天开始的
西的新开的民主要求，完全正确。再谈到思想上的问题，从不敢
呈到如何计算东西（山外干部），到检查干部的贪污问题。
共谈到了到贫农会、和农会、代表会，从村到区一直到边区。同时
谈到全国的农民组织发展（主要是解决实际问题）。继续对村干部
继续谈到对干部的群众，谈到对贫雇农中的有毛病人的办法，改造
前的的性质。主要想指出对地主富农人的处理问题。最后
是建设哪里讨论，推举审人。洪翰又补充了我讲话的不足的两
点：一是农民的组织，从村到区边区的代表会，实行人民民主的问题。
第二是对干部的处理，要请农民掌握和对待他们，改帽子的问
题。他也来，我准备的问题，他都完了，谈到未明确。

很主要，我们接着一个，谈到关于郭笃的婚事，第一次见到
楼对这事的看法作了检讨，他是对郭的对象不大好，有些
梅嫌，所以未给两人一个。但我只与楼和郭谈明：目前这是

研究西柏涧问题时，和他谈谈，并对他目前工作，给一些忠告他。

22/3 晚上团委会召开研究生产的问题。昨天（廿一日）早饭后研究一下，早晨我和区长谈了会，"什么本村生产的情况"。团委会决定叫武玲兼负本村生产方面的责任。我感到他最近在工作上，十分影响工作，因为重了生产的事情，还拒搞土改的小组，就会放松。他报到到第二个人干部，还是他干。杨工作去写了一封信给梅华。

今天想整理材料写报告，和第一班谈了下，没动手就时间过了。晚上参加北头的活动，情形不十分满意，主要是思想不成熟，有些干部不检查引导到贫农团问题上而供其所需。这个新问题供其所需是不成的。其次是会前没准备，第一班没和同志商量通，就"贫农去团"去了，因为是太晚，先没开展，没好好做好。

据我看北头的情况，群众的阶级觉悟还不够，个别的较好，有翻身要求，但现在还未接受到党的分配的要求，对于对贫农团的选举，十分害怕选上自己。一个老汉说："我这样老，又实笨，眼窝都在那里都找不到，还能办了了？"一个老太太说："我没有个指头，不能叫我当干部。"只有一个妇女能是较积极。

我们参加完，回到办公室，我们讨论到很晚。特别是东坡的组，讨论的，完全体，什么人才能当选。西坡的组较沉闷。黄显但据说韩辉说不是"以样"，说人不好些，没讨论通，不知道。西坡东坡的，我想要把握为害的。虽然我原是知道那组的，以后谈话武玲当干，我看他是伴俏女人，很不放心，怕他不自觉的把自己那份觉悟，现在果然猜对。近日来武玲去接近黄显，又对其他人也不管的。这更能接近吸收只有接近黄显也是很需要的，怕影响黄显和妻子也会去掉的。

我一夜没睡，多么操心不安，在梦里也在思想着，妻惶，我对一件事要负这样多负责，虽然我已不仅是在这一组上，而是在全村上，我总觉得如此组坏了，会引起不良的影响。

今天到西柏涧去，研究西柏涧情况，听了第一和柏涧的几个意见，得知好，一个是太保守贫农的政治条件，如有人反映，总是地主富农等。第二是要认真整顿下手，没有个根，而不是从没看到的贫雇农骨干，以

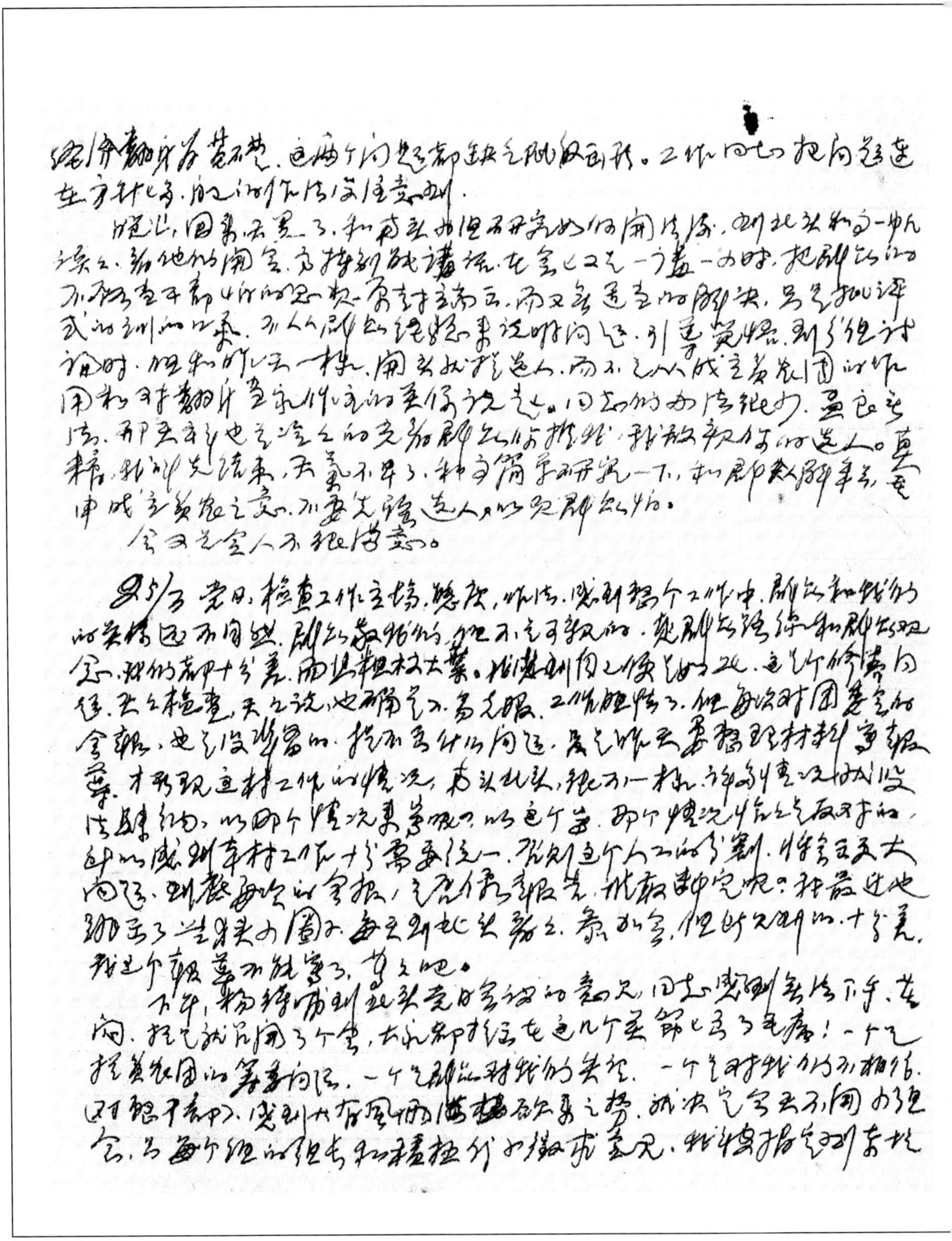

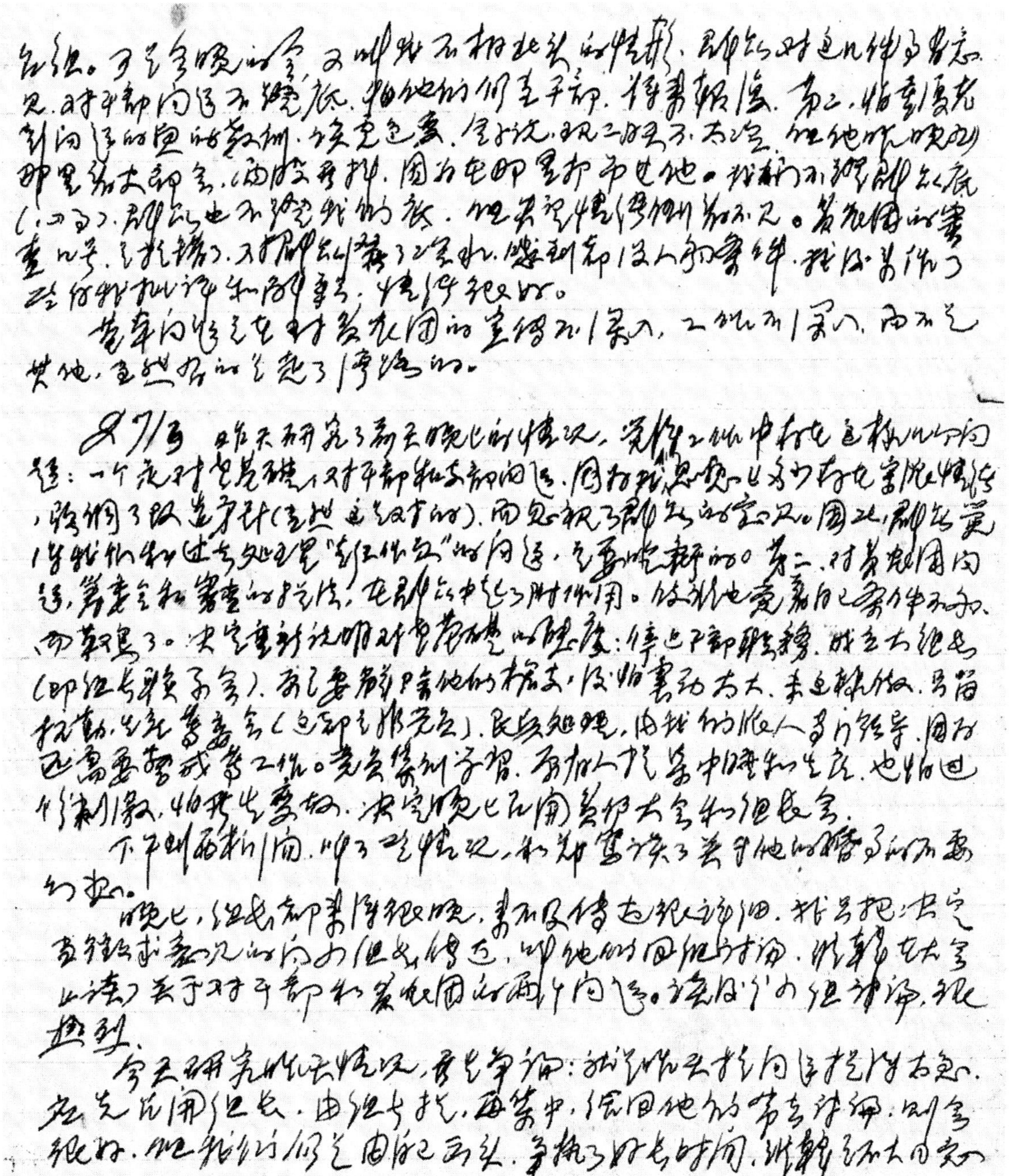

合组。可是今晚的会，又叫我不相信的情形。群众对这几件事很有意见。对干部问题不彻底，怕他们仍是干部，将来报复。第二，怕重复老剥削阶级的鱼肉老百姓。结果还是，会上说，我们不太冷，但他们晚上到那里去开会，两边都有。因为在哪里都有他。我们不彻底群众底下的情况，群众也不彻底我们的底。但是犯错误的不多。群众有意见，是我错了。对群众发了脾气，说到都是人家的事情。我们只有作了检讨，批评和解释，情绪很好。

老年问题是在封建农村的宗法观念，一般不深入，而不是其他，这些都是要考虑了解的。

8/7/3 昨天研究了前天晚上的情况，觉得工作中存在这样几个问题：一个是对党员，对干部和支部问题，因为我总觉得这个干部存在家族情况，误解了政治方针（虽然这是对的），而忽视了群众的觉悟。因此，群众党员，特别是对于知道是"封建作风"的问题，是要批判的。第二，对党的团的问题，算是会和群众的结合，在群众中起了作用。结果他觉得自己办事不知，而解决了。决定重新说明对党员的态度：停止干部职务，成立大组长（即组长联系小会），不要解除他的权力，没有群众动力太大。未通报，另外指派成立党委会（包括党员代表），民兵组织，由我们派人专门领导。因为还需要警戒等工作。党员集训学习，有的人找集中训练和生产，也怕回村制造混乱，怕我们出事故。决定晚上召开党组大会和组长会。

下午到西村问，听了些情况，和郑实谈了关于他们组织的问题要好好抓。

晚上，组长都来得很晚，来不及传达很详细。我只把决定当作被动意见的向他们组长传达，叫他们回组讨论。继续在大会上谈了关于对干部和农民团的两个问题。结果分组讨论，很热烈。

今天研究昨天情况，发生争论：我们昨天讨论问题时说得太急，应先召开组长，由组长找，再集中，征询他们的意见讨论，则会很好。但我们仍是自作主张，争执了好长时间，结果还不太同意这种说的，但姜森不一帆风顺地接受了方针问题。[illegible]出发点是把那些[illegible]的办法（主要是选大组长与组织干部——村长——作为了村长的帮[illegible]），搞得不明确，中心意义是翻身团的筹备会，不是组织村委。

晚上去北头参加小组会，原想去看看老洪、老根，结果到姜森处，他们是不会过勤（回来以后，他说今晚来不多），后到黄里，他翻了几侧说把和，但我看不够。

我经过到两次的组的成份觉得很差，他们全不合乎在本组内是这个大组组长，而是从外面来找，而且都是差不多的地位。在人选当中，居然常了几个中农。从以前的翻身工作，姜不善于总结，讨论也不生动，又不简单，抓不住主要问题。

今天同姚杏程和姚周查表，也发现不少转不清的问题。[illegible]子，简直有点把不来。

31/3 上午已经了安成战主要农团的准备工作了，先跟各小组都找出了名单。廿八日上午，召开了小组长会议，我重新谈了"大组长"和"筹备会"这两个名词的意义，原先这个名词，是前几天[illegible]。各小组长的性格，是能接受的，把名单提了各组回去讨论，晚上找各酝酿。

晚上，各组先进行酝酿，我的酝酿时间，那时候把人慢慢地选出了个人实在太差。经常工作上，我们研究在[illegible]必须纠正，不能把问题引导展开，[illegible]我参加黄良那组，他也是[illegible]，我讲了几句话，拥护要选大组长，他说我们怎么不就是了？这样他们知道选举，想到是件喜欢的事。开会后：大家都说好，要是这里讲评，而且有批评和反批评，很好，原先黄里他们还不同意多的候选人，但在不久后，我们就找到了[illegible]，说黄里他讲了。

在展开批评与自我批评中，我看见黄里很不痛快地说：我对黄里是诚心的，因为我是很为他组的一个翻身的开始。今天会不是我直接领导，所以对他有点担心，别人都对他的成见，但我也不是说黄里是好人，不过那样，而是我自己帮助，尚算不错。他很灵活，所以关心他，要有批评，主要帮助他和他平[illegible]。

我们黄昱不参加，回写地址给问运（他的财务开支）。我想三年没会找去如何意思呢？我接我的问他，找适之要的把回来。不要说我只（我）也不要记账至本的话了。我说会计的工作就是黄昱的开支。会后，他对我说我们有黄昱开支的账目。我听见，很不以为然。黄昱开支之账已被[illegible]说与本文无关，我们年年见过动手？又不太像。而以他也不知那回事，打乱我原定在[illegible]之列。

姜森后来，大概是人说他很情绪了，常对经手很有不满，说很有把握，这年不同意事。但我那时不了之了。晚上的和行规定十一人的候选数目，依了他决定，说这是包办。我说这也不一定就是包办。他要利用[illegible]，那要我说个包办不许他们搞。我说不能没有党，他说组织部么不是要有党。怪哉！工作做不开，事里有这样的啊。

廿九日。尚续着开着会，工作团随时有的习惯，也教了关系。

昨天团委会开了一天会，研究经手问题，在随便的座谈中也发现了许多问题。张德辉同志调回去，工作了一个时期，可是工作未完，有些搞完了他。

晚上的选举会，情况不坏，这样的做法，不对头。黄昱所去之工作[illegible]的，好多党人都不来，为此不灵，我知道，有的说不好，都来了。许多年青的表示"我表"女人们，我不知道[illegible]，只想着[illegible]。"这样选好的[illegible]，不要如何。[illegible]，做法也不好。[illegible]我们问他的代表到这边。从前[illegible]院的中堂门道，两边黑板，上写着选举的人。黑暗灯下坐着候选人。许多人，一到黑板前，说[illegible]了，连看也记不真。想了也不。一个老太太[illegible]地问她选谁。少妇们[illegible]。一直往里走，想不选了，我们[illegible]选人[illegible]她，[illegible]问问，[illegible]一场喜剧。那个老太太，来了[illegible]，问她说都[illegible]，她走到门边一站（[illegible]选人），[illegible]双手[illegible]眼，大笑不止。问为什么，她[illegible]地说：[illegible]糊[illegible]了！大笑。[illegible]问[illegible]灯照她，她更大笑。笑得[illegible]了。[illegible]选举[illegible]了[illegible]，[illegible]

估计影响也不会太大，他常说："不相信群众的觉悟"（姜、杨）。

我一方面觉得好笑，同时，感到工作上的不负责任，思想[illegible]，很[illegible]。一整晚上这样。会里，临走的时候，我对村干部说："不要人民受到如此严重负责的"，我要实际[illegible]会的麻烦，这时只也不敢打击积极分子的发展。

[illegible]学组长、张[illegible]，要带来各村的调查统计，和[illegible]整理到区里来。

四月一日上午笔记：

昨天下午，开了个会，开了个工作团干部会。本来把团委会的决定如何做法，讲一讲就可以，但存了该导[illegible]问题，认为大家都会晓得如何做法。从这个当中，发现很多糊涂思想，[illegible]的命令主义，好像团委会每个干部都包办代替[illegible]的。讨论之中，他自己就带领[illegible]去和他们工作的方法[illegible]。他说昨天晚上的小组会，讨论大组长会的决定，不能说是工作团的决定，[illegible]，工作团的意见，只要通大会。[illegible]也[illegible]了讨论，我很同意[illegible]的意见，姜和[illegible]一年的[illegible]。

生产、[illegible]大问，只有[illegible]负责了[illegible]。四百多亩地没种，我昨天，发觉需要种下了，没法，我又没[illegible]，也去开个生产组长会，了解一些情况，原来有没[illegible]他不敢种地，要经分给了[illegible]"谁种谁收"，我又问他们一亩能打多少，他们说，好的能打一石，我说四百亩就四百石，他们都[illegible]，[illegible]一石，也能收五斗，这是大家的心事。问题主要在[illegible]的问题上，[illegible]。[illegible]到[illegible]，[illegible]借贷粮，可以[illegible]生产的[illegible]把全村[illegible]用[illegible]地，大家就很高兴，一[illegible]，[illegible]种实，我[illegible]大家[illegible]小组意见，[illegible]决定。我想它[illegible]的意见，[illegible]农户[illegible]，他们[illegible]组织团，每组半个月，这是[illegible]没法的[illegible]，我不敢相信。

夜里找[illegible]来，主[illegible]来谈谈，主要是告他们[illegible]。[illegible]，[illegible]帮助他们，[illegible]他[illegible]重，[illegible]，[illegible]的思想，很少[illegible]，而且[illegible]在小组会上，很负责的说话。但我[illegible]们的[illegible]，所以很注意他的[illegible]和态度，问题[illegible]

客观标准、结果如何方法等。

小组会，我决心正式自己提出来，希望也能得到大家意见。虽然我不一定能接受意见，不过自己第一个小组能做得样样完全。前几个月工作进展得不很快，我感到觉悟到何种程度（真正的到何种程度），我最近思想有了点怀疑，认识觉悟是不高的，更不普遍。

又想起那天晚上的选举，一个思想上[illegible]通，过门道走去，不选了，我们同去招呼她，她说：同志，说好话，让我过去吧！我越想这个问题越觉得越不对头，工作不深入，缺乏个方面的结论。

四月二日（甲领队）

上午，开了个会，研究工作怎样进行。决定去在筹备会上，提出问题以，村主席一批干部的关于作用了解他情况来，批不[illegible]。第二组研究斗争的内容：粮食、[illegible]、[illegible]、反贪污，向[illegible]都要[illegible]（到土改），反压迫，[illegible]要求。

下午，我去找儿子来谈谈，他正要去地里去了，我则[illegible]了他一[illegible]跟他出去，一路给他指了些地儿看，[illegible]到他地里帮助锄苗，我锄一行，他锄两行，并[illegible]劳作，在劳作中谈了些东西，我随便谈谈[illegible]家庭也[illegible]地方，他讲了，[illegible]的话，偶然又谈到土地，他告诉我，这村里[illegible]地主多了，如一个人[illegible]亩地。他说有三十亩，现在他有廿亩。他说他有了地，他种不来，我问他，为什么种不来，他说[illegible]不得劲，没劳力，没牲口，没[illegible]，从这里谈到他家有一个[illegible]口或四个，有[illegible]粮食，[illegible]不[illegible]，他谈[illegible]，[illegible]要求。[illegible]又谈了些[illegible]，又谈到[illegible]，我问他，中农[illegible]，他[illegible]地告诉我，说不能，我问[illegible]，他不一样，他[illegible]了。我又问他，种中农[illegible]，他说[illegible]，带了两户[illegible]。他说就不[illegible]，过去也过[illegible]，[illegible]，[illegible]（地主），[illegible]，[illegible]也是一样的人。又[illegible]，[illegible]，对他谈谈，他却不大同谈，[illegible]，好劳动，[illegible]好[illegible]，他[illegible]。我又问他[illegible]，[illegible]，他就谈，这村里的[illegible]，[illegible]来。这样的一边[illegible]一边谈话，作用很大，他什么也敢说，谈得很随便，我却问他，[illegible]他个人的意见。[illegible]，[illegible]从这[illegible]地上走过来，笑道，[illegible]，你也[illegible]地？我说[illegible]。他[illegible]来了，二人坐在地边谈起来，[illegible]

黄公参加东坡合作组的情形。谈到王金子谈他家的事的时候。要没有房住他，王发愁，我和他翻闸。说你没房？你已把房买了。买的房住，不是没房。这样他的心里，王金娘生气起了。黄公插说，这就对，斗争开了。王保说好说这样子争开。又说叫什么人就参加贫农团，李中有了，李狗娃他们这。王保说，那天他指着王落国对人说："现在他家人吃不开了"。王保说："对，我们都是好人，黄将来我这个好人在会上跟你打官司"。他和黄公都笑起来了。王个人谈笑半天。后来王保才走，我们又离开他了。我们又谈到怎样把大家的意见来提起来的问题。偶然，黄公又问他，说刚才有些反映，说这些干部，将来怎么办？我说，大家说怎么办？他就刚才说，过去他们怎样对待群众就怎样对待，以用火棍烧，就用火棍烧。我问，你们的意见这样好。他就说这个办法不很公平，说理是道理。我们不能这样对待他们，他们过去也是穷人，没有解放前也和我们一样的吧。也不是，斗争地主富农时，他们对老百姓，是做了些好事了。说对待干部[illegible]吧，也不是说没有好处，是做了好事的多了。依他的主意，是犯了罪的，把东西给退出来，就要判他几年徒刑也行。他说干部在这些事，就叫他们要以后回来当中老百姓[illegible]好了。除过了，还可以当干部。就是再有地主富农时，他们还可以领头斗争。的确，是实实在在，走到他们那里的，[illegible]深感到这点。同，我们又谈到该把贫农团开会起来，好开会斗争，叫干部把东西退出来，填坑。

太阳落山了，我们才一块回来。黄公参加贫农会，成了一个大忙人，当时不劳动，精神很[illegible]，比以前已大变，他常常帮工作。我临回来时问他，他一个就够劳动的了，他说，以前他一个人，够劳动了这样多。

这天给我一个经验，这样的接近贫雇农最好的，[illegible]，对劳动是不行了，[illegible]，以前是他就是[illegible]，[illegible]错误的意识，[illegible]的结果，[illegible]。我觉得很好，[illegible]，手打泥，[illegible]，手[illegible]，心情[illegible]愉快，[illegible]一种[illegible]的感情，我更[illegible]的情绪，我[illegible]下决心克服[illegible]的[illegible]，[illegible]，[illegible]问题的，我[illegible]相信，我[illegible]的[illegible]，劳力多，我对劳动，也[illegible]懒惰，不要[illegible]，也不[illegible]。

打了盐水，吃了什么，就去参加筹备会的会议。晚上讨论的时候，先是会员报告他情况，也去和这些人去会议讨论。可见会员热心，都对干员负责。把各家情况和工作团的要求说的意思一样向简单。又谈了个十分重要的问题：我都翻身了，分地分房，我帮助别人翻身。我们就请并开了个附近讨论。大家都不敢说自己没翻身（其实都没翻好，因为这村土地少，不多也不行，所以都分每人四亩地）。大家检讨自己，像秋心的，这个党员人谈的好去做。都很自然，只有某某说，她没翻身，分了廿亩地，没钱的家俱，借人家的，人家很不好借，自从给他借她的不好借的后决心买了一头，借人家两三万元，买个不好的牲畜的牲口。把大家笑得嘻嘻哈哈的。她翻的这样也没翻身。江之也说她没翻身。经过个思想，解决了一大串问题。江之妈觉得我们要帮助她，我们也应该打通大家思想。江之说，我都翻身了，我不能只顾自己，八路军带来的，你不能够这样。她觉得思想不通。大家说，要打通思想。我就去这很对，可是因为家里没翻身，为什么要土地救济呢？为其要争呢。大家都笑。张若仙说，为贫穷的人，我问那是谁？她说说说：林中平。这就把整个问题解决了。大家以后谈的要不要这么怎办，只好同了。大家很快谈到要先组织好贫农团，该地主多财过去剥削，大家一起干，他就怕我们组织起来，不怕他不服理，自然有办法。这就全部问题解决了，不能没组织，有组织什么都可以解决。我最后把解决思想，所以翻身要求和组织起来结合。最后问了一下，给同他们。谈谈我对小组这样的谈。大家情绪很好。

老乡这么要算，我总感觉到不对头，关于村干部了，他把村里的干部和支书批评不关，为会作社，要讨论等事，大家都不同意他的意见，说筹备会不是村干部，合作社与社长分组织，他们就同意了，只说解释。他还找人家争吵，是要筹备会讨论。我看不惯他，筹备会不是这样，只叫他们自己家里的意见，可了乱子就是我不到。

收到一封信，就信里也写了一份，对我从来事情的成功有些的影响，使我一喜，很感谢他。我决心在党和大家的帮助下，不会让他失望的，我会自己奋斗。

如果能不断检查自己，努力为人民服务，人是精神愉快的。我除了在工作上的受累外，现在没有什么可以搞我的。这就是幸福。常记取这个经验，这些的生活，却是丰富而生动。

四月五日。

这几天的工作情况，十分费思索。自从串通到贫农的组织，时间拖得很长，再加上个生产季节，大家都忙于下地，白天简直找不到人。晚上开会，农民都表现不耐烦，都想快快开完好睡觉，明天好下地。各组的发展不平衡，就是在一个组内也还不平衡的。这是我在自己的思想上存个要求急于推动[illegible]，热情急躁的思想问题。比如讨论[illegible]，作为副组级，查封[illegible]加入贫农团的审查，有的组说了，有的组也讨论过了，步骤不一致。如[illegible]这组，这一天就经过审查就在讨论问题了，别的组还没讨论。我们讨论[illegible]会决定的查封[illegible]，要他组即在审查，隔了这一天，又提出审查，王[illegible]仁说："怎么还这么[illegible]审查过什么？谁还不了解？"不[illegible]了。[illegible]也有好的，如前天[illegible]的讨论，有谈土地的，谈了[illegible]，讨论到[illegible]，[illegible]地主[illegible]，[illegible]。[illegible]谈：[illegible]，谈出了个真实情况。

王[illegible]，我看这人可以培养的，一般的表现都十分正确，[illegible]，而且也很积极，刚[illegible]，主要[illegible]帮助他，提高他。我[illegible]这个工人（贫农），很可爱的，和我的关系极其随便。

[illegible]这里的工作，[illegible]，[illegible]。[illegible]也不[illegible]，[illegible]这村[illegible]，土地[illegible]，[illegible]（不[illegible]）[illegible]，[illegible]。[illegible]，[illegible]干部[illegible]，[illegible]，[illegible]的[illegible]，不[illegible]贫农团，[illegible]（[illegible]）[illegible]，如何[illegible]（[illegible]贫农团，而先搞农会）？[illegible]，[illegible]，[illegible]。[illegible]，[illegible]副组（[illegible]），[illegible]中农，[illegible]。

中[illegible]，[illegible]的[illegible]，[illegible]，[illegible]，[illegible]（中农），[illegible]，[illegible]，[illegible]中农[illegible]，[illegible]中农[illegible]，[illegible]。

贴存起见的（新中农），但他们还不是贫农。有的个别团员以后被看着入党的，但表示就不十分积极，没有很好做中农工作，说有特殊思想，将会受包围。

昨天开第二个会，学习上次的任务通过一批团员加入青年团，情绪很好，团员这已经到了具体问题了，所以讨论也很认真，由每个人的介绍，都引起了群众的注意，会场很团结，都要求每个要求入团的人，说明个人的历史和参加斗争的积极，要求入团的积极意见，或是他们的思想表现。

会上江文同志指出，特别强调要与已经入团的问题，特别注意好的，更加强调党员不好，发动群众的江文同志意见。

会上不少发言：一是现在的群众情绪是很好的；当然吸收个别参加入团的都是贫苦贫农，一是批评过去的很保守，或者是怀疑群众，这些人都是有问题，但可以说也是把个情况问题也解决了。

青年团的团员有时告诉我说，这两年情况的中了参加了两个新中农加入（会员现在参加会），和郭文的（党委）都是中农。所以那地的，群众的眼光越来越明确了。

昨天给楼兰写了一封信，先写给我们原来的意见。

四月七日

昨天到西柏涧开团委会，研究了两个村的工作。西柏村的情况，今天开会，已很多地方不一样，那里比较典型的二类村，就是结束了清理阶级，大都了解了，所以没有斗争，这是他们现在的人民自己的判断，今天结果也不大样的，看这村是不一样的。

关于这村接下接受新团员问题，我今天首先是发展接受新团员的，如不先发动贫雇，而因为先把中农新中农拉进来，要是贫雇农就不可能起来，结果就会导致落到新中农手里，因为一般都比较倾向于新中农，不是很多积极的积极分子，结果就被放弃了，也是会有不太可靠的存私心的人被接受了组织，无论如何在这一点上要坚决反对的。本村的理会首先，而是会然不得不承认。杨修甫讲取得了这个村的情况的成绩。

今天杨则安汇报依东。各地委的工作团，据说这些会情况和这里不太差些。但做法完全不一样。他们开头的困难中，针对干部和群众这些代表，包括被斗错的中农也参加。首先进行民主整顿。再开会闭目立功表彰。然后再开各组会。组织贫农团。再搞抽补。预定时间在一个星期内就可以搞完。我很不相信这个事情。

民主，这是我们首先要抓的工作。这些搞好，对党员的情况也摸到了底，可以从这里下手。但不是要多搞会议，而是动员全体，而又来回的做这个工作。拉积极分子。这样常在不要的地方。又让被斗错的中农也参加。这会加深那些坏人钻空子的机会，也会有些地主或其他别有用心的人，有可乘的机会。其次这是依靠基础，极不巩固。

杨修甫说这村工作之慢，以这村的原来情况来看，我认为多也不过得多少。

上午，我和马一帆谈了两个钟头对这村的工作，叫他当参谋。这样回去了一下，我觉得这里是有好的经验可以谈的。

谷家峰和姜森，好像对工作感到烦恼。我对工作找寻机会。总是不回来，不去实际。思想保持停留在半路的问题处理的。团委会的决定，有些主观，但不敢太大。我有些信心，但好像他两人，处处都是怀疑和抵抗的。却又提不起具体的材料，而却是一小事小，或全部的评论。好像搞起来会今天就把借贷粮评好，一天就可以结束。今天开会回来却说不能一口气时间，而是要依靠群众的。他好多情形不和姜森是相同的。我如果不是站在团委会，我们以前不认识，真要反驳他们一些。特别是这些，不检查自己，而是评论。

四月十日，晨

前天下了一夜雨。天气良好，可以用向大家开会。前午，团委会分组交换了关于最近工作中，干部的思想情况。感觉到姜森马达对工作很有怀疑。决定召开次检查工作的民主会，检查团委会的领导，同时解决干部的思想问题。工作团的同志，特别是这么认为，当时的情形，是叫人不好受的。他们自己也

〃反正你们也并不比姓黄的更积极生产的，工作不够深入。然天大人。

下午，贫协小组开会。两个小组合起来开会，人还未到齐了。我去找大组长会上对黄黑的意见，说他在大会上对老贫农的错误批评太多，把这话转告，黄黑不冷静对待，不接受，那些样子的说话，群众不太好。这里有两点必须说明，黄黑提意见的态度是气急生硬的（前次黄黑对他说他讲的话是会，今天已认真）。实在叫人不舒服。第二，批评会气氛不开，情绪对立，搞不好。许多人有一样意见，就看了急了。只要从黄黑的态度上来看这问题，也是存在的，特别在昨天的群众大会上，完全暴露。

昨天利用下放干部下地，召开了群众大会，原想上午解决借贷米与生产（土地）的问题，下午开贫协会。结果借贷化了三分之二的时间。

昨天会上，多数人提借贷收回来的问题。姜苏又那副主任向我的口吻问我：你们来提借，收来的多开点什么原则？然后多借？问得我十分突然，我说不让饿死人，能够救急，进行生产。他又追问：那就是行善？我认为莫明其妙。他说应该生产的才借，主要是为了生产。这个不难算呀。他说就是这样。根本就借也没有讲清楚。让同志了他这个说法。他借到手了。我看又不可以好意思，就叫我自己来。叫姜也来，共同研究一下，才开会。以免又生枝节。姜说，你们读吧！我来干啥？以后说不来，叫算了。但借粮救济评议员，大组长当研究，其实姜的意见没很大的分歧。他说这事，他抓这事。两个组都说的意见，姜某不善心地，情形不好。最后他的态度又来问了。总的是把各组的意见介绍，会议先把各组意见统一了，找那些有的人，再由各组提出吃粮的意见。他总先生又不同意了。说不能平地，以后我不然说：以后再提，又开一会。其实这种纯技术性的问题，始终不休。有什么好争的呢？都有提出来提原则的，比较大的，如选举贫协主席，却毫无兴趣（然后他找我了解些情形，他则兴趣勃然）。

曹拴柳，这个同志是好的，就是性子太躁，能吃苦能干活，唯嘴不大流利。我们他弟不也甚，不会去帮助他，实在是有个字要，会上应由小文主持。会议动员又来了，就自己去，她会也不下来，我当时也有些着急，以后到这醒，这个问题不好。但说她也没考虑清楚。她原是当佣人过去的人家，在这个屋中，受了很多苦了，甚至打骂等了，我待她特意说了，走头无路。下午时，开始算账，她提出有几户是地富，不是中农，我们和她正在商量，当一般印里，不很对，我认为不对，解放后有意见，应该动员他们来讨论，否则就把大家都说成是地主，斗争那么大了。她一认定，就要代表小组去找他姓郭的这户，她说这一户是地主，不劳动，也就（姓郭的）却不对着说了，说这是郭家的事，又说是给人代表了，在会上当众批判过了，[illegible]他说我就时时越来，好也就像有说的那么毛病，也在来和我说，说这样不好。她虽然当时是代表了，也是应该坚持的。这是个宗派的意见，我去开解释了一下，应该团结，我们是有一个姓"劳动"，这又把自己的思想抖出来了，劳动又把小学教员信靠了。真是乱七八糟。

我们有些同志是有宗派情绪的，凡是对他不利的问题，他就很有情绪，自以为十分正确，以后很难提拔，只要好好。

我们有十多村镇的干部们[illegible]主观性，不切实际，这给我们也是个教训。

我以为解放后的问题，是搞不破情面，不是意见太多，各种各样的意见，工作中在搞清算解放的大胆提意见，则就有毛病，不好，我们是有领导的，自己和群众一样，这是错误的，所以群众是有，不好提，这都是民主的。解放问题，应该调解纠纷，不在解放的情绪，宗派思想一起来，就算怕大也会挨打来了。这样做是不行的。

四月十六日

近几天来，一星期了，有些事情很不舒服，以一点感觉，就是在检查村团基会上去的老年方针的问题，说这村从民主入手，不用费这样大的力气打个农团，也不一定要从劳动着手，而先划阶级，稳定中农，消除恐怖，我的意见，还是尚有回来的效果，这个经验有些地方的空白村，不先开始发动，就很易为干部包办，和二样子领先起来，要是农民不敢动，就经对民主有意见，刷出许多事来，这倒是好的。困难问题就在干部（支部）身上。团委会过去的方针，我们有些地方缺点，就是他中农和困难工作上，时间拖长了，走了些弯路，方针是逐渐明确和补充的，修改的。但整个说方针上，没啥问题。要有也对检讨的先方谈过了，有些不调解好。我以为就对了，方针始终不是这么，修改而只是补充了。也不是五年很大的问题。检讨思想，我意思不少的工作应该争论。我的检讨，就太差别的，作到工作他做的过程中，需要修改的，补充的。我以存在个思想和善自对团委会的不满，忘了些工作同的，当然团委会有缺点，没把领导的意见和干部的思想，讲解清楚，一般说来，所以大家都感到不民主的地方。但另一方，我以为干部的作风，很有关系，不能深入反映别人的情况，只反映缺点。工作作不同，做说说的身上。善森那天对我提了很多年龄。我找不到一个原则问题，多小接受。所以我也坐着不下来。十分着急。我有什么障碍他呢？我想没有，除了工作，我没对他说过什么不好的话。他很想把工作上出个事业（不管他动机如何）。我们很谨慎的，也有些反平常的实际意见外。我也不主张领导出面谈的，我认为在问题的关系上，我不想以自己去作领导人，而是同样的在学习的，情况感到不舒服。另一批是和善同样的，所以很有情绪了，不对头，不团结，常常是种矛盾的态度，我有什么呢？我一般的对他说的意见，是团委会的意见。善对党、对领导，是不满的，有时党也不满。我了他是整个中的过分的，现在自己又不服气。加上个人主观的工作态度，又没做好。所以什么都在我身上了。

我就不善于和干部谈心，我只说这个工作，你做，我也做。这就是我的关键。所以没能很好的了解和解决他们的问题。另外我也性情急，知道我们的要求，不服，我认为是不够接近的。我就不太愿和这样人工作，所以我也有很大的偏向。在会议上，我也不会叫大家把意见说出来。但我在会上，我也没有个领导的思想，马上许大家都可以说。我又很尊重团委会的决定，也没修正前，我不能帮助他的翻身等。要是只有他人要的民主，没给人也有讨论之权。

今天（星期前五日回来），开团委会，张楼的争论，又没解决，我觉到觉都是不对。何必在此多费工夫去做。我对楼季的问题的谈问题很仔细，其实问题很简单：现在是明是贫农团代当干，团结中农，到贫雇农。在团结到雇农（农民和地富）中，组织农会的组，再选派代表，参加委员会，没有什么错误。我不大的党员，领导群众的批评，则可以参加贫农团或农会。贫主农会，前后转变的党员，当小组的评定。组织福利委员会，讨论事，还是代表会，如此，何必一定让民主主要的。现谈的问题，翻身是主要的，就要撇开中农，撇开中农，不是因翻身而偏差不够，而是党组的组织路线不明而产生的。其实本村的翻身就是民主是一个东西，地富都完了，翻身不从地主那儿，从哪里拿？平分问题就是民主问题，那是什么？党委到了，怎样做好，就互助的时候，搞好对头。张楼的过去方针没错。我们要没很大的毛病的。在我们的经验中，这个的问题，如果好好研究，弄通干部思想问题。特别是基干的思想。不过在我看来，则将弄通，这两位也不是要去更正，因为他们现不是为人民服务，而这是英雄，恩思为翻身的。

我讨厌领导人的不好事，领导方法我们不能解决，别样不好工作。我也去认识怎样做个领导人的思想，现在是看看不好的工作。

我不要多负责干部这个工，还是好，或许干好。有的，他有些办法，也有些经验。要多是不肯服从我的，其实我们没有领导人服从。只要把人民的事情做好，不要做坏。修了就不再犯毛病，我也没有，以人坐在这边来。

楼本前天来了封信，情绪有些不安，作用很好。我还是很希望他好好，赞了他人家的积极性。我赞得他也是，我是没私心，为什么要选他呢？

贫农团正式选委员会，已在十二日选出，共九人：王江元，郭呈禄，王春来等。选后，好多人不大服气，如杜桂子（女）说我要去住娘家了，要不给我两斗粮食。陈大川（叫牛犊）开委员会不到，"也不来"。

十四日，我在全体农民会上讲了谈中农，什么是中农，那天已选被评错的中农都参加《发了家也是国家》。大家对于这了是很注意的，特别注意的那部分人们。

李伟送来新Waterman's墨水，信上也勉励我注意材料，将每个事件来，要说把各种问题，战争、土改、前途，把他在中共局所用的拉了拉，我听得很高兴。

报上广告说赤叶河第五十个已修完，现再版的已开印。晚报完的培养与集历，收作品在两版两个月中，再版的已开印。

四月十八日

昨天中午，和贫农团委员会开了个会，那是吃完早饭后，张信鑫把郝大和杨修伟争论的问题，就是如何对待其他农民和地主富农的问题，团结中农进行斗争，这样看来张是接受了杨的意见。这意见也是我们在後来改变时所要实现的。经过工作团全委会研究过，由我提给贫农团委员会讨论。

贫农团委员会，讨论了这问题，决定晚上开小组会，每个中农小组的贫农团员带个，简单地通过中农，共同成立农会小组，选派代表，实行民主检查。生产问题，也提了提，准备让贫农团和中农组成的农会小组讨论，有什么打算和困难。

接着工作团也开了个会，主要是讨论这个做法，做法也没有提出什么其他意见。可是谈到划阶级的问题时，张信鑫说她那组都是中农，而不是贫农，谈到一个特殊的某个事情，就是那个房地，是不适当划了的。很多人在她那组内都说她是中农”。当时就把重要的这样说，这村就没有问题了（今天我和张杨闲谈时说：“这是会中出的”，杨解说他的意思：“最好给人工作的”）。杨当时，好像这个问题，还和他的对基本方针一致的（谈话）。我把我的材料提供了一下，肯定地真实情况不定量是这样的。有的贫农分了（或买了）土地，按村里的批平，每人四亩。也分了些房，但是细算起来，农民是负债了来的。没算细样的劳力数，再加上去年灾荒，贫农生活虽未改善，只有摆脱了这部份生产资料。很多贫户，是要出卖相当大的部份劳动才能生活。我估计的贫户[illegible]不全像各组统计那么大（61.4%）。但总在50%以上的。

每一家是下窑不能以下降多少来定贫户，相反的，下降多的往往是中农。因为他有剩余的劳力，贫户因为没粮食，劳力少，[illegible]地里的活计少下窑。如一家里的，有两个劳力的，则可以多抽一个劳力常下窑，如像一家里的，只有一个劳力，就不能抽出多下窑的时间。所以计算必需具体人的实际区别。

生产问题，没有组织具体的办法，只好留在农会小组或主席团大家讨论一次。

关于成立农会，我主张是一面团结中农，一面组织小组。[illegible]成立农会形式，现在是不必要的，大家都同意这意见。是要贫农团吸收中农参加到农会，还是如何？在今晚讨论，我认为是单独组织。不然对中农尊重不够，但实际上是贫农团领导，那还有什么疑问？

关于打破工作团内部的[illegible]一个小组[illegible]，[illegible]兄，提出了换组，第一次反对的[illegible]，我想他一定是怕调了，他那边个人的生活就不方便了。最后决定的办法不大调，但换了原组，自由交换。我都换一我个有好的积极分子的组，[illegible]，谁不和他换，他自己挑了这组，[illegible]组中的一组换不成。

晚上我参加了[illegible]一中的组织学的小组。现在已结了[illegible]。因为仁之（贫农团主席）在那组领导，我去要[illegible]帮助和了解他们的组织学。那小组时组织了五个中农，最后一个时半时成，他提出[illegible]，因有一些，分界较多。他不[illegible]，大家都不[illegible]，我还不通过他，但也不够批评。

今天，我去[illegible]找仁之，跟他[illegible]。他会不去找现在大[illegible]了。又去找郭黑孩，也[illegible]不在家。没能够了解他们的问题。

下午，天要下雨。在家里读划阶级文件，以便开会把乡各地与各乡工作团交流情况以后结果谈了谈，各个工作的情况都不一样。东停佐的做法，梅岗是较同意的。但也有在贫农中发动。现在们要回到发动贫雇农中去。其他各个都没大的进展。这些对梅岗是足说明。但他也不肯信。后决定将东横嘉(?)他去，他说要试分副(?)农法先接近我们，就定地向(?)平，也看过样，要看看。

近两天来精神十分疲乏，腰痛又好像要发作。晚上参加了一次党内组会，后又谈一谈了(?)，回来打开新文件，又想记笔记，就没写，可是我真是累了。

打算好好的把文件来读一读，每天一段读一段做笔记，在我的读书中最犯打突(?)的，我想下决心把这文件学好的。

昨天写了一封信，今天给楼宇(?)寄去了。想起刚团最近也是做些宣传工作，十分重要，写了一信给他们。我是由这个思想起而写的，土改到了总结时的，现在我地对土改评得不了解，在工作组未普遍展开之前，宣传工作就十分必要。因而给刚团提出这问题。并此(?)他们最好是在本地区活动。

四月十九日

上午学习小组会，研究划分阶级文件，并指第七章富农条，以是(?)惟(?)计算，费了很大力气才搞清楚，好几个人都反复来的比较，精摸(?)。

决定去东横嘉村，同时搞，以后决定将徐埔(?)去那村，写一帐(?)李水胜(?)和两相间的两个人为主人。今天又让不到，要把田调去，我们说不大原意(?)，可是为了为搞个村，那又有什么呢(?)我们将他去了。今后就做工作的人要太少(?)，是我又要兼搞这(?)

部和支书。每次会上的指挥的中部，如同的，而且同样，要求又这样的一个。

下午，研究了部里边的工作，工作已进入民主农会。县除也介绍党了，号召大家讨论：民主农会（今晚就提交组织审查，中农和贫农讨论决定，明天开大会通过）。选代表参加普选。讨论到农会时，张德章说没有农会这个组织形式，而只是农代会。我和支书都了解党有农会的组织形式的，农代会是农民会议的。搬文件，土地法大纲，明文规定也有，把它拿来看。因此，对农会的理解就只是一人一句，一字一字，结果未查明。我只知我和安的了解说法的：农会是群众的组织，而农代会是权力的机关。农会则不一定每个农民都参加，而农代会则包括每个所有的农村公民。

晚上，我召集贫农团委员开会，只有了四个人，现在有现负责送信去的，一个是个人下窑或做饭，则没有几个留下了。九人中只有四人。我把团委会决定的民主农会选代表等一套办法交给他们，把俺等一系列的大体方案讲了一下，再把负责的任务，叫他们传给他说，打算主要采用思想[illegible]，把他们组织起来。

现在了解了一个客观，过去以往人家说[illegible]，即对贫委员会有[illegible]用讲学的方法，这已过时不行了。现在应当讲[illegible]，把它交给他们任务，给与他们担负起这一工作，把[illegible]道理给他讲清明明白白。告诉他们组织方法，打通他们的组织思想。今晚[illegible]他们的[illegible]。

四月二十日

工作到了最重要的一关。这日（进行大会），逐渐发现我们干部深入不下去，每次会上各个人都是东一句西一句地谈些零碎情况，这些情况毫不能解决关键的思想问题。村政地只将检地了多调[illegible]办法，群众情绪不高。我感到这是工作上的危机，我觉得应当一面[illegible]工作方法，深入每个贫农中去，了解他们的和[illegible]，帮助他们的问题。[illegible]的时间。[illegible]

没抓到，所以没做好。也同时说明自己还是没有真正注意这问题。我常想一个什么办法，使我能不止和[?]晓呢？当然我自夺两三回的开团委会和干部会管理了这时间，但我不去，团委会中先不当我这几个人去做的，自然没有学功夫，但主要是不制度[?]利用时间。可能是苦恼于天天开会。

今天下午开的干部团会，除提了一些情况的情况外，各人干部对工作都觉是满意，最近自己他们都十分清闲。

我以后要抓起这个问题，这些是我都在已经去搞心，是要是主张做什么样的，应该十分必要的。

工作会议，本来讨论今天的方针，征求干部意见，但没讨论好，闹闹地结束，只要蹲点[?]地抓这些检验，这技术的问题，我们现在的主要工作，批评空气不浓厚，没有一个人拿起批评，我也有些只有没有明确的指示问题。当然常读，也能解答了。

这两天已经学到的文件，关于富农和富裕中农的界限讨论，整整费了两天功夫，今天才解决。开会秩序，现在要在做的措施。

晚间，开全体农民（连中农，和转到错的中农）大会（团结中农的问题），通过各组审查的中农参加农会的意见会，我们几个干部，谈谈组织参加农会，划清地富和农民的界限，新农会和旧农会的区别，村主要是说明这些和农会是干啥的，什么条件参加农会，成立后，农会要办的三件大事：一、审查干部，二、重划阶级，三、处理财产，平分土地。

会通过了三个小组提出的名单，四个组当场通过。夜已太晚了，时间还没有去发言，所以结束了。

今天精神一点不[?]，大概又是有点病了。

今天完了，其实没过一点了，到小学校和他们谈谈，要利用学生们要帮助董健到儿级工作。中午我去，他们在吃饭。我来后也去。下午开干部会，不能去。开完，王金寨了。又要开党会，以后没起[illegible]再做了。

四月廿八日

工作之前我一到以后可以安心下来，先谈如何，要孩自行[illegible]时间这个情况。[illegible]一吃早饭，我则先去找江之。我想是为了学习时间以前，可以便于组织用这[illegible]时间。去到江之[illegible]，我和他一边工作，一边谈话。首先是问他谈张寿[illegible]，说到那天[illegible]。他[illegible]到东边（国[illegible]），家里没人劳动，我则[illegible]入乡[illegible]他们[illegible]回来，没了。自己[illegible]没了。然是也[illegible]回来。我们也[illegible]，我们[illegible]。不是[illegible]他们[illegible]，江之说是[illegible]，[illegible]太[illegible]，我说可以。[illegible]和他谈了一下。

回来时到学校去了一下，和他们[illegible]谈。[illegible]我们去和他们[illegible]，叫他们学生去[illegible]，他很同意，[illegible]下午去[illegible]，[illegible]他们[illegible]，[illegible]下午去。

我因为要写报告，和学生[illegible]，我没去再去。

上午我回来时，他们已进行学习。

下午，开始写报告。这样去的时候，等着[illegible]。[illegible]在材料的[illegible]中，[illegible]做了好多工作。[illegible]也[illegible]。我现在[illegible]在[illegible]，[illegible]翻身，[illegible]加上[illegible]，好像不很必要。

王[illegible]的[illegible]，今天[illegible]（[illegible]），[illegible]开会，我[illegible]很好。他一来问我，我十分赞同。不[illegible]去和他们谈。有一个问题[illegible]很好，[illegible]不能[illegible]的人[illegible]，[illegible]在党的，去[illegible]现在这，[illegible]，[illegible]党员[illegible]，他也[illegible]人，[illegible]不好[illegible]，他也[illegible]，我们也不能[illegible]，我[illegible]这[illegible]很好。同时谈[illegible]的问题时，我[illegible]他的谈判

大姐妇女是被管地主，时间不知，不能够去做什么时。她说了两句，就是女人结婚，等着时间不够自由，不被参加，只能她本人（男）参加。这她把她们的思想说通了。

他自己心里也有他的苦恼。他很实在地在会上不满意，向我提意见，这是什么作风？不我们的民主？今天晚上大会时，他在开会的时候由他结论时，他站在大家中，说他有意见，我将他这样做是不对的，叫他等江文结论再提意见。他却提了一个说：叫他参加贫农团不能参加，农会也不参加。[illegible]（是不满意贫农团，因他没有参加过支部，上面又说回来）。说这话呢，下来就乱了，这真不好。我也不很满意，他到不能讲。后来我问他，他（素素）说：就是他们几个，向大家会报一下，让大家知道知道。过不多久，他又给江文提了个意见，江文说你就向大家说么。他就说了：说土地法大纲不能随便发动群众，有人扛锄头、拿木棒，塞了地，这不对，大家都要注意！大家听到了没有？大家说听到了。我也站起来，又是像干部那一套了。真糟糕透了，原来他是针对这个军人和李的事情走，打了他们来的说的。问题本来是好的，就是提法不对头，表现着有自私的性别，有些问题提得很对（我去班他就在这儿）。很可惜，代表那些本质农民，可是作风上不如江文民主。深为惋惜！那一件事就好像问题在自己身上。

回来时，我随便和他谈起了。我叫着他叫那些开会，他说大家不满我意，有点有意见。这倒是真的。他的直爽就在这里，将来的问题也就在这里。我想们如何帮助他克服这个毛病呢？好像自己很不正直，好不自然，自己担心有愧似的。

晚饭下来和我谈，那些情况，真不如他去干部们那说的，我很同意这说。倘是干部在讨论的时候锻炼成长，在实践中两年的有了全县中不会仅材料。他不考虑问题要生在哪里，将来去搞在哪里。我确实不在意，我觉得从不[illegible]

给会上这样来考虑我的工作情绪，一辈子我不会这样，即以我笔从这里，工作是我自己应做的，为党的工作，真的大好。

我很感激，晚饭后，伪主任来这样的看了，像这样的部分的措情形，我就十分感恩。我很赞成这样常对这样的事，读书地，更加有体会到。今天这样会（他们自动闭会），只这样一件事，我们也就好多了实。

黄昏开会前，我去找仁之先生又讨论开会，再把蒋委的商量，谈之已把它完全把他们的模糊给说出来。我千嘱万嘱仁之的作风问题，我觉我给他说了不少的，多明白，问大家意见，不要以自己的意见作为唯一的。我主要给他谈了全部通过的，自由结组问题，务必要求参加贫农团的没参加上，或可能有的人想参加也能够参加不上，则也不能认识问题。最后一个是坚持叫东西人回来。最后在会上，把贫农团委员又定出了年龄段，开委员会。

四月廿二日

天晴气朗，今天共开了三个会，第一个是上午的学习会，第二个是午饭后的贫委会，第三个是晚间的贫农团小组长联席会。

学习会罢后，我即刻去找仁之，他在家修理炉灶，又是个谈话的好机会，我把昨天通过农会时的几个问题，和他谈了一下，一个是关于农会是个什么东西，它的阶级性，中农对此也没很好的认识，应该打开这个思想；一个是谈关于农会的条件，什么人能在，把那些被剥夺的地主，和依靠地主势力过地主同样生活而不劳动的道理说了一下，画清界限。我谈此问题，主要针对前两个人会是部落僚，一类的人，还有其他无产农民把富农贫雇农的界限不能画清的缺点作了。再一个就是谈今天委员会如何开，谈些什么事，给他谈了个坚持不再放新地主妇女出嫁问题，他十分同情这种主张，我谈地主的问题，他赞成这个方法。再一个就是村里不能饿死人，如王德贵那样的生活，应救济。这一个问题我嘱他以后在大会上普遍地借贷制。再一个就是今晚的小组长联席会问题。

半晌后，委员们都到了，只有三人不在，以文主持，他把这些问题提出来，我前后给他们提了些意见，在此以前，我不清楚，完全看他们闹得如何。我谈的也只和他谈的那些内容，把农会的重要和过去农会不一样，过去是一些地主富农掌握着，如地主富农不能混进来，谈了关于这一件人的问题，又谈了明后天他们委员这个责任问题，加强他们的信念作主观灵，最后又嘱咐他们和群众的联系，要听大家的意见，遇事和群众商量。

下午在家里写报告，快写完了，只差些主农部分了。最后写得背痛停下没写，接了半天的报告拉了拉。

接着是晚饭时和陈书商量，晚上如何开会的问题。

至于开的小组长联系会，完全由以文主持，领这个把上午的问题都放下了。我把三个任务，打比喻地谈了一下，又把前天谈的两种地主，和一个坏女人的例子，从道理上启发了他们。把农会的重要，如果穷人再不掌握这个政权，以后又像过去一样了，闹了，制度，统治和寿宝，大家都笑起来。我讲得和把他们的家和本问题联系起来，他们都笑了，很满意了。最后大家讨论得很好，很自然的引起三个人，女的一个，讨论得很热烈，他们说平日我也没说这么，不知自己如此呢，明白这就根了党了（以文说），都是很说，要把我们的不好引出，把根除了，接了，讨论时很热烈，有的谈到那个坏的女人，有的谈那几个人不应在农会，什么时候要，如何办？有的说不要再这样，这样就不能光开一个会，而是开了四五个小检讨会，以文已不当主席，而是叫这位剧那位的唱的也来，讨论很好，提出好多办法，有的谈明天开会先开的小组，主要是谈，不能，不把中农也叫来，都是一家人，动员他们积极提意见。最后通过了，即些人不要再叫来开会（中农会），但他要了路。收了好几次，仁之没给他意见的缺点。大众的评判是，最后有这两个意见：一是要想农会阵线，那些人说左，那种人说右。二是想变，要求纤劳动。决定明天七年级的开的化会，把中农和贫人思想问题逼，就大众说话。晚上开全体大会，还是经过大众讨论细情形的，工作团没有参加他们意见。

仁之把大众意见收了一下，我再谈了几点：一是讲讲他的讲词很好，这样传达得明。二是把群众要求变成他自己的报告。三是把想了宣布权交他们大家，叫他由他们自己来管，开会，开田会等。四是[illegible]他们不要吹他，不要外来，只要紧联系群众和大众为商量地办事情。第了会晚会开得好，的例子。这是以后的经验，为群众来，以辅人事之力之处。而且直接，不用为伦的传达。

大家情绪很好，临走时，我又找了几个委员，告他这样的开会很好，我主要之以平和的态度，他们的封建思想。

[illegible]王委员的作法，恐怕不好说他整，他问过我情况，我估计会伤了他，不能保持热情，又怕他会脱离群众。中午开罢会后，我和五位一块谈，先讲他间过去的缺点，再告他，要在工作中找经验。大众不敢说，我与和大众商量，这样大家都说出了个问题，临时一起去，大众说开，不敢说话了。他的封建思想这个办法好。可是我要会去不像那些话的。已经同我多次的说，有些不要自己先说，而要为问题空的对他有好的帮助。我也已个放心了呢。但不管如何，不能说是可以说服的，那就不好拿一个人做出，我相信会使他了解的。我为做关的，的今晚回来，我又说他检查自己的缺点，不说话，只是问别人意见就好。我不[illegible]这会对他有好处，相反的不得保持他的热情，所以我评是不好的。我现在不是这样，而是先要发动，也的确如何，他的意见是正确的。仁之也告我说是来的意见好的，也同样说他态度直些。我很同意仁之的意见。

我想工作能把这几个骨干的人搞好，工作就好办多了。这真是很费心的工作啊。

四月廿三日

上午照例学习文件，已把地主富农两章学完了。

学习完毕后，把总这几天来写的报告，继续整理，已在下午初稿结束。如果没有问题，修改或增添，则可以誊写清楚送去。这样做是整理工作，对自己也有很多好处。

午饭后，南头村的小组开了小组会，我不知道她们三个组（妇女组在内）分头来开。会议喜来主持，情形还很好，开始有些沉闷，这是我要了去接昨天讨论的两样东西来讨论，然而群众是不能接这来做的。会议这样的打开了，[illegible]中农[illegible]落后的，渐渐热闹起来。喜来在开始以来，我把昨天的精神给他提了提，告他在群众讨论前把这些问题摆进去。这个办法，不太好，就把昨天小组长讨论的问题，如关于[illegible]会的重要性，拿来作为问题，[illegible]很好，都是在这些问题时加入，正确问题，同时把[illegible]他富裕进农会的[illegible]也提了一番。他说[illegible]人，开会都考虑，可是没有带来一样东西，大家又争论开了。直争论了很长时间，散会时，喜来要叫我提一提，我当时不提，他的热情很好，[illegible]提了提，[illegible]散会了。但大家还不走，还在叫呢。

晚上，开全村农民大会，到的人很多，兄弟队伍，学校的学生也赶来参加。会前我就[illegible]，研究了如何公开党的[illegible]由[illegible]代表讲的。[illegible]前是防止两个东西，一是防止两头摇摆，二是防止[illegible]。二者不可兼顾，从[illegible]的情绪看来，[illegible]两头摇摆的作用，[illegible]。[illegible]不大敢提意见，很沉闷，都是这样说：给他提么没问，[illegible]，以后还要[illegible]

了。怕主要起了这个作用。郭思猷、江之都有点感到太多，但倒敢说，可是在大会上不敢说而发表。他们说的就是民兵们事是推出来的问题来，但绝不可能的。而且各部党员都在一块听，要他讨论时他们走了。但长期的战斗下的情况，不可能在一次完全就暴露思想、政治问题。我总感到今天党的讲话，对于民兵们的热情鼓舞不够，而是起相反的作用。使民兵们感到各有各有，如此而已。在讨论当中，民兵们也不感到很大兴趣，因为对于他们打算是的。问题怕在这里。

今天上午，很不舒服，喝了好多水，疟疾又感到很难受。是疟疾，马上这里医院，休息了三天。吕即秋寄来一个信，可也党委要调我到郑专署去工作。但组织部通知没到。今天董茂刚同情形很好，已和郝森荣向专署介绍。

四月廿四日

工作团干部会，今天又开了一天，研究检查这一段的情况和做法。检查中，党和农会，还不十分巩固。斗争的积极分子，像在其中的王年信，孟兆富意识，刘桐振霸占农会土地，雇人种，刘四进郭世俊刘林，王五海，也是贫雇农地主情绪，虽然目下是中农，但在政治上对我们是不好的。付兴成，是过去长工，但早已置下地，成了中农，近于过到敌人投究刘林。北边的郭玉居，郭江俊等，这是有了在贫农团中，对团结中农，成立农会的重要性，未认识。所以要去蹲下来找好检讨这些我主要是想这些情况，在农民中发动，使他们自己可能看到自己将对中农害处，我们发动不够，不然，这全是在我们的工作中深入不深入，领导敢于民主，特别是贫农团提出这些问题来。

决定今晚开两个会，一是贫、雇农和中农联系会，主要是谈组织的联系和领导问题。一是开贫农小组会，由工作团同志去讲关于团结中农和领导的作用，在贫农中的思想和领导问题。

我感到贫农中存在组织农会，和团结的情绪。昨天的动无根定，那些劝我不[illegible]大，即以黑孩仁之十分着急，他们也是互相争执，总到七八组很好很好，可是到了大会则不行，恰可奇怪了。

今天晚上的联席会，我想要说我们工党来学习会。开会时临时我们仁之、王振书来谈了谈。开会时我谈了一番把组织那些捣鬼的调调，也谈了对待问题要客观的态度。最后宣布规定的时间，明天小组学习，后天[illegible]，我们晚上讨论。大家都提出要早些，现在是开会。将来再谈到了[illegible]，现在问题勤劳奖不公平，棉衣也不能平均，许多人都提出一个自己来搞，我们将谈出来，提出[illegible]。那些则说要搞[illegible]一天，我们提议都可，但要回去和那些商量。

在会上，参加那些的积极分子，许多人就是可以团结他，但不是只在小组（个人）中解决，同下次会讨论也要去[illegible]，现在就用的，且有小代价的。

在会上，那些也提出七个人的问题，仁之说：现在不能批评过去，过去暴露时间，黄昏回来，一起[illegible]五十三人。其他人则[illegible]说：不去[illegible]，已被打死五十三人。黑孩说：我没有不走了家，去了十三人，回来七个（他们在接军时，开始都[illegible]了那些人）。

最后谈谈勤劳奖的问题，农会有七八十亩麦地没人耕，大家商量，好人提议给农会麦子，出给一半工资，可以解决勤劳奖的当下吃的问题。我认为这个问题，不勤就不行了。可是又找不出时间，我带着解决不了这问题的。以此方法我在小组上讨论，我认识很多，黑孩倒是去了，要在大会讨论才去。

仁之把[illegible]农会来[illegible]拍卖给不能吃的人，大家都同意，但说如果拍卖，则一斤也不够，北边下都没有，所以仅能提出来拿去交不上错的，才组讨论，我认识这情形。

黄昏我回来时，在门口看见李其在和她也送他去。这例很好，可惜这家人，只有一个贫农妇女，病了。这都选了两个特别出的中农妇女当组长，我说划出去一个贫农，但选出了，都嚷要法。

今天接到机关送来的一封快信来，和袁紫同、西安四日报社袁紫同在报及大会上宣读，好多部门都在谈，[illegible]晚上看问我。

山西农村中贫雇农问题，像这样的村庄，在我的周围处处。这些贫雇入手，农村干部作风，偏激情绪，都在那些被打死的，有的的人的当中，有两种人，一种是怨恨，但不说，只好慢慢摆的；该他干吗，看看相称，但他们不是他的当干部的时候，就他们去；另一种是根深蒂固，“打死我，迟早要打死我也要打”。如有些人的确过去是有免病的，现了的中农说不对，但他对剥削的危害说，也是有错误的。如某保，可是农村都把什么都搞翻了，而且把问题都找在干部上，也不当查的。如一个问题我们做了的是中农，特别斗争的，则有偏差的产生。如今天晚上张[illegible]读了读《填平鸿沟，讲民主，你们也能改正》，也就心服。[illegible]十分拥护，但他很也在那样的作法，有偏激情绪的，没有领袖，像[illegible]等，绝不会开出打人的事情的，很少人怕将来会打人。我绝不相信这个，我相信是不会的。

四月廿五日

上午把中央局给太岳区党委的指示，学习了两个钟头，没有拉闸，仅是把几个基本问题谈了一下。

原想今天把给区党委的报告写完，可是正要写完时，[illegible]从西柏涧回来，去和老安研究关于本村[illegible]开大会报告。确定了几个办法：群众都讨论出来问题，考虑其他人还不敢提，只有少数人的那天大会上开闸[illegible]，很怕，说每天吃饭[illegible]了。依也不敢[illegible]了。[illegible]，然后本也接了。这个试验村，在安阳的情况，如有些问题，以上走动不流[illegible]处理问题，如果有些也说（这太相反不会）或死人问题，则斗问时候，我们可以读报。确定对他们的组织表明态度，绝不包庇，但也不扩大。经手的问题，仍予负责，绝不推在他们身上。指明他们唯一的出路，是彻底反省。同时对小贵子也作了个别谈话。要求他们彻底反省。

其次，对群众继续检讨，取得反映。同[illegible]党员谈[illegible]后，东坡区全子娘等三个人，看到苏精善和凤，谈了一点好作用。就是叫苏精善同志敢检讨谈话。现在不同搞人家，但另有意，又反映[illegible]等谈话的副作用。据王建国同学报说，全子娘很[illegible]谈话，大党员[illegible]的党员了，说是母亲对小孩，有毛病就要说他几句。据说在贫农团上说了话，对我们很不满。可是据其他小组则谈得有意情况。中农要的不是，[illegible]意见多。针对现在的方针，不是把群众谈其他的事，而是继续检讨"干部党员的历史教训"，在中农中也是十分深刻的。

再次，我们决定了组织准备工作，大会是设立主席团，由贫农团委员九人，加上[illegible]农团主人组成，并要他主席团主席，规定为五天[illegible]。

这个根据是各小组的反映要求，群众都不愿多住得太久了，而这时已是秋收与抢收棉花的时候了。

排列党员先后顺序的名单，决定先是[illegible]，小的党员在第一天，[illegible]考虑如果把问题小的都摆在前头，群众会感到疲劳。也有几个小组提先轻后的，但提在贫农商量的，主任和张[illegible]们都提先轻大的。黑孩仁文又提出小组意见的先轻小的，这样可以把各方面都谈出来，如大的都先谈，别的的就没问题了。张副书记也是道理，但我总觉不妥，如都先轻小的，把问题都摊在大的身上，群众也会慌，而闹意见。[illegible]也同意了，就决定先[illegible]、[illegible]（贫农）提出了[illegible]、[illegible]、王的、海林、荣林等七人。

晚上，我们召开贫委会，先和仁文黑孩谈了谈，他倒很同意明天的作法，不主张打人，骂人的[illegible]道德。这我们是很有信心不敢轻打也好，但自然也没见过一次游击。但她宣传不能打人，又以体罚的不敢找克冲突，所以法定用这样方式了。关于讲道理，讲认识，对错的，分清是非，心服，不是只这样，二年的[illegible]部也组成小组参加，有参加批评检查及之检。我也是在上抛包这里的家作作检查。大家讨论了一下，都同意的去办。则分头回去参加会的组员，传达这个作法。

我参加了下式部的大会，看情形还不够，这个部的干部，成分是很好的，他们的[illegible]，干部之间也讨论异很好。我也问[illegible]他们，妇女是多很[illegible]，也不一定，但查知他们（特别是小孩子）所得的东西也是很不能实用的。所以我所要去的[illegible]，出部同志都去他们该如何，如东西已弄坏，怎么办？借了农会的粮食，现在到不还来，很美情的检查，虽然我很难受，想到这些好善良的人，怎会有人这样刻害呢？自然要质[illegible]，其实也是这个别。

这回来，小组会已结束，小组的也商量那去好的，同样大家敢于检查的了，看情形很不错。妇女小组长们都能认识。

中午时，已去找她，谈过地方小组（小孩）都讨论大家检查了，对论小组会议兴趣，能有人找克冲突，刚报纸第也来，如今晚就开大会。我们是在回去，想走不了[illegible]的工作，中途遇到很多不知了[illegible]，而且她晚上要和中学组长会上的决定，因此[illegible]也不好。同她大家来交换情况，我就已决定开会，大家想怎样说她的，才没有什么可说的。这种情况，我们回去的要给复做下去，这问题，如何去办，我就在想她是这样单个的人，并不实际，只是同情情况都是最得的情形的问题的一定是真实情况，直说也是办法的一个，怎么的来选择也就能给那些讲道，我是最相信的，她们能说多[illegible]的组织北方地的兴趣，那和同是研究的情形，是完全不一样的。

现在同前工作，到了又要开始的要点，弄不好一两大问题，一是那[illegible]来的不也来，二是法解决了以的问题，二是大部来去问题也就会產生嚴重的惡果。結果有位上，这需要十分慎重的对待了。

今天收到一反映，已经有了到职，叫人先去把时远一样的去收。真是有些糟。已经世去家家都要送到门前，不收留其他的了。

四月二十六日

今天公開在中农贫农的大会上检查。

上午早饭後，因为昨天组织主席团，没有把中农吸收进来，所以在开会以前，和贫农商量，又增加了五名中农进来。

农民好多因今天来開会，所以很早就上地，一般早饭都还吃了，所以在大庙会场上，等的功夫很长。

開头第一个，是村长黄春贵发言，他谈的过去的历史部分，很具体坦白，而且有批评，但也有好多地方谈大，是也很概念，有的不是他的问题，他也拉在身上，可能他生怕群众说他不坦白。我觉得对他八五十天来，没有接触谈话，但在群众的反映中，村长是代表正确方面的。今天想不到，大家对他批评很少，都说谈得差不多，相反都给他表扬了。好一女人评说他男人当村长很好，村长好的说法的话，一致要一致替村长表扬，牛三妈也是这样，张嫂先也是这样，金小娘也是这样，都一致情愿说人的受他，多方面说真贵好，所以很都很容易的通过。最后要的是村长不去保，牛三娘还替他们了解开头。

黄春贵是好的，如果过去要党的教育好，他本会有好的领导作风，因为阎錫山的压迫，已经要离去。我对这人很爱惜。他很有可能重选为村中的主要干部。

第二个是巨保，是贫人，过去他曾命令打人，捆人，和艺小宣传，群众批判说，对他没啥意见，从小就贫穷，没啥意见，就通过了。

第三个是郭丑的，也是贫人（民兵），没意见通过。

第四个丑成，同样没啥意见。

这时主席征求大家意见，说是不是要回去吃饭，大家说到快早时了，再谈个吧。又谈了个付丑的，他代表主，有些宣传，但谈的问题不具体。许多人，特别是受过打击的中农，我意见不多。相当多，如捷兵、郝不是他的，但都接受了。郭保德再谈了一次，也谈不清，结果未通过，再反省反省。

中午休息。午后，讨论了一会，又是等会半天，费了好多时间才集合好。农民开会，就没啥好办法。

然后海林谈。他谈的很好，真不易。可是总没有在第二次回答问题时不好，有关用些地主的框框去分析自己谈的话，借力来压制人。虽然有些问题不该他负，但那就不好。他谈得最好的是捷兵用狡诈方法问题，闹的前后，使他难堪，最后暗把他吊起来。后不久他就把他斗了。“三、革农人命的剥削，过去在部队工作，揭我剥削，稍过乱来，捷兵是除了我抓了”。这样的作法，表示了出现一些问题，如两天来发觉有几个人的检讨，做过些什么的侮和组织条件。今天来不多，最主要检讨的主要问题，特别那些受了压迫，死了人的户。

再一个对他的意见，就是过去代表了个剥削程度，在七七开是最多，结果把过去的这个问题，把他当来，算是得罚。然是通过。

最后一个是武王王蓄信，民兵内部的意见较多，问根过去代问题，又批判他本人，他说不用，请缓一点，加些他，就是讲些未清楚。最后未通过了。［有的通过，有的仍反省。］

从今天会的结果，大多数意见都是从自己的角度去看问题，没有从一个阶级和对自己的剥削来检查（剥削二字不妥，意是农民……），特别前的三代和捷兵，没有检查到他们的阶级，如何不发悟这个家教的。

总的看，情绪也不坏，不少会场，但尤其不重要。会场中虽然不易找出的，该理的来展开。只是个一二句，还不很高。

但没有什么偏激情绪，个别的人动不是，只是个，而不敢深。

人们的要求摊开，是没有过去的情绪，批也找不到。当然不能把思想觉悟说提高了。

会了不算他的當干，所以很有秩序，所以原始的开会也不一定是农民所喜欢的。

开这很安静然，根部长也觉得身上，开后我在哪里，偏偏还是要注意，因为他很紧张了。

今天有个好影响，外村干部长也开会，都去看，可能那些部长们都很打的信心，另一个支部也可以开会，那些人很有信心什么的，而且不是斗地主那样。

昨晚，开了个主席团会，工作团干部也谈了一下。我没参加支部会，回头，把总结党委的报告底稿写完，只差修改了。今天中晚不熬，还画了一会，现在不能接我写不写了。

我想今天不应该再做哪个，结果弄到天黑，浪费了时间，开办法会，但结果太晚，开了一天会，不可能了，但有的人想要分开，只要的结束得太长，那些情节都不在意。

今天主席的中农分子积极分子团结的中农（这些原地主），到他家们整个户的不安，主全大家的说，主张要斗争（他原是中农的），我当时同意，他说世上简单，现在又要简单，那些积极分子退也不会出来，要相当的一间房是一定的，他这个人还是好人。他是不卖的。

四月廿七日

大会的第二天，第二个人就王忠，又有很多深刻，在我们的思想上。他是绝不能通过的。当地报告里，控诉的真多，他作了两次发言。那些对他的意见之多，和情绪的激昂，在那么的控诉中，简直是这村现下难得之多，大家都是个罪恶的人。许多都哭不出声，许多因为两次打他，他儿子见妈妈，因为控诉，而被打死。儿媳妇主张把手铡断下来的，全村用十根针插进指缝里。郭家先是打（吊）死三次，三次用重量的又打的，我记得他用过了很多种类刑罚的办法。据两种，高低不平，叫人跪在上面。而且要任何控诉的，不然用刺刀在脸上。草菅人命，多死打死，铡死，种种惨无比拟了。

这样盘剥，不仅是加在半地主身上，而富农许多的都是加在中、贫农的身上。苏民，杨山子要负很大的责任。会後，任营荣先生：如果杨山子不死，这里也不知道要死多少人。人们从前，一听叫去开会，脸色都变了。如果工作团不来，谁能改变的话呢？

在杀人问题上，真可说用尽种种善心害人来着的。所以我叫罢杨山子的恶迹：奸淫妇女，不吃派饭，吃好饭，利用小老子等，你捧我睡，我拥你节，非我不好。这怎么能给人民交了呢？杨是死了，是死在杀人的枪弹下，阎而把西村改成了杨村（李官、杨山子）纪念他们。他从今天的说法，若来年功过，我是按说取消的。这人实际上是个流氓作了。

苏明，这个罪恶行为我们闹开就了，我极主张应把他提回来，交给人民法庭处理。

前年的事由这两人负责，去年的，事由区干部王荣庭负责。去年杀的人，勤宗，都是由这人指导的。而区干部动手下，把这村搞成个流氓地狱。

这些干部，我主张交人民法庭，这不是个小的问题。

虽然每一个都是要得罪的，但这样的罪，以后杀人的时候工作，怎么会好呢？这"乱了章程"，我实在是不相信。

小朱，我和卯丙五主席，并讨论了关系。这人最不好，当副会长问他时，他仍然是过去干部那套作风，瞪眼凶人，特别对黄黑，他把什么罪也都推在他不知道。实际上他是干部们的阴谋要负好，强迫到逼了和他结了婚的。而对黄黑（不过是个党员去搞也好），是借故打击他，踏在脚下，他不像黄黑在那种时候我对他们怎样，当过他时，黄黑则说：我逼不过。

王方的，说起他女人，阎女的家，实际上不是，直至散会这一个人推来推去地躲在墙角底下。这种情景，谁能忍着呢？

晚上继续开会，我代表工作团对付三子的态度作了批评，并声明黄黑说经了问题调查，如女方现在不愿意，可能迎舒付离婚。这一声明，群众很好的反映。

晚上斗了二人，通过一，通不过牛二，李桂、牛喜不能如何情绪地混进会场，当人群对牛进行批评时，她则替他伸辩，主席叫她离会（因为她已不是农会会员），她则很安地说：我不走，你们了我，可能逼她出会场。

牛二反省不老实，只装了并不大，以及主要的领区开了人家两个钱，他用三妻的东西，可是他说却叫，发表意见很好，叫他说这种欺人的被群众批评。第三者是以来的理混来的理，翻告不了反存，而是换把带出去一两个会中央，叫评为人都明白了。

李部不说，像牛二，丢了男女地，真说他是地主的，都自己愿来，但不着自己名，而当所地主部份当的名字来的，这是反映世中很好的文章。

李部对那么的形式地，不是我们给他们的鼓励，他们不敢面对的接受（在大众人之前）。

今会是开得很好，特别是大都很大胆，会有我的，这是成绩。

收到柯的一封信，可是已离开收到，信上只有说到我给子们的客气，只是有些像如此年来，说她也比喜，叫人不偷快。这是我意识的感觉，也许是工作太累，需要精神的寄托，但她也是如此此中地，不可强求。

我想在每天是按时间在给自己觉悟写东西，中午打扑，早晨打扑，会前会后打扑，莫能是有的时间要做这事情。

四月廿八日

大会的第三天，重要的人物有王万国、成华、海水、平安、以安

的是半生。王万国在有时态度不好，嘻皮笑脸，有一次群众都很不满，反
省的时候很深刻，群众意见很多，在那么多前，他检讨的要另他之
出一个，出一次报告时，他没有说的，在第二次补充又出来了意见，说群
众的×××，没给他提，只包庇他，要是做的对他了批评。让他
被选了一个比较通过。
下午是战斗，这个也很辛苦，但他做的了，在群众的选举中又以
看出一锭璀璨。他是坚决执行上党的指示的能手，打手，
调戏妇女，要追究的，我给他提的意见，说他在前方有着
取一妇女的很害，打杀那妇女，但他否认。因为他是个积年
时的群众的仇恨也就多了。且他态度不够实，好说了一大堆
不能不按主谋人的意见做法，最后，抓一句都也不对了之。
许多群众都是负责式的，如金子她们：老的的政策，还是比较
主席的信念的，最后群众没通过。
另一个没通过的就是，这也是个打手，是不是会打
吊，粗人都好是每个人的一个。他为积极一点点，我们要说
到了腊月了他那，而傍到年初时，第二个提意见，打，吊。
在×，要不能不谈谈农民报仇，要团结区打死郭的
时，那时郭还没死，叫王万国给他喝水，王甚至骂他坏，反
了，报仇之日他给他的衣服，骂他坏，结果是真气绝了。
郭的女人在哭诉时，我们开[illegible]是停
一起来，革命人命是如此之严重。
在报告内容上，强调了斗争，像这样的做法，实际上
是种下落后的恶果。那一个报告是为来自称意的眼中没有，
而不承认是过去取得之胜利，而硬说"自杀"，要不是如王万
国去给他人说："你不要去郭的"。
在我的听到的意思，这是人们起了很大阴谋之去，把
劳改里家先交群众审判，他们在这边做下的天大罪。
陈的反省不够，贪污也不大，所以全体群众说他不

大会开会期间下午，接到四大队团第二村的[illegible]土改工作团第一封信，[illegible]过去他们[illegible]被[illegible]，现在[illegible]，但[illegible]不满。特别对干部[illegible]，以及对第二村问题都提了一些意见，并希望[illegible]他们[illegible]，信上开[illegible]宣读。

委员会。他也是一天中，在这村接到工作员的一天几次来信报告来。我们很不满意。群众也很平静地听。从这一天中，当中当过去的工作，就好像到了高潮。

第二代村长郭王亮，[illegible]中，[illegible]郭[illegible]地主的走狗。他们[illegible]“[illegible]”[illegible]，我[illegible]不[illegible]。今天[illegible]，[illegible]，对[illegible]不[illegible]，[illegible]，[illegible]，我对[illegible]人，[illegible]，不[illegible]问[illegible]，[illegible]不[illegible]人[illegible]不会[illegible]人的。

群众的[illegible]，[illegible]（对郭王亮）[illegible]工作员的问题，[illegible]，群众不[illegible]地主[illegible]，[illegible]才[illegible]。我们[illegible]用这种方式[illegible]在地主，[illegible]，地主[illegible]了，群众也[illegible]了。

[illegible]今天的[illegible]，[illegible]。

最后，由我在晚间大会上作了个总结的讲话，主要是说明问题并不[illegible]解决，而是要继续斗争。[illegible]，[illegible]，[illegible]人都[illegible]问题，我[illegible]农民不[illegible]，[illegible]，[illegible]。[illegible]问题，[illegible]人，[illegible]一个，对[illegible]。[illegible]群众[illegible]。

最后散会，我[illegible]他们和干部党员的谈话。[illegible]党员，[illegible]他们继续[illegible]，[illegible]贫农团在会[illegible]，[illegible]党员的作用。

今天会开得[illegible]都到了夜十一时。

四月廿九日

开了一天工作团的会议，研究这几天来的工作。可以看到群众是有转动了，对我们是更相信了。现在不仅[illegible]

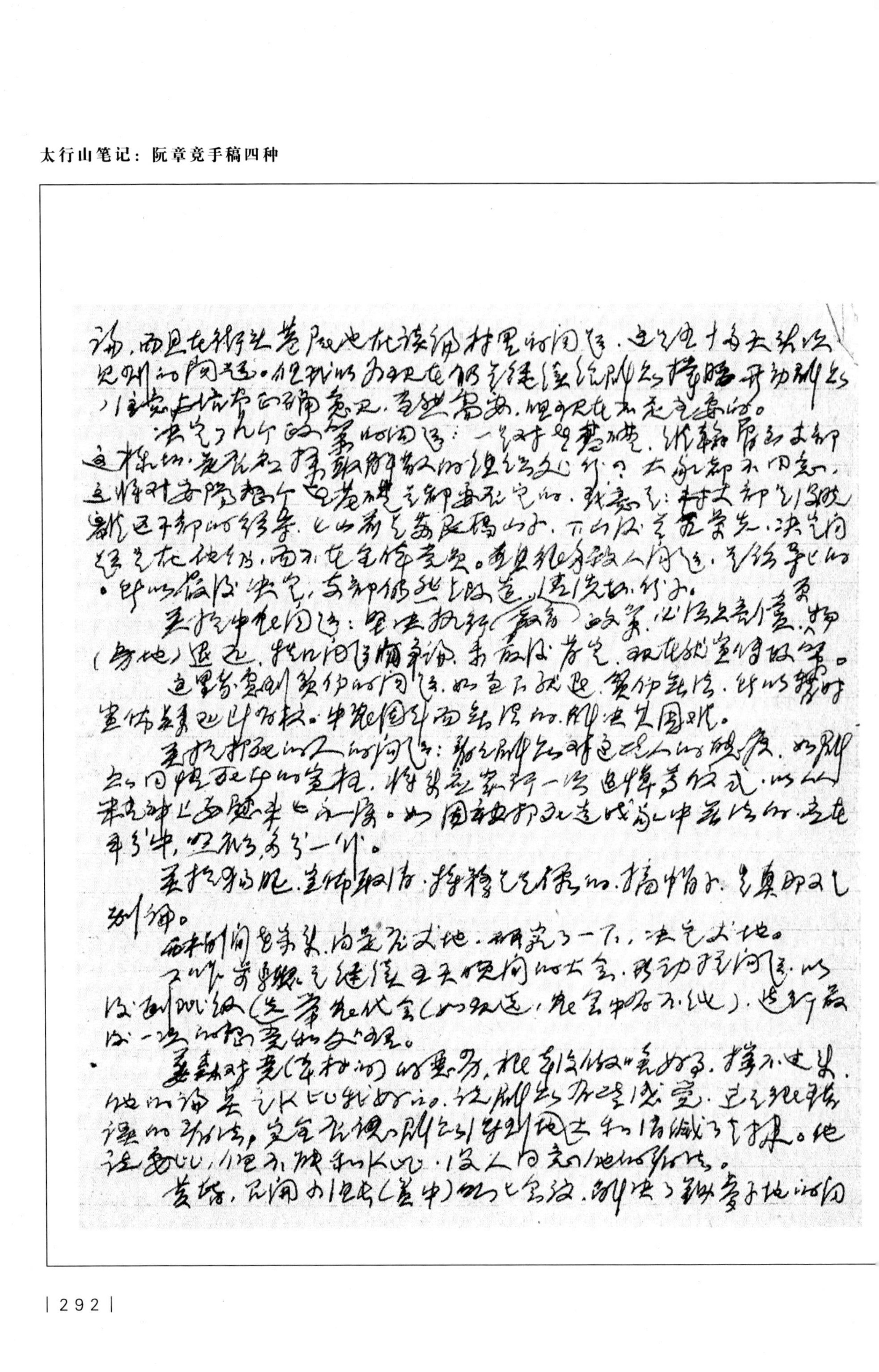

论，而且在将来[illegible]也在谈[illegible]村里的问题。这些是十分大的[illegible]的问题。但我们目前在[illegible]继续[illegible]，[illegible]意义上，[illegible]，当然需要，但现在不是主要的。

决定了几个政策的问题：一是对于[illegible]，[illegible]这样的，[illegible]的组织处理？大家却不同意。这样对于[illegible]这个[illegible]是却要[illegible]的。我意见：[illegible]干部的[illegible]。[illegible]，下面[illegible]。决定问题是在[illegible]，而不在全体意见。至于[illegible]人问题，[illegible]所以[illegible]决定，大部[illegible]上[illegible]。

关于中农问题：坚决执行（[illegible]）政策，以[illegible]（[illegible]地）退还。[illegible]问题[illegible]，[illegible]，[illegible]。

这里[illegible]问题，[illegible]。所以[illegible]。中农[illegible]。

关于[illegible]的问题：[illegible]。

关于[illegible]。

[illegible]，研究了一下，决定[illegible]。

下[illegible]继续[illegible]的大会，[illegible]问题，[illegible]代表会（如[illegible]，[illegible]不[illegible]）。[illegible]。

关于[illegible]。

[illegible]。

题。布置了明天继续开会。你去开大会，但郭还没有时间，明天晚上开大会。

分了分工。姜、邵、安整理支部材料。谷、陈、雷，指导妇女工作。我和孔、金，查找积极分子、中农、地、富的材料（包括斗争积极的）。然后明天开会研究。

乌木付茶架，黄昏时送给我个牛角，十分美观，可以做个烟嘴用。

四月三十日

今天恢复了文件学习。准备明后两天做。

下午简单地研究了四人开会研究如何收集材料问题。研究出这次的收集材料，为了解决问题。如内容：中农较好的情况，损害程度，斗去了什么东西，内体情绪好不好，以便准备如何退赔。第二阶段打出多少，受到什么损害。或害痕有多大。村里油水有多少（这问题很不实，多估估）。贫雇农也拿了东西有多少。将来以他们回来，地富怎样安置。

对中农的问题，受过损害者或是以后退赔的解决问题。如待妻的话，则先接受了，调查也有几回的。

晚上天下雨了，但不大，可是开不成大会。中午原以为得开会了。

晚间与村支部的工作员商讨我们，这是按党员人数来谈的工作问题。谈到黑板不让人发表意见，他是按党的，过程听的王兴芳都不敢开了（支部书记）。谈了很长时间。后来以后他先征求我每个人的意见，到底打算怎么办。来的是绝党不能停，这关于附加的十多个人的生活问题。经过他的调解才能解决，不能再前进。据说有股共产一的办法很好，在这中间的机关招工用。这里情况也是问题。不像以前工商业，将自己退还原主，但他这样的保存不好的。他们已把继续开会加了很多。开大会后，工人当不上工，按当时办法，目工人工会主席贺叫国(?)们。我告他不要紧，只要大家提出意见，我们帮他们解决。

今天担任去全部来好，完成这个任务了。

五月二日

这几天的情形，不如前几天好，向这些贫雇们的好像松懈了。为什么呢？问题很简单，开会的日子长了，现在正是锄花的时候，都忙了。[illegible]，现在应停止出去工作。

富农先生的[illegible]，原来是叫王建国的工会的[illegible]。他[illegible]不大[illegible]，但[illegible]，他也只好[illegible]。[illegible]一会，[illegible]把富农的[illegible]，现在[illegible]时候，[illegible]接收的。

今天上午，[illegible]工会[illegible]把富农[illegible]的[illegible]都[illegible]一块，大家把意见提一提，[illegible]的情况，[illegible]不好，[illegible]全部的[illegible]，[illegible]的利润，如果富农[illegible]危险了，[illegible]安排。以[illegible]部里[illegible]接[illegible]，要求和[illegible]一样[illegible]，[illegible]。他们[illegible]把工[illegible]开的，而不[illegible]自己，[illegible]开[illegible]。[illegible]这样要求[illegible]，实际上[illegible]不好了，他们不[illegible]，[illegible]。实际上现在的[illegible]，[illegible]之一[illegible]，[illegible]。[illegible]他们[illegible]，我们[illegible]接人上[illegible]。[illegible]不接人上[illegible]，[illegible]？[illegible]，部里[illegible]，[illegible]全体工人，[illegible]大家意见，[illegible]大家都[illegible]，但这样的[illegible]，[illegible]人的，[illegible]人，[illegible]也知道[illegible]，[illegible]上解决，向那里解决？[illegible]大会，[illegible]

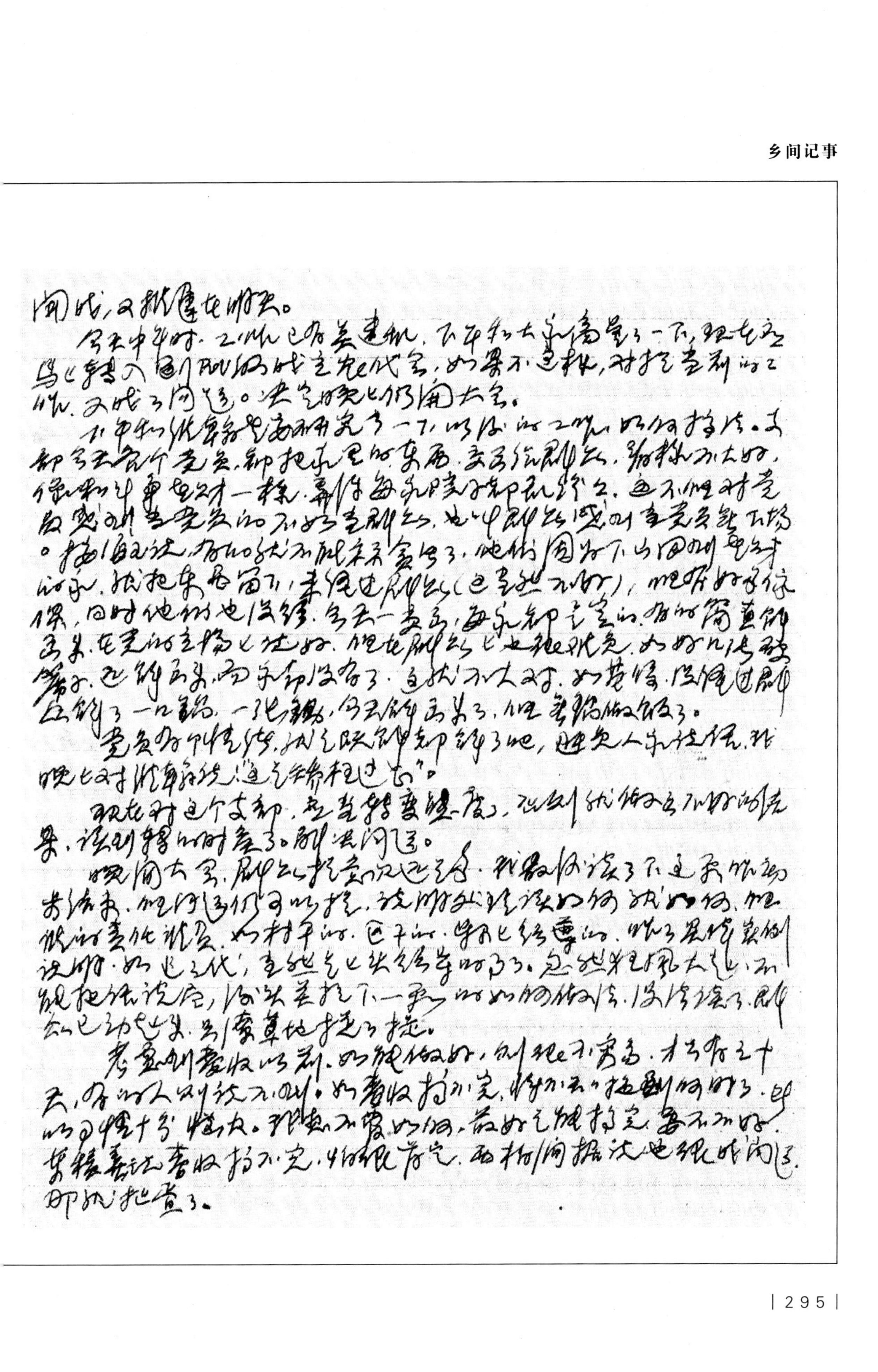

[illegible]。

今天中午时，工作已有些进展，下午和大家商量了一下，[illegible]，如果不这样，[illegible]。[illegible]。

下午[illegible]研究了一下[illegible]。[illegible]。

[illegible]。

[illegible]。

[illegible]。

[illegible]。

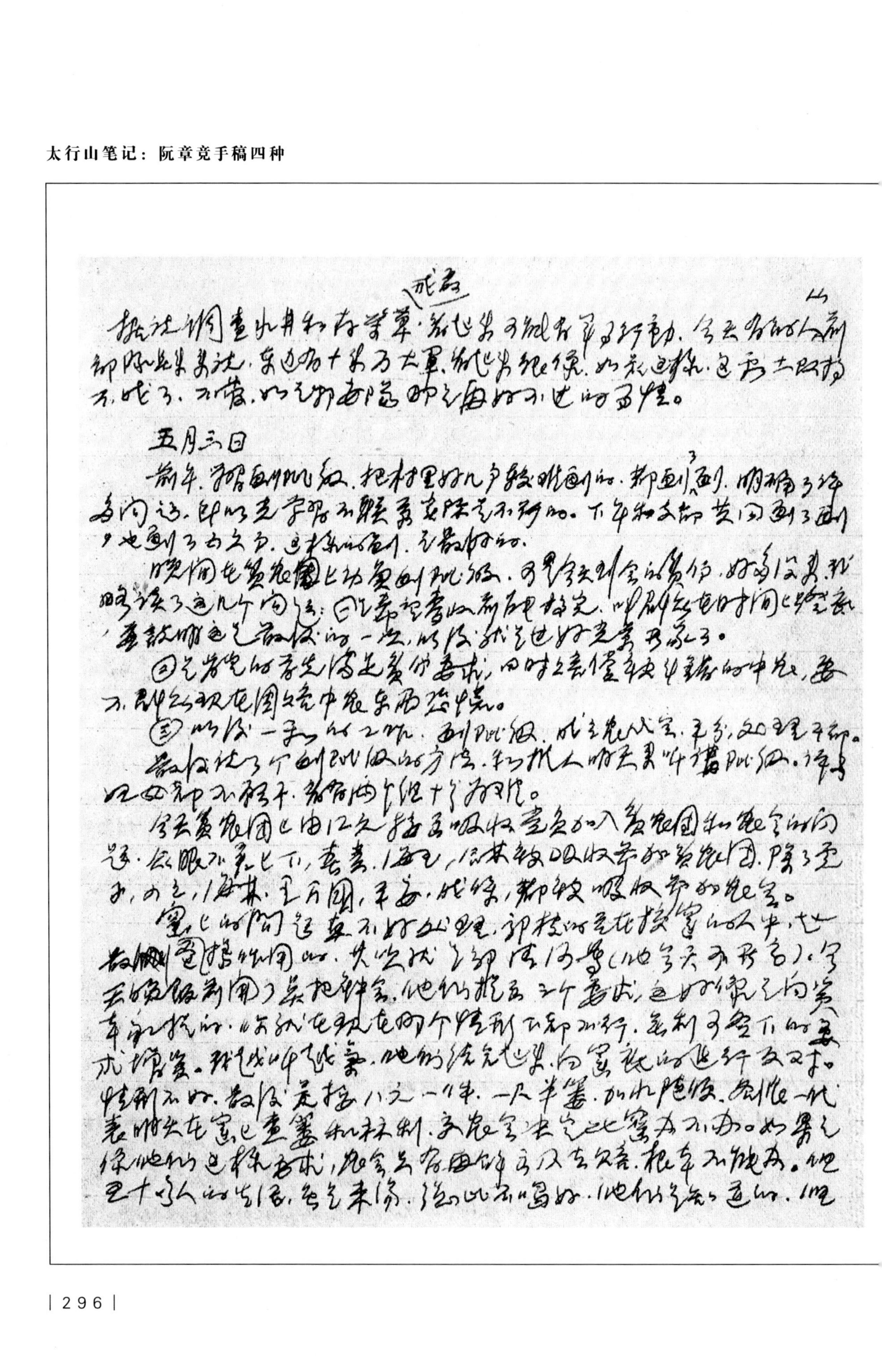

[illegible]

五月三日

[illegible]

故意为难，现在气氛紧了些，很会很可能加剧。

写了一封信给张楼安华。

五月四日

上午，召集了各组和乡农会委员，通告各项工作，讲了阶级，讲一个找到一个，作为学习，办了个半天的训练班。一般的，群众都喊叫人的到着，但是都不愿意找，不敢说人过去干过啥，马不来已，甚至讲人的样子。如果说召开村部的军之前了解的，可是大家都说对他不了解。这个情形很普遍。别地方讲里不说，但是在其他组都找出的，但不敢在大会找出，怕得罪人。如果这一些都不解决，到阶级就找到不好。

然而今天也把几个不好的人找到了，虽然还没有到本去，但是已在群众思想上已明确了。如对村部的军，杜先生，都到时了解的，如部分我们未对他所过的，这个是我们思想的缺点，不是个封建富农。但在本村都是这样里农民，他就逃跑到外去，不得不把他找来的，主要是给了他的细节。

下午，研究了这村的情况（全体研究），主要是这样几个问题：一、处理干部问题，二、平分问题，三、时间问题。

研究情况中，都感觉你的纯洁要求这么做，没有大的动乱，到阶级不纯和抽补结合起来，土地平分过了，贫你得到什么呢？这是个很难回答的问题。

晚上，在大庙，召开了全村村民大会，连地富也来，讲了阶级，准备明天晚开分片会组到。

五月五日

今日，上午学习中共局对老区党委关于组织的指示，检查了本村情况结果，左倾的关门主义，在我们的思想上，是本得很深的。表现在整党的问题上，虽然方针是正确的，但在做法上有几种是不正确的。一是停止干部职务，二是这次的斗争来，这都打击了干部和群众的情绪。二是表现在处理斗争中的问题，是不理法的，如有些的地主东西，不给主张和贫你的问题，来说主张和的经过，如今晚的到阶级分了土地的问题，现在是很严重，去年打下的八斗米吃到现在，一家五口，而其他也没有。三是表现在急性病

二、要继续作好指导各个场子。指定。中央局批评了屯留县政府指定，说中央指示在两三日内指定。可是当这里的情形，如县政府指不出，预先不会以提到何时何日，而且别人也要求指定。

下午将斜县谷专农的统计材料，张毅要带回去开会，因要为他们去要研究讨论。可能在县里，往往如在区级做时一齐搞，其实根本和过去调查不差什么。他到队级来谈，即是他们不好弄，还要在不准确。我是很愿搞这东西，但他总是认为这对于工作有切。

晚上，到队级，学校有三个学生参加，合起来很大。到了五个人在谈话，张毅打开了头。接着学生们好像小组长在他们中间来主动或听不出来的样子，我心里觉得他们说话太多，又没办法控制得好。心里很烦，以后同志们在别处不注意时，请他们搞。结果我们谈话也说了，想不说，问题到别人了，张某说，结果是学生们的一说，会开中之觉得完全是我们学了小组长，是想不叫群众说话，其实明天还可以学生去了。

今晚到队的结果，有一件不好的办法，如果以前那么一个在说，别人只能有很多。但这就是说了~~[illegible]~~部分说的结果中的一个情况，就是要经过剧本、发言，但是他们在过中说话，如身子很紧，就是要他们自己去说。~~[illegible]~~以后以前剧本实在都不好，就是要自己来写。以后的发言剧本都转入，别人都是中心了，当然因就要少多。今晚开会时，一个很有问题的现象，就是要在两三日中（从五十到十五），先要发言、剧本，他却在第一日做了事，而失了秩序。第二日做了事，完了秩序。这都会在一日里，我觉得剧本和发言不到入，所以都说了，谁都发言，这就值得考虑的一个问题。

晚去收到黎明的信，说已完善不想去别团去休养的意见，让他们不同意，也不同意调回一两人，我又已为黄润写了。

五月六日

阳里设了个打铁炉，这三四天的别竞波打着响地打起来，很是安静，这个地方不能住了。

随我们来，在材料统计工作上碰了一下，单独的，还须继续搞了一回。然开团委会，决定了几件事：一是关于时间问题，大家觉得秋收前搞不完，搞完就会耽误大事，主张工作团先走，留下人继续在秋收后搞事务。不同意的都是要搞完再走，不搞，就等啥不能长期搞。我是主张也秋收前搞完，秋收后再说就则松了，我也不很肯定，他们也都搞不完就走。

二是关于农会、代表会，是不是一个东西，意见分歧。我主张应是一个东西的，不能用代表会来代替了农会的委员会，农会的组也不能代替了公民的组。争了半天，结果还是不搞农委会，而是代表会代替农会的委员。可是下乡干部也觉着这里的组织和他们的不同，混合一体的不好。

然而我也很觉麻烦，在农村中有几个会的组织并列，总不好的。现在并不清，就是我们也很不容易弄清。简单明了，我以为乡里是最好的。

三是关于地主债中农问题。是乡间意见不同，意见在等待再说。这是和中农关系的问题不合的。我主张不应这样。等之秋收后，以后按这个处理中农的意见。决定只在，但不一定乡里，不能生产。目前的救济等（即能生活）。

四是关于干部问题。根据过几天（整党以前）的材料中干部的数人问题，很多是坏分子的。那些积极的人，都是些多伴的，有些明瞭了对干部的说话意见，在该修正，或者的受处分。我觉得除了他自身的干部外，其余不能如他们。

12日今晚自动召集主席团会，解决两个问题。一是从外地回来的户安置，因为两户回来了。决定农会给他廿斤粮，安置房了。二是一个农民要买卖，借给农会四百元。在散会时，我征求了下意见，得到的答案：……

得不着些，各个村不同意，可以用一些不同意的相互意见，大家商量，和大家研究讨论，大家意见。这都很好，可以节省很多时间。第一个地方不好去，以前各地都去过，只有离的不远的[illegible]，如果这两个问题不弄，去了就好做了。时间配不上可以换，他们就抽半天去搞。我们有了这个可能，就可以先参加前后文。

晚上的会到跃级，这个问题是很复杂的，都要把每人都要把中农，俺是我们的思想问题了要精神，支持这个倾向。

五月七日

上午开了个工作团的干部会，谈一个问题是交换各组这两天来到跃级的情形。普遍一个问题是贫雇农不敢谈情况，不敢反映自己的真正意见。如何打破顾虑？没办法，采用回想的方法，他们自己回想来采用了。对待贫农的概念，又提了一提。中农所以带有什么地方，就是他是不是靠自己劳动力，入不敷出，要人剥削，或兼营放账的副业，兼要负债，这也很重要。如一个普通兼营放账担保贸易的，如果自己有钱，仍是个中农。因为他不用给人家出利息，只劳动，而不受剥削。但负债的就不然，就靠地的受人剥削。这就简单决了好几户衰落中农的问题。张俊章把昨天团委会的决定传达了一下。

下午我们都去整理材料。

晚间，继续到跃级，因为贫农团的骨干都在，今天晚上把前两天晚上的情形拍回来，比以前开得较好。王某某等都在，并且也把他订成贫农。这位军人也去，已说到了中农七汗，你要认他是贫农。"以中农低以贫农高"，推托革命军人的节一啦。复调生活方面也是革命军人之一个条件，这样把他只说了，大家也都说了。并且把他女人（家地主）揭地主订。发生过蓬，以后好几回都不去，我们就给他订了，告诉他，如不同意，就请提意见。

王某某是个不好的分子，表现十足的中农性。他过去也在太谷遇机会工人传资粮的土豪地，要他交出也要交义粮，因为他在那里做工不能回来，如不交，则要回本村居住，要不就没收。村中接要了这点儿，他很致要叫陆芳荣（吴祥高）担任。这样害了好几村信，叫钢铁工人回来（他们是我们的乡亲，这几天回家，又在这里打铁炉打铁了）。团务要计这个钢铁工人的成份，工人把这意见提出了。王天保睡不着觉，我把这种感想人家是不对的。信会觉得认为人民是个机制，自己处理，她们好得就好做。那个工人说："我们冲挣钱爱的，生活苦了才做工回来，你为啥要给我们的？"这就很有道理。

张章今明天要走，把材料整理好，准备叫若信他，睡得很晚。

五月八日

张章今天回来开会，要把材料拿走，一早就开始整理。团今付孟轩去观县办货，后天晚上听了一场讲话打扰钱来，所以很晚睡了个觉。

工作干部的作风，又仿佛年太低，我们几个人都不会按照。不但未来体惰，而且很不准确。乡干部都没把材料弄成个系统的。统计了，常是的材料，还没研究过，所以很粗糙。

先要和党和青年的工作，我们很强烈，按照党员的研究思想，避开了听唱的影响。

中午，和贫农团委员开了个会，传达了这个工作：如何成立农代会。决定了十五个人成一小组，以农会小组为基础，团结不是农会的人结成，选一代表。原规男女分开的，但本村男女都同相关，会选五个半斤八两，形成形式主义。所以我们会打乱编组，注意选妇女代表。规定凡是地富以外都可以参加，不论贫农和党员。

农代会今后要成立，很为工作，把各处理，负责的，特别是民主，很难认识。如现在好计算乡户的粮食问题，地富的安置，其他组织的人的安置，都需要做。今年她们讨论

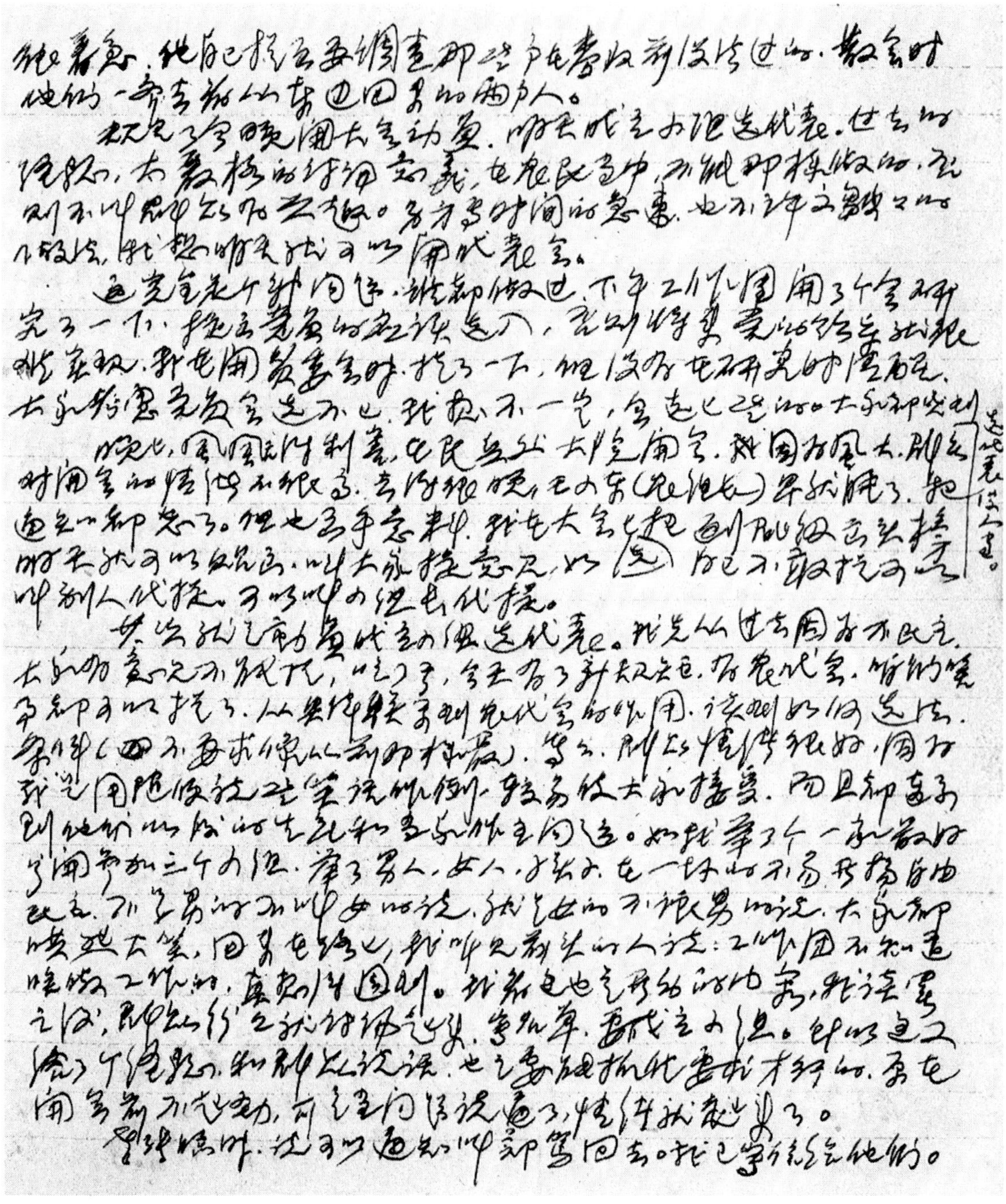

五月九日

上午，付秉坚来找我，问我有无功夫。我在洗衣，别告诉没管了。他却来了五条。要求，谈他私借了的了。意思认同他过去曾训过地主检举借了的麦子。以后私地全有生产社，也有不少借过去。及后又进行分配，是一连串的了。他是下富工人，家业是副业的。置了些房地，全是由他工资积攒买的。在谈话他的时候，我给他作了答复，因为问题主要是私借了的问题，这过去已经解决过，在大会上坦白过，不需要再反。私借了的问题，将把几个人的工作团一齐谈开。因为人民有何不要达到副业的级，这不要查。我给他谈了一下关于富农的标准，不能以生活以收入。

关于来谈，第一个是给小组长和讲师组都已选出代表，都把候补就选罢。而且各农民的小组，都有这问题，都不太愿意同群众的，满后是的。意见都排斥在外，或好的在一块，差的在一块，或先就把自己这一伙确定，而后别的知道来不知道的，她好多较好，有威信的，他不知道，就有人已经把他排在自己的组内了。问题不好的是在路了的那组，他主要思想是想选出来，今天就回家去。昨晚群里里就组成了组，今天一清早就选好，据说六十多人，只要廿人，别把三个组的代表选出，讲师组也已选好，要知选出来会不会就难省去。结果也糊涂地选了。

其次是有的满后思想，认为一家人都在组，常开会误了，所以要一家是一组，可以来一个人。我们工作团的同志，对于种出这个满后思想，进行说服，有三户的，则成了个小组。

有的是想选廿十五人，到廿人的落后组，这是不是宗派，说明了这个思想。

剩下的思想，从最近的情来看，磁县有些人脱离生产，是个生产单位的来，下了通报，一七年就开会，上地，家里六七口人，只有一个人劳动，这岂不是问题？他也曾说家里只他一人，干不过来。王江文反样存些情形，他们好些的。因为他不下窑，白天干少还可以找到。

中午时，我找着来了，焦学和来找小组划开，原计划要在这个组中选出有一个负责委员、一个中农、一个女的、武装、组长和他三人研究划好了，可是这里也发生了些问题，就是焦学和他们早就安排好，女的选谁，男的选谁，我说他们说这样不行，应叫群众自己选。在午晚上要下窑，他写下一张票，选王金，焦学和当时就说：你选谁？选王金？叫人都选王金吧！我对此意见也批判了一下，说不要宣传选谁，让大家随便选，女的、男的、负责、组长、委员都可以选，他们对选女的，早就准备下，要选付丑的女人杨荣花，我对这个女人印象不佳，是个别积极分子，但他们说她可以（实际也是如此说法）。我原意是考虑东头选不出女的，都没有愿意开会的人，想在西头多选几个女的。

我对这几个问题，对他们的认识不起作用，焦学和根据来的票，在活动闹选王金了，活动闹选杨荣花了。

晚上，人从地里回来很晚，只好打大工力去集合开会人，许多人都不来，特别是女的，四十五人的数目只来了廿三个人。我说了一下选举如何选，把选举的意义说了一下，他们就展开计划选谁。王金最活动，最想当选，看他很得意。一选，焦学和就说：选王金，素来选他了。果然，十张票都选在他身上，我当时在写票时就很奇怪，问群众写票的，你们都商量好了，回答得很含糊。我想这样不行，想改在明天白天选，人可以多些，最少妇女都能来，我也可以进行些宣传了解的工作。我征求他们意见，说人太少，这样选出不好，他们好像都讨厌他，嘴上虽然都去叫人了，又叫来了好多妇女，我考虑这样的选举的不好，制止不住他们，这里有几个人最活动的，一个是付学荣、焦学和、付丑的、董黑，这几个人是叫来几个了，我无法，只好放弃原意，顺从大家，说服不了了。

但写票的当中，仍然能接受他们商量好的写的。虽然在写前我宣布了一下，不要接受旁边的人的话来写，要从自己想选谁就选谁的意志去做。这样也起了些作用，王金的票马上降了五票，组长刘明原没一票，马上有了四票，付丑的有了两票。从杨荣花的票上，也可以看再说先说是好的。当然有些佩同，但选举结果，仍不很好，其余未当选了。如果他今晚在场就不可能落选的，优荣花是最不会选出来的。结果是王金，萧果（一五票，一四票），杨荣花八票。这三人当选，这样把我们原想保证贫委能当选的意图打翻了，把贫中农一人当选的意图也打破了。

我从这次选代表会中，感到有这样几个问题。一个是我们不民主，如想选贫委，就有意识的在这方面着眼，如没选上来，我当时感到失败了。或者是自己的工作没深入，没了解大家的呼声。当在选举时，由于自己的意图没实现，产生了一些错误想法，是不是这样呢？值得我反复考虑。当然我并未按照自己的意图去布置，所以他××这样做。

在领导上没解决贫委如何保证在代表会中的多数，事前没和贫农团商量，只在我们身上翻筋斗。

最后在这方面上，我们民主不够，好寡了解群众的意见。

日期节气论如何，不是个好时节，这样花时间开群众会，实实也群众很苦恼。

贫农团委员有不想干的情绪，深怕再选上当代表，他们说：已经戴上草帽，戴多少还要戴个帽壳？反正季节时工作在一个苦闷的路上徘徊。

五月十日

老郑今天来，谈了他回去的问题，他对这里工作，感到是下乡以来最扯蛋的一回。他感到在领导上缺乏果断、动摇，工作是前轻后际。再拍调的情况，群众情绪都和这里差不多，在稳定上。他反映是做坏了。主要是在最后那天，总结搞坏了，分了三种情况，批评党员是不对的，不正确，使人难接受。同时又批评了群众某些偏激情绪，感到这也是不好的。这样的结果，党员及干部大为的不满，群众也不满。落了个两头撑腰，两头未撑上，两头埋怨。我相信这情形，因为那天他们不同意这里的先让群众充分吐气的意见，感到没有给予不正确意见以必要的批评。实际上这是不很民主的，因为群众还没充分的发动，过早的批评，会使很多人不大胆，也就不说。如果是老郑的说法正确，那就证明我们统筹的意见，是有道理的。那天专署的意见认为这里色棋的可用整党时的作用不大，我也不很同意的。

各组选代表的情形，问题倒很相同，大多是兴趣不大，只是一些积极的活动人们在起劲。有的组因人不齐，还没选，有的只有一个组没选。剩下团委员会去选的，只有三人，这次不想再选，性成立，不要拖，以免处理中农等问题的延误，结果耽搁太费了，也没有时间，三天还没选完。

有的同志，也不在工作，如吴成玕，我曾劝他在这样紧张的工作中，不要去看老婆，还是找很多理由去了，前两天没让他去，就神魂不安地东问着。路学修是今天才跑回来。

所以这种工作如何做呢。下午开了个会研究，好多天没解决个问题，解决了。就是农会和农代会这个组织形式问题。争吵了好几天，大体上是意见一致了。规定是：代表小组（公民组），将和农会小组统一。在现在存了方便，除选出代表外，另选个组长，以便召开会，全农委员会，经常地领导组长。农会小组，但在讨论代表性的问题就是公民小组，不是农会会员的也可以参加。代表会选举的委员会就是农会的委员会，在代表会上就是主席团。在代表会闭会期间就是农会委员会，领导农会的经常工作。代表会的委员会上，设三个主席，第一第二第三，以便在下一步，就是村政委员会（即政府）。

其次检讨一个问题就是贫农在其中人太少。所以将在政府中挑选的代表去作，因行补贫农选去。妇女代表也太少，应补充一二人，会同领导妇女工作。我很赞成讨论。这样是不能解决什么问题的，怕其他人都不同意她的意见，她除开妇女在各小组之外，另行选派妇女代表参加，这不是双重代表了。这是不很妥当的。她说她去会上再决定，我就不很相信这是妥善的办法。结果是闹了白加。

四

关于贫农中农问题，我感到工作中，各村存在忙于以贫雇为主，左倾冒险主义，都是为了强调贫雇为主，而损害中农之利益。现在就解决，按她的说，这仅是个执行的问题，团委会在处理这问题是不坚决的。如果在专署前年分，侵犯问题不少，如挽在前收，则我不能肯定是些结论呢，谈谈生产的问题，而我是一个结论问题。要对这问题，我觉得也有问题。姜森对此问题提出了比较好的。直到今天，工作团的同志，并不理解这问题的灵活性。

今天会是开得很好，有很多争论，这样会使问题明确。

五月十一日

选举代表谈了好几天的功夫，然而也显得不十分热情，我们的同志，工作上是尾巴主义的，没有领导，如曹作和、如孔珍，想做些代表，加以群众的情绪的不起劲，却对开会不感兴趣，这确是个问题。

考虑到过去各地的材料不十分可靠，我会和姜、刘二人搞了一天，这种统计，是很费力气的，不过也好，总之这还不十分准确，但也可以看出些问题。今天大，还算成果。

下午开会研究收集材料的问题，主要是处理中农转到富农、地主和贫农目前的团结。但大家对该材料却很认真，恐即时就完了，我将他们都整理出，以备在代表会上提出。

晚上开代表会，我把代表会的关系、意义讲了，把我们讨论的一些和大家谈了谈，参会十四个代表，四人缺席，除了以后就是选举主席会，选了十人，[illegible]宽山、春富为主席。但在讨论明天开会时间问题，发生了争论，情绪很不好，[illegible]几乎也不相干了，谁也不负责任了。[illegible]民主化的倾向，现在已在发生，半天没决定，显得很不好。工作团同志的思想也很不一致，有的人如在为代表的，直到今天还在争论中农问题，是富农问题。我是在不大理解的，已经告诉给几个农民同志的思想。只有姜、邱、盟等是和同志们他们的，明天开会，不现为是解决中农问题，而是技术上的安置，我叫大他们在争论时，搞了一点，立足实际问题，小农和安置地主的问题整理，我提出的解决，即新奖作条件，奖作做法。安置就地，我就立法不对，这对中央的指示，是抵抗的。昨天开会后，我走到孙和他们谈斗争的，即怕得罪了大毛

4、共公姓说工作时在也是妇女工作第一，以前公为她才注意妇女工作的，十分麻烦，也每次会上都提出妇女问题，搞乱情绪，共党撤了她职务呢？她说过要妇女工作才好，这次省会报告把妇女工作看作是范围，这又从何而来呢？这都有些偏差性。

工作组看走了，查收[illegible]到，干部情绪、和群众情绪都不对头，工作中我十分灰心的。[illegible]近几天接连她为了，我在这方面对干部的帮助有些放松了。不以何会造成恶果的！

接来第一封信，说我也是一个[illegible]与讨论。

五月十二日

今天上午，开了个代表会议，讨论了两个问题。第一个是对中农（斗争的）和地富，当不能侵犯人的多少，解决土地分配问题；第二是讨论怎样进行第二次划成份。要提出一个问题，原想是以这次分的前解决中农转到户的问题。这篇通过讨论，和中央局指示的原则相违背的，补做的结果，中农、户也很相应，都说是下富农的地富，斗争用了这八十多斤麦子和五十多斤炒米了。我终觉着这样的认识要解决中农转户的问题，是不怕吃亏的，也要很不同意这个讨论。我主张如果要收就不能拿来分，而必须在农会组织中，先借用来补偿中农的东西。我们没有急于解决中农转户问题，是停留在思想上。

下午李[illegible]带着[illegible]杨[illegible]里，[illegible]，让[illegible]在我们五家的来[illegible]，从[illegible]里[illegible]，这就[illegible]了。

[illegible]，农会和代表会的关系还是搞了好几种样，[illegible]一个东西，这是要统一领导，在分开。[illegible]，[illegible]，[illegible]问题，[illegible]和这是要那个意见不一致。

晚上，开全体大会，[illegible]第二次划成份，进行的很不好，我们[illegible]也没想出个好办法，[illegible]，[illegible]，只有几个党员，[illegible]自报的办法，但没有我们[illegible]的，进行[illegible]

深。我想每每给予受处分的人时，对他谈问题不透，这是要工作前准备工作做得不好。他们又是对干部，说[illegible]一意。江元也对郭正军研究几次，有些调和，没敢正面给他指出问题，开[illegible]迁就下去。所以和查处的两条意见，查处是[illegible]他是[illegible]民战分。

郭正军，这人确是[illegible]的根本非常狡猾。他女人从前是个师婆，也不是个好惹的家伙，这晚上他们俩成了一对宝贝。她说话，[illegible]像就快要哭了似的。这是她平常说话[illegible]，可以叫人听起十分气人。[illegible]的郭正军，避免他一切[illegible]了。若说大概问题不这样，他就会[illegible]，人们一提到他就动了。他就[illegible]，说我年老了，听不真，所以来[illegible]，说不清，就是谁就跟我[illegible]，我接受，可是别人不接受。我问他有啥意见，他到说，我听不真，由他们编吧。以上[illegible]好的。原来开头，他要说自己是贫农，大家没通过他。他[illegible]来的话，就慌了，说自己是中农，今晚说成了新中农（这不说，以后人问了，才说前几天在团组（并说不知为啥团组））是新中农。他也俩在说明现在没有新中农这名词时，他地主富农中农等的话，特别为了个"[illegible]民"。党员在提意见时，提罢是[illegible]民。但咱们要他加个我也不知道[illegible]民是啥意思。这就需要我来咬文嚼字了。这样使他[illegible]哪个是正[illegible]呢么[illegible]，以[illegible]，在那节他承不是[illegible]民呢？我倒很同意把他划成[illegible]民，而且必需在会上[illegible]，对这种[illegible]要好好打击，教育他，否则他[illegible]在村上[illegible]。现在划成[illegible]人[illegible]敢给他提意见，都是怕他，就是过去这里的大[illegible]郭[illegible]，对他也怕。他就敢在郭[illegible]的前院[illegible]。

这人的[illegible]，原是大地主，现在郭[illegible]的大院就是他的。[illegible]地。[illegible]，他两个儿子都是[illegible]军。[illegible]人世民。人[illegible]一提到这时，郭正军就说：大家说说吧，我也村里头人过继，谁过继？以此来[illegible]的开言。像这样的人，好家伙有几个恶霸，谁也不敢给他找麻烦。据说他是了转业我们军属，他主张不收了抗属，在乡里时，专门就找自己动手去抓东西。第二个孩子叫做了坏人打死。

五月十五日

上午，开工作团会，讨论这两三工作的几个问题。

第一个是团结发展中的中农问题。根据这村的历史情况，新升起的中农，有些原来是贫农，[illegible]的。这些[illegible]给他们的[illegible]，有的中农，确是劳动起家，也有问题。由于[illegible]，这就不是一个好的[illegible]。我们一人[illegible]过买卖，[illegible]，或开过[illegible]坊，这样就斗了。这种是十分很有道理的。另外一种就是被[illegible]了，不用说也是剥削他本身的[illegible]，但是剥削地主、富农，剥削人也很苦。但自己的[illegible]，[illegible]了，以后参加了劳动（[illegible]），我们应改变了，但[illegible]。[illegible]十足的封建剥削中的[illegible]，如王廷杰、王[illegible]、李保[illegible]，敌人来了，对农民[illegible]东西，但一贯[illegible]这种倒斜，或参加了剥削地主的[illegible]，这样搞了斗的。有的[illegible]，[illegible]的程度也不一样。有的[illegible]地[illegible]，有的[illegible]，有[illegible]地不[illegible]的。最普遍的是按了[illegible]。一般的土地没动。

现在中农已经伸出手来要东西，有的人[illegible]很也。所以这件事就要有批评[illegible]，如果没有这一点，就团结不住中农，[illegible]。一些在[illegible]的保证：有的[illegible]以[illegible]，以[illegible]，[illegible]。[illegible]他[illegible]东西[illegible]了。其实中农现在只[illegible]，因为土地没动。要想[illegible]。

我以为工作应[illegible]的安排，第二[illegible]团中讨论研究[illegible]中农问题，这也是个[illegible]政策。说明有些[illegible]中农[illegible]中农[illegible]问题，[illegible]批评，用[illegible]团结他们。[illegible]中，贫农都[illegible]准备，不要草率。先[illegible]中农工作，有[illegible]的好处，[illegible]问题，[illegible]他们[illegible]，[illegible]。

材料树起一面的结束整党工作。工作方式是先通过贫农团，同他们去团结中农，同时解决贫农的思想障碍。

第二个问题，我还讨论了几个划不清阶级的问题。这个问题也好，不但要在斗争中划，我们也得了解划，因为他们自己很不容易划清的。那就需要我们先弄清楚，好去帮助群众。

法官庄中午开了个组会，准备和农会划阶级的意见。引起了大伙半晌，开了会。会上中农[illegible]又找了[illegible]贫农的讨论，我们这样会使[illegible]（虚荣）和作用[illegible]几家中农的害怕，[illegible]久不休。我则解释什么是阶级，什么叫剥削，把他这个讨论批评下去，再找他们家的剥削意见可以对比，不用在"根本贫农"的讨论上谈空话。我这一说他不讲了。

也要不要只有嘴了，中午后又他召开会，好像有些心不在焉的地，不要去问这事。

半晚的事，妇女在院子捣布捣了一两个钟头，老些[illegible]，那也没法，只好不睡了。

晚间开大会，因为集太晚，浪费些时间。我先把妇女会主任和代表的主席团谈一下，然后各代表都了解下去。会开得很好，但问题解决的不多，好几个没有弄清楚来确定。主要是材料搜集的不足够，我们自己也掌握不住材料，同时也就是没有全部材料，所以不能确定。

民主作风不够，争论的比昨天好，敢发言。但有一个问题，主席是两个党员，一个是[illegible]，一个是[illegible]，多半数没经过意见就把他们选了他俩人。我看有多个人半年还是党员，群众对他们还有意见，争论很大的。但是他们来代表不但发言则不好。这些评价好的要先[illegible]，现在群众已有了意见。

对缺乏批评人的意见，但还不够。有些能叫人接受的样子。

[illegible]会主任的好处就是敢和人谈话，原来不够干部代表的妇女，现在站起来也能发言，在组内起作用。所以我感到只要是群众性的，不是单个的，他们都能发挥一定的作用。

五月十四日

参加了赛屯工作团时正进行中，明确一段，掌握具体材料来划阶级。今天上午通知他们搜集材料，下午研究，把好几户原来划成地主的改回过来。我们正在研究时，公路旁一个贫农的寡妇，拖着小孩来找工作团，因为她丈夫去当兵牺牲了(?)，以后为了(?)[illegible]，而农会主席逼她和他人成亲(?)，霸占了她，却说她作风不正(?)。我们工作组给她出主意(?)。我们很仔细地听了她的诉苦，答应她做了主(?)，为她办通了(?)。听她的话，是很(?)……

晚上通过第一次榜，中农以上的榜总的问题不多也很少，一划了贫农时，中农们，如何等等，无不保护，都表示拥护和赞成，注意。贫农们，好些人，精神振奋到最高度，都全胜大喊地佳(?)了。

划阶级当中，这样一种情形，就是把中农划成了贫农，另外就是把中农不当做中农，如何划成他是中农，如上未作过的，有的村没有贫农，都准备划错，所以在晚上当大众中农都作时，只通过了很少数，不到三分之一（估计），而这是由于群众积极性(?)的一家要求讨论。许多贫农都陷害了，弄得有的人也贫农，而说自己是中农就这样做了的。这个形势相当严重，很多以前是贫农的，也毫不考虑地批评他们，因为批不准的人最多数，造成以后一系列的团结，中贫农之间的团结就会有影响，已经形成很对立，但是现在能清醒，贫农已开始接受由你划成啥的思想。这里体现出来开展生产会时，最后来，怕开会的人不会多，这就叫人很为难的。如果开不成，则不开，讨论另个办法，贫农团。我觉得还是讨论这问题，掌握划阶级的精神，对中农开展批评，中农现在的不斗争，他是为了比较(?)作用。

大概今晚的结果，中农高了些，贫农很多人都陷害了，有部也很多人陷害了，有很多贫农认真做工，我本就说错了许多贫农为是中农，你们把他划成贫农。

中农，我们加批评，不斗争，就达不到团结的希望。

五月十五日

今天开大会，原计划是半天解决问题，但因昨天晚上的意见分歧，贫农中被否定的人数太多，要这一来通过，那就很需要时间的。幸好天气要下雨，开了上午会，下起雨来，就决定下午再开，明后天进行完结。

我考虑到昨天中农们对高价评定的意见，如果不进行揭露和批评，今天会是停滞的。决定要这样做一做：先次我叫工作团同志，在组里发动贫农，说明意见就是意见，不要退让，这不是面子的问题而是权利。按章办事，他们歪曲，我们都要把它扭过来。发动些好的，团结真正的中农，争取他们的拥护。

如果单单担心今天会议闹，贫农情绪受到打击，心情低落，冒然开会，那就必然失败。如果单纯地谈划阶级标准和精神，也必然拖延时间，使人不感兴趣。因此这样做，是我也高兴，他来先与工作团同志们准备，也帮工作，我和主席团去叫人开会。也要在党内也谈了一下。

开会时，很多人意见都不满了，但意见的也不少。如王天保、付学荣没有到会。我开头谈了一下，第一个是划阶级要实事求是，是啥就是啥，不能乱来。划阶级只有两个标准，不能有其他条件。公开地、正当地提出些问题。如王天保以前村没有贫农，来帮他说什么要他今年也好了，应划成中农。王林的很像（同把他划成中农）。这些偏向，都指明是毛病，都要用心。第二个是按章办事，按材料办事，不能含糊。把中农划成贫农是不应该的，把贫农扫到中农，也是错误的。如果这样，你不什么的话，不负责，将来还得把他划回来，不会指责错误的。说明中贫农是一家，将来谁都要走到中农的。最后把划阶级的标准和时间又重说了一遍。经过这样的步骤，把正气扬起来，邪气打下去。一开始，就改变了昨天晚上的紧张形势。各组都以具体材料去考查谁是贫农，谁不是贫农，做到以确地处理。根个一村中，只有少数（几户）是中农划成贫农是不合适的，纠正过来，其他的就做到差不多了。但因有些地区会计人数太多，共有八十多人，一个个的讨论评，就不可能办法，利用天下雨的时间，把委员、小组长、代表留下，进行了三十多个的动员审查，这样做下来只有三十多个，是很快顺利地通过了。

也有很多人，不愿意说自己是贫农的，但要划到他是贫农，他就[illegible]，有一个划成中农，她就说说：我宁愿就是中农。

张春仙，大家把她划成中农，她很不满意，但也大会上提出意见，等临散会时，她又提了，说出来，觉得一个老头张东来比她[illegible]，而张是贫农，她划成中农，怕算错了，这样提出来，也引起了好多人的动荡，讨论起来，这也可以，但[illegible]手里的[illegible]就不会这样去找好解决，这就会[illegible]太多，还要会又要把事都全推。我们还不要找她，而不会这样找去评论。张春仙就错过了这个机会，大问她为啥是个中农，我为啥不是个贫农？

有的已经在前天夜里划过的，今天又提出通过，这很不必要了，而我没有这问题，本人也没有新的材料提出研究，只是那几句话，白费了许多时间。如对张生存娘，她也那样有[illegible]地说自己不是贫民，但她靠啥，她自己的主要生活来源，既不是种地，也不是其他，都靠纺织争家，也不可能吃这样久。人问她靠啥吃饭，她则说：靠啥？给人做活，纺花，也种地吃。给谁[illegible]？她又答不出来，只得说：我为啥是个贫民？我喜欢这样说。我偏过？我[illegible]过吗？我黑夜也不[illegible]，白天也不[illegible]。费了好大功夫不决。后来也给她[illegible]了，也不再去，也不讨论她了。就讨论别人了。她很不耐烦，一边纳鞋底，一边说：闹么闹到啥时候？我也[illegible]了。

有人问她：你是啥成份，你自己说么？她则答：我啥也不是。前天有人到她是贫民时她就说：说我的贫民，我不是贫农团，不是农会，也不要这贫民。今晚，她又主动这么说了：“我也[illegible]，我是啥？我是贫民？我贫在哪里？人家问她，你吃过饭没？她则说：我也不[illegible]，没他干啥？快死了。人问她你有啥？她说：我吸过料子，吸过大烟，喝过药丸（[illegible]），我戒了。我参加生产好几年了。我前年九初一就讨论了。总之，一派胡言，又说不出个道理。

再一个坏人就是郭瑞的军，今天又拉她女人出去，也是那样，像下神时一样，呢呢喃喃的："哎——我不想唉哟，哎，你们叫我说么……"就这样迷迷糊糊不清，像鬼迷似的地胡说。引得人们一阵哄笑。

我感到如果这样讨论，一天不能通过，一天她们说不完。就不讨论了，另想办法在第三次会上再说，按原通过的名单。

不要紧的，变了成份的地主婆婆，很大胆地提出她自己的意见，说明她已经不是地主。有的很能说道理，如郭润簪女人，是去年改成贫农的，她说："我在娘家吃过什么，没享过人的福，你只管我叫我 [illegible]，请他说么！"王秀的《报告》，也伸述她不是个地主，而是个贫民。郭凤简则被评为地主。我当时对这样的情形，对群众说，你们批评她！她们没批评她。另一个报告，是说是贫民，人家一把她划成中农，她不同意，要她没有去会，她一听就跑到会上，一面笑一面说，她不能成中农。今天早上她一早就来 [illegible]，自己要求说她应当成了中农。昨晚则会上也说她不是中农，向前去说她把你 [illegible] 她女儿，她要和她讲理。

这样也有个好的地方，就是大家都坐在一起，不怕她地富也敢来，参加自己的斗争。

晚上到郭文轩的家里，谈了南北头的户籍。因我们了解的材料不够，所以前去学划成地主，但要有材料根据，则以新材料作准。根据郭文轩女人的材料，这户是个富裕中农。因为富农生活像这了三年，但剥削（廿二、三）则不像地主，但现在的，富中是较多的。但南头情况不同，因此，王兴校王林子到北头陈志义，说北头"包办"。要郭宗德情形找起来，北头的郭金彪，郭林子等人 [illegible] 把"包办"弄得不行了，也要他们来负责任。今后我们把这个东西划出去。

五月十九日

今天准备整理名单，这第二榜。梦杨 [illegible] 通讯员来，去西柏涧开团委会，我就把名单和名榜的问题交给孟良、苏人去办。

去西柏涧，只有郭小太，都不愿去，说今天 [illegible] 来，就在那里搞了个上午。西柏涧他们现在搞评定工作，如果不抽补的话，现在不能也会查怀，使他有了好多顾虑，影响了整队前的结束工作。在谈话中，提出了个问题：就是已经查出来了（因我们已去把他问得清清楚楚了），没有经营能力，就让他赔偿工商业的问题，现在只赔偿也是不能用控制生产，而会作费。这只赔偿的部分也降低了其余的，并不是不合理。我想[illegible]（或经营）这样的不明不白的，也只能拿他土地相同等部分时，不明他[illegible]，就作为工商业的赔偿。这说明我们对工商业的政策是保护的。这是贯彻中央的精神不够的。这是值得考虑的一件事。

下午把工作团的人找在一块，研究了一下前两天的工作，决定今天晚上开贫农团委员和代表的联席会。

联席会上，主要是讨论在控诉赔偿中的问题，第一个就检讨这次划阶级。

先谈的是划成份，大家也听了些具体问题，好对郭德简女人，则提了个嗓子：我们被讲到我嘴里，都提了提。我问二姐说半天有些意见，[illegible]。有的人对自己的成份有意见，如张秀仁，没有充分理由说清楚。[illegible]她对把她划成贫民不满意，说工作一来就把我（通）成叫化。主要是说她原在贫农团，现在都把她划了贫民。大家说么我是什么贫民？我也的确是[illegible]没那功夫，还把[illegible]我[illegible]村子外我都没[illegible]，我怎么成了个贫民？因为主要的问题是放在讨论赔偿中的问题，所以不能多把下去。但不把不好，把就可以给委员也给[illegible]有些帮助。最后我谈了这样几点意见：一个是工作团对大家帮助不够，有的不好划的户，没把材料掌握起来，有些包办，没发动大家去调查，所以有的具体事不大清楚。这就对大家弄得划它人说是吃。我们研究的材料在大会上的材料有不确实的地方。我对委员帮助，[illegible]不够。"说"其次一个是代表、组长、委员，是自己说了，不能多问人家的意见。有好多意见是代表或组长的，并没有问问大家是不是这个意见。再一个就是说服人的精神不够，很简单说是贫民就是贫民，中农就是中农，没把具体条件说通。民主还不够。（大家很同志通过来检讨了。

关于如何团结中农问题，我先把问题摆出来，你们可以自然批评，说明斗错中农，不仅是村干问题，而且是经常犯的错误。为啥斗错了要立即赔偿？中贫农是一家，是一家人而不团结就说不过去。如何赔偿呢？说明以后对斗错了每户的钱，你若长期的不利借贷。如何赔，赔什么，大家商量商量。这问题的提出，中农当然高兴，贫农有意见，认为不要赔的，害怕是把他们已得到的东西要去了，存在思想问题。有的别说不能全退，只能叫他能够生活、维持生产。有的说叫有两个的分给一个。这样做也什么意思呢，但自己是中农，这些人主张退给损失的中农农户。有的不赞成，叫大家宣布，有的各种东西要全退，大东西就不行，卖了，地。有的贫农用去了不好要，很难赔。如房屋，因为要退房，然后也烟消云散了。

宣布却很不一致，贫农也问，到底怎样算是赔偿呢？其他还是不对的呢？担心的很多，同时强调一定要经过大家的，不然不行，不相信政府能够这么大的救济。有的说算了吧。

最后我再谈几句，赔偿中农的给了东西，村里的各样也是要满足贫农要求，解决贫农的困难。赔中农是用去的东西，能利借贷，不用谁还。房屋不能交还了，贫农就得房住，应当给不前的房住，而且要调住（这大家还很同意）。给不够的，肯定应该赔给的。怎么做法，大家都考虑一下。~~[illegible]~~

现在的根本问题是在于要不要给贫农救济，如何这个救济不搞，这些关于处理问题就难办。村里虽然也不同意。如果不把中农问题先解决，对这一方面的意见，处理要看能不能比个比例的条件。因为如把这个大问题先解决，可以解决很多问题的。同时我可以把这些由于我们自己错的，就可以检讨，分担一部分负责的责任。可是群众里也还有不是痛痛快快的。如有的民兵是自信，根本没想到这个问题，真叫人难以想象之事。

五月十七日

天给了个很好的机会，昨夜下了一夜雨，今天下了一个上午，刚刚加上地，可以自由开会。本决定今天白天开群众中农会的，因为贫农的白天不能开，现在好了，可以先开了贫农的。这样就可以把贫农中农问题，完全贯彻思想上扫除障碍。

上午的贫农会，可以说是昨天晚上的群众会的继续。都有好多问题，贫农，大家都不体会同意。有的听说上头可以用长期的剥削借贷，注意力都放在这里。特别是在已经分配了的，别说这样错误是政府领导错，以前打的。都怕是不知道什么办法的。说上头有这样的一笔账。我到会都解放区[illegible]，用于剥削[illegible]，要把他们斗了一下。有的说，既是借贷，就不要说是借，借即是要还的。有好多贫问的话，这里[illegible]。他们都有些时候还要，所以全部寄托在上头[illegible]。要他回答他们说毛主席规定的办法吧，他不是规定了办法，[illegible]。有的人则[illegible]。也有好多人是放在手都[illegible]办法，[illegible]是自己能要的，[illegible]都[illegible]。我前后作了两次开导：初是引导大家讨论要不要贫农，为什么要贫农。第二次是把群众的问题作了些解释。如说毛主席领导的，说那是毛主席说叫斗中农，是[illegible]封建剥削，中农在一般的政府领导错了，[illegible]政府没[illegible]，[illegible]政府没有[illegible]。现在的[illegible]中农[illegible]剥削的[illegible]。我把这个道理说明了一下。[illegible]，我说[illegible]剥削借贷，[illegible]中农都[illegible]，[illegible]也就可[illegible]了，[illegible]。我从贫农的切身剥削[illegible]，[illegible]。所以把中农团结在一起，[illegible]解决这问题。[illegible]的剥削。我说这道理时，很多人[illegible]。

时间快中午，才散会。晚下午开[illegible]会讨论具体办法，具体户，具体对待。这样大家情绪就好了。

下午的是在小组会，我在这组。开头我们召开的不好，都从县委户，具体人出发，那个人那样对待，真像这教条主义。后来又来了个反问式，把雇农情绪都弄低了。他不会谈雇农的想法，他用他那一套去问雇农，如"中农就不能好？"雇农就说"是在我身上要的"，"我说也都要回来"！这样的追雇农，像中农多积极，要回来一个好的都在，是叫他们说，你们觉得是个办法吧！他说不来。对雇农也没有作理的作用。大家情绪不好，都搞糟了。后来我发言行了，把雇农的意见提出一条，说那说得对。这是拿它的意见，大家不同意再讨论，才把情绪转了一转。这人的作风真有些生硬，完全以雇农"饱老铁"代替中农的意见去跟雇农，那是不行的。雇农是具体的，现在去处理这问题也是具体的，不能十全十美的办法，否则那就是空话。

晚间由贫农团委员、小组长、代表会委员，和较斗错的中农开会。我的意思是在这个会上能把问题的解决办法，求得一致，具体到道理上，把每户的对待办法，求得统一。但是后来没有按这样做到，而是变了一个空论的工作。这也是在我的领导思想上来考虑的结果。

中农的伸手，有的则很好，只要求能够必需的粮食和简单的一两件农具，但这样的是极少。绝大多数是要求全部，对于不敢大胆提出。这时的提出就具体了，像以前那补充都变了。有很多不单要求粮食，而且要求全套的家具，什么一针一线、以及口袋、板凳、把子、杓子等很细小的东西，也有的一一提出，不是多要的。不管如何，手是伸得很长，很多要求回原物。有的要求东西达十来廿种(件)。当然斗错是要给的，但是实力量不可能做到这样。中农已经要问题的，今天开会，差不多是每户只要求补的都来了。要的常常很多，补充的作用。来我去的增加。贫农团的人们是不同意的。当他们听到中农统都要时，就引起他们的讯调的比喻，说她，还要像什么都能说。我们要干的口已有么多？不要要中去？等什么下得了好，而又能清的话。所以这样会场空气也不太严重。我原先是想去劝说她，但他们就没把我什么些把他们要求报，切莫急了她的，自然得出明了意见。

在这中代表会的委员和总委会自己来解决这问题了。我们也在研究，这都已说明了很具体的行动时候了。

今天有个姑娘来和我在中农还是主事。问有什么也该讲说，王家园贫农团的工作的讯调比喻对她们是不是小心什用呢。我想知道看，一定会把自己要求，更详细而具体，要用多。但也不能一会变，需要不去，但这么神力十分大。

郭屯的中农的什么也要很中，也产生惯很情绪，好像有不了解他们，但我在那下去，如果认作为自己的劳动人民看，那就不能那样，不能在这眼中闹这个会。

五月十八日

研究了程家年，翼城的何家院后中农的问题。同志的思想中有好几种思想，比较有代表的，如贴错误思想，稍许的贫农利益，她和贫农的阶级思想完全一致的，她的拥护的是几个农民立场的阐述。一个是代表的，教条主义，机械的强调中农的合理合法，除此也有一些变动。

那么的思想中，问题还有什么，除了性比不好解决之外，新的还有些问题。因为什二家都是引了的中农身份，现在住了四十家贫农。这两个问题是个根本的问题。

翼城的结论：凡是在贵时（因为分果实富农没结，都是先以后分的），在一个月内付清出的，那就不动，但是贫农所有，而又后像中等程度的（现在价格）三分之二。因为这就和别的买了地，则现在不能退了的，应给以区别。其次，同样已好几个月，但在卸底，或现在以前才付了钱，或未付完的，按以退给中农，补贫农之不足的部份。从前配的牲口都须保退还。但如现在已经搬走，无法喂牲口的，则补他钱，按现价折合。

关于房子，一律退还原主。但如原是地富的，房子多，住不完，可以征收，退回一部份。但在贫农退房，腾房时也得一定的抽补中，因为不这样，重了退贫农没房住。此外，房子时与酒巴，也是极贫困的。有的则买了材料，现在也住不完。因为这里多贫，不管啥都是作价来的。所以有多的财富，农民的就没有，或很少。

下午，村铺头，老孟也来，谈了不久就走，好像心里不太明白这办法。如果不这样处理，这村工作就无法做了。

老孟的意见，有时坚决，有时动摇。在讨论第一步谈时，他说每牲口都应该退。这时我和杨都考虑是否会又把贫农弄坏了。他表示很坚决，可是在晚上贫农团去说牲口都退，补给贫农原价，因为依据他们都没给钱，大部分是贱价买的，现在又是冬春，他们可是也全去已经出卖了。要则感到贫农太吃亏，我当时也感到这时买牲口很贵，可能要12元等一头。我想这是怕偏中农，这果然不[illegible]社谈的，退了要给的，并且过去的买牲口时，都是在有情况的户，或有剩余牲口，暂时不是锁的人，且做了一定生产，也不能说太吃亏。将来可以再多给他些钱。当要说太吃亏时，我说比之其他没牲口的还不知太吃亏，比之中农，好像吃亏。他则像很气愤地说就是吃亏。我说过去被买到的，都是比不那些人，他则说这不能都平都受益，要了要，他们之一，他像不知那来的气，说是否就不应当翻身了？真奇怪这些人，总让全退，总以为贫农现在没拿回的都是都的吃亏。

还有一个他说给不说不叫中农给回钱为贫农而是由贫农来负责，老叫讨论此给，我意这都为难的。虽然是给大家说了，要叫中农会议为难了他，现在又叫他多给钱才能回牲口，

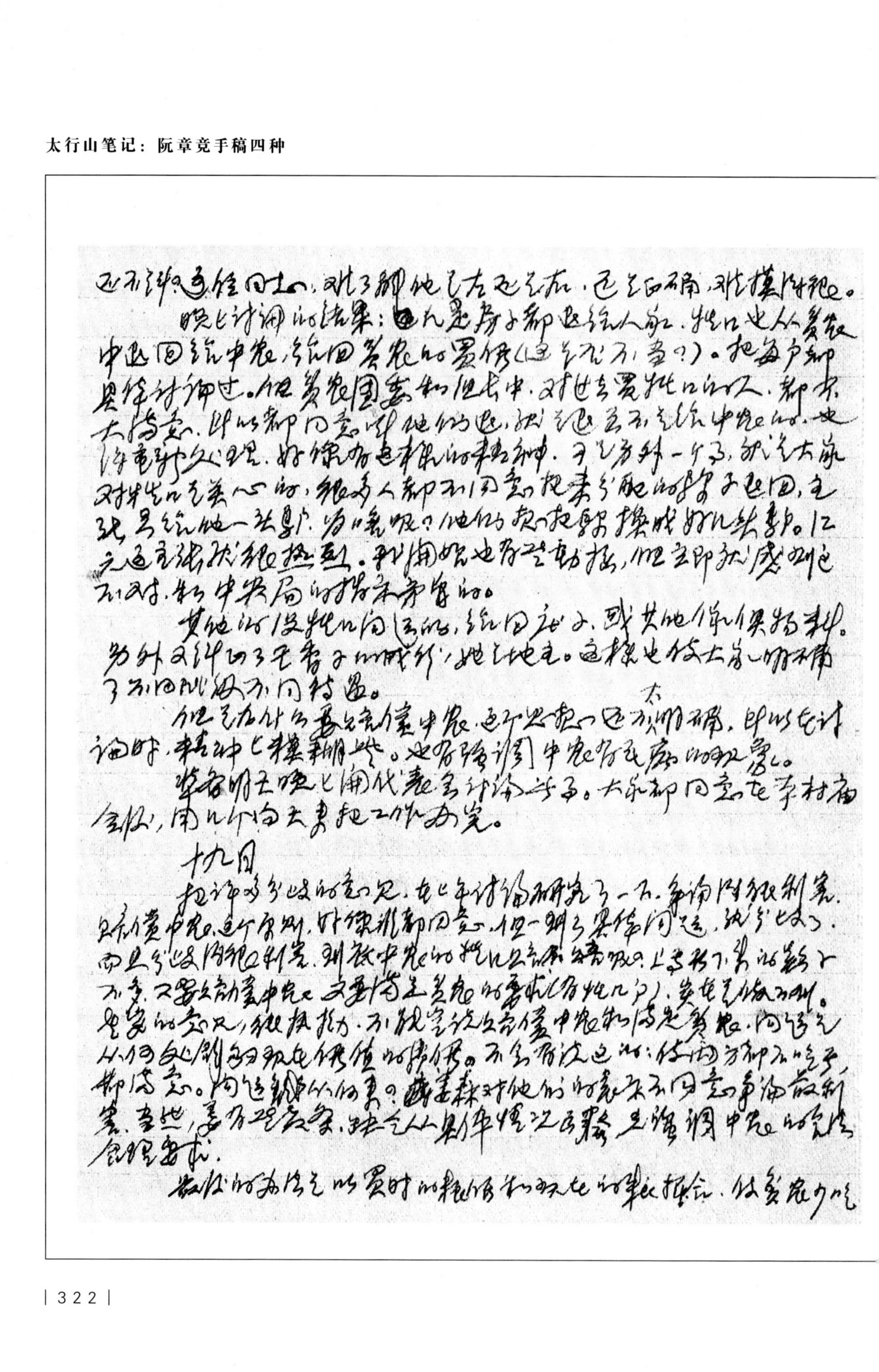

还不详细。这种团结，难了解他是否还是富农，还要研究，难摸底细。

晚上讨论的结果：还是要将都退给人家，然后让他从贫农中退回给中农，给回贫农的罢了（这是否不妥？）。把每户都具体讨论过。但贫农团委和组长中，对此重买地的认识，都不大满意，所以都同意叫他们退，就是退并不是给中农的，也[illegible]处理，好像有这样的精神。可是另外一个了，就是大家对此是关心的，很多人都不同意把卖了地的房子退回，主张只给他一张契，为啥呢？他们就把契换成好几张契。[illegible]这通过就被提到，我们也有些动摇，但立即就感到怕不对，好在中央局的指示是有的。

其他的没收的房院，给回本主，或其他[illegible]贫农。另外又讨论了已卖了的[illegible]地主。这样也使大家明确了不同阶级不同待遇。

他们在什么要给偿中农这个也想不太明确，所以在讨论时精神上模糊些。也有强调中农有些麻烦的现象。

准备明天晚上开代表会讨论[illegible]。大家都同意在本村召开全体，开几个会去贯彻工作方案。

十九日

据评为分歧的意见，在上午讨论研究了一下。争论对于剥削要赔偿中农这个原则，好像都同意，但一到了具体问题，就分歧了。而且分歧对于剥削，到底中农的地几分该偿还，[illegible]不多，又要全部偿中农，又要满足贫农的要求（每地几户），总是[illegible]。意见的分歧，[illegible]，不能完全赔偿中农和满足贫农。问题是从何处判断和现在价值的标准。不会有这么[illegible]，结果为都不满意。问题解决以后的事，群众对他们的意见不同意，争论[illegible]，[illegible]，[illegible]强调中农的[illegible]。

[illegible]

坐了。但又也是倖他们的产生争论。有的主张和中农斗争，以斗争达到团结，有的主张现在主要是思想错误，不是斗争。刘少奇在总结中说，不要过分强调中农的团结，不要放弃问题，斗争错误，这就是我们所说的批评，但对中农如果没有批评斗争，很难达到团结的目的，因为现在中农要求全部的退还。

姜森组长在斗争中农问题上，先作检讨，主要不同意，争得一些材料。我以为在原则上，姜的主张是要各有好一点，但姜不同意斗中农，那就是错误了。

下午，去找杨经理谈工会财务情况，以组团的为之。

同志们在讨论处理地主、富农问题，那些外部的情况都不知道。工人表现得也很不错。

晚上的代表会，贫农小组长也参加，讨论这问题很热烈。他们不同意以粮食折合的办法，不能让贫雇农户吃亏。另一个问题，因为他们只有一两户是吃百姓们的，觉得忽略了贫雇农户的困难，那就很有可能。

我是按照向工会设的决定去进行，但要尊重农民不同意的问题意见，表现得很不好。这样的交换意见，总比执行决定的人能先进行统一。这样不至于表示小资产阶级的不坚定性，想不清楚。如果决定错了，可以纠正。但也我和贫农们谈这时，他也抓了句："你去发贫农们可以借钱。"这就说明他是十分同意的，想一定就要了。昨天下午会后，傍中农们，晚上又来个黄先吃了去。上午是直接粮折合，晚上又到……全村的贫农都要退回，退回的你去找贫农们可以借钱。一定不放弃要求保证，不能退。这些人已真的按模，抓到他的左手，也左手了，这些人认为我们是一伙的，没有分辨，情况会变化。他这样的变化，即使来是我不敢解决中农问题的意见，善然结合起来。他们这样的表现，说得会议很难统一下去。这[illegible]

的意见，但不要在会议上闹，那是很不好的。他们往往不敢说我坏，说我坏，去说，也往往在决定之前，我还要执行民主的。但可以检讨修正。不这样会使我无法进行下去。[illegible]说珍告我，我当然可以接受，但这样实也不好。我也只好[illegible]，这是[illegible]干什么的。[illegible]随时[illegible]随时[illegible]的。

五月廿日、

我们昨天晚上在会上[illegible]同志的思想，一直很惶惑不安，思想这个[illegible]才能做好。

今天早上，我要到[illegible]，[illegible]我去交换了一下，[illegible]。

早晨吃饭时，我们谈了一下，[illegible]，他是[illegible]同志都不愿退出的，他说[illegible]，我就不退。他有两个东西，一个是写中国情况，我叫他不要[illegible]，而在别人身时，帮助别人，别人走时，又跟着别人走，自己[illegible]！你现在[illegible]？另一个[illegible]，他说在[illegible]，[illegible]也有个[illegible]，那也不是[illegible]？[illegible]？[illegible]的一个东西，不[illegible]，这几个退伍军人都[illegible]。我在吃饭时[illegible]来找[illegible]，我就[illegible]他们[illegible]。

上午讨论，大家都争吵了一番，结果有三种：一种是坚决不退。一种是人家叫退他也就退吧。一种是[illegible]不可的[illegible]退。~~[illegible]~~一个特殊情况，[illegible]如果退[illegible]，[illegible]到全[illegible]讨论决定：一，东西除了在[illegible]的，或[illegible]的，不管生物死物一律退还。二，[illegible]的，可以退或不退也可以退[illegible]。三，把[illegible]的一部分，分给[illegible]。[illegible]，不[illegible]东西，不[illegible]，[illegible]。[illegible]，这个[illegible]大家[illegible]的方法。

这里[illegible]，[illegible]，而[illegible]向他们[illegible]。[illegible]，[illegible]吃了一顿。下午我又和[illegible]

人买了牛来吃了。三个月不知肉味，大家都吃的饱，重拾五脏娱乐。

晚会的主持人耍了一手，摸了几头牲口，将几只羊十分满意。可以猜到，贫农的案件比较多，中农不能达到，其他各种组织都没有问题的。

晚上，同贫农代表们、组长、委员会，传达我们的方针，大家当然同意，仔细讨论除掉两三种害，此方针当然对贫农有利，但对中农则加剥削他们了。所以这就需要批评斗争。他们这为比较的，但对于统一团结中农，则很好的，只能作"鸡毛蒜皮"的比喻，生活斗争，这就是结果。

同时这村有个三家，很快就把贫农送回牲口给中农的是素商借出去了，这是个很精彩的手法。

人物——王黑女，第二回检举出来，什么事都表现积极，以前说他不能当代表，赶快把他换了。黑女就说：不怕，我们不能去当这个人间官，我认你去吧，不用你去。开会时，他不管什么，按着主席的话就说：对，我们在统一团结中农，你们都是"贫农"，又说他：不好，各自"家"只都能说。别人笑他总是说不统一团结中农的："统一团结，不要团结"！人都说不敢作坏事的好处，他则说：真的，你不敢作？我敢，我就喜欢作好事。他也开会时的积极分子，他每次开会都来，老我一是动说，人笑他他也不管，还是说他的。

此人瘦脸而黑，常以手巾裹成个三角形，说话时不大动作，蹲在地，双手抱肩，或咬着旱烟袋，捧着头，或搔着头，嘴里嘀咕。人笑他，他却不笑，仍旧板着脸作个严肃。开始斗地主，他以前也是常以斗争果实或其他东西叫饭铺换饭吃，不做饭。他参加贫农团时，却批评他加入，他问他也去买饭吃了没？他猛然回答"能行"。人又问他会和小孩子去逛亲戚吗，他说："你们他去吧？他不要我去哩？"人又说："去了要负简直怎么办？"他则说枪毙了我！人说不枪毙你！他又回"枪也行"！人说他不枪你，开除了你！他大声说"能行"！

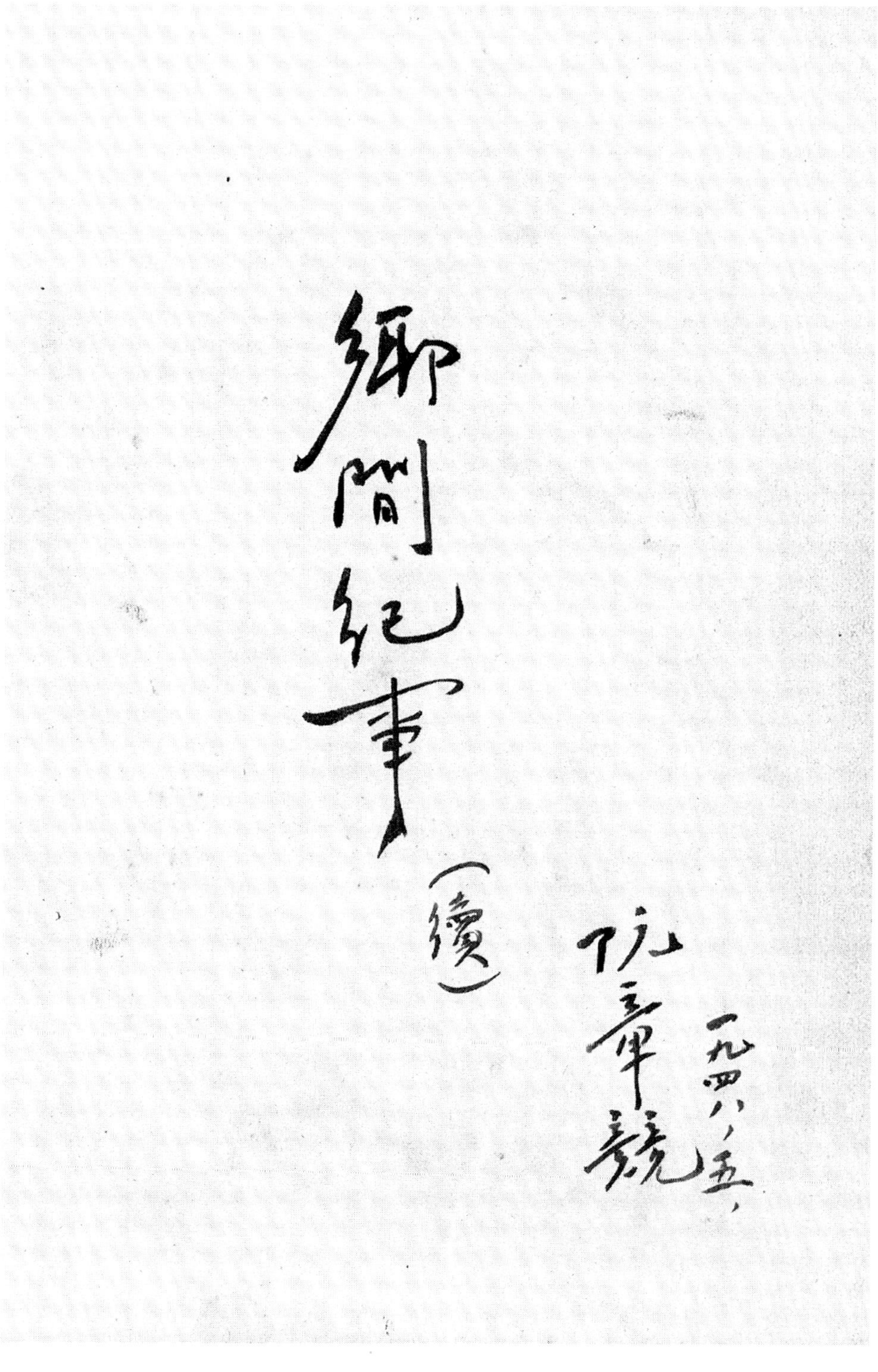

鄉間紀事（續）

阮章競

一九四八，五，

五月二十一日

今天也以整天功夫来解决赔偿中农问题。上午召开了贾桂儿户和住了中农房子的贫农户开会研究，参加的有贫农团委员、小组长。会上讨论问题最多的不能尽述。最后决定的几个退给军人，因为他们很有些[illegible]，有两个人是[illegible]不[illegible]退的。李贵生的[illegible]退出[illegible]的西窑。住房子的户，大家都愿把房子退回给中农。正要谈问题时，西漳(?)的工作人员在开学习，交换意见，我有一个多钟头没参加会。

最后我在会上讲了一下团结中农的意义、必然(?)意义。为什么要团结他们，因为他们是劳动人民，又说明中农不赚(?)，斗了就是错。为什么要给赔偿呢？主要是从贫农的长远利益出发，把本边的中农和贫农什人口的%讲了讲，中贫农[illegible]，讲清楚在战争与争取胜利中，贫农应团结中农，他们是能够和贫农一道争取胜利的。举例说明人力与物力的负担，不能只依靠贫农几个(?)。如果中农安心生产要家(?)，就能分担我们的重负。西一个村(?)把处理的办法宣读了一番。虽然这样的办法，贫农也不会不同意，因为他除了房子外，啥也不用动。

下午召开了全体农民大会，征求中农对赔偿的意见。今天的空气和前两天中农的冲(?)手不一样，全体中农除了，只[illegible]了个别的，其他都不大吭气。为什么？这有个原因，就是贫农已经[illegible]了，一方面和处理办法，已不是秘密。当然提了些意见，也有好多没提的。不是像那天他们[illegible]要。有的[illegible]不要东西，不必给。

中农不提意见，不提要求，这就很不简单了，这就不能使他心服。他总是不吭气。要使中农(特别是地富(?)

下降或者平均分配的）。继续讨论农民们的处理办法。批评了党和[illegible]的干部回来。我们应该批评和斗争。个别干部以前[illegible]党中央用这么大劲来领导了，而且经过很长时间，这样就感到不好。因为有些同志们的干部觉得[illegible]还有些，如果有说，我是党的说，他就[illegible]干部就不再说了。他们又是和过去当干部时一样一样。但是检讨中也有些意见错误的中农批评的很激烈，很必要。因为要不然对于他的错误，包括了别人的利益的东西，所有也是对的了。如[illegible]定女人今天在会上，揭了她丈夫打骂她的情形，这女人就有些意见。但她太多数人同意对她说不同情，所以她不要打了，停止。

那么会议批评了什么要以后的贫中农，就说明了团结中农，[illegible]错误的团结了中农，而不是中农的所犯的错误，把这个问题怎样看，这是必要的同情。最后[illegible]团结，先后到来。

会场有一件：下午开会时，我代表了去，对于错中农，自我批评，承认了错误。收到了信，很多。

五月二十二日

以后代表会的主席团，开会讨论贫雇中农，规定等级，以后填表多少，有些争论。最后决定了三等，一二等三级，三等四级。[illegible]以家产多少的程度[illegible]根据情形。一等的人四百[illegible]万五。二等的最高的三万，十万七，二万五。三等的，两万，一万七，一万五，一万。

会后[illegible]她真是个[illegible]。[illegible]讨论问题时，她[illegible]，她[illegible]，如[illegible]中农，[illegible]，而如[illegible]的意见，她[illegible]不是[illegible]。好像不如[illegible]，我不代表也把“[illegible]情绪”[illegible]

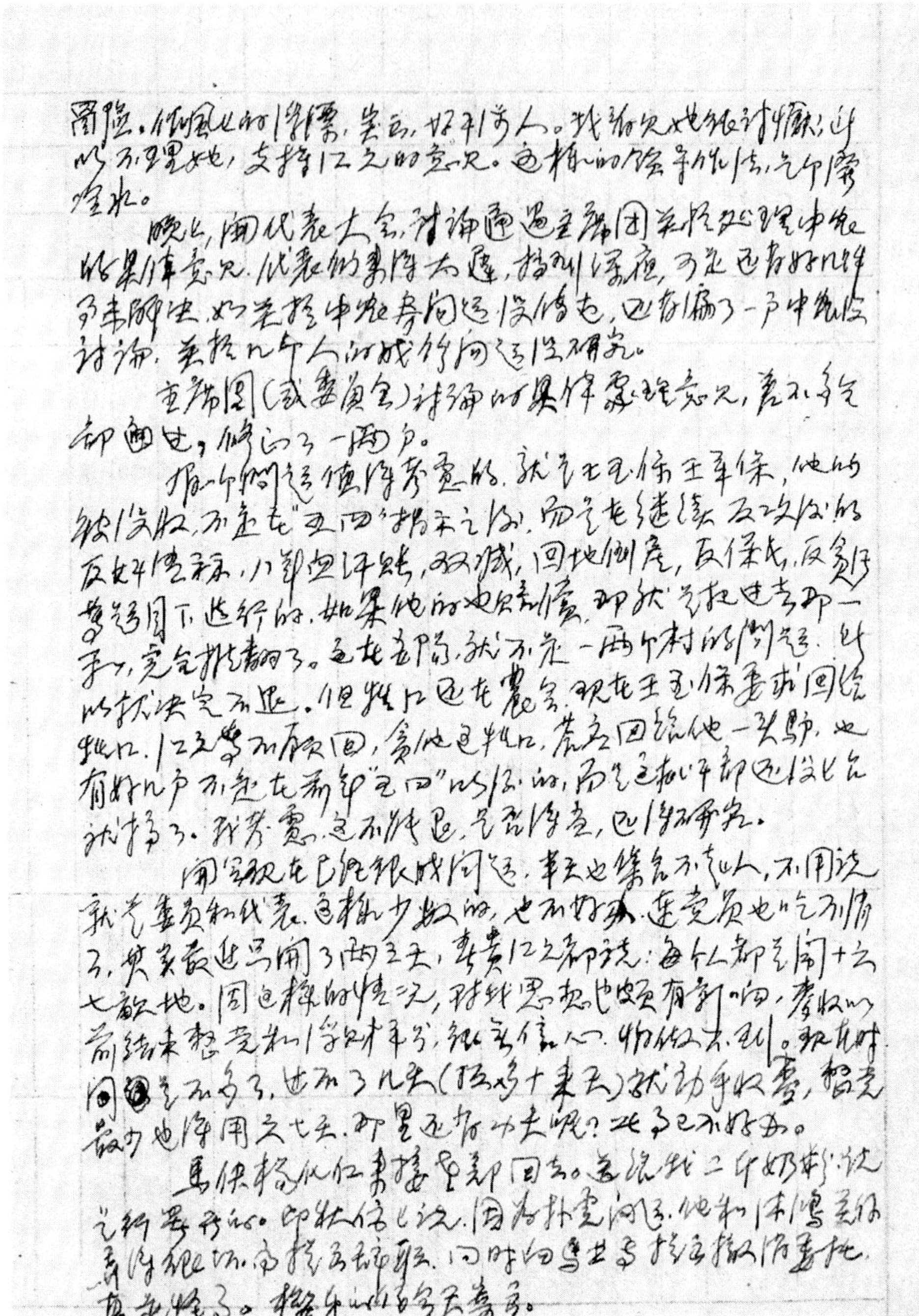

冒险，俐凤仙的澡堂，尖刻，好打骂人。我看见她很讨嫌，所以不理她，支持江之的意见。这样的经手作法，是个滑坐水。

晚上，开代表大会，讨论通过主席团关于处理中农的具体意见。代表的素质太低，搞到深夜，可是还有好几件事未解决。如关于中农参加这次会议没讨论，也有漏了一户中农没讨论。关于几个人的成份问题，经研究。

主席团（或委员会）讨论的具体处理意见，差不多全部通过，修改了一两户。

有一个问题值得考虑的，就是王玉保、王平保，他的被没收，不是在"五四"指示之后，而是在继续反攻倒算、反奸清算、八路军评级、双减、回地倒庄、反保长、反负担等运动下进行的。如果他的也要赔偿，那就是拉进去那一节，完全推翻了。这在本质上，就不是一两个村的问题，所以我决定不退。但群众还在农会，现在王玉保要求回给他粮食，江之当初不愿回，要他退粮食，并去回给他一头驴。也有好几户不是在前年"五四"以后的，而是这几年都还没有已经退了，就搞了。我考虑，这不能退，是否得当，还得研究。

开会现在已经很成问题，半天也集合不起人，不用说新党员和代表。这样少数的，也不好办。连党员也吃不消了，这次会议已开了两三天，李贵江之都说：每个人都是开十六七亩地。因这样的情况，对我思想也颇有影响，要以前结束整党和停止样子，很有信心，怕做不到。现在时间已不多了，过不了几天（预计十来天）就动手收麦，整党最少也得用六七天，那里还有功夫呢？此事已不好办。

马侯拐从红来接受郡回去。这使我二个奶奶试着开始。即敬修说，因为补发问题，他和陈鸿兰很不积极，而按照领导，同时向其出了接受批评，真是糟了。整个山的多天需要。

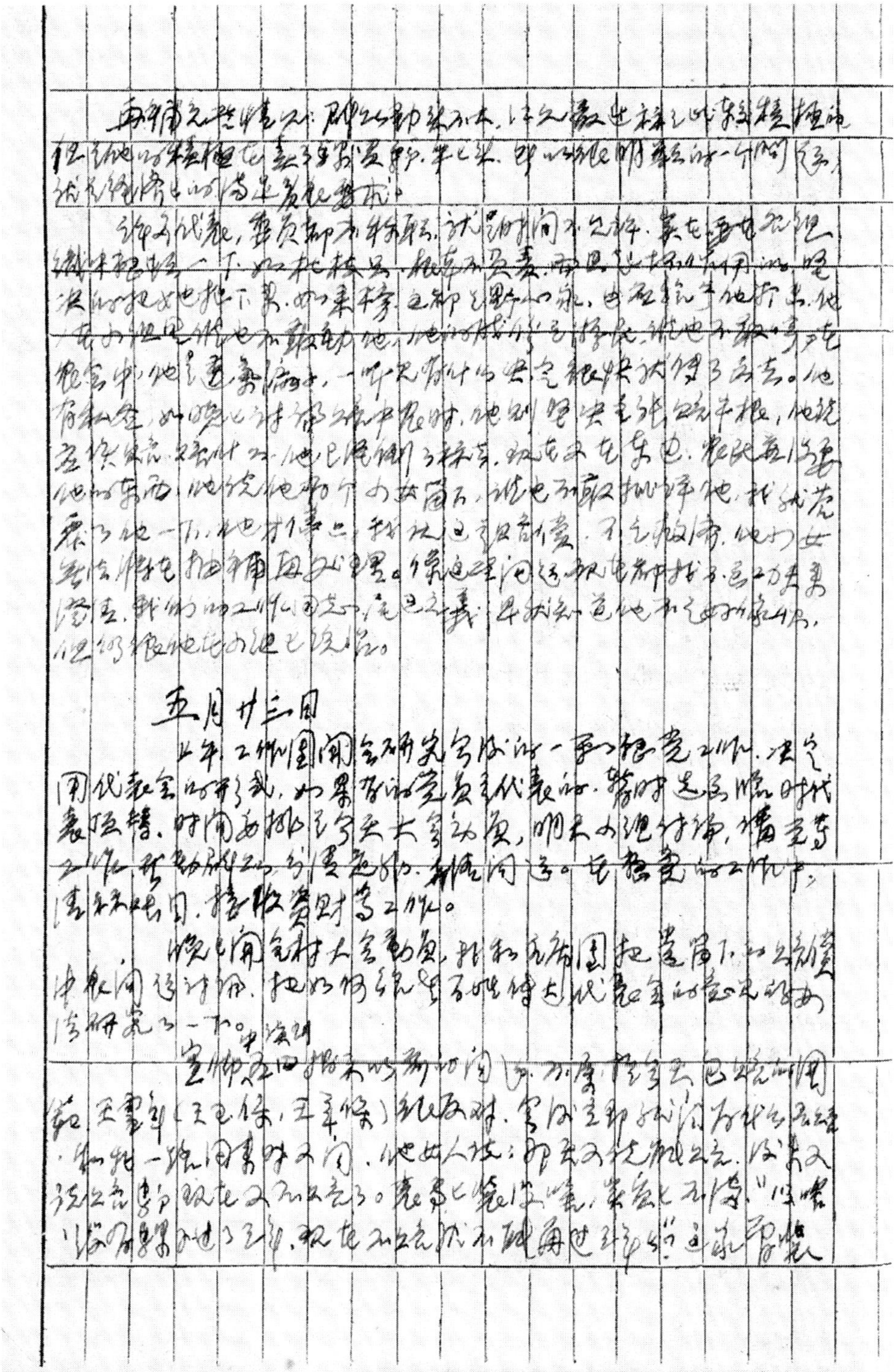

五月廿三日

过问明，拥护地主家，而这种包办的中农，对我们这种情
绪，所以贫农在乡中地位就更低了。这是地主和富农联系
问题。

这些问题虽然解决了不少，但是在一个村的几户问题，
而是全县的好多这样的问题。如果这样的话，反对阶级斗
的问题，就会成为中心。这是各个县的情况要如何，还是要
很好的考虑。

其次是中农的房子问题，也在此处引起震荡。贫农自己很
不安心，要买房子，一般的不愿意的，有什么意见很多
的，贫农的这种信心思想，所以搬进地主大院的家院，恐怕住
着不安生，要死人，很多农民都这样说，半年也没人说，说
不搬进去，硬叫搬进去，住不了，就病了好几个人。另一个
就是怕一个人在里面住，害"怕"。因为地主的房院都又大
又深，特别有几个地方不肯搬进去，一是风水不好，一是还
有些，因为这些房子里都死过人，杀死过人。再一个就是
都门窗都拆毁了，修补也是问题。但这不是个主要问
题。这问题也不能很好解决，找人的时间和材料，简直是
不可能。春耕期间，有房的倒好说，无房的，就得要搬
房问题。可是所有房子都归公（实际上我的这些分配很
保的分配定成的）。这个问题便算解决了，动的就太大了。
中农现在已经发现搬房这也是贫农不安，贫农感到房子
不是他的，也感到气不壮了。此时根据这种情况，主席团
在研究决定，要代表会决定下，说都不能叫人搬家。

工作已经基本完成，主要是时间，好多问题不能
按估计的时间完成，现在要急于把检查结束，然后团
林地，写了些什么我不记得。

电影今天回部，给他把棉衣带走和给县印机，队
风翻的信，把各部的由这里转接才来，想了一个十天才

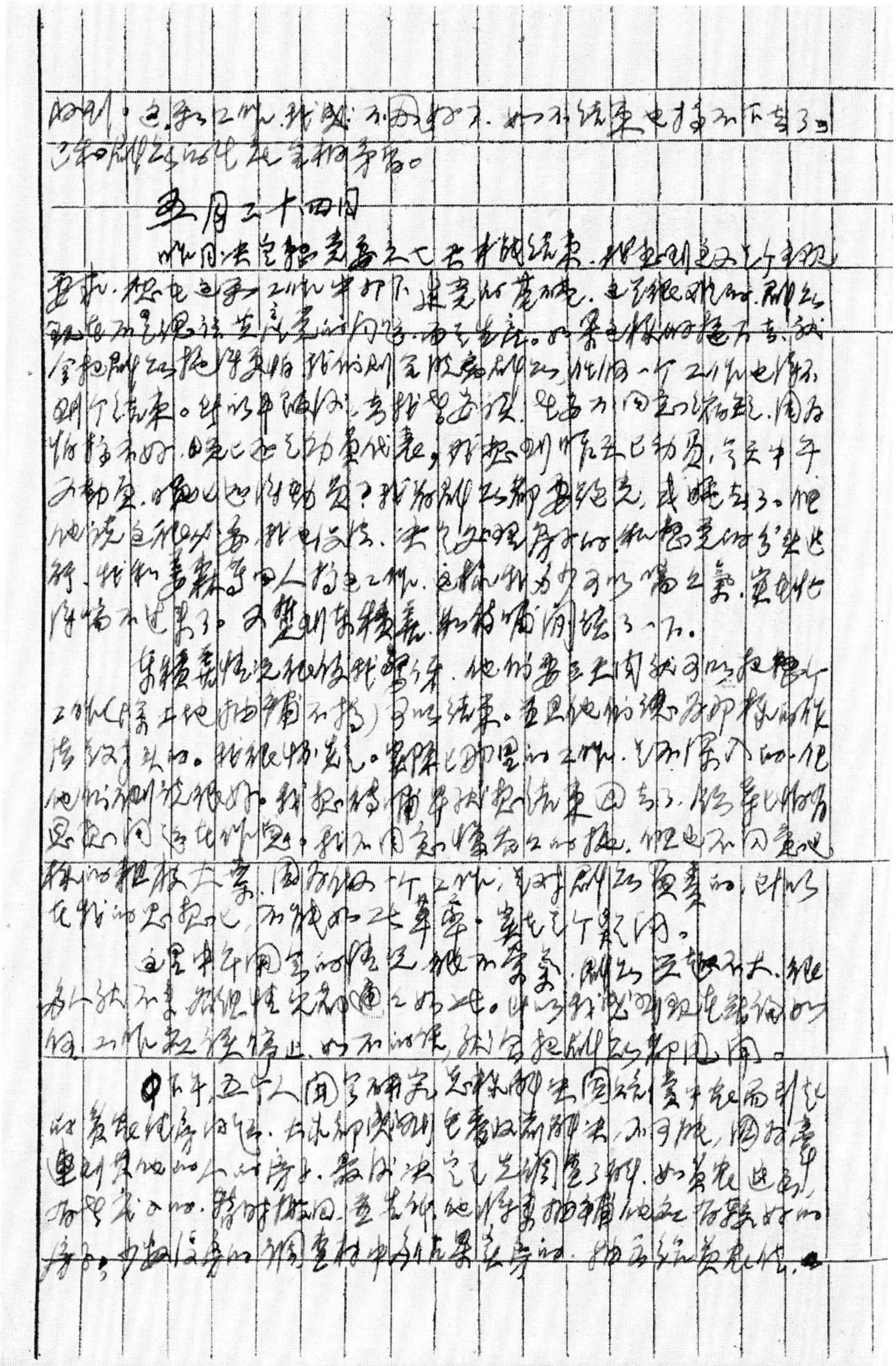

五月二十四日

[illegible]

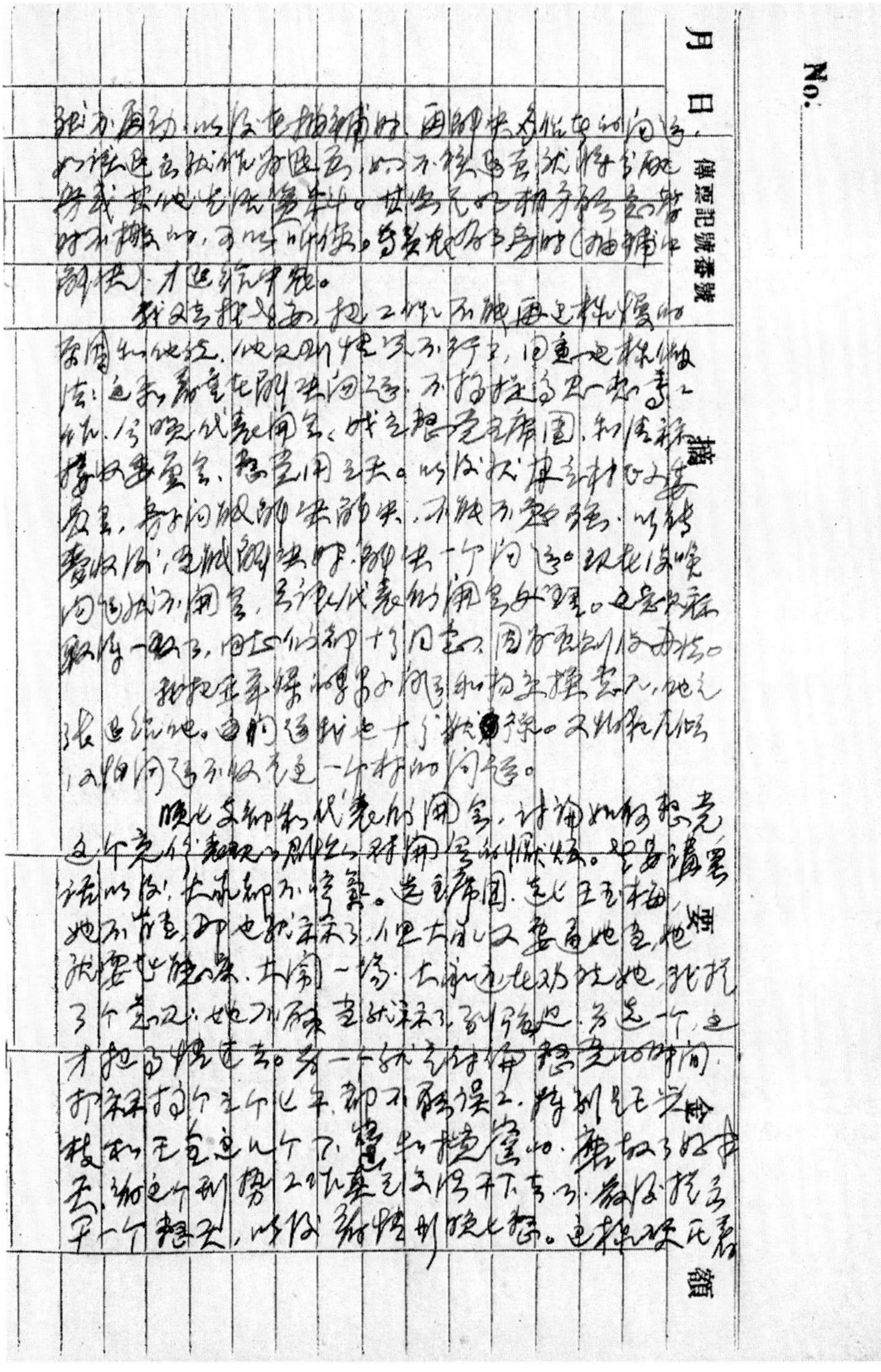
No.
月 日
傳票記號番號
摘 要
金 額

不下去。

工作组的讲话继续下去了。我已到乡向他们说：坚决和彻底地停止！我现在已完全明了群众的意思。可是问题除了说，这样做救了，简直不知道弄了个啥。要安抚，干部们[illegible]，所以我自己[illegible]下决心，只过实际的才知道日子怎么好过。

明天的试验一天，材料已不多，很好的，但可能好多人就不来。如果社里没有决定，倒好，过去说啥时开会啥时来，现在则略取各村，就不来了。已然开会不像过去那样了。

五月廿五日

今天白天开代表会转变，不过去原料，只等人员更加实了些。这个会开下来。开会中，讨论问题很不热烈，以人很苦闷。而过不[illegible]样说，也把两个问题弄明了，一个是提出新的案件，一个是关于打死人的问题。上年讨论得不好，下年代表更少，但讨论较好些，如村里几个人都能想得清楚了。谈到关于郭王田女人被打死的问题，王田就是代表，也中[illegible]团结的同[illegible]了，谈法些了，说他要东西，是不对的，因为他存了的东西自己找能要来，因此引起对他的不相信，所以有起有人去搜查，发现藏包袱的地方有枪印（像放枪的形状），就逼问他枪，这样就进行拷打，他受不住，就承认，有回匿藏[illegible]，从身上搜出两包毒药（可能是这女人怕打死她而准备服毒的东西），这就问题更麻烦，就把这女人打死了。据郭王田说，他们不知道这她是有枪的，所以他一回来就告诉干部说回来了，打唤每个人去押她，干部就问她枪，她则推说没有，他们要拉着那

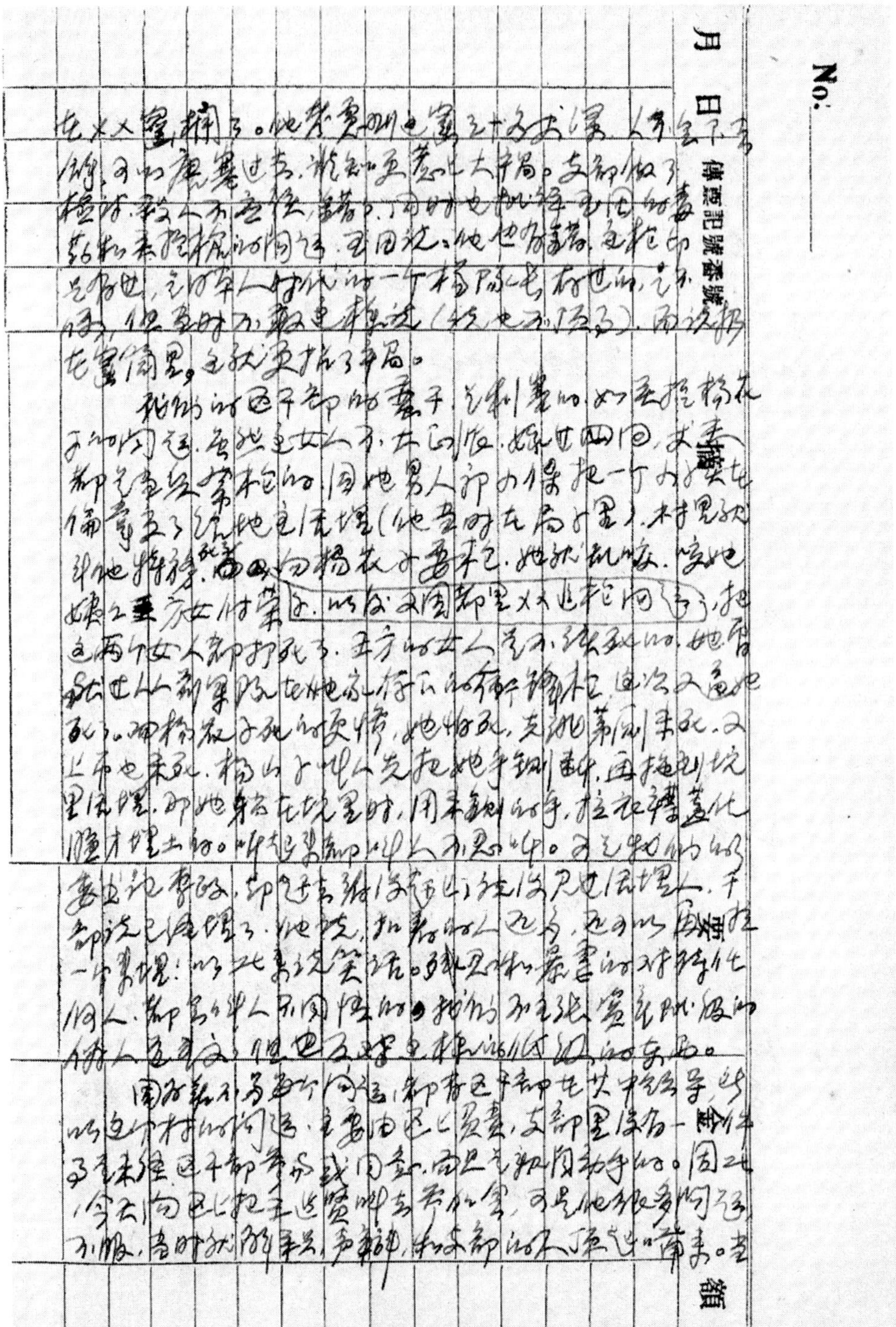

知，他有他的考虑，有引导女儿的措辞。要打开局面，这样中途是少些的，不必然就奇怪了，但不能不检查自己。王道贵今天恰恰就应该如此。

其次解决了个退出代问题。这个当然比以前好了。

张翰同志今天中午回来，说区党委决定在工作团集中结束，给这个任务名单资料，留下本队干部继续工作，以待将来抽机会解决遗留和未完的工作。春山去队，所以分到工作台，像这样了，该不该以后再说了。这里杨玉同志和安留里安同志继续这工作，也负责留我继续指导，以便取得完整的材料将来编写创作，那个好意的。除指导之外另有意思，也不能在这样每个事都做吧，可是这样工作，实在不应时常在这里搞，我也不能这样，回去可以把尚未完成的工作做完，但没全部做完，也很惋惜留恋。但我又细想，时间的不适宜，干部需要也很急，那么吧，党把的土改也不一定在创作上，由一个村来完成，决心还是回去。而且将来又是要编写比较全面的，在这里干部会分散却不便。

张翰同志就谈起此，时来同志问我需要两个没有，说实在的关心我。杨玉同志也问我和贝他同志有什么困难——我有什么困难呢？没有。很感激同志们的好意。同志们的关心，我内心说不出来的感动。当时自己觉不对却在那里感觉帮我服务人民需要东西，我知道自己材料不足，拿自己的努力，还能做出多少的工作呢？有点空虚之感。党和同志们的热爱，我要说不出的愉快激动，当然许同志也是如此，时常在关心着，我要不辜负他们热望，同志们的关怀，这是我应时刻自勉的。

五月二十六日

今天团委会开会，贾维权在区党委开会的经验传

No.

月 日

堂有些多么重要的问题，都找到了个答案。这就是在工作中的
所遇到的状况和领导的要求不相符合。我很长一个时
期里，土改不彻底的种种意见，总是写出来。在什么
工作不得动呢？但不敢提出这个问题，但在见
上总感到不对头。现在区党委的领导看来，
在本文中，太行区的土改已经肯定是不彻底的。现在
农人存在不满意，岂不是要躁起闹么？

会议的总结，从10村的主要事实，则知一样。因此
由于过去强调"缩小"这种危险性，现在造成很村十分
乱。会内流动得很利害，思想中带了情绪，时有此问。

区党委第七次会议"扭转乾坤"会议，肯定了沿陶会议
的基本正确：土改必须坚决，党必须整顿，停止乱杀人，补
偿斗错的工商业。但很多次要的问题都修正了。武用在本
区不很合适的。这个结论大，这个结论是正确的。彻从根
本上解决了这个严重的问题。（见《新华》专访笔记）

关于各村的工作，转入生产。这村把中农补偿
问题（多属当时的情况）解决，搞生产和队组，抽补工作
当时多收了的，现在先把农会委员会建立起来，成立
村政委员会。这样这村就先一步了。（贫农团解散）

黄家开了贫农团委员和代表和委员的联席会，提出
这些问题，向他们提出，中农的某些问题，应当多补些
的补偿是必要的。提出后的，群众都表示赞成，并全体通过
了一样办的，把这个问题解决了。结束时，决定贫农委会
改为选村政委员会。

经过这样的变化，总的说来，我们要把握党
的政策，搞补偿实，就要保障个人全部的产权。我也想
这也很好，但人们都对时机估计太高，要收回不准？
完的。这样的提出时间，我们要在这地方就要用力大。这
不如组织第二步东西，但要把它组好才行，所以把全部工
作也都转到[illegible]去到新的地方，也可以继续这村的。

摘

金 额

候州。因为我在这里已搞了三个月了。思想上也很留恋，但想到时节，又感到很急。我想如果可以，将在春收后，我再返回来一下，把这工作好好完成。记起鲁迅这句话：这是旅行了叶。这确是很中肯的，我十分同意。也有些误会，我回去整理别圃。算完未完成的东西，如再拖，就很不能完成了。"本行出不倒"现在离开，从动笔到现在已一年又两个月了，不算时间总不安。因此决定还是先回去。秋天再来吧，"春蚕"也有很多未完成的手续，从南稿到再版，我都没找到个很好的时间来思考。还是回去吧。

杨绍萱把东楼盖掉下，不了说就都已经去了。知道了，真对不好，哪里来这样的修养。

五月二十七日

胃口这两天十分不佳。早饭才吃了两三口就不行了。可见很象馒头就肚饿。冲过机器造的奶粉新吃，今天才开始。奶粉都坏了，一吃就闹肚，前两次就是因为才闹肚的。从此可见，长久对这些东西的保管保存时，就不如咱这些人的价值。坏了才丢。真是糊里没有变这些东西的土包子。大概是咱们的消化不良，害了肚痛的吧？这些食物真是难以形容，不知有多少人已在个旁，不知道时，就感恩不尽。好东西人家有的都吃了，真是土象，乡间土包子们闹肚子。

上午县委张书记去北京，去会议，下午开了个预备会，准备明天继续工作。

晚上开大会，动员妇女选村妇委员会和农会的委员会。我把前段的工作情况，把全部方案结合入在

No.

月 日

说。遗留问题多在春收后再闹。经大家讨论了，最后我的意见被接受了。我提出这章要修改，最后把主角民兵的问题批评了一番，大家赞成。

今天在预备会上，参加的有二十几个村的[illegible]，这[illegible]的[illegible]，[illegible]群众[illegible]在[illegible]的[illegible]。[illegible]但是[illegible]在一个[illegible]，[illegible]地主。[illegible]（[illegible]），[illegible]地[illegible]。[illegible]在大[illegible]，[illegible]的人[illegible]。[illegible]真[illegible]，[illegible]。[illegible]，这[illegible]这种[illegible]。

五月二十八日

后勤主任定了[illegible]。[illegible]吃。这[illegible]，也[illegible]。

[illegible]会，讨论了一次。大家都[illegible]这[illegible]工作，[illegible]。[illegible]土地问题都解决了，[illegible]都[illegible]了。[illegible]工作中，[illegible]土改，[illegible]土改[illegible]，[illegible]也不能[illegible]其他了。[illegible]工作[illegible]。

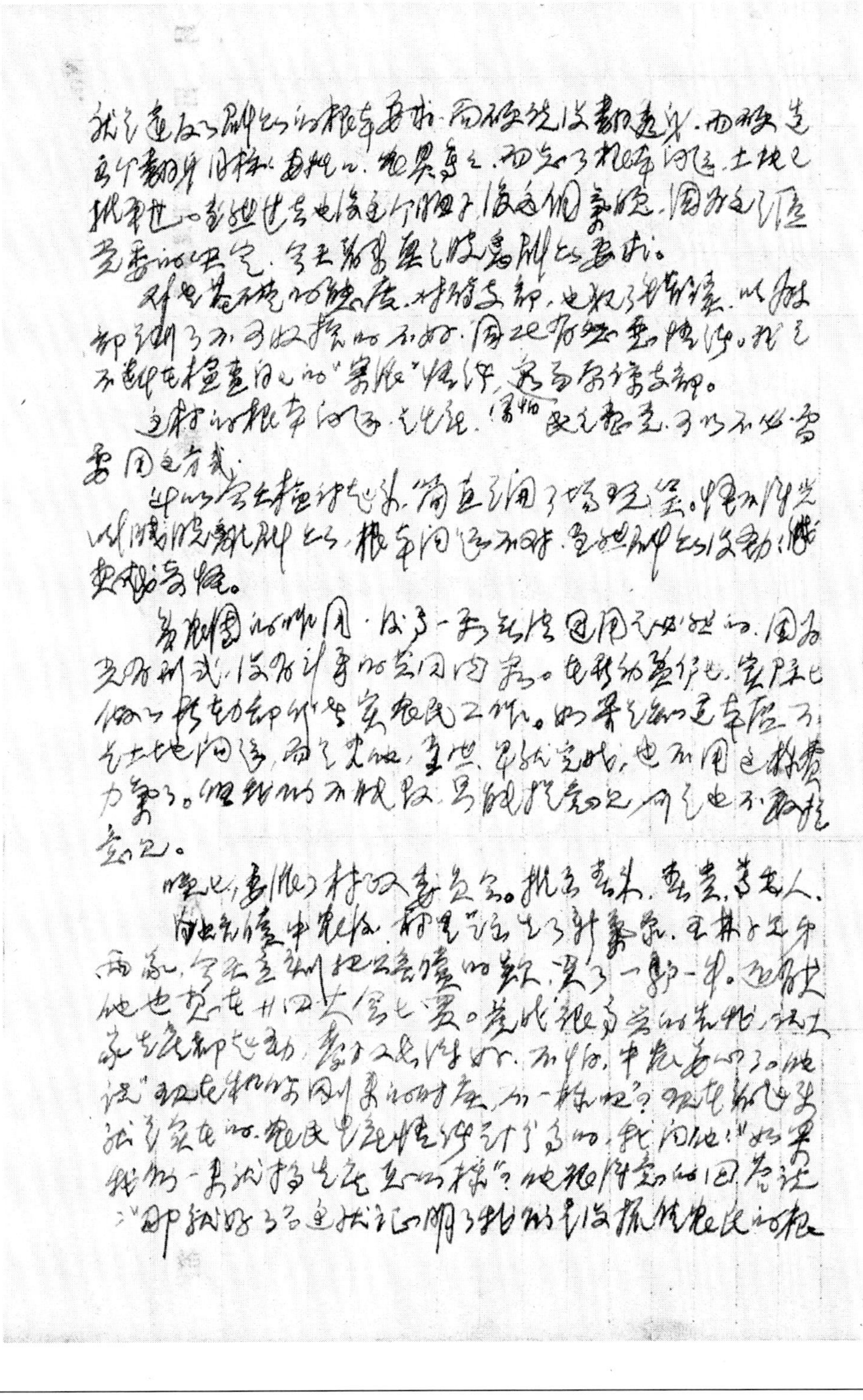

就是违反了群众的根本要求。而积极性从来都是[illegible]。而积极性是
这个翻身目标，[illegible]。农民要的，而是这个根本问题。土地已
[illegible]，竟然也[illegible]。因为[illegible]
党委的决定，完全离开了群众的要求。

对于基础的态度，对待干部，也[illegible]。以致
干部[illegible]不可收拾的不好。因此有些严重情况。我们
不断地检查自己的"官僚"情况，[illegible]干部。

这村的根本问题，[illegible]，可以不必再
要用这方式。

这次的[illegible]检讨起来，简直[illegible]。[illegible]
[illegible]根本问题[illegible]，[illegible]
[illegible]。

[illegible]，做了一些[illegible]的，因为
[illegible]内容。[illegible]，实际上
[illegible]农民工作。[illegible]
这土地问题，而且[illegible]，也不用这[illegible]
力气了。但我们不[illegible]，[illegible]，而且也不[illegible]
[illegible]。

晚上，[illegible]村[illegible]。[illegible]、[illegible]、等老人。

[illegible]中农[illegible]，[illegible]
[illegible]，[illegible]的[illegible]，[illegible]一[illegible]。[illegible]
他也[illegible]十四[illegible]。[illegible]
[illegible]
说"[illegible]？[illegible]
[illegible]农民[illegible]。我问他："如果
我们一[illegible]"？他[illegible]回答说
"那就好了。"[illegible]我们[illegible]农民的根

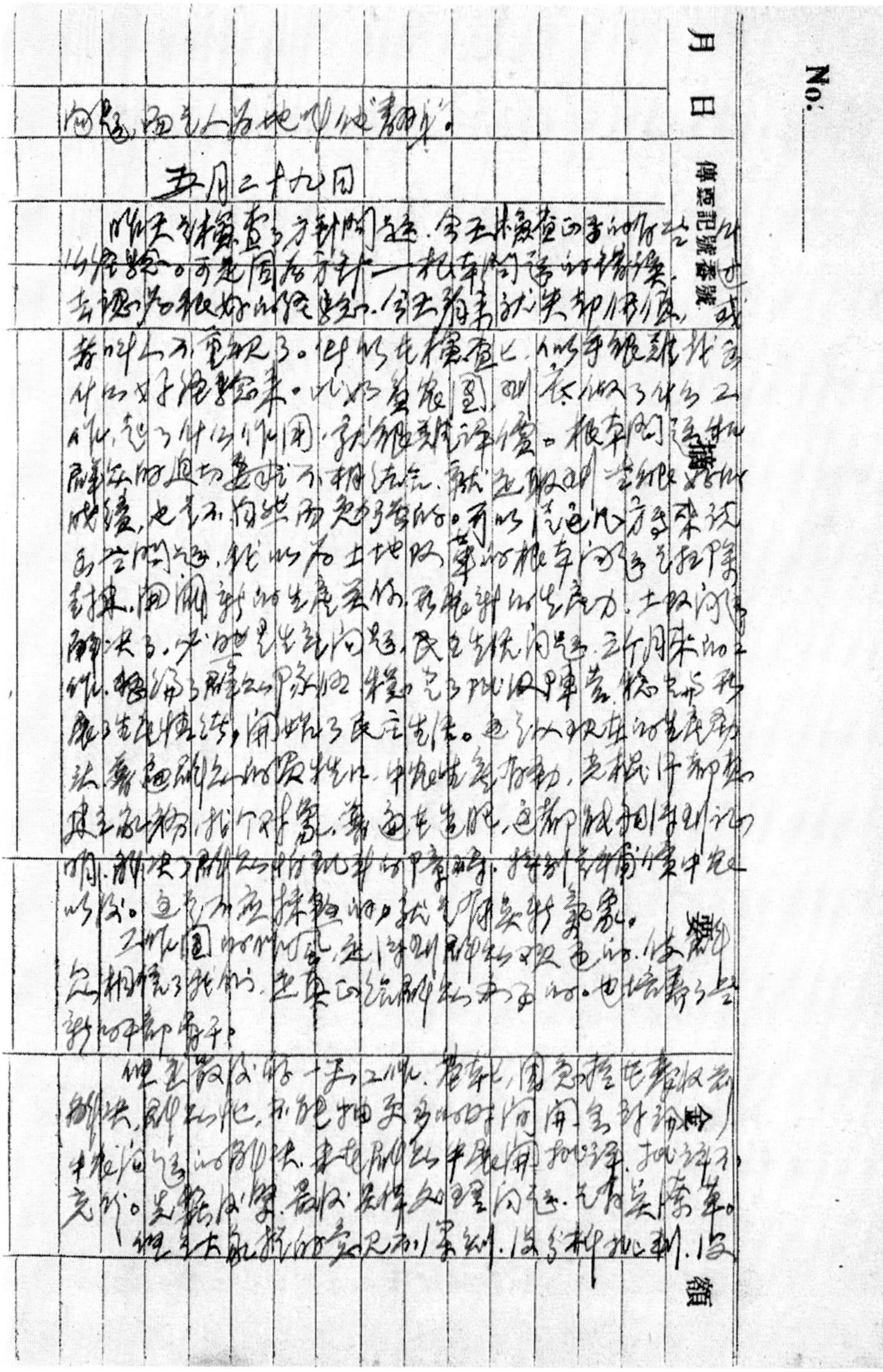
No:

月　日　傳票記號番號　摘要　金額

[illegible]

五月二十九日

[illegible]

争论。大家都没有把握统统用肥了。经济会也开得好，叫人满意。

本来还要在明天才谈遗留问题，我想像这样的情形，不必要了，就在下午讨论遗留问题。大致上把了这几个问题：生产资金、组织起来、解决劳力问题（贷款解决）、粮价问题（低价格高贵性，接近了红）体现差价问题、处理（分配）批评，和农会的保管问题（贷款前必须处理），粮食管理和执行。

保管问题，包括清算出来的东西，这已经无法追回，也不允查实情，前次卸货中，叫他们退出来，这错误的，只慎重的。这些东西的来源，大家都明白，没得说了。我当去把这些东西放在那里，作价的，让他们领回他们的。大家同意这个意见。

区党委又来个通知，工作团不要做结束，留这里的人解决问题，吃饭由地方负担。

昨天接到总队转来乐的信，可是没有收到，写了一封信，叫她不必转到这里来信，又要她收到她信再寄去。

晚上参加农会支部委员会，天下起大雨来，不能开了。

夏天的丰收景象：昨夜下了大雨，不用开会，就得了机会，早晨了，含着清早的气象，到村边走了一趟。村边的打麦场上，农民们都忙于在打场，摔麦子、扬麦子、打麦子……四面八方传来，望周围地的麦地，金黄色一片，在风中摆动着的麦穗，天空还飘着一朵朵的白云，东边透出晴天的蔚蓝蔚蓝的天色，太阳光线从云层里射出来，大地上，金灿灿

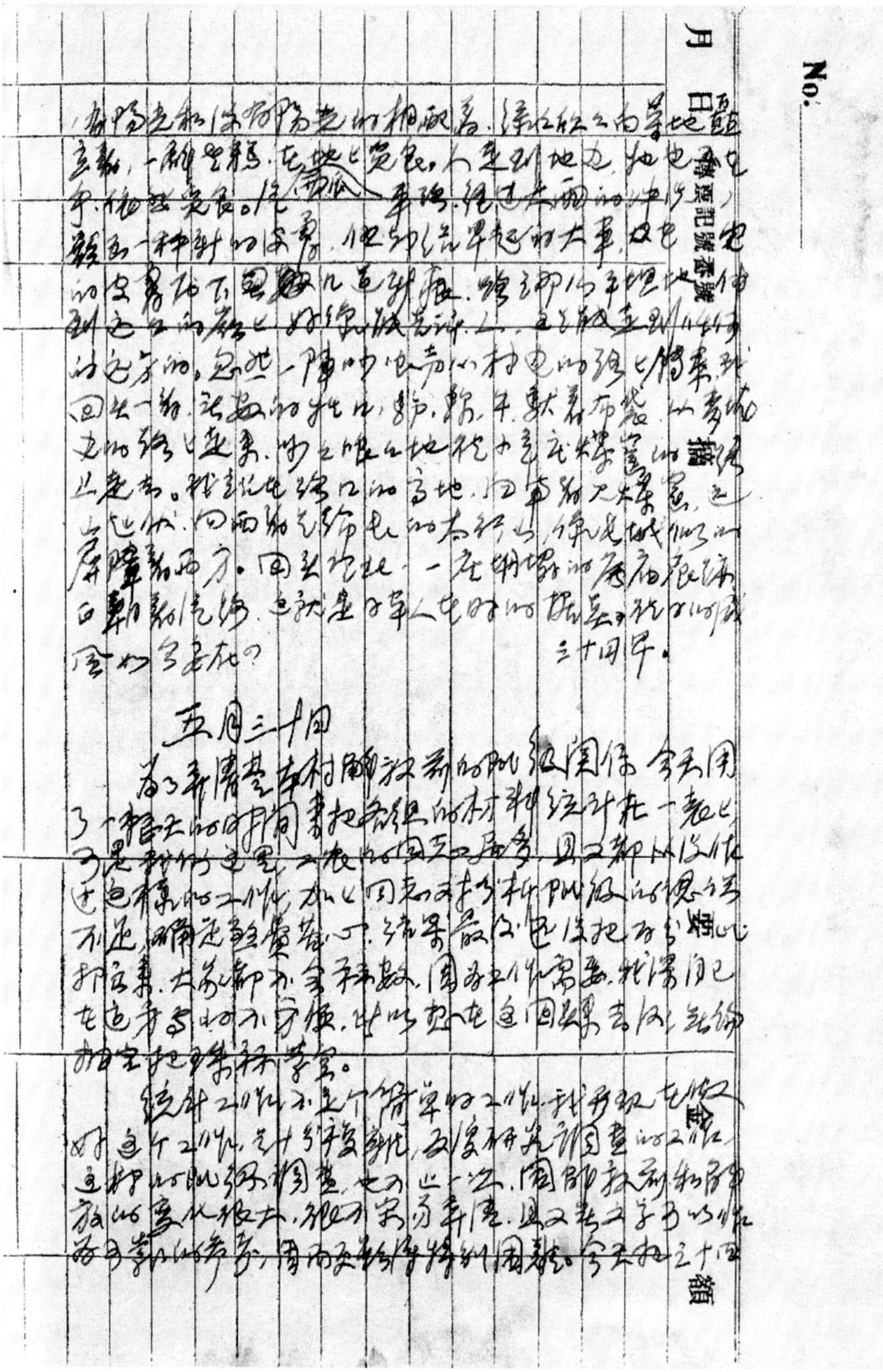
No.
月 日
三十四字。
五月三十日
三十四

部的土地户口册着，也就十分不详细的。且我们去调查
时，不管在户数上、人口上、土地上，都有很大的出入。所以
很难统计出个准确，不致错误的情况。很多是会但
课的事情，但都差不多，但一合在一块，则又会给你很大
的困难了。按照本村的材料看，户数比之过去村里统计的
都大，但土地则不足。这就证明从前的或村上的统
计不够准确。我们在都有了统。从地户的数目上看，都
低了百分之八以上，人口低百分之十五以上，这就很有
问题。特别是人口。地主富农的土地，低百分之五十四
上，这就不多。但剥削的贫农低的则百分之五十。也又
有了问题。这个问题，到底怎么回事，也没有办法，就感
其难。但自己又不愿意冒失下去，每次都很费力气。同时
几年来的经验告诉我，要弄清一个村的阶级关系，
实在是极其细致的艰巨的事情。但我在总结后是尽了
最大的努力，也只能作为参考。中午弄得把饭都忘了
吃，晚上也忘了。

张鹤也不想给这本村工作了。她想三个村都负
责一块，三个村工作同时去都行。她每做一个统计
的思想问题报告，我们都要加以。然而她却叫我
作本村的情况报告，我很不敢接受。基本方针如此
么，要求加以对照，这也说得过而不自然的。她也只好放
弃了。

要求分去搞此村校工作，我她接受的也愉快。

晚上，选举选举农会委员会，选了张桂枝为正主
席（女的），郭玉保为副主席等共七人。张一百七十六票，王
保六十票。郭玉保、王章喜、郭五成、张月清（女）、郭平安为
委员。中心生产、妇女、青年委员。选举先在支部讨

讨论过的。这些情形也很好。选出、贤棣等三人为候补。现在看来，村干部的情况，也很好。我心里常在惦着：这批干部都很好，劳动、朴素、有办法、正直，就怕他们不会注意群众的意见，对此很惦着他们的民主作风。

楼兰的信，今天总算来了，很长，嫣地、枯燥地提了些意见，也感觉很对。但也有些"情绪"，即时就回了一封信给她，比较长的，故意夸她的枯燥，并不先地[illegible]我回去赴部，把所见多现成的信发下后去，即答复今天的来信。

五月三十一日

到南柏涧参加全区村干部的会，西柏涧整党结束大会，从上午起，一直等到下午一时后才开会，共来了八七十个村干部。先到听了个整党的总结，内容由支部书记讲他们在整党过程中的思想状况及表现。报告他们开头如何不坦白、害怕，接着两个党员报告他自己思想变化，思想斗争讲得很好。比较着柳村的表现，第二是例子，分析了几种不同的党员对整党的几种顾虑，和希望保留的党员，由检查自己坦白，如何据情除到那些人通过。同时仍被选为村中的领导岗位，不端正的如何落那么少也不同。

但是不管如何，各村干部的顾虑，对整党还是很大的抵抗，说是为自己有功的，党员都怕检查，不相信。说西柏涧干部[illegible]人（[illegible]），自己不知那天才走去这个窑洞口（过这一关）。情绪很紧，也影响其他了一些整党的政策和贯彻，但不能挽回，他们都在这个里面还要回去的问题。区上的干部和干部[illegible]情绪的，所以对反映这里的情况作了个[illegible]。

天气非常热，在帐篷底下，大家都汗流满面，我坐在屋里都热得难受，回到这里，天已擦黑了。

六月一日

到西[illegible]开会。开工作团的各村试点汇报，[illegible]试点。

[illegible]是由之一般总结。开头根据宣传的精神检查[illegible]的问题，都不对头，[illegible]都有错误的。因为这几个方针不对头，那么什么也很难说团结。以[illegible]精神来检查也很对，这可以检查我们的工作。可是在他说话到第二、第三段的时候，就不一致了，他检查以后的结论了，以[illegible]团的作用，但统战方面，第二，[illegible]组织[illegible]团的作用，[illegible]开大会时间，[illegible]统战和宣传，需要5天的时间。大家对此很不满意。

[illegible]的经验，[illegible]价值，但[illegible]的[illegible]，[illegible]很好的价值，也是[illegible]用的。

[illegible]很[illegible]，[illegible]什么东西，[illegible]团结，[illegible]检查。我认为[illegible]经验，[illegible]不十分好的。

西积善工作的结束

六月二日，工作团全体在西积善，听取[illegible]的报告。根据[illegible]精神来检查西积善的工作，[illegible]，[illegible]的。说明一个问题，[illegible]方针不对头，[illegible]成绩，但[illegible]方针上[illegible]缺点，[illegible]方针[illegible]，[illegible]检查[illegible]的，[illegible]经验。

[illegible]精神[illegible] [illegible]积善的[illegible]报告，[illegible]一下午，[illegible]，但这里说明了一个极[illegible]的问题，就是[illegible]积善工作，[illegible]性的。[illegible]

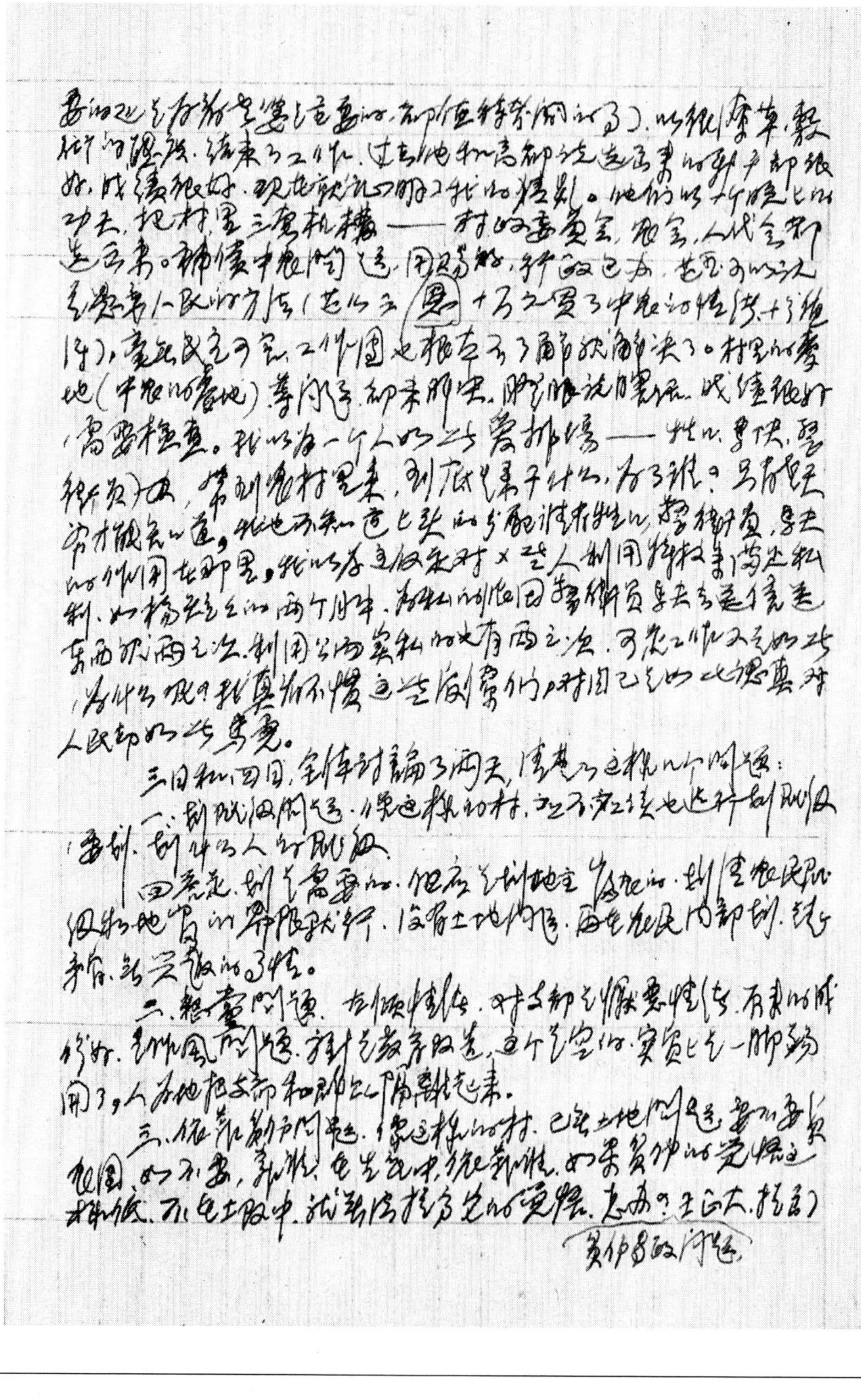
要做过已有新生婆这要的，却值得学习的了）。以张保华、毅
行的组织，结束了工作。过去他和高都说过这是来的新户都很
好，成绩很好。现在就记叨了我们的情况。他们以十个晚上的
功夫，把村里三家机構——村政委员会、农会、人代会都
选出来。补偿中农问题，用了多数，纠正已去。过去可以说
是发展人民的方法（过以至恩十分之一买了中农的情况，十分之一退
还了），靠民主方式工作团也根本不了解就解决了。村里的麦
地（中农的麦地）等问题，都来解决，群众就满意，成绩很好
，需要检查。我以为一个人的工作发挥得——性以要快，要
我们…，带到各村里来，到底是骂了什么，为了谁？只有在这
才能知道。我也不知道七天的分配情况怎样，还得检查，要去
的们问去那里，我以为这些对×些人利用特权来同志私
利、如榆社的两个月来，本村的很多群众去告过信来
东西就两三次，利用公家私的也有两三次。可农工作又是的工作
，为什么呢？我真不懂这些同志们对自己的，也没要对
人民的工作负责。
三日和四日，全体讨论了两天，清楚了这样几个问题：
一、划成份问题。像这样的村，还不应该也进行划成份
，要划，划什么人的成份。
回答是：划是需要的，但应是划地主、富农的，划贫农民成
份和地富的界限就行，没有土地问题，而是农民内部划，结
果只会是破坏团结。
二、组织问题。在领导上，对干部是很关心的，有来的成
绩好。主要是问题，对于教育改造，这个是空的，实际上是一脚踢
开了，人为地把干部和群众隔离起来。
三、依靠贫雇问题。像这样的村，已经土地问题要以多点
范围，如不要，就没有生活中，依靠谁，如果贫雇的觉悟没
提高，不在土改中，就要培养他们的觉悟。志贞：王正太，提高）
贫雇…问题。

这[illegible]问题、路线，是在这个问题中，也是有极重要的问题。

这个问题是解决了的。我们希望统一[illegible]大量是，但贫雇农的组织形式，有的地方[illegible]，有很多地方的贫雇农是经过土改，是这个阶段的，但是这样，土地已经分配了，组织[illegible]什么呢？不过劳动的积极性就在这里。因为我说[illegible]土改的[illegible]，我们的组织是贫雇农[illegible]，[illegible]。[illegible]，[illegible]贵[illegible]的讨论，这样的贫雇农不是[illegible]斗争中农，因为这里[illegible]30[illegible]，[illegible]觉悟的提高，而是在一次的[illegible]中就能解决的。[illegible]提高农民的觉悟[illegible]，[illegible]在一次中实现，更不能在一个斗争中解决。[illegible]，在[illegible]中能提高他们的阶级觉悟，[illegible]他们，因为他们是[illegible]相信共产党[illegible]。[illegible]他们都把[illegible]成为中农，或已经成为中农，但是[illegible]他们[illegible]，[illegible]。[illegible]中农一样要团结，要[illegible]他生产的积极性[illegible]。[illegible]要[illegible]他的[illegible]。生产是全体劳动人民的事情，不仅是贫农的问题，[illegible]包括全体农民在内的[illegible]贫农多数的问题。这问题的性质[illegible]常存在，今天的阶级[illegible]，[illegible]一致[illegible]。在农村中，[illegible]中农，[illegible]农民[illegible]。[illegible]不[illegible]，[illegible]。[illegible]中，[illegible]，[illegible]农民的[illegible]，[illegible]？[illegible]意思大概是这样，大家都大体上同意的。

四、[illegible]的讨论。

[illegible]的[illegible]，我们召集了全体农民，告诉他们我们[illegible]人

要回去，检讨了我们在村里的工作的错误，以大家走了之后。再和区谈支部问题，我谈的内容，是把这两天我们对支部的错误，同时提出了。在土地解决了以后的情形，支部也有功劳，过去犯的错误，上级应负责的。他报告了他富民变了之后的情况，领导勤也觉了调动着。我特别问了问他说把本村的地主中坚，是说把土地分给谁的，中错的中农，有那几个，他立刻说有错，有那几个，特别指出部里面和他当选的问题。同一个村的怎么富民变化的问题。又把这位算人的子女也谈了谈。问题的根源就从生产上提出的，结构造了本村的根本问题。

四号去讨论整风问题。机关的人都来了。因为整理文件，西柏间少送回一本整风报告，特别想也要回干部回家看的通知，把我误了整个晚上的时间，没参加部里的总结和检讨。

因为第二天要早走，把各种问题都要交待，所以睡得很迟，明还不出就天明了。

辞途

五日，是回队的日子，起来很早，首要起来更早，我在收拾时，他就忙着走了，据说他要到赤岸城去找一个女孩，准备作对象。慕珍、孟良、和王锋都走了，知道我姓什么，一早就把东西送来，要给他们全部带走，数在的人都不太容易了。刚出来二里，就连一点行李都不背了。回想彼稍和我的情况都不能够了，人多，牲口少，我想最好多少节约一点，牲口驮一些，即就弄开了，还知道这些人都不管，多半全都钩来。回想两相间的也一样，行了一个头站，把四五个人的东西，一点不留地放上去，骡驮得太重，累都疼了急，说驮不动，我要说服他们，每人少带一点，就能减轻牲口的负担，他们不接纳。

停了好了样子，才走了半天，四十里地，到了封城，我是不会下雨会

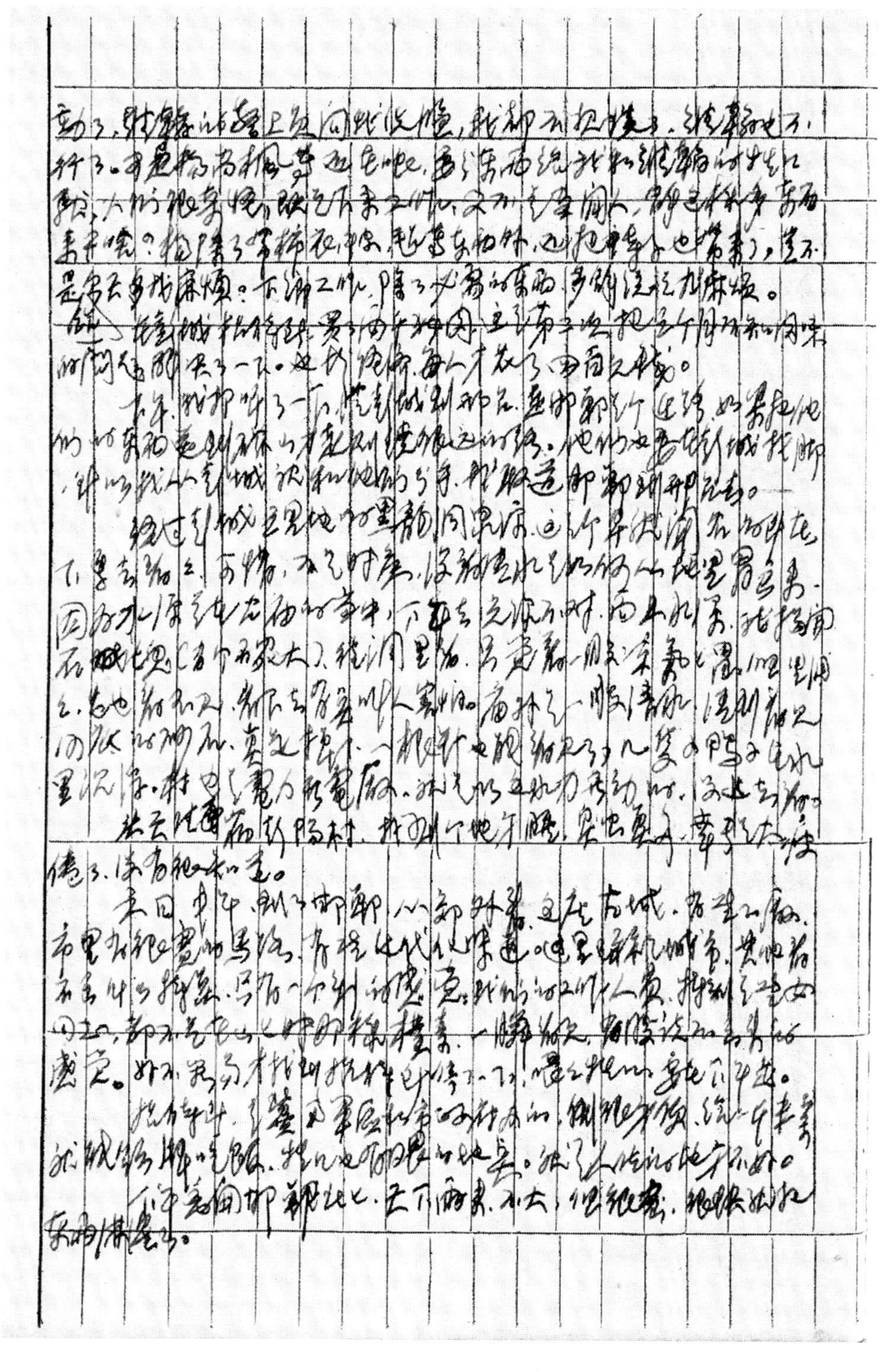

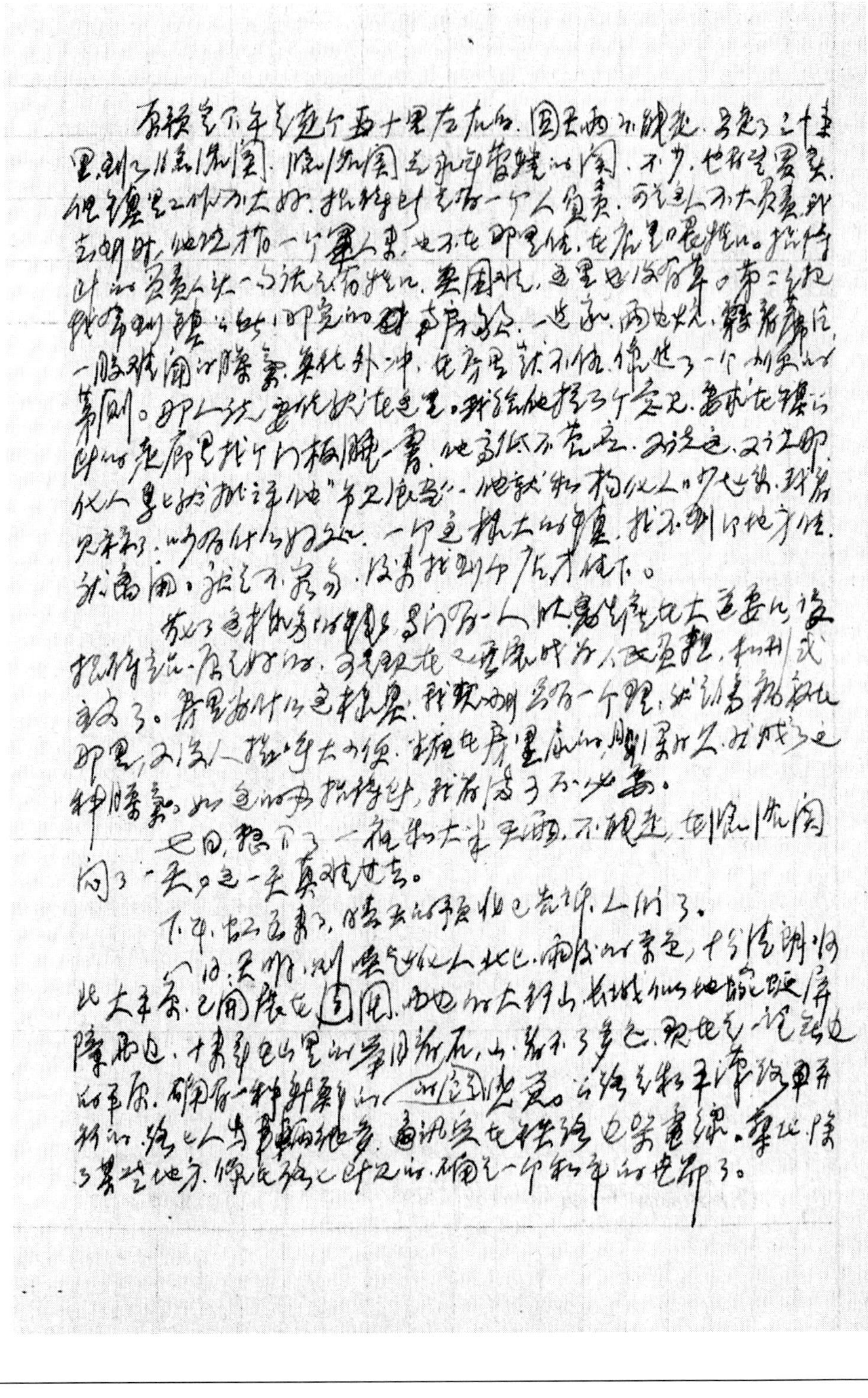

原预定下午可走个五十里左右，因天雨不能走。只走了二十来里到了[illegible]。[illegible]是个有警卫的[illegible]，不少，也有些买卖，但镇里工作不大好，招待所总有一个人负责，可这人不大负责。我去的时候，他说有一个军人来，也不在那里住，在店里吃饭呢。招待所的负责人只一句说就有饭吃，[illegible]，这里也没有草。第二天起我[illegible]到[illegible]的那里[illegible]。一进家，雨也大，[illegible]，一股难闻的膻气，臭气扑冲。在房里站不住，像进了一个[illegible]的马厩。那人说要你就住这里。我给他提了个意见，要求在镇上的店房里找个有板铺的一间。他可能不答应。又说这，又说那，似人要[illegible]批评他"[illegible]"。他就[illegible]似人，[illegible]。我看见实在了，哪有什么好处。一个这样大的镇，找不到个地方住，就离开。[illegible]不客气，后来找到个店，才住下。

[illegible]这样[illegible]，[illegible]有一人[illegible]在大道[illegible]，招待所说，房子好的，可是现在[illegible]，[illegible]就[illegible]了。所里为什么这样呢，我觉得只有一个理，[illegible]那里，又没人接待太不便。[illegible]在房里[illegible]，[illegible]这种膻气。如这样的招待所，我看倒不如不要。

七日，落下了一夜和大半天雨，不能走。在[illegible]闷了一天，这一天真难过去。

下午，[illegible]，[illegible]已告诉人们了。

八日，天晴，[illegible]北上，两旁的景色，十分清朗明[illegible]。此太平[illegible]已开展在[illegible]，西边的太行山长城似的蜿蜒屏障在那边，十来年在山里[illegible]，山，若不了多色，现在这一望无边的平原，确有一种新鲜的[illegible]。公路上[illegible]车马[illegible]，[illegible]人[illegible]，[illegible]在[illegible]电线[illegible]。[illegible]除了某些地方[illegible]，确是一个和平的世界了。

人物——傅家成，四十六岁（九姐丈夫），修路工人。先九[illegible]，解放后，回本村居住，[illegible]修公路[illegible]，在村里负责[illegible]地主土地分配[illegible]，[illegible]时，因为[illegible]。[illegible]如[illegible]他在本村[illegible]不好，[illegible]村里[illegible]他撤职[illegible]，要他负担[illegible]，当他自己回来[illegible]，很想问问他回来[illegible]，回来[illegible]。这个人很聪明，但不老实，[illegible]他[illegible]回来，就把[illegible]十[illegible]回来[illegible]他[illegible]找机会[illegible]时间[illegible]在大会上讲[illegible]一番，[illegible]时间，[illegible]说一说，他[illegible]了。在大会上[illegible]毛主席[illegible]一番：毛主席像太阳，那里有他那里就放光芒，那里有共产党，那里的人民就解放，[illegible]，不[illegible]。这段话[illegible]了一番打动别人的心，他[illegible]。

这人富有工人的特性，自尊心很强，如他在家里[illegible]打铁，[illegible]打铁[illegible]，[illegible]回村来后才知他打的铁[illegible]（他是个修铁炉工人）。但他在工作中，[illegible]人[illegible]，他就[illegible]，现在[illegible]村[illegible]，[illegible]不说闲话，他不高兴人家说他[illegible]。人说他不好，他[illegible]，很[illegible]。他[illegible]据说是因他[illegible]，他[illegible]了，他[illegible]他女儿[illegible]了，[illegible]。因为他是个[illegible]，[illegible]对别人说话，也不高兴[illegible]。

这个人，[illegible]，[illegible]人很[illegible]。因为[illegible]对[illegible]。一有机会就[illegible]，大[illegible]，有人也[illegible]。他女人[illegible]一段人物。他一[illegible]说话，女人就[illegible]疯了，你说疯话啦！我们[illegible]他说，他[illegible]我[illegible]疯

了。他则不服气，但也不理他女人，仍然说他的理论。每当[illegible]的场合时，总很有意思的。

因人家都吃了饭不吃饭的情形，他总找他地去耍，那时，他还没搬回来，搬回后，则大大方方[illegible]到我们门口。因之，我们也那里闹实不方便，就向校部主任说一，要换个地方。校部主任不答应再找。就问他什么时候可以搬开。[illegible]时间则不再说我们打扰了。他[illegible]则说：我什么时候都可以[illegible]，是全部党员党校借去，[illegible]他不该找打扰了。

在我村里的闹事，讲民主，因为他是[illegible]，所以不在屋里，他不[illegible]住在村，他很少说话，还能[illegible]地也[illegible]的[illegible]时回来[illegible]。他是[illegible]工作。他很重视朋友，一定[illegible]朋友的接[illegible]，[illegible]工人[illegible]的[illegible]。因为[illegible]工作，[illegible]村村的[illegible]，[illegible]中国[illegible]，他不[illegible]过问村里的事。此以在[illegible]个过程中，他表现对村村的[illegible]不[illegible]。在村里，务力[illegible]的[illegible]。

关於妇女的材料　　1948.12.14

李英田住的房东，是十多口人的老人，有一个兒媳妇，有一个孙媳妇。据她兒媳妇说：婆婆害她家，从没吃过她家好东西，儿媳每当她兒媳不在家，则煮饭，她藏的东西，这里藏一個，那里藏一个，席底、柜子，什么地方都藏，就怕家人偷去了。她做窝窝吃，就等她兒媳去了娘家才做，一边做一边说："我家媳妇喜欢吃窝窝，我要给她做吃，她就去了娘家了！"一边做一边吃，做完也就吃完了，最后剩下半碗，她儿子（干部）回来了，她就又往肚子里咽，说："哎呀，做这一点东西也吃不下去！"

前庄有个[illegible]，老婆婆当她在窑洞住，夜里关门和女儿做饺子吃，她男人（干部）回来，则女儿赶快藏好，不让见。这样互相欺瞒，互相依赖。

老人的兒媳，每月给兒[illegible]，每以这机会也给老人个分[illegible]，她一听兒媳来，则赶紧藏好东西。

我家有一对夫妇，男人大女的十来岁，总是不和，吵打。以后离婚了，男的另找了一个较大些的女人，女的也找到了一个合适的男人，二人都很愉快，生活的很好。可以说就是自主的婚姻，是对民主家庭，发展生产有利。可以加条意见，就是双方都有结婚自由，可以找主[illegible]朋友[illegible]，以杜自主婚姻的发生）。

我要说的一个家庭是军家，因为是自由恋爱的结婚，夫妻很相爱。男人参军已四年，女的毫无怨言，而且是村中的积极分子，生产等都很好，安心等待爱人胜利回来。这次男人来了一封信，她要去找他。（这说明合理的婚姻，妇女就不受痛苦的表现，因为她是自由恋爱的，所以要有保证。）

旧的用封建的办法来压迫妇女，男人用参军的方法，和女人离婚，因为政府规定，战士家属的离婚是很严格的，所以使很多妇女受了痛苦。西沟有一个妇女因不满意婚姻，叫她丈夫去参军，以使她好离婚，但她丈夫不能去。

妇女解放，先得使妇女都能和男人一样从事生产，今天从农村但还到合作生产，将来进一步到机器生产，使妇女在经济上完全解放，以后也才能完全解放，和男子平等。

中国的社会是个体社会，一个人劳动养一个人，一个人劳动要养活好几个人，这样使妇女完全依靠男人，不能去生产，认为生产不是她自己的事，也是不光荣的事。

婚姻不自由，家庭不和，女人还有什么心去生产呢？所以必须建立在自由的两性关系中，双方都满意，才能使妇女能安心去劳动。

西戍有一个妇女，因为去集场，晚做了饭，男人回去就大骂。女人不敢吭，等晚上，女人才说她丈夫，说也不是偷懒不做饭。又触恼了男人，又骂女人，女人顶了几句，男人在外头吼起："太好了，这是什么天地，女人敢还嘴，你这女子（婆娘），不敢打她这样的人"？男人想就打她，把她打得她精黑了，男人还去告街长，说她是媳妇骂、打男人，街长去，女人说：你看是他打我呢。街长不敢管，就这样，打了还说不平嗎？

土改纪事录

关于《土改纪事录》

《土改纪事录》是 1948 年 3 月—5 月，阮章竞在河南安阳东、西积善村参加土改时的工作笔记。这本笔记约 6 万字，记在用裁开的线装书做的本子上，用《人民日报》做封面，这也是确定笔记时间的一个依据。

《土改纪事录》及《乡间记事》之五在时间上是重叠的，但角度各有侧重。

这册笔记的主要内容是各种会议的现场实录，包括上级传达指示的会议、村子基层的会议、农户的生产生活资料登记、投票记录等。日期连贯，真实可贵。

编者将阮章竞在 1988 年口述的太行山回忆录中关于安阳土改的文字摘录如下，供读者参考：

> 土地改革，我也参加了。我和几个同志组成一个土改工作团，我们到了黄河北岸国民党的大据点安阳西边的东积善和西积善，这两个村子距敌人只有 15 里地。在这里开展土地改革运动，可以调动群众积极性，对围困安阳很重要。
>
> 工作团的团长是边区党委书记陶鲁笳，但他从未参加过工作团的工作。工作团由我和张维汉以及其他一些人组成。张维汉原是八分区地委书记，因为有右倾倾向而受了处分。我们的主要任务是检查当地的土改情况。我当时对土地会议“左”的路线是相信的。
>
> 我们到了村子，发现村长、书记、农会、武委会负责人在当地工作很辛苦，要派民兵监视敌人，还要支援前线，负担很重。这个村子的干部基本上是雇工、煤矿工人、农民，都是文盲和半文盲，工作作风错误很多，打人骂人，多吃多占，但不是拦路的“红石头”。我与张维汉主管大村西积善，我们两人意见一致，但负责小村东积善的杨待哺却有不同意见。我们商量的结果，一边调查，一边写报告请示。
>
> 我的房东是个矿工，我和他一边干农活，一边闲聊，通过聊天了解到这里的许多事情，感觉到农民们和村干部都不容易。这个工作大约从 1948 年 2 月份一直进行到 5 月底。我

们边调查，边做思想工作，提高干部的觉悟。虽然觉得没有大事，却不敢撤走。

陶鲁笳对我们写的几个报告都未予答复，我们很失望。

正在5月份，毛泽东路过晋西北，发现了前方土地改革委员会的土地政策有问题，很不高兴。听说在有一天吃饭时，谈及刘亚雄的父亲刘少白这样的开明绅士受到伤害，打击了他们的积极性。刘亚雄是个著名的女革命，刘少白对抗战和解放战争有功。

据当时在场的人的说法，毛主席很生气。这样一来，我们按兵不动，没有使很多人受委屈，算是做对了。

——《阮章竞文存　回忆录卷》，北京十月文艺出版社2022年，第625—626页。

附：

《土改纪事录》摘要

（1948年3月—1948年5月）

509　5月5日　划阶级

515　人名

516　人名投票计数

517　5月12日　代表会讨论问题内容

519　人名

520　困难户情况

521　5月9日　东、西积善村土改工作团党费记录

522　困难户情况

523　5月18日　关于赔中农的反映

525　5月23日　关于结束整党问题

　　5月24日　关于房子问题

526　5月28日　总结讨论

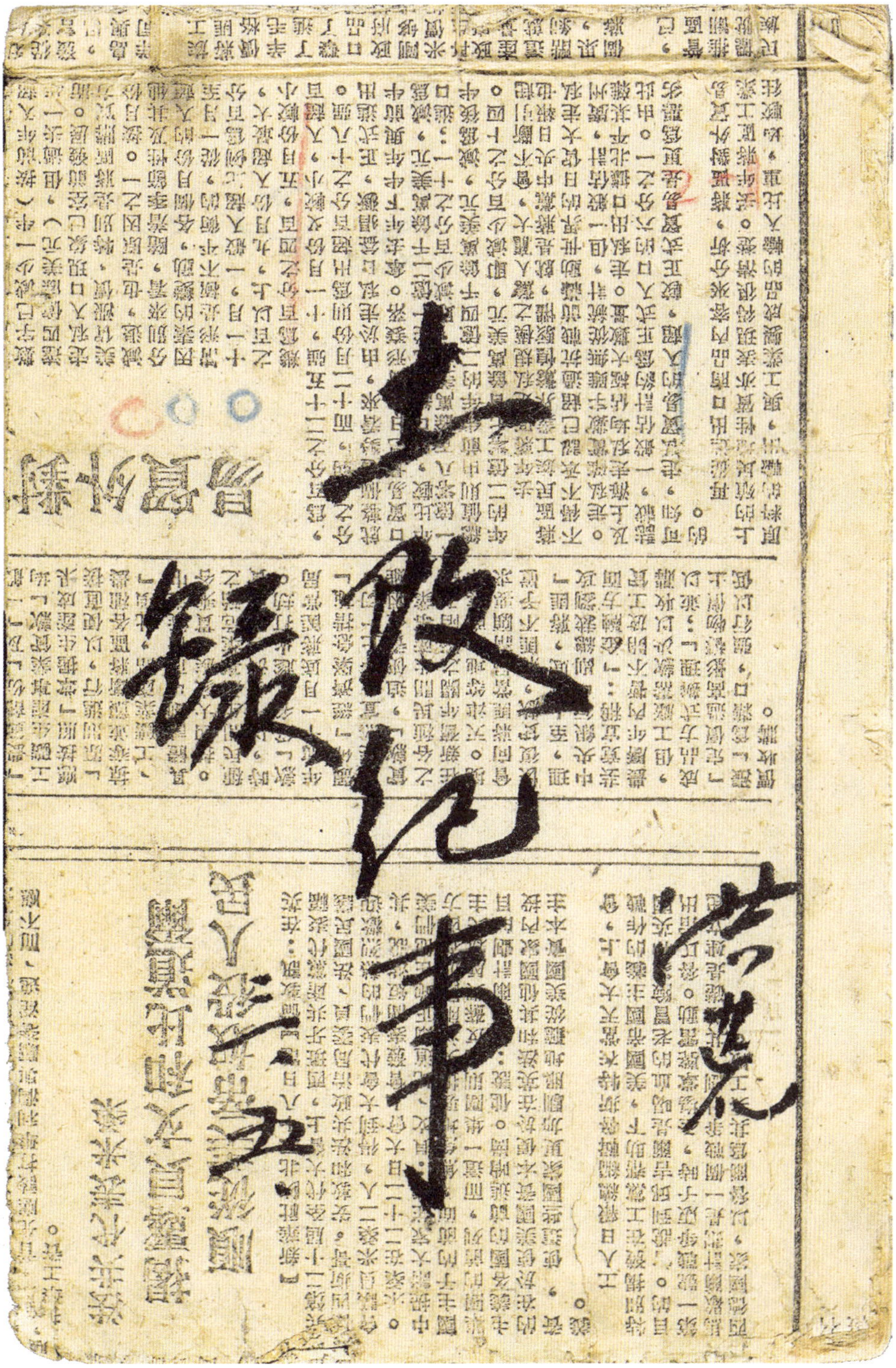
土改纪事

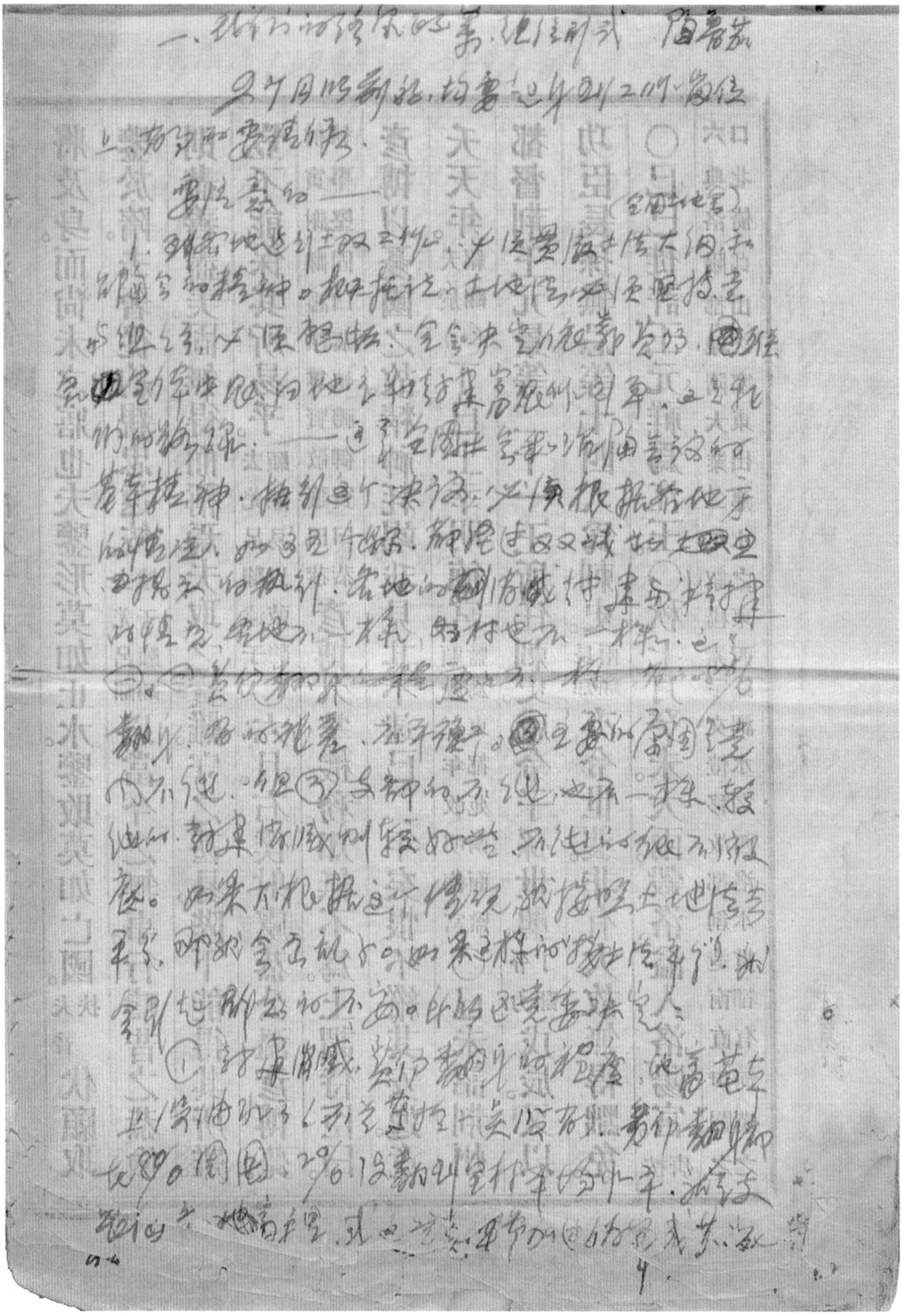

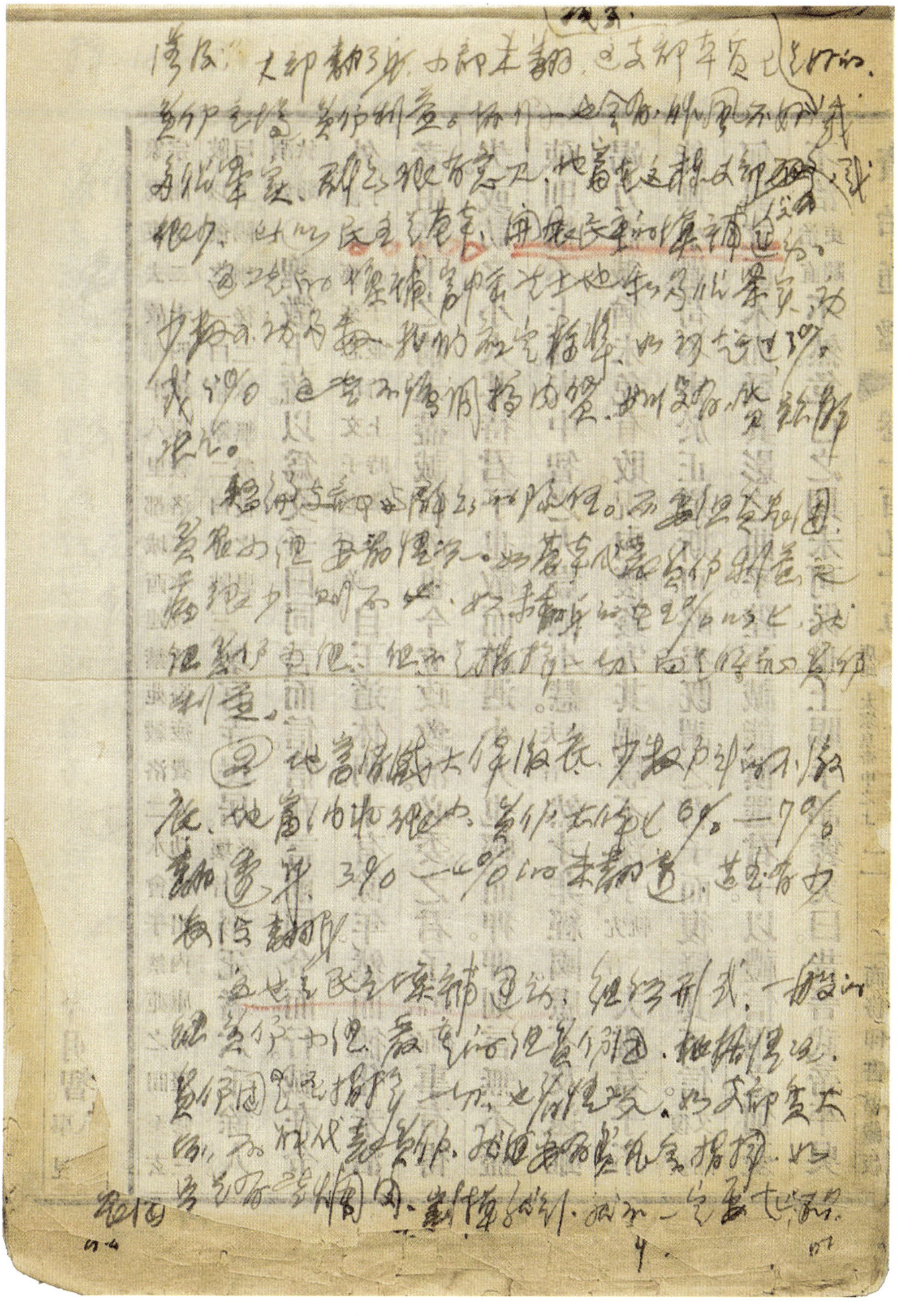

掉一切作用。

②地富阶级是整个阶级不做农，有由少数[illegible]来的进来，被不做农的地主[illegible]

[illegible]

[illegible]

继续研究[illegible]作用[illegible]

[illegible]作用。

③[illegible]

[illegible]

[illegible]

[illegible]

[illegible]

[illegible]

④[illegible]

[illegible]

[illegible]

[illegible]

[illegible]

[illegible]

[illegible]

[illegible]

[illegible]

4.

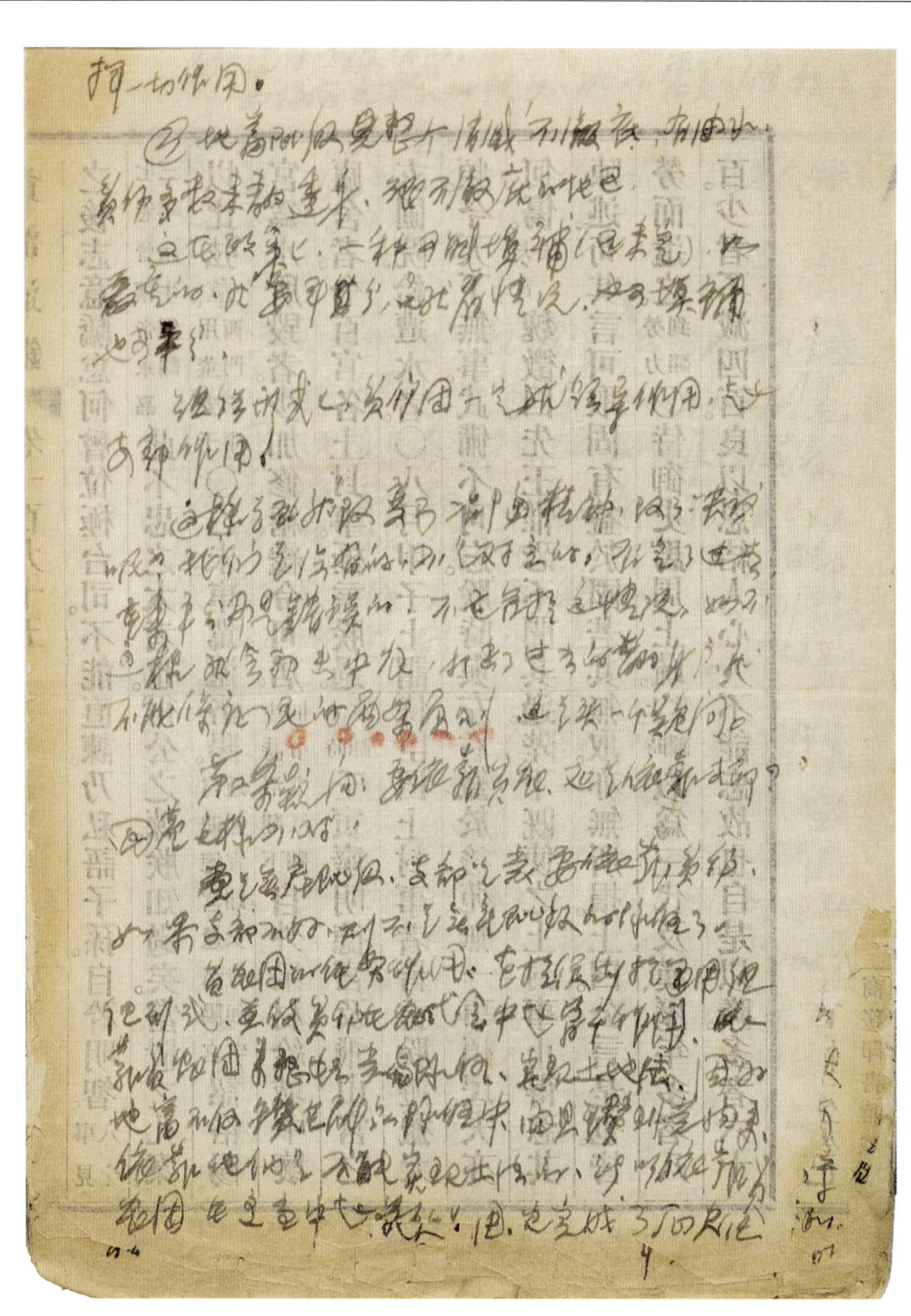

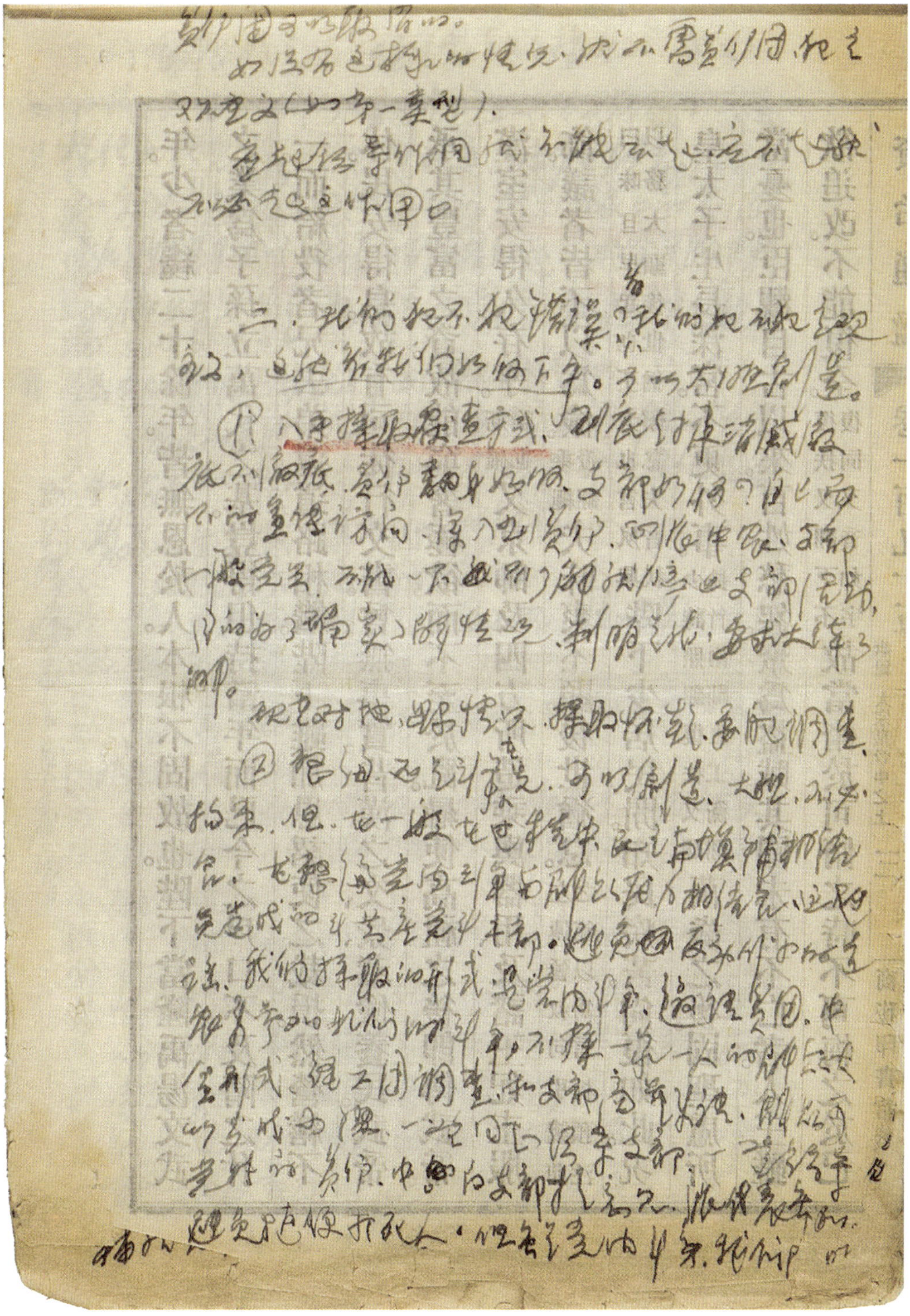

不敢了[illegible]群众的意见，但是群众也[illegible]什么。开头不
敢讲，就是闹了，然后什么也敢讲了好些人。由于[illegible]了，主要
[illegible]代表了，[illegible]的发言，把一些经验，[illegible]群众中所需要的
[illegible]意见，是党员主观的作风。对于农民中的宗派
意识宗派斗争，我们的经验（[illegible]全面调查），如何宗派斗争
来停止宗派斗争，转换为的宗派，转换群众的[illegible]
统中的宗派，宗派斗争是对阶级性的。

农民的宗派，是[illegible]的，由于利用着种种关系的，宗族
和[illegible]阶级分化一样的，[illegible]，[illegible]利用这
[illegible]这个宗派，使他们的[illegible]。

处理[illegible]对此有个倾向：

一、是根据偏的原则，不信群众的意
见，则也只要个人掌握。

二、是根据群众的意见，不根据党的原则，
所以也很不主动。

当然阶级和农民不一样，农民意见不能完
全和我们一致，[illegible]的，这就需要我们打
出了好意见。

我们的办法，就是尊重群众意见但是掌握党
的原则，对群众[illegible]，而是说服，[illegible]适合
的群众不能接受，我们就向群众[illegible]，按
党的原则不可以[illegible]，[illegible]如群众不
能通过，则以说服，[illegible]，但要说清楚，如[illegible]
[illegible]向这个处理，如不说服，[illegible]
补损失了威信，不能进行。

[illegible]

[illegible]

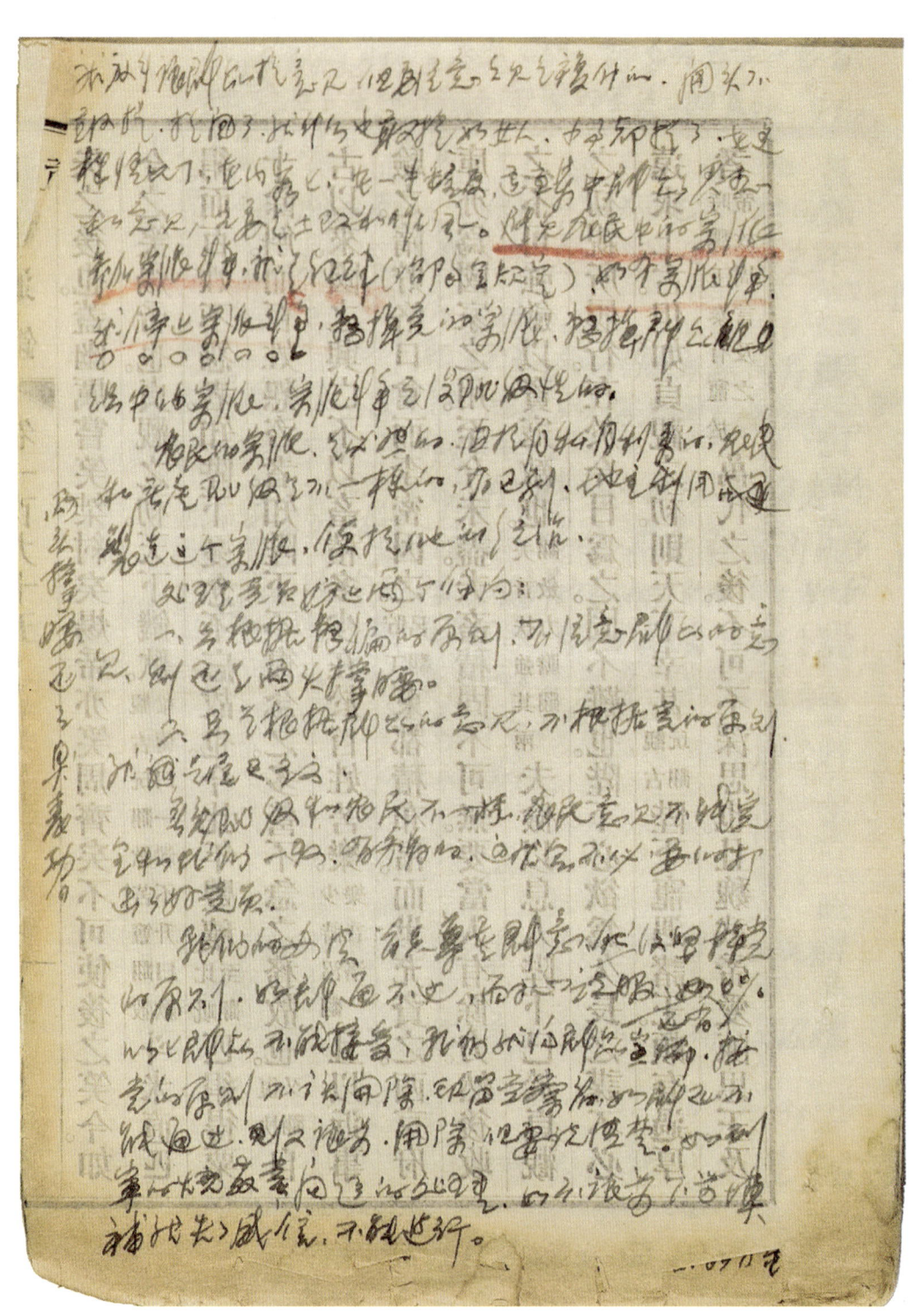

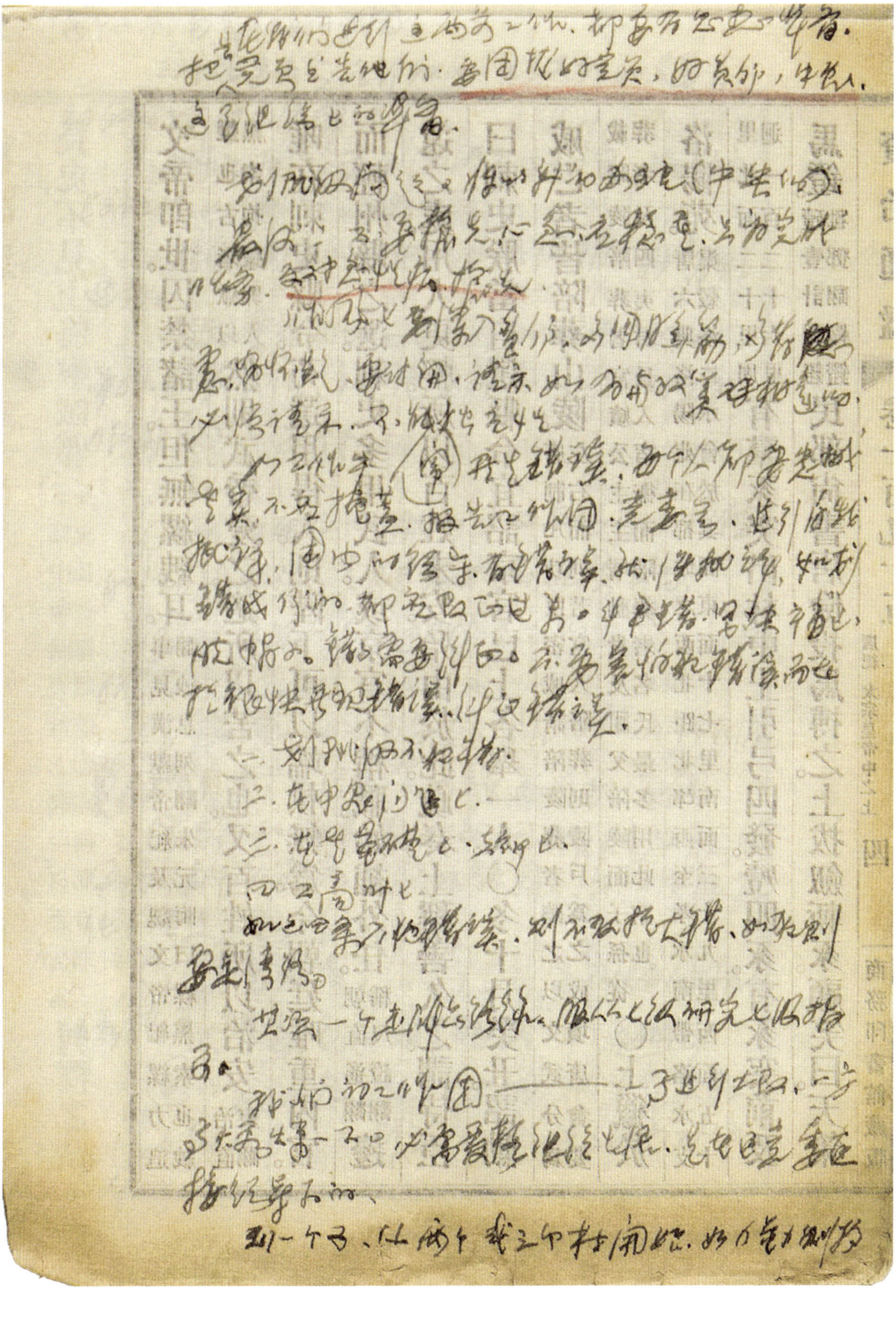

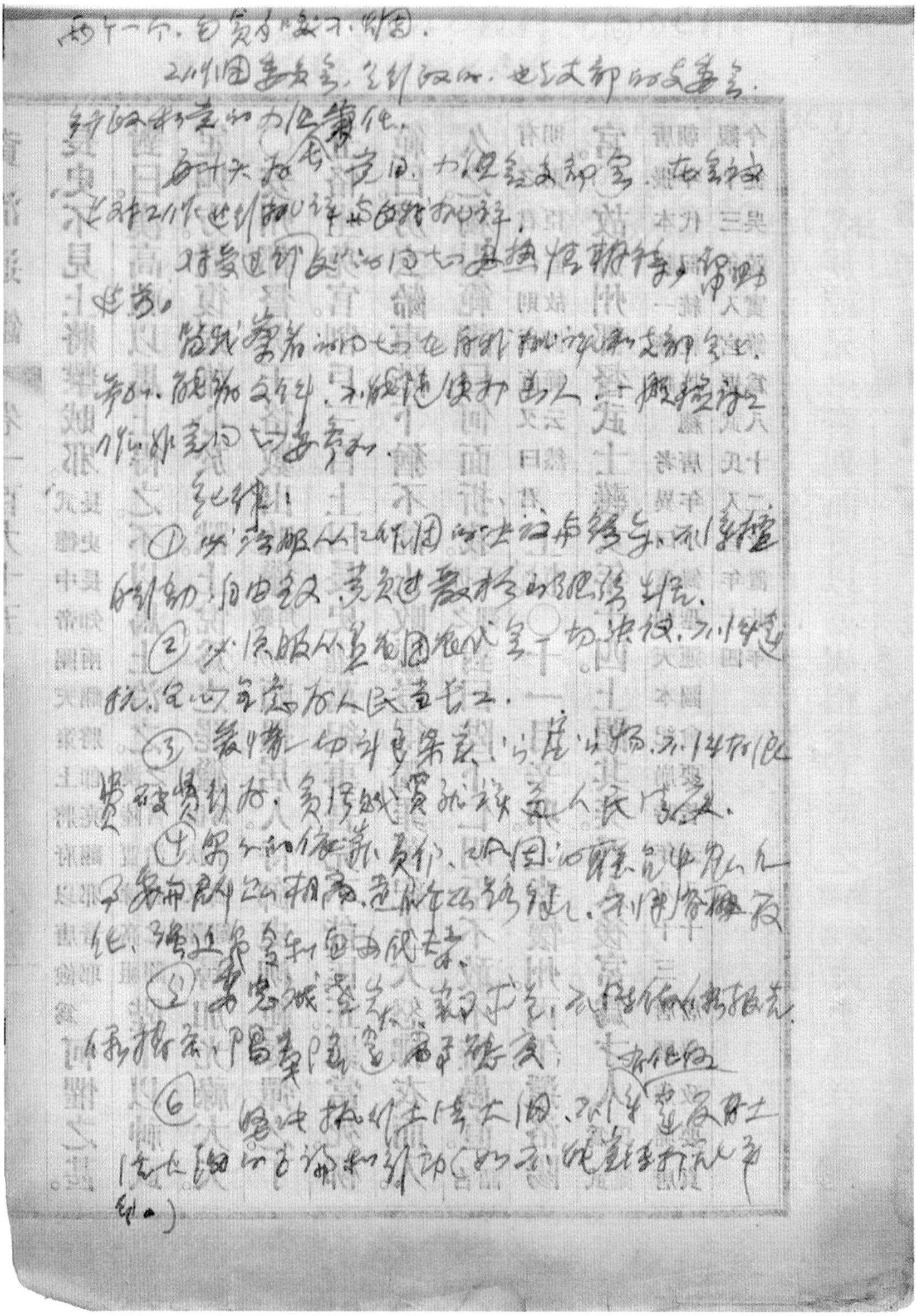

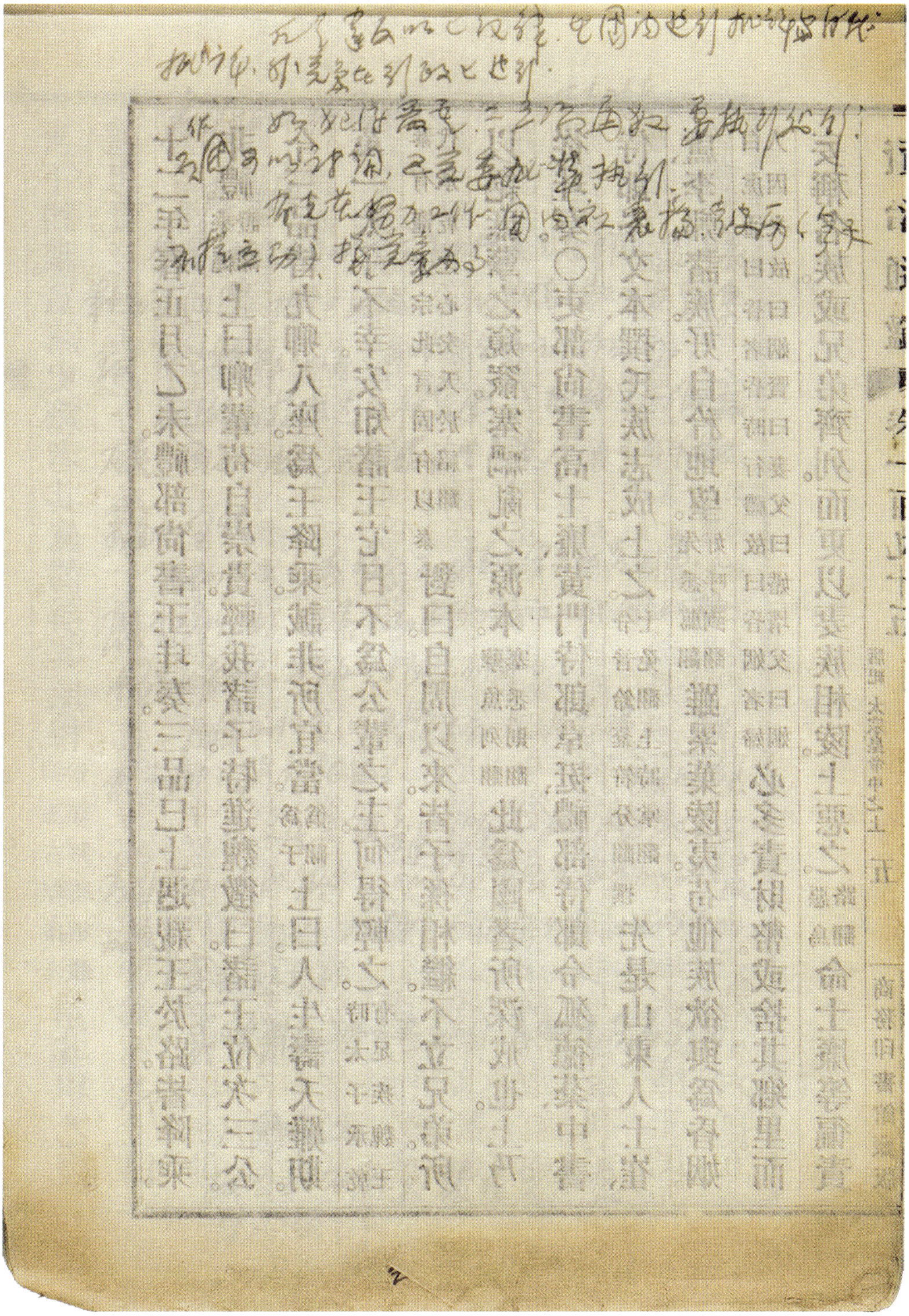

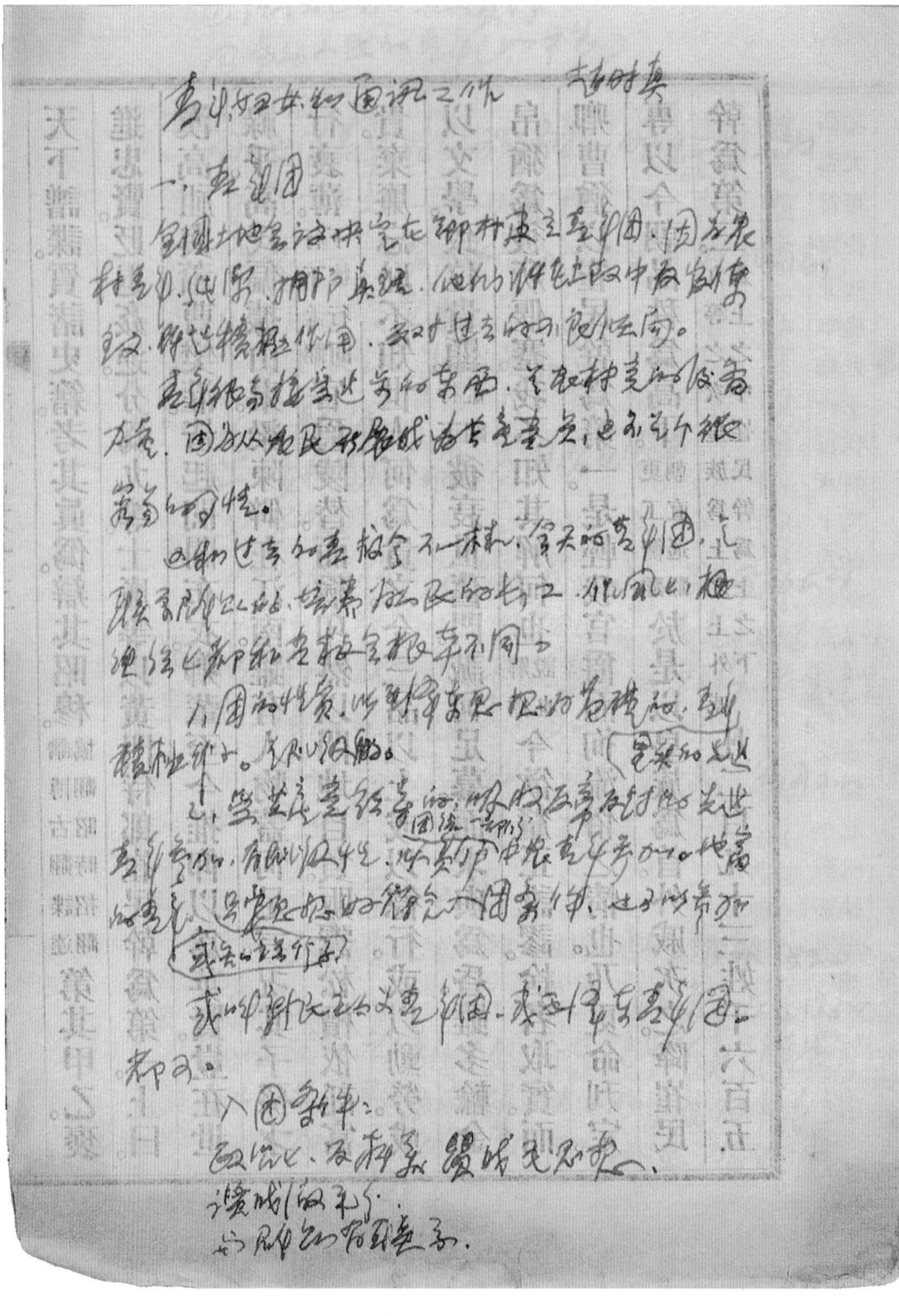
青年妇女的团结工作 [illegible]

一、青年团

全国土地会议决定在乡村建立青年团，团是农村青年中[illegible]、拥护真理，他们将在土改中成为骨干，发挥积极作用，[illegible]。

青年很高接受进步的东西，[illegible]，团是从农民积极分子中[illegible]，也是一个很[illegible]性。

这和过去的青救会不一样，今天的青年团，[illegible]根本不同。

[illegible]

我们新区也应[illegible]青年团，[illegible]青年团。都可。

入团条件：

政治上、[illegible]

[illegible]

[illegible]

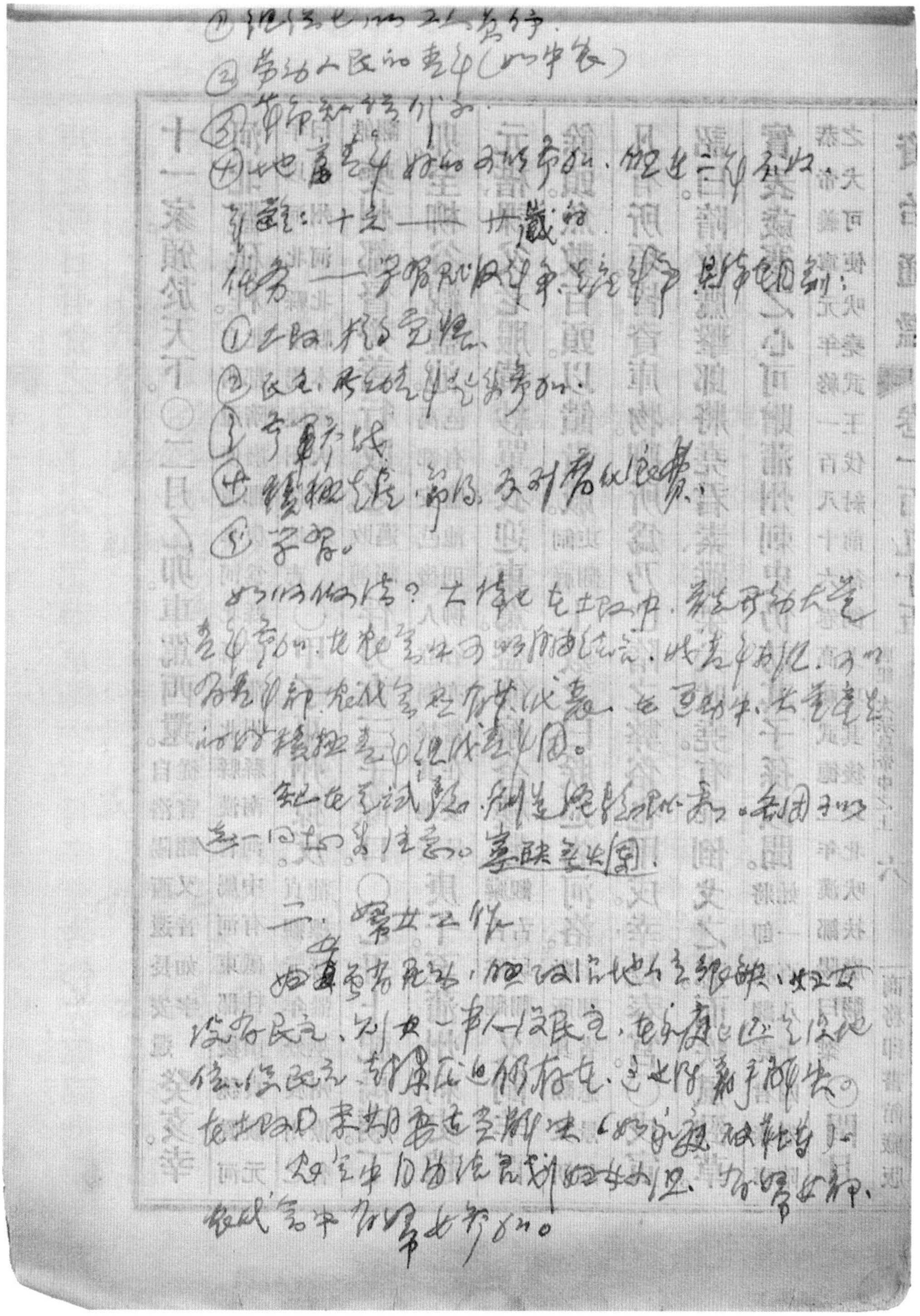

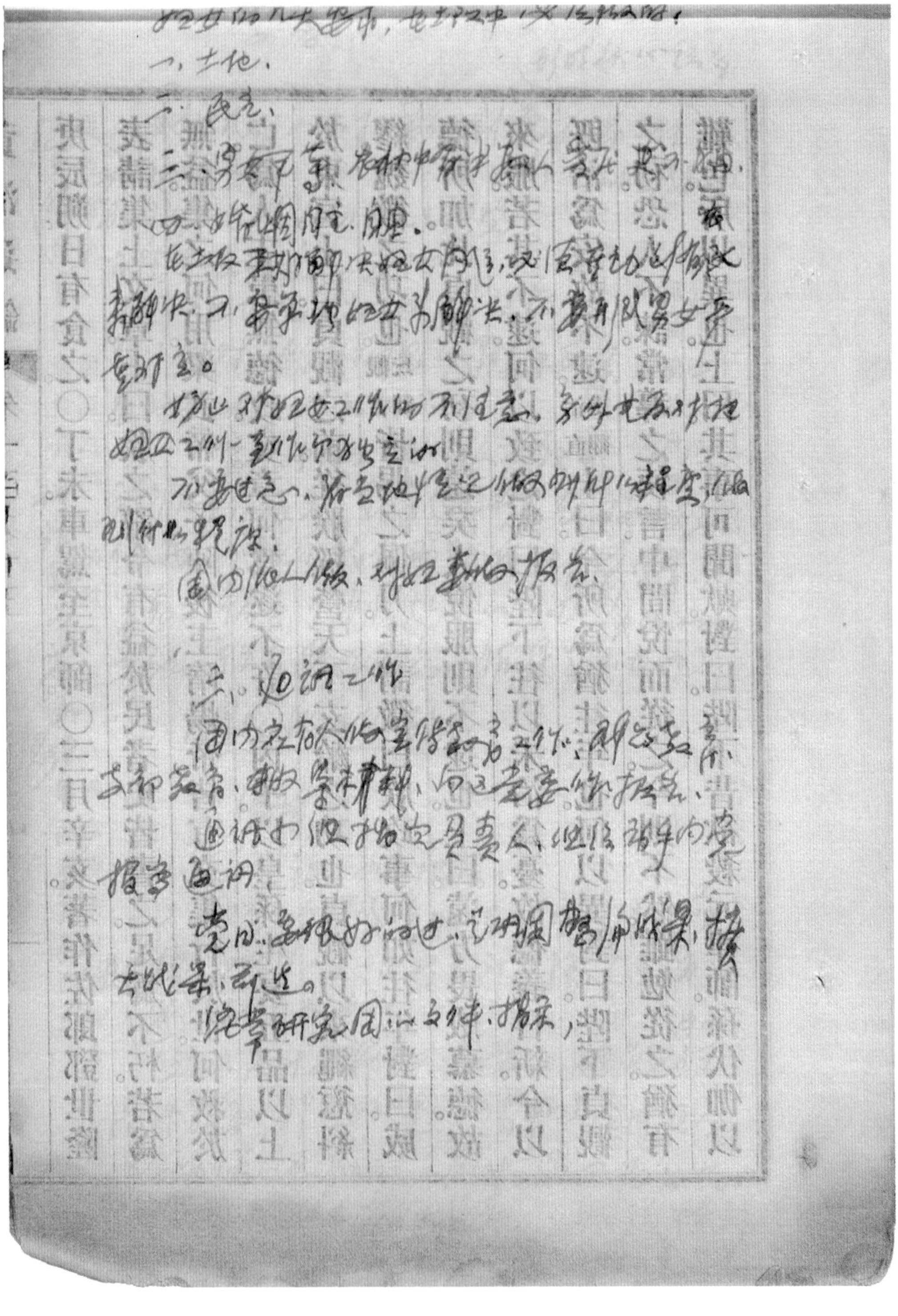

妇女的几大要求，[illegible]

一、土地，

二、民主，

三、男女平等，农村中[illegible]

四、婚姻自主、自愿。

[illegible]

三、妇调工作

[illegible]

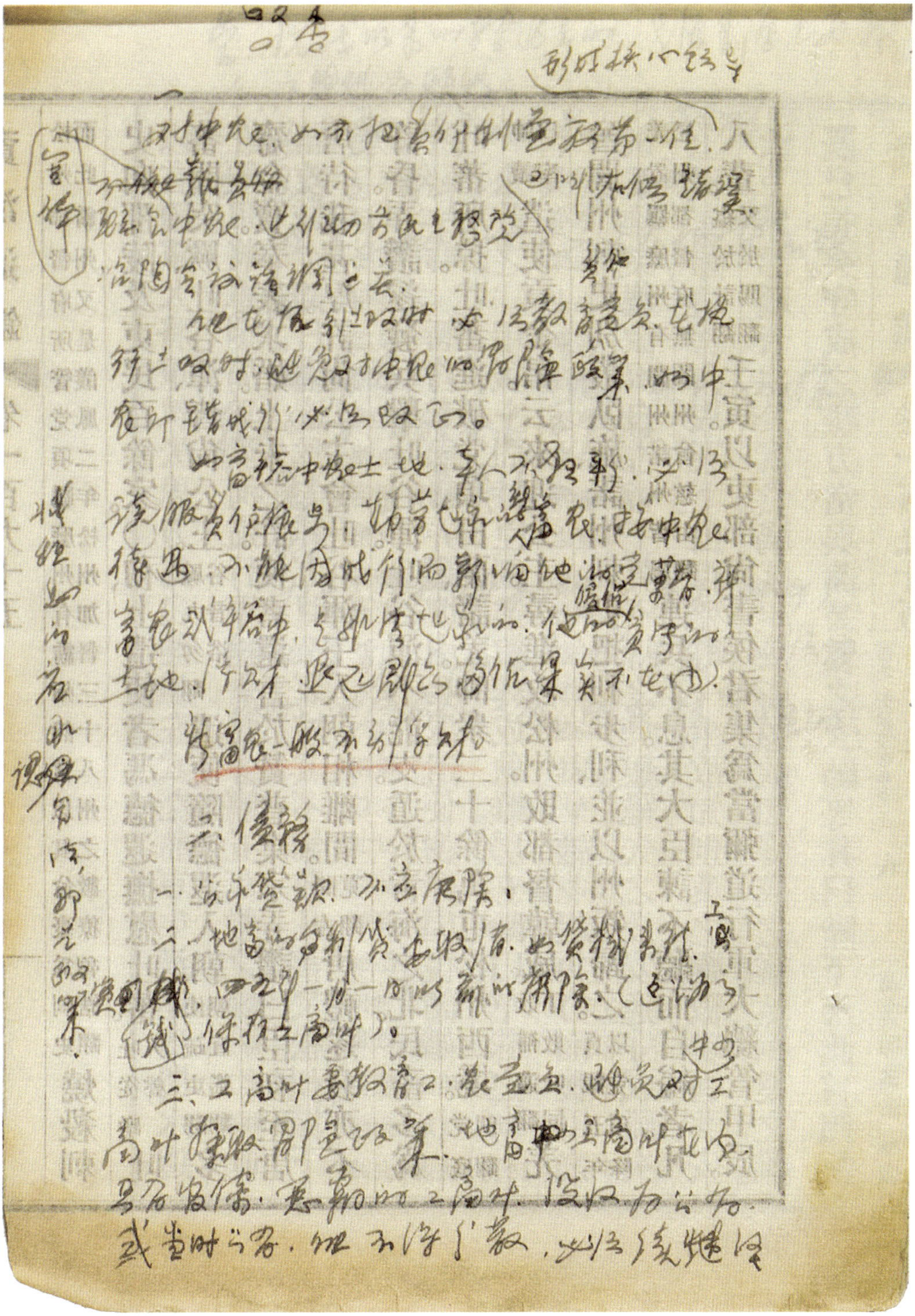

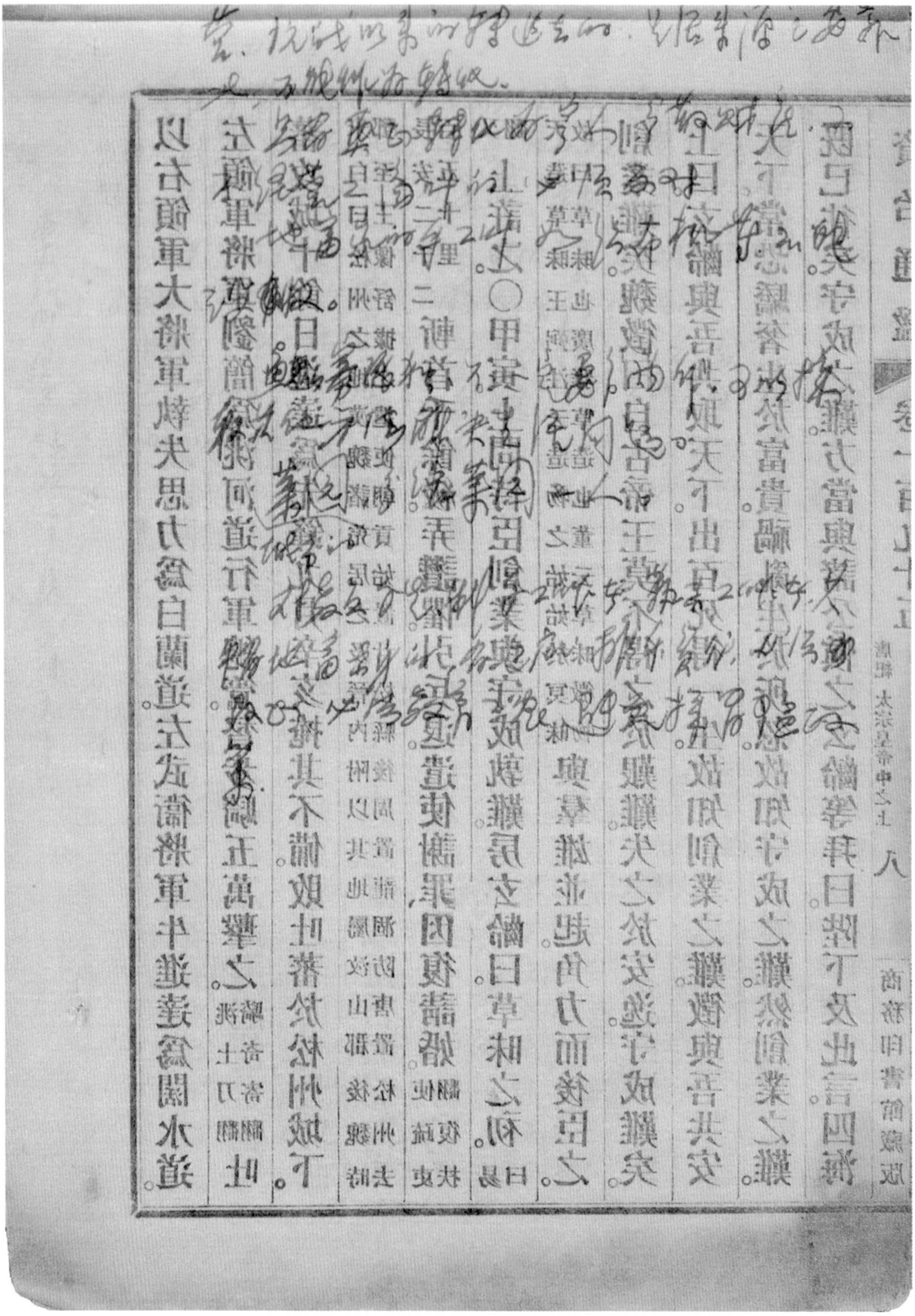
資治通鑑 卷一百九十五
商務印書館縮印
以右領軍大將軍執失思力為白蘭道左武衛將軍牛進達為闊水道

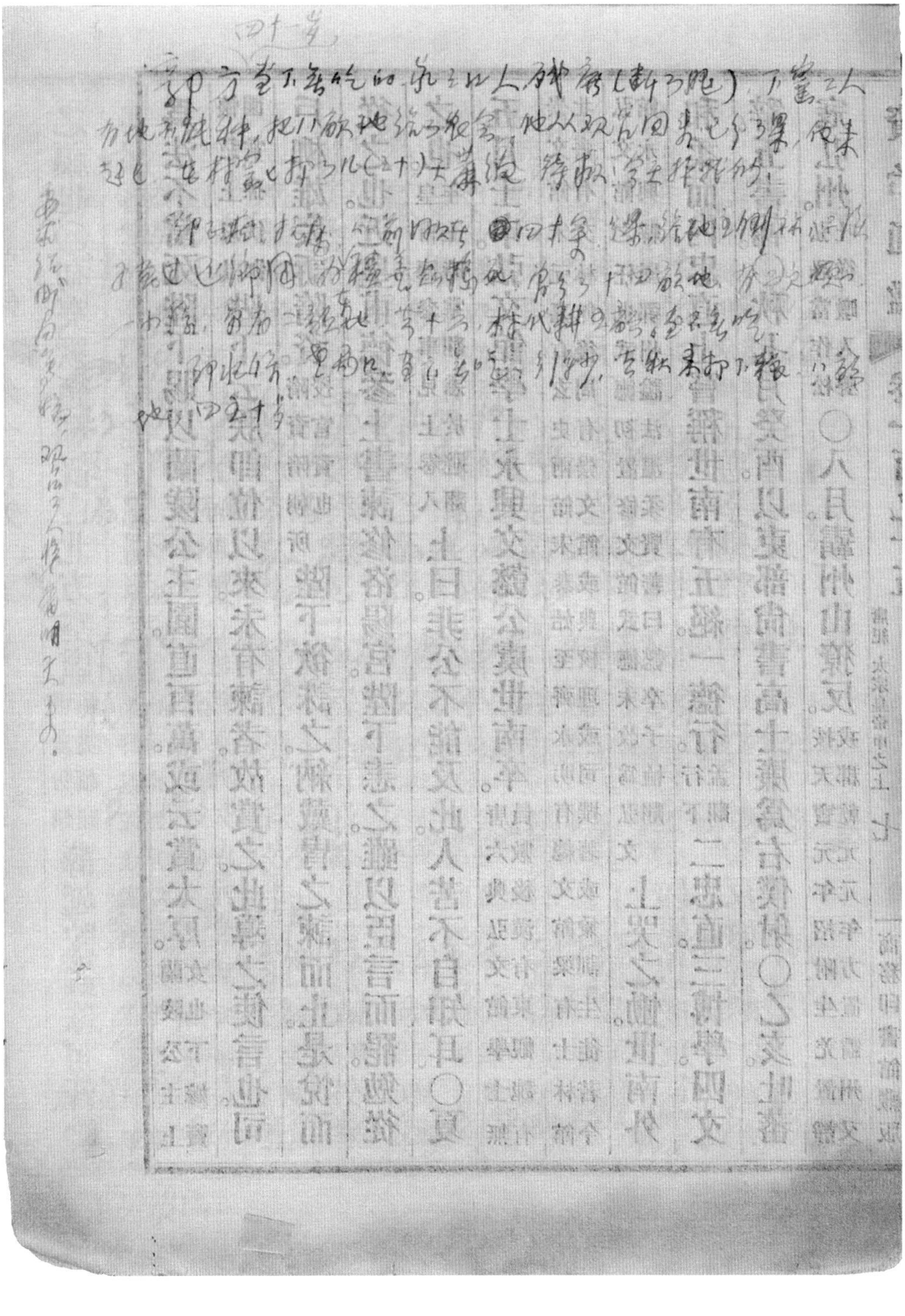

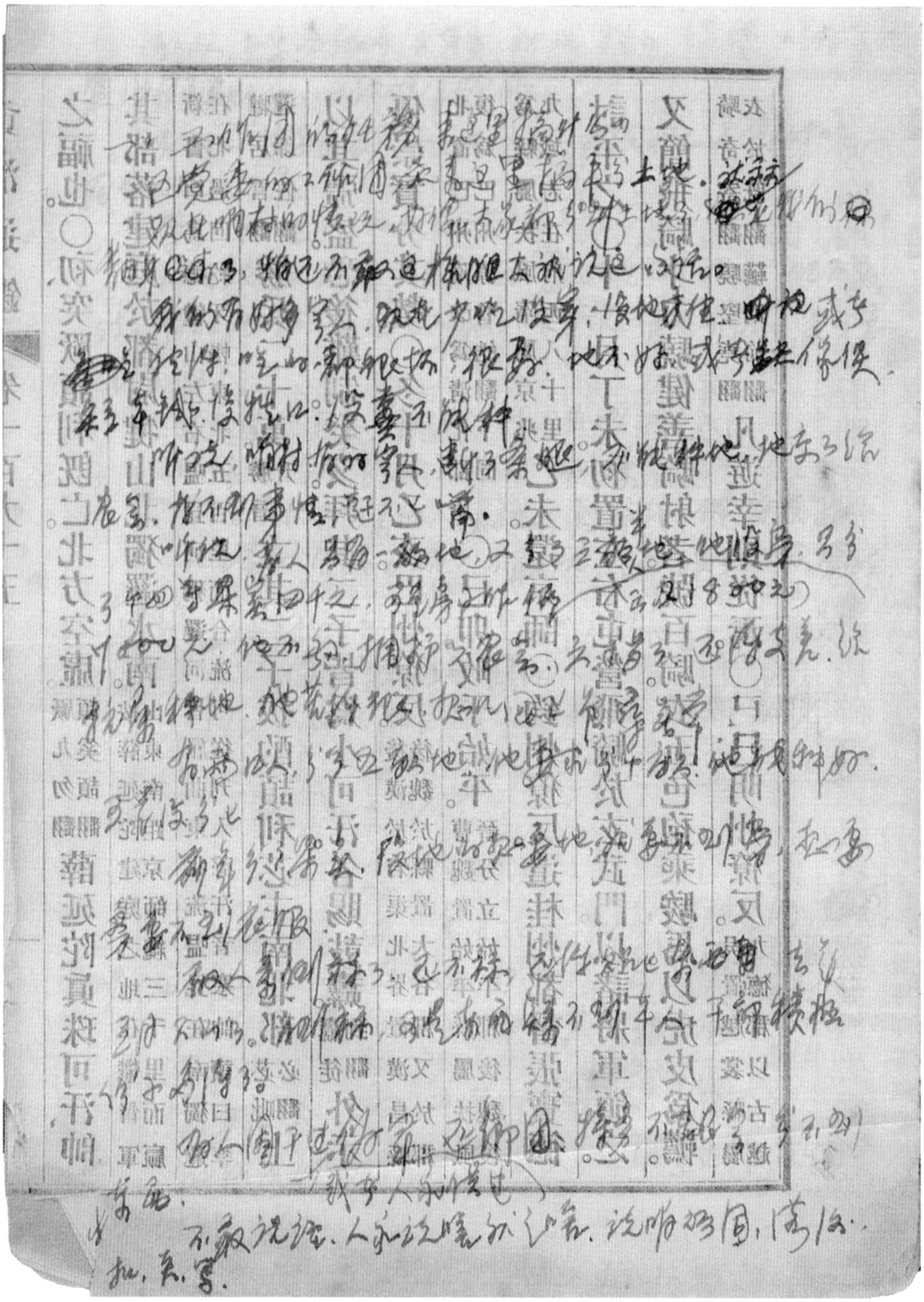

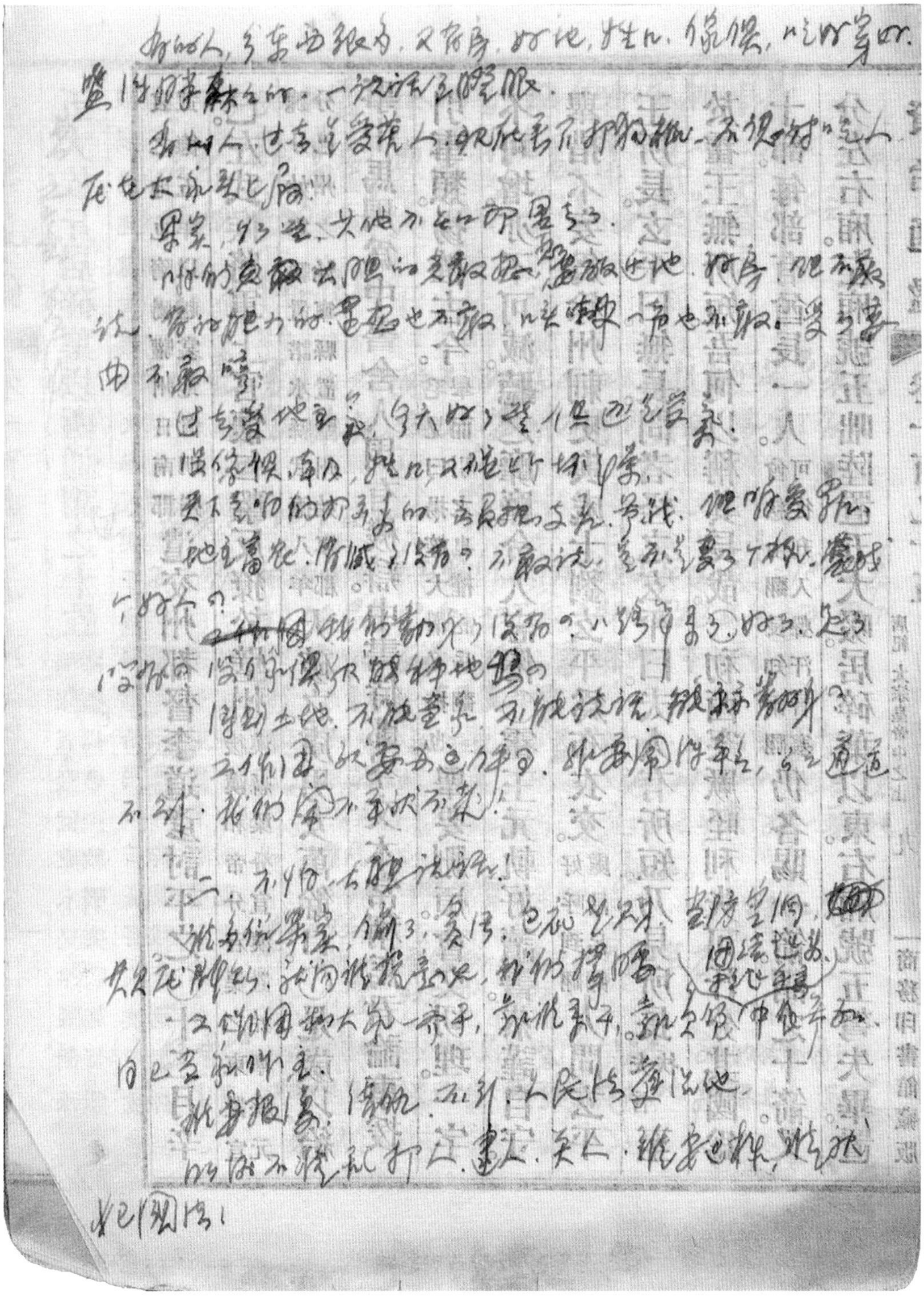

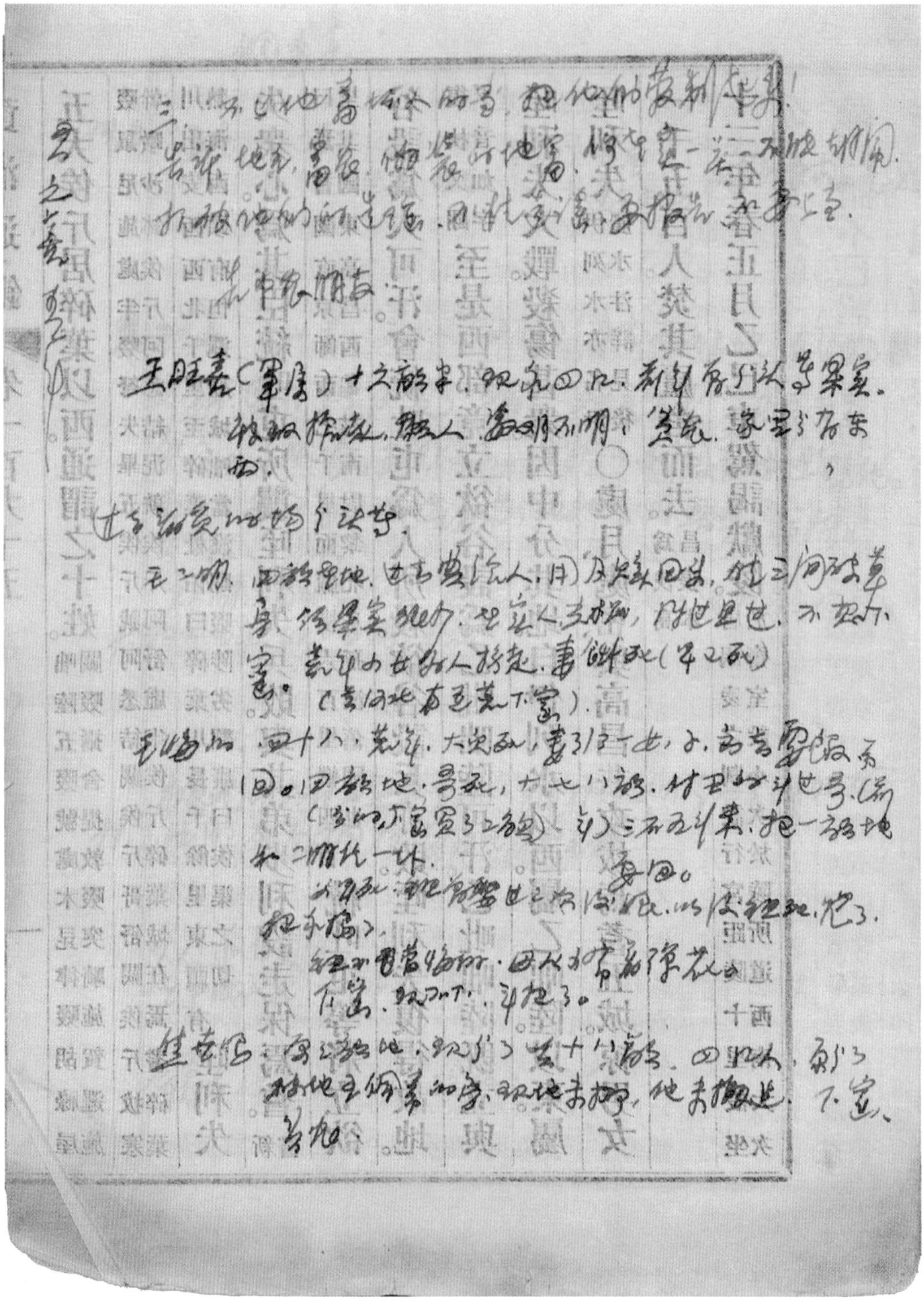

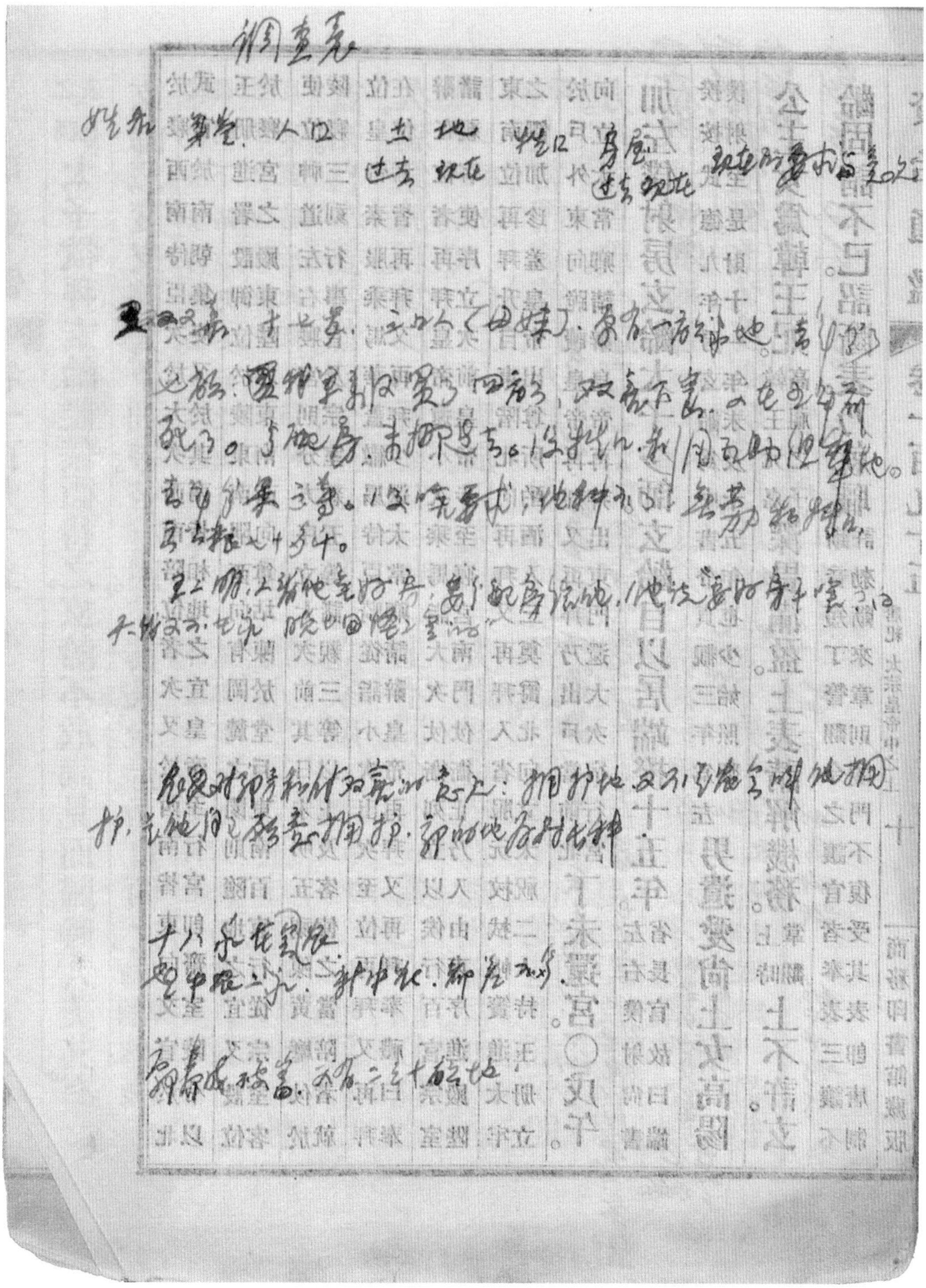
姓名
人口
土地
过去
现在

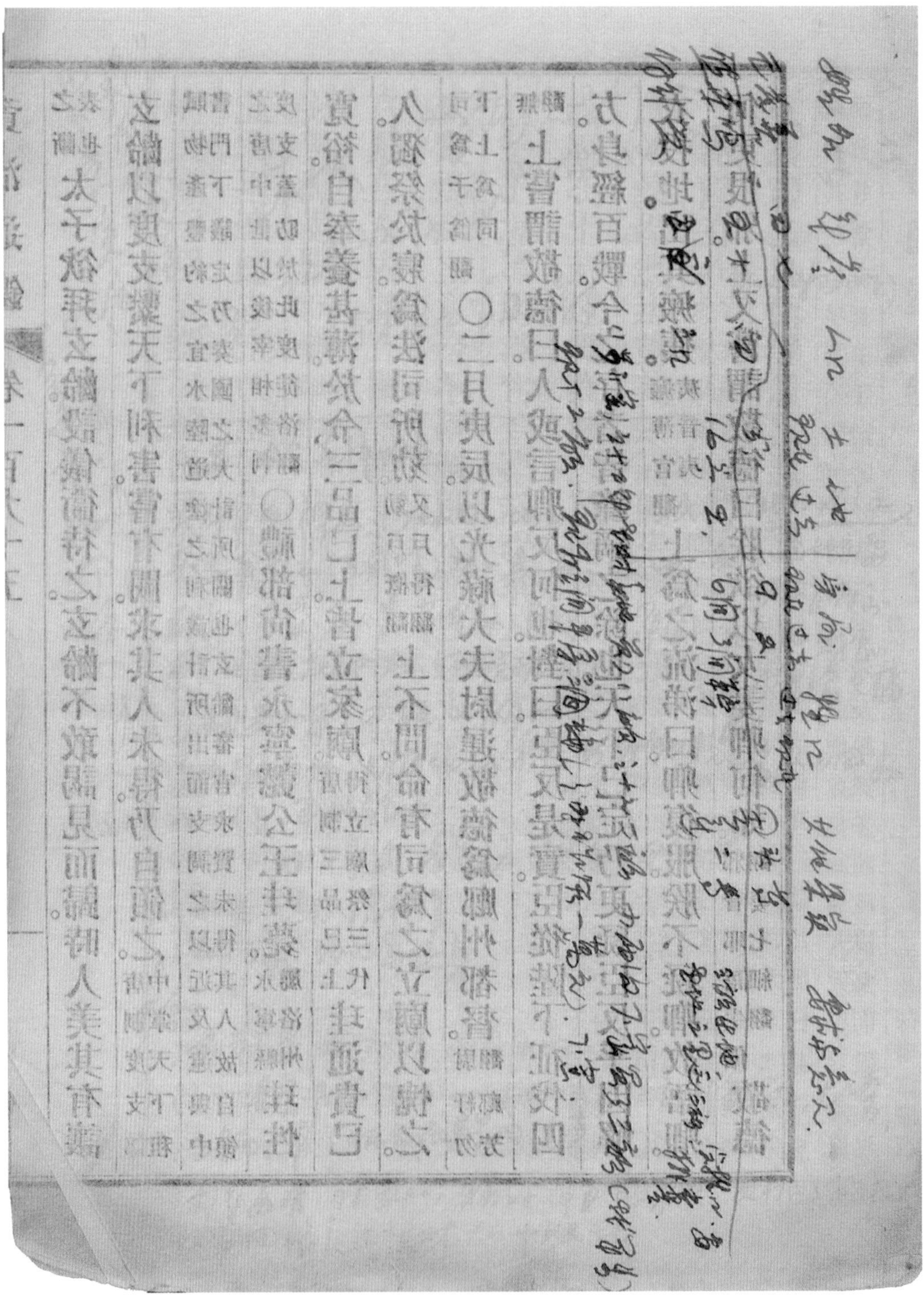

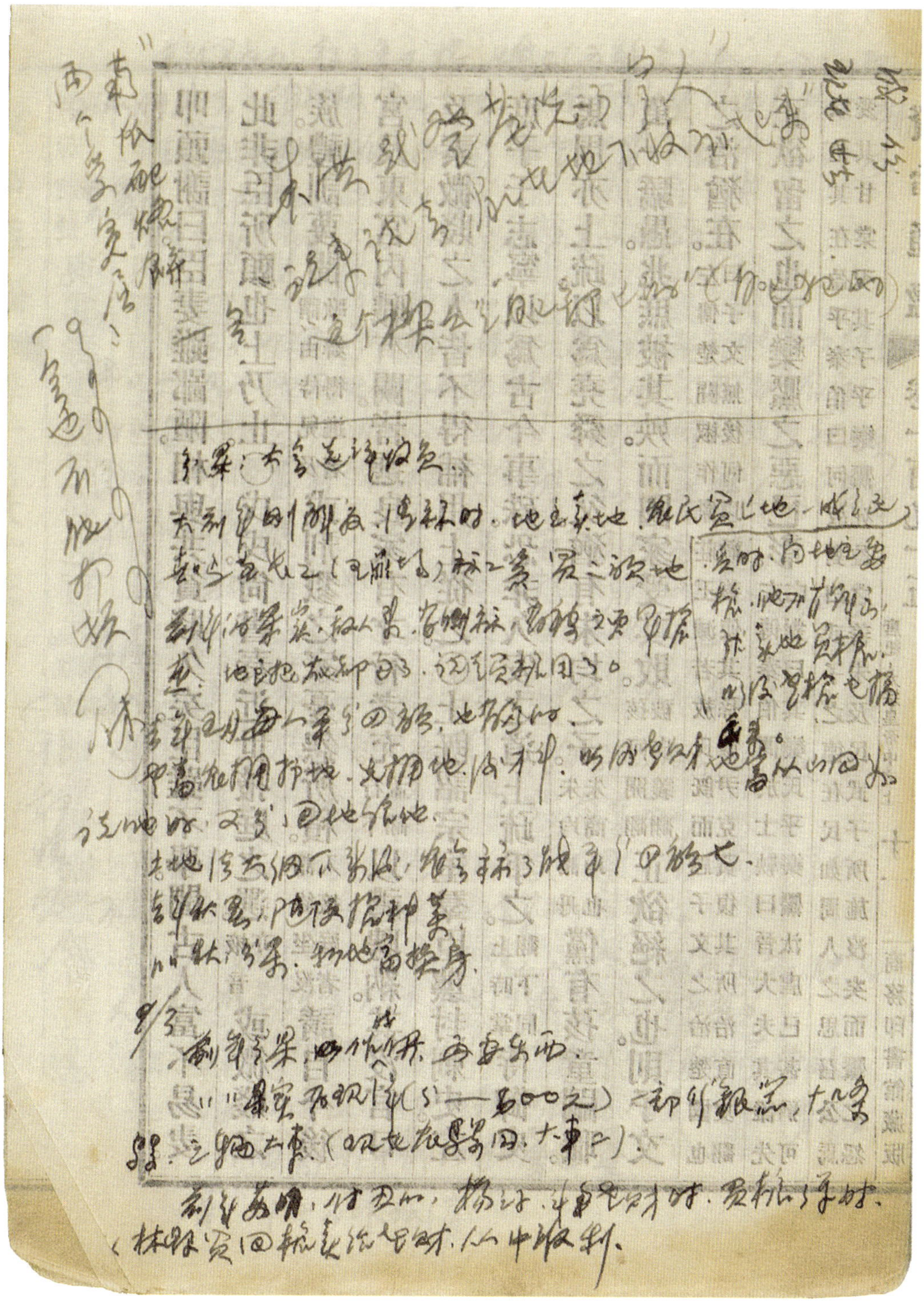

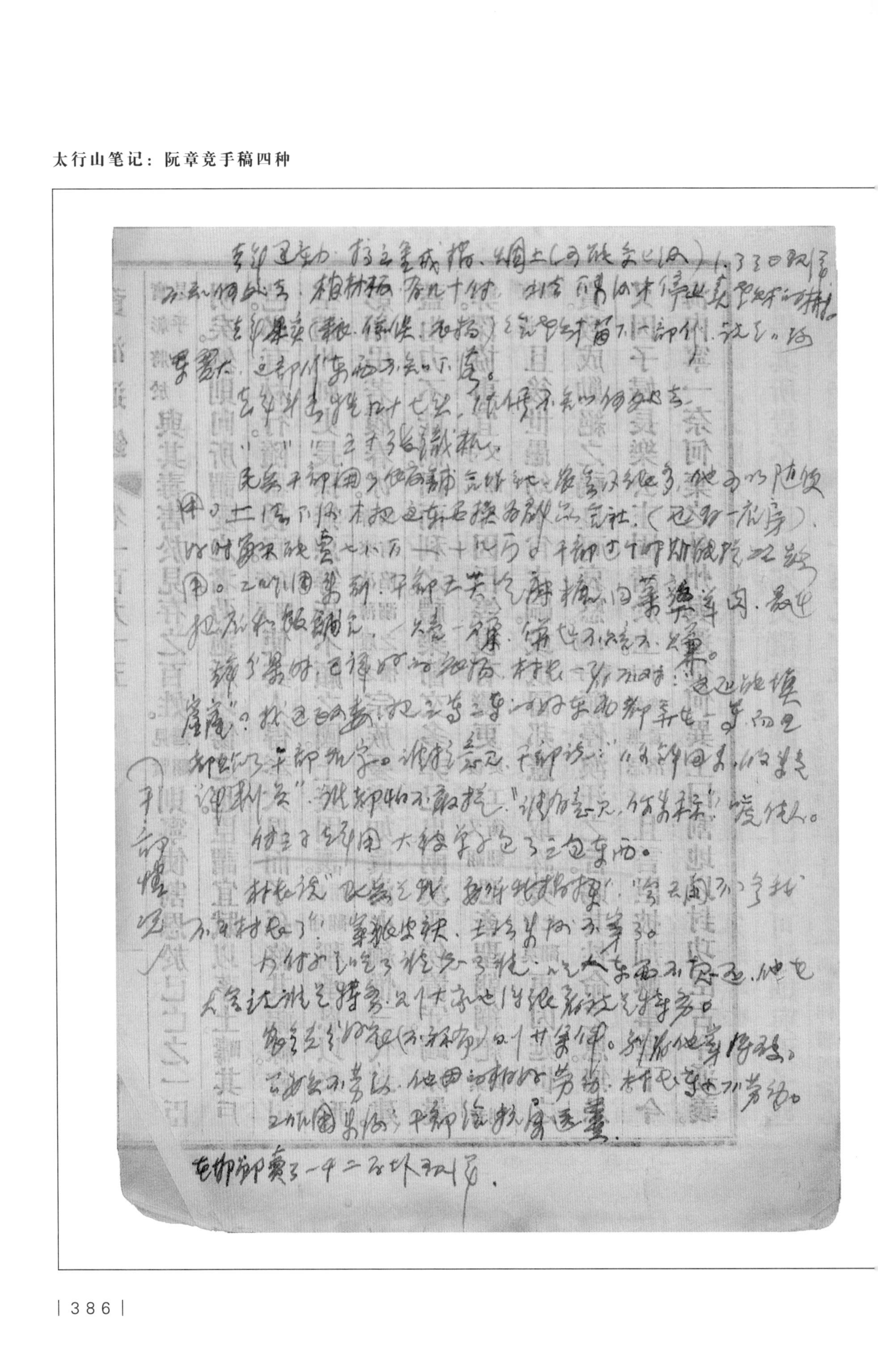

[illegible]

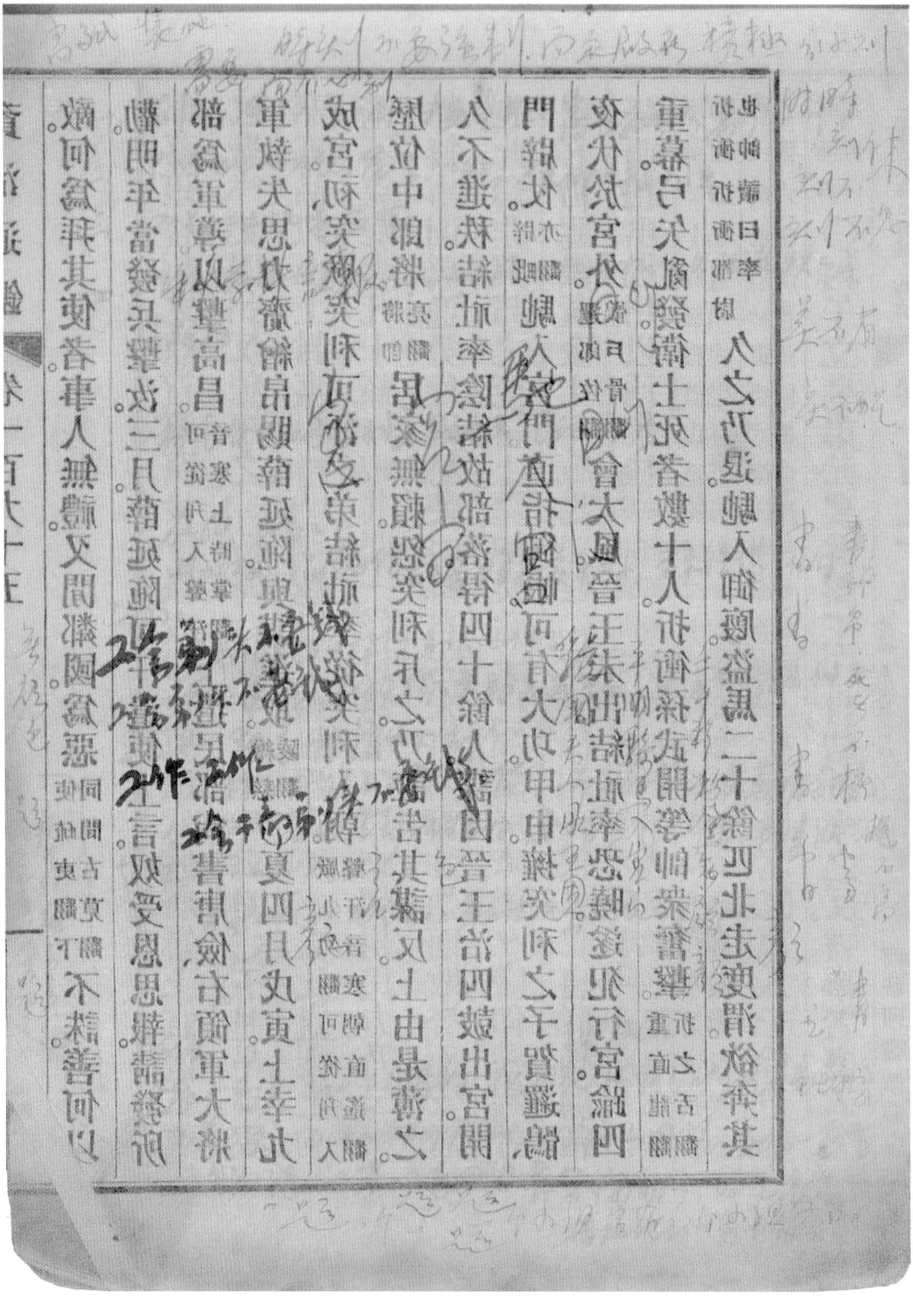

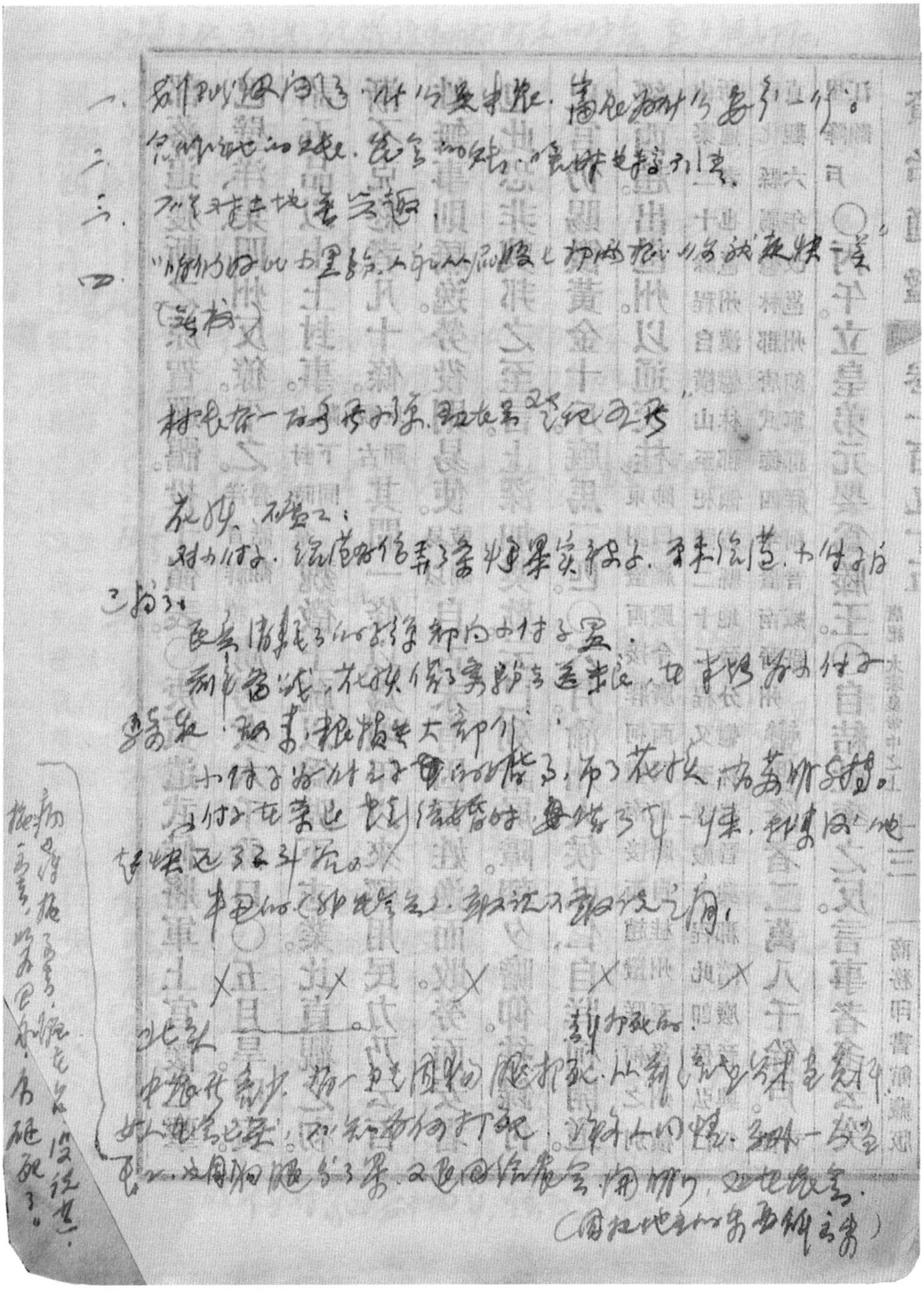

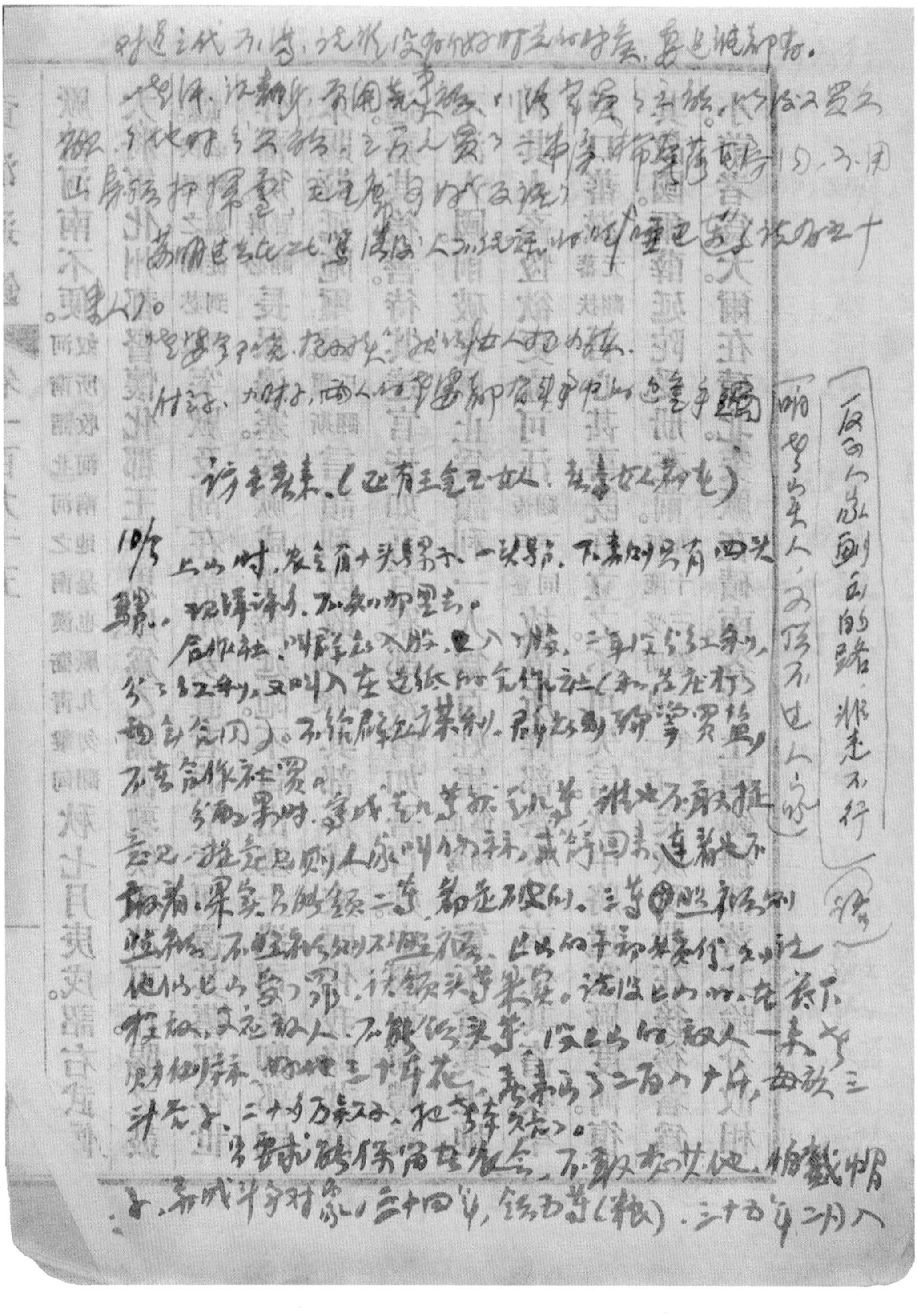
访袁素。（已有三个儿女，袁素女人新死）

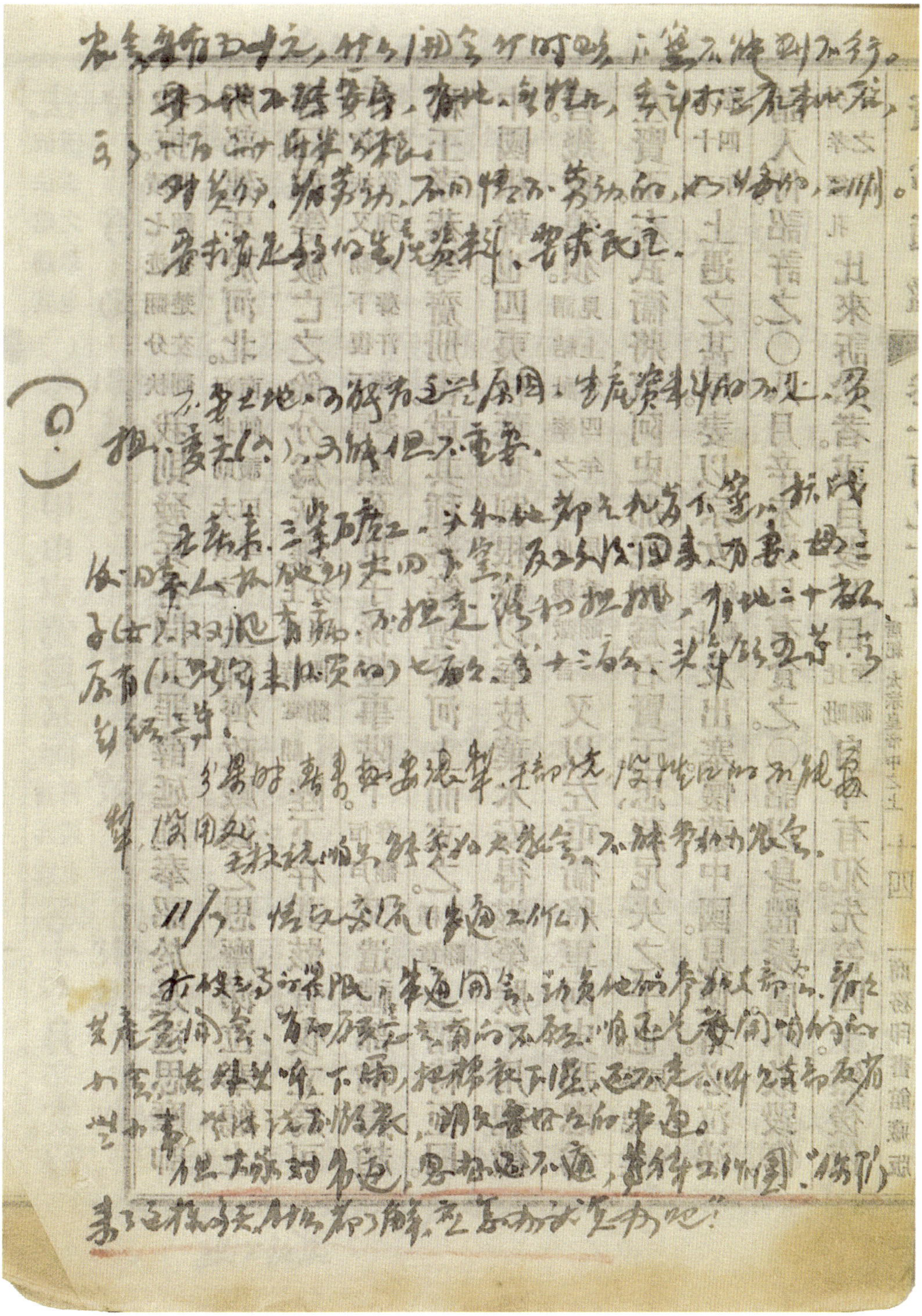

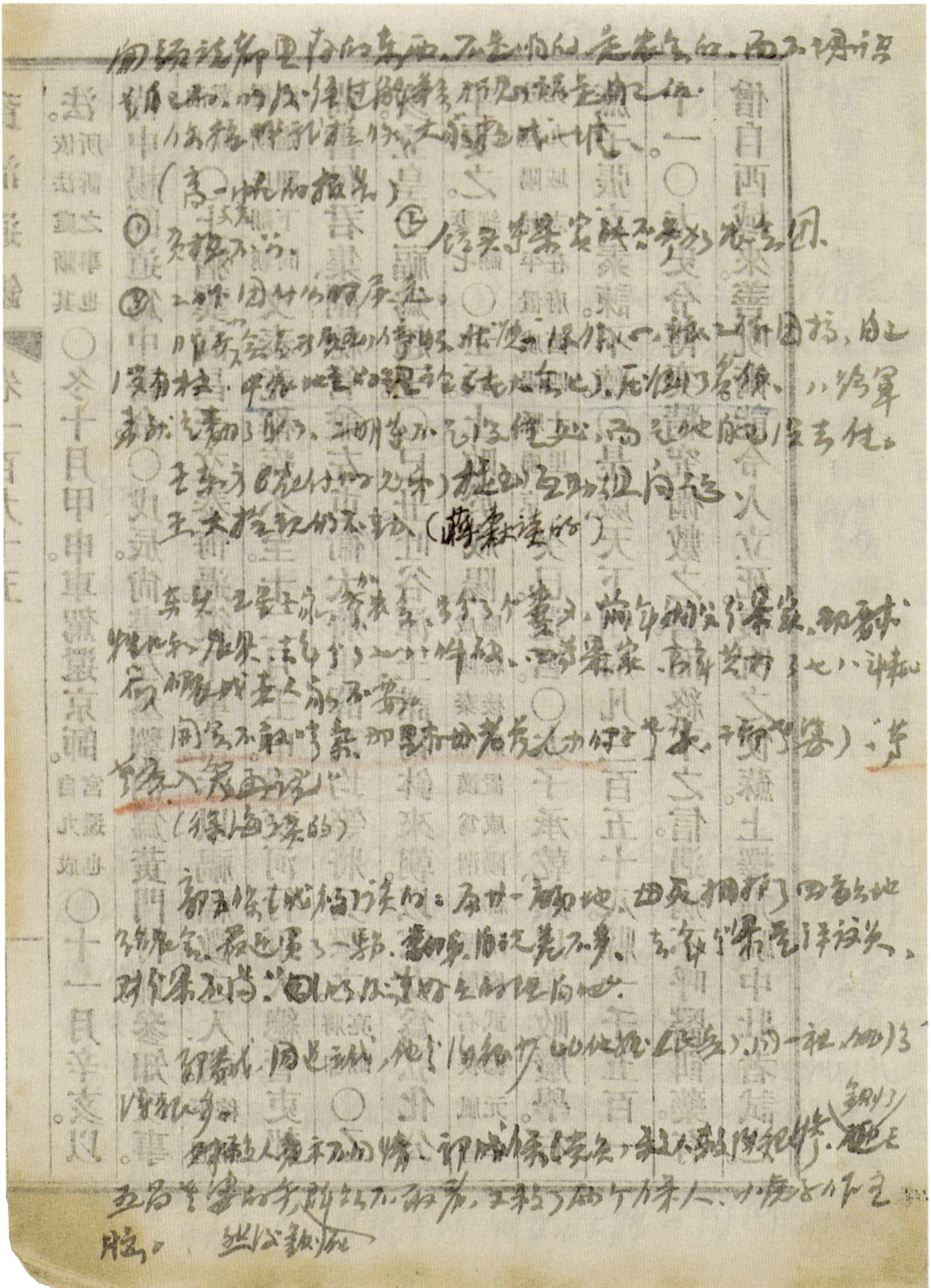

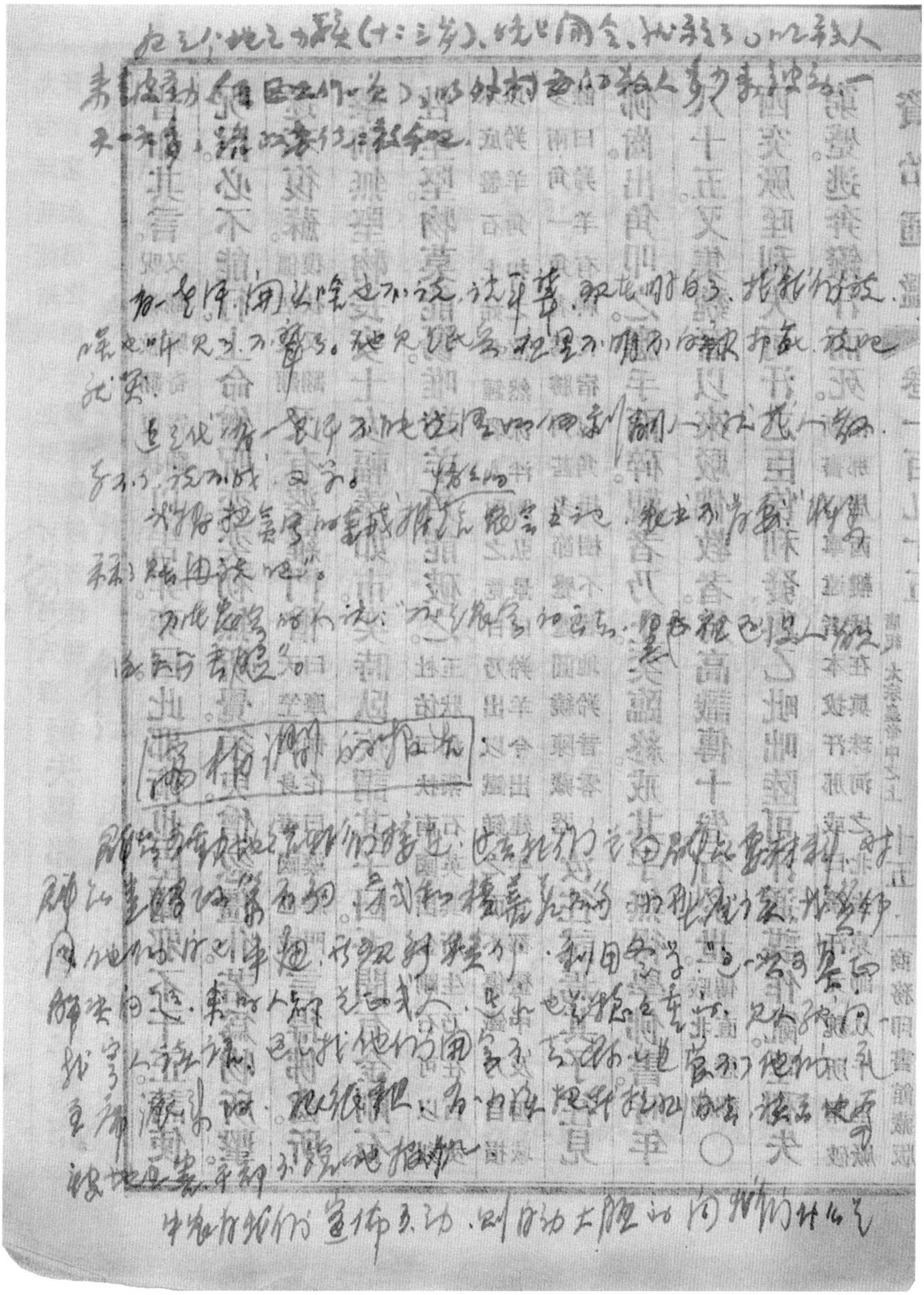

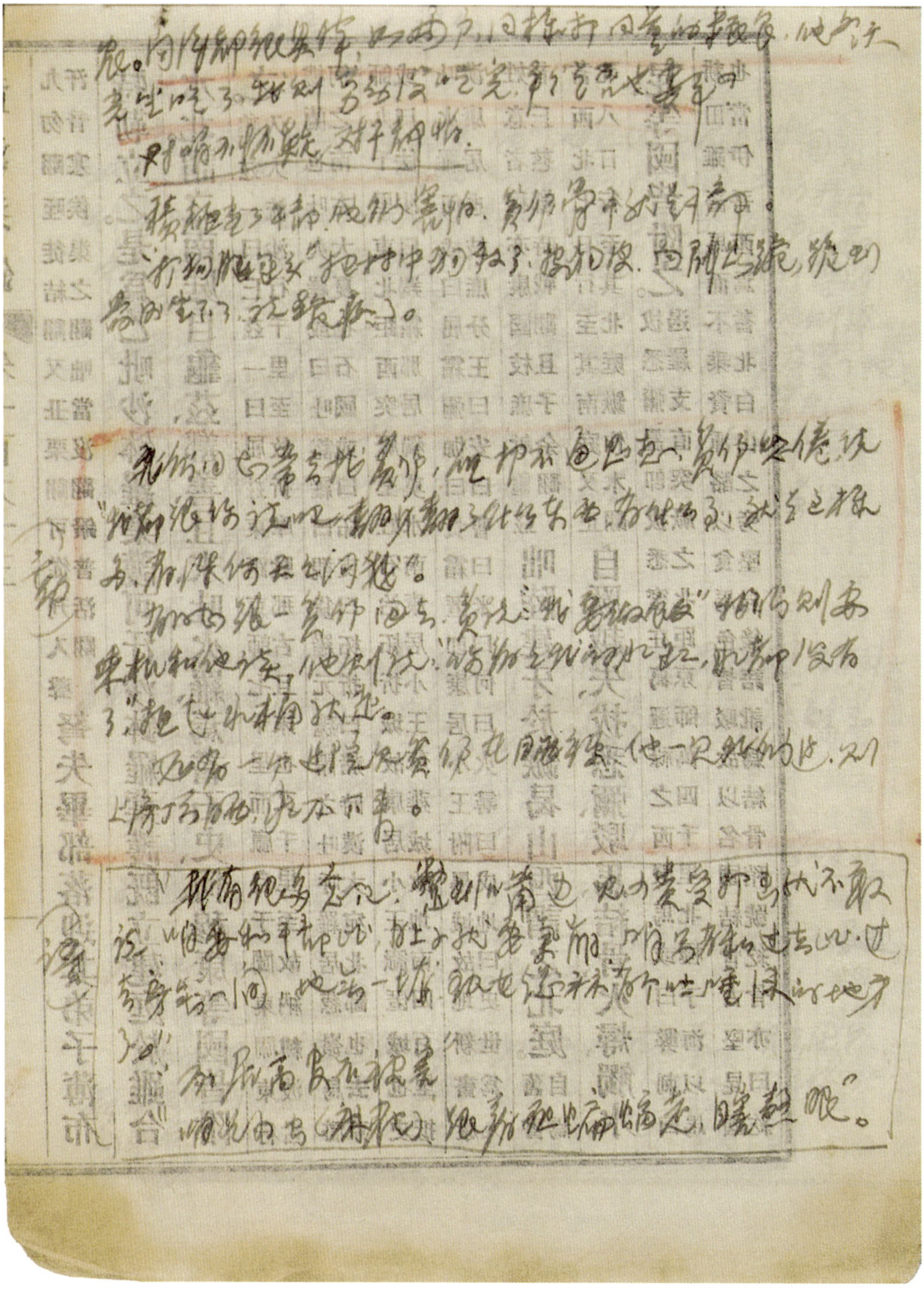

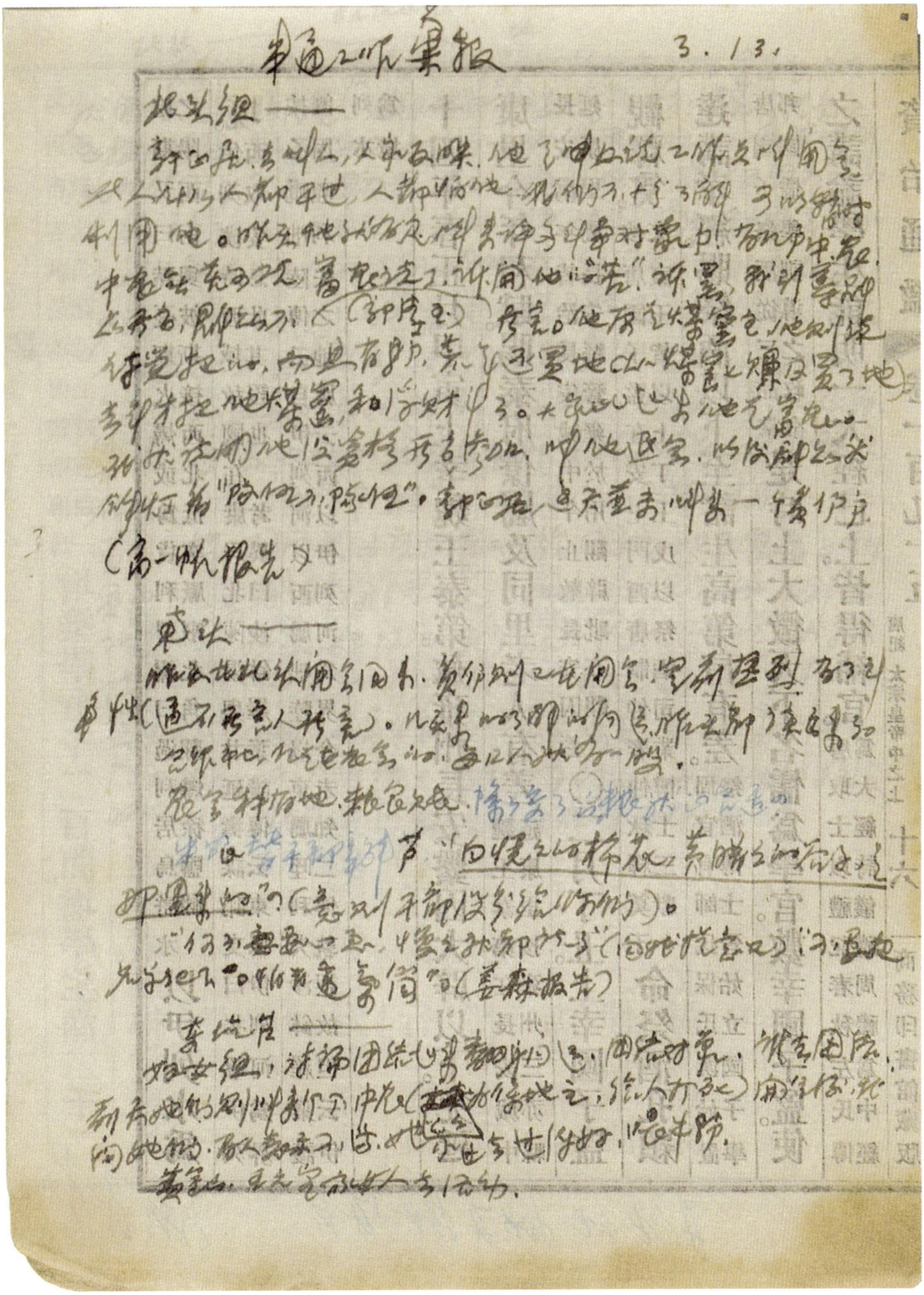

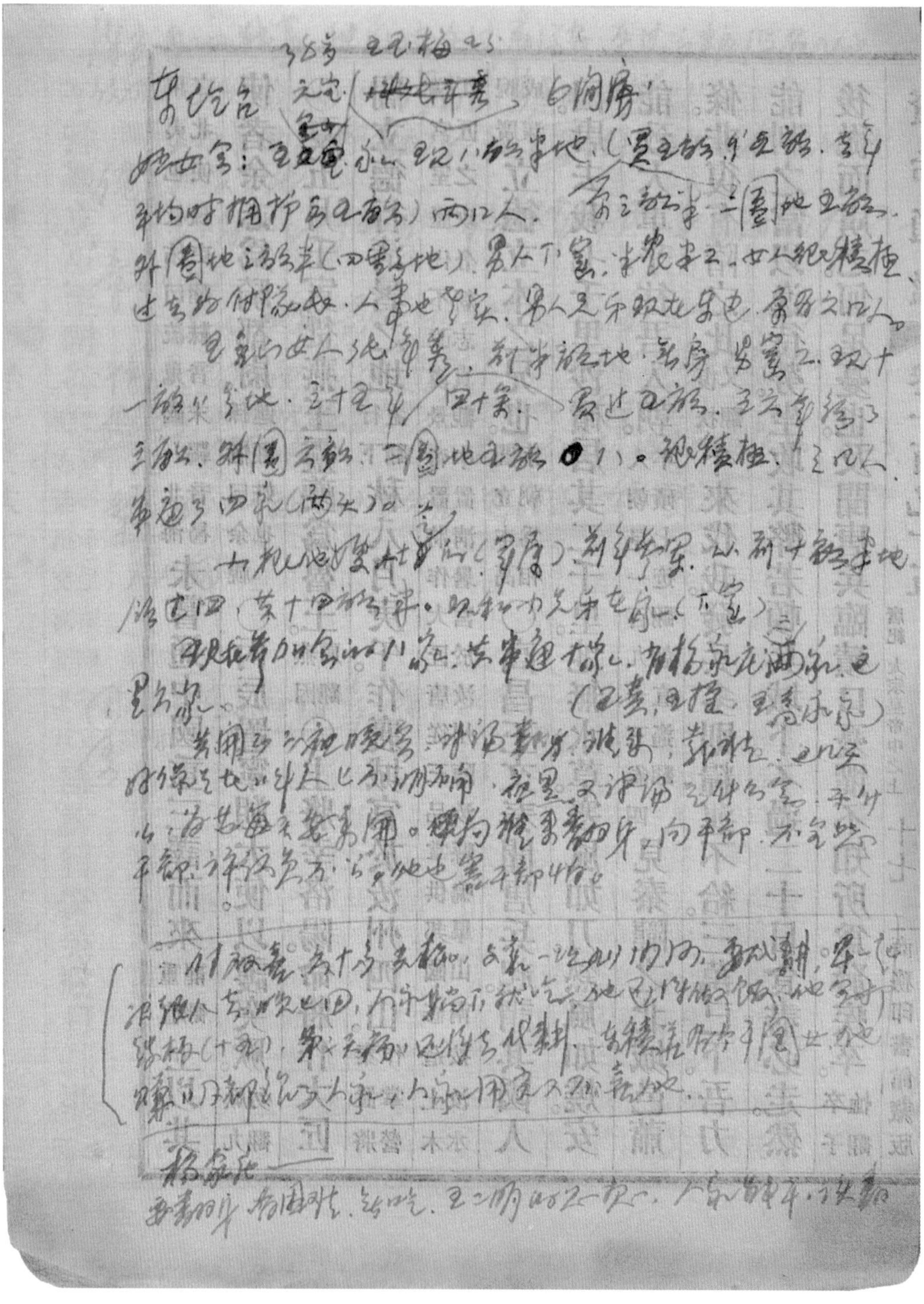

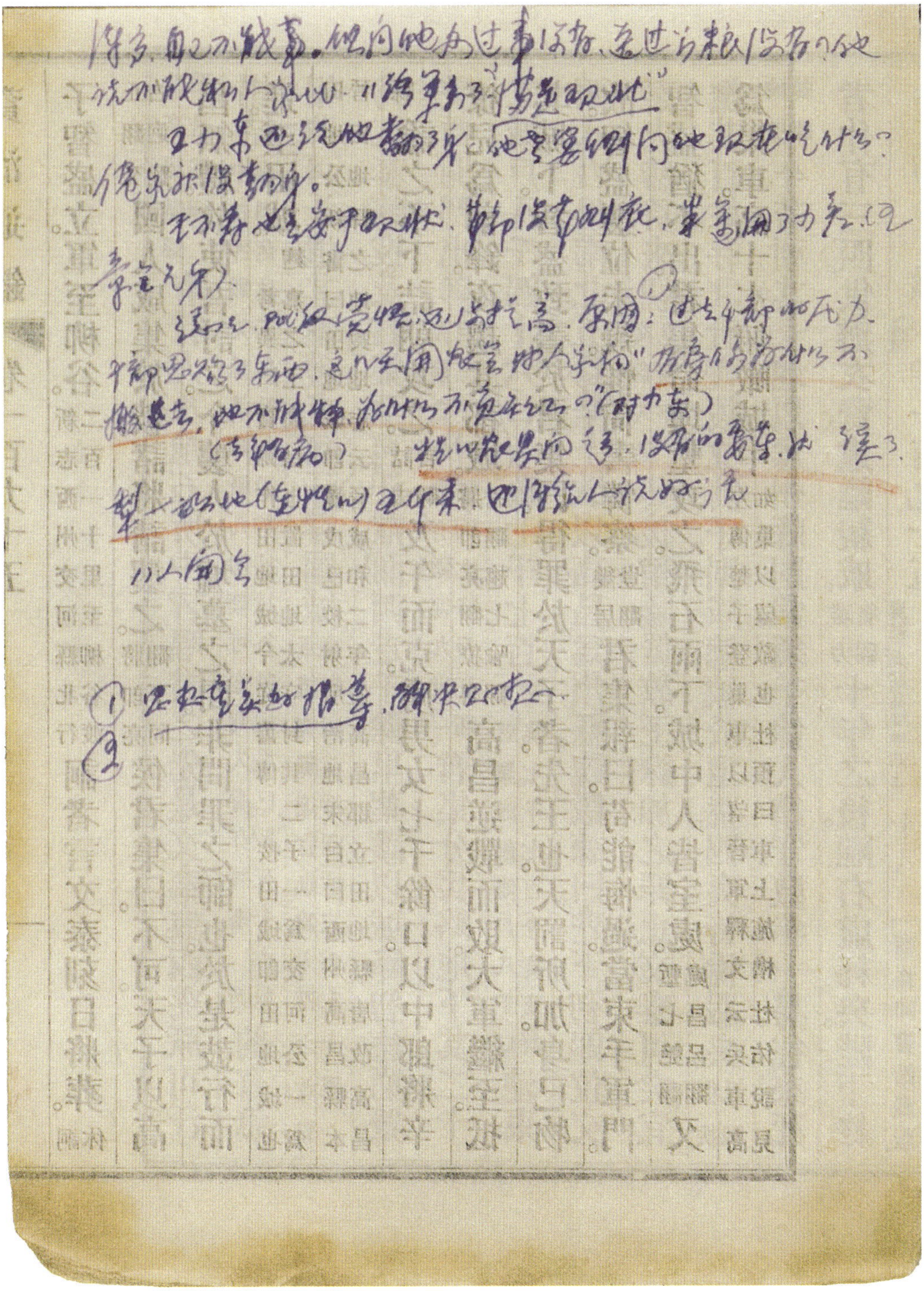

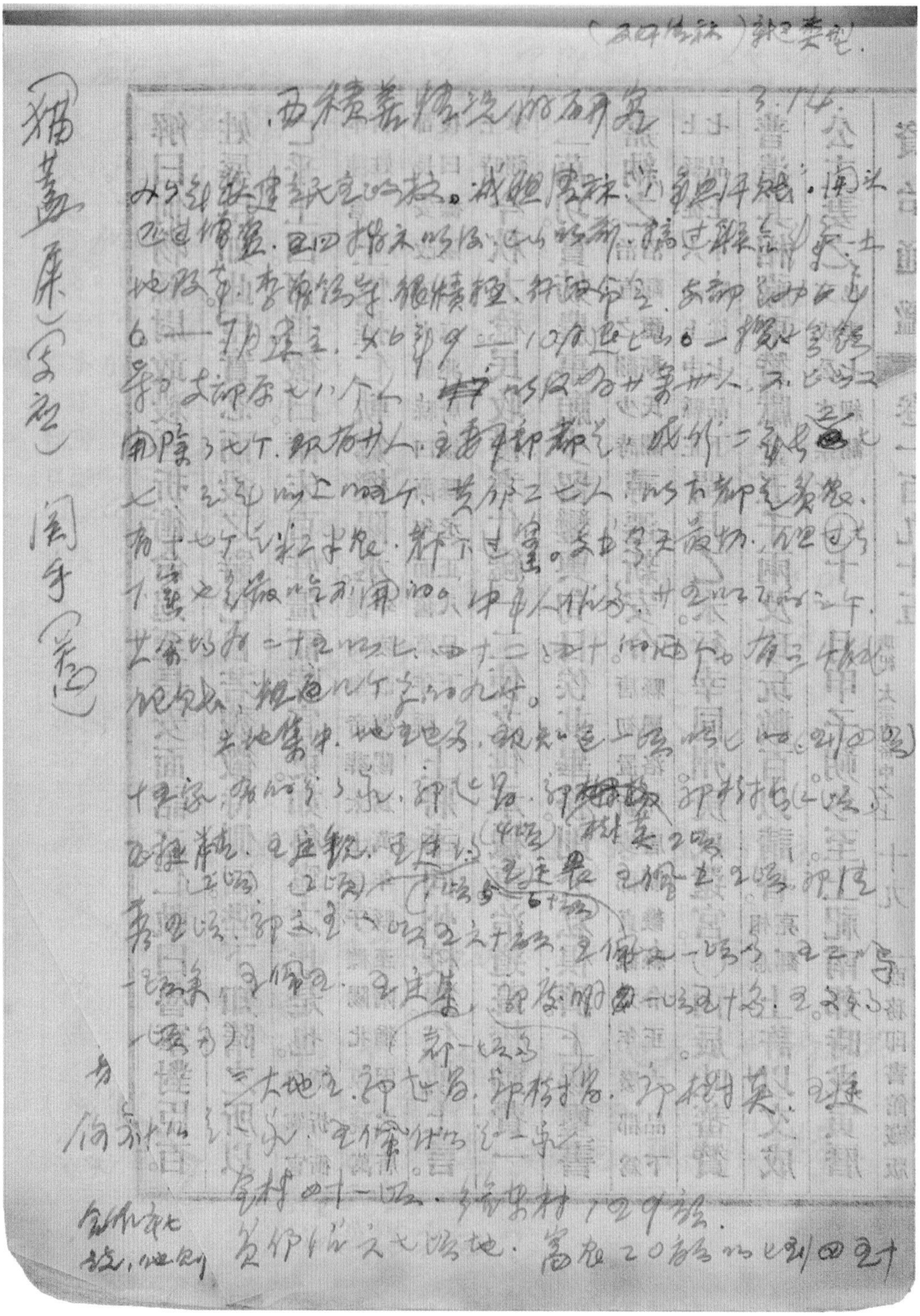

西积善村的研究

[illegible]

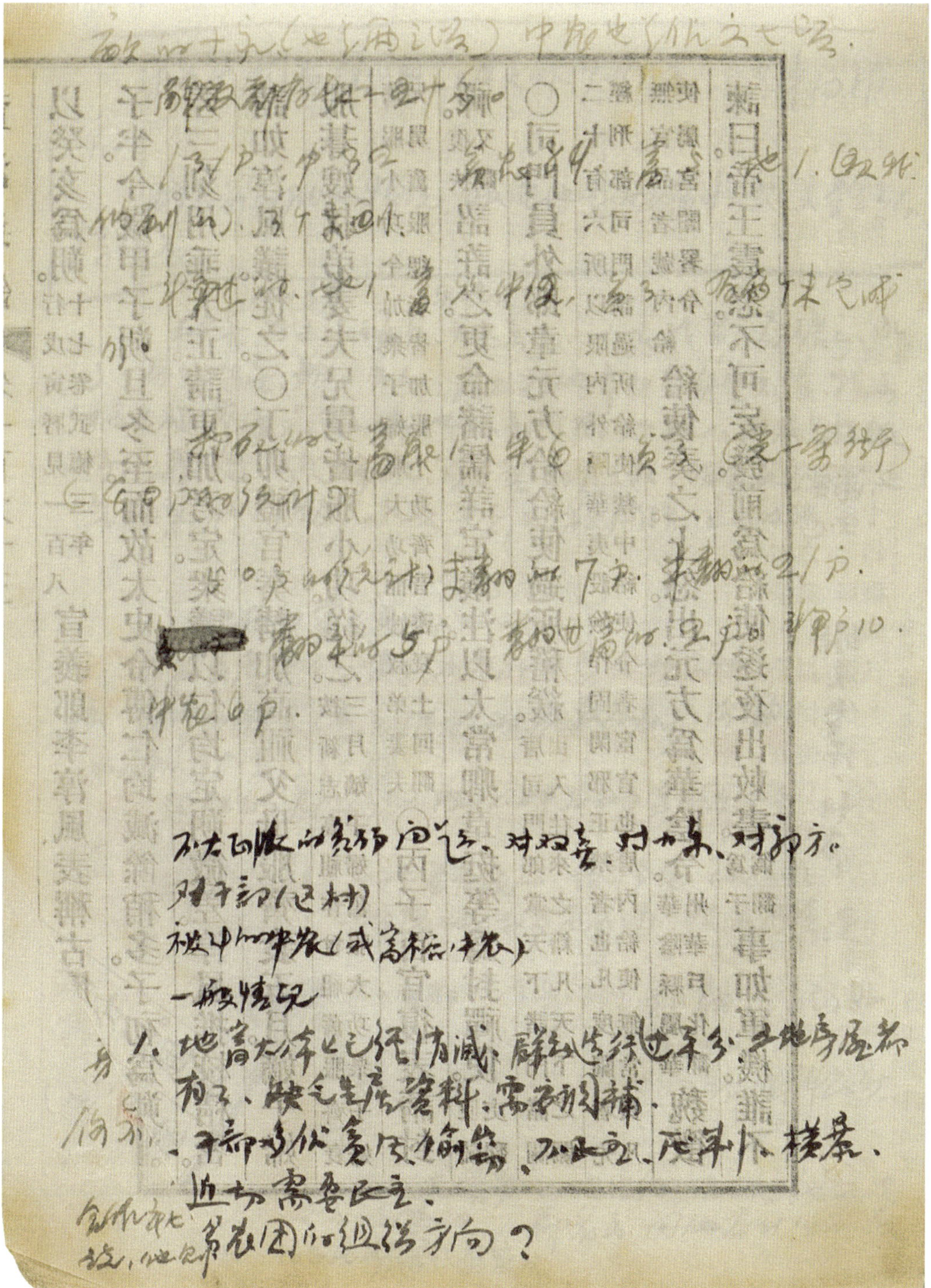
一般情况
贫农团的组织方向？

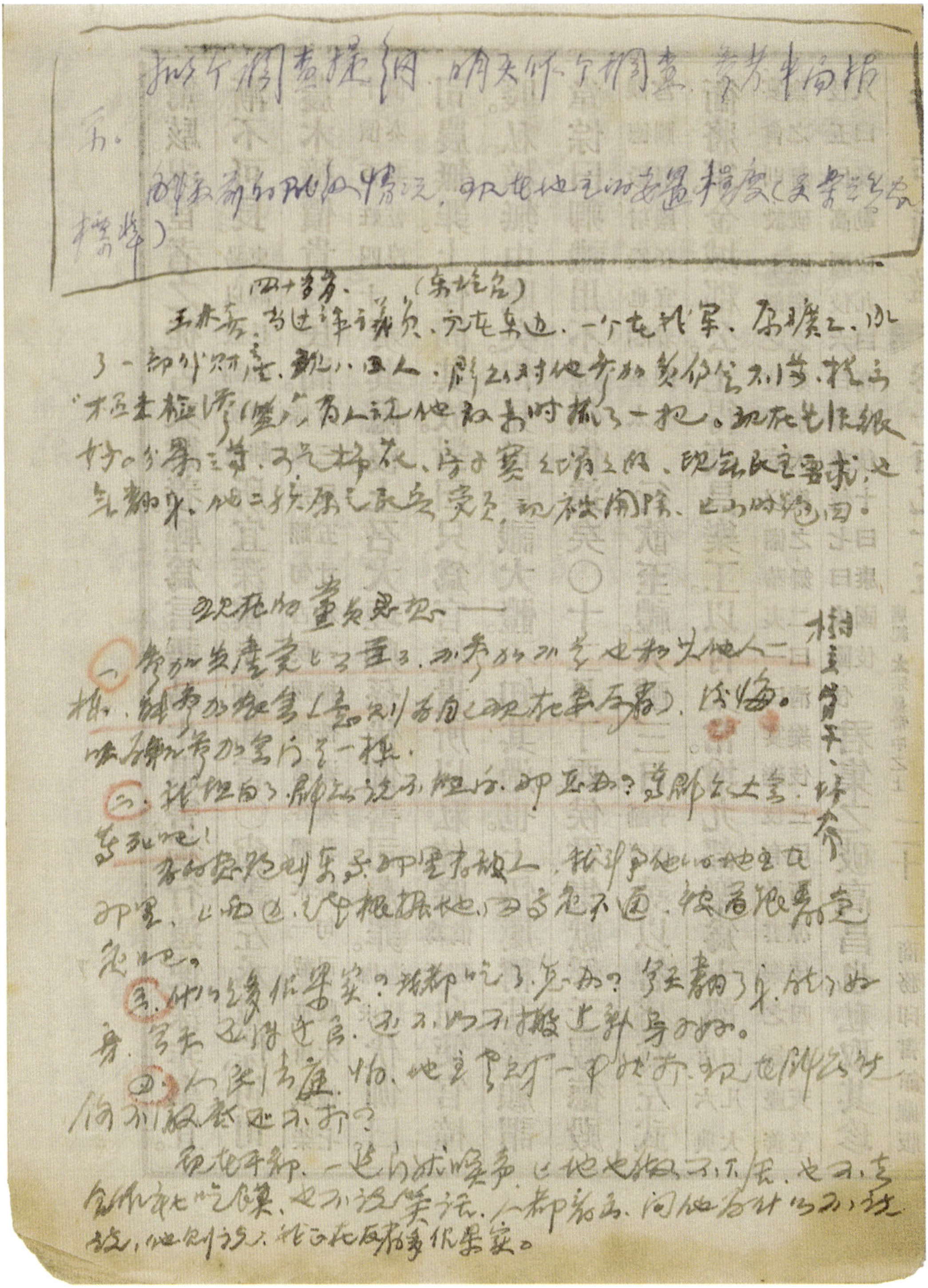

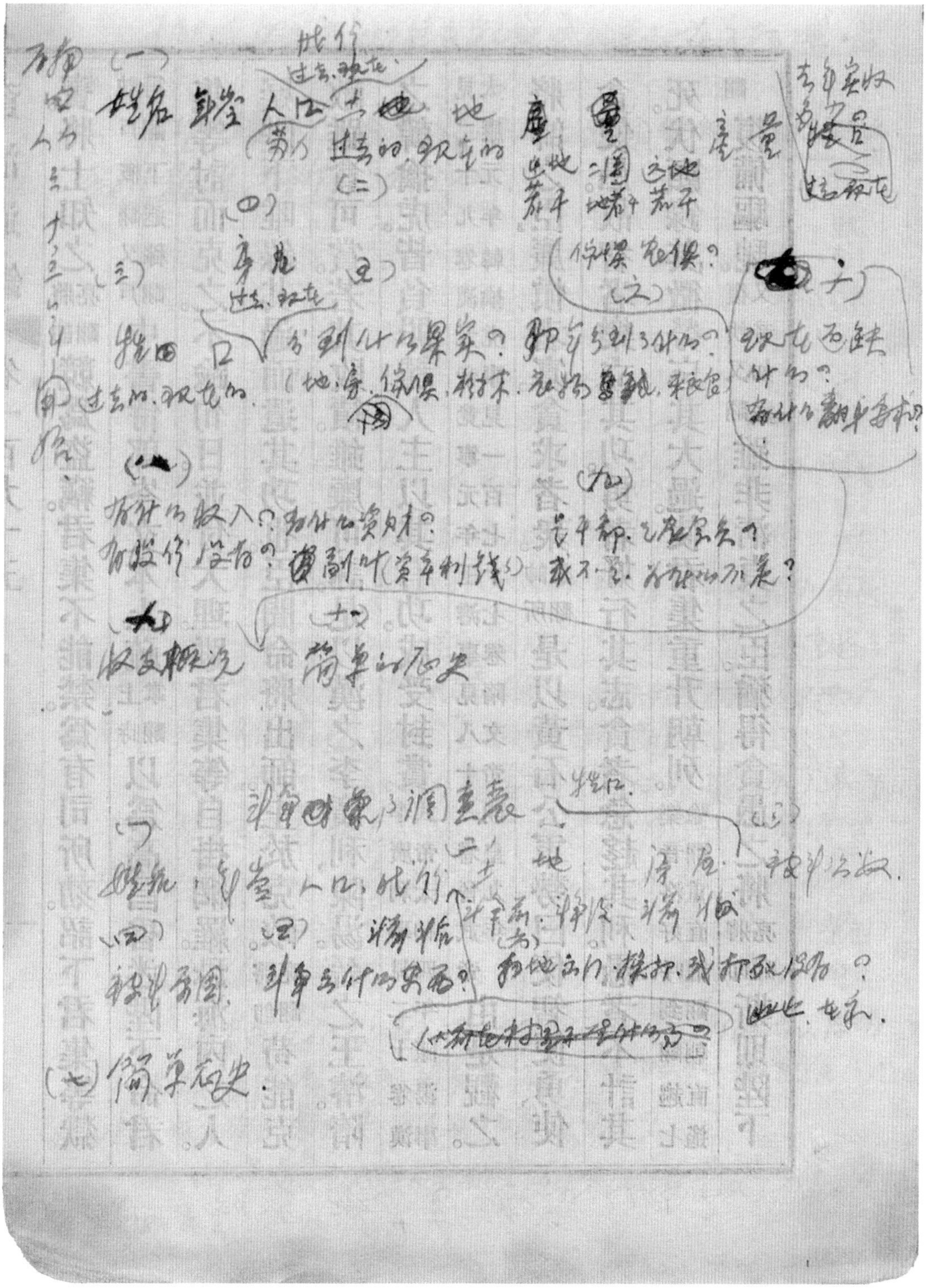
（一）姓名 年龄 人口 成份 土地 产量
劳力 过去的、现在的
（二）
（四）
（三）房屋 过去、现在 （五）
（六）傢俱 农具？
分到什么果实？ 那分到了什么？（地、房、傢俱、树木、衣物、粮食）
（七）现在还缺什么？ 为什么翻身？
（八）有什么收入？ 有什么资本？ 有没有借债？ 搞副业（资本利钱）
（九）
（十）
收支概况 简单的历史
翻身户家庭调查表
（一）姓名、年龄、人口、成份
（二）土地
（三）房屋
（四）耕畜农具
（七）简单历史

干部的有这次也吃过苦的[illegible]争夺地主的东西[illegible]。最后是打死。

我们的积极分子虽然闹了[illegible]，[illegible]但银[illegible]干部的报复。在争夺中，又惊又[illegible]。

集报　47

杜编——

昨天[illegible]人，大家不摸底[illegible]军[illegible]。

[illegible]

[illegible]

[illegible]

[illegible]

[illegible]不敢说，觉不出来。

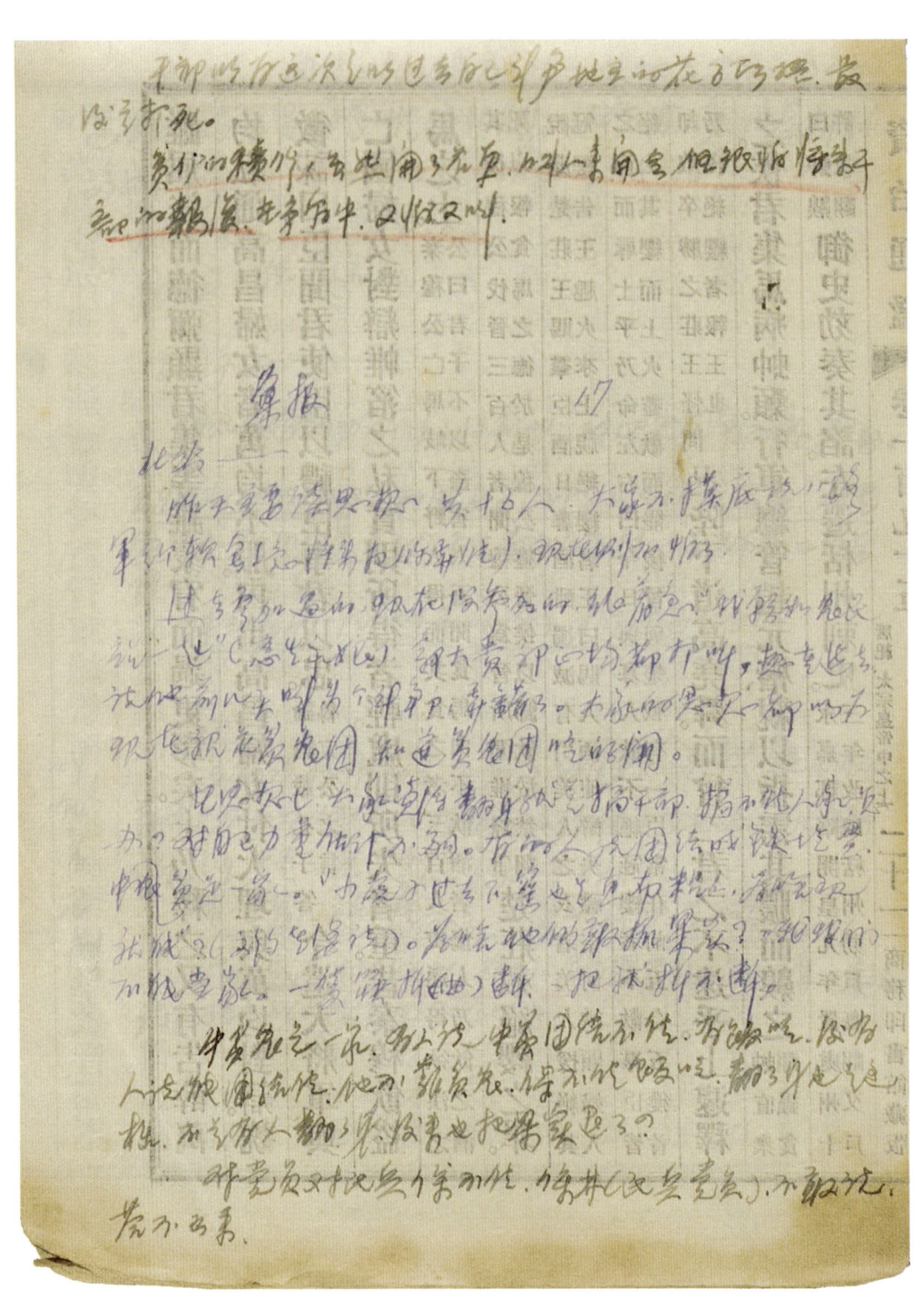

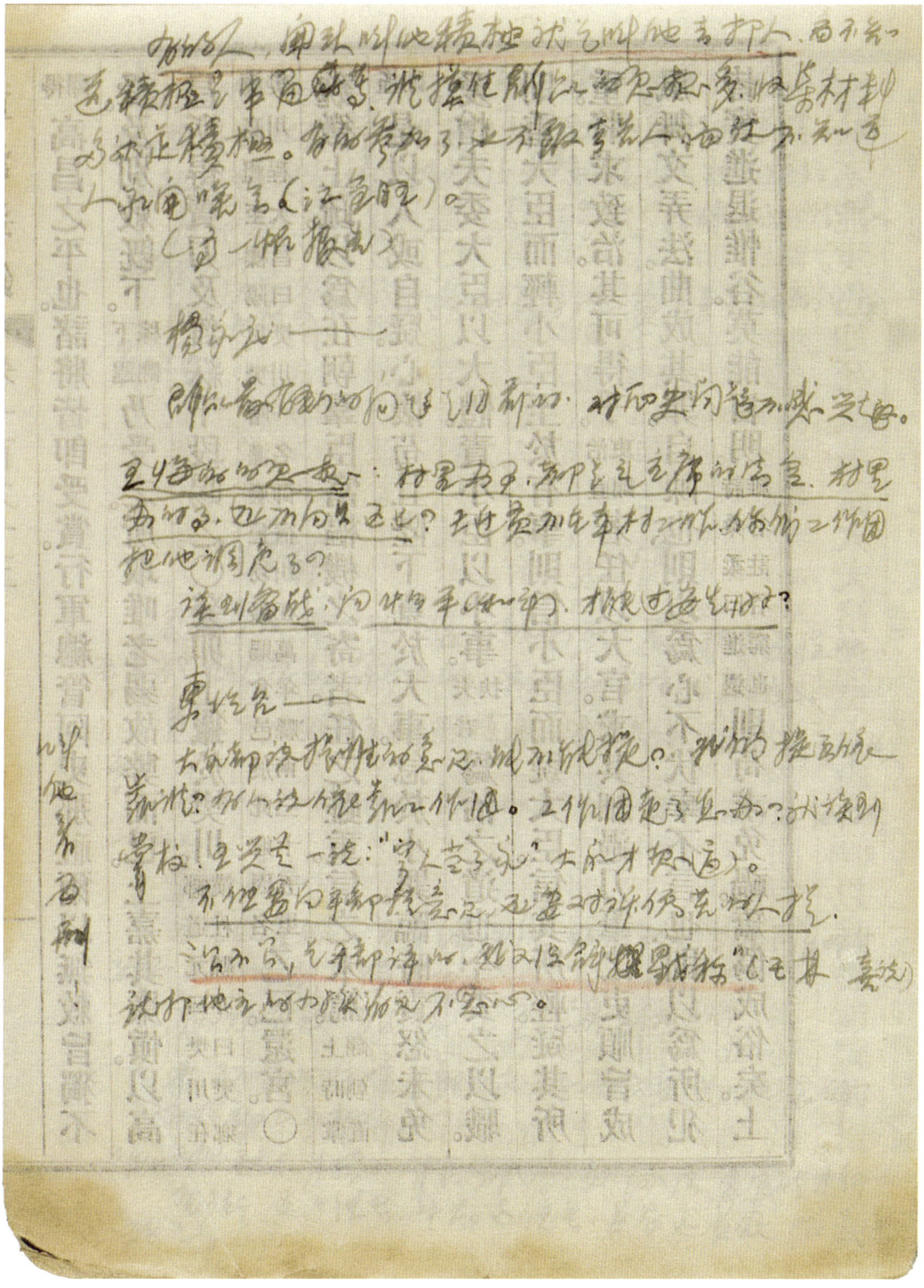

黄黑的缺点：老是批评别人的作法，我也怕将来工作困难了，有报复，所以把错误推给别人，说不该做也不敢说。今后要[illegible]过。但[illegible]只是[illegible]说，党员也[illegible]，说了就不怕了。

新干部完全由党员当人，[illegible]人民选，好的[illegible]说[illegible]的干部是了。

那天党的支部会[illegible]时候讨论，黄黑来了，他们也[illegible]赞成了。

[illegible]報　　　修[illegible]。

王[illegible]当过[illegible]的雇工[illegible]，[illegible]把[illegible]没收。王吉方（现小组长）第一个[illegible]。[illegible]现在[illegible]翻身。

黄黑——搞干部作风，[illegible]，团结起来，[illegible]干。

[illegible]干部[illegible]，[illegible]干部[illegible]，[illegible]干部[illegible]，都[illegible]，管[illegible]什么。

[illegible]两家。

[illegible]，[illegible]。[illegible]别人[illegible]。

[illegible]，[illegible]不[illegible]，[illegible]大[illegible]了。

[illegible]，[illegible]干部[illegible]，[illegible]把[illegible][illegible]。

[illegible]，[illegible]一[illegible]，[illegible]，[illegible]办法，[illegible]才行。

[illegible]，[illegible]个组长，中农[illegible]组长，贫农[illegible]，[illegible]组[illegible]个[illegible]

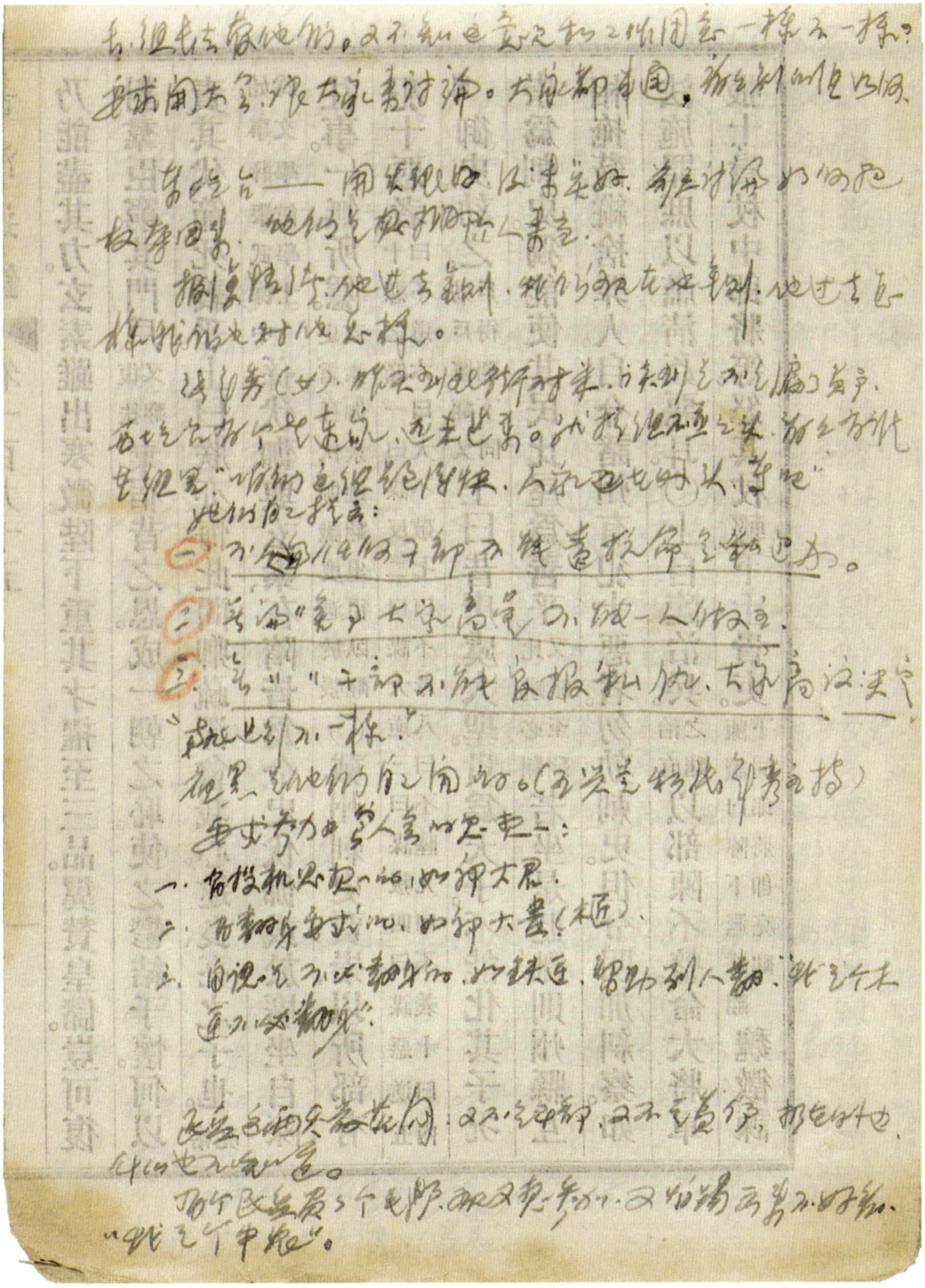

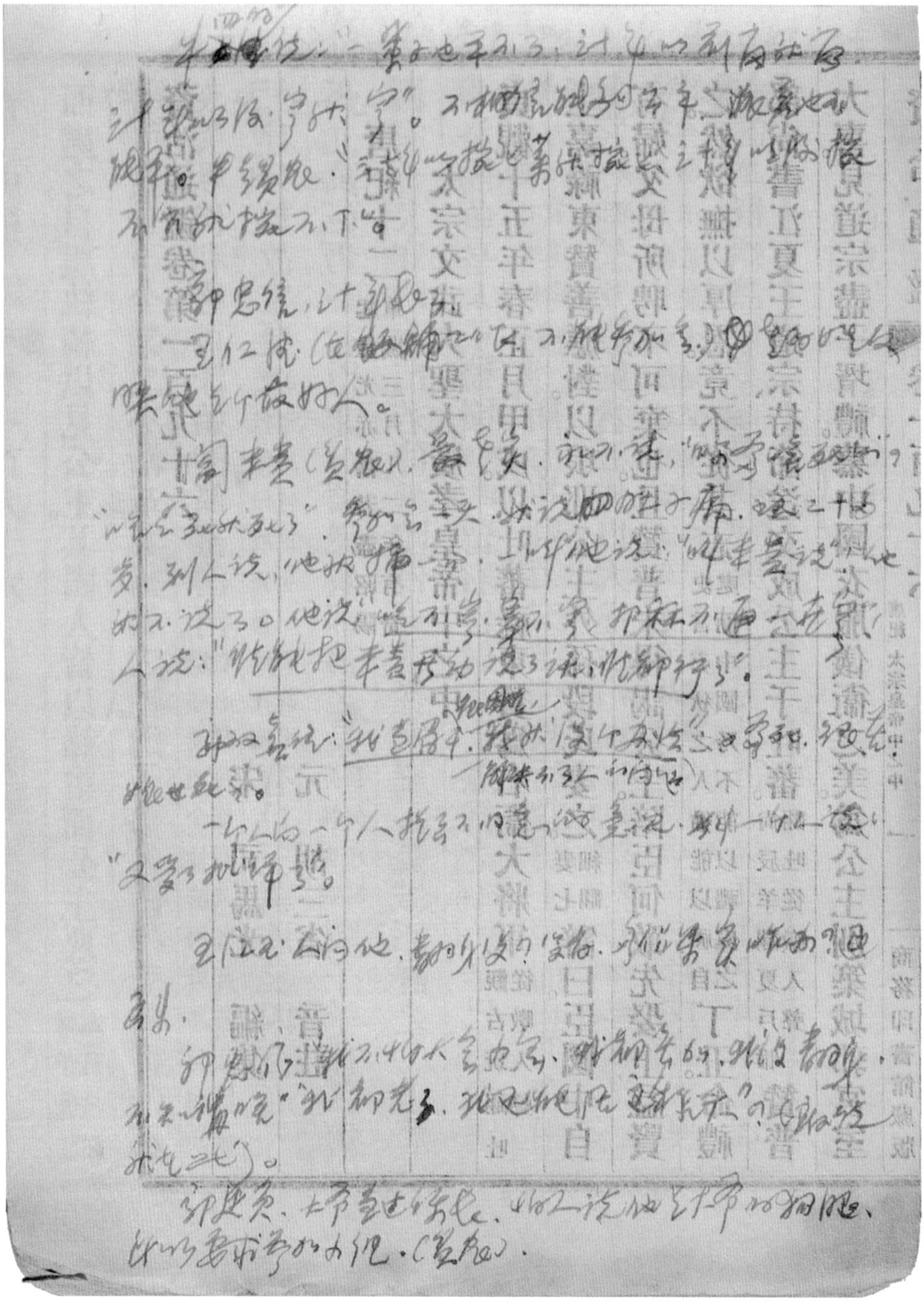

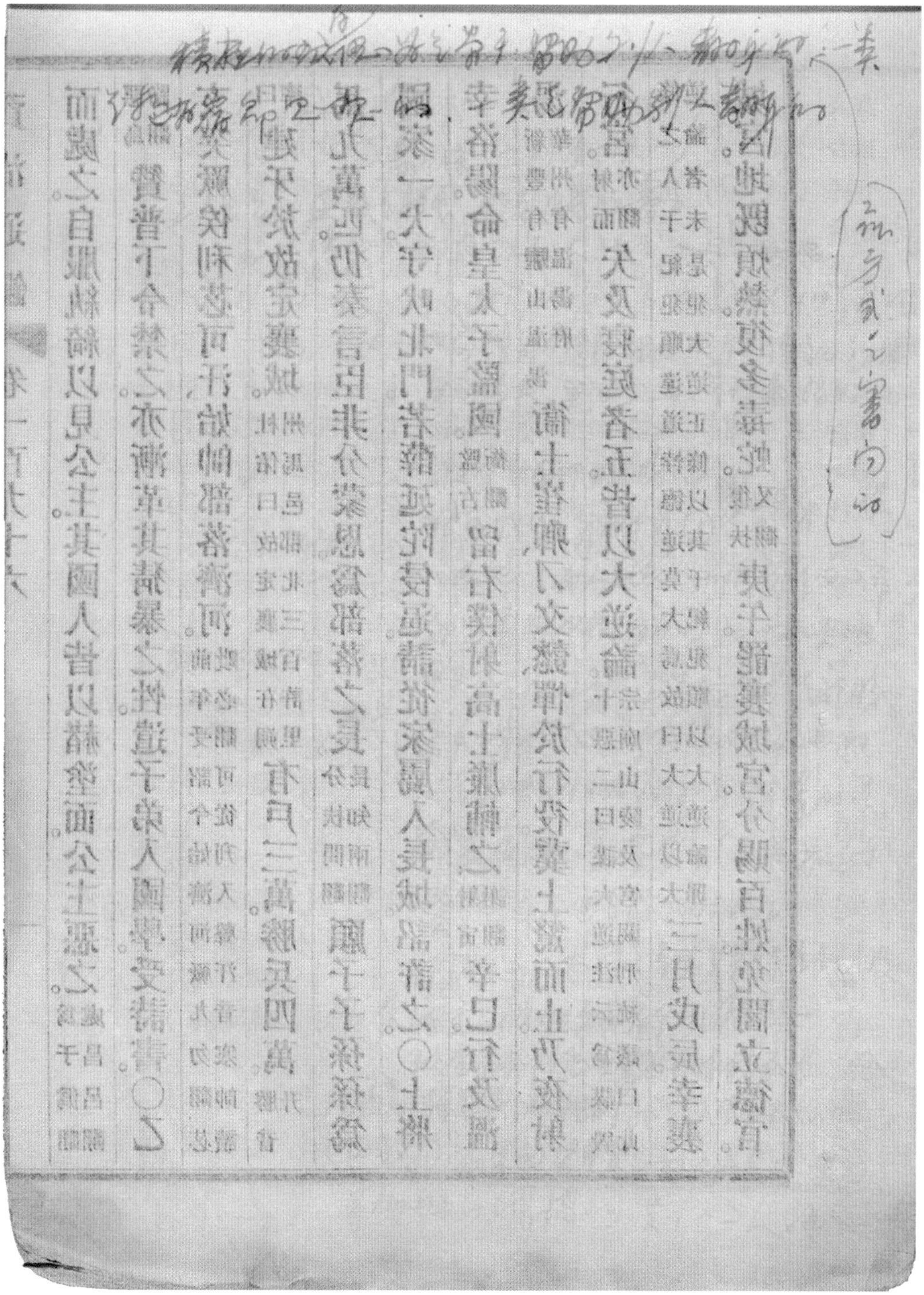

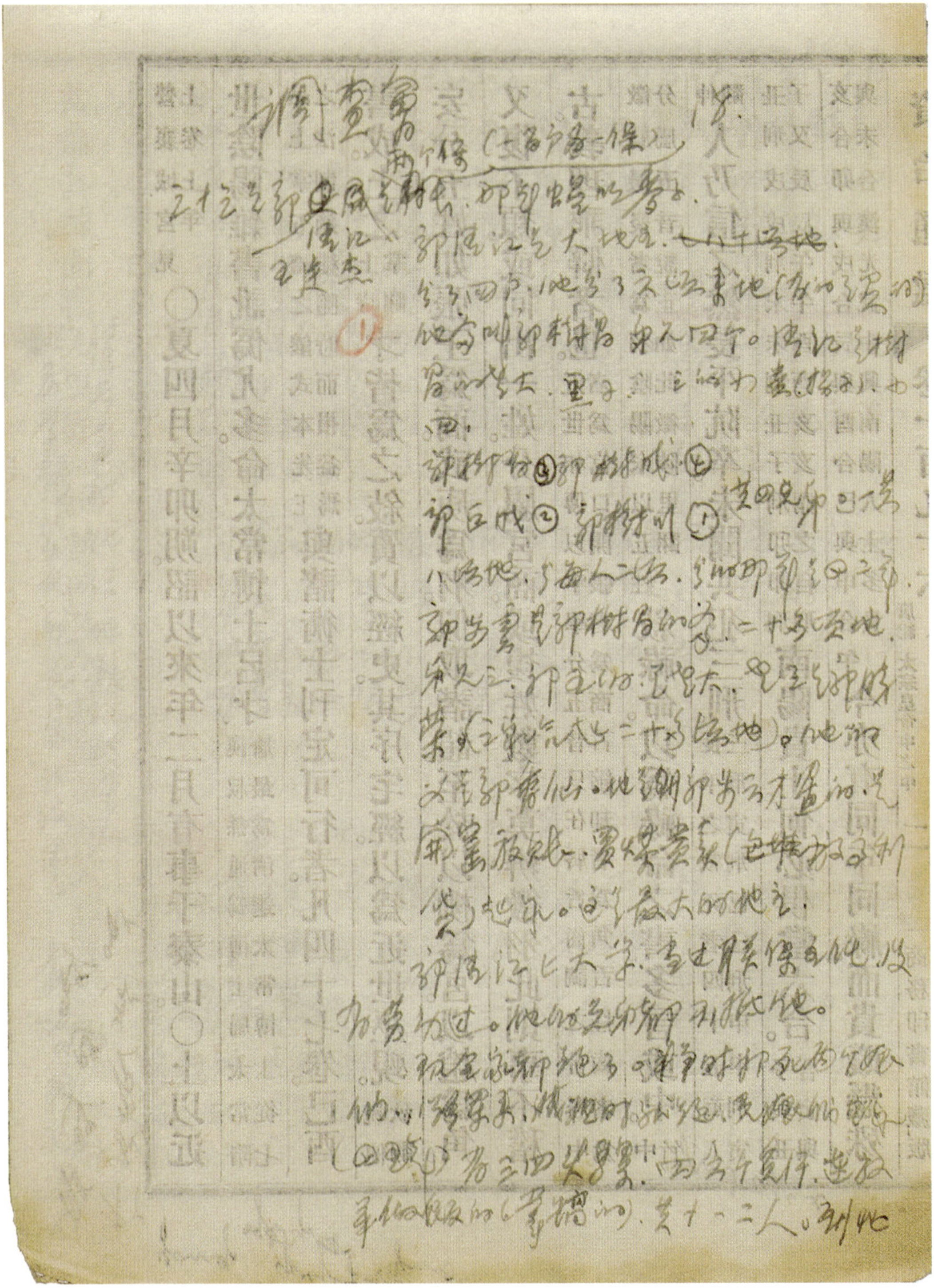

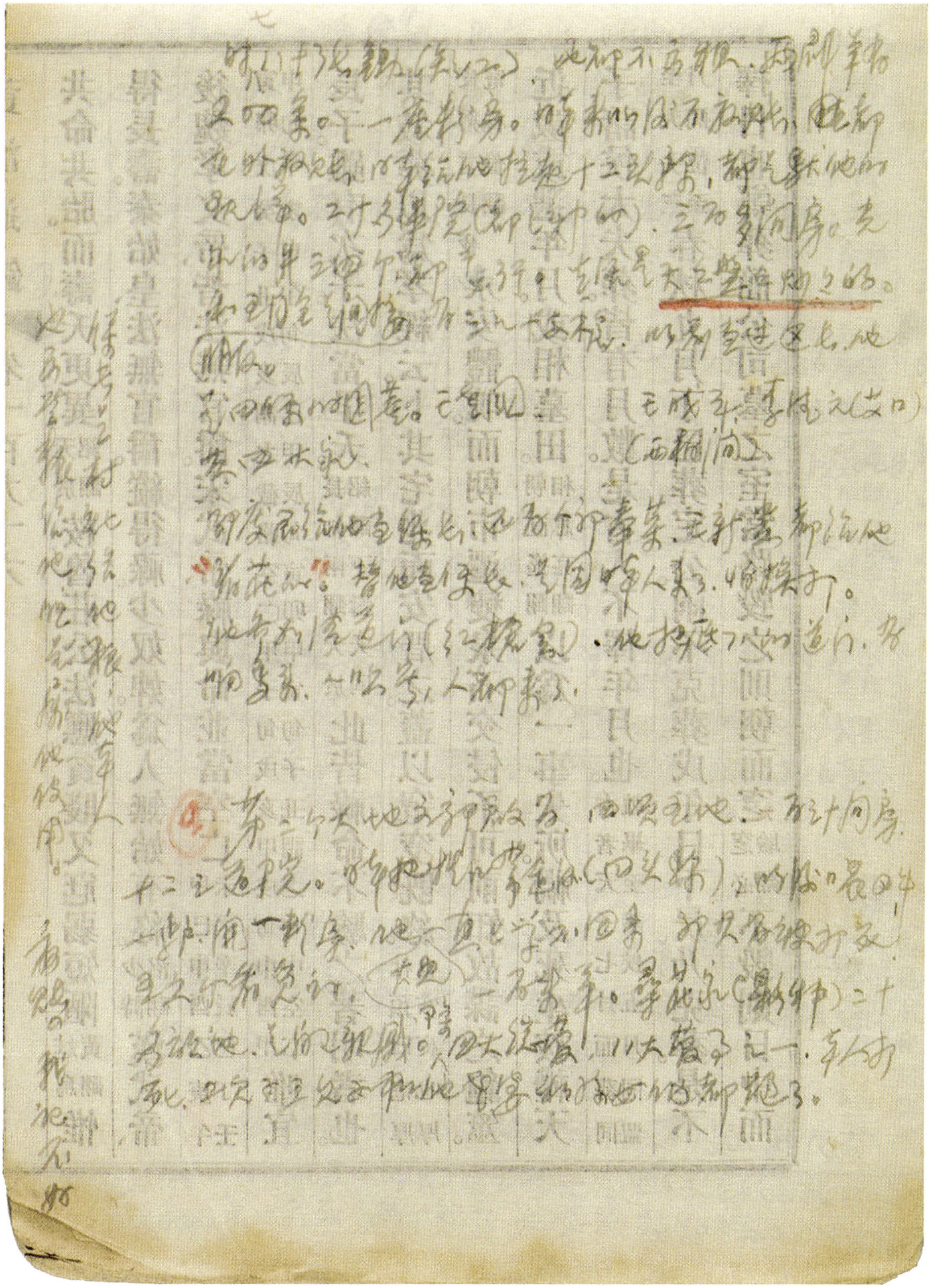

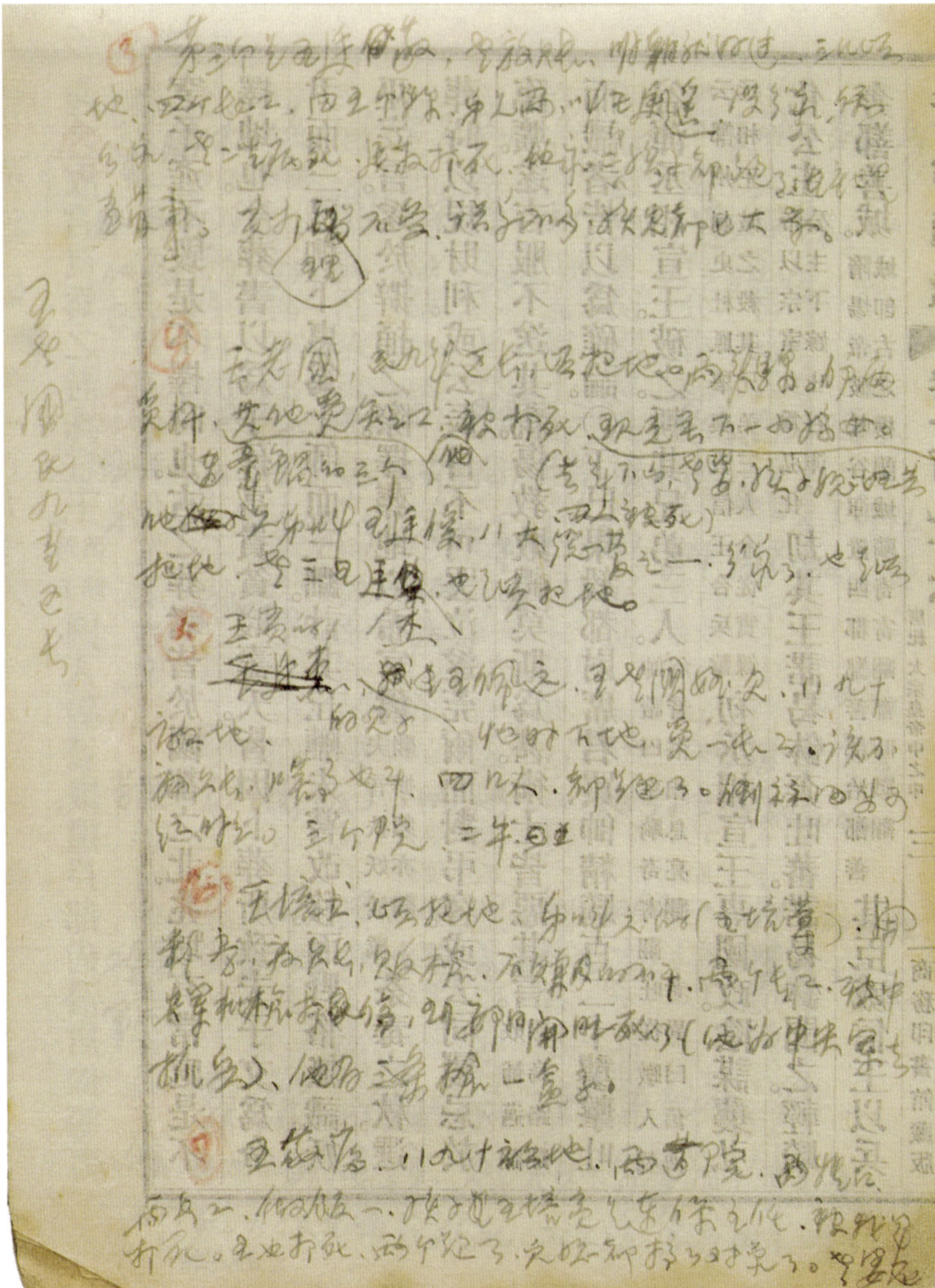

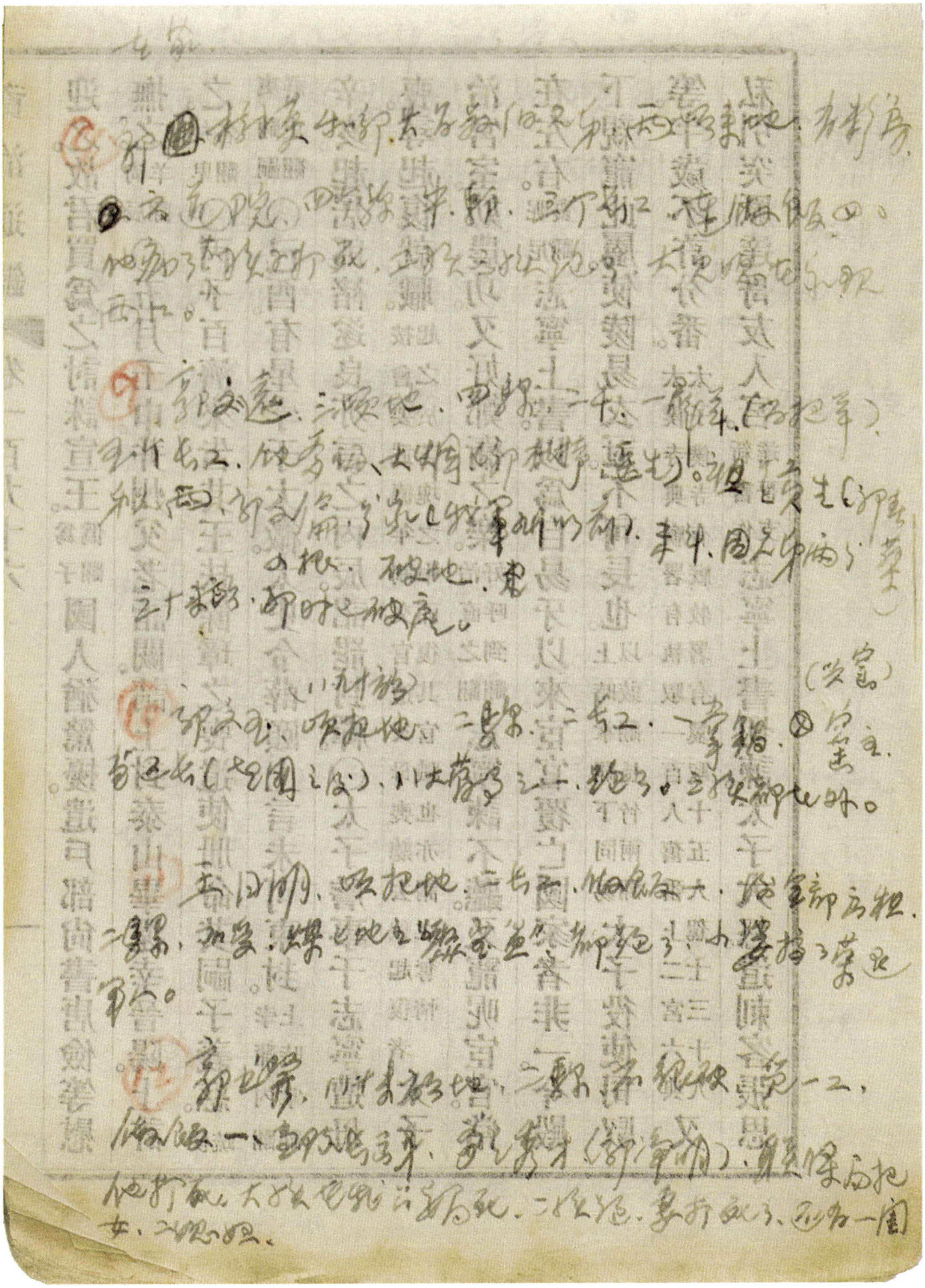

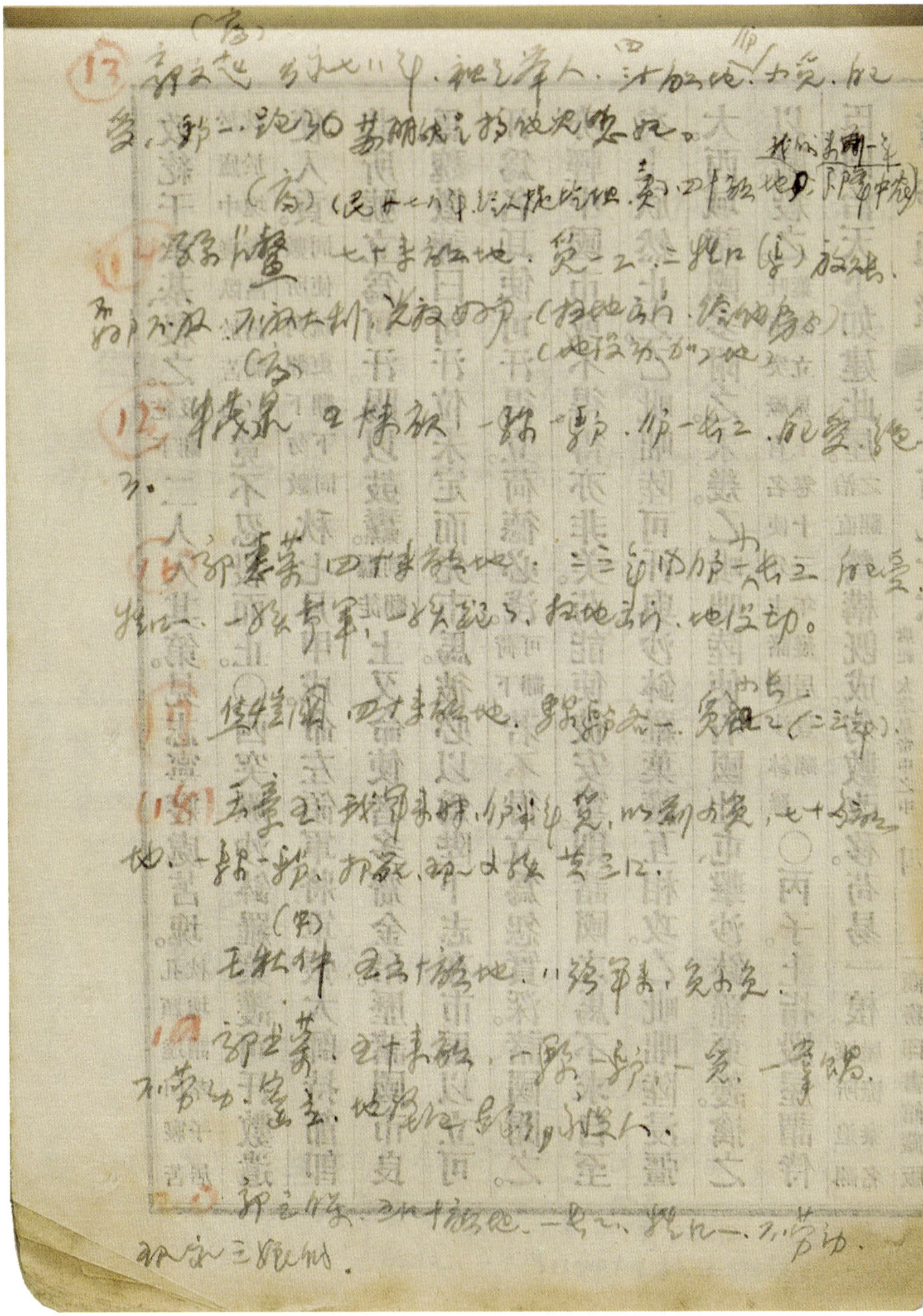

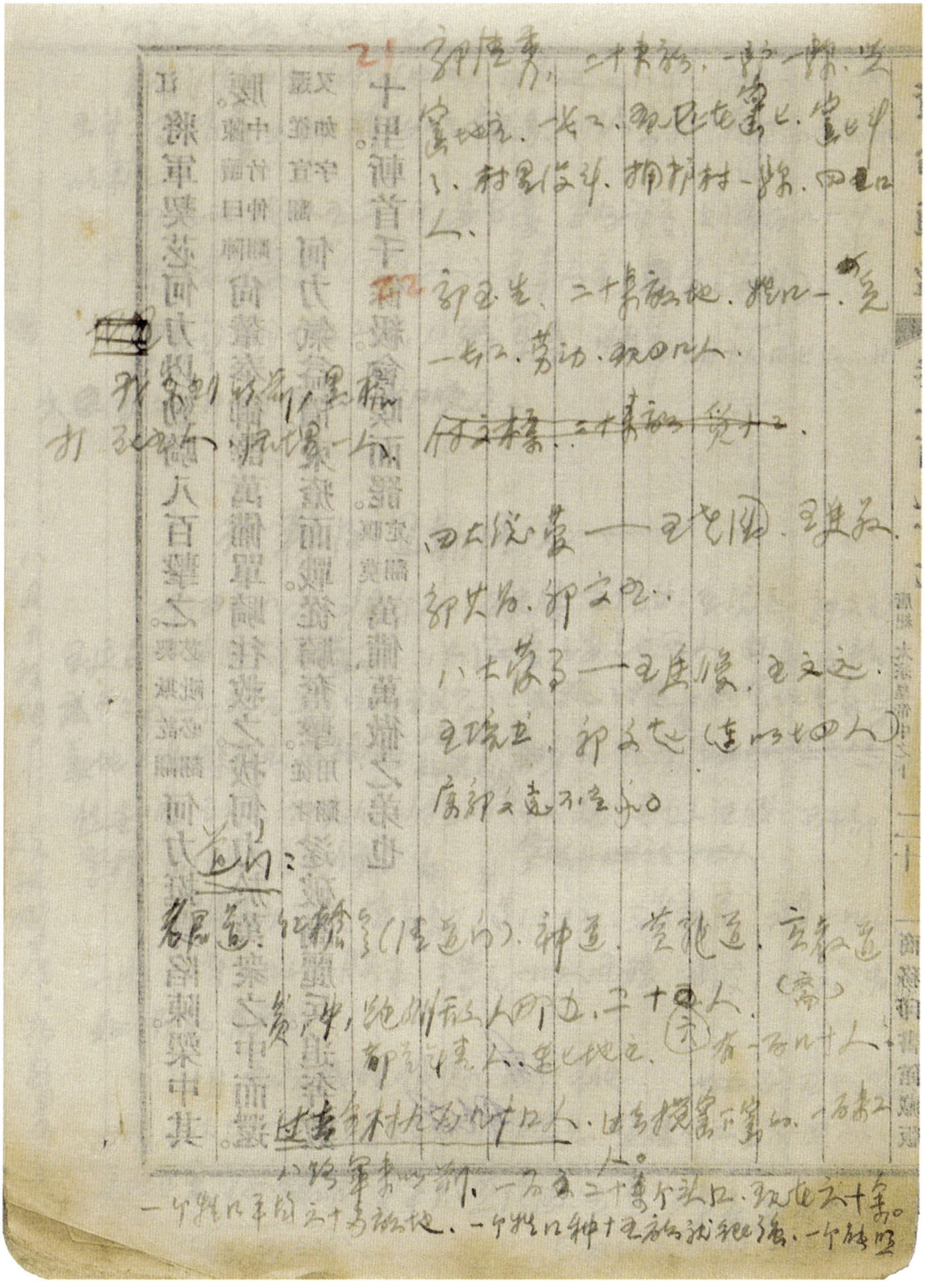

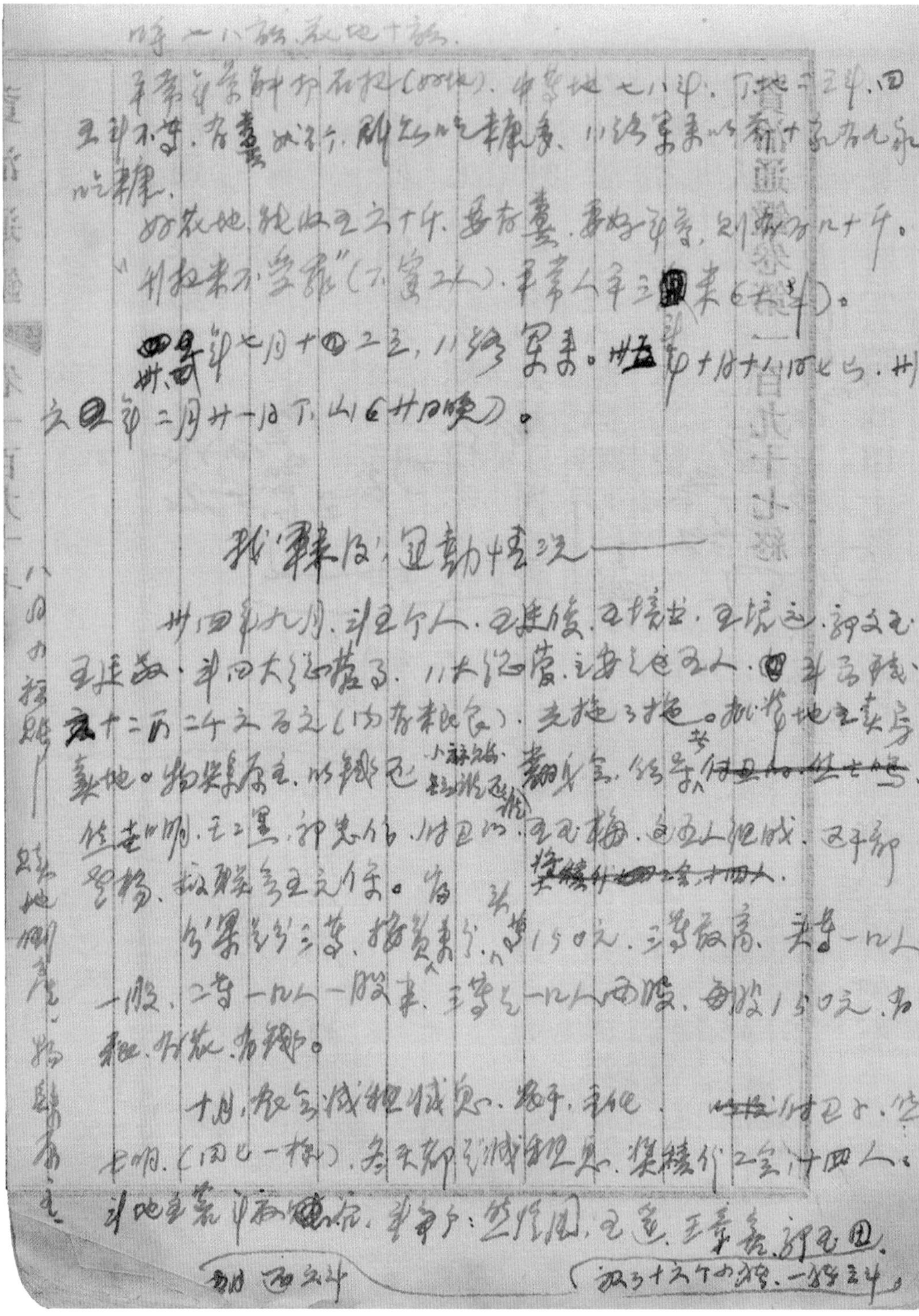

收一八斗，农地十斗。

平常年景能打石粗（好地），中等地七八斗，下地二三斗，四五斗不等。有羡城河，群众吃糠多，八路军来以前，十家有九家吃糠。

好农地能收五六十斤。要看羡，要好年景，则能收八十斤。

"种粗米不学浪"（不算工人），平常人年三[illegible]米（3大斗）。

卅四年七月十四二王，八路军来。卅五年十月十八日七点，卅六年二月廿一日下山（廿日晚）。

我军来后运动情况——

卅四年九月，斗五个人，王廷俊、王培安、王培之、郭文元、王廷安。斗四大经营，八大经营，主要是这五人。[illegible]斗了钱十二万二千元石之（内有粮食）。先拖了拖。把地主卖了卖地。物资集存在[illegible]，[illegible]分了。给[illegible]，郭忠什，[illegible]，王元梅，这五人组成[illegible]。

各家分三等，按贫来分，一等150元，三等最高。一等一口人一股，二等一口人一股半，三等是一口人两股，每股150元。

十月，减租减息。[illegible]，[illegible]。[illegible]（同上一样）。各干部减租减息，[illegible]二十四人。

斗地主[illegible]，[illegible]：王道、王章[illegible]、郭[illegible]。

（斗了十六个地主，一共[illegible]）

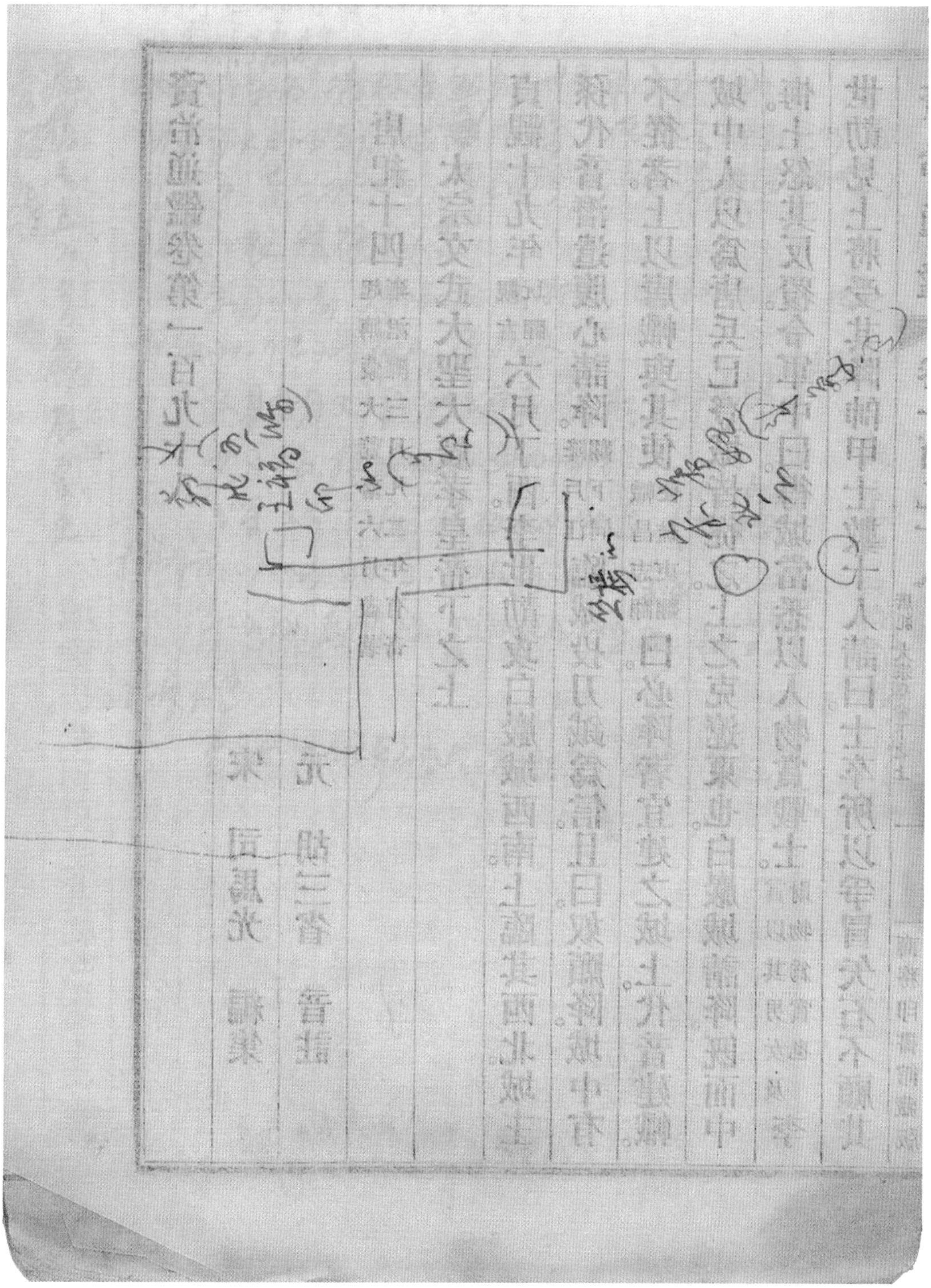

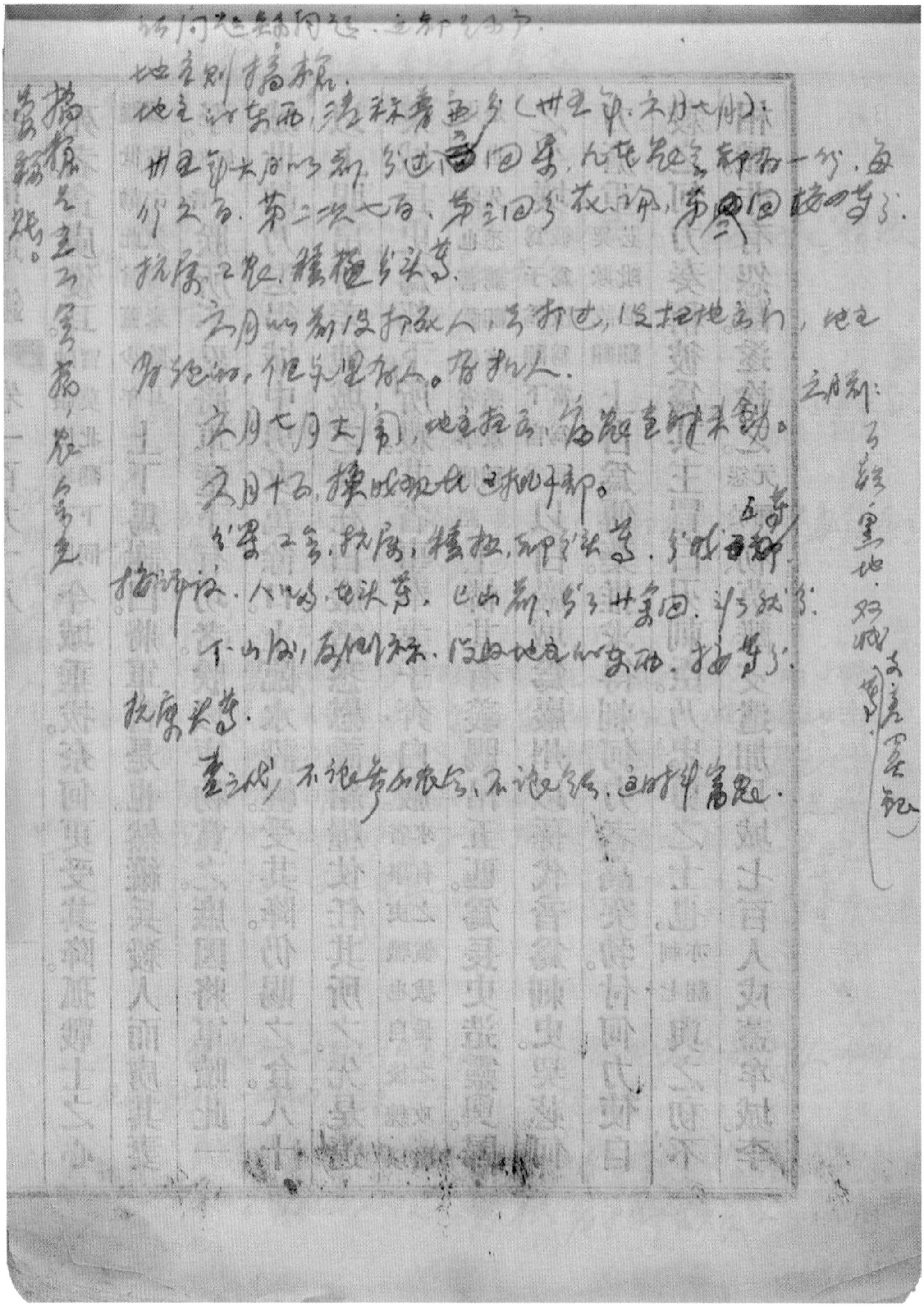

[illegible]

地主则搞帐。

地主[illegible]（卅五年六月[illegible]）。

卅五年六月以前[illegible]，第二次七百，[illegible]

[illegible]

六月以前没打死人，[illegible]，地主[illegible]。

六月七日大闹，地主[illegible]。

六月十日，[illegible]干部。

[illegible]

[illegible]

[illegible]，不论[illegible]，不论[illegible]。

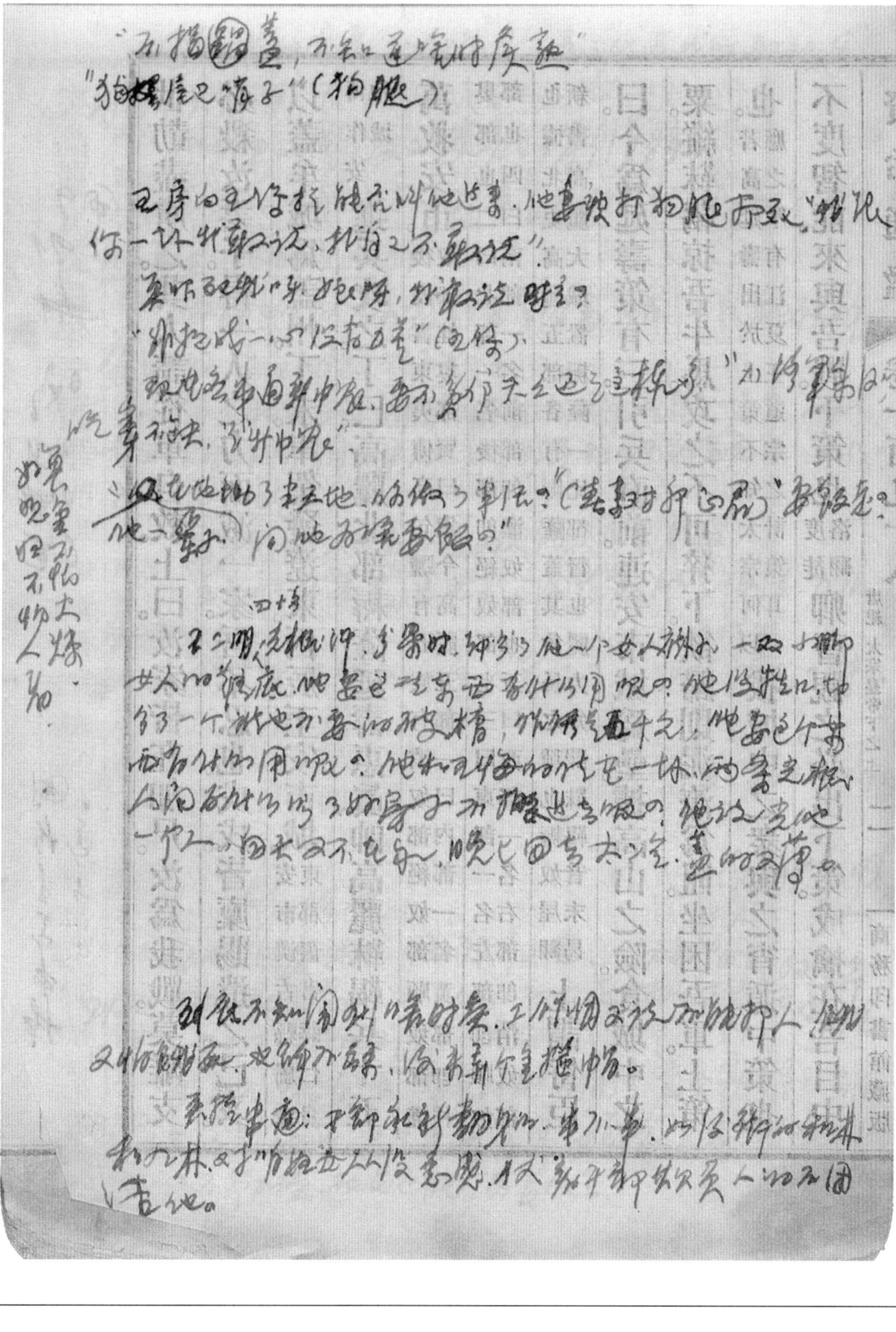
"不揭锅盖，不知道啥时候熟"
"猫[illegible]尾巴[illegible]子"（狗腿）

王房的主任栓[illegible]否认他造事。他喜欢打狗腿[illegible]："[illegible]你一[illegible]说，[illegible]不[illegible]说"。
[illegible]
"[illegible]没有[illegible]"（[illegible]）
[illegible]新中农、[illegible]"[illegible]
[illegible]中农"。
"[illegible]地，[illegible]"（[illegible]）"[illegible]
他一[illegible]。问他[illegible]"

四场

王二明[illegible]，[illegible]一个女人[illegible]一双小脚
女人[illegible]。她要这些东西有什么用呢？他[illegible]
[illegible]一个[illegible]，[illegible]。他要这些东
西有什么用呢？他[illegible]一[illegible]，[illegible]
人问有什么[illegible]呢？[illegible]
一个人，[illegible]，晚上回去太[illegible]。

刘秋不知开会啥时候。工作团[illegible]人[illegible]
[illegible]，[illegible]。

要注意串通：干部和新翻身的。第八节。[illegible]
[illegible]林。[illegible]人[illegible]。[illegible]干部[illegible]人的[illegible]
[illegible]他。

[illegible]
[illegible]

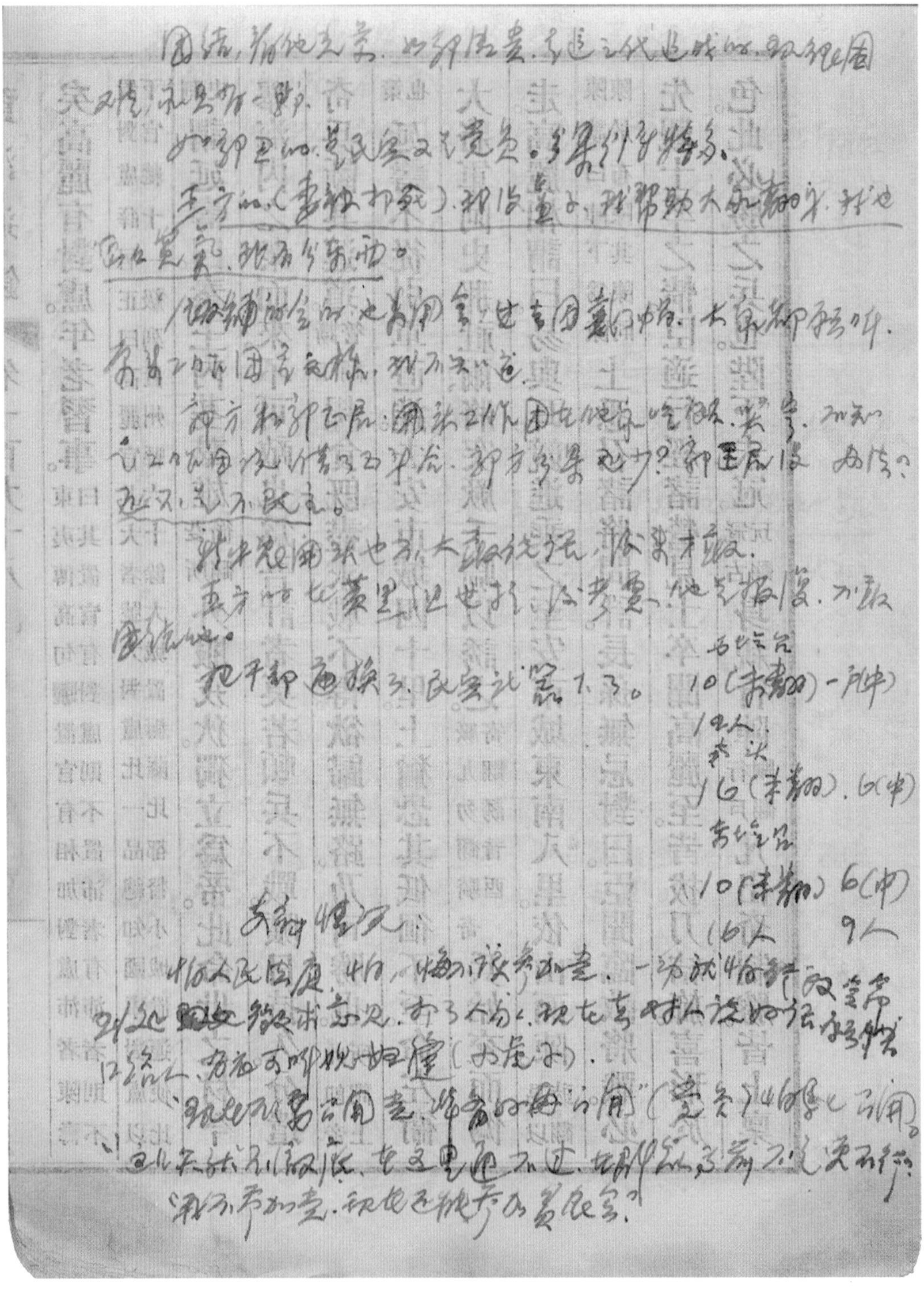

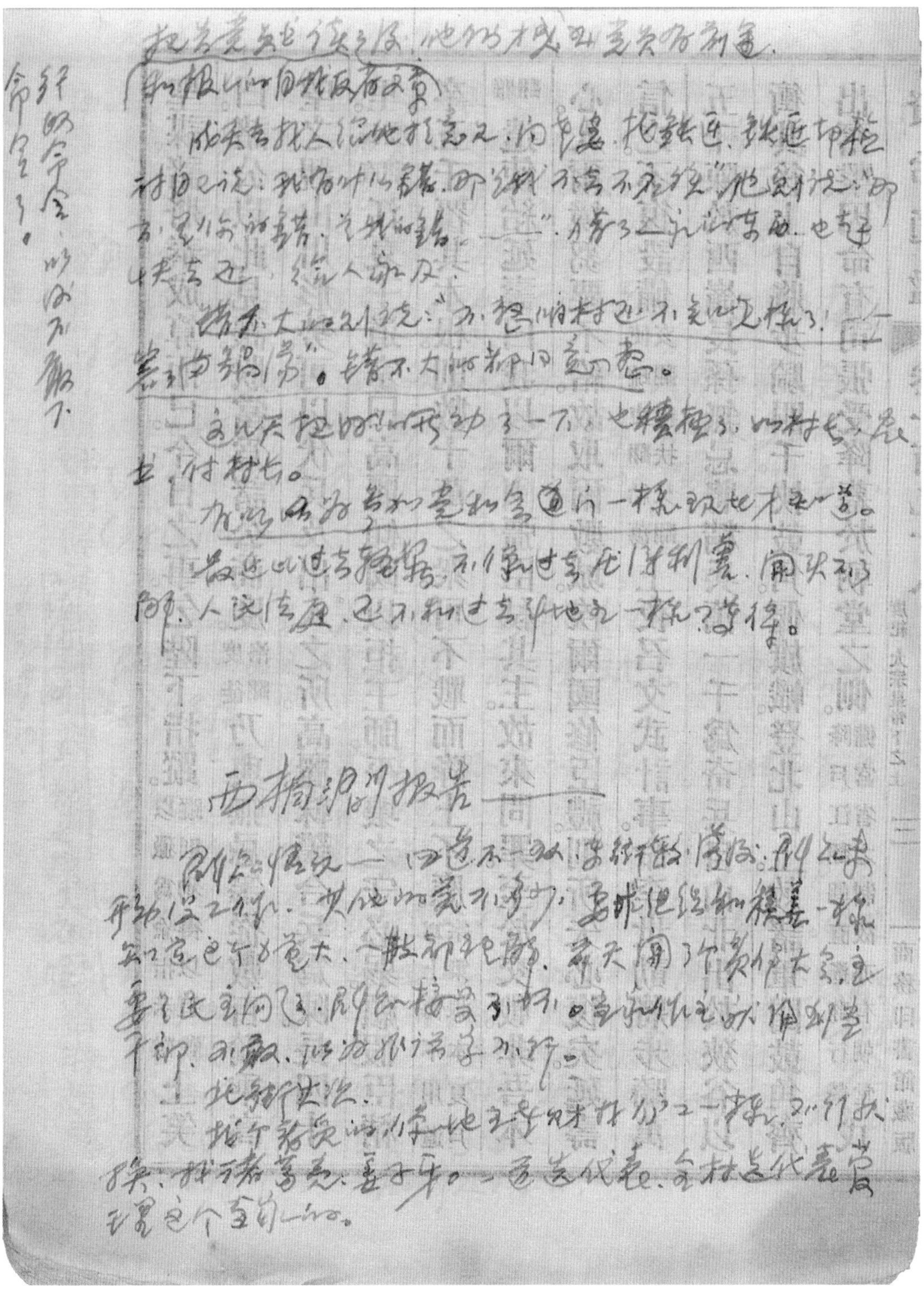

[illegible]

[illegible]

[illegible]去找人[illegible]，[illegible]。[illegible]

村自己说：我有什么错。[illegible]不去不在[illegible]"他就说："[illegible]

[illegible]的错[illegible]"。[illegible]也[illegible]

[illegible]人[illegible]。

错不大的就说："[illegible]咱村也不会这样了。[illegible]

[illegible]"。错不大的都[illegible]。

[illegible]动了一下，也[illegible]了，如村长、农

会、付村长。

[illegible]一样[illegible]。

[illegible]，[illegible]。[illegible]

[illegible]，人民法庭，[illegible]一样[illegible]。

西[illegible]报告

[illegible]

[illegible]，[illegible]一样

[illegible]大、一般都[illegible]。[illegible]

[illegible]民主[illegible]。[illegible]

干部、不敢、[illegible]不行。

[illegible]

[illegible]地主[illegible]分[illegible]一样，[illegible]

[illegible]、[illegible]代表、全村[illegible]代表[illegible]

[illegible]个[illegible]。

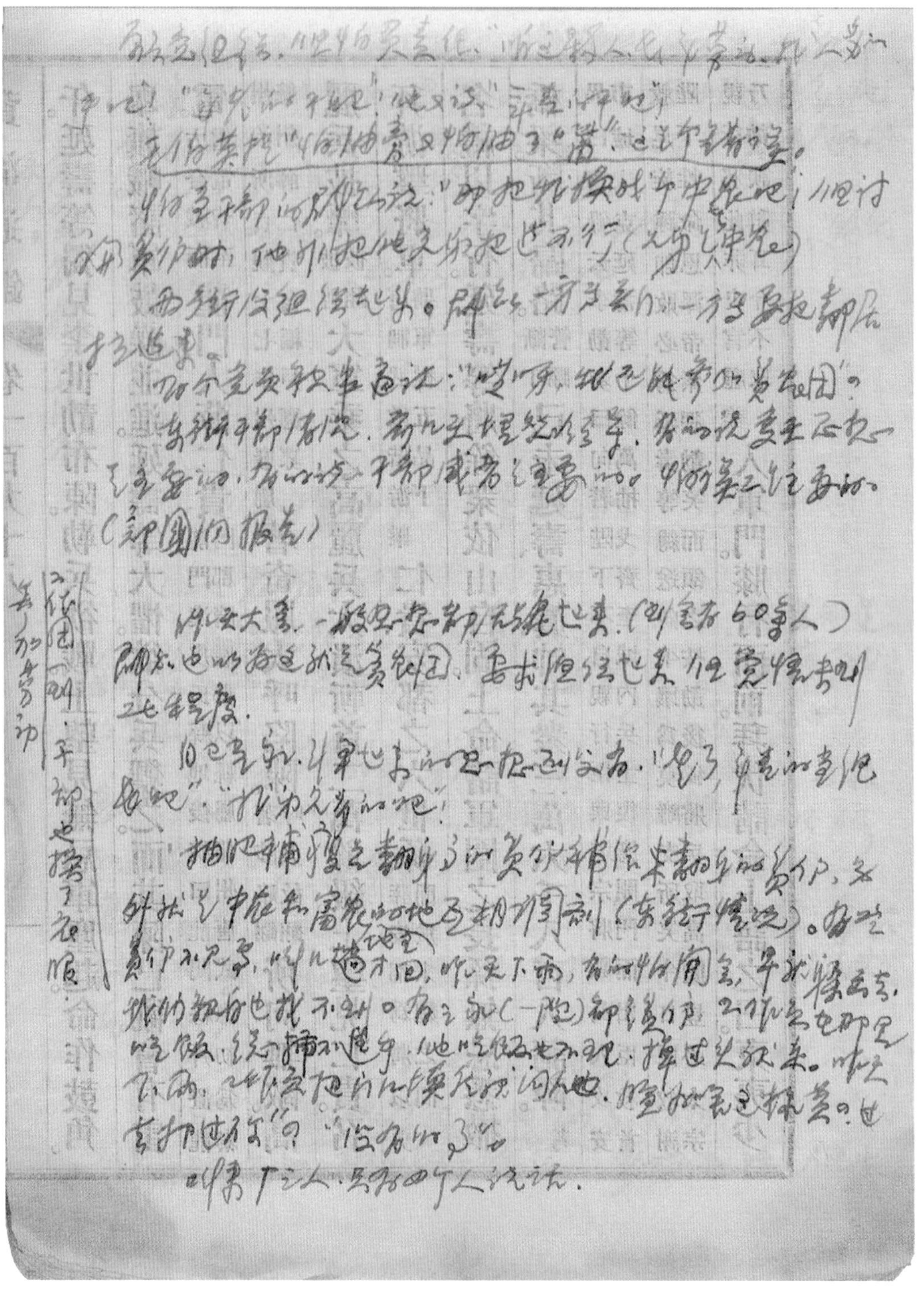

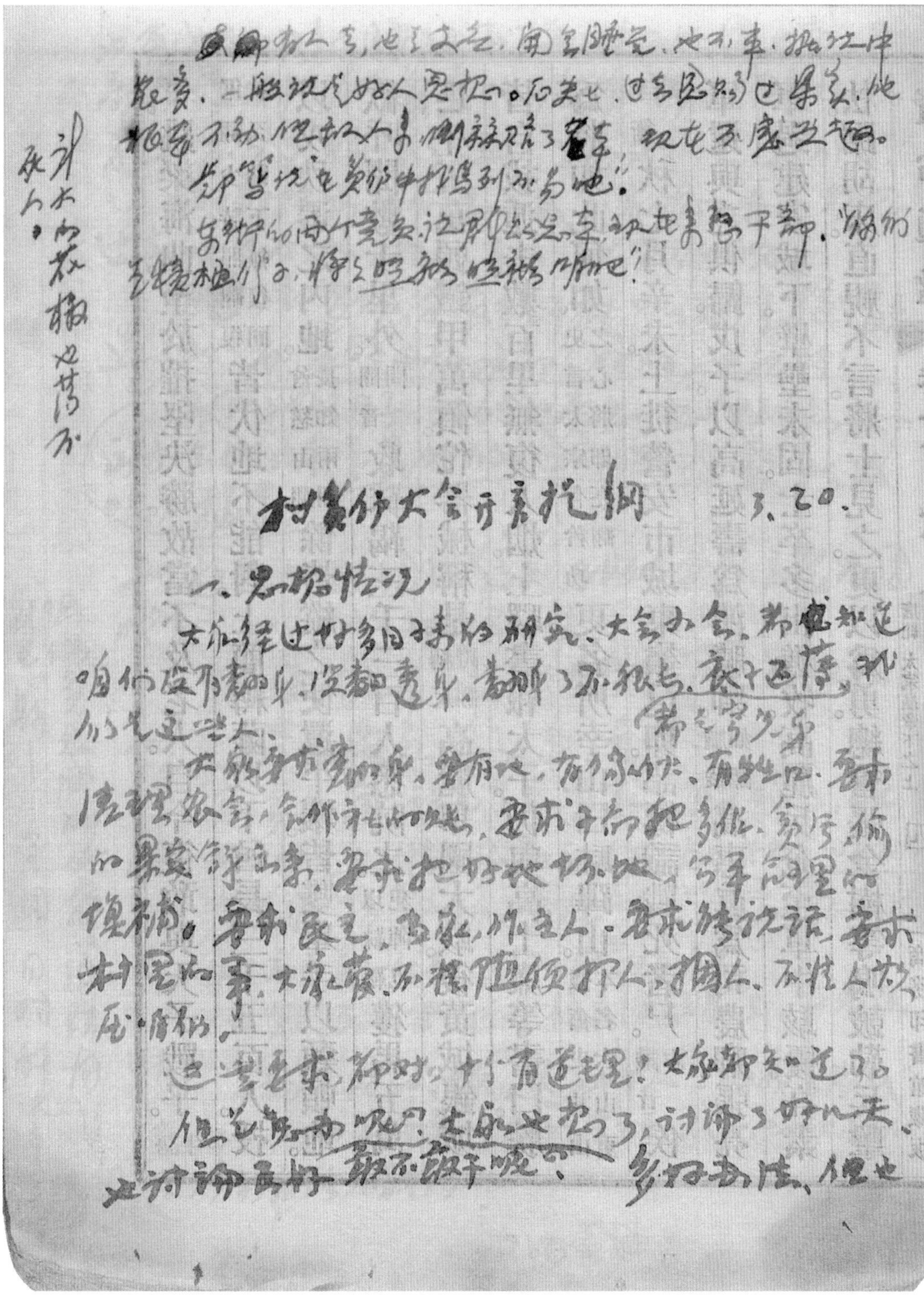

村农代大会开幕提纲　3.20.

一、思想情况

大家经过好多日子来的研究、大会小会，都知道咱们没有翻身，没翻透身，翻身了不彻底，[illegible]

大家要求彻底翻身，要有吃、有穿的、有住的，要求整理农会、合作社的[illegible]，要求[illegible]，要求民主、当家作主人，要求能说话，要求村里的事大家管，不准随便打人、捆人、[illegible]。

这些要求都对，十分有道理！大家都知道了。

但怎么办呢？大家也想了，讨论了好几天，[illegible]

也有些[illegible]，怕他们[illegible]干部不[illegible]、怕工作团一走，干部报复，怕斗了的人报复，怕干部有武装，怕他们不讲理，[illegible]，怕换了干部，干部又坏了，没办法。

怕干部把[illegible]不来，不再换，[illegible]过去[illegible]人、[illegible]人，[illegible]。

怕[illegible]干部变坏，要管理干部，[illegible]选代表监督干部，这就好了，这就对。

[illegible]了好[illegible]，我们[illegible]，[illegible]，[illegible]，[illegible]团，[illegible]，[illegible]不[illegible]。

二、组织起来，团结起来，我们要成立贫农团，成立了，什么问题都好解决。

贫农团是长年劳动，[illegible]受罪的人的组织，穷人最好，也最受气，最公道，是骨干。

有了贫农团，就是大家一有办法了，有了依靠了，拧成一股，力量大，谁也不敢动你。[illegible]

贫农团领导一切，管理一切，民主办法，靠大家，不是靠一个人，谁不听都不行。

武装、民兵要听话，将来组织农会，听农会的话。

干部不好的换，选好人，选成贫农代表，干部一切工作要听农代会话，代表听大家的话，[illegible]不坏了。

组织贫农团的任务，组织问题，[illegible]——全国同时解决[illegible]。

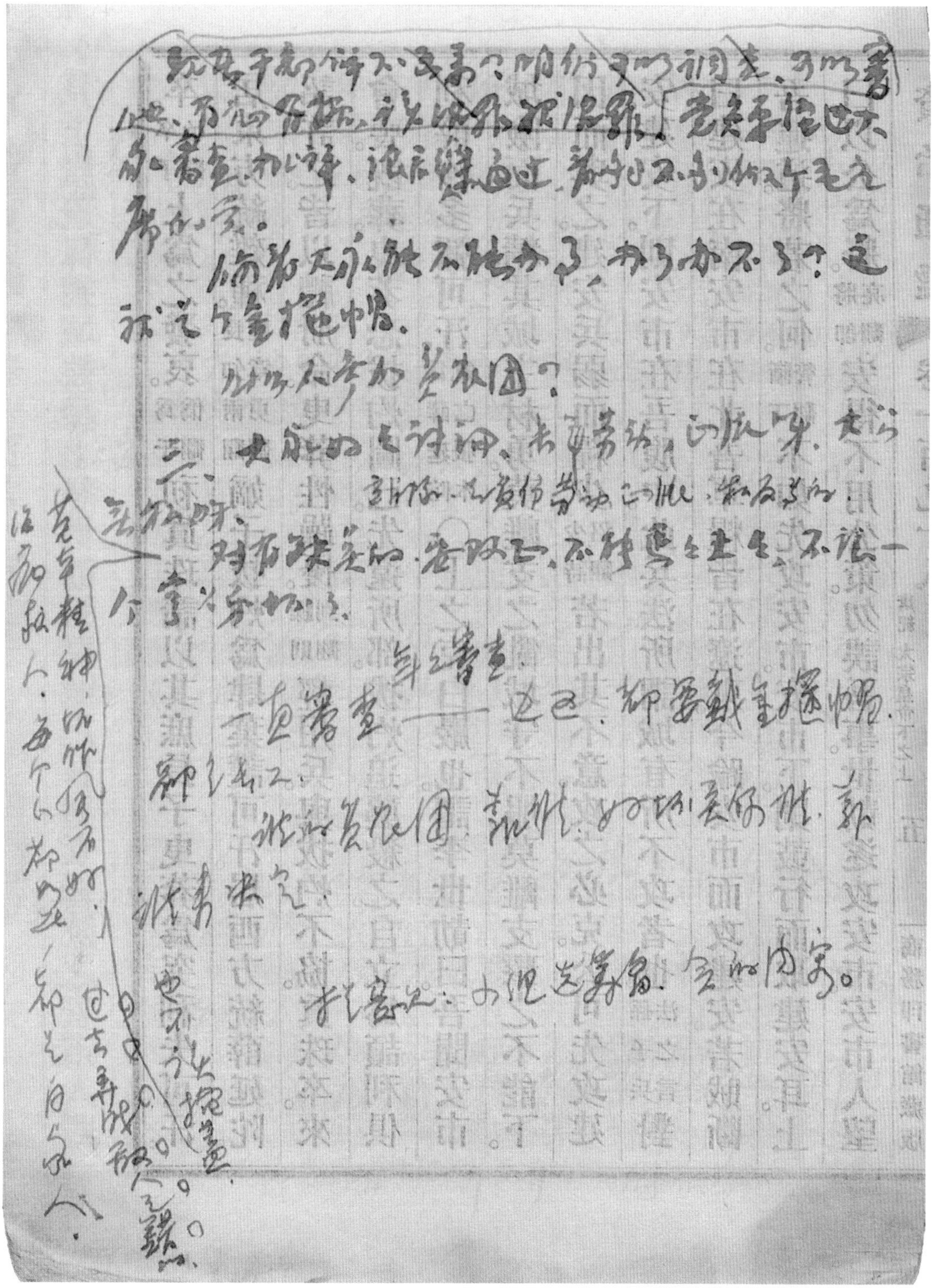

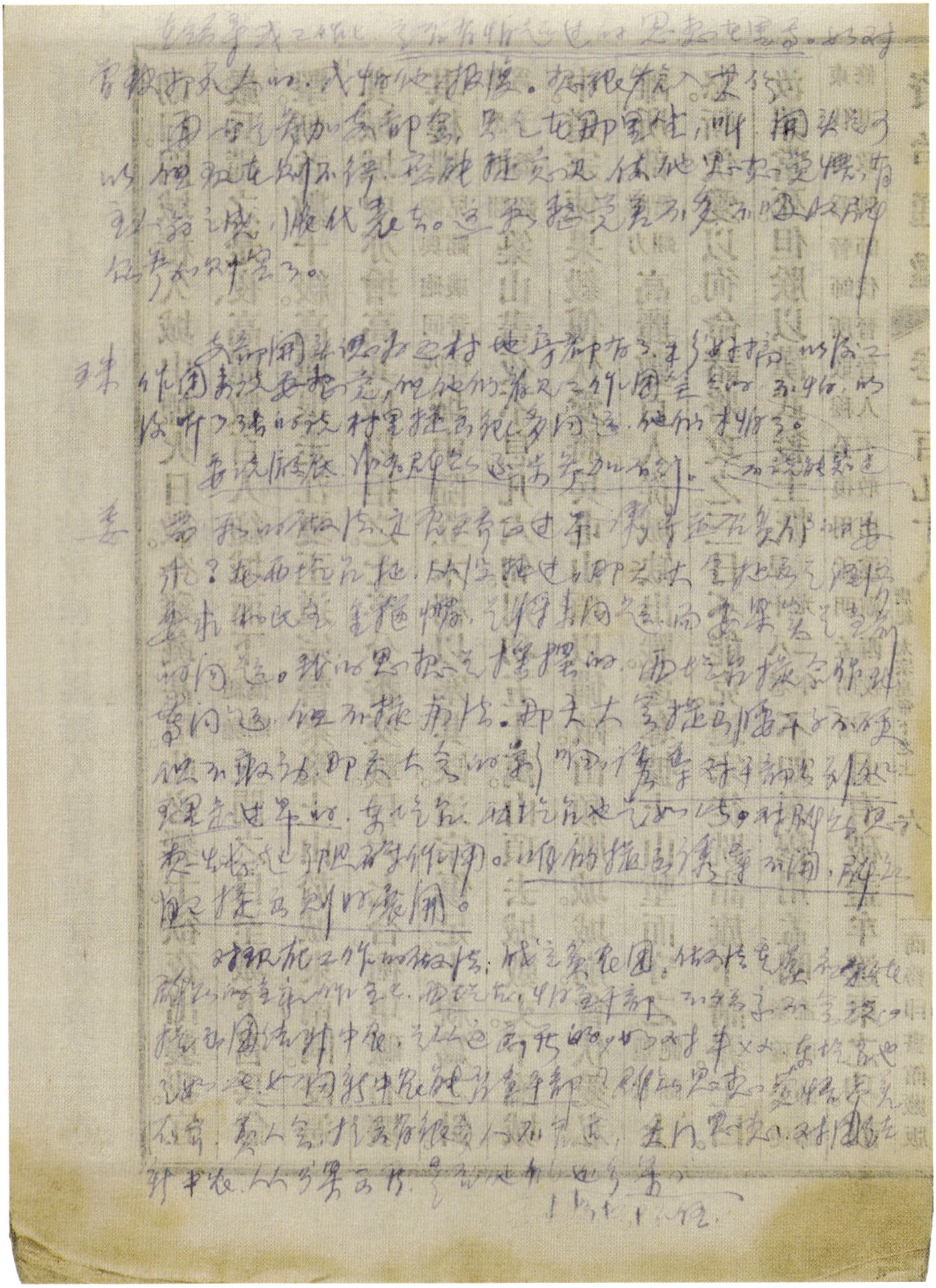

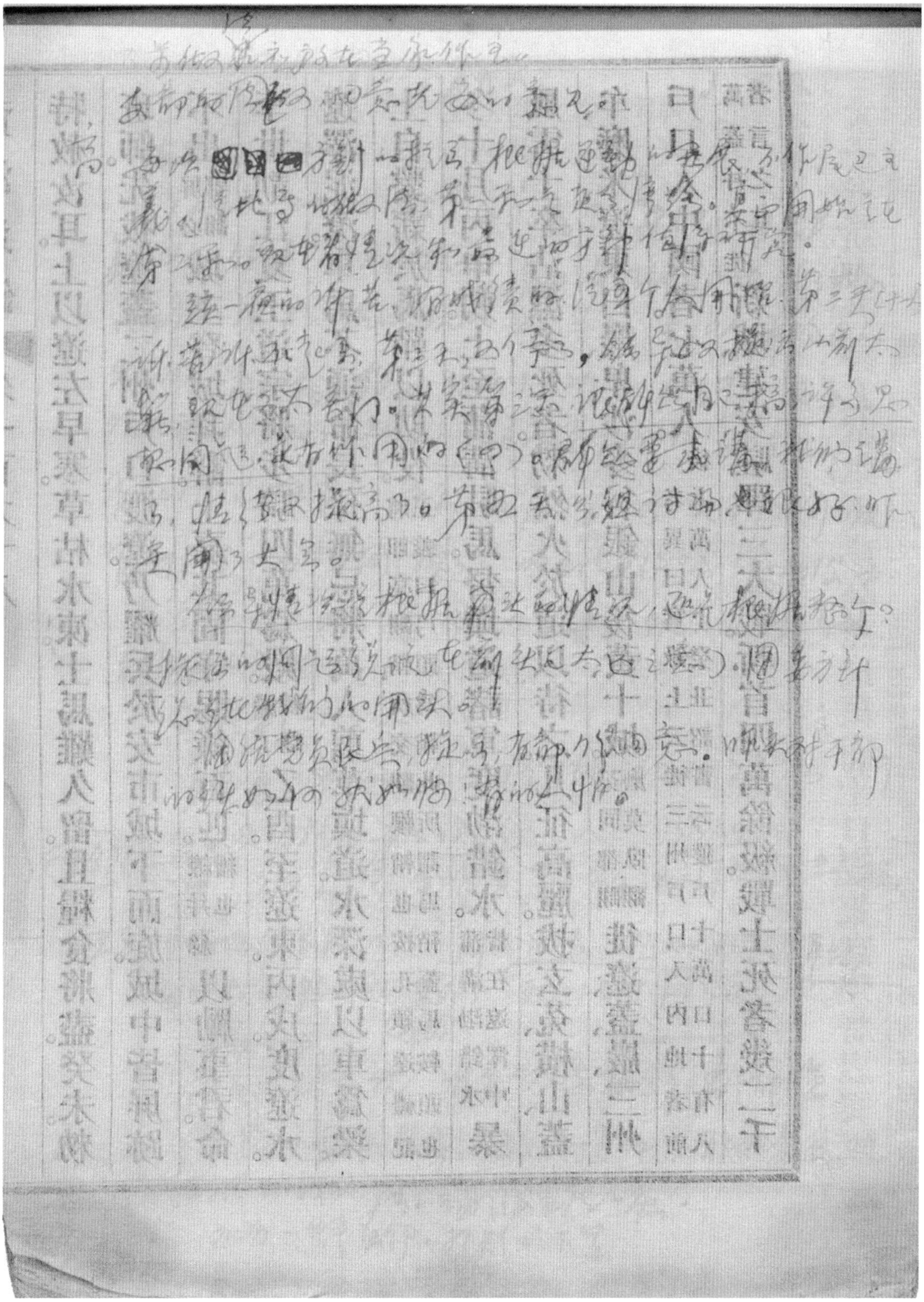

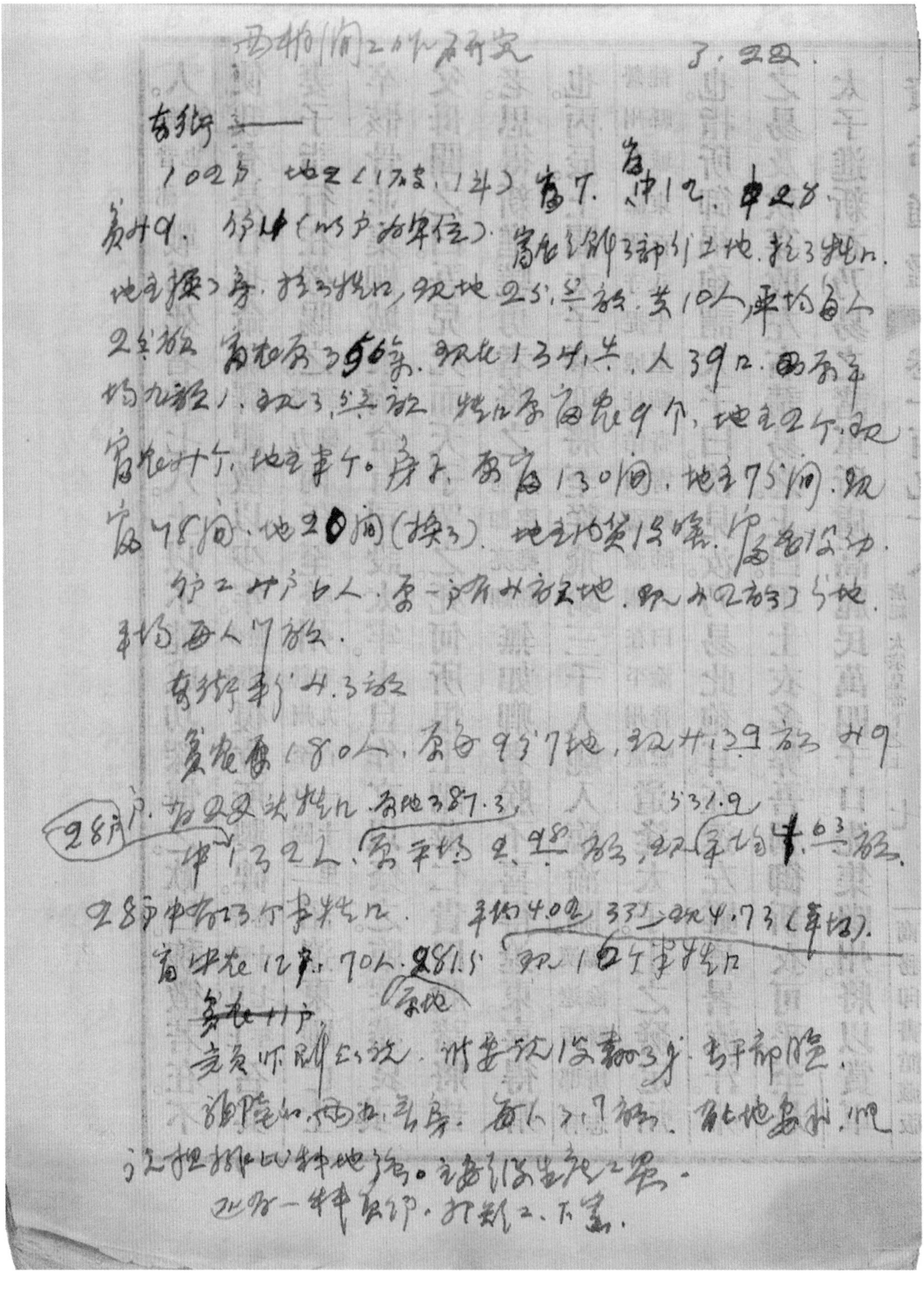
西柏涧工作研究 7.22.

东街：——

102户，地主（1变，1斗）富7，富中12，中28，贫49，分地（以户为单位）。富农已缴了部分土地，拉了牲口。地主换了房，拉了牲口，现地25.5亩，共10人，平均每人2.55亩。富农原356亩，现有134.5，人39口，原平均九亩，现3.5亩。牲口原富农9个，地主2个，现富农十个，地主半个。房子，原有130间，地主75间，现富农48间，地主20间（换了）。地主比贫农好。富农没动。

分了廿户6人，每一户都分到地，现（加工后）分地平均每人1亩。

东街共43亩

贫农有180人，原有93.7地，现有139亩 49

28户，有22没牲口，原地387.3，531.9

中132人，原平均2.98亩，现平均4.03亩。

28户中有13个有牲口。平均4.02，331，现4.73（平均）。

富中农12户，70人，281.5 原地，现10个有牲口

~~贫农11户~~

党员听别人说，…没有翻了身，干部…

…每人…亩，…地…

…种地…

…一种…

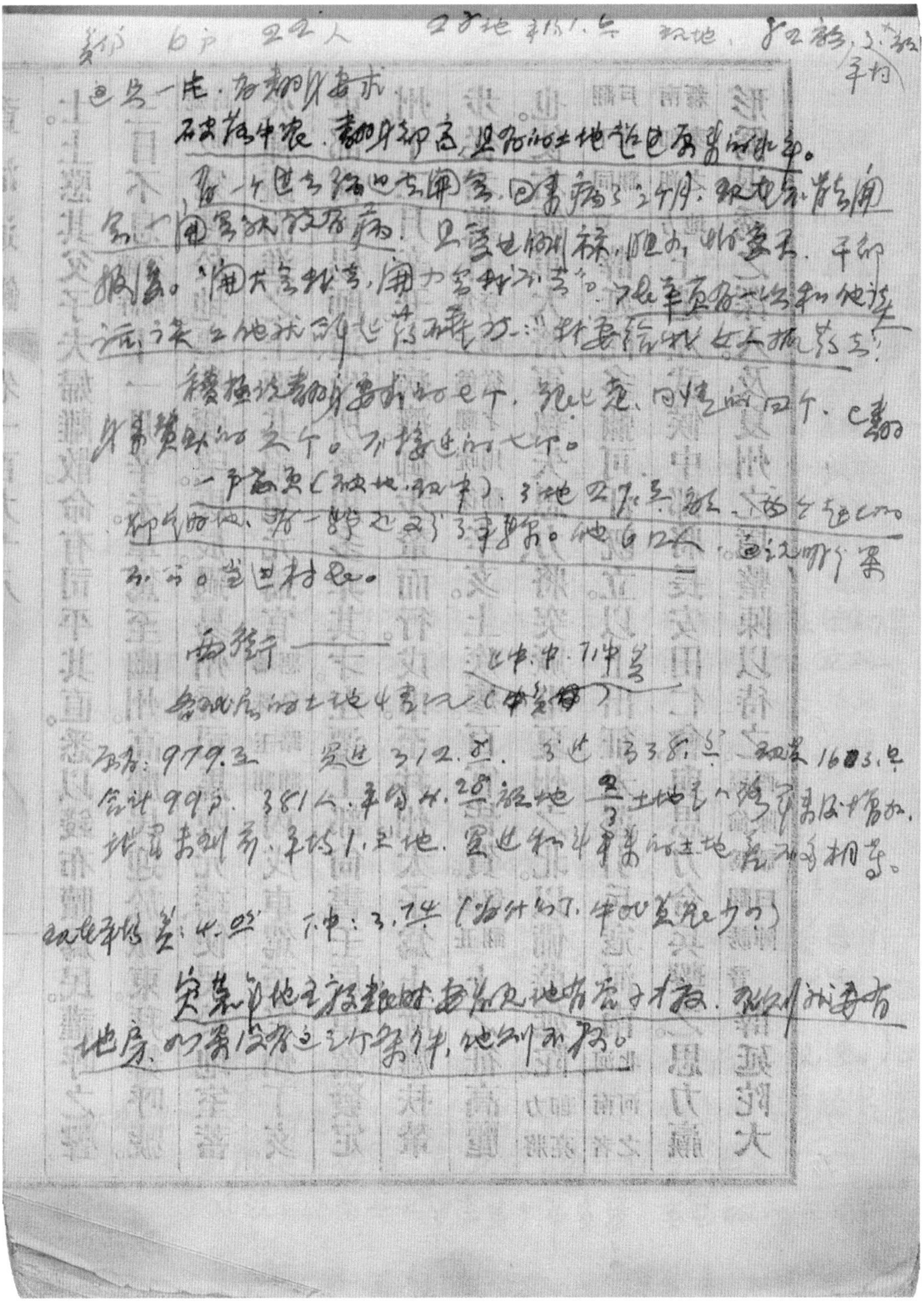

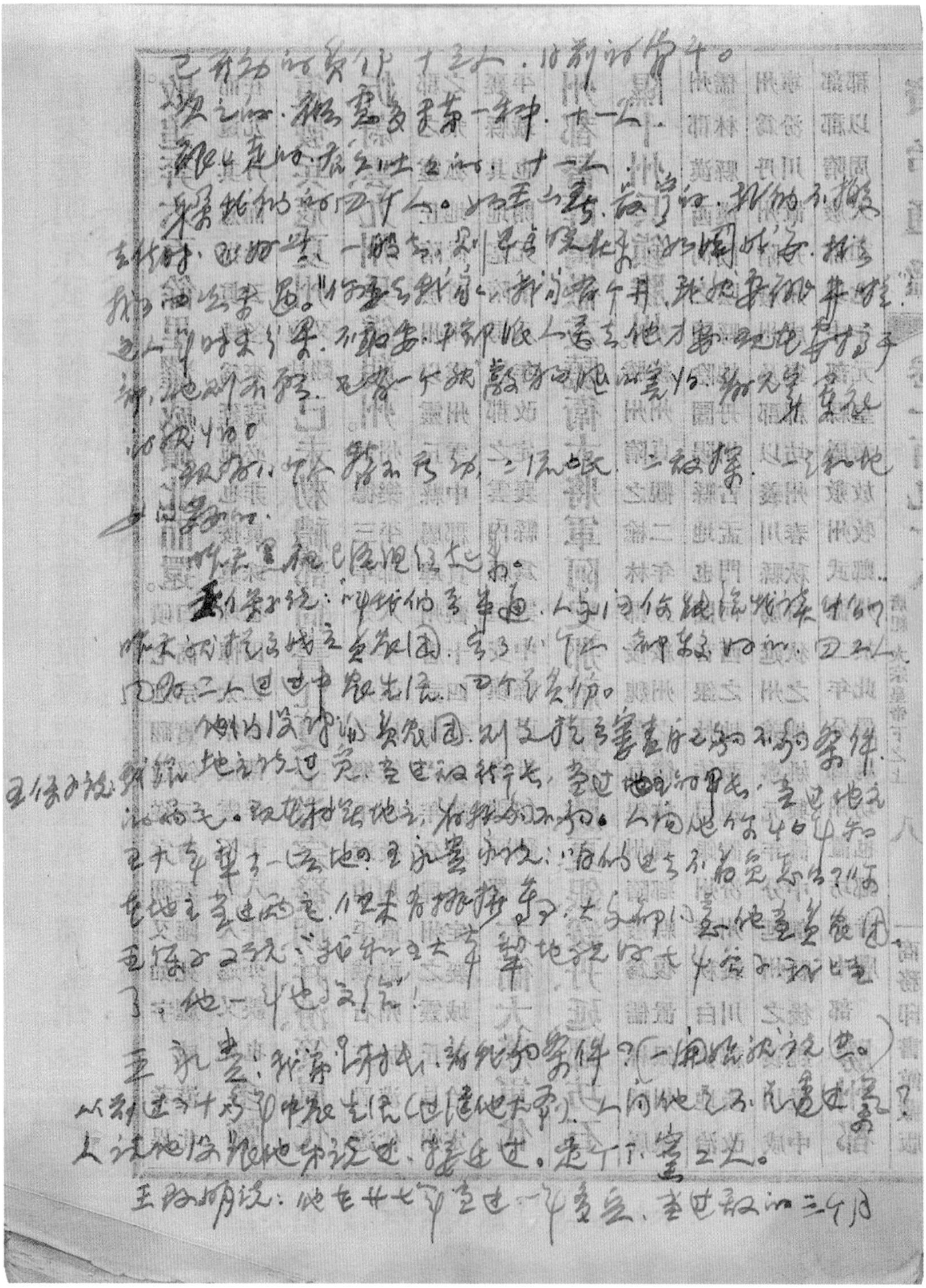

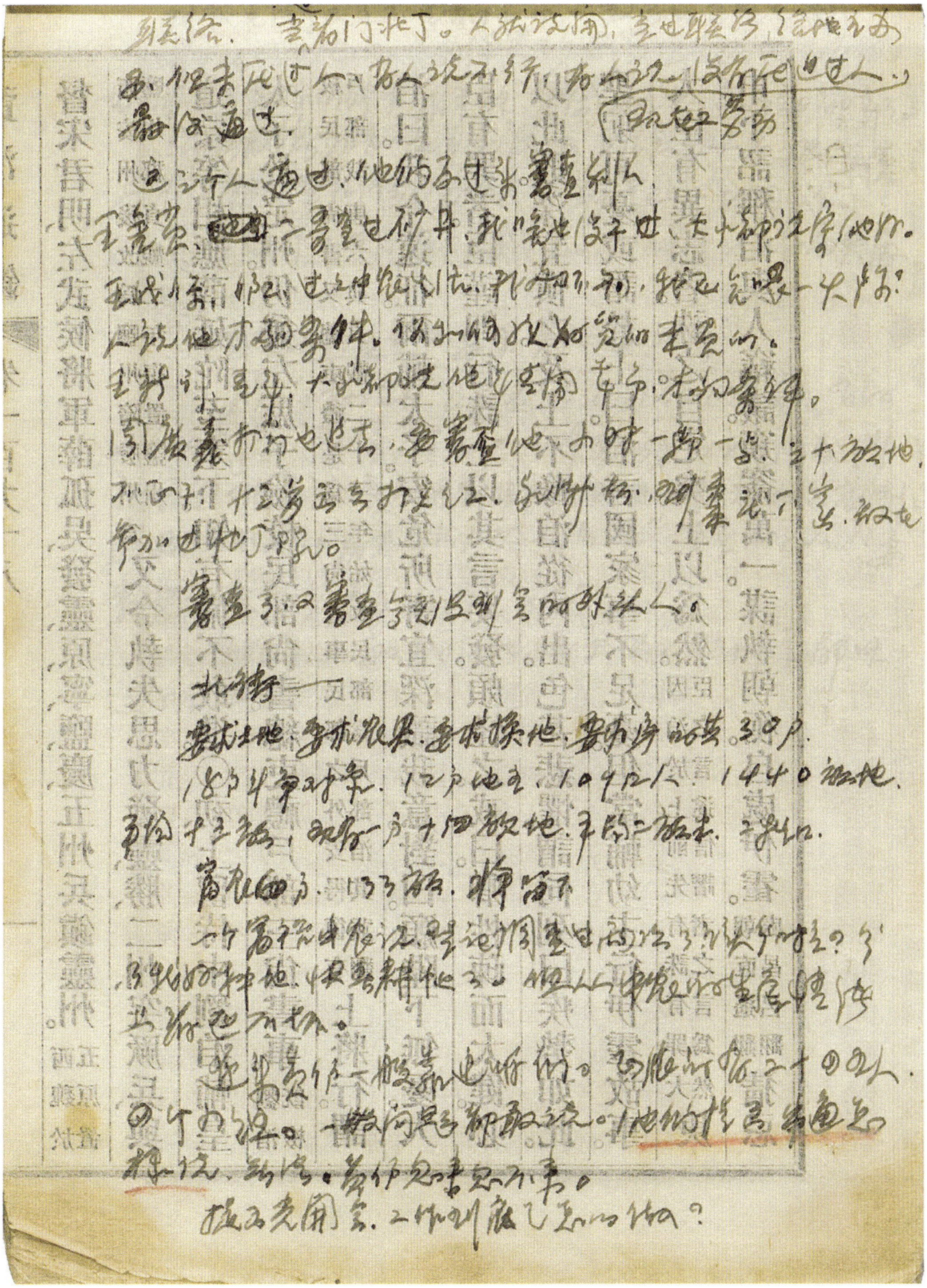

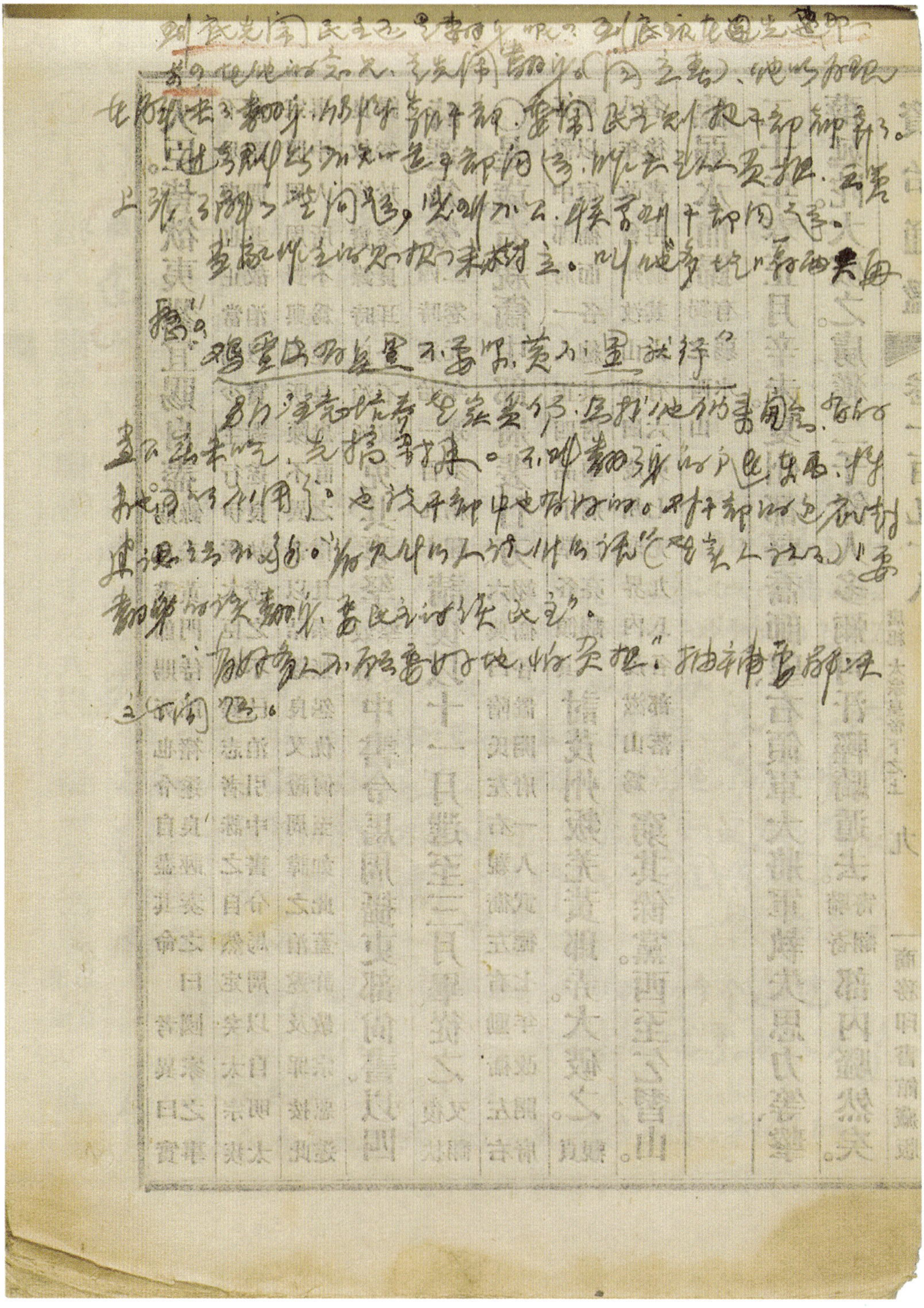

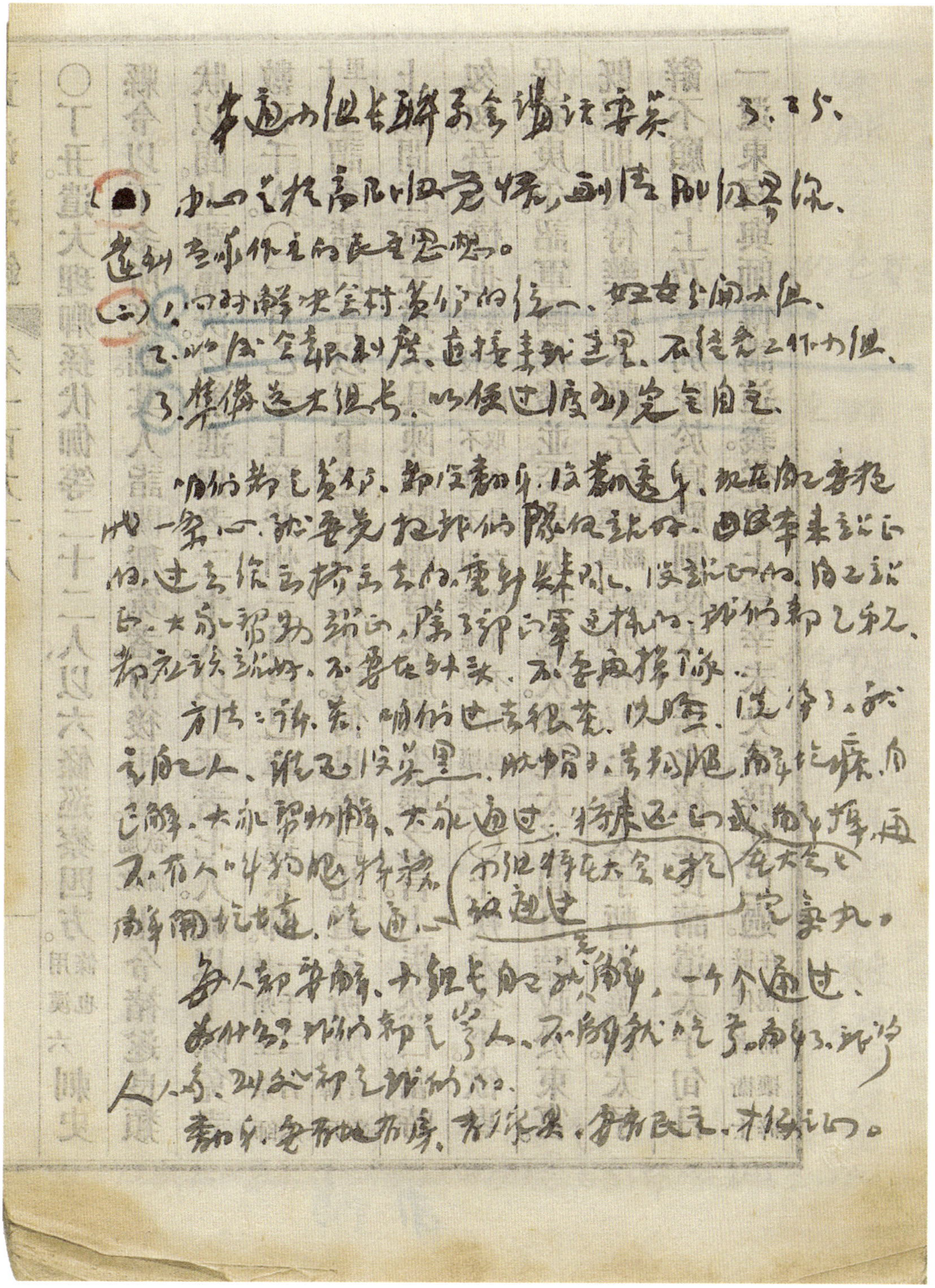
本通小组长联席会议讨论事项　五.十五.

(一) 中心是检查民兵思想情况，[illegible]

[illegible]

(二) 1.公开解决全村贫农的统一、妇女分开小组、

2.以后全部报到会，直接来我这里，不经过工作小组、

3.准备选大组长，以便过渡到完全自主、

咱们都是贫农、都[illegible]，[illegible]、[illegible]一条心，就要先把我们队伍弄好、[illegible]

[illegible]

[illegible]

方法：[illegible]、咱们过去很[illegible]

[illegible]

[illegible]大家帮助解、大家通过。[illegible]

[illegible]（小组将在大会上提出通过）[illegible]

[illegible]

每人都要解、小组长自己先解、一个个通过、

为什么？我们都是穷人、[illegible]

人人[illegible]、[illegible]都是我们的。

[illegible]

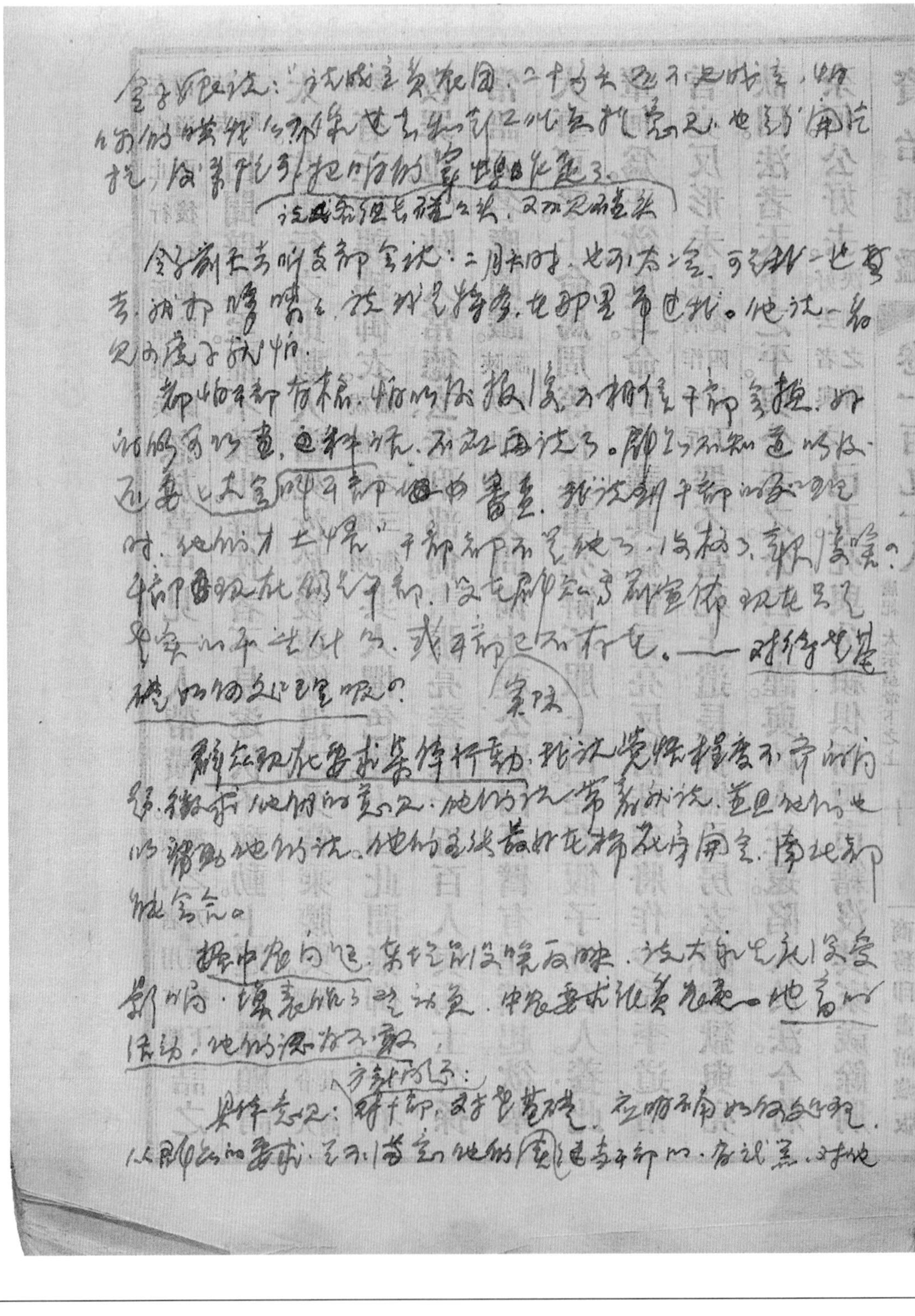

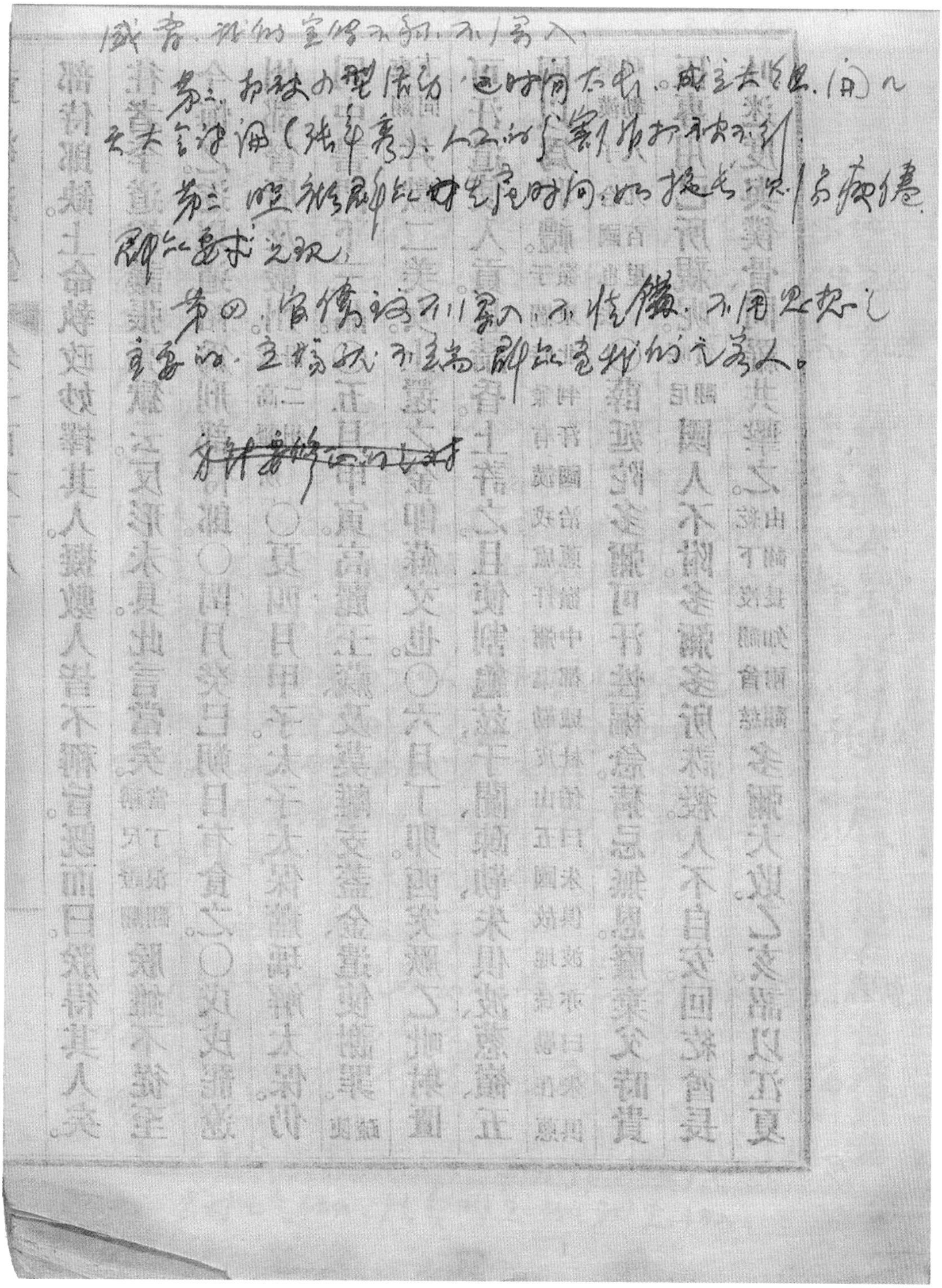

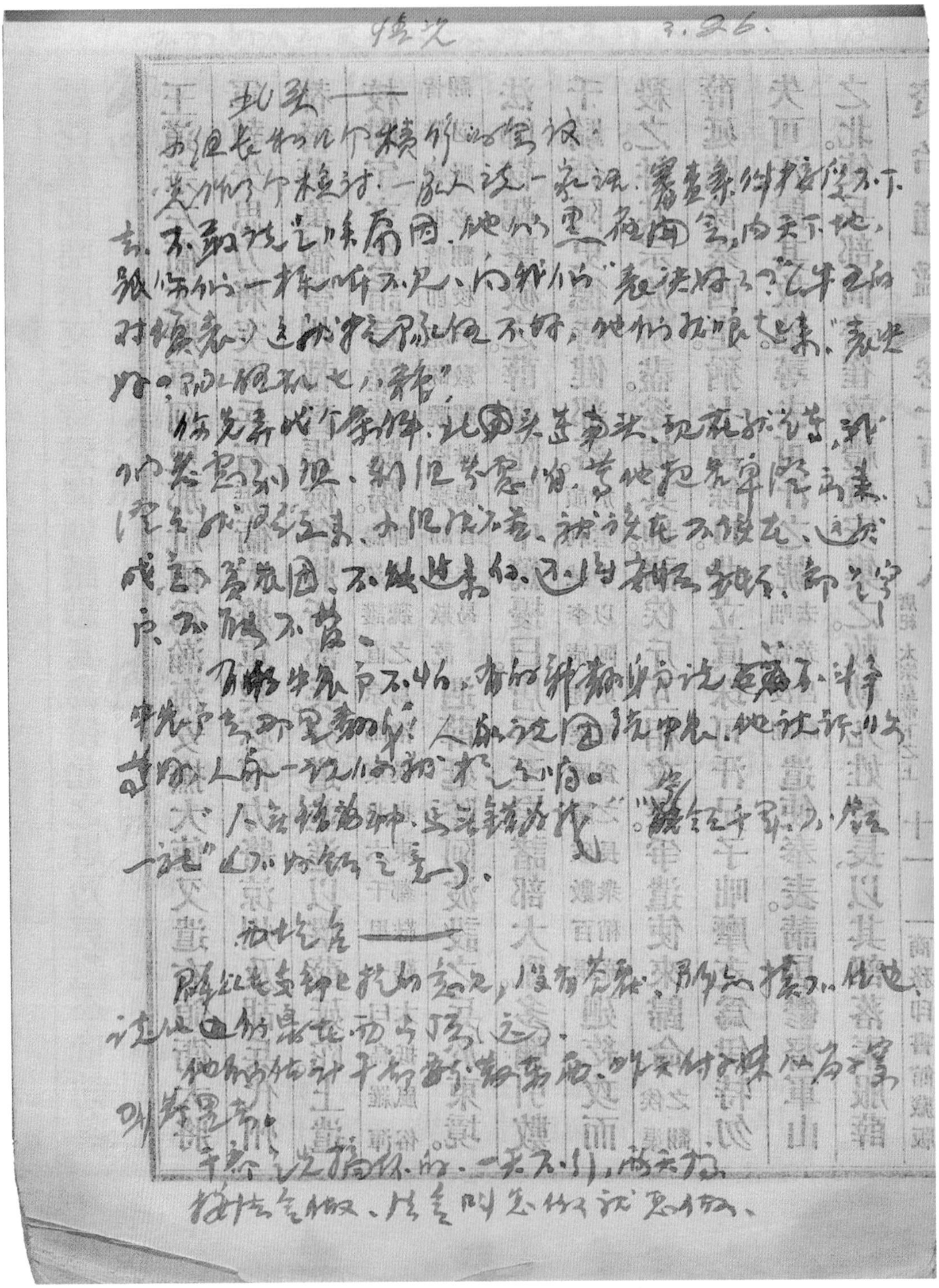

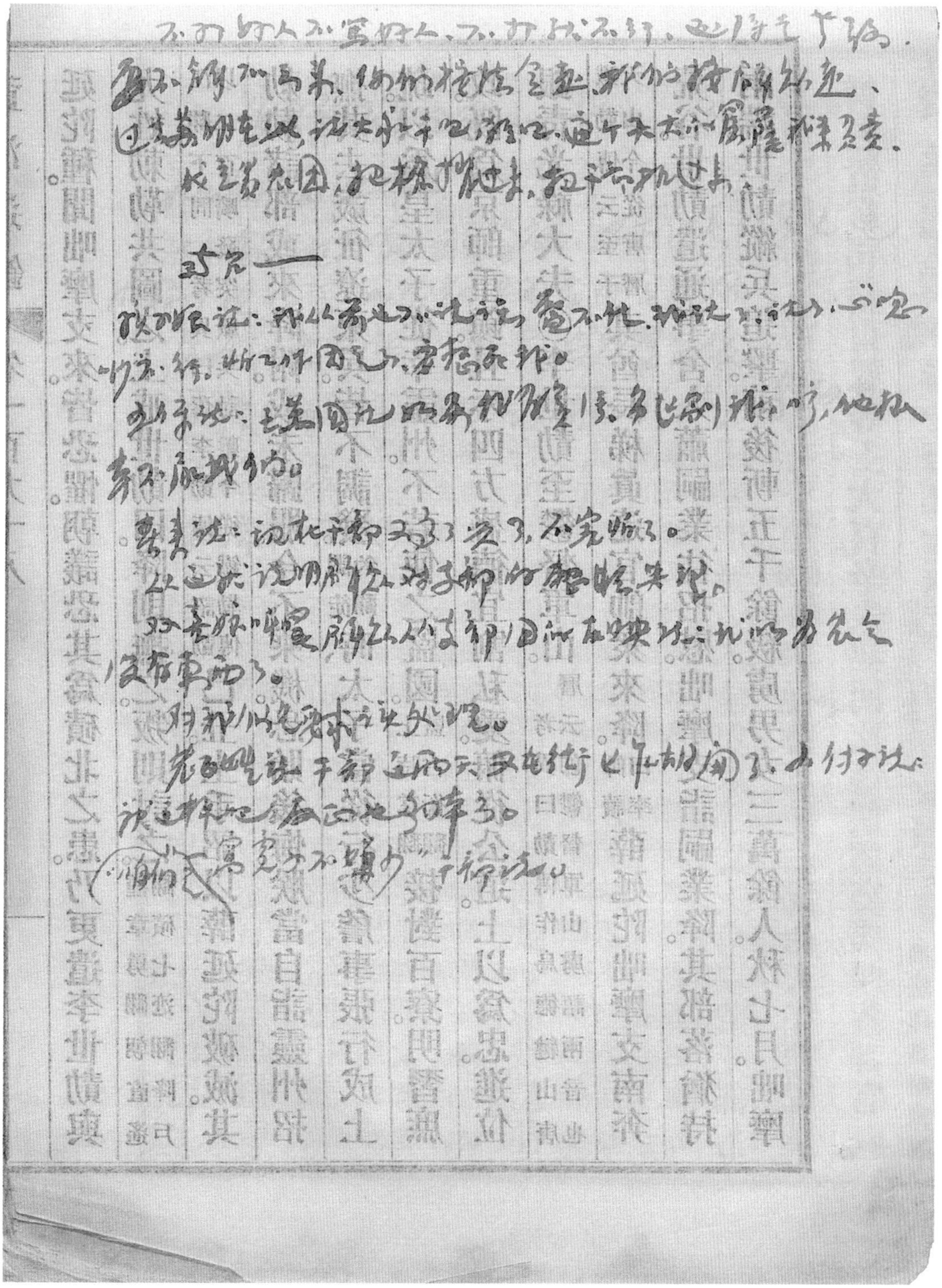
不打好人不骂好人、不打[illegible]、这是主要的话。
[illegible]
[illegible]
[illegible]
[illegible]
[illegible]
[illegible]
从这次说明我们对干部的教育失败。
[illegible]
[illegible]
对那八个人要求予以处理。
[illegible]
[illegible]
[illegible]

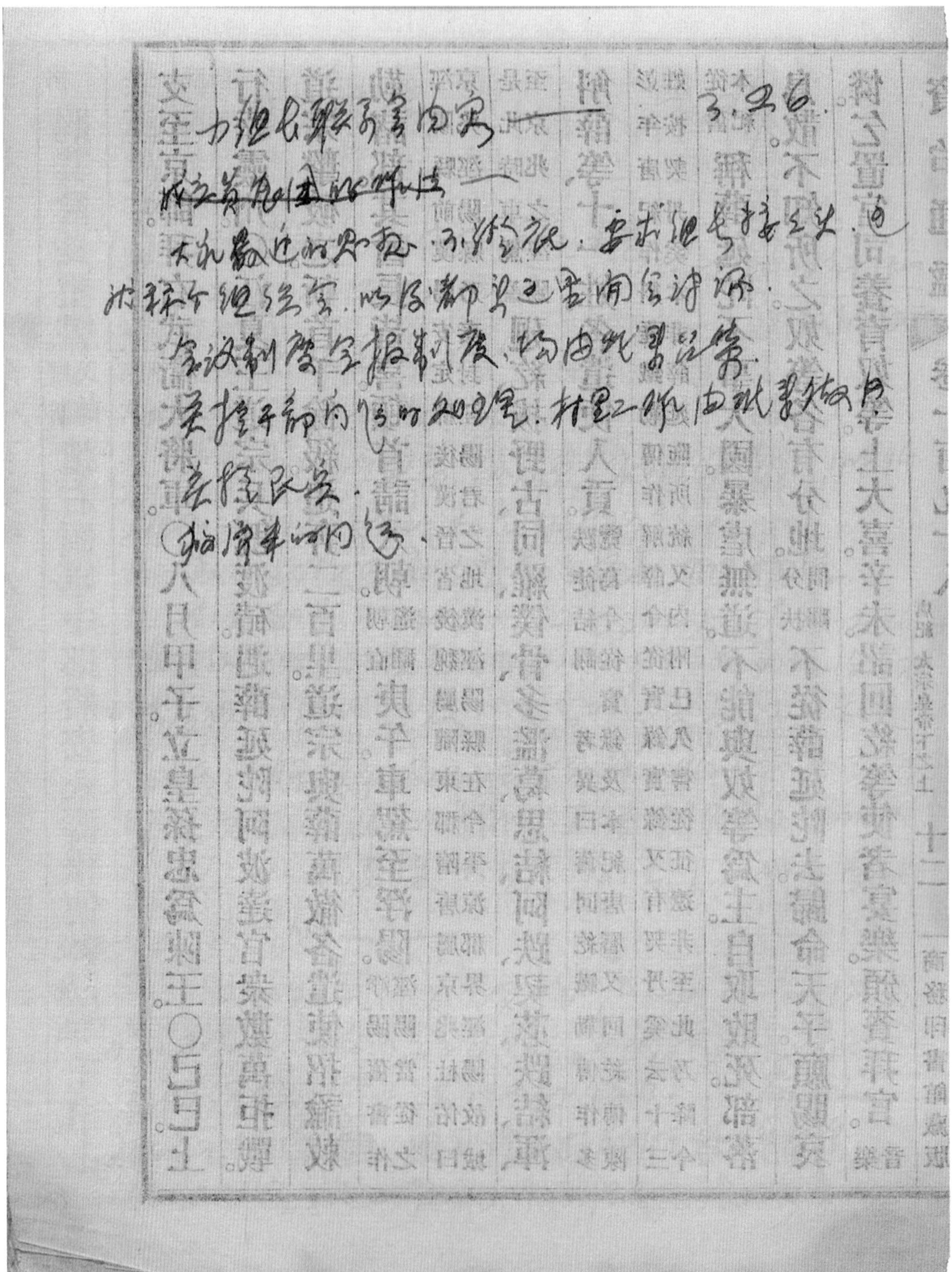
小组长联系会内容 —— 3.26

大家最近的思想，不够宽，要求组长接头，通

对联个组谈会，以后都是区里开会讨论。

会议制度、会报制度，均由他书记负责。

关于干部内的团结问题，村里工作由他书记领导。

关于民兵。

④关于…问题。

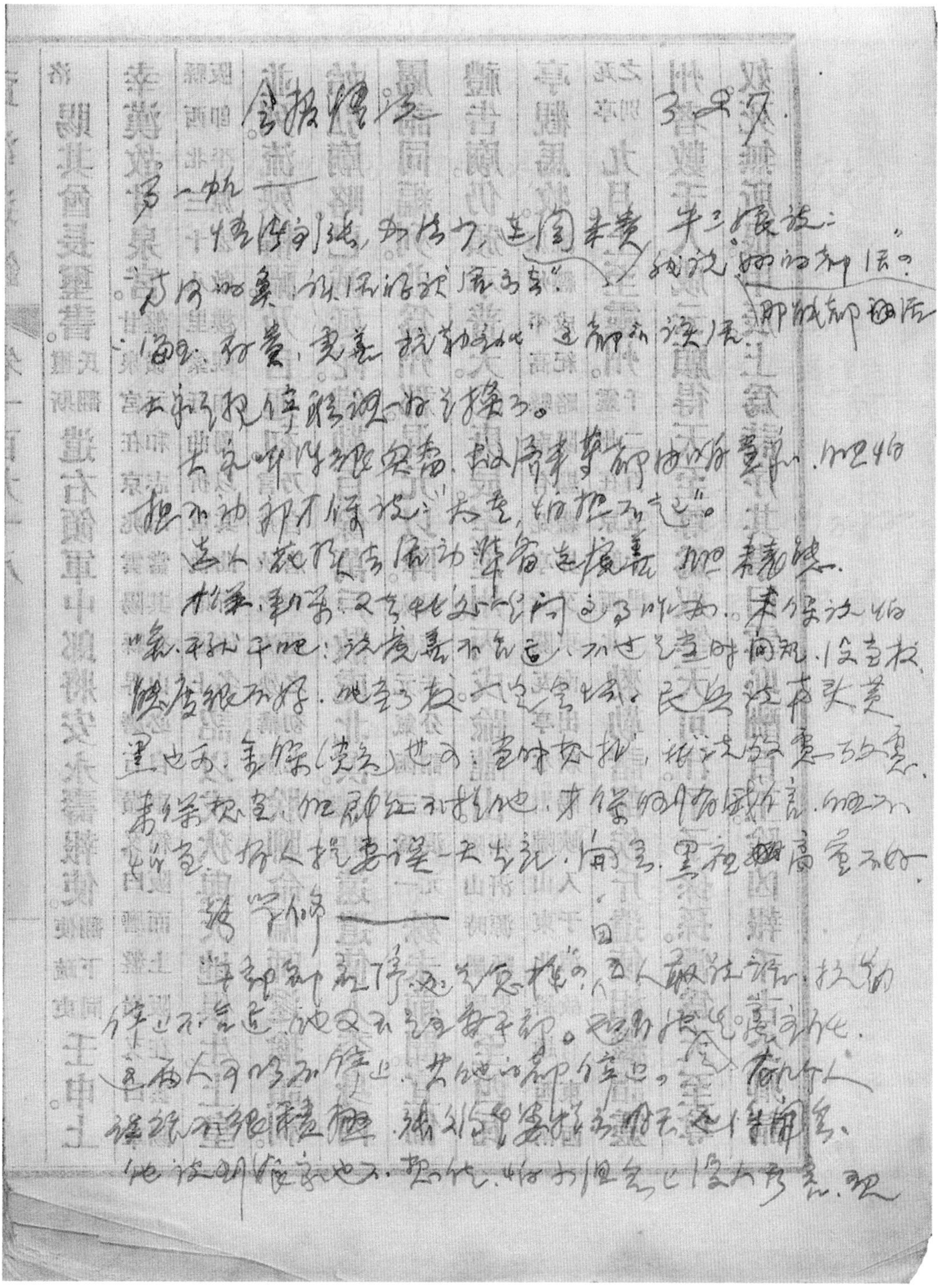

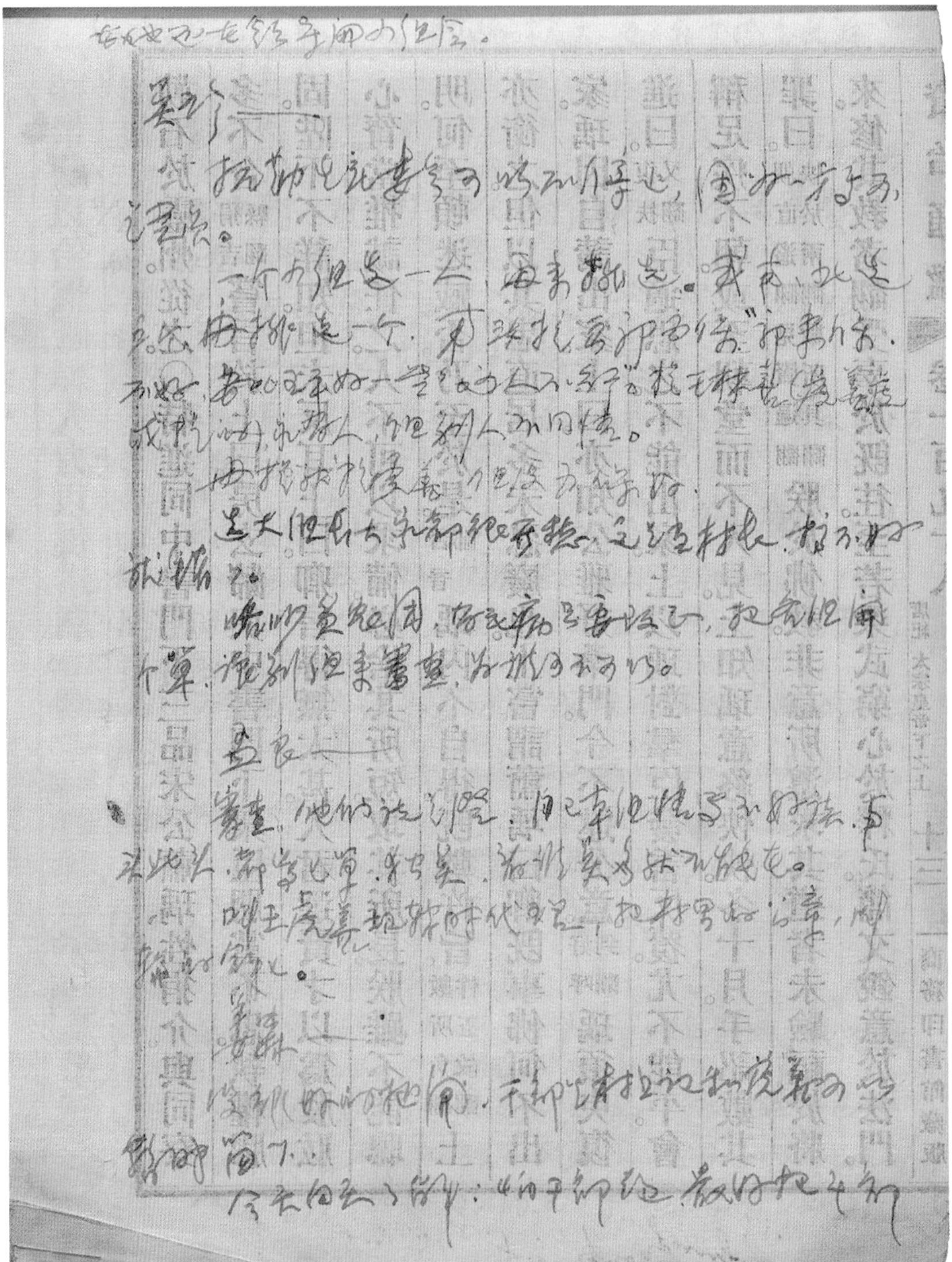

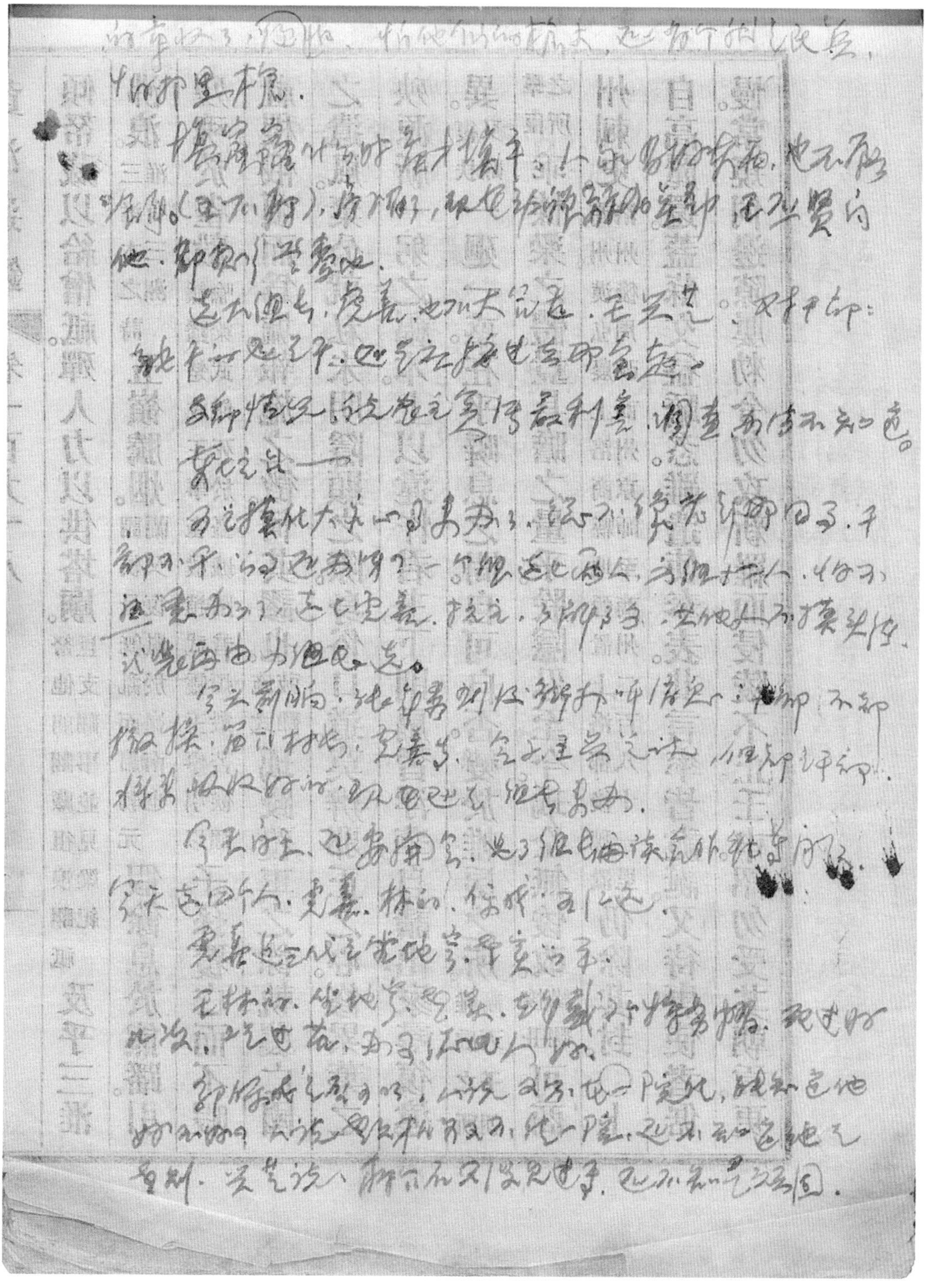

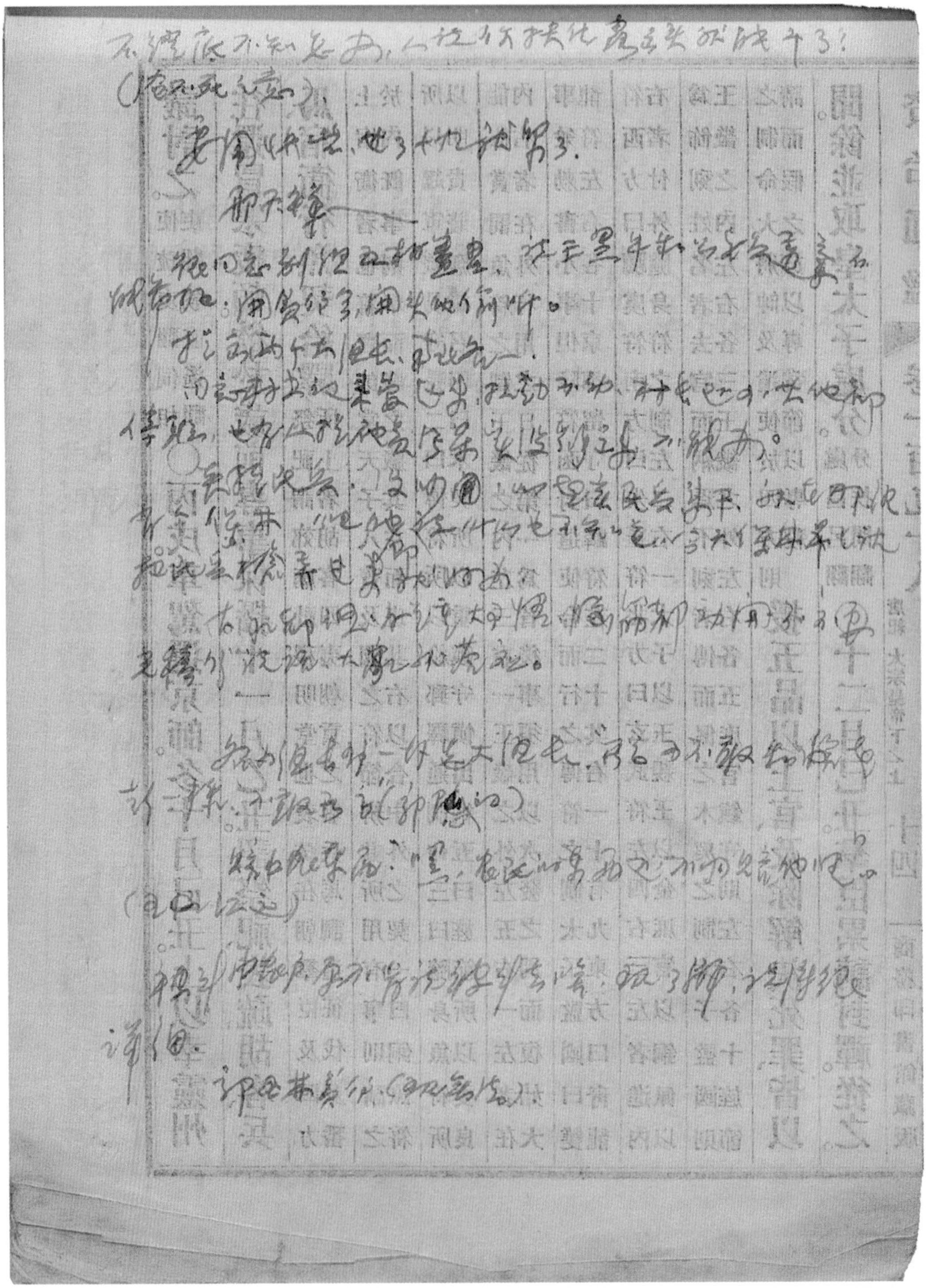

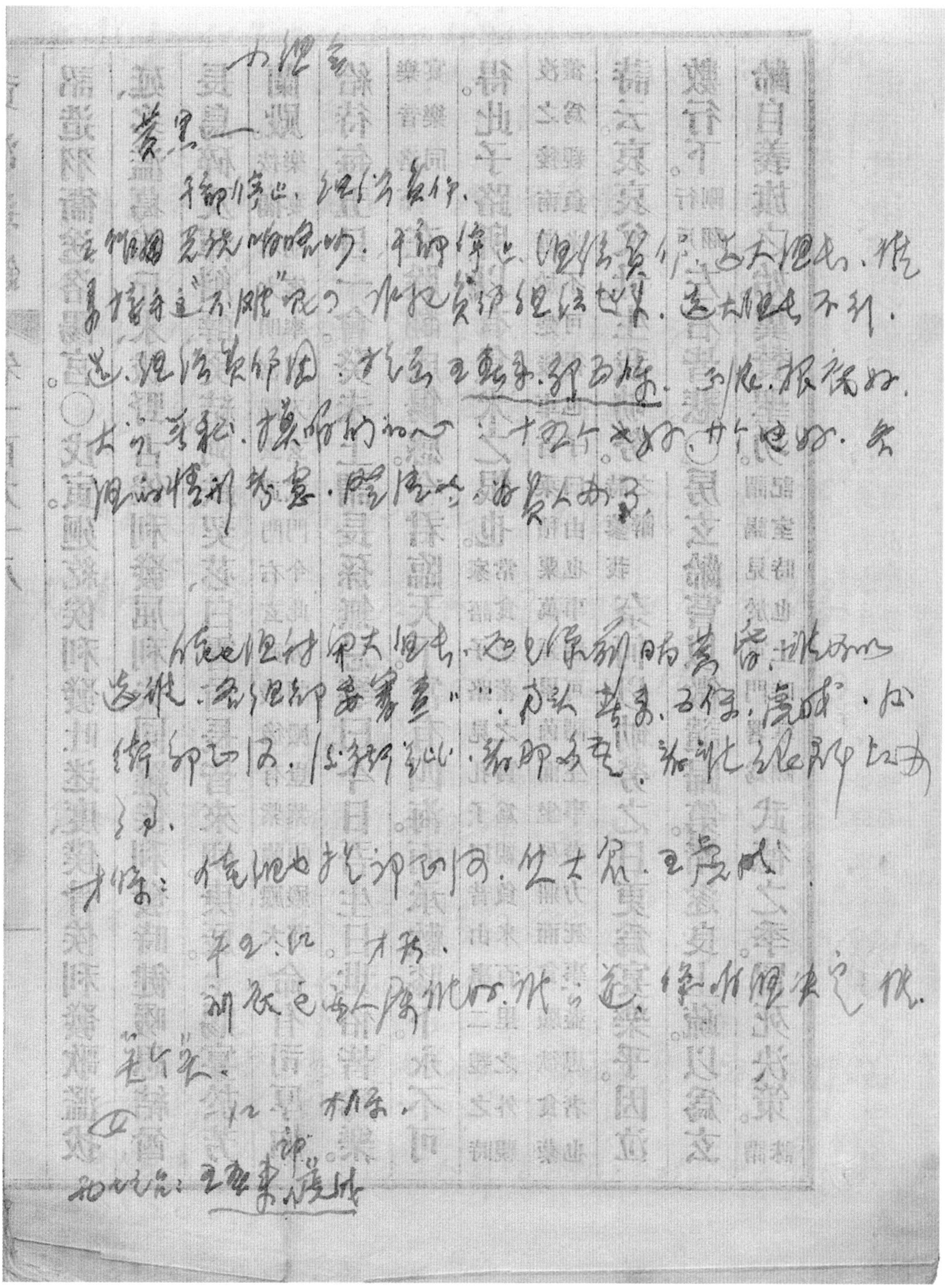

小组会

黄思——

干部同志、组织员们，

[illegible]。干部同志、组织员们，[illegible]

[illegible]

[illegible]

[illegible]

[illegible]

[illegible]苏联[illegible]

[illegible]

[illegible]

[illegible]

[illegible]

[illegible]

[illegible]

[illegible]

[illegible]：王震[illegible]

黄果：高吉和、兔主体、去人组讨论、此系大港之西之坪

东坡：王宝林、郭广成、王仁之、毛庆贵

西坡：郭广成、王兹美。

木台：小大屋王庆成、郭生和、王仁之、郭清河

中庄：王仁之、郭儒旺、郭清河、任和、毛清阳。

东保：宋书楼、毛仁之、牛有和、王贵文（兴元）

松树山：母 徐其仙、张发梯、郭更和（女）、牛田生等。

男 郭林堂、王国仁之、郭黑儿、牛田生、第张和之

王生贵、王银楼。

郭双：黄黑：王兹美、郭风保、黄黑。

王仁之：郭广成、郭清河、毛广成、郭五保、郭科和、

王拉之、

妇女意见：男人怎么不？男女平等，妇女可以自由

女的出席。

出规：女的也当不该提到领会。当代说：男人过去的是

说了？

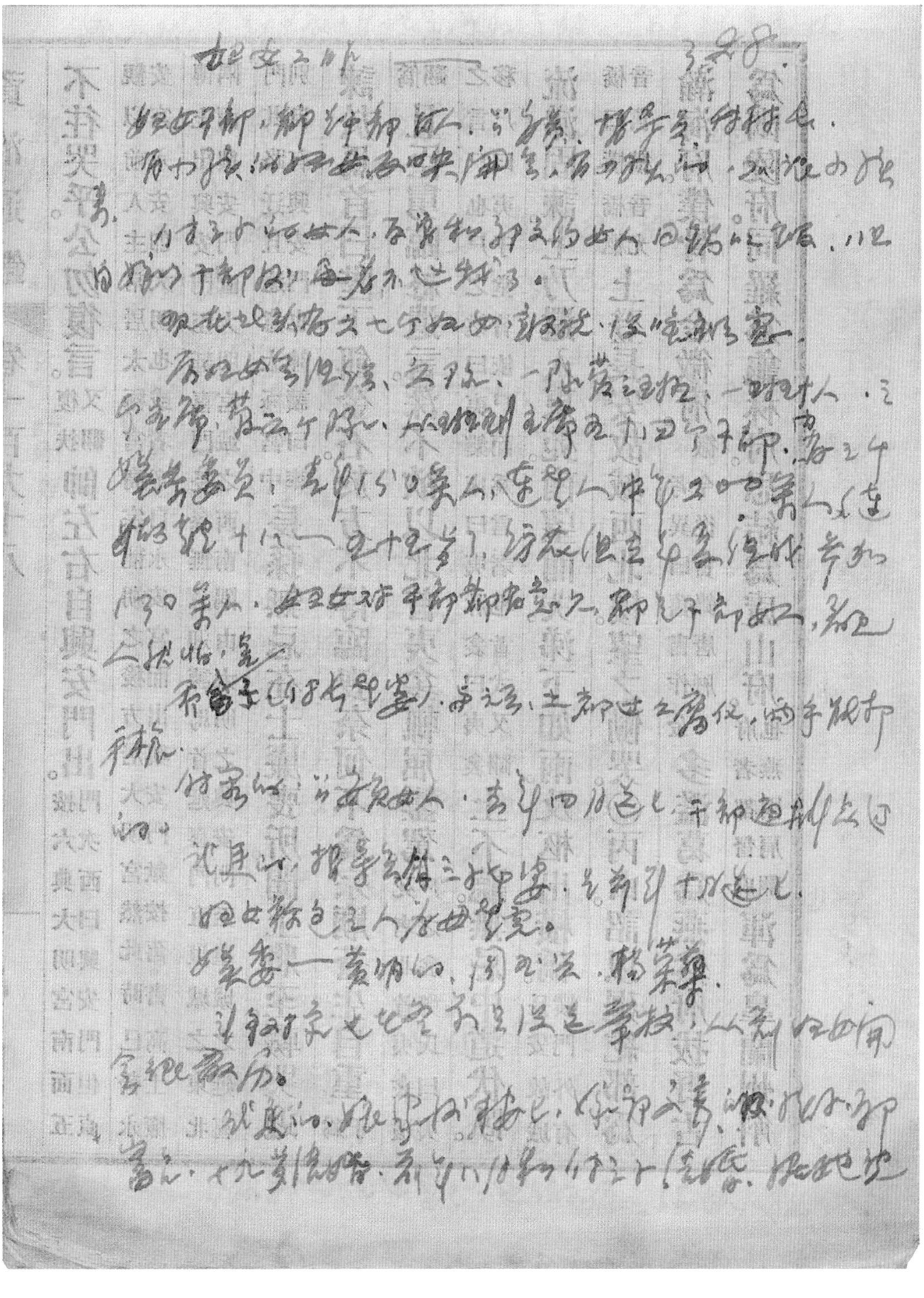
妇女工作 3.28.

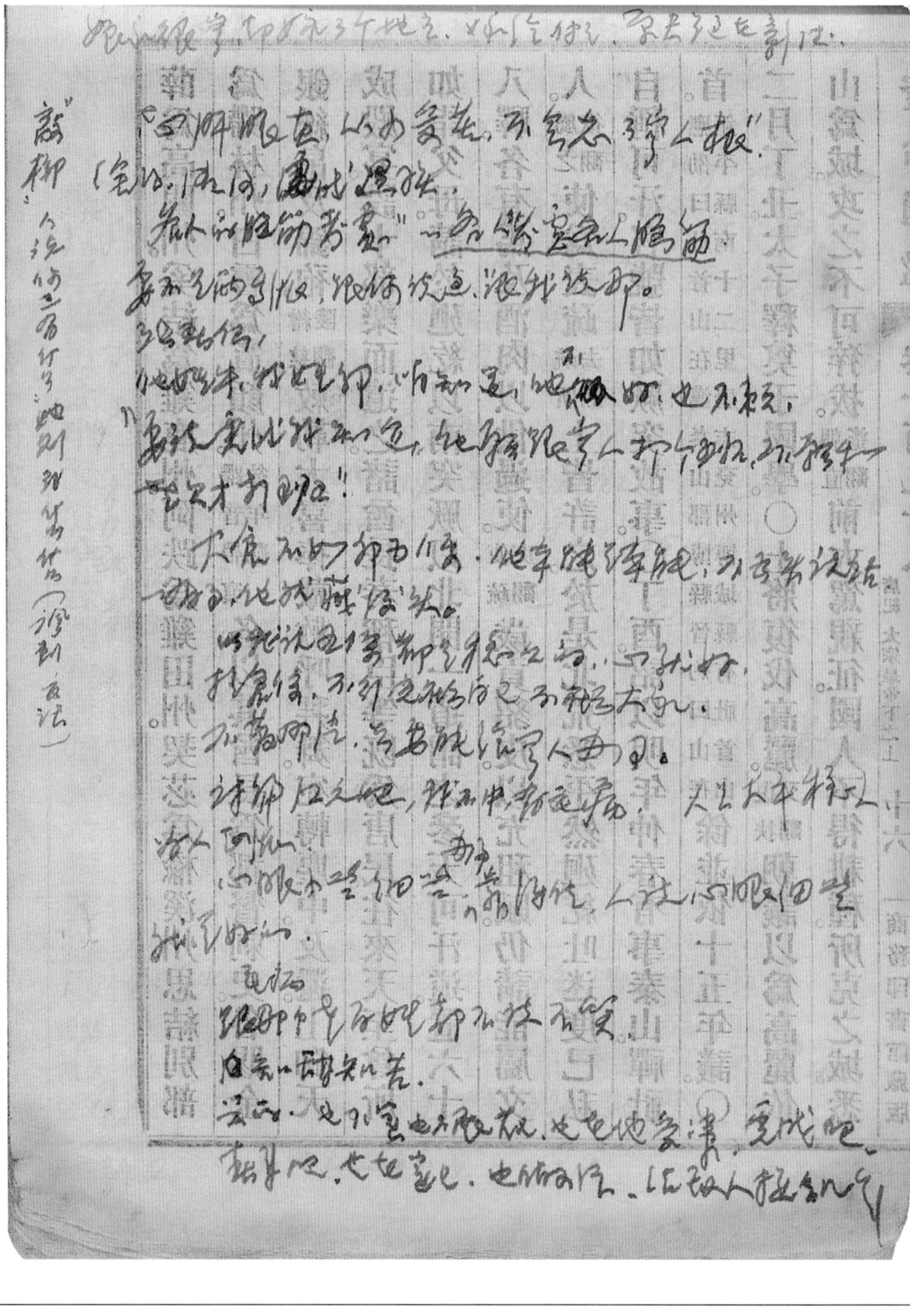

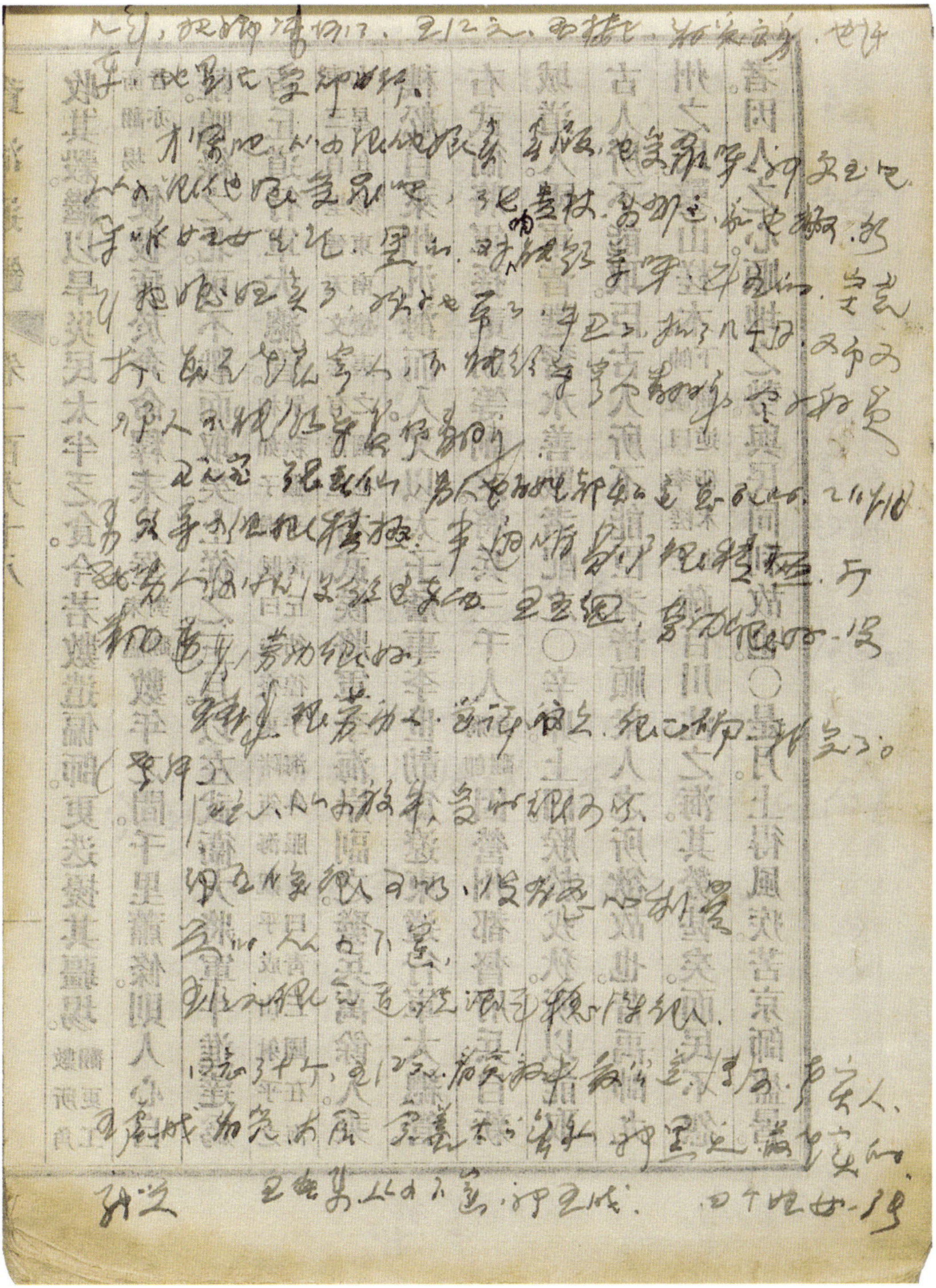

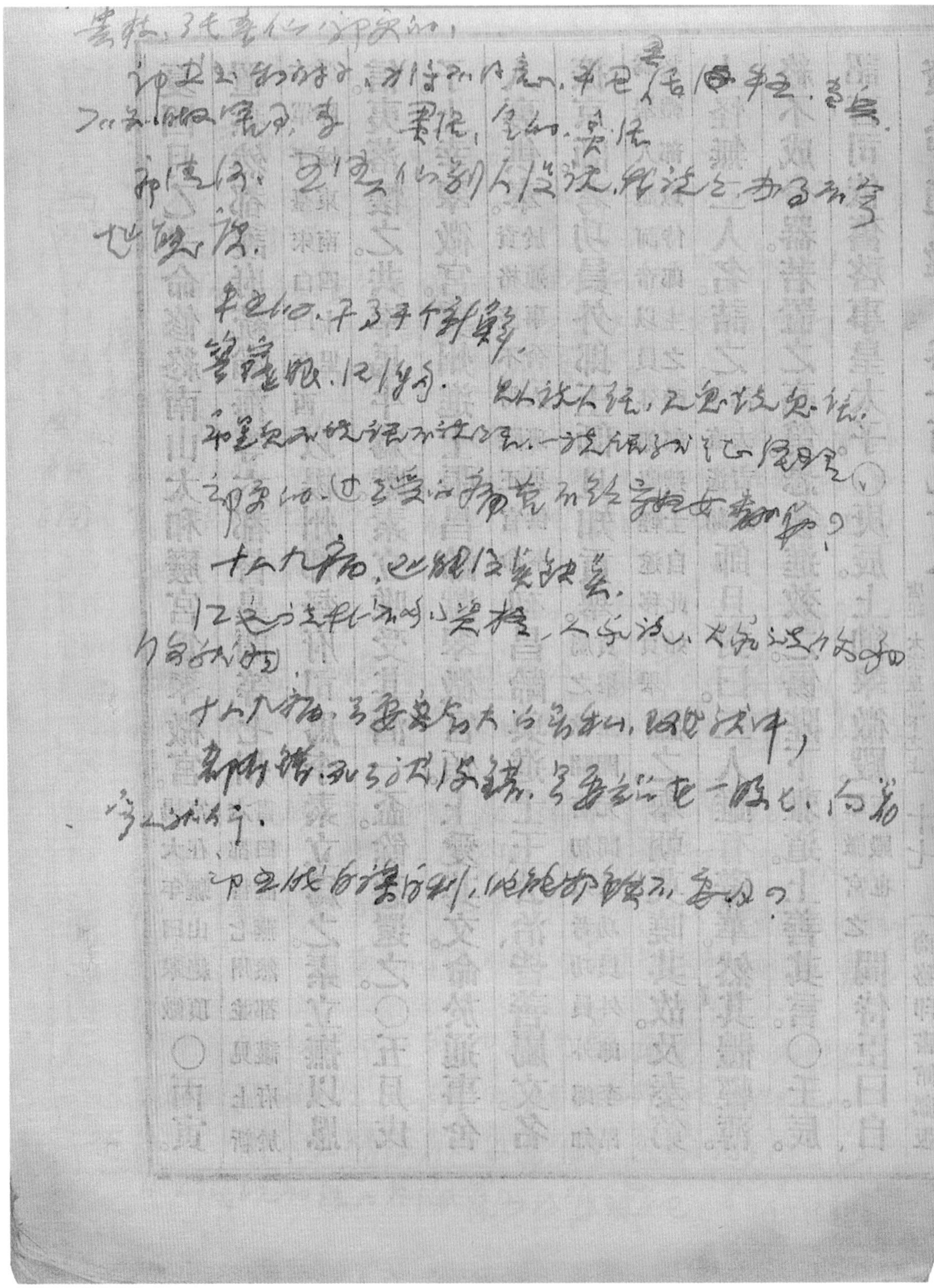

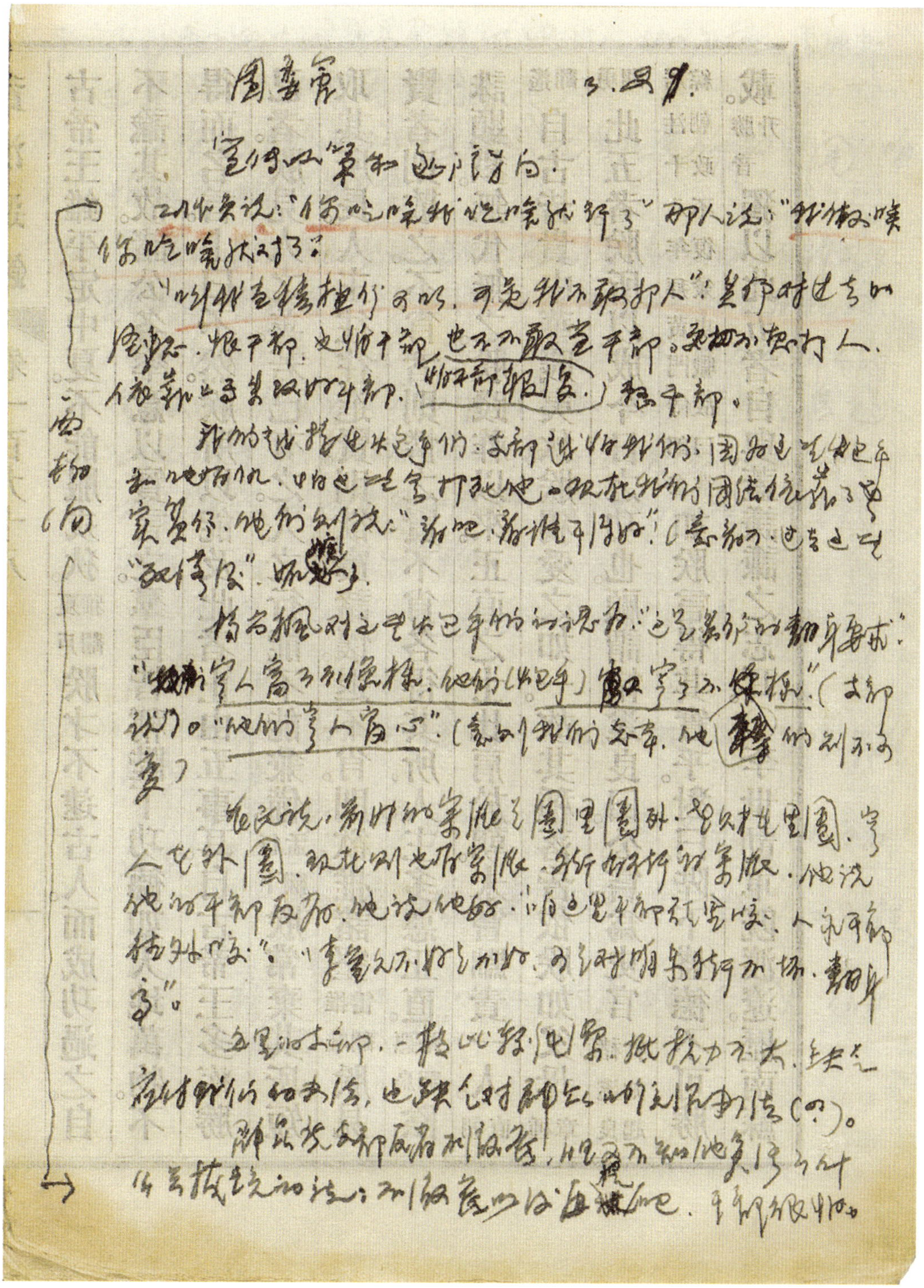

小毛子娘去叫朱文全娘拉[illegible]。他说来，因他拉过

过 朱[illegible]说他人八岁，因为精穷。

一开堂，那时他八十[illegible]去了，说共产党和群众[illegible]用，[illegible]嘴的"[illegible]的力量"。

过去那时参加党的组织，各人[illegible]都不好。后来那些了解[illegible]好党知[illegible]切身实行。同时他觉得也知道自己不好，但不能随便。知[illegible]的不[illegible]的人意，因为[illegible]会被[illegible]的人不[illegible]。不同意，村长就不接受这些人的意见。[illegible]因[illegible]意见，就看重[illegible]人的不[illegible]随便的，而且不同[illegible]的。干部[illegible]这些人不[illegible]的[illegible]意见，[illegible]他人。

[illegible]党、[illegible]、[illegible]（[illegible]），[illegible]（[illegible]），[illegible]的[illegible]。

但我们[illegible]，因[illegible]下去，就[illegible]干部[illegible]，[illegible]过关。

入党动机，[illegible]，[illegible]都[illegible]，[illegible]不[illegible]，[illegible]。

[illegible]入党，[illegible]十九，[illegible]八斗，[illegible]到[illegible]。

[illegible]不好，参加七个月，[illegible]，[illegible]"[illegible]我入党"。

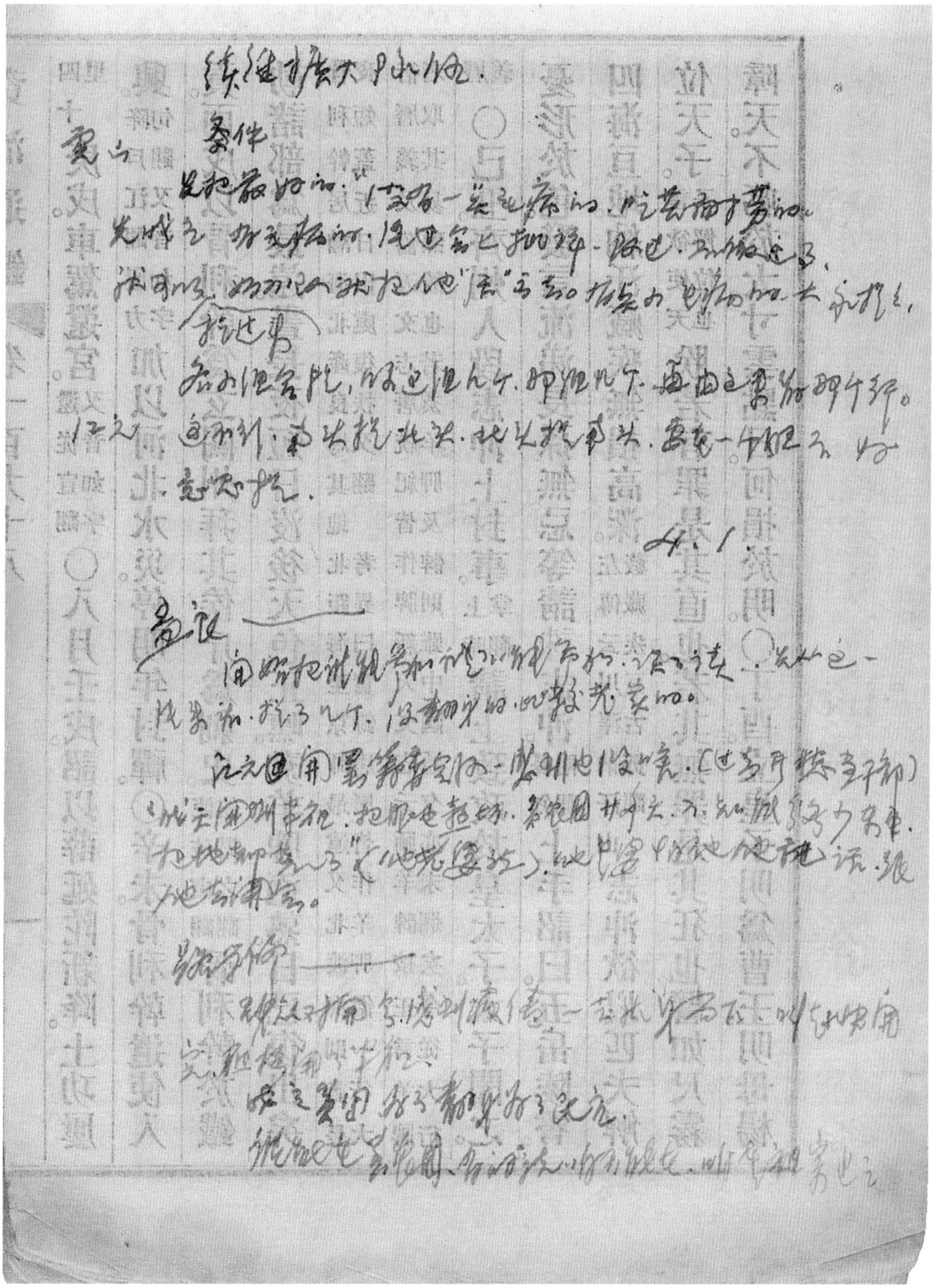

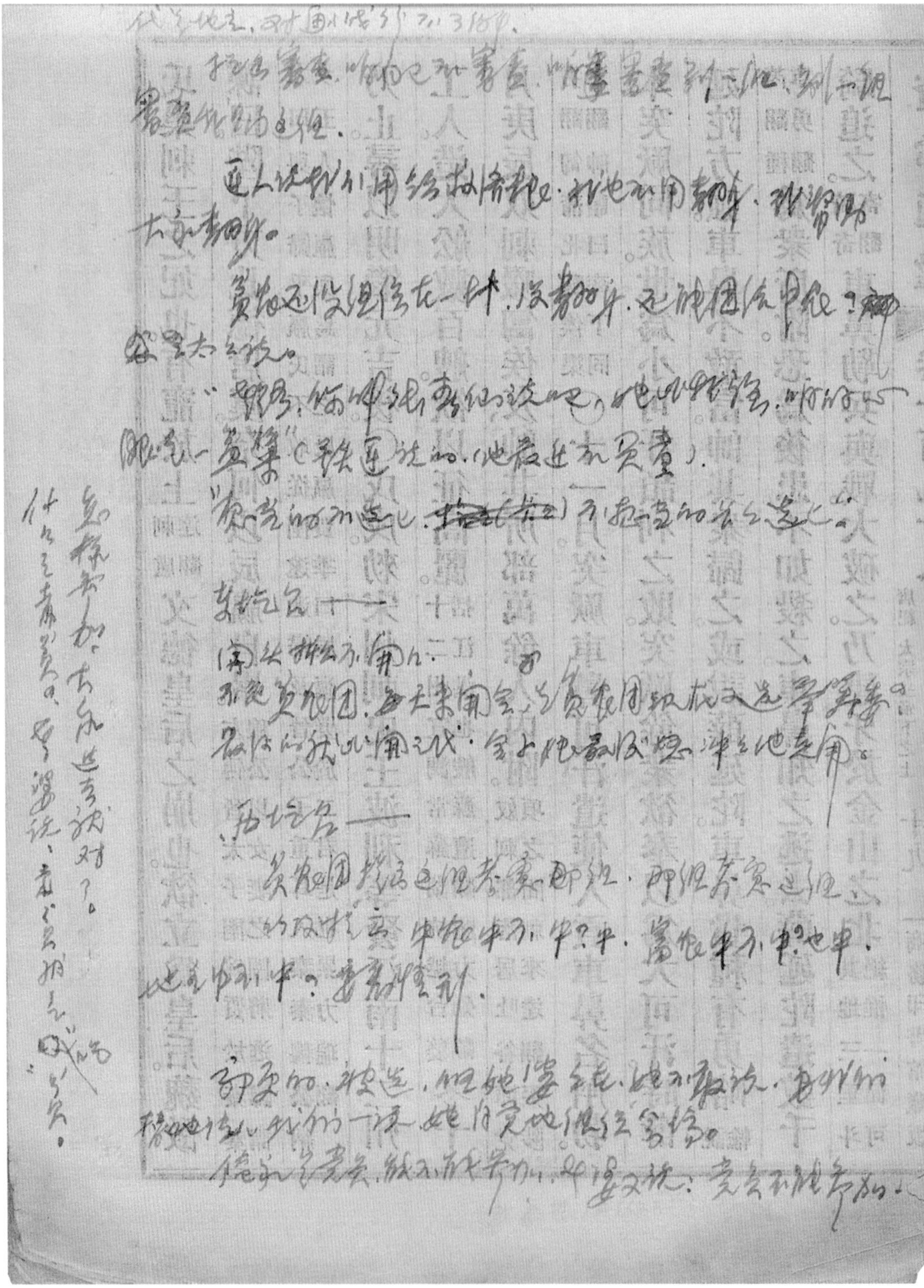

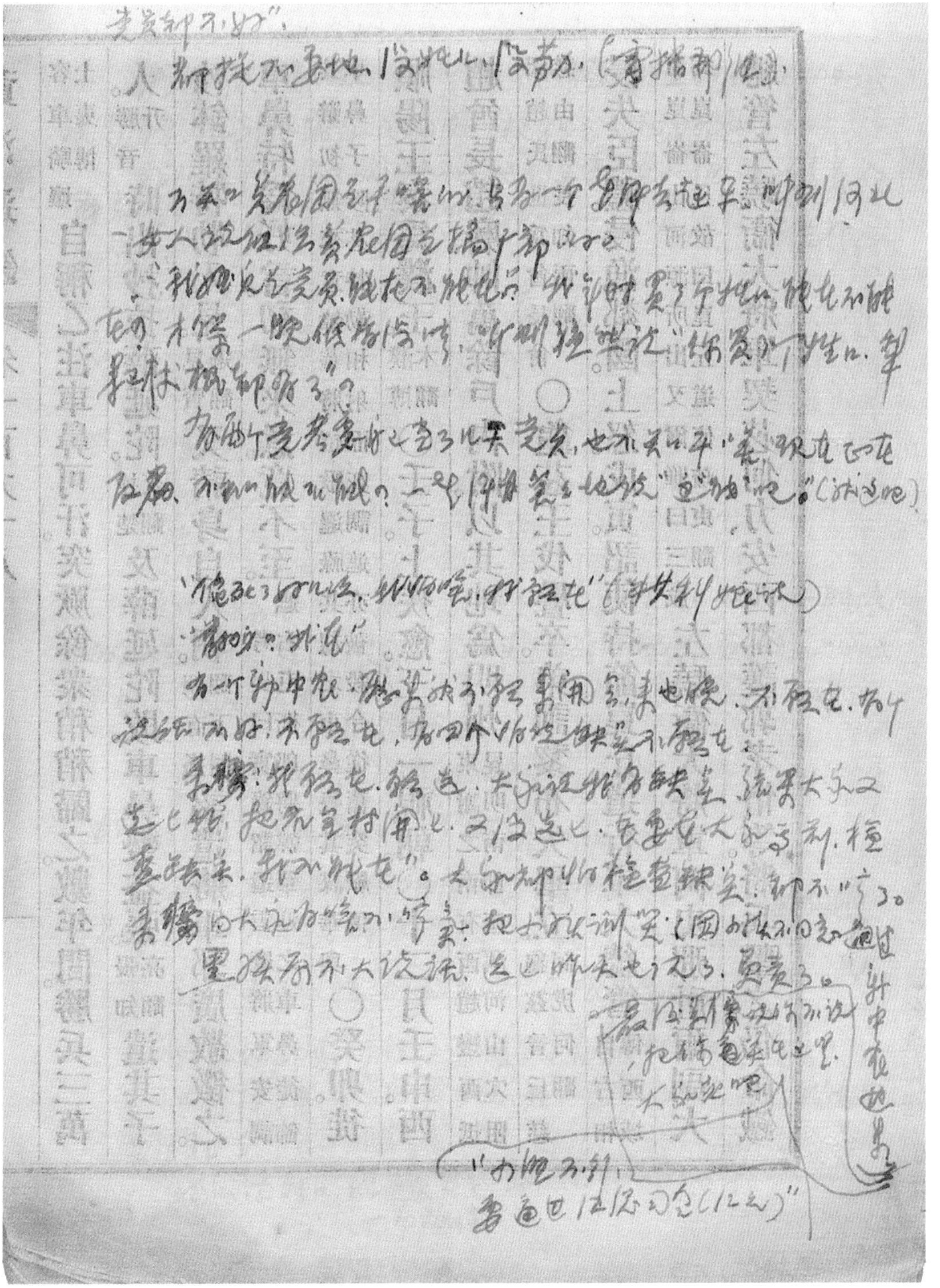

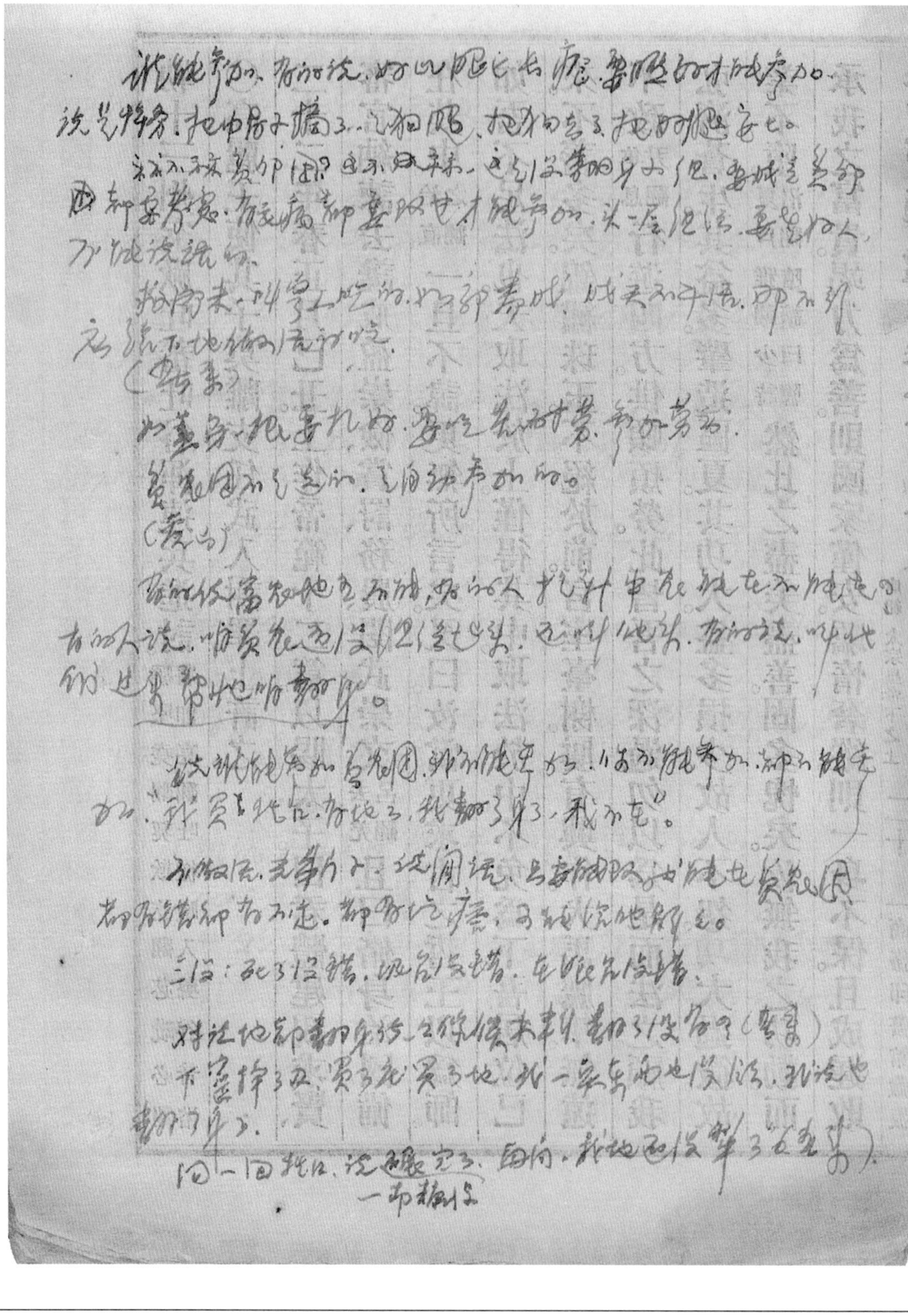

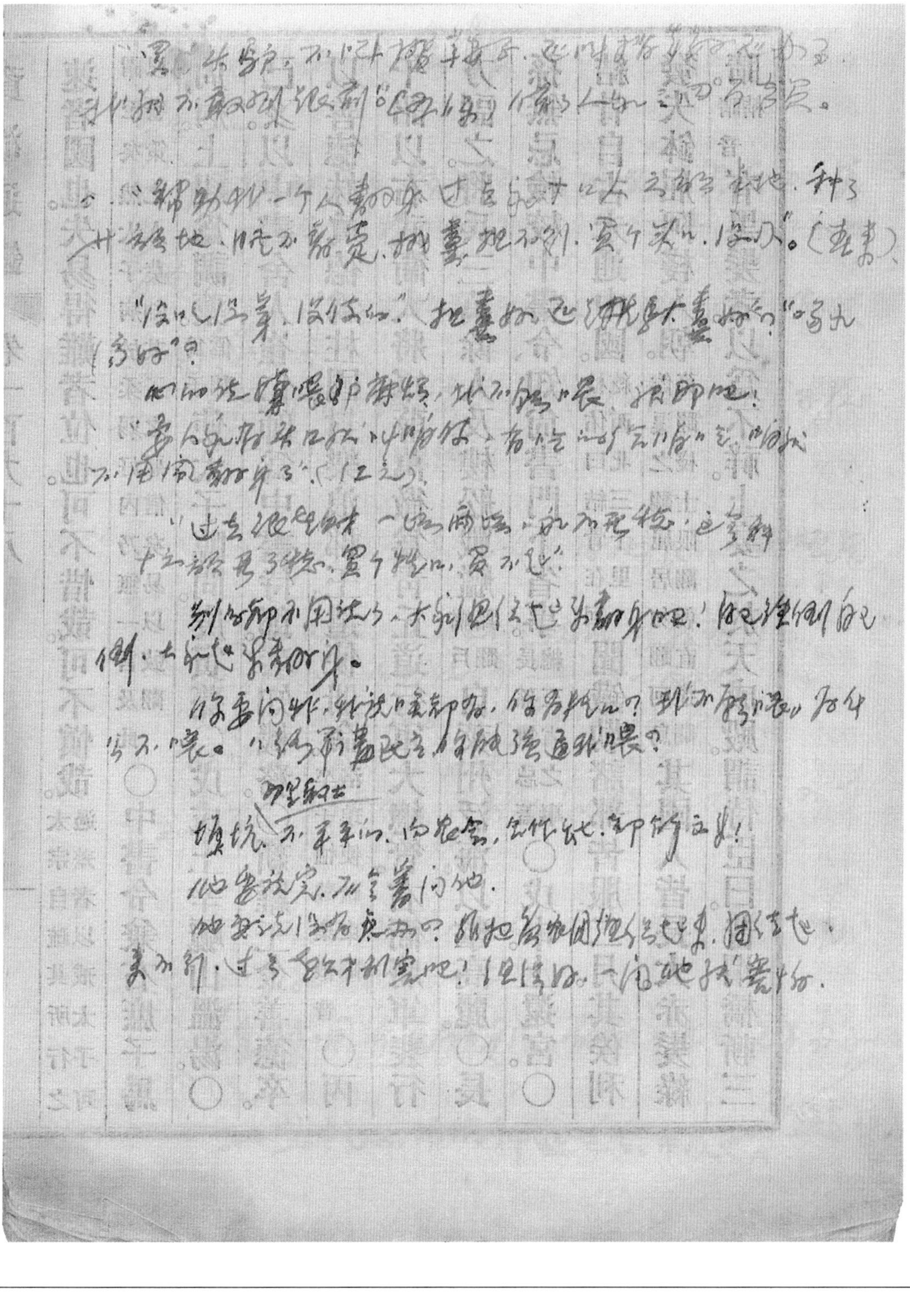

四月三日会报

意见——

筹委部长们，不要一个样子，不肯多到下面，[illegible]四个筹委，[illegible]文字，[illegible]文字：[illegible]，[illegible]不然不行了？

[illegible]讨论就绝迹，[illegible]

[illegible]了[illegible]。

主要[illegible]，[illegible]好，[illegible]。

[illegible]。

"[illegible]"（[illegible]），[illegible]会了。

[illegible]，会报[illegible]。

"[illegible]" ——[illegible]。

[illegible]。

"[illegible]"

"[illegible]，[illegible]，[illegible]"（[illegible]）。

[illegible]，回题，[illegible]回题，[illegible]。

[illegible]，[illegible]。

[illegible]的[illegible]

[illegible]都通过了，[illegible]（[illegible]

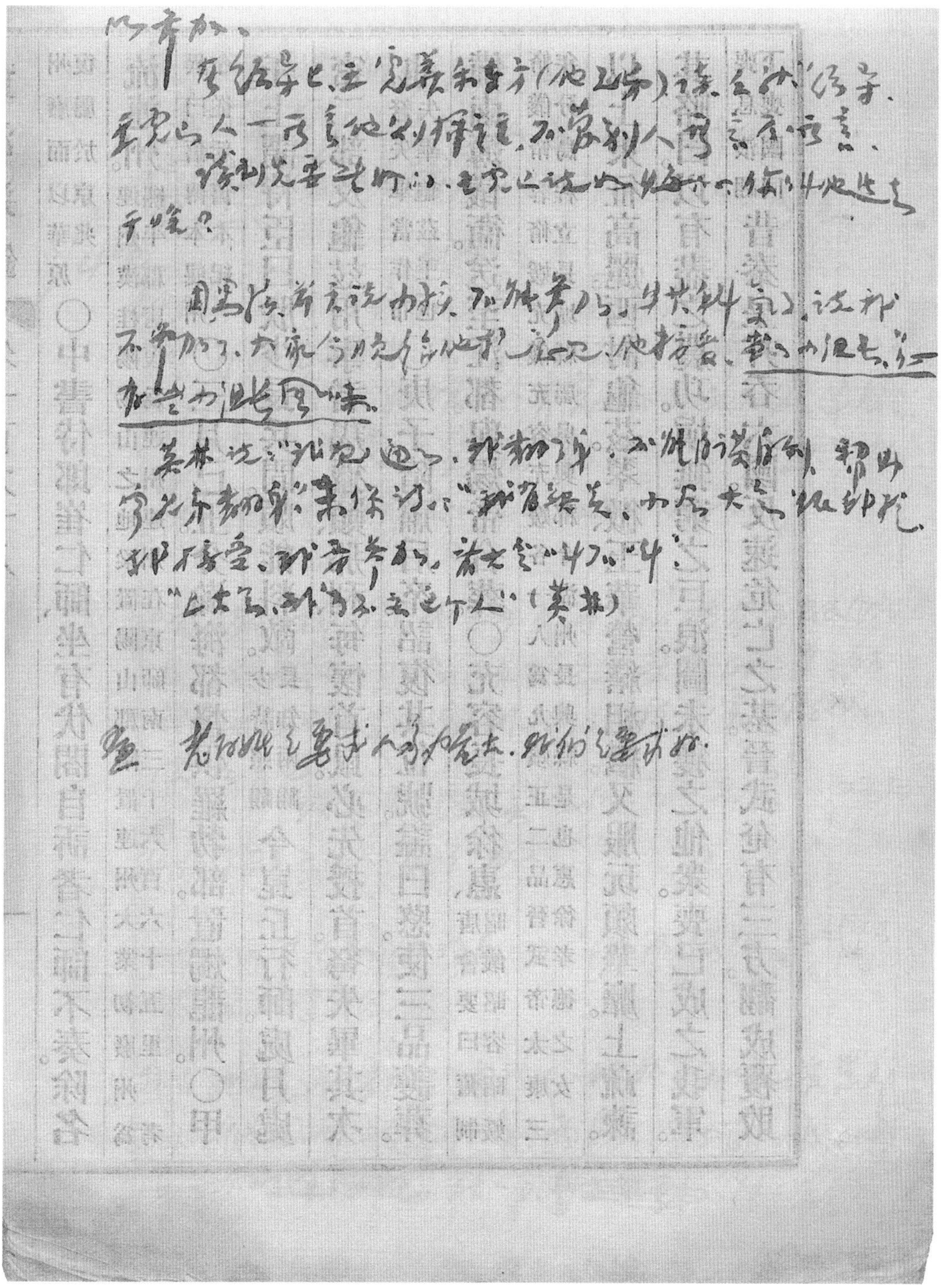

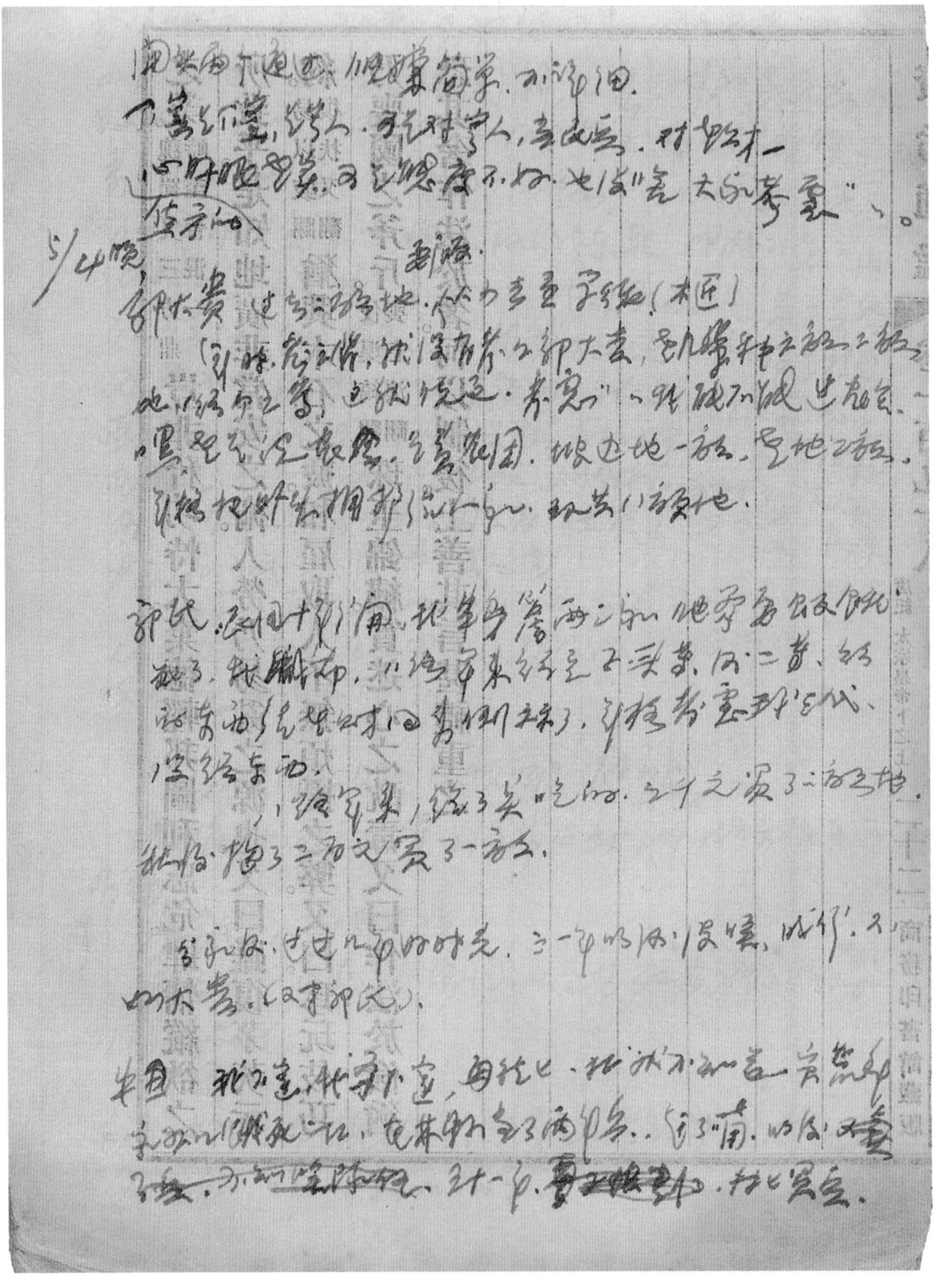

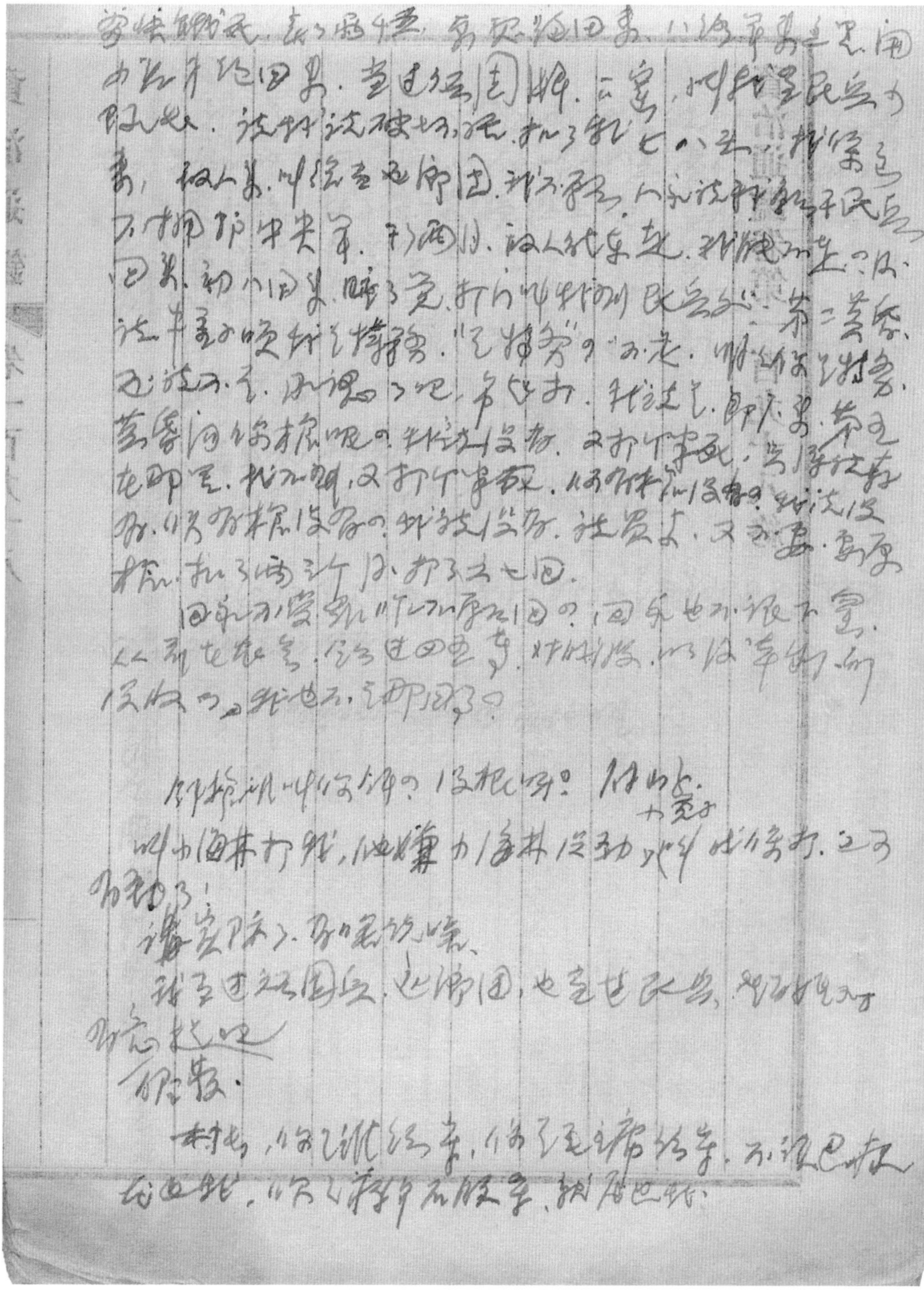

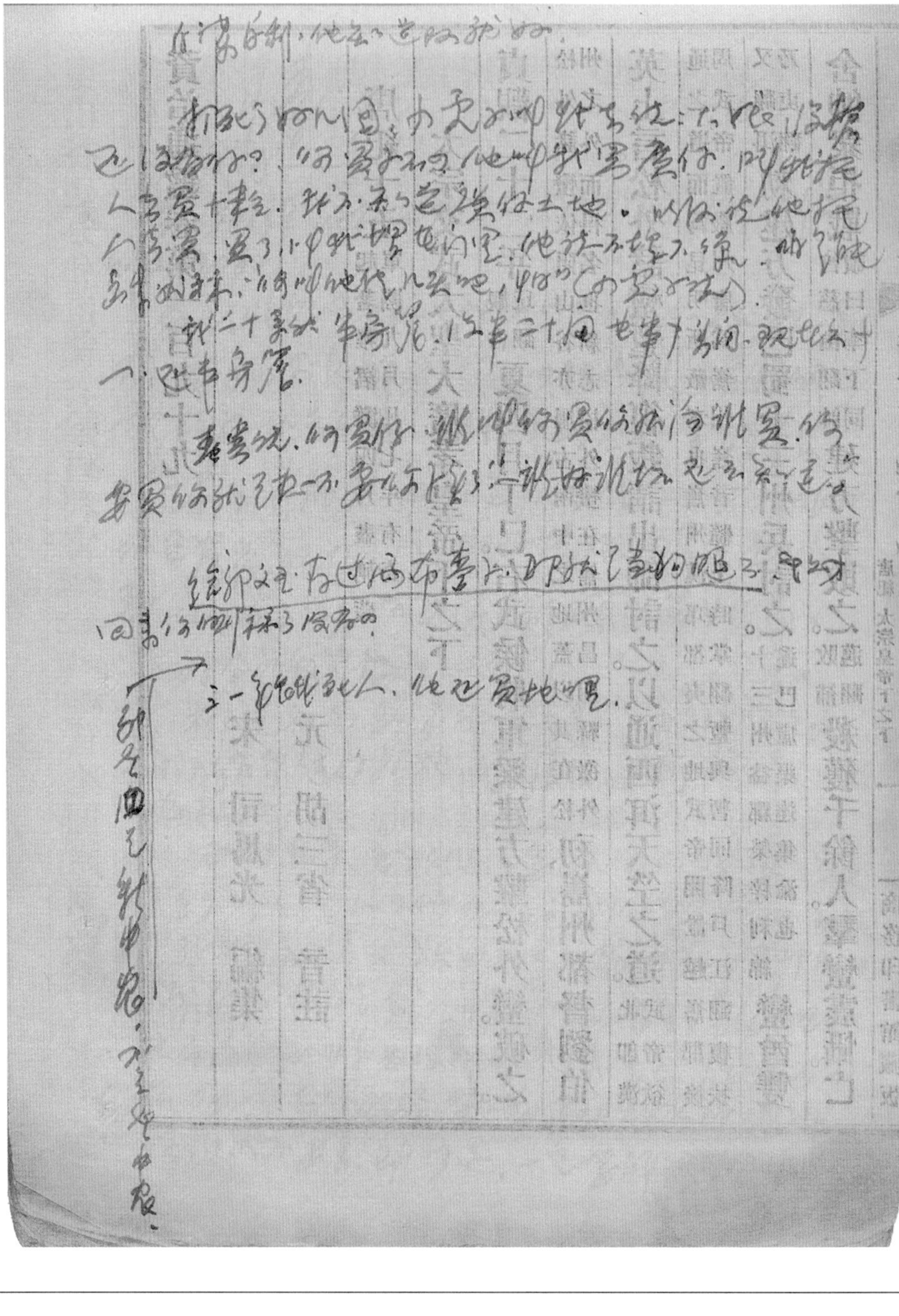

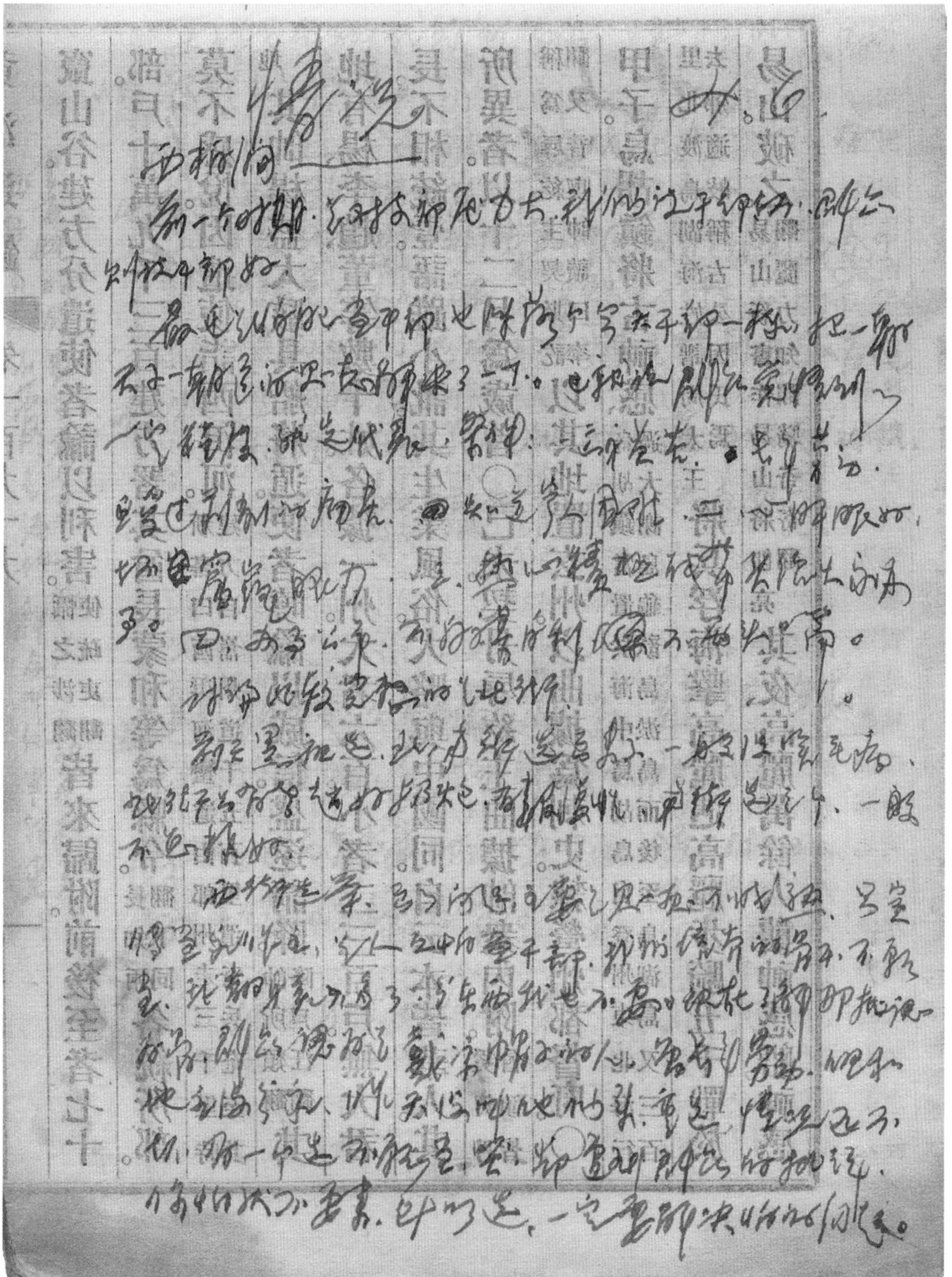

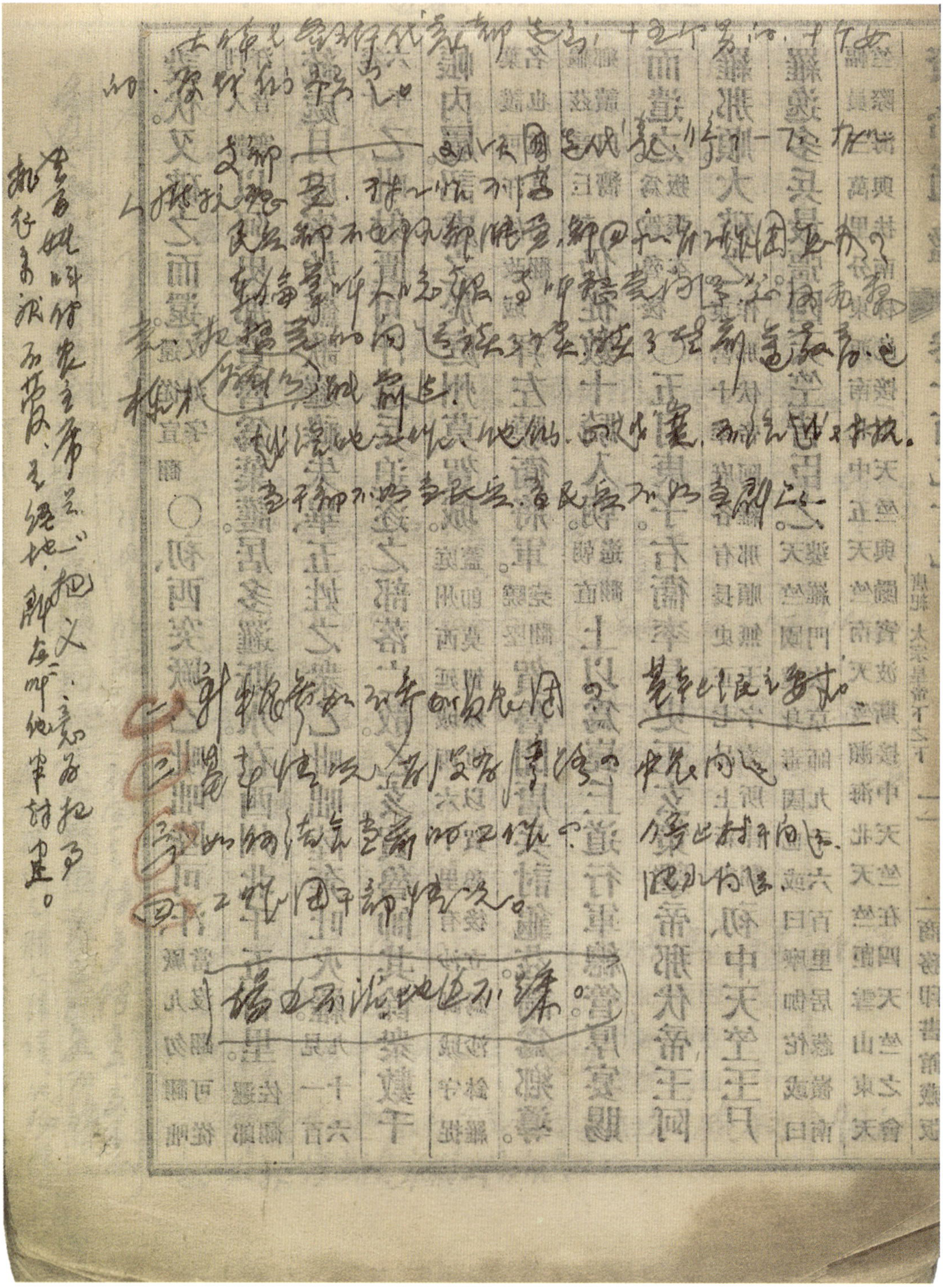

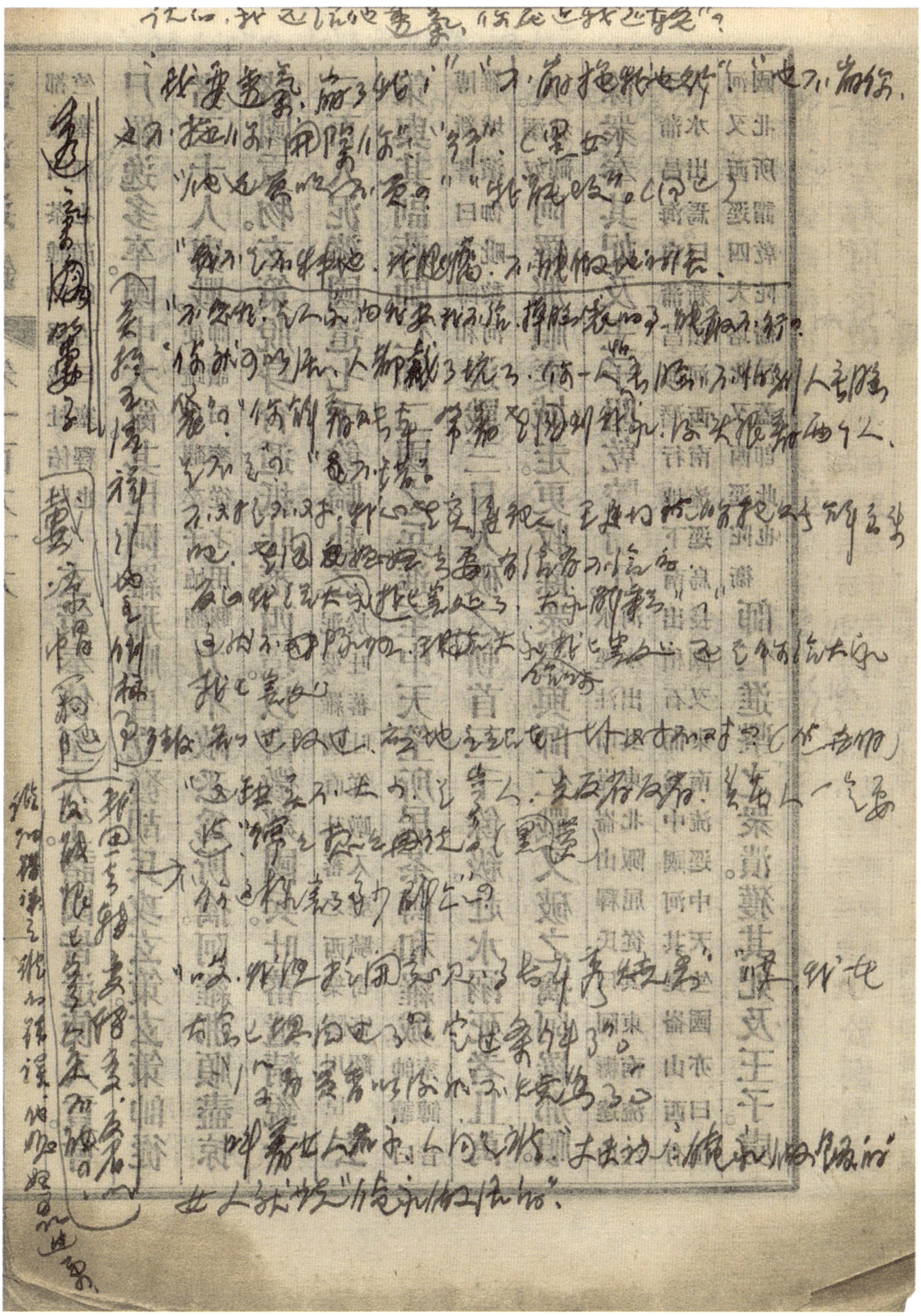

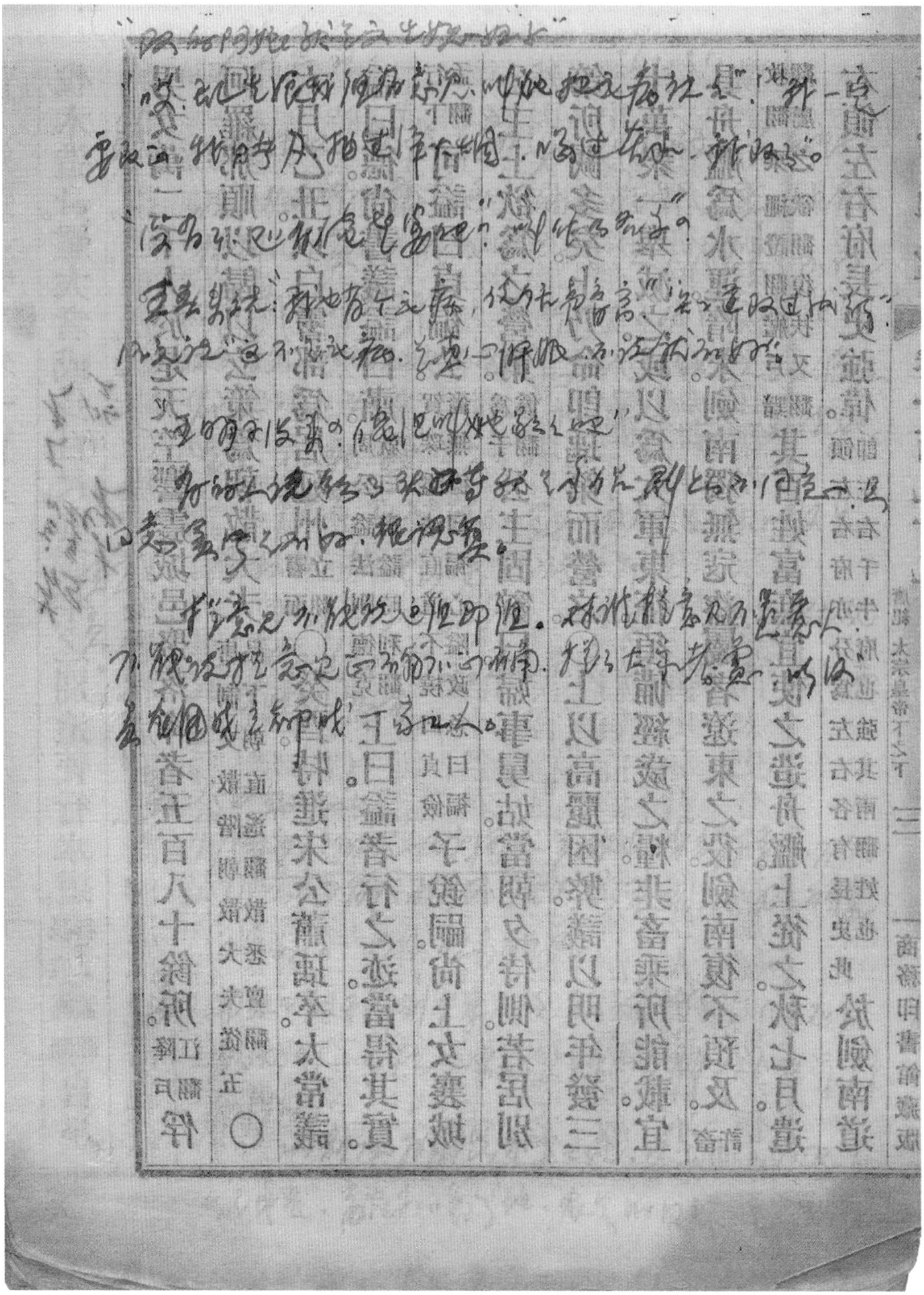

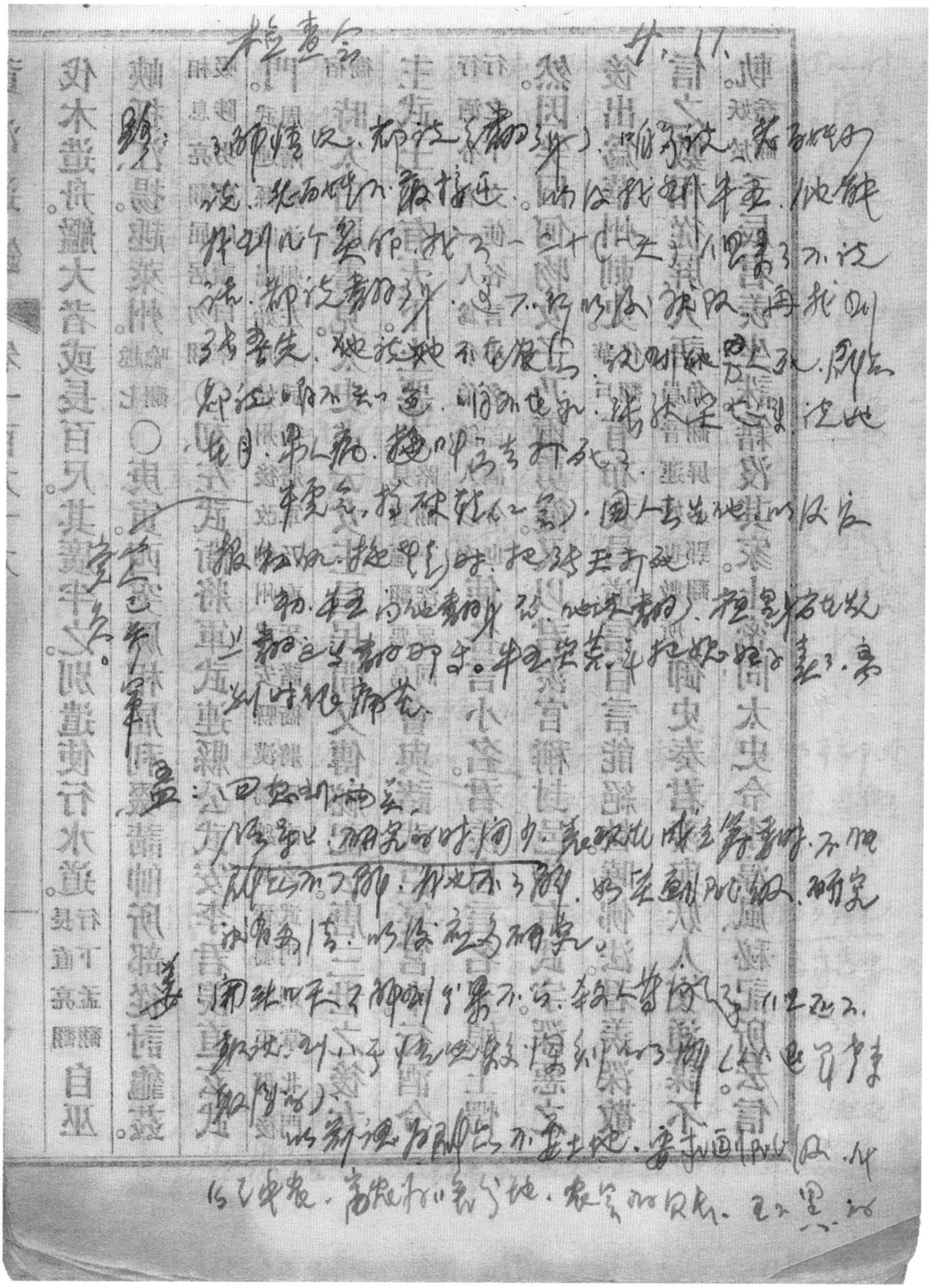

军、干部例子，群众热情要求[illegible]，不要求土地，因之村干部乱。这时我们没解决这问题，[illegible]典型。因各会议提出[illegible]研究，[illegible]。我没有边区（[illegible]十[illegible]）[illegible]解决[illegible]问题。[illegible]群众[illegible]要求[illegible]，[illegible]。[illegible]发动的材料，可以根据它。

群众要求改变现状，好些[illegible]要求改变[illegible]，[illegible]代表组织干部代群众的要求。

其次，关于群众要地，群众觉悟的认识[illegible]，[illegible]不[illegible]，[illegible]地，也不[illegible]，[illegible]，[illegible]。[illegible]，不能[illegible]人。

[illegible]群众[illegible]，[illegible]。[illegible]群众[illegible]信心。群众[illegible]不[illegible]，[illegible]。[illegible]，[illegible]，[illegible]，对群众的[illegible]很大。

[illegible]，[illegible]不[illegible]，[illegible]，第二[illegible]，[illegible]。[illegible]，[illegible]，[illegible]，[illegible]

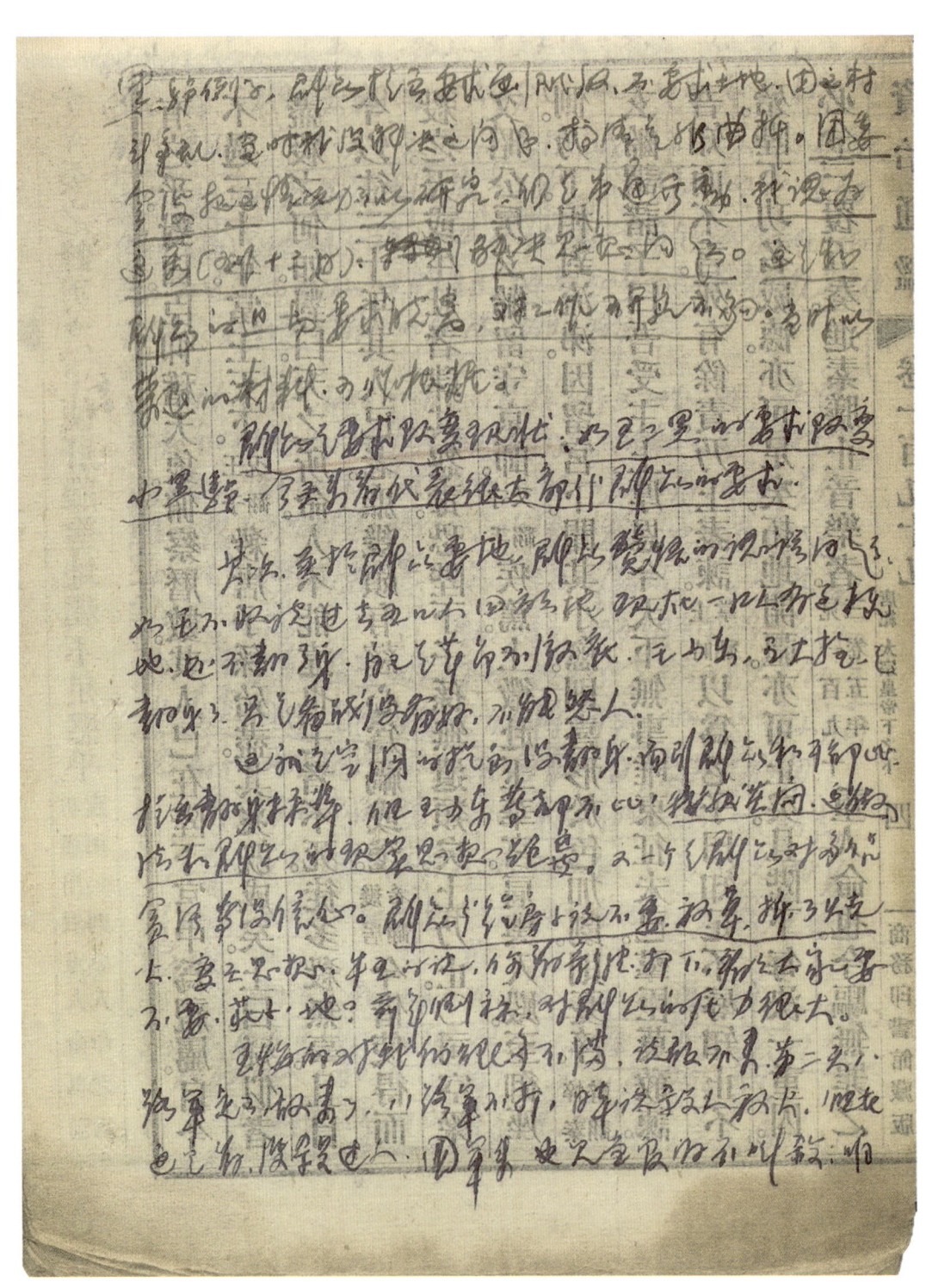

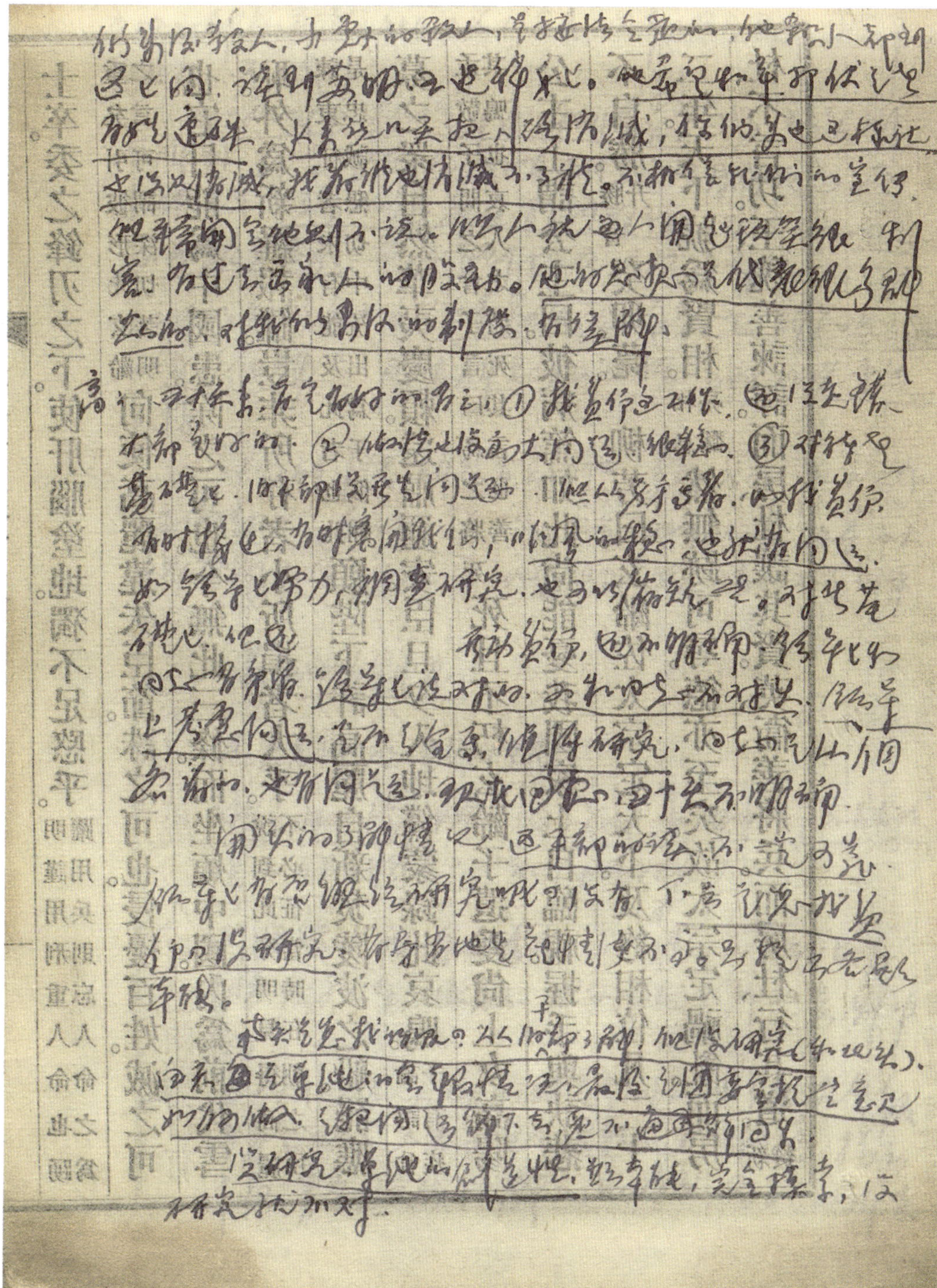

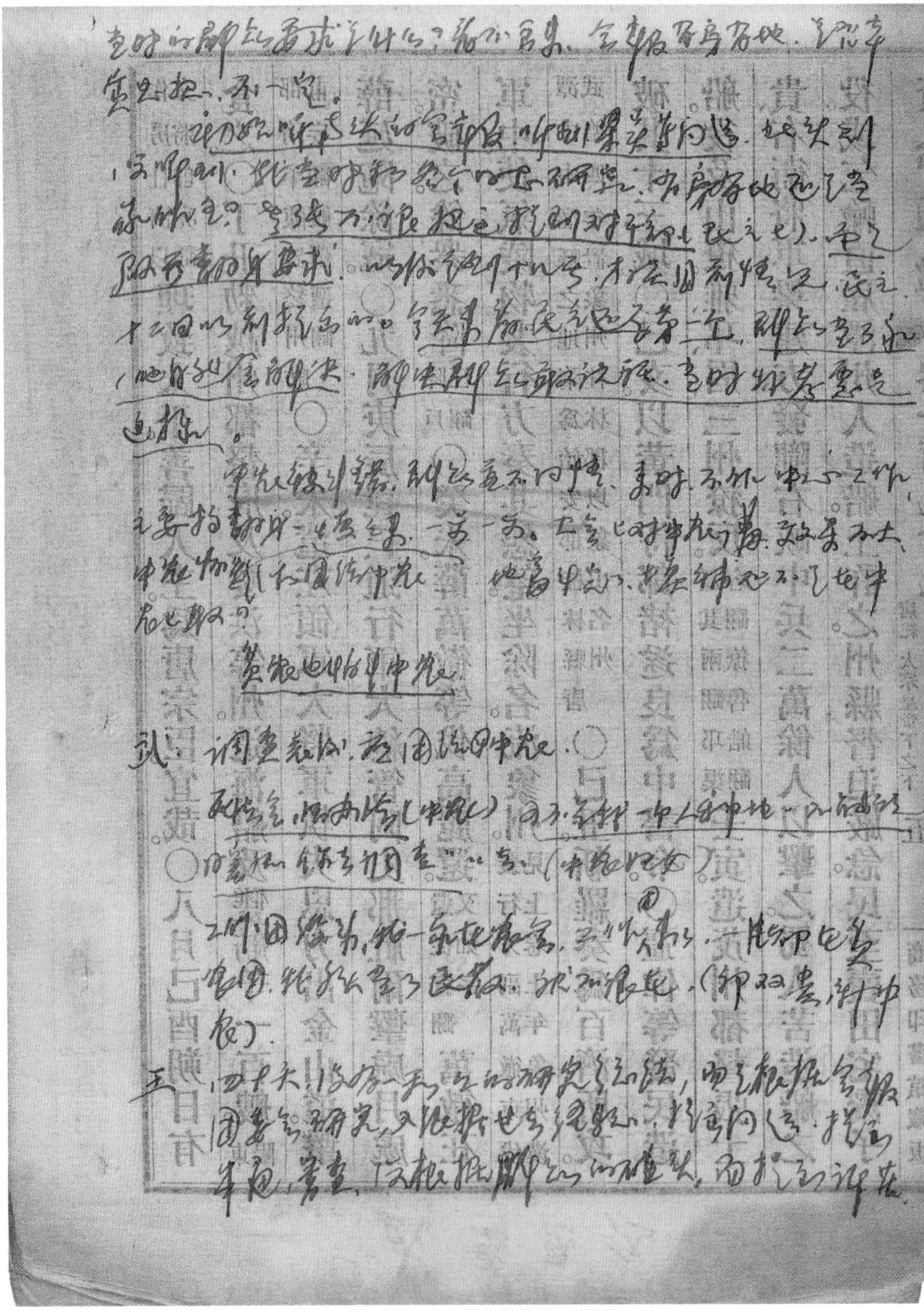

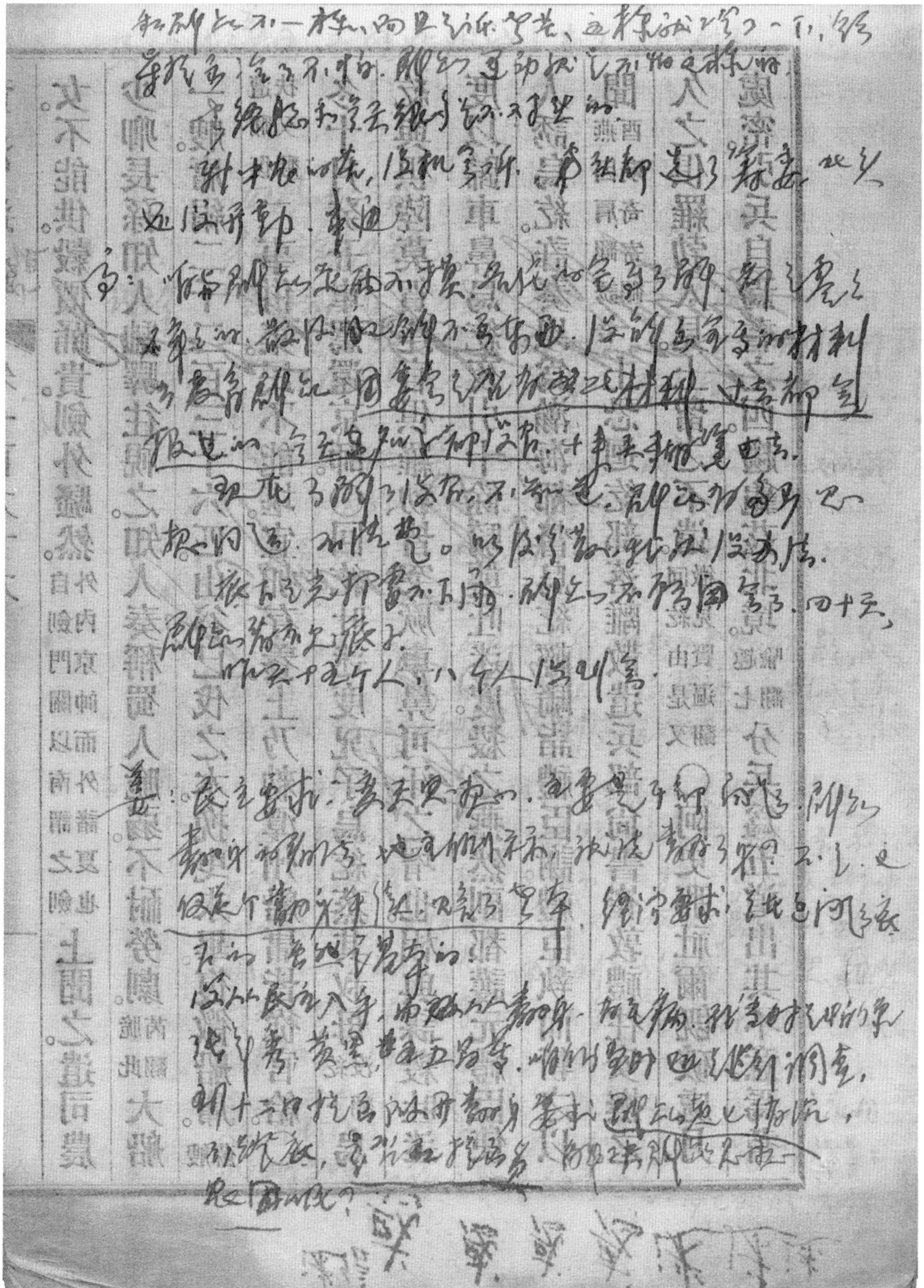

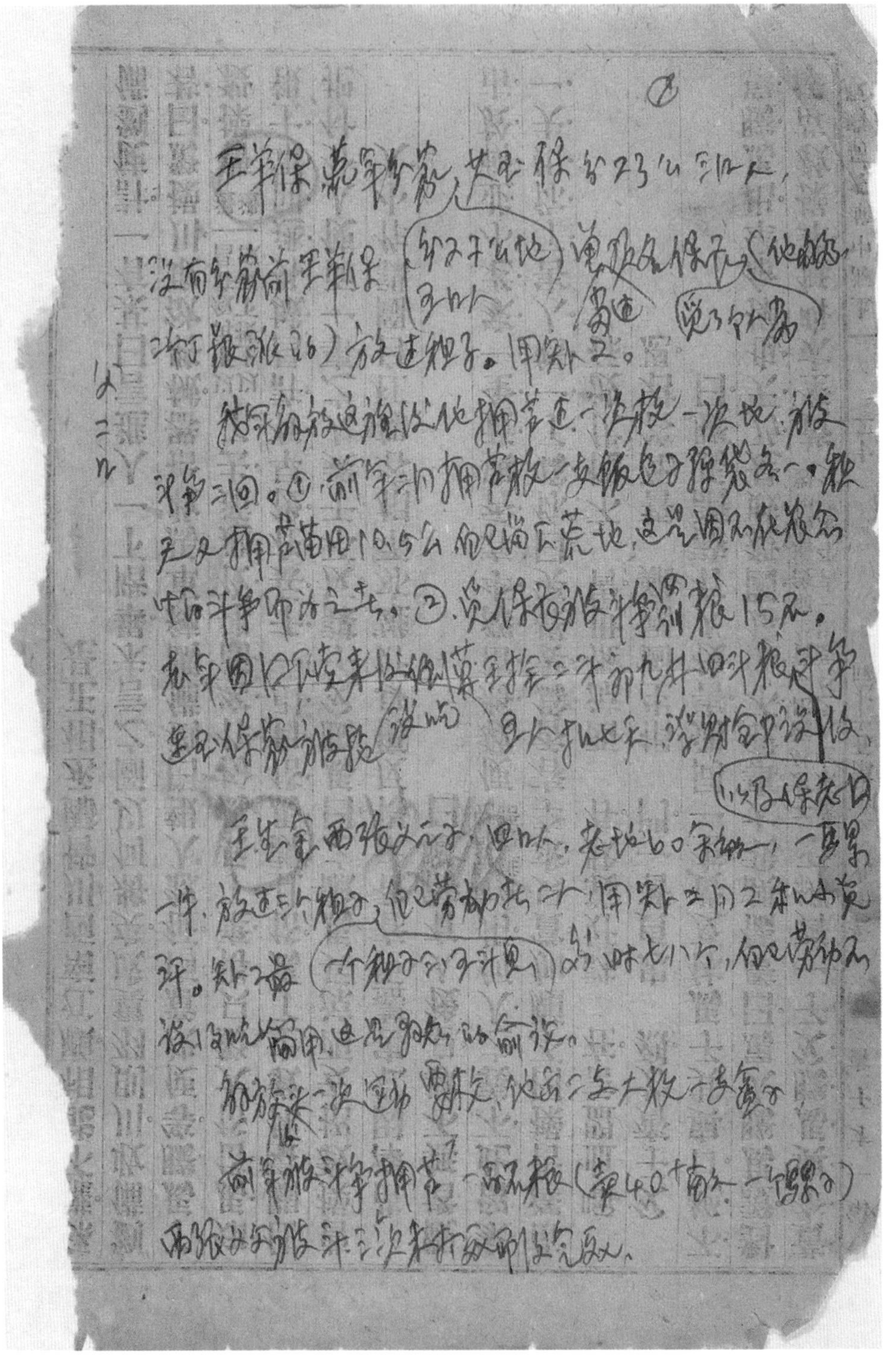

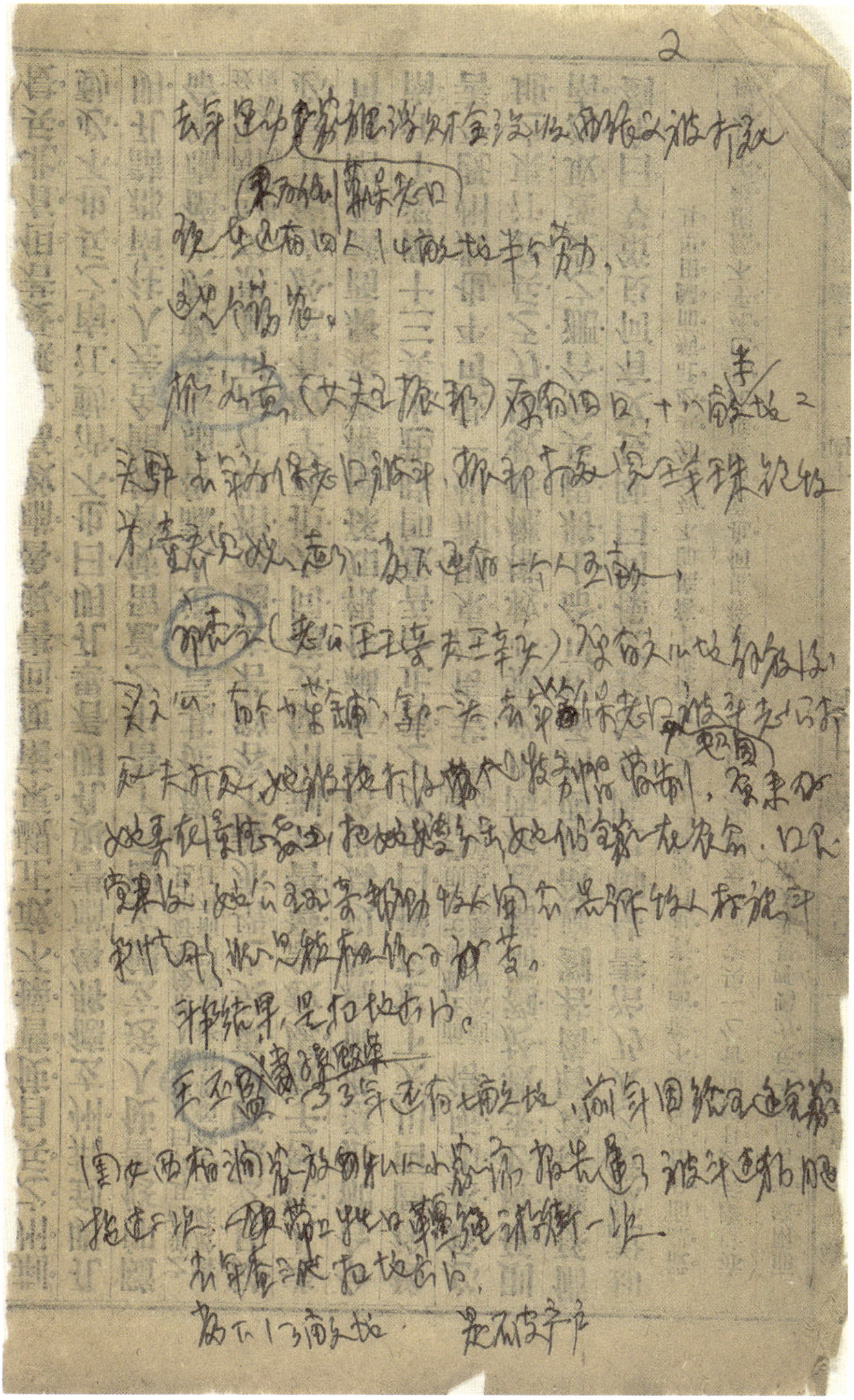
2

去年退押[illegible]

[illegible]

[illegible]还有四人，14亩土地，半个劳力，

这是个[illegible]农。

[illegible]（丈夫[illegible]）[illegible]四口，十八亩半土地，二

[illegible]

[illegible]一个人五亩[illegible]

[illegible]

[illegible]结果，是[illegible]。

[illegible]

去年[illegible]

[illegible]七亩土地[illegible]

3

王西堂：10口人，7—80亩坡地，骡子牛各一个，雇佣一个长工，他本人参加劳动，但是参加劳动但就不是一个好劳力。

头一次退出[illegible]梯二亩大坡一亩[illegible]

前年斗争拉出去，~~[illegible]~~

这次他婆姨[illegible]被抗敌了，弟兄[illegible]

这来~~[illegible]~~没有办法给人家引路到[illegible]被抗敌。

去年八月十六把他和孩子抓去[illegible]

[illegible]。

家里五口人14亩坡地。

王金福：12口人，退出60+亩坡地，骡子驴子各一头，

[illegible]

有一头驴。

[illegible]

[illegible]。

前年就[illegible]西坡地

[illegible]团队长

[illegible]

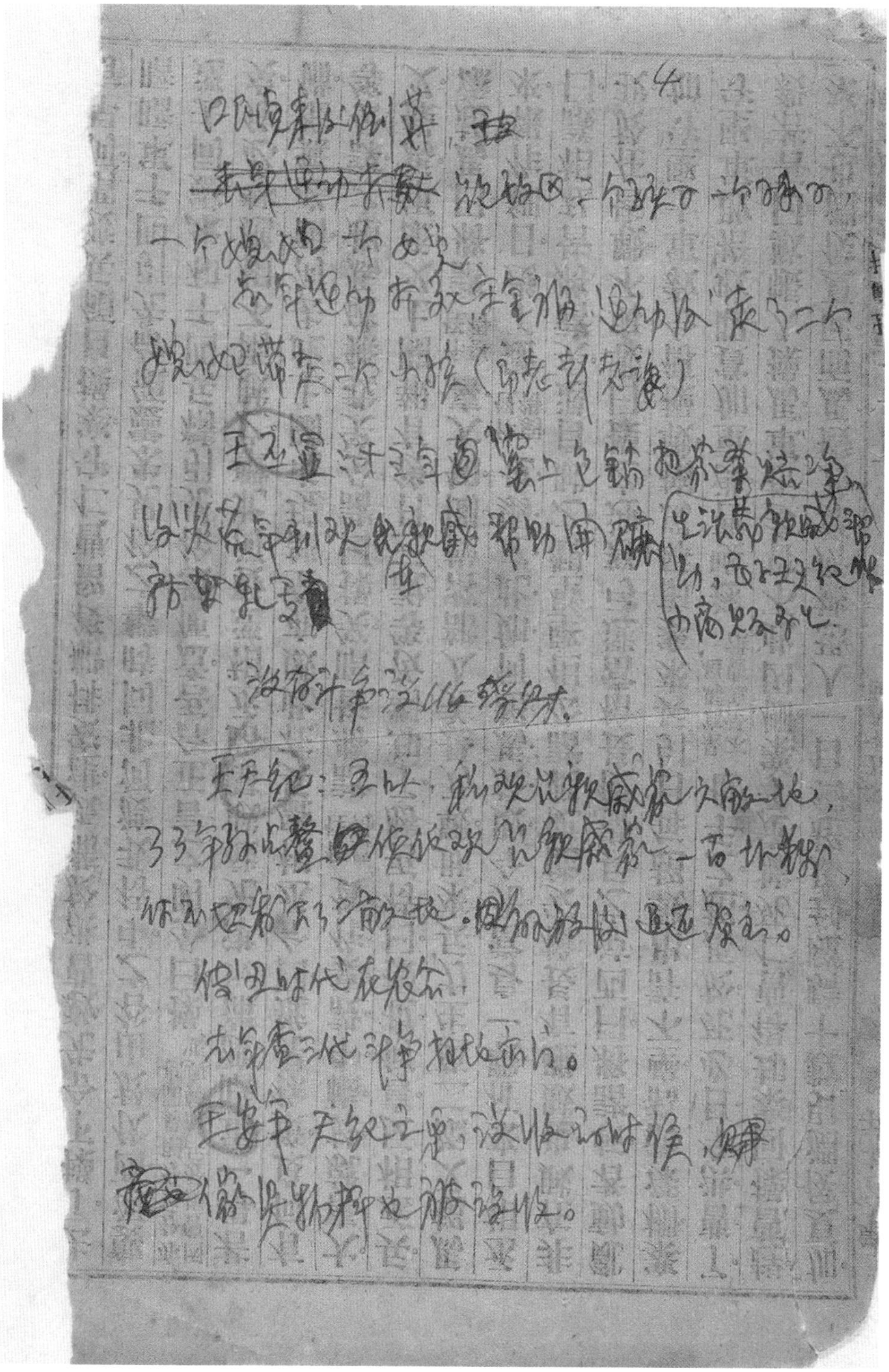

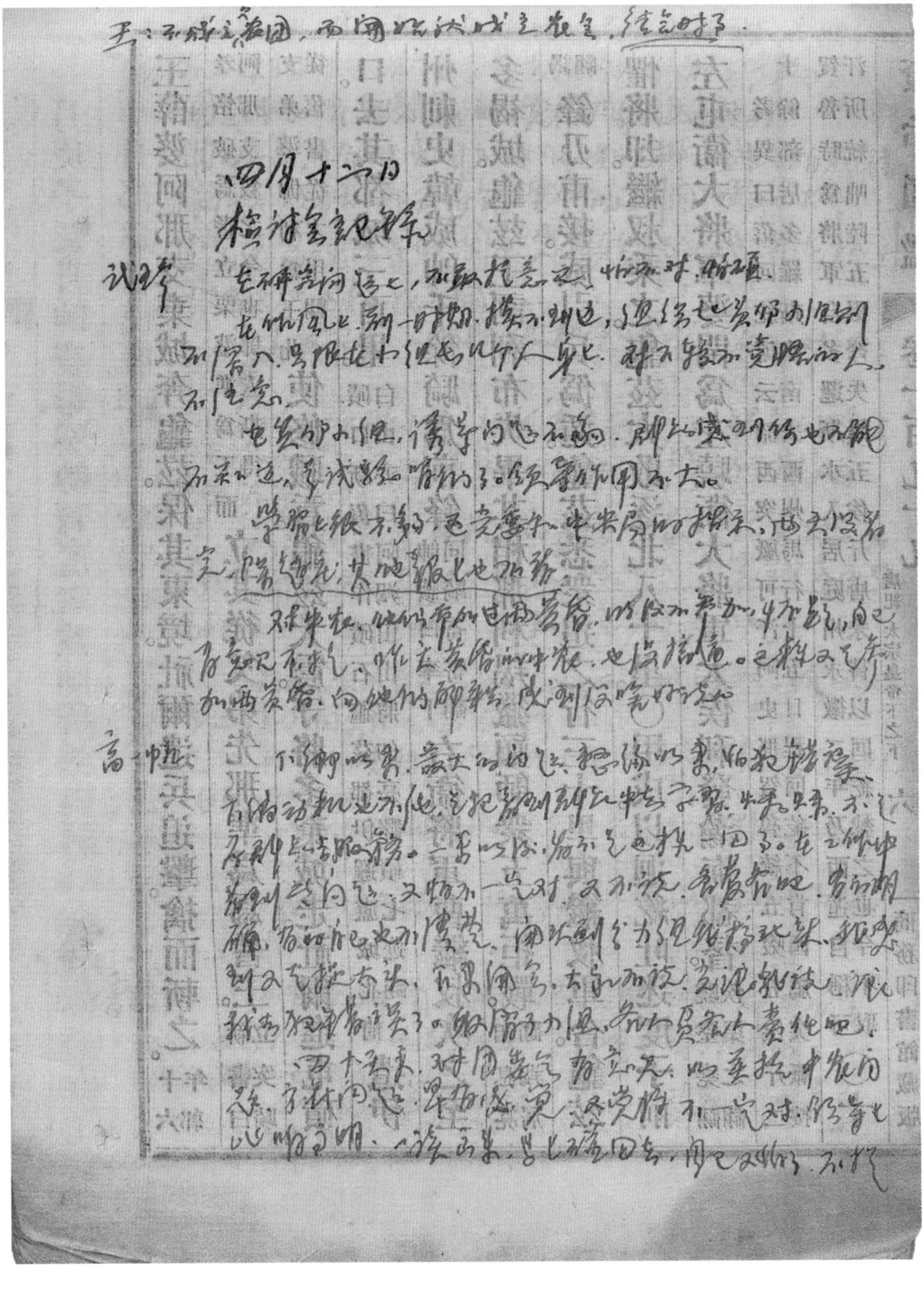
四月十六日

检讨会记录

[illegible]

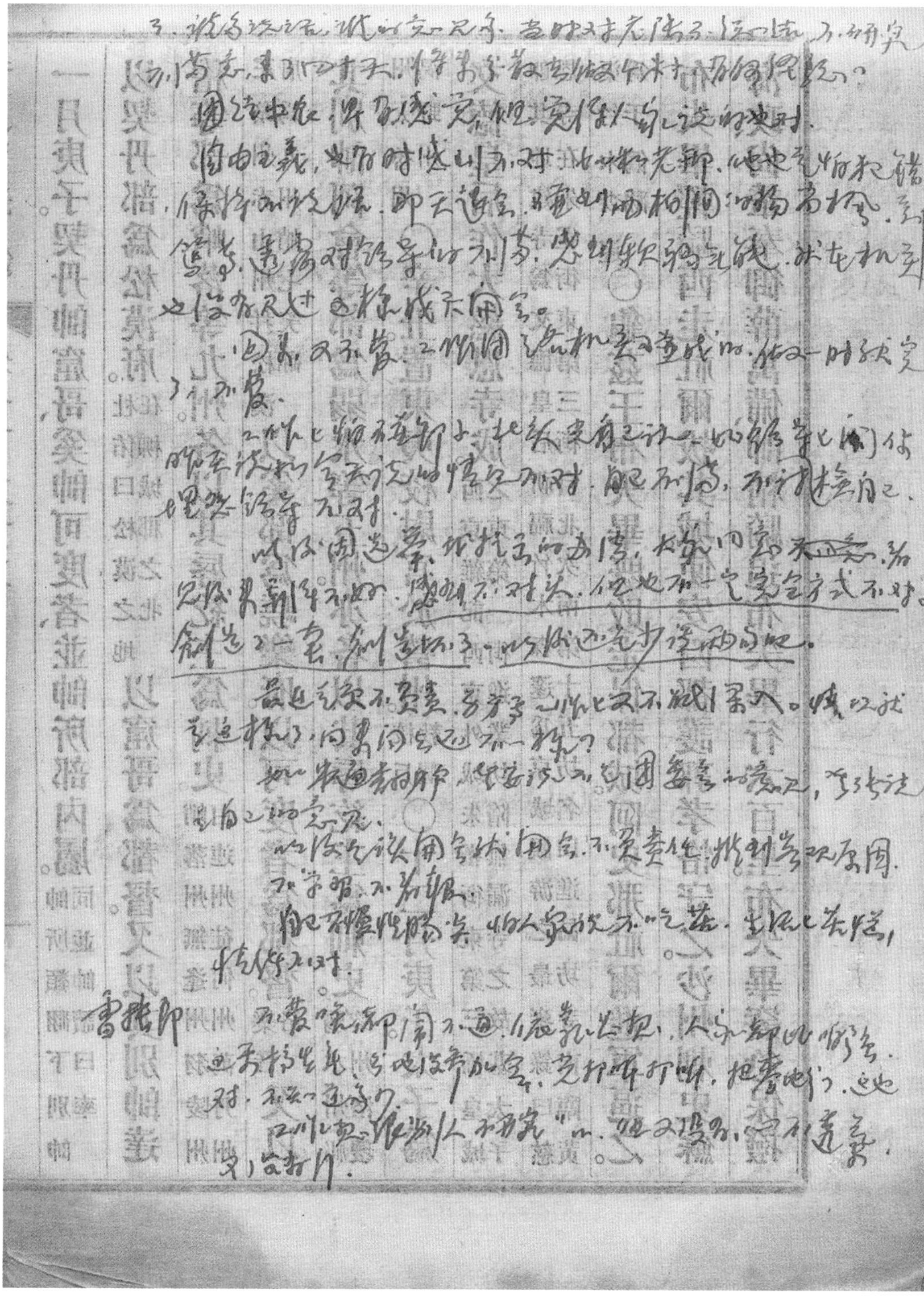

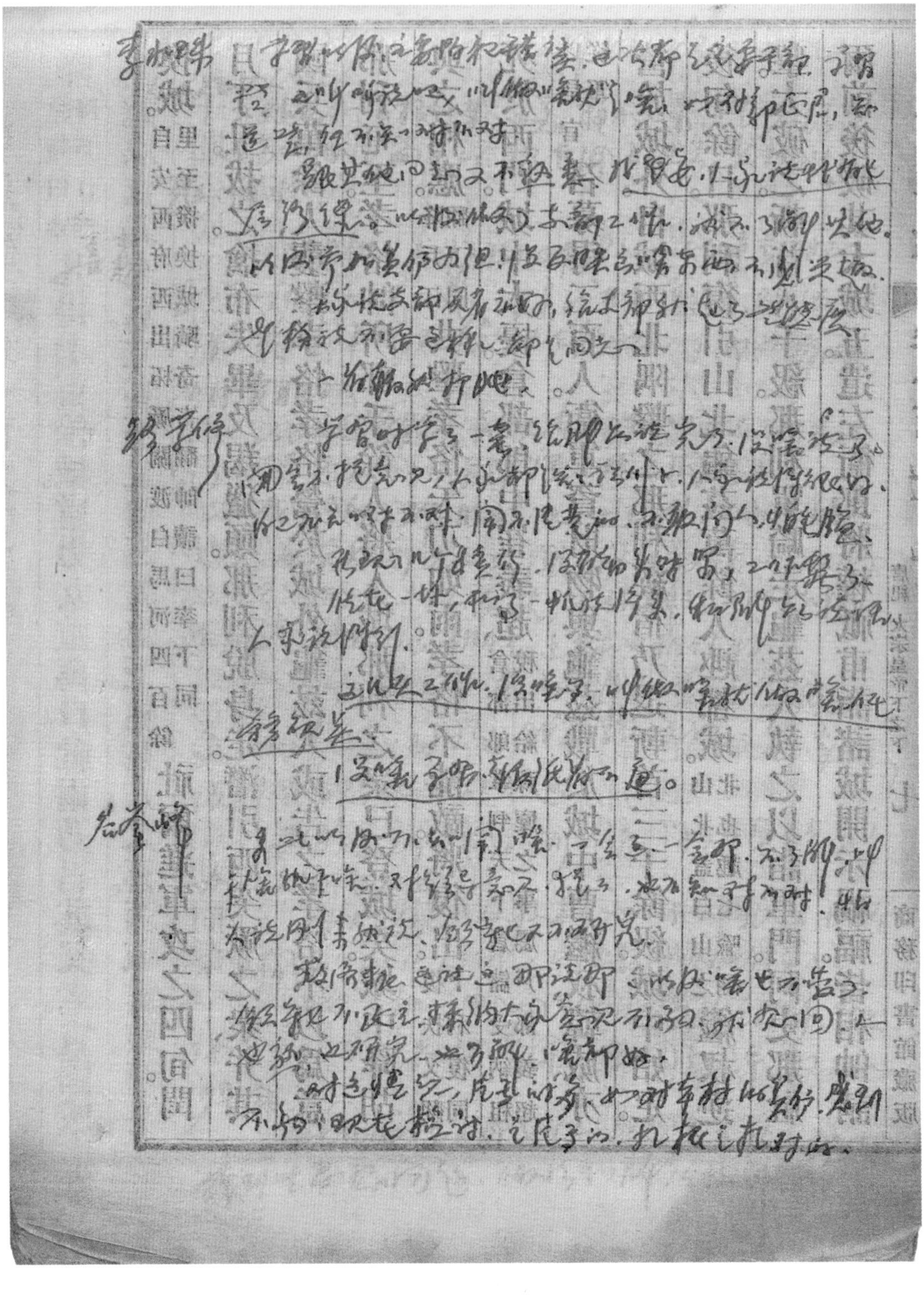

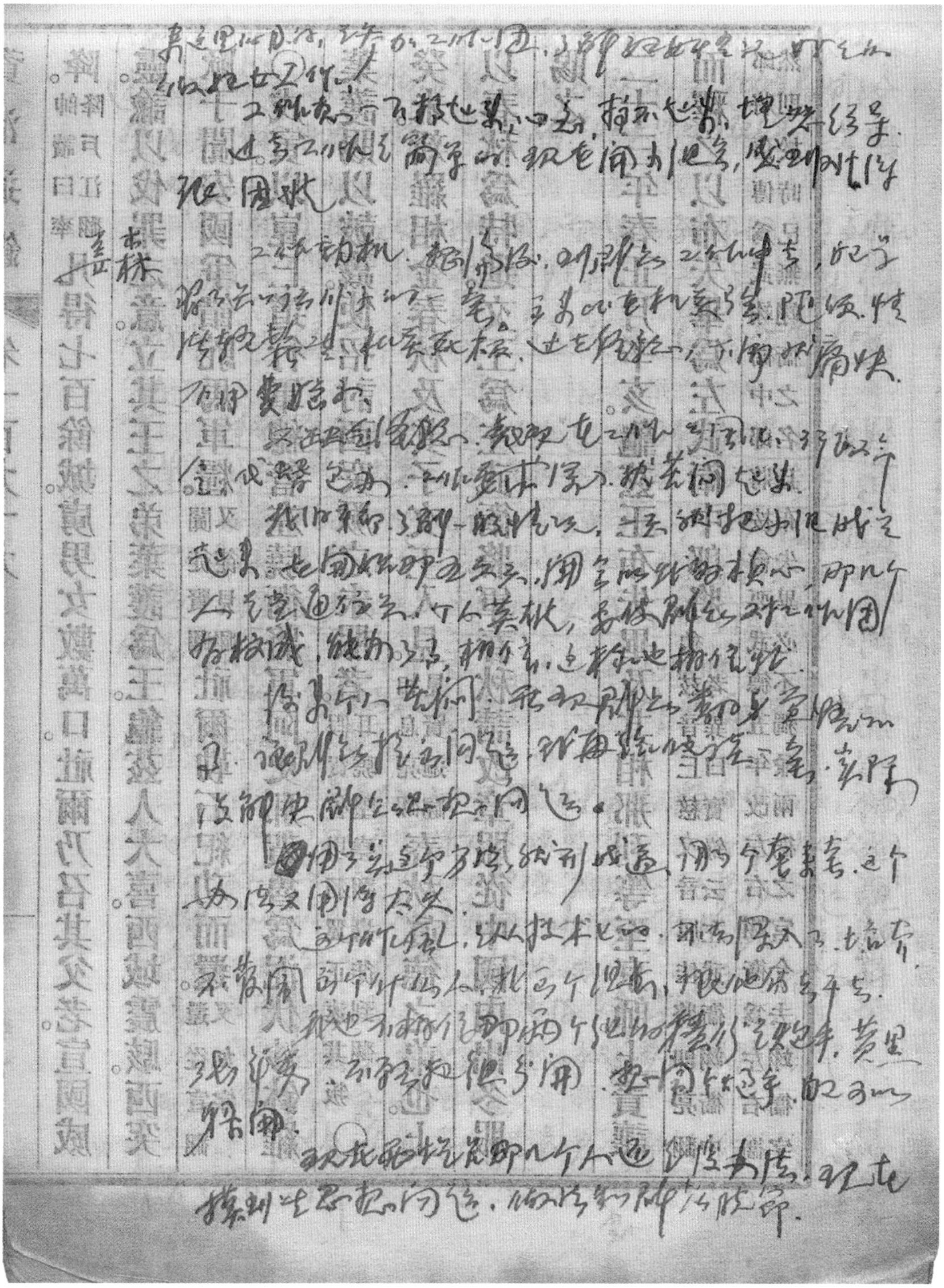

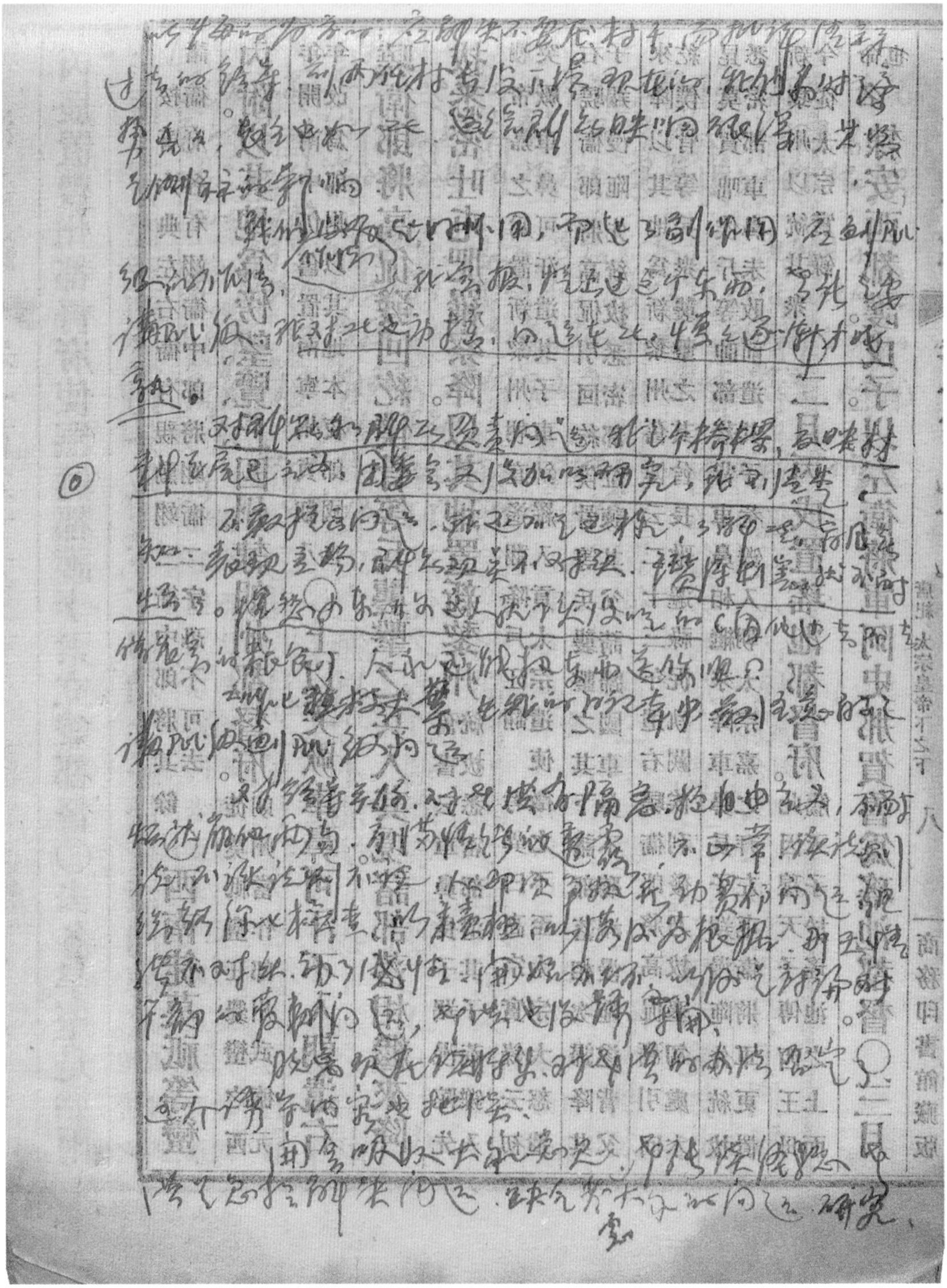

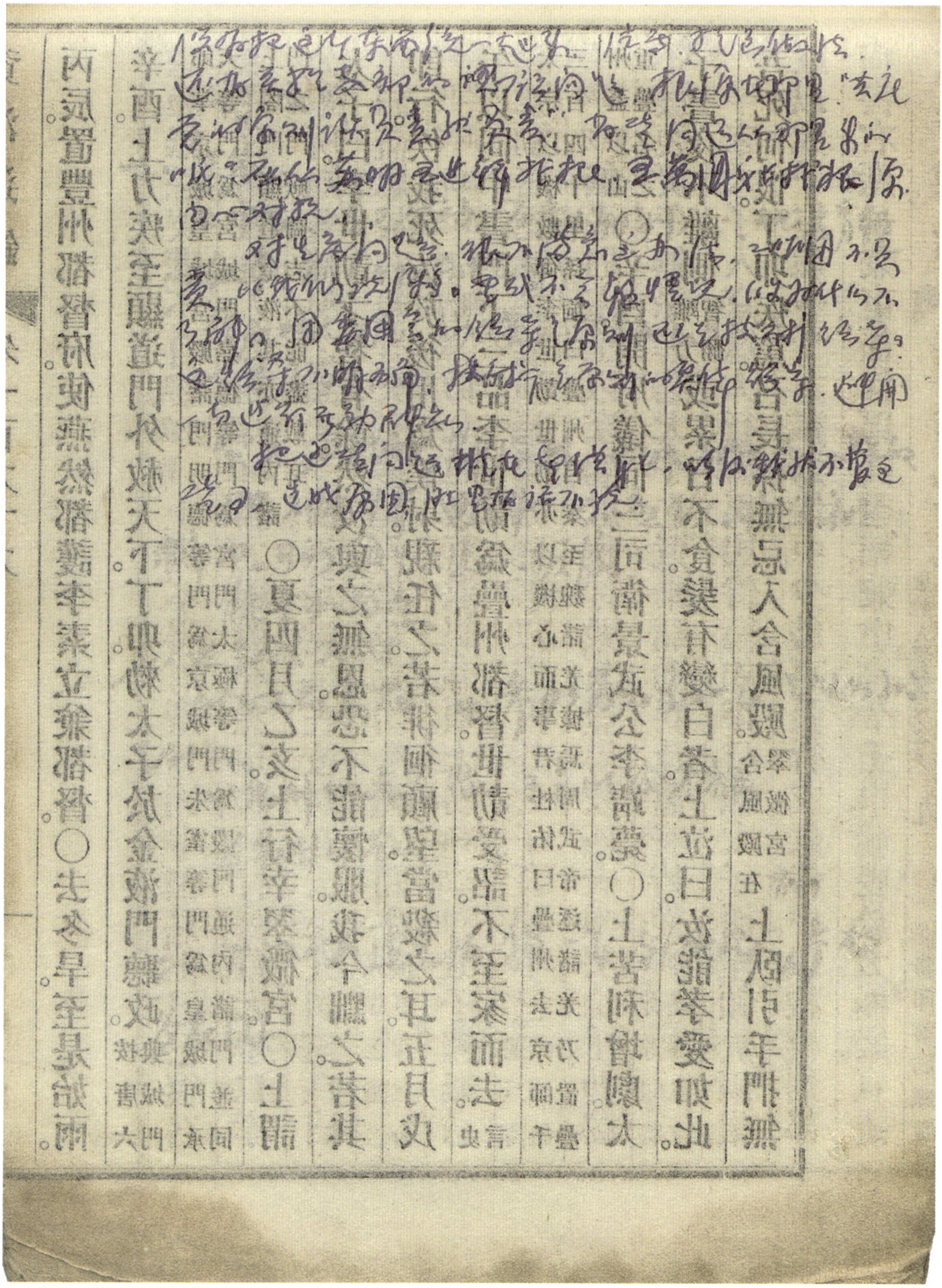
髮有變白者上泣曰汝能孝愛如此
爲疊州都督世勣受詔不至家而去
親任之若徘徊顧望當殺之耳五月戊
與之無恩恐不能懷服汝今黜之若其
○夏四月乙亥上行幸翠微宮○上謂
辛酉上力疾至顯道門外赦天下丁卯勅太子於金液門聽政
丙辰置豐州都督府使燕然都護李素立兼都督○去冬旱至是始雨

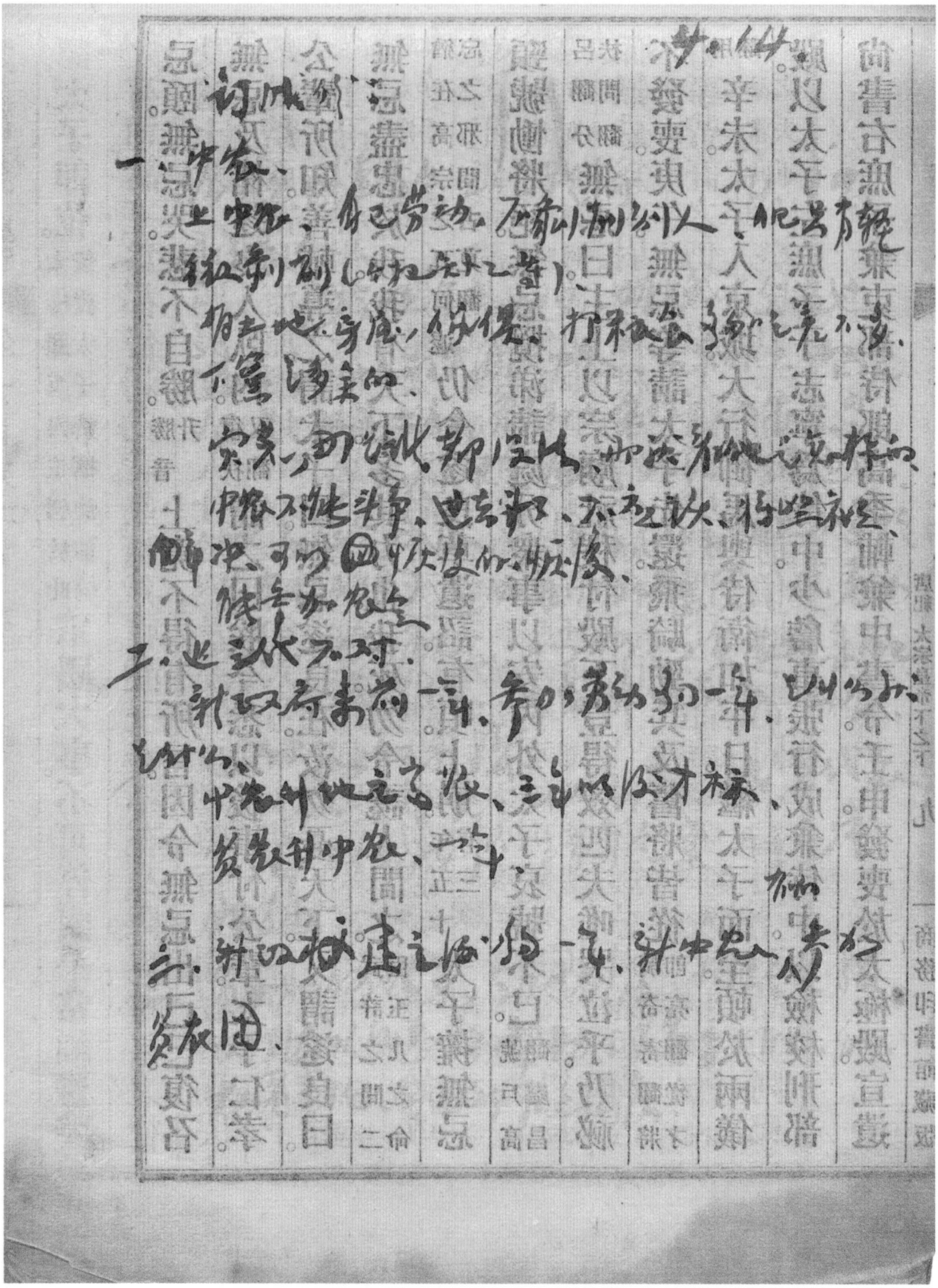

卅·44

访问：

一、中农、

上中农、自己劳动，不剥削别人，但是有轻微剥削（介于富农之间）、

有土地、房屋、农具，打粮食够自己吃不少、

不靠请来的、

实系，所以他都同情，也没有做过坏事的、

中农不能斗争，过去斗了，不过这是错误，将来在（?）

解决，可以回头恢复他们损失、

能参加农会。

二、过去认识不对，

新政府来前一年，参加了劳动好一年，但他不知

道什么、

中农斗地主富农，三年以后才稀（?）、

贫农斗中农，一次。

（方面）

三、对以封建主义斗争一年，对中农人有不少（?）

贫农团、

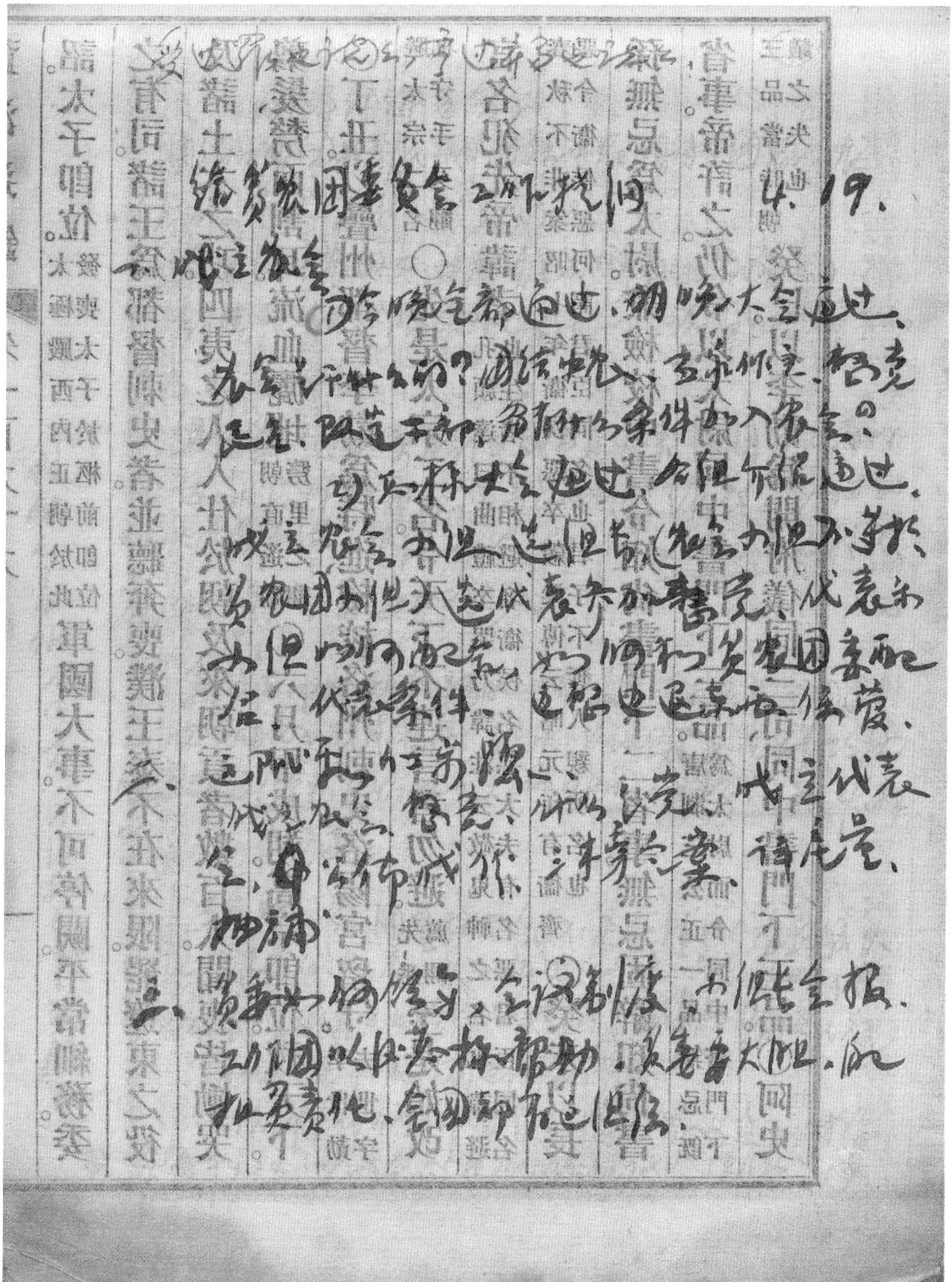

贫农团委员会工作提纲　4.19.

一、成立农会

[illegible]

四月二十四

[illegible]讨论会

团结中农不彻底：对团结中农，有些团结中农

叫[illegible]。（[illegible]）

没团结中农妇女　中农妇女[illegible]。（[illegible]）

郭[illegible]，[illegible]高[illegible]，[illegible]郭[illegible]

[illegible]中农。

[illegible]，[illegible]不[illegible]。[illegible]

[illegible]。[illegible]，[illegible]

[illegible]地[illegible]。

郭[illegible]、中农、[illegible]、[illegible]大[illegible]

[illegible]，[illegible]，[illegible]

[illegible]，[illegible]，[illegible]

[illegible]，[illegible]。

[illegible]，不[illegible]民

[illegible]，[illegible]"[illegible]

[illegible]，[illegible]。（[illegible]

[illegible]，[illegible]

"[illegible]，[illegible]

[illegible]"[illegible]（[illegible]）

村[illegible]张[illegible]才[illegible]。

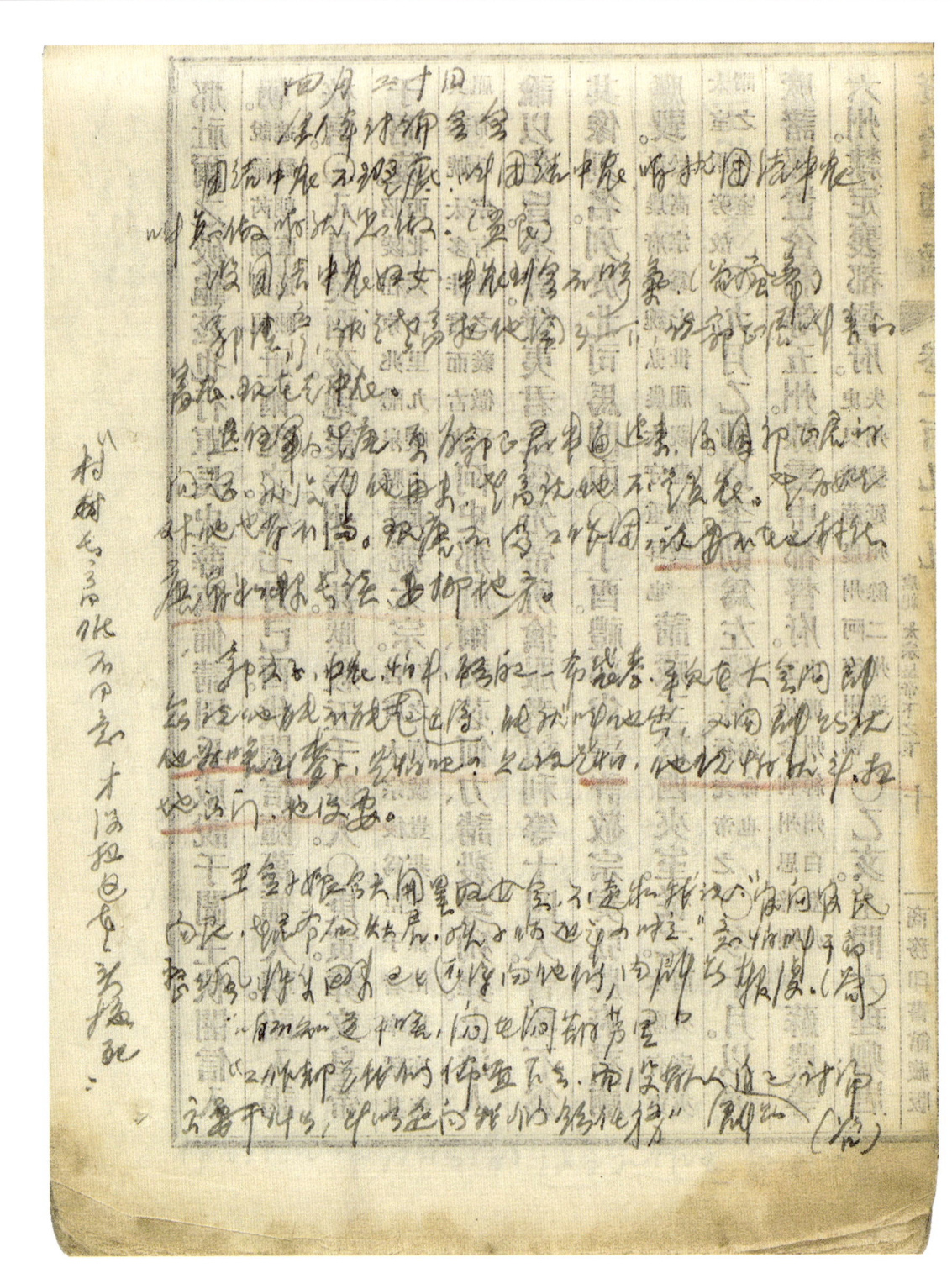

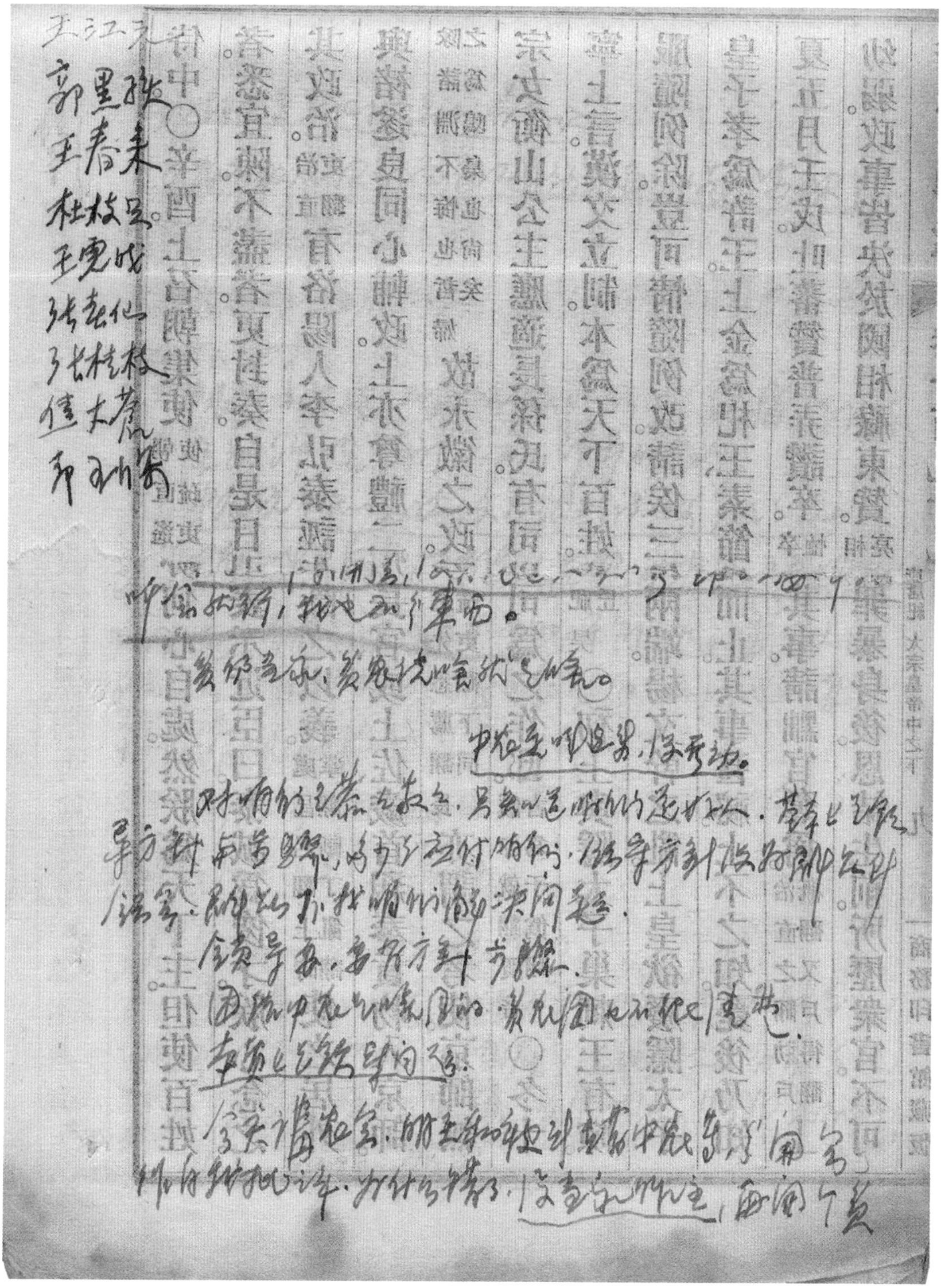

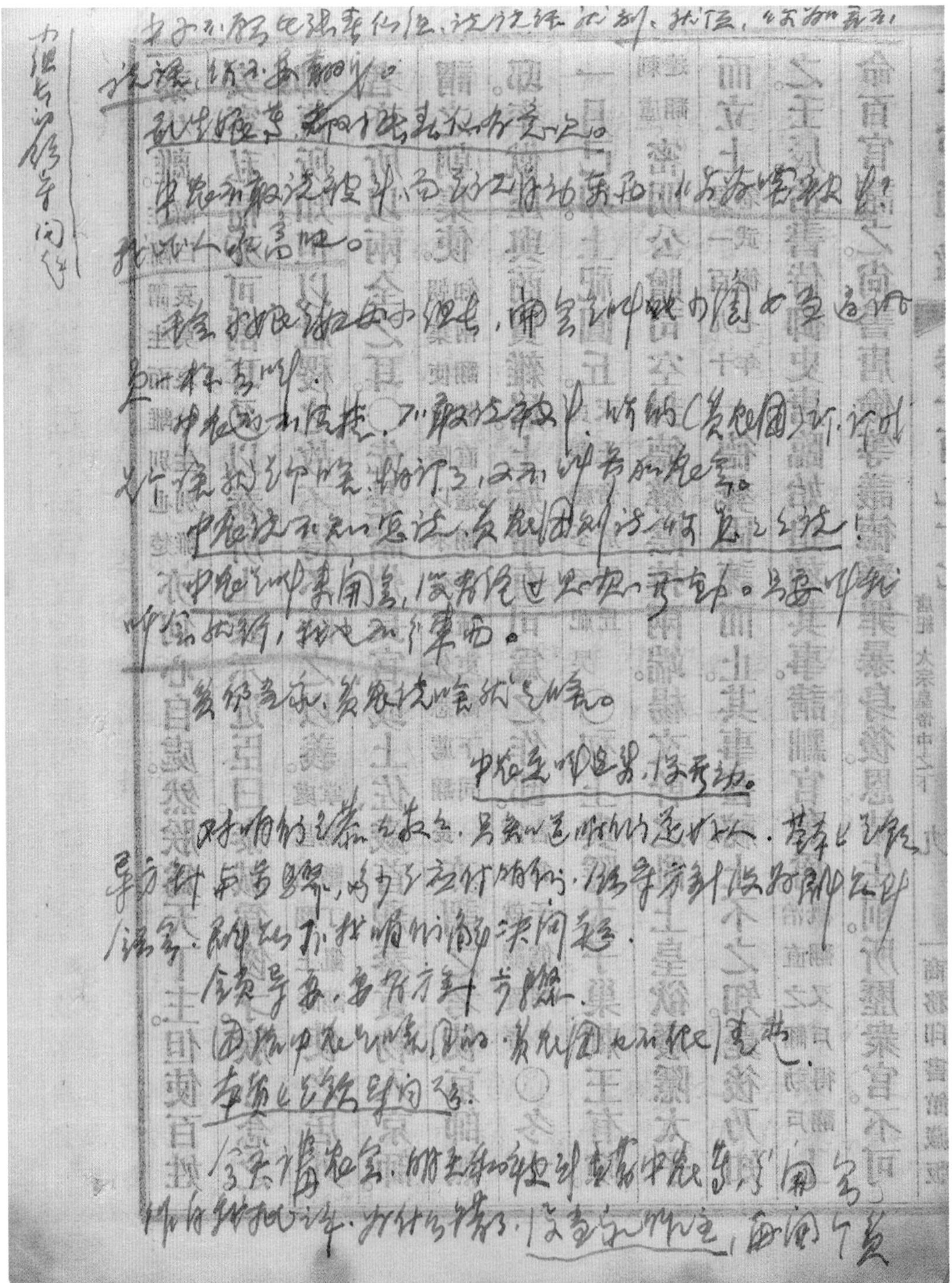

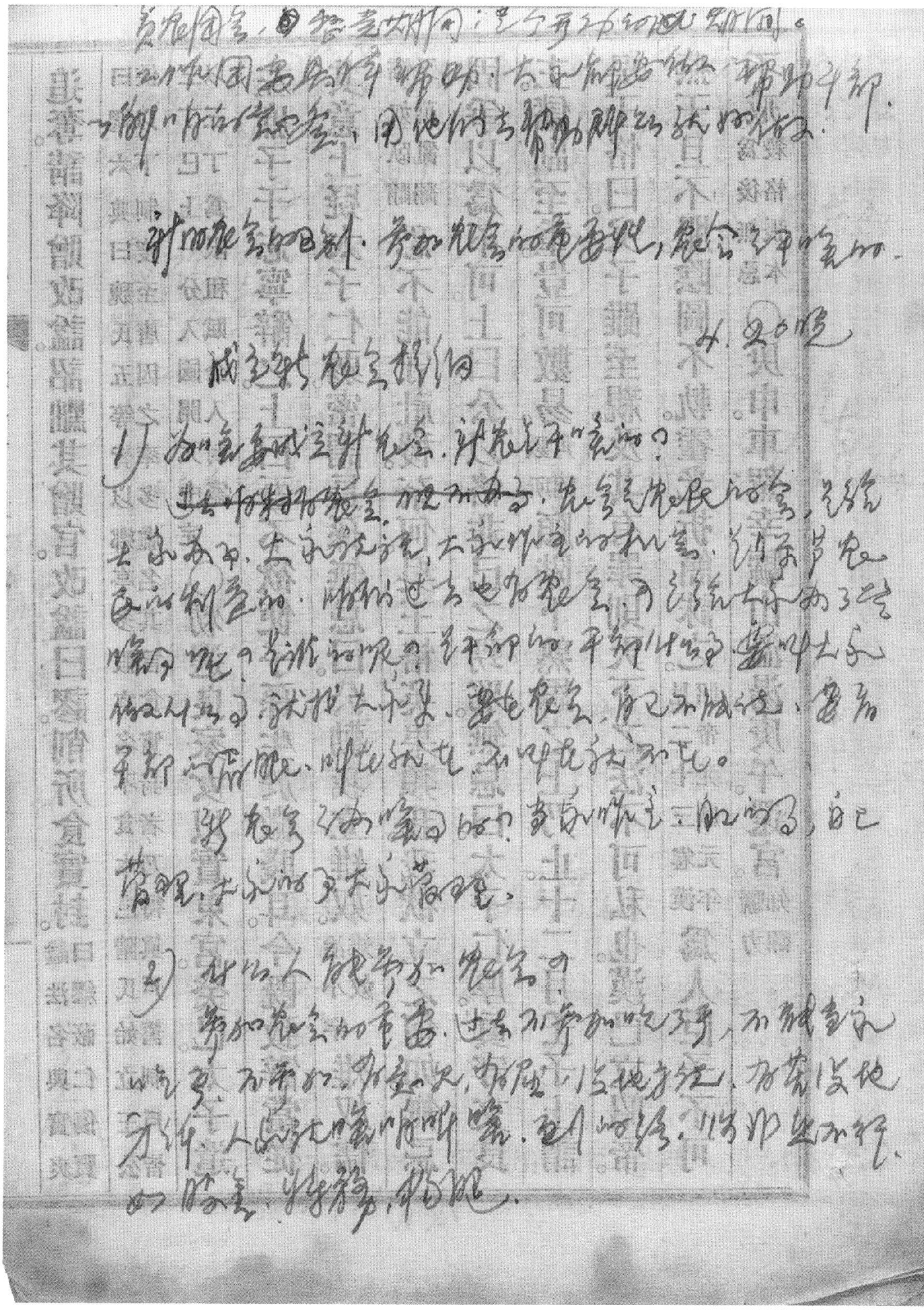

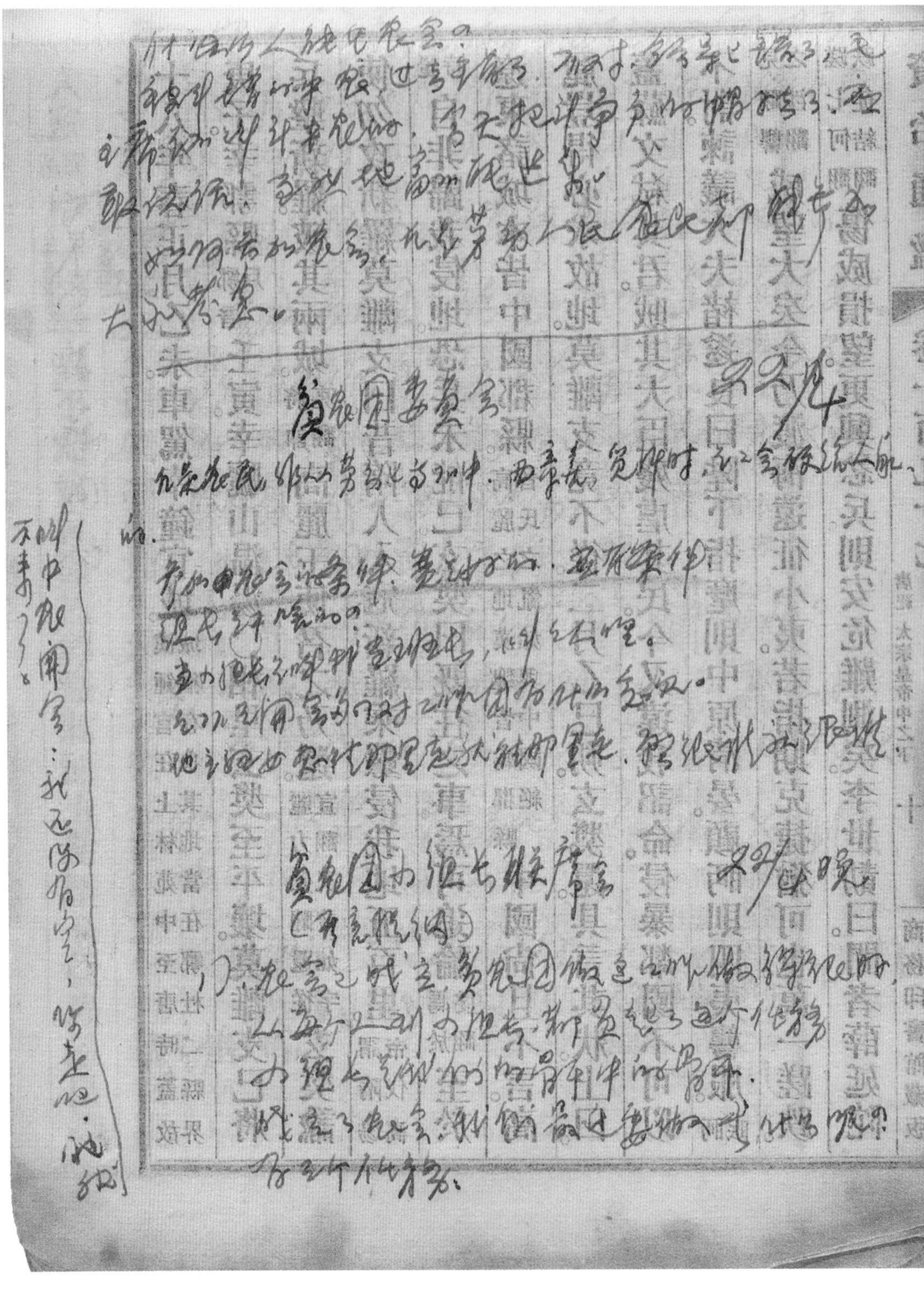
什么样的人能进农会。
贫农团委员会
贫农团小组长联席会

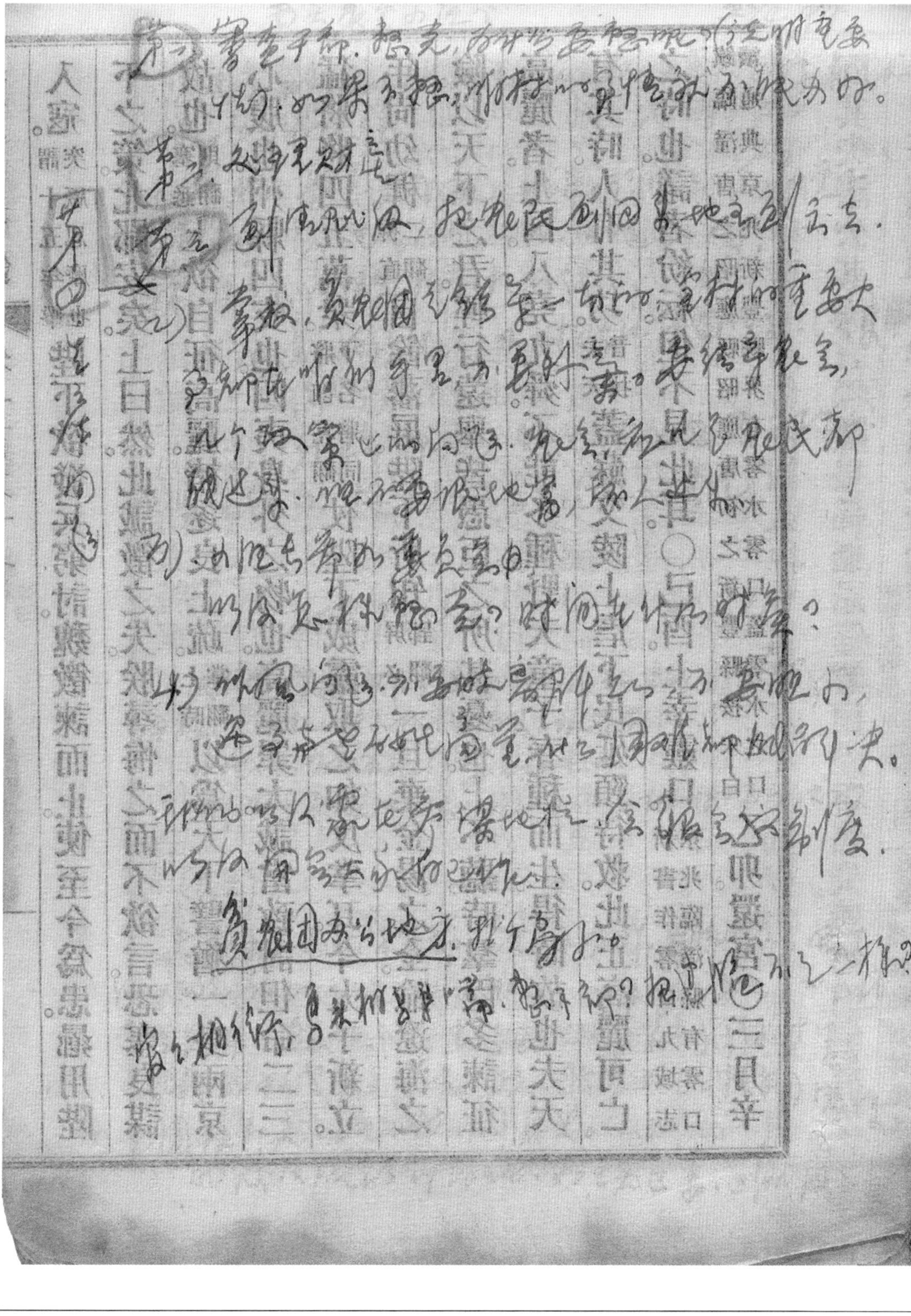

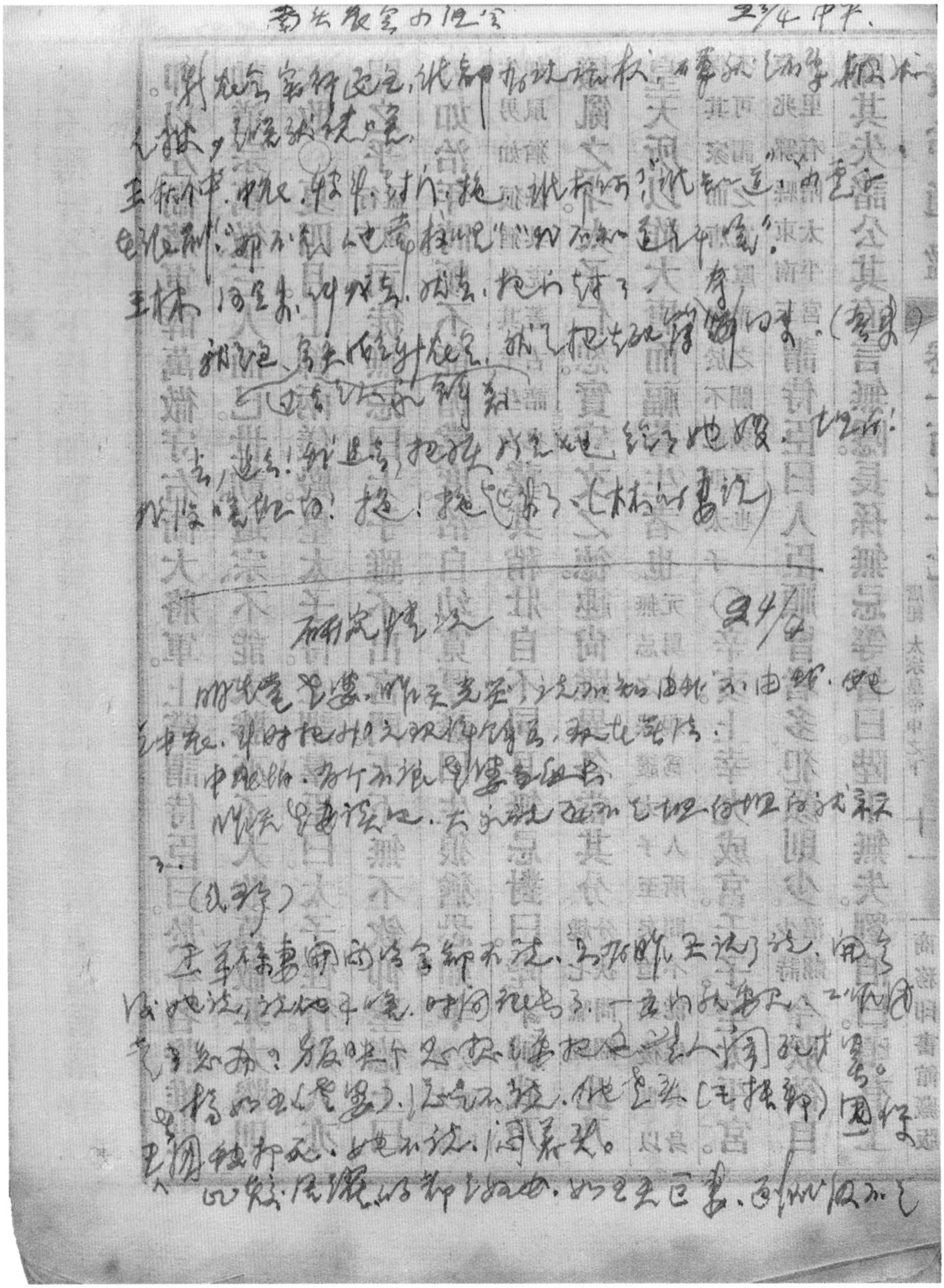

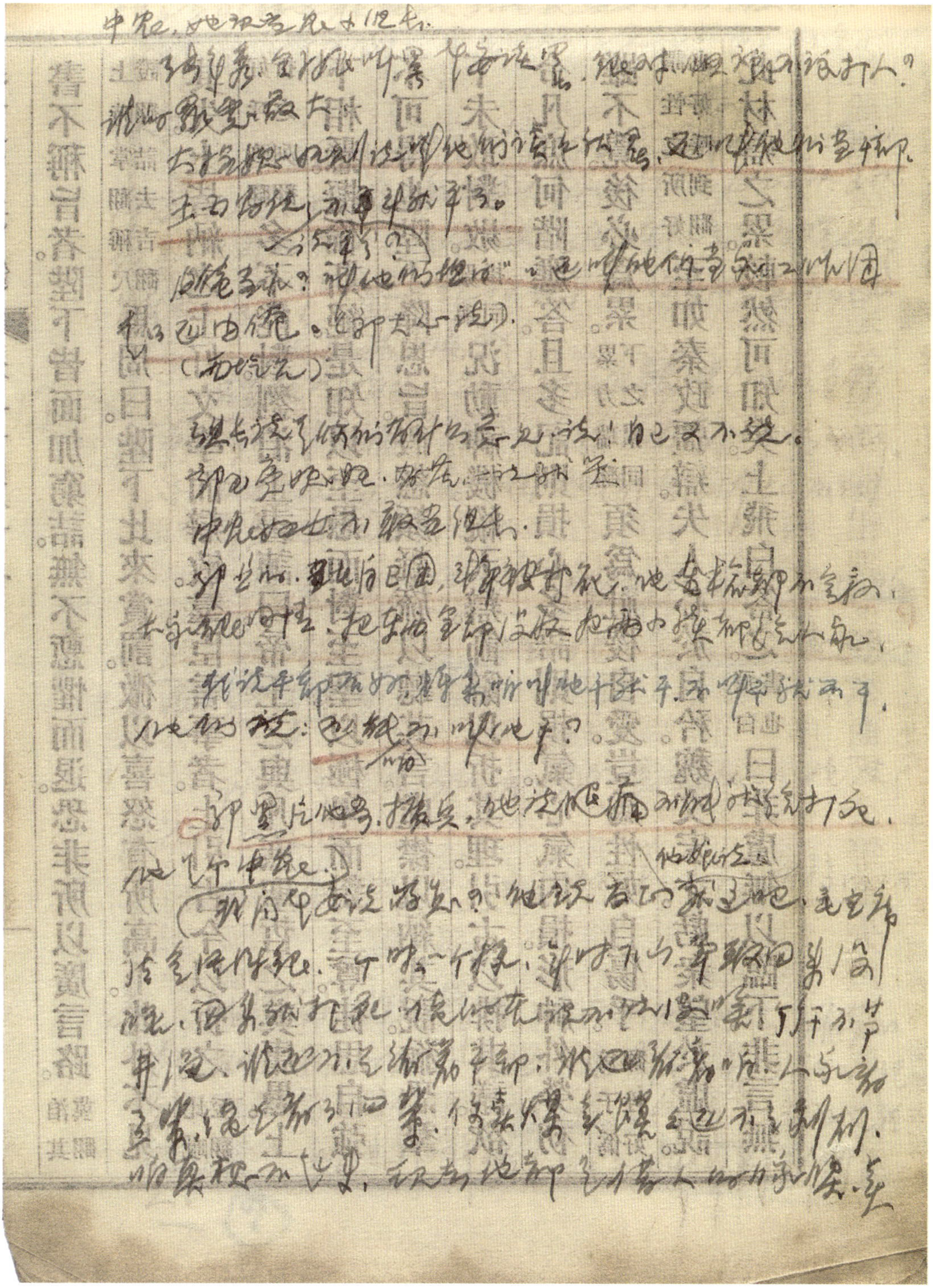

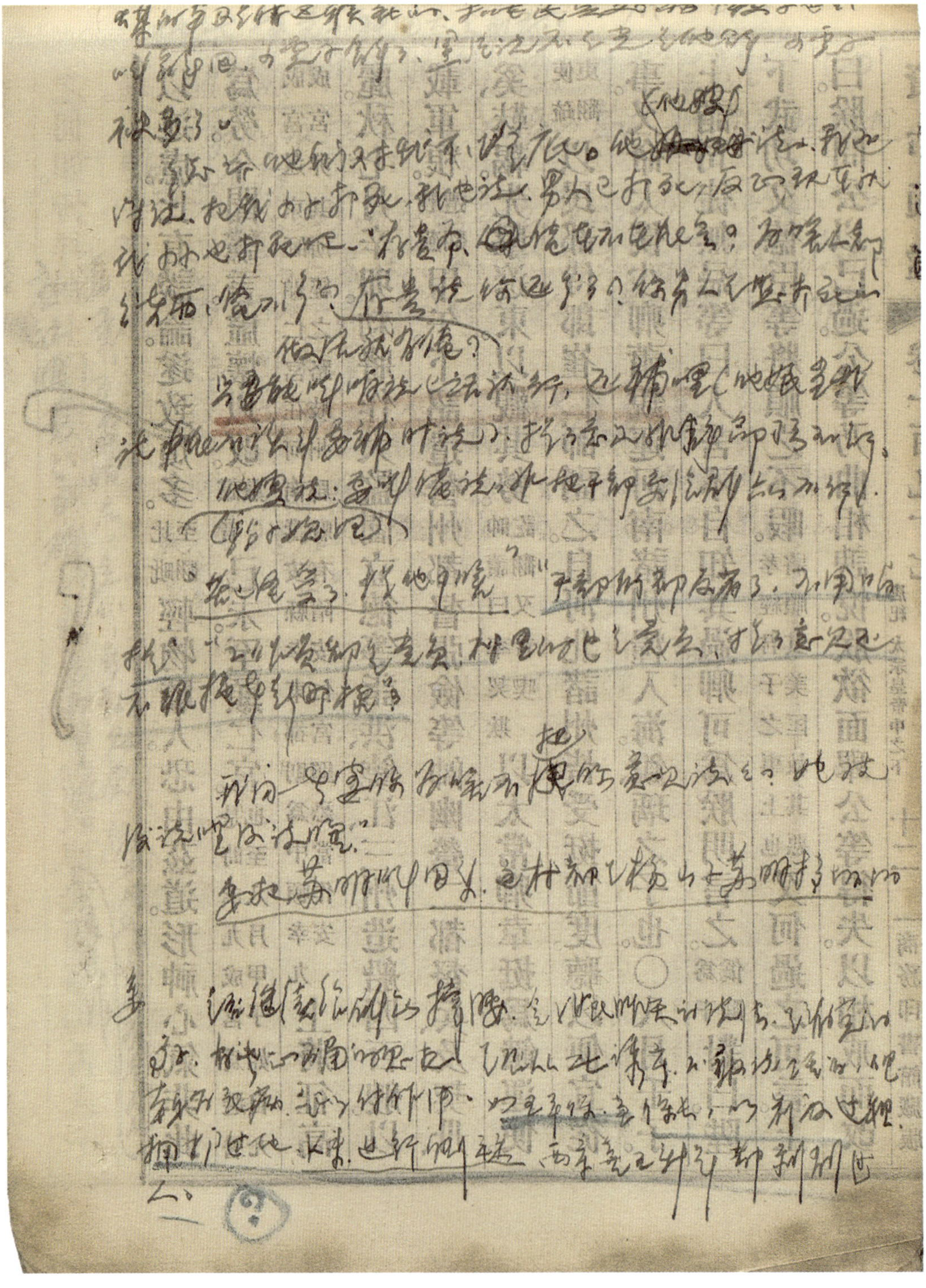

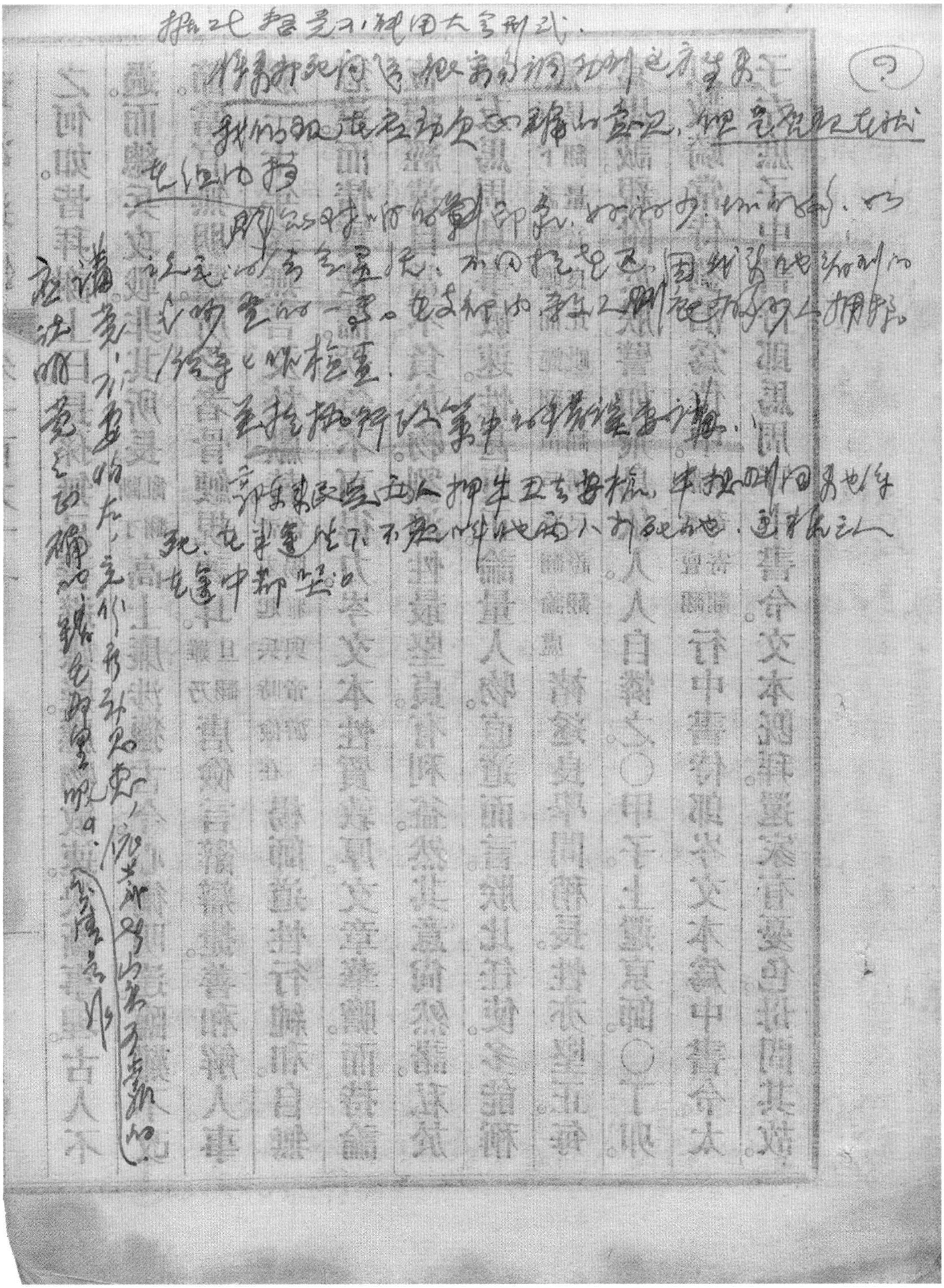

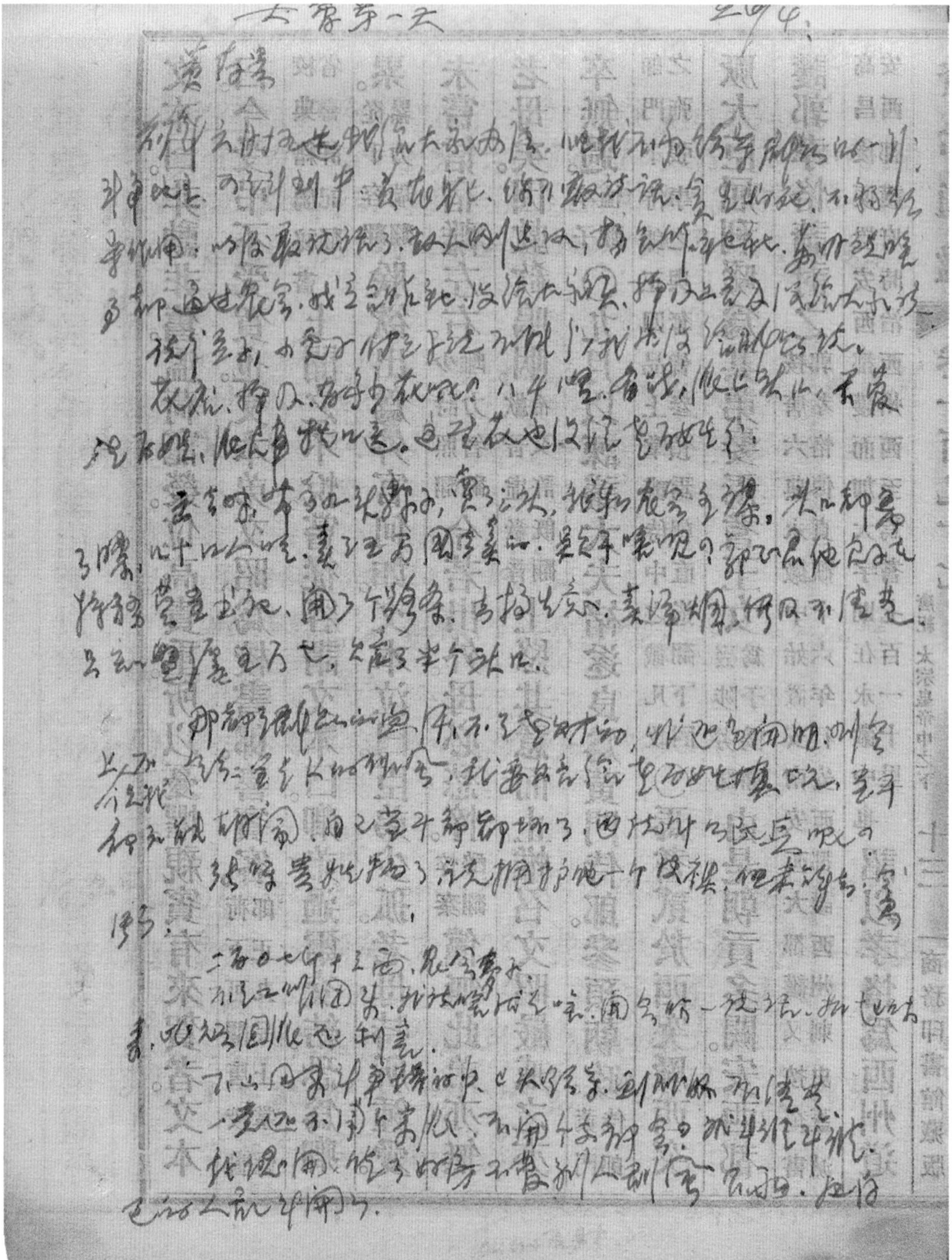

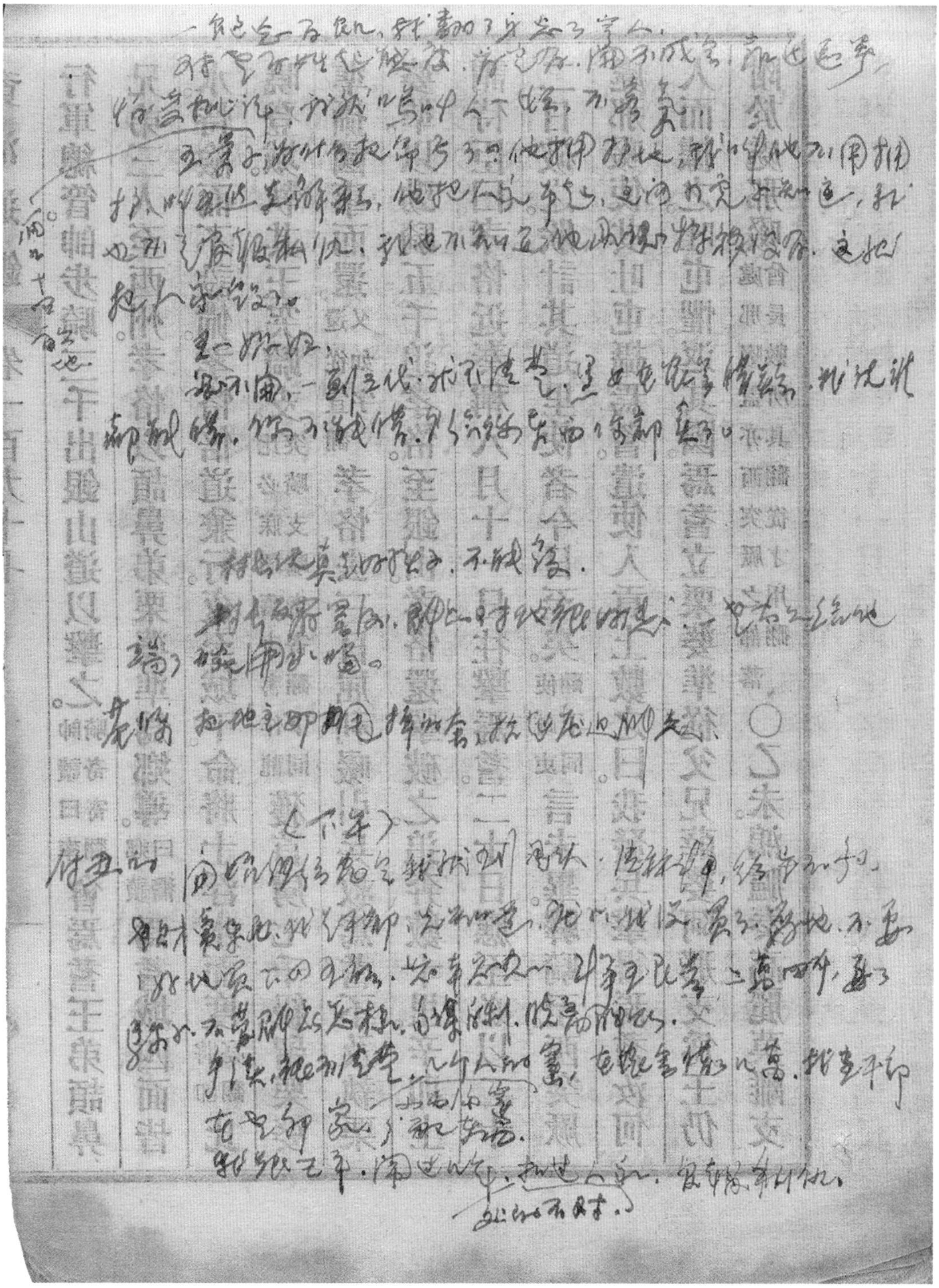

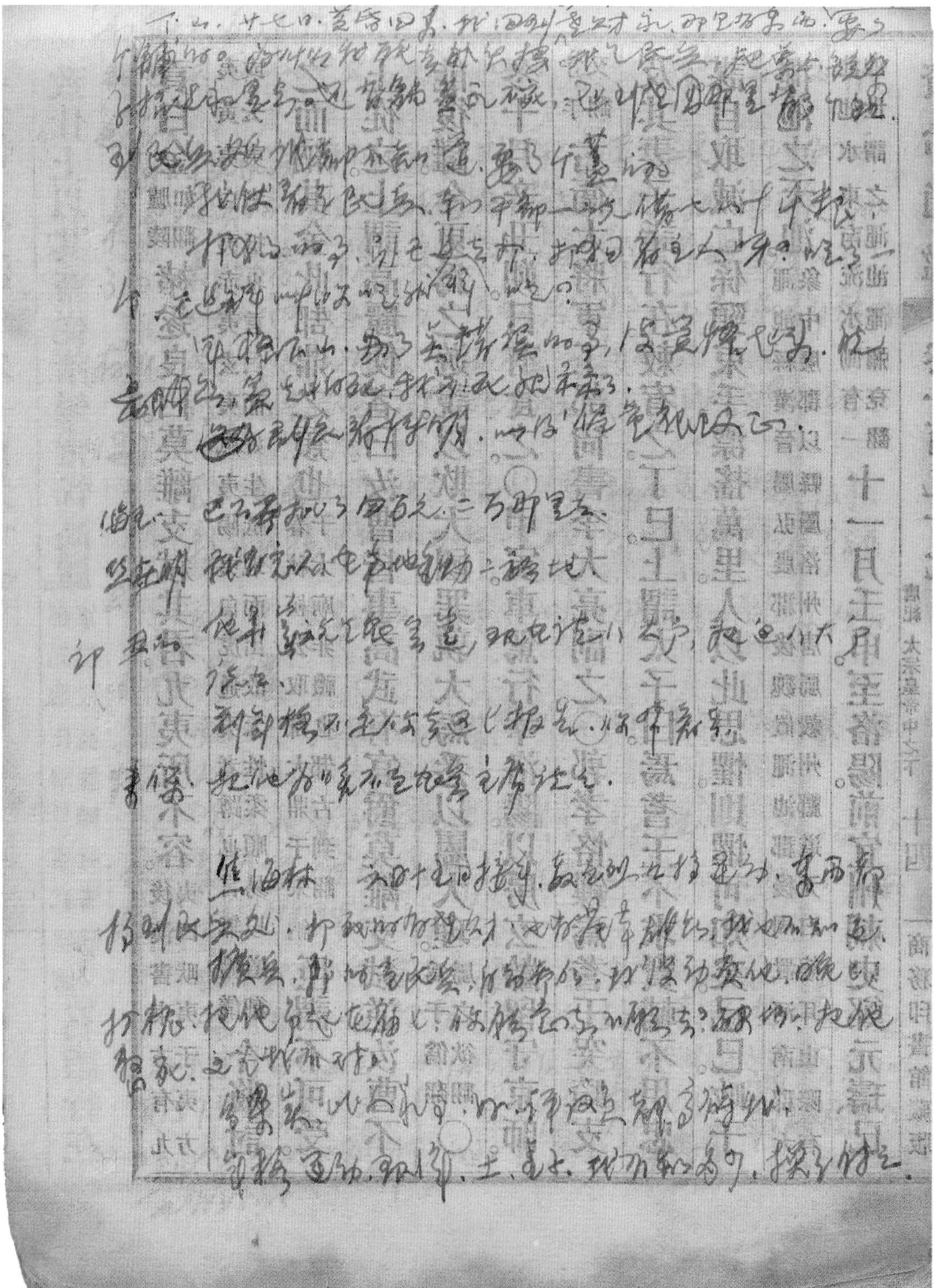

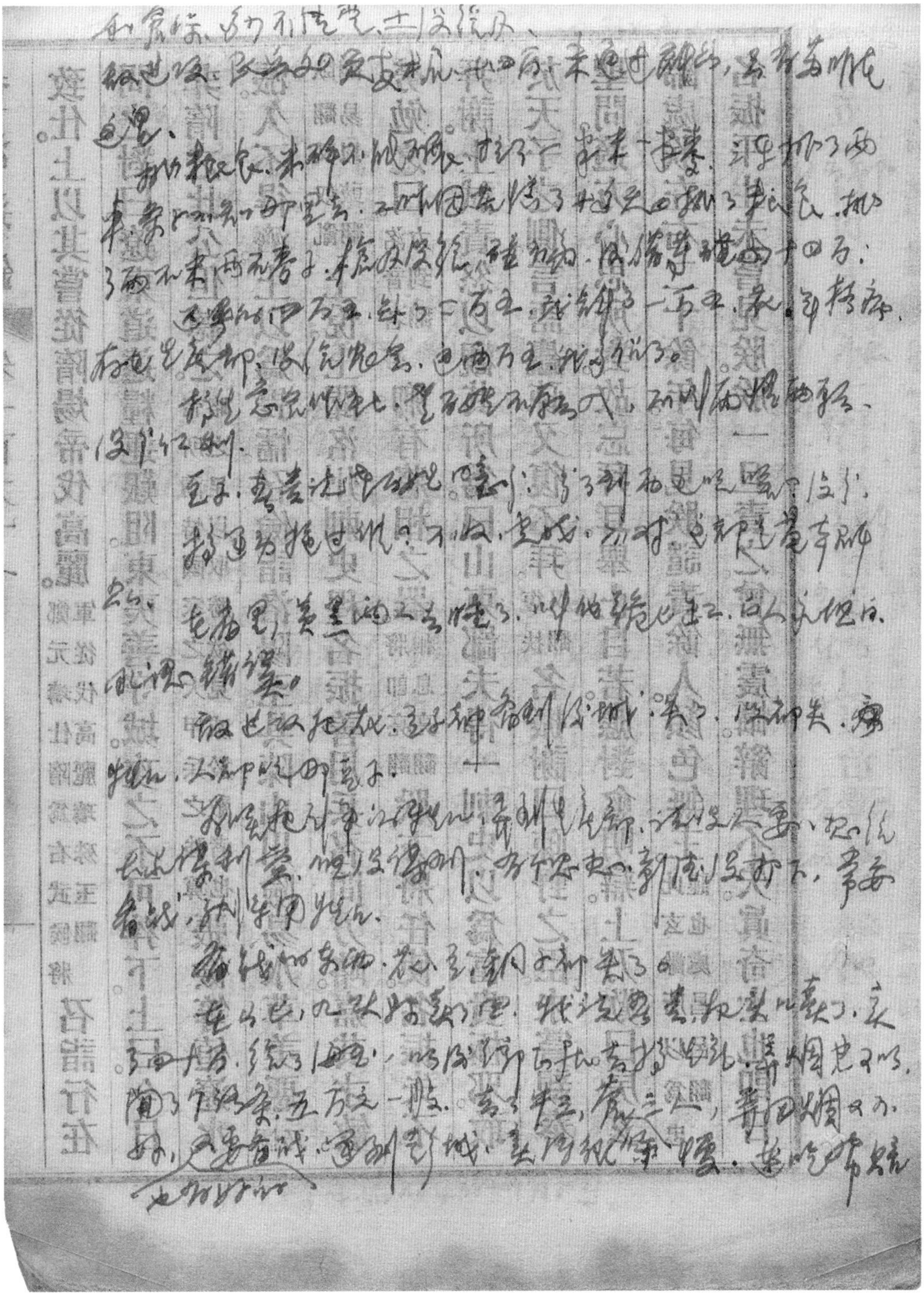

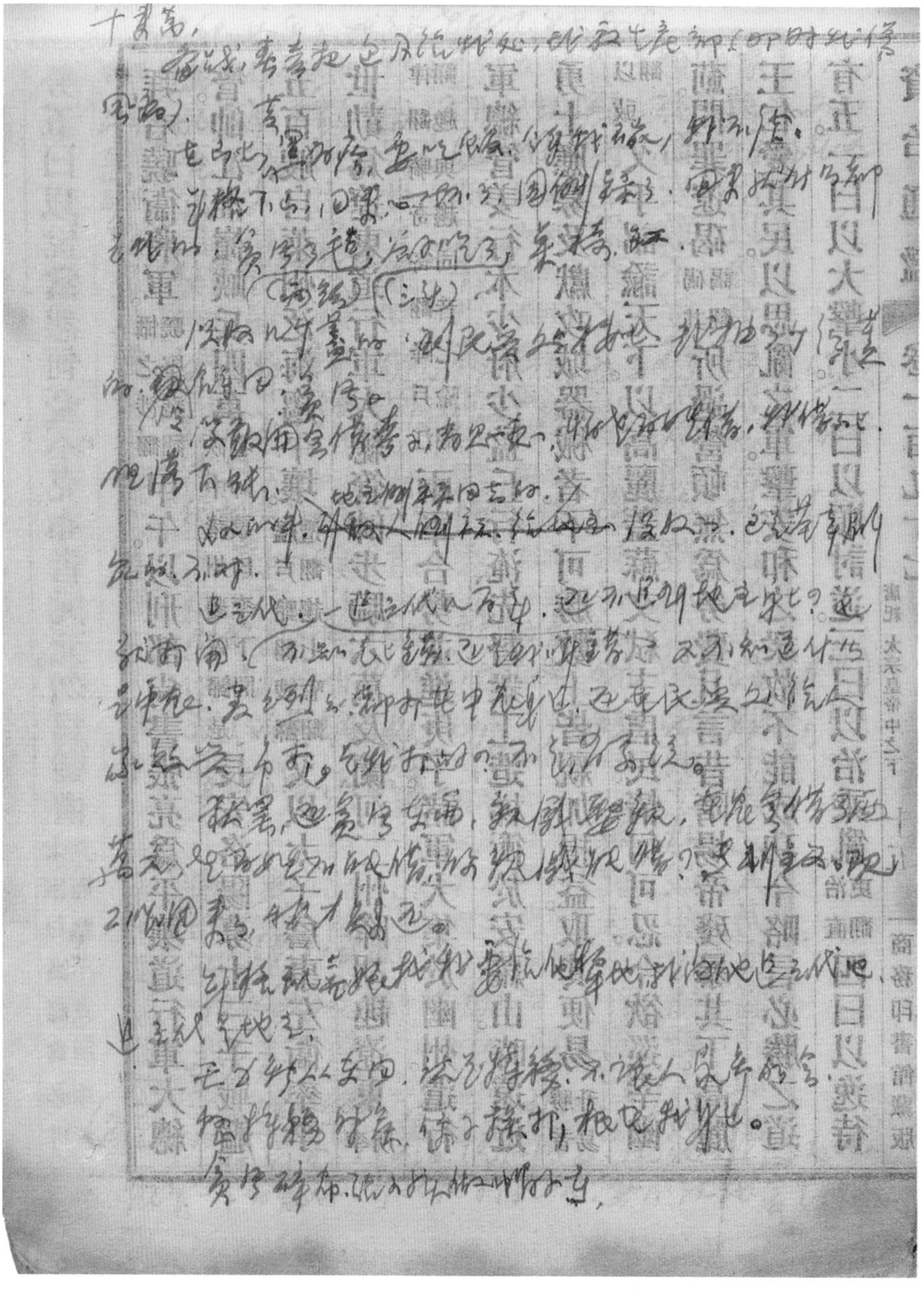

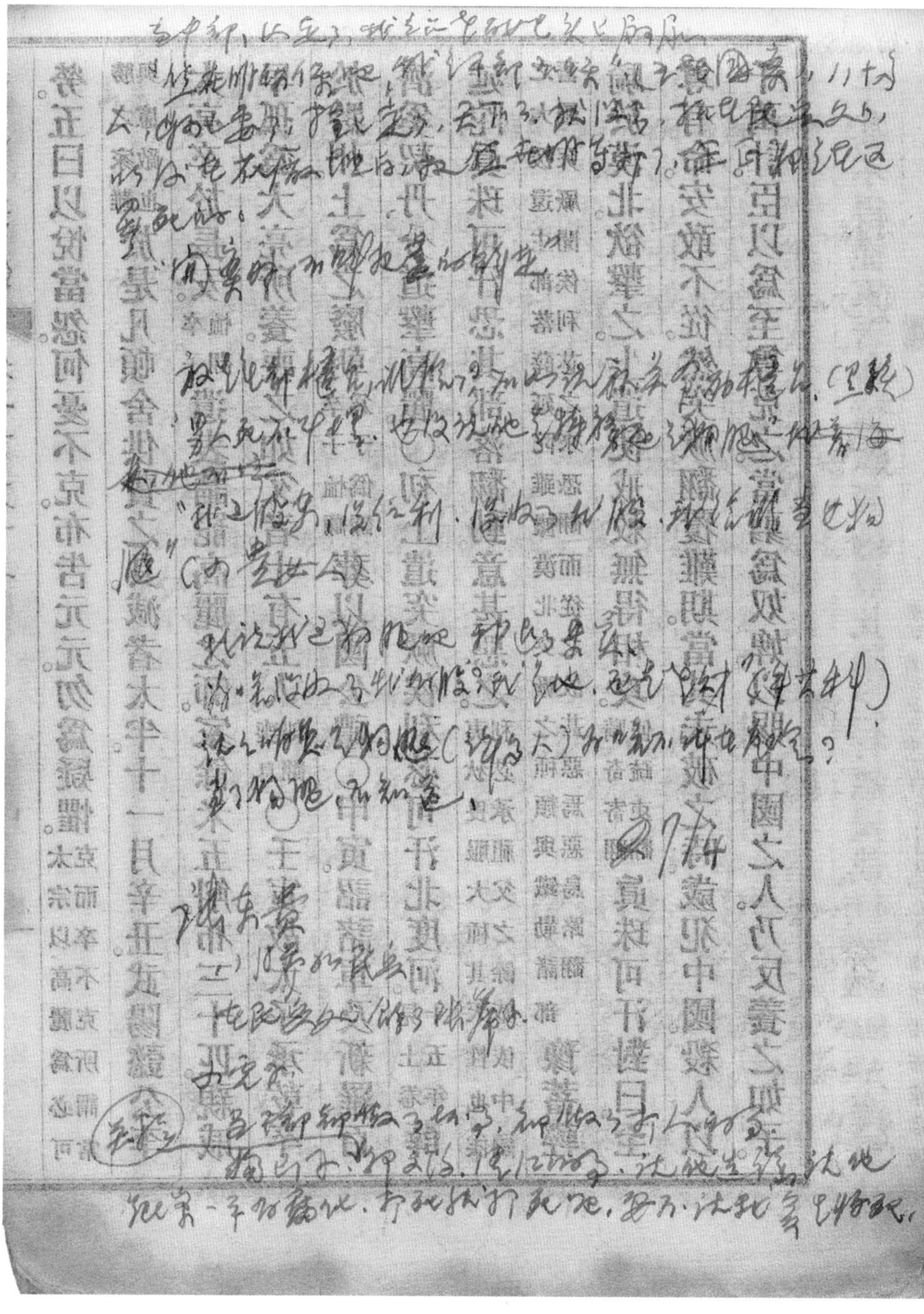

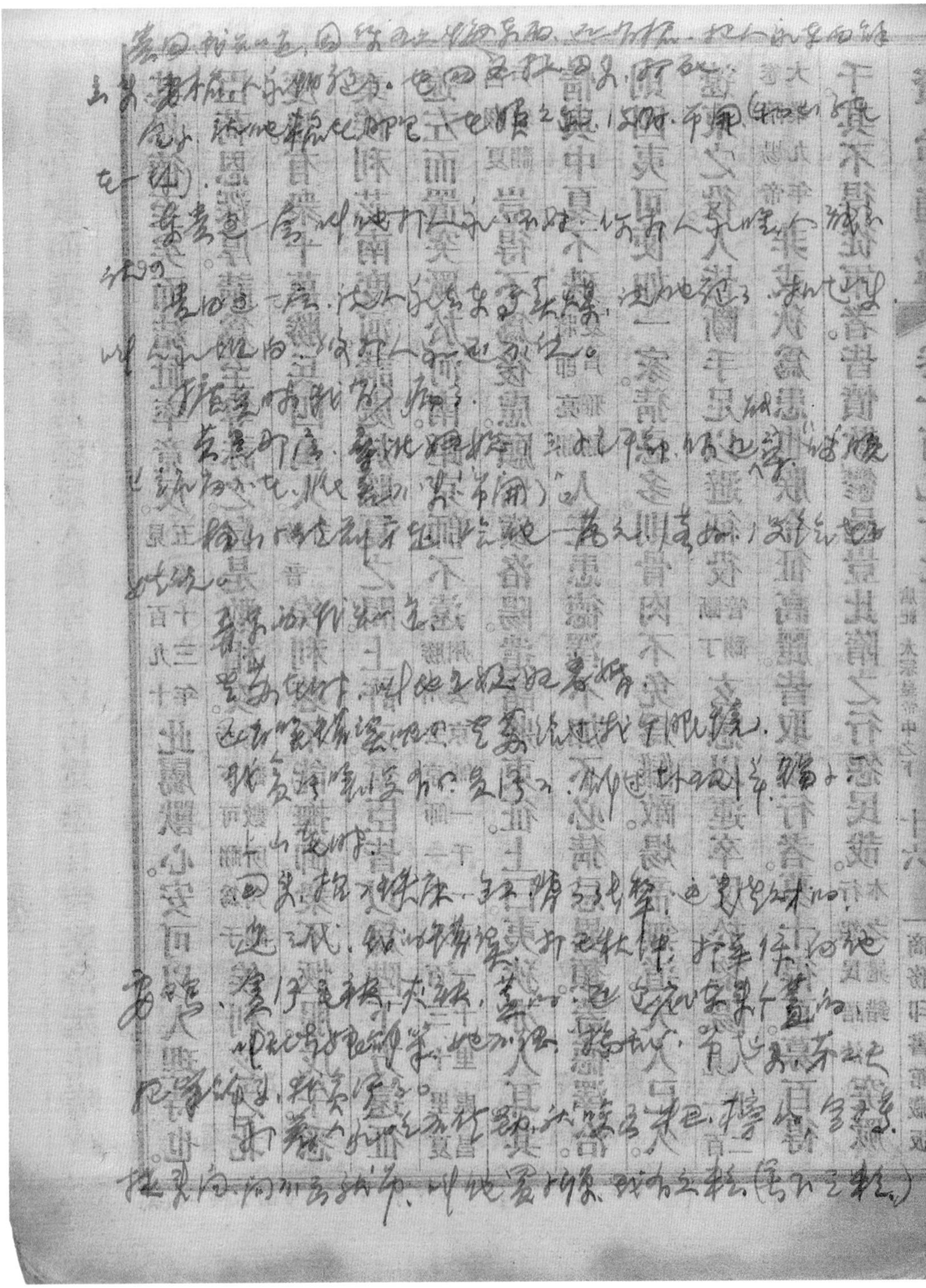

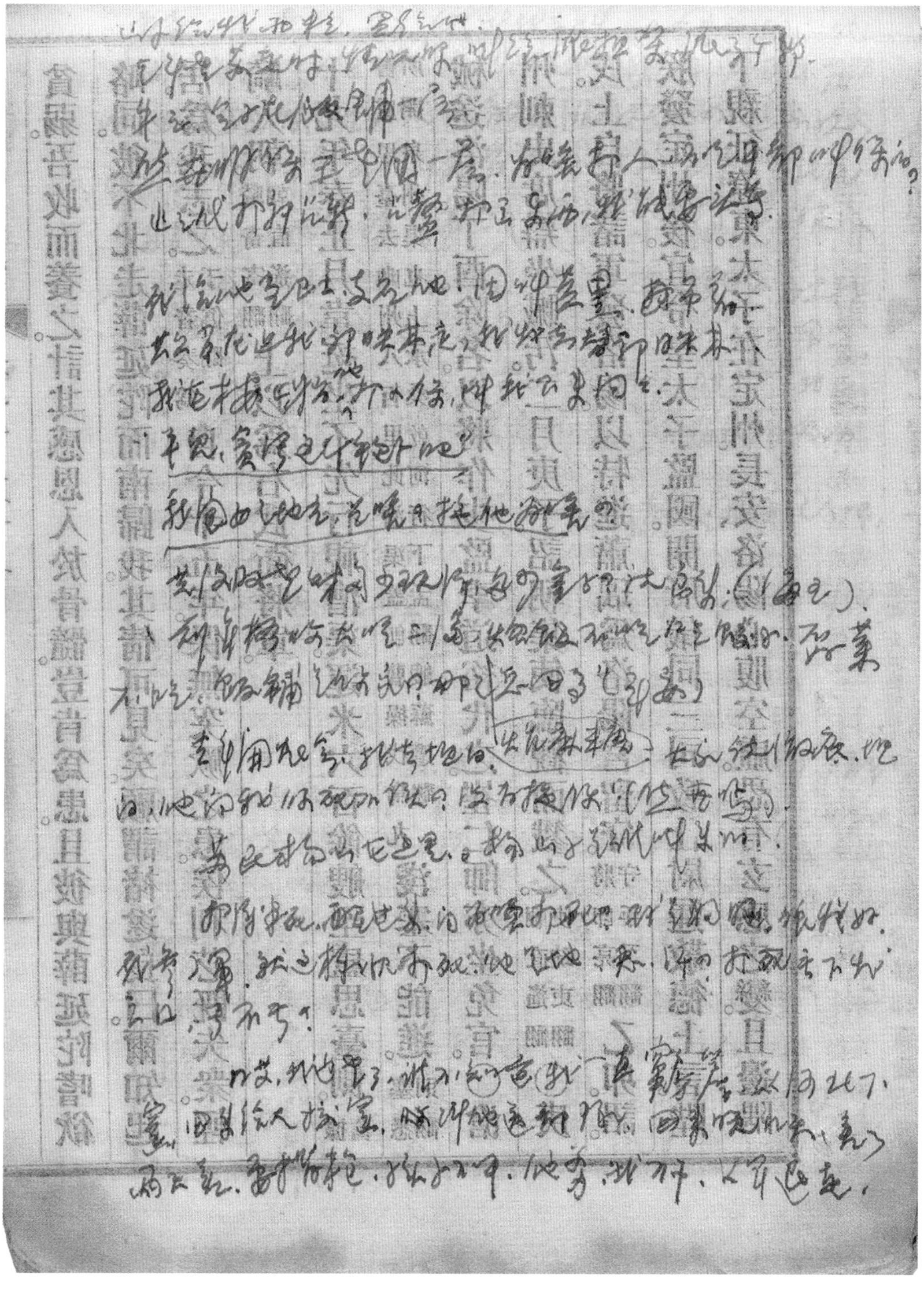

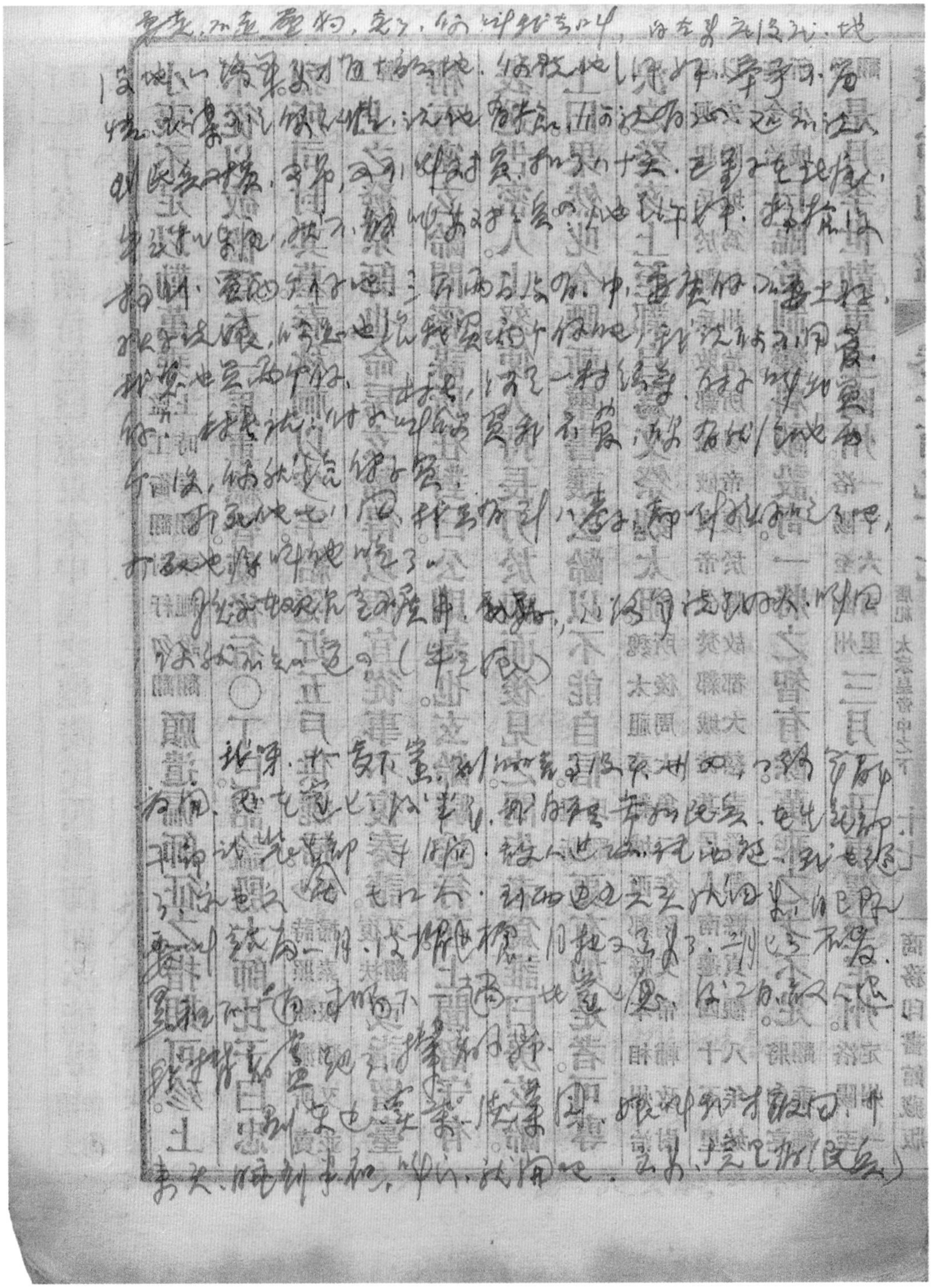

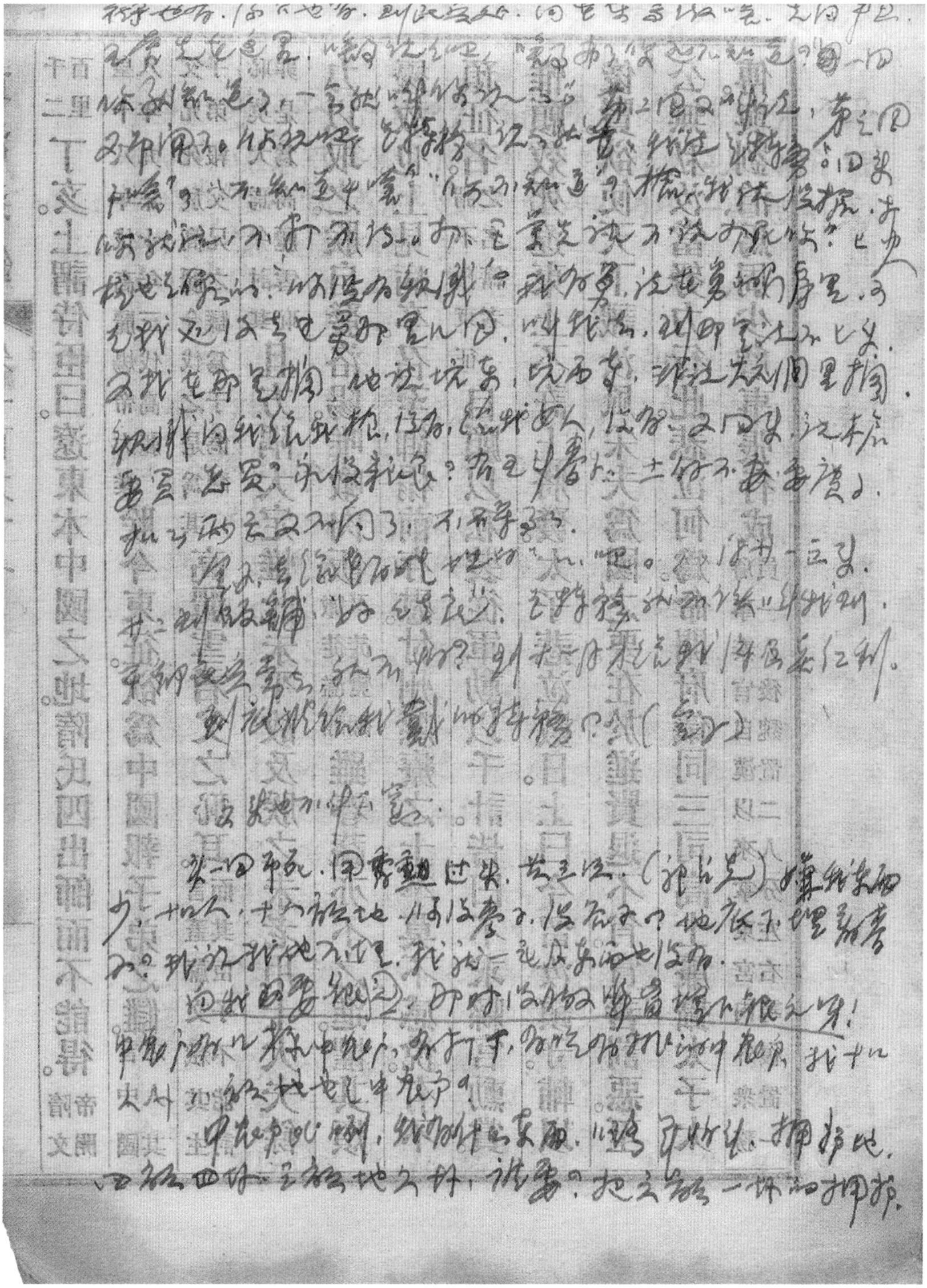

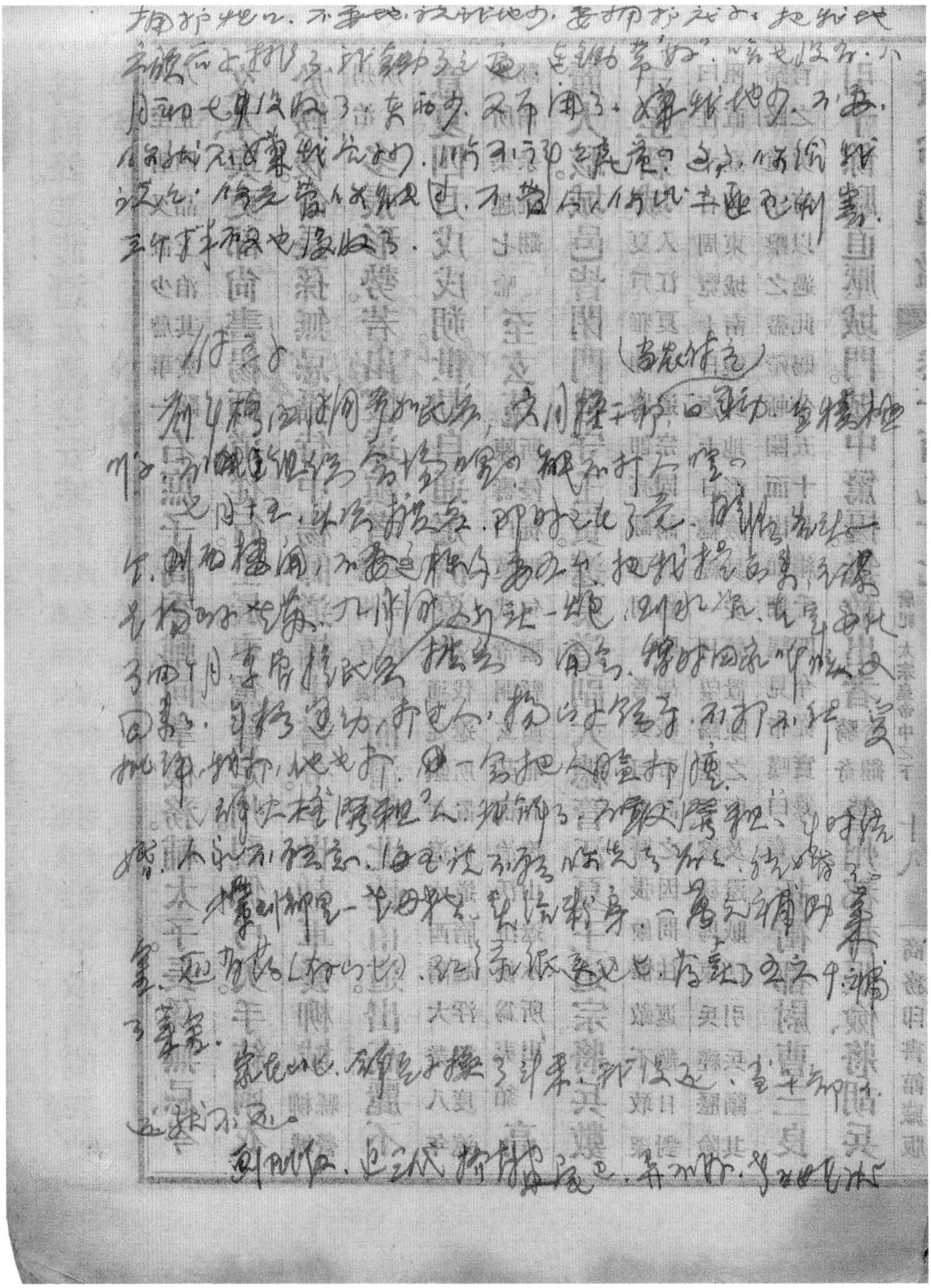

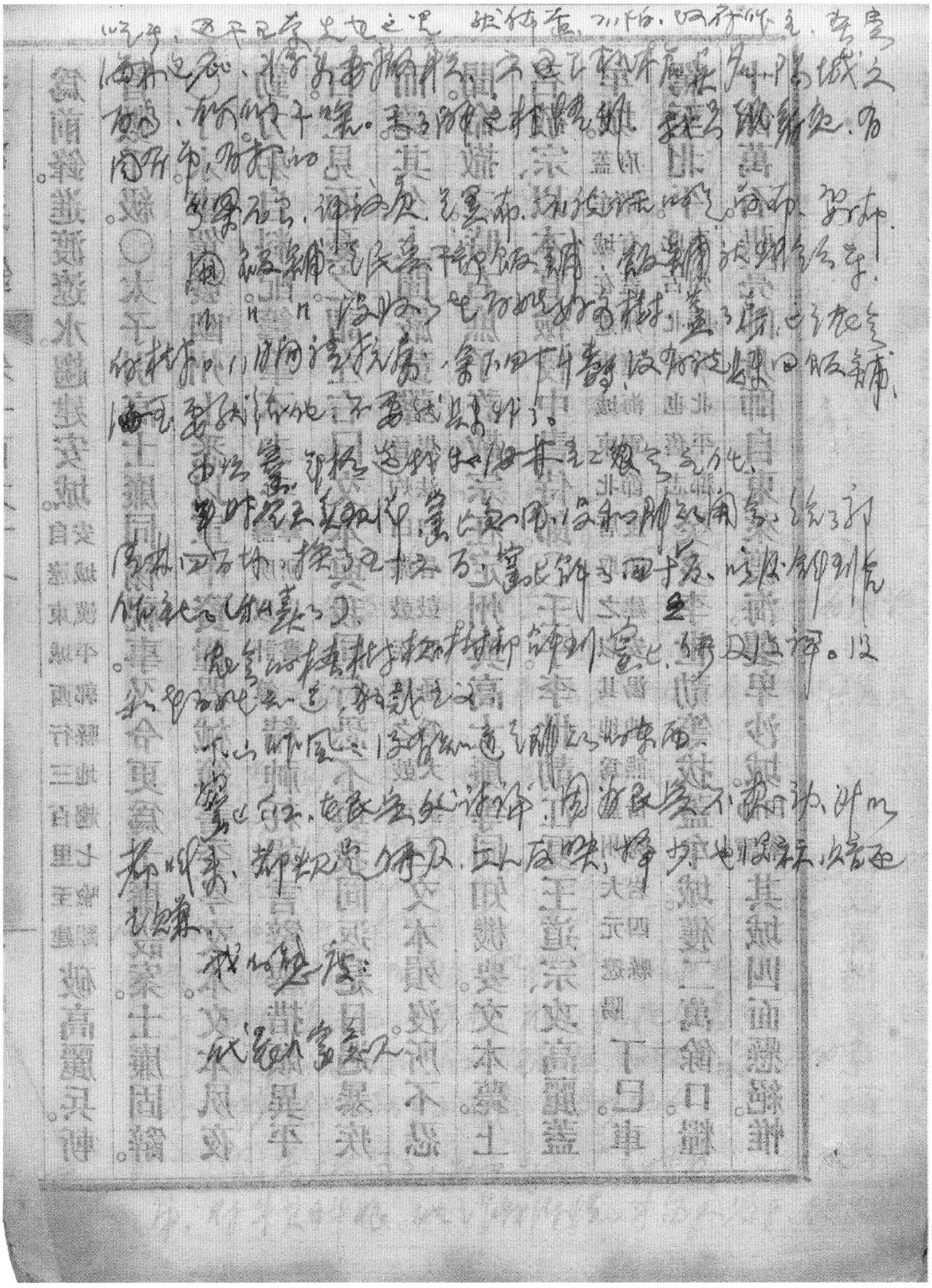

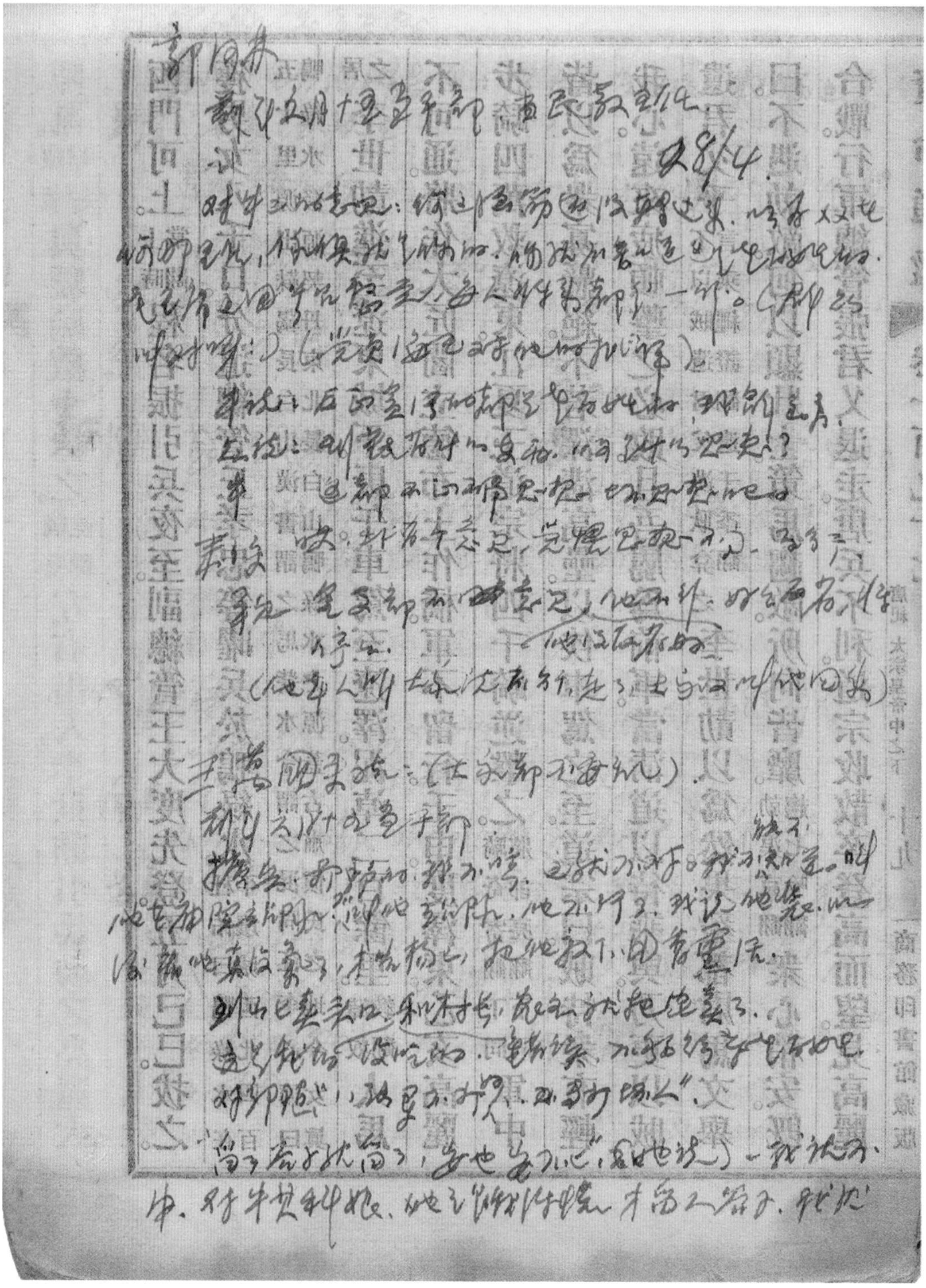

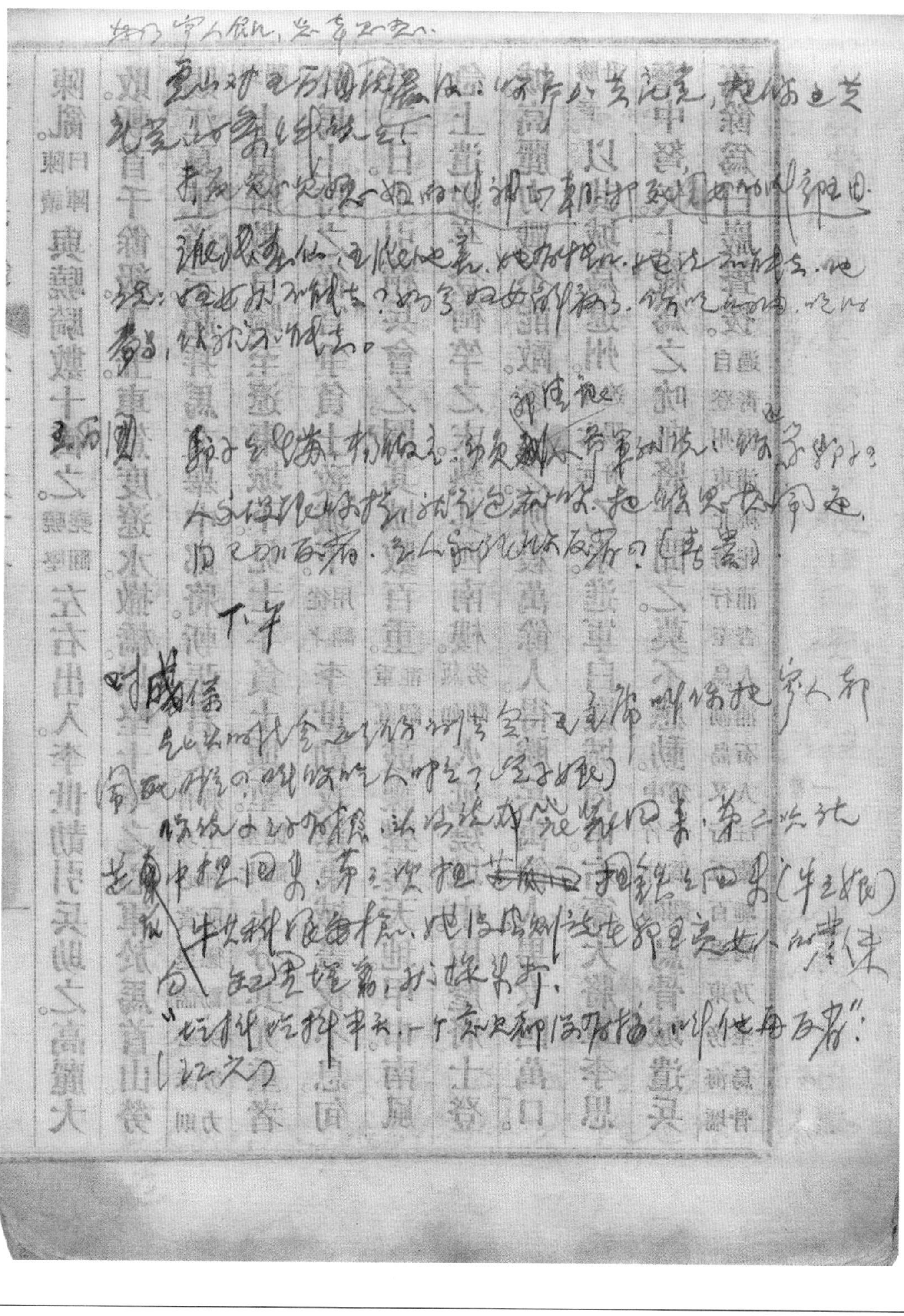

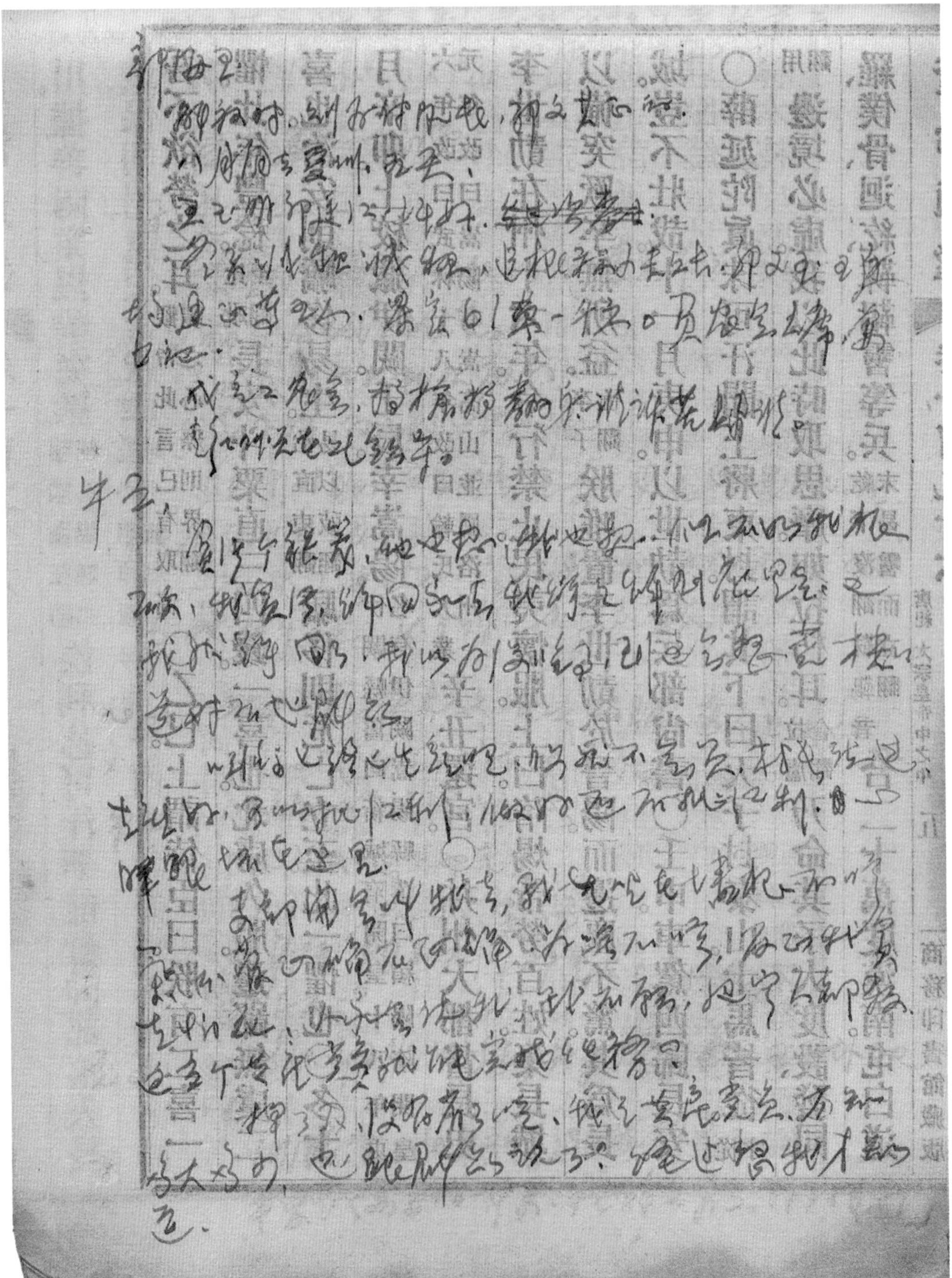

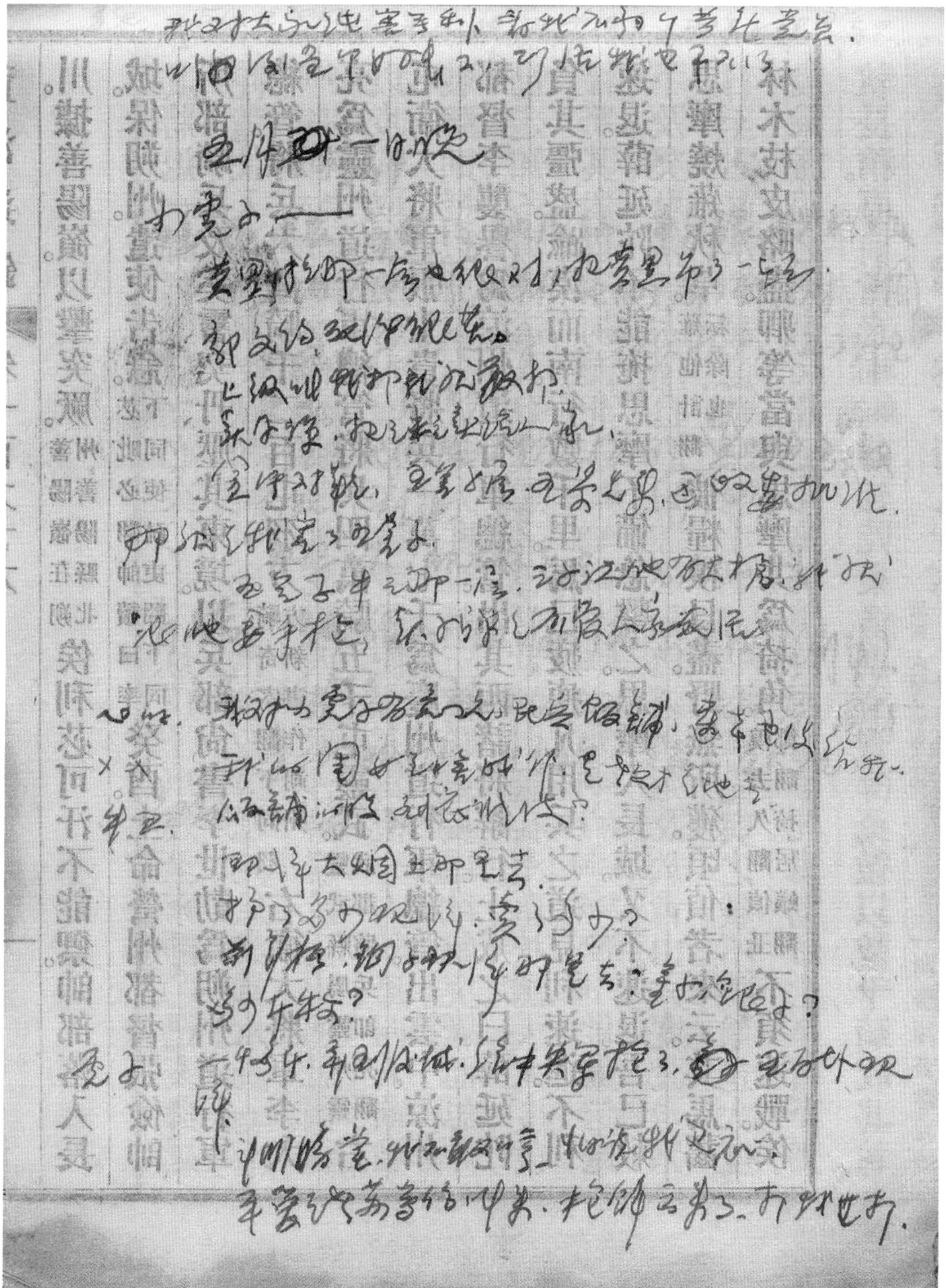

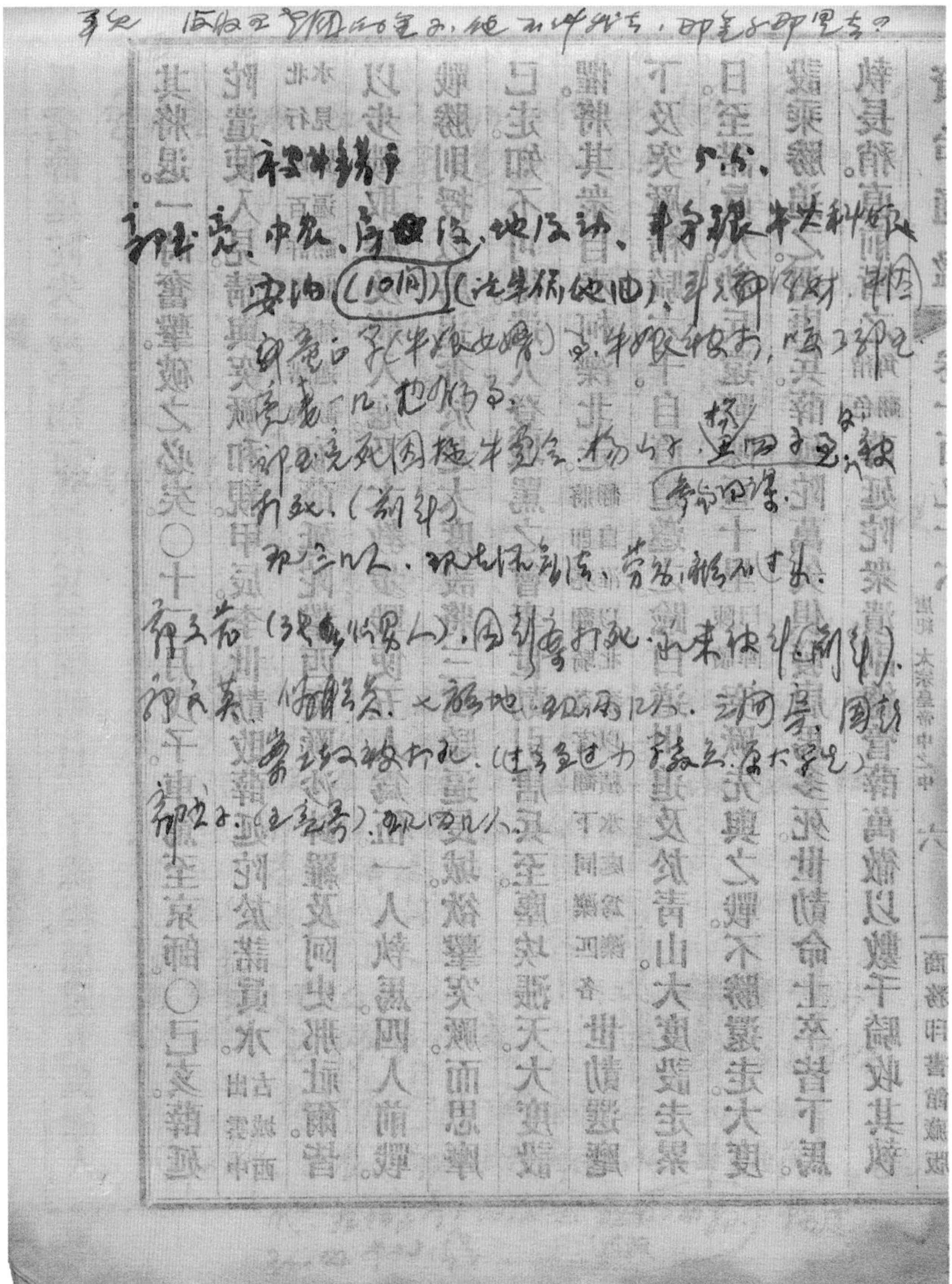

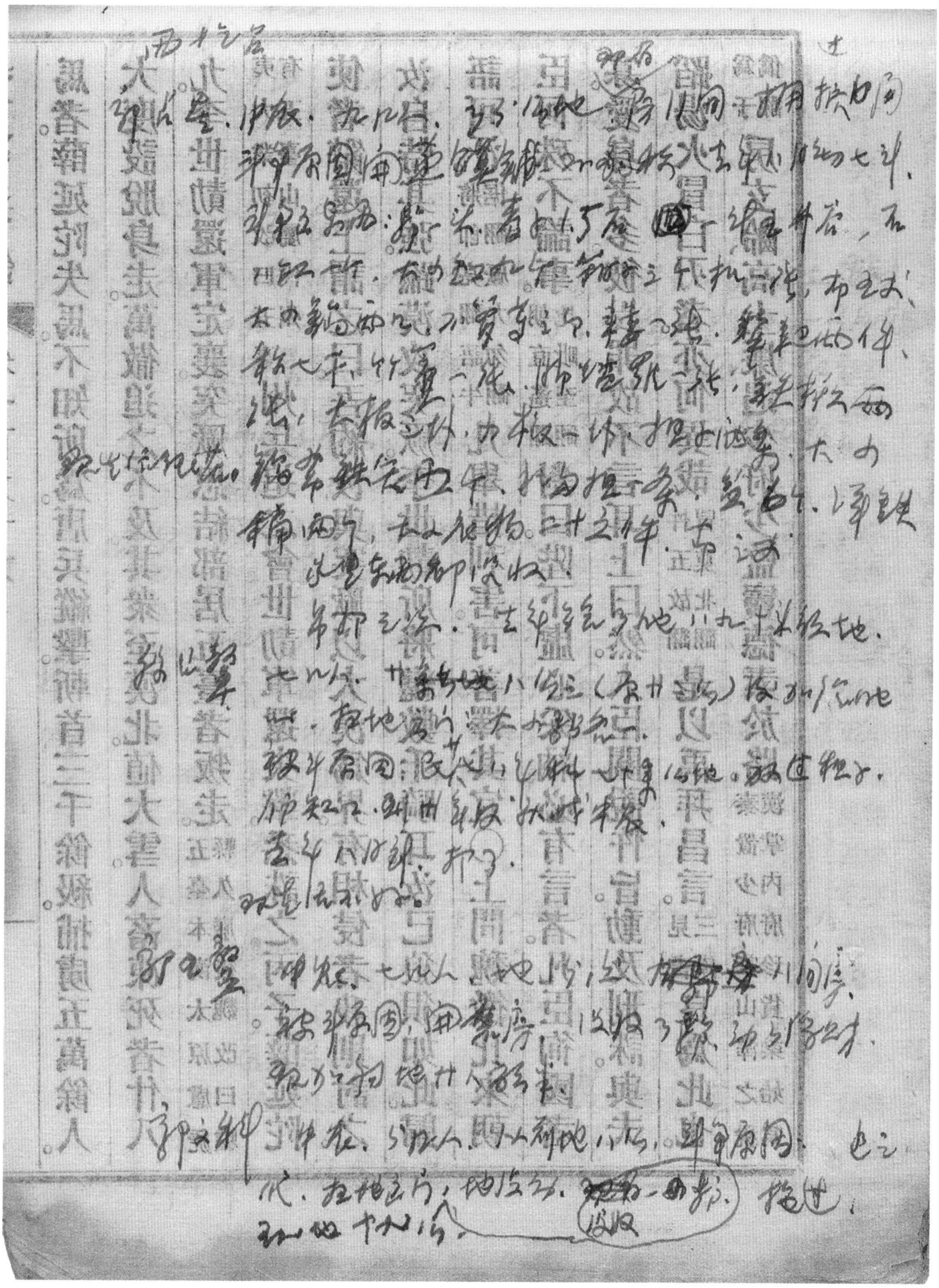

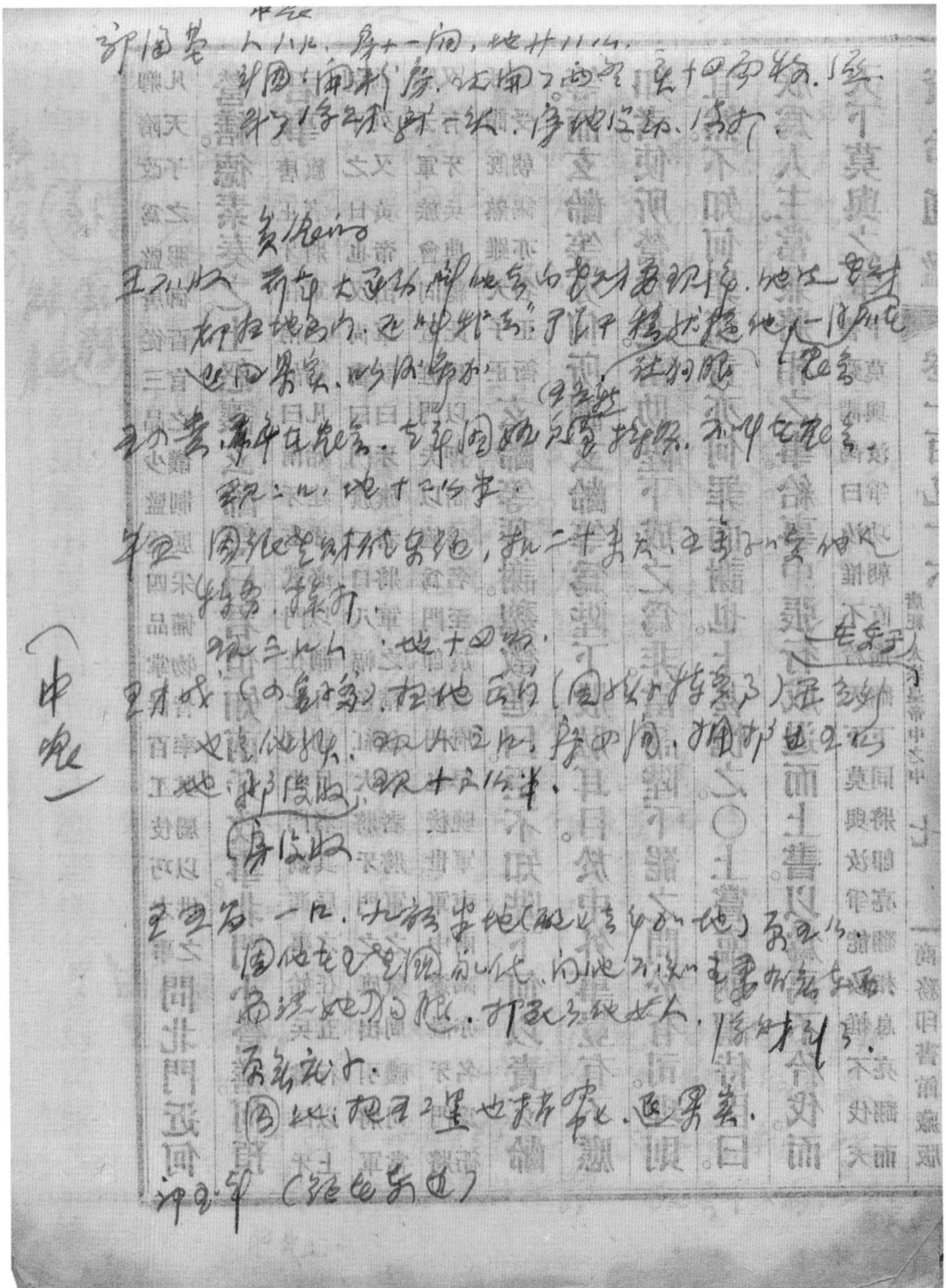
中农
郭闺巷 人八口，房十一间，地廿八亩。
[illegible]
负债的
王小收 [illegible]
王书贵 [illegible]
牛旦 [illegible]
王本成 [illegible]
（中农）
王四旦 [illegible]
冲五牛（[illegible]）

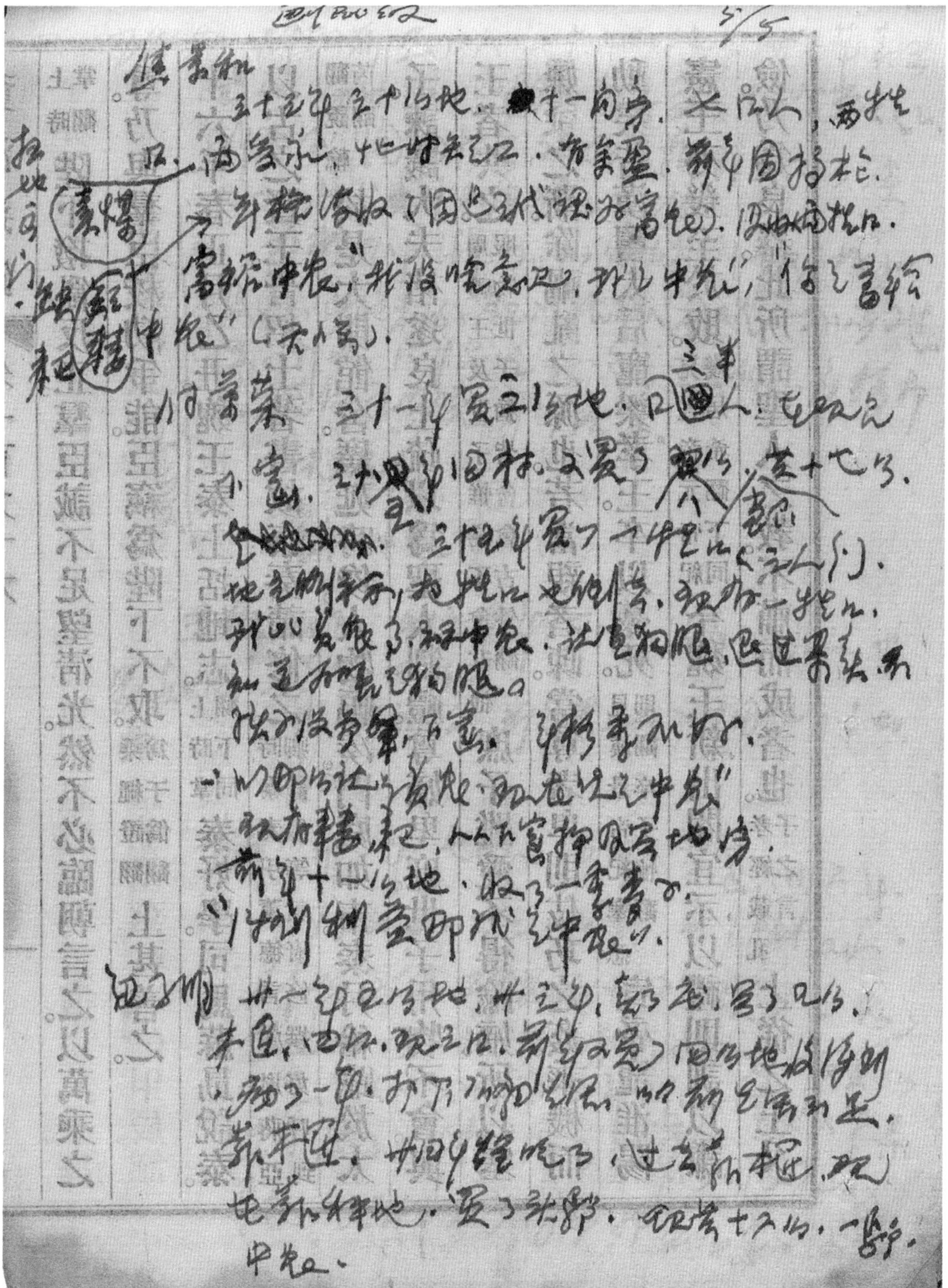

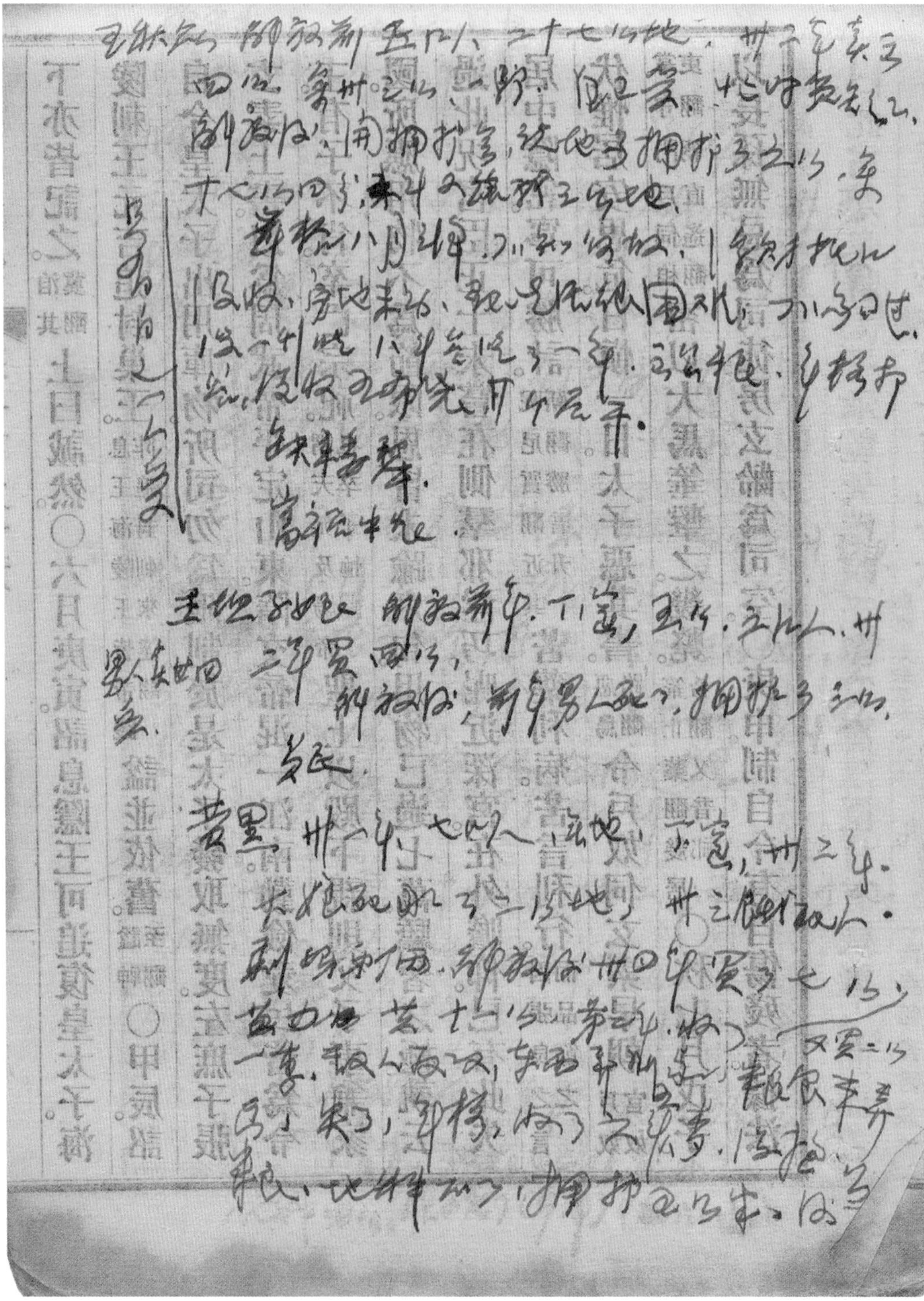

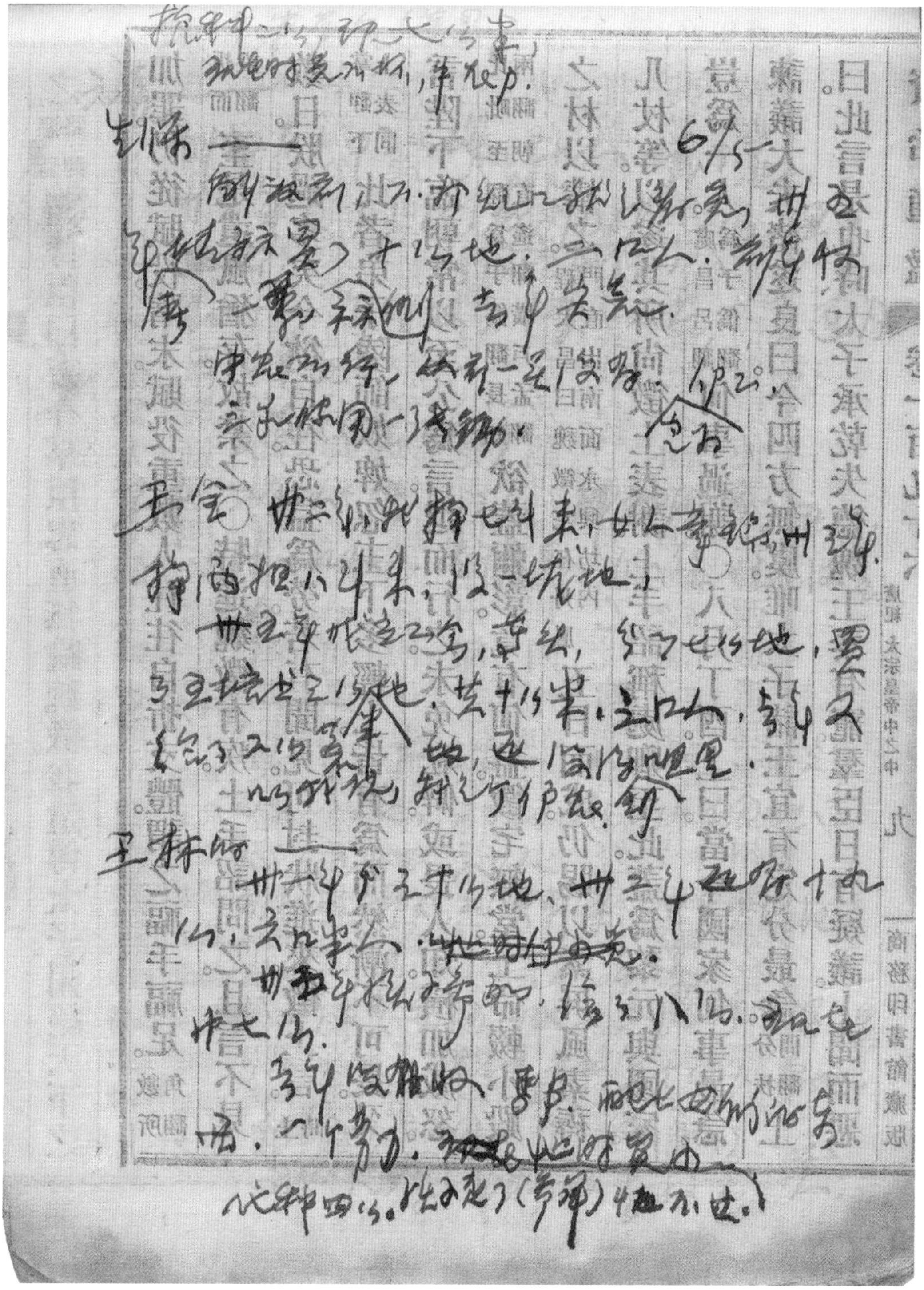

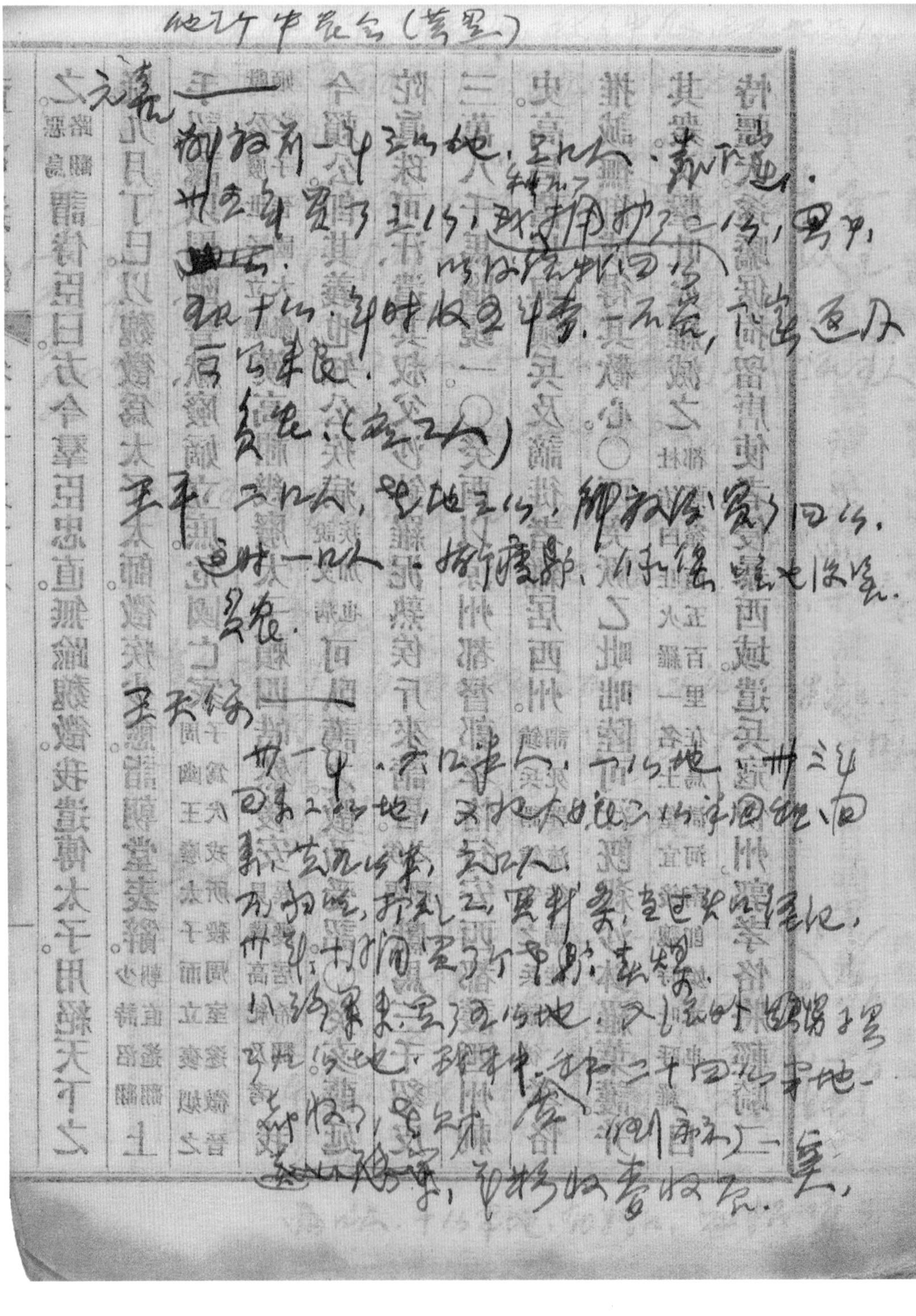

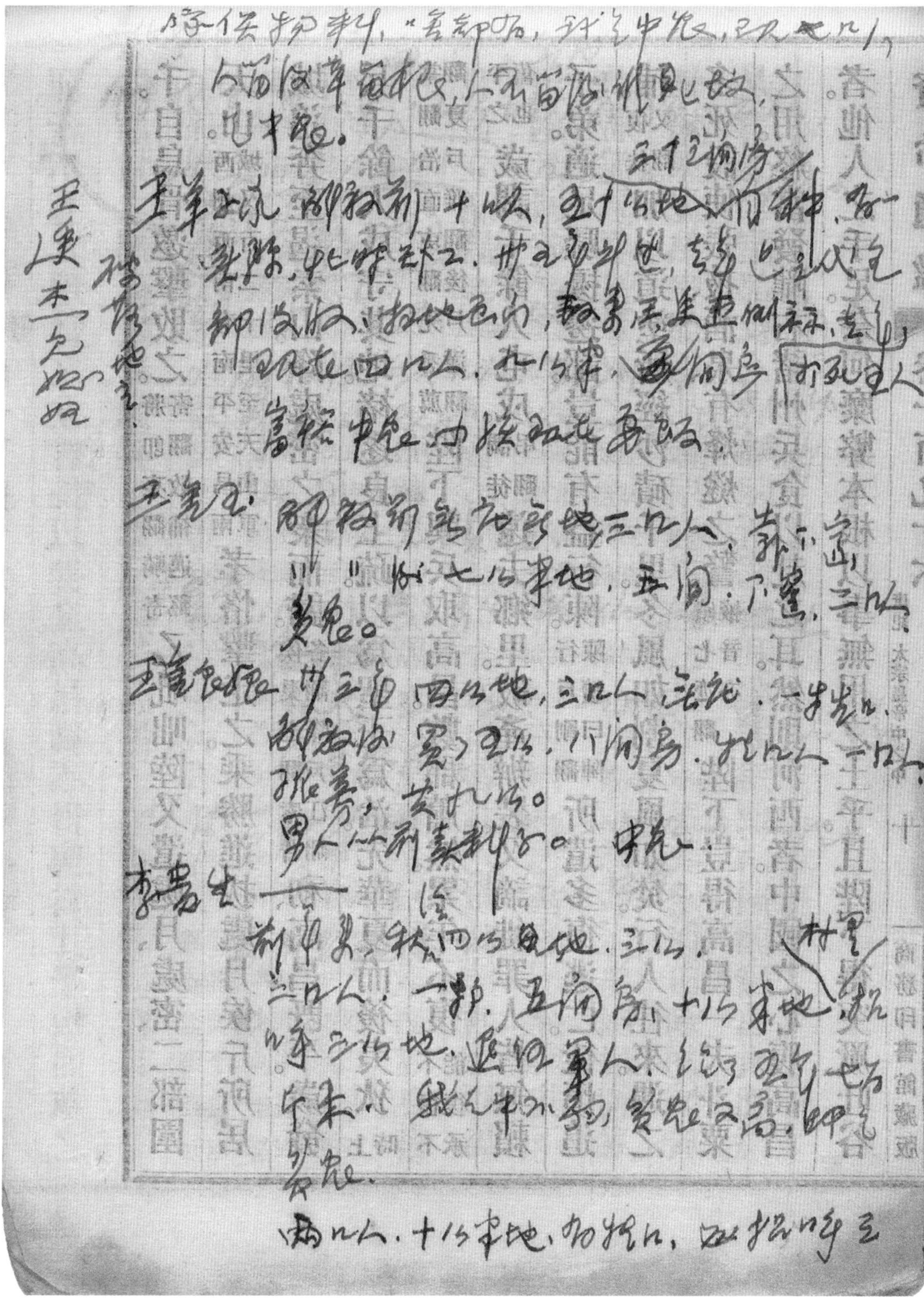

王革江 解放前十几年，五十亩地，自耕中农
王老五 解放前无六亩地，三口人
七亩半地，五间
王富贵 廿三亩 四亩地，三口人
男人以前靠种地 中农
李贵生
三口人，一头，五间房，十亩半地
两口人，十亩半地

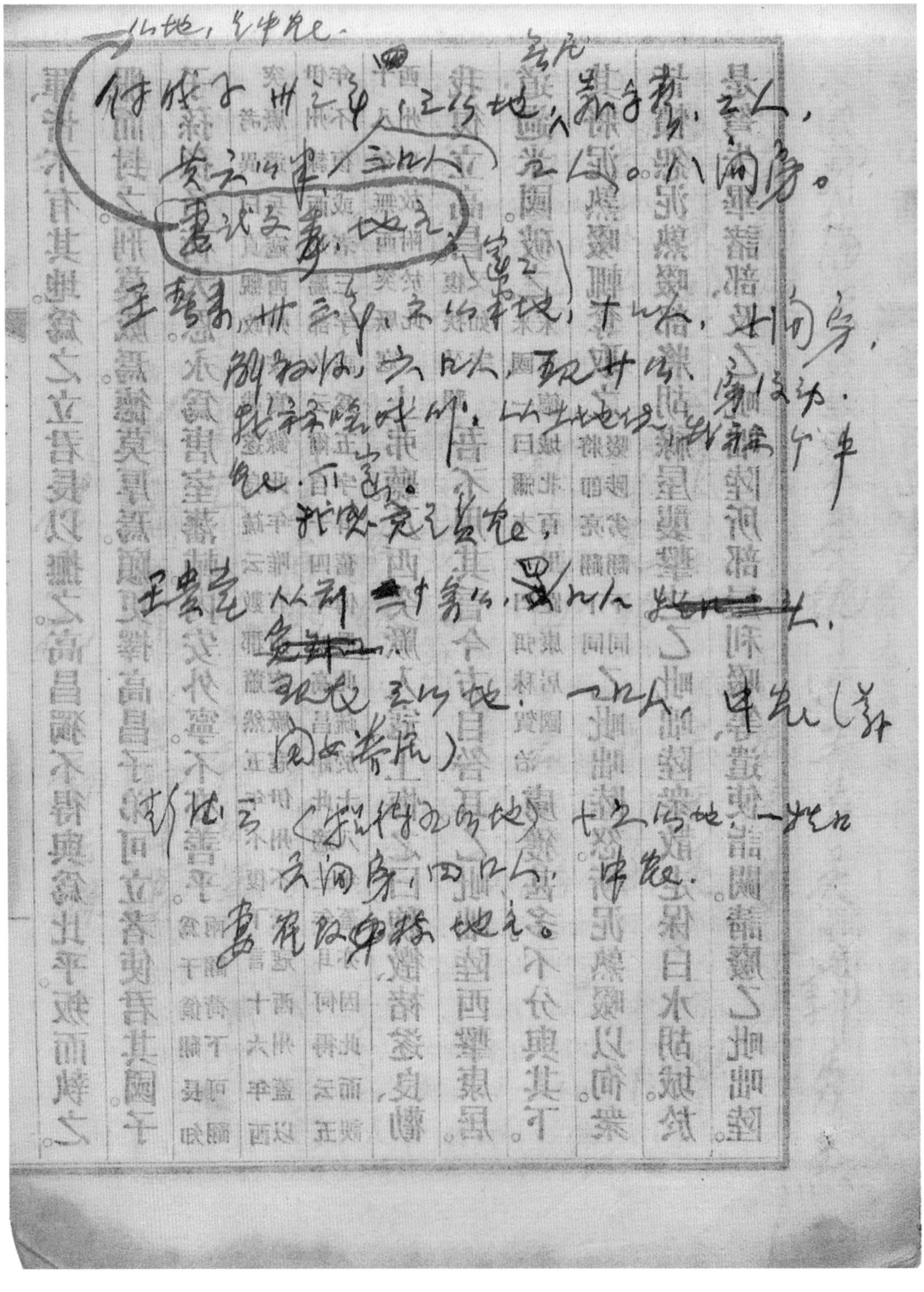

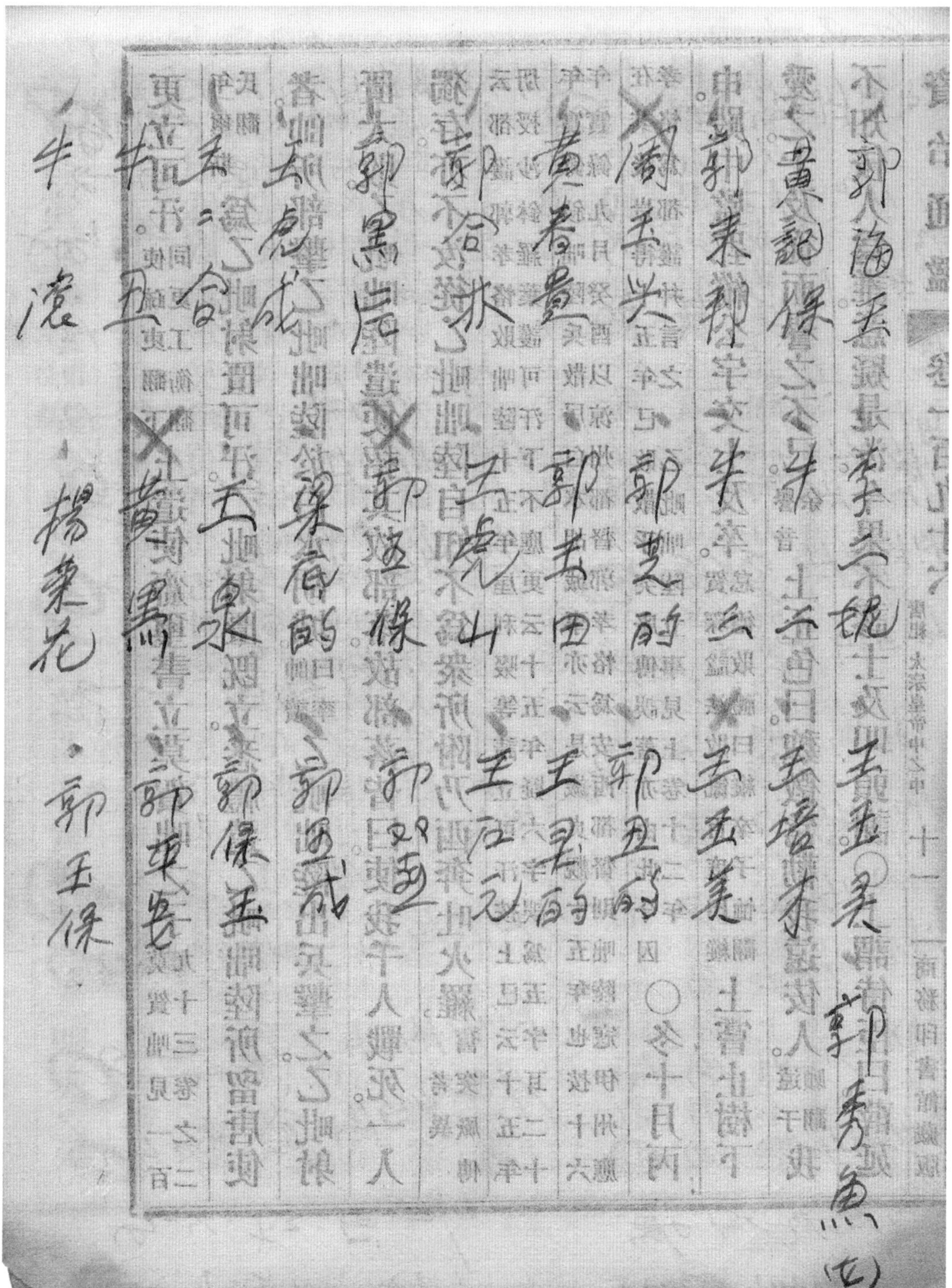

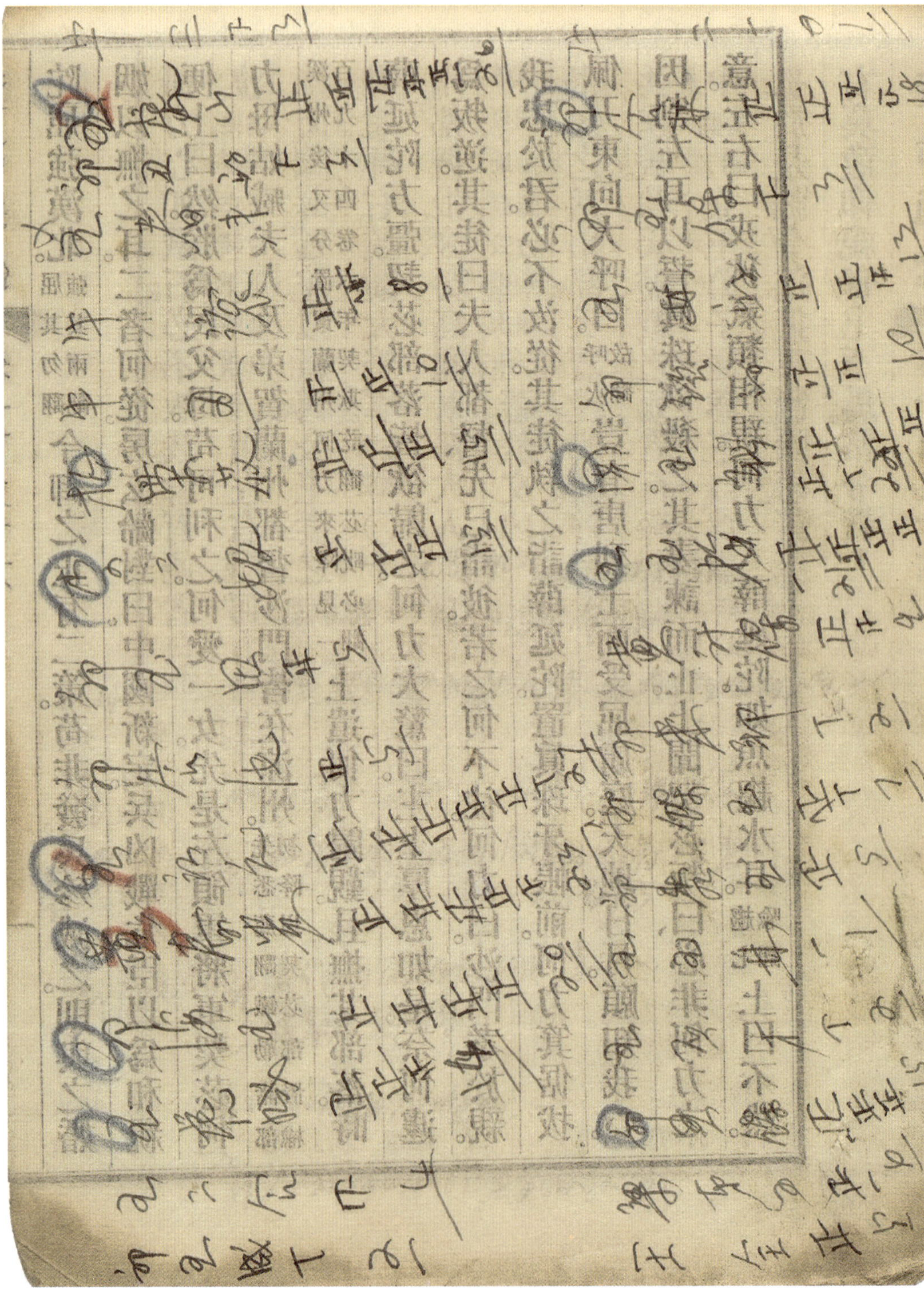

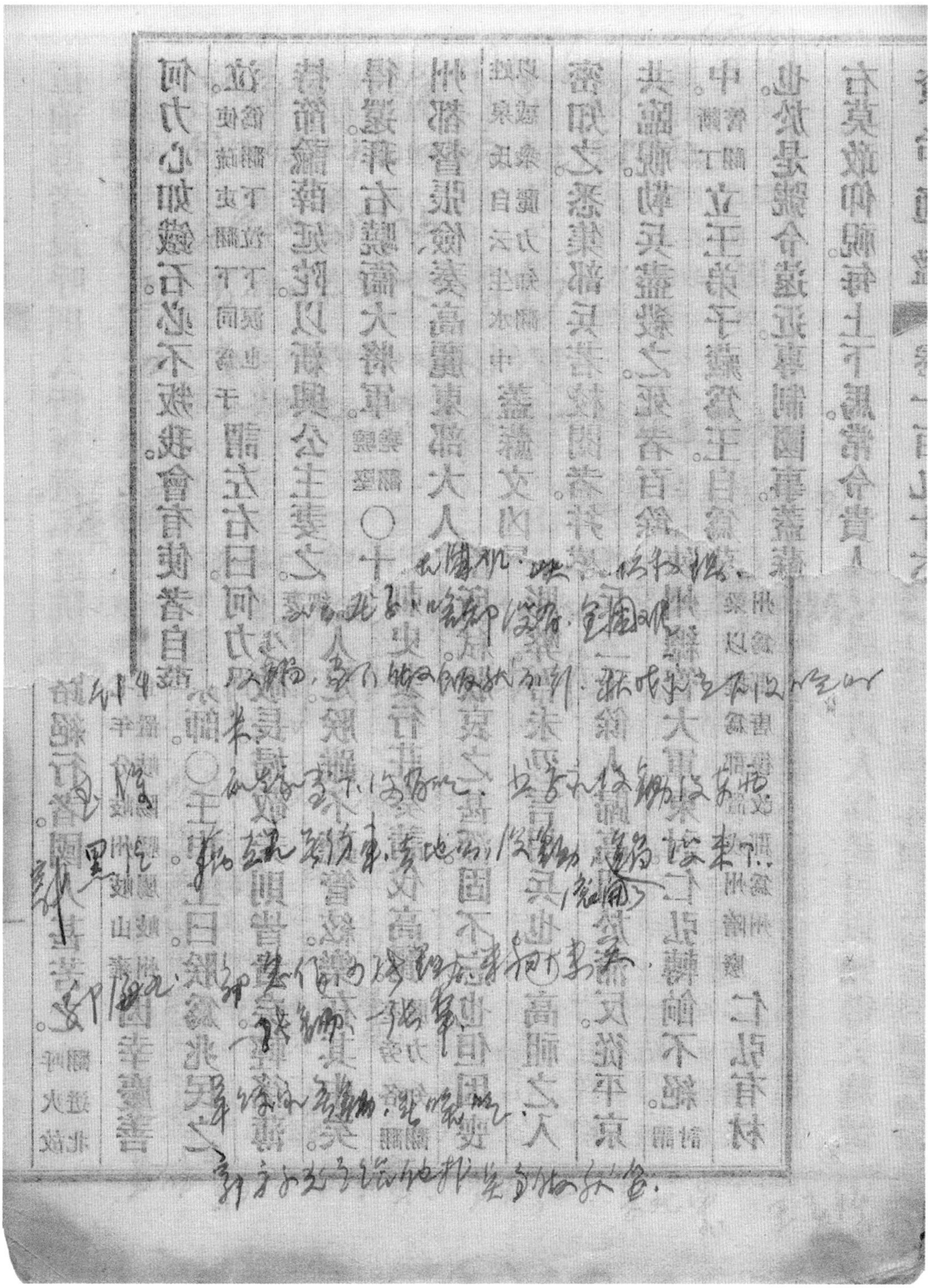

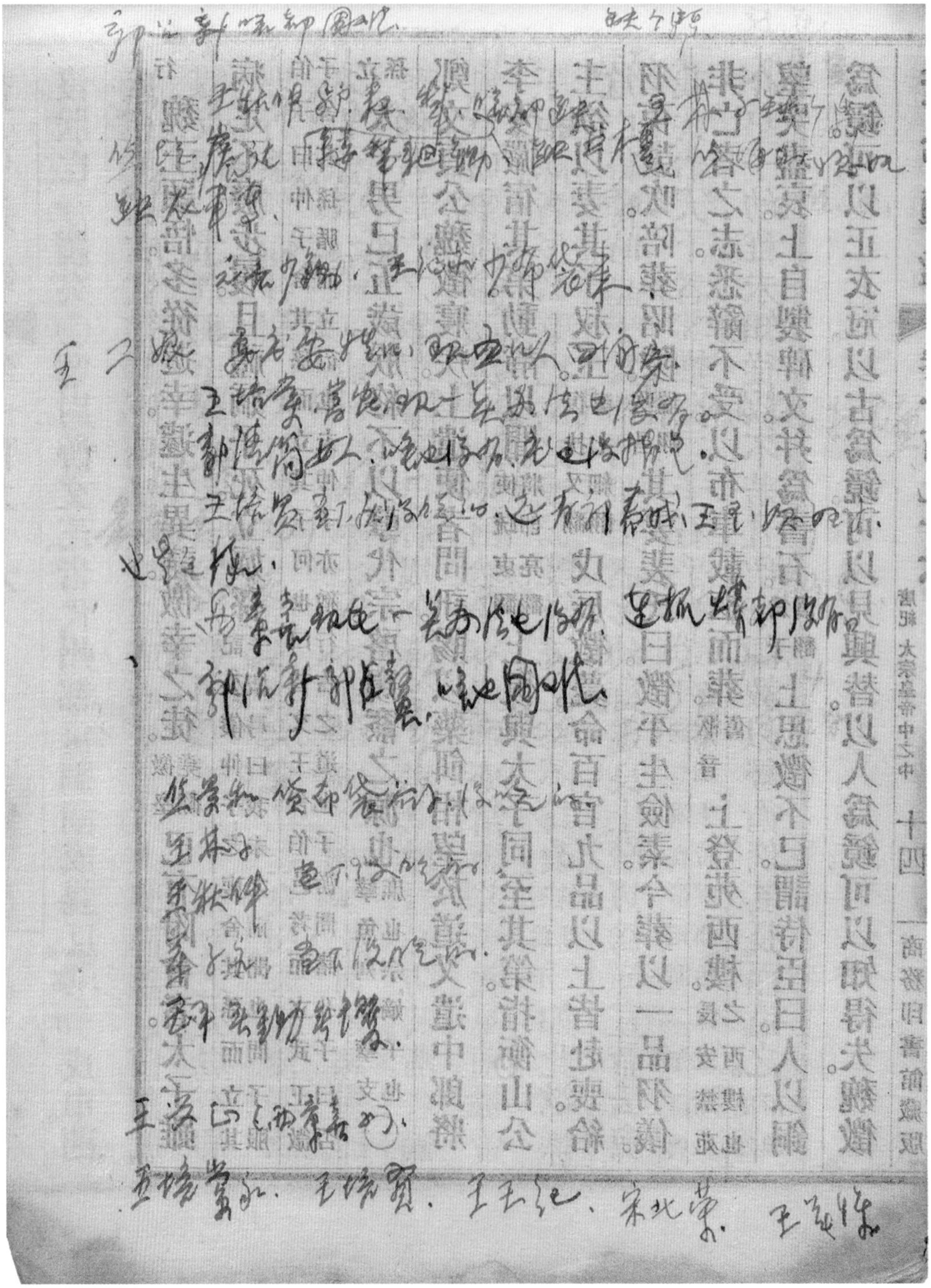

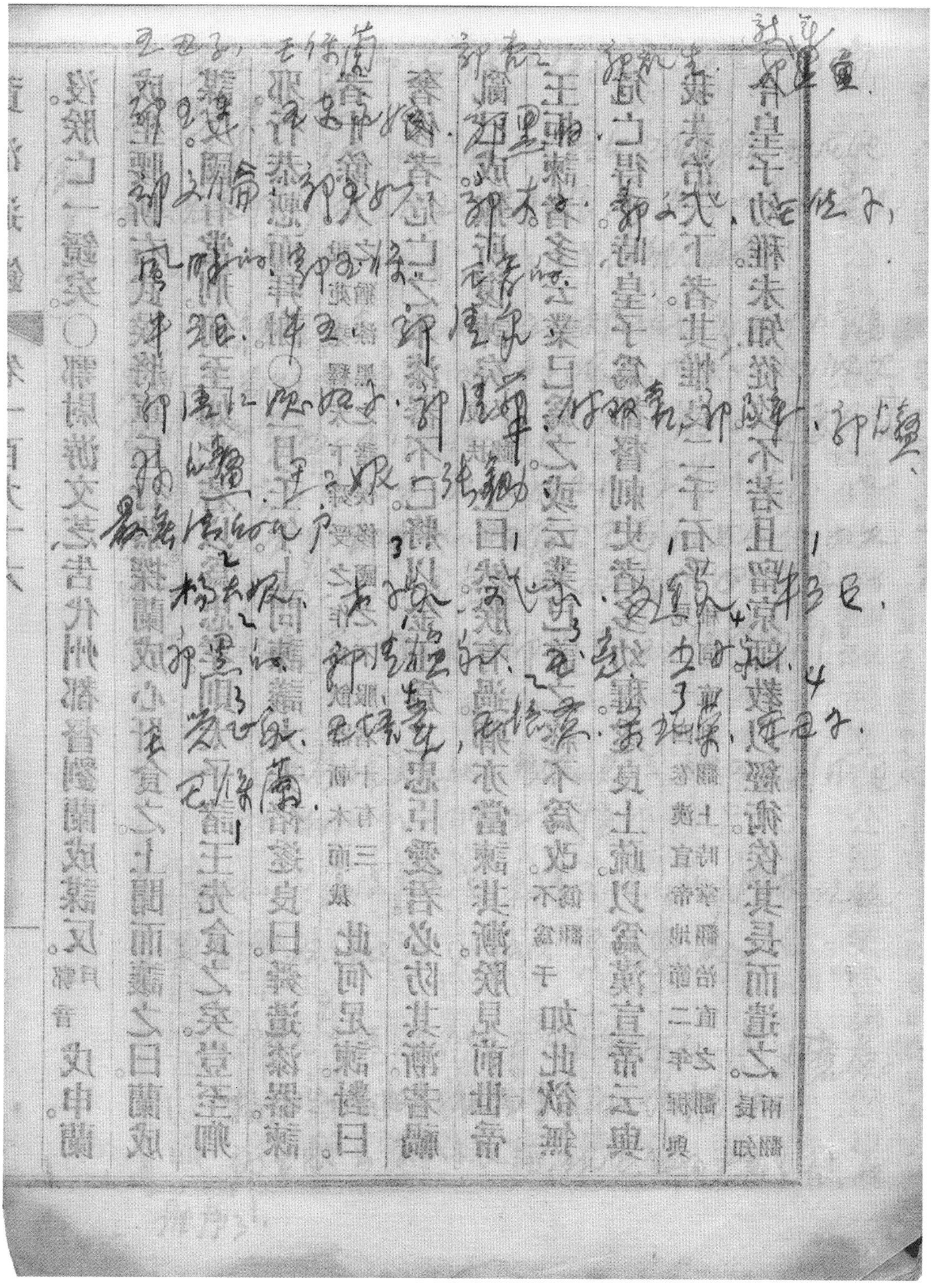

王秋伴，参加[illegible]打[illegible]掩护[illegible]回，[illegible]地[illegible]，郭[illegible]男会喂。

（[illegible]二人）

王林帕，[illegible]姓[illegible]，[illegible]妇女[illegible]，[illegible]他女人[illegible]，[illegible]男会喂。[illegible]地[illegible]军[illegible]，[illegible]。

王[illegible]，王[illegible]的[illegible]，[illegible]地主，[illegible]个小[illegible]，[illegible]子，[illegible]，他[illegible]参加劳动，[illegible]，[illegible]他[illegible]，[illegible]，[illegible]地[illegible]。[illegible]，他[illegible]十[illegible]岁，[illegible]，[illegible]王[illegible]的女人[illegible]人，[illegible]王[illegible]的两个[illegible]，[illegible]，[illegible]收了，[illegible]。

一、[illegible]，[illegible]，[illegible]

[illegible]，[illegible]，[illegible]。

男人

郭[illegible]，[illegible]，[illegible]。

杨[illegible]，[illegible]，她[illegible]

郭[illegible]，[illegible]，[illegible]中[illegible]，她[illegible]了。

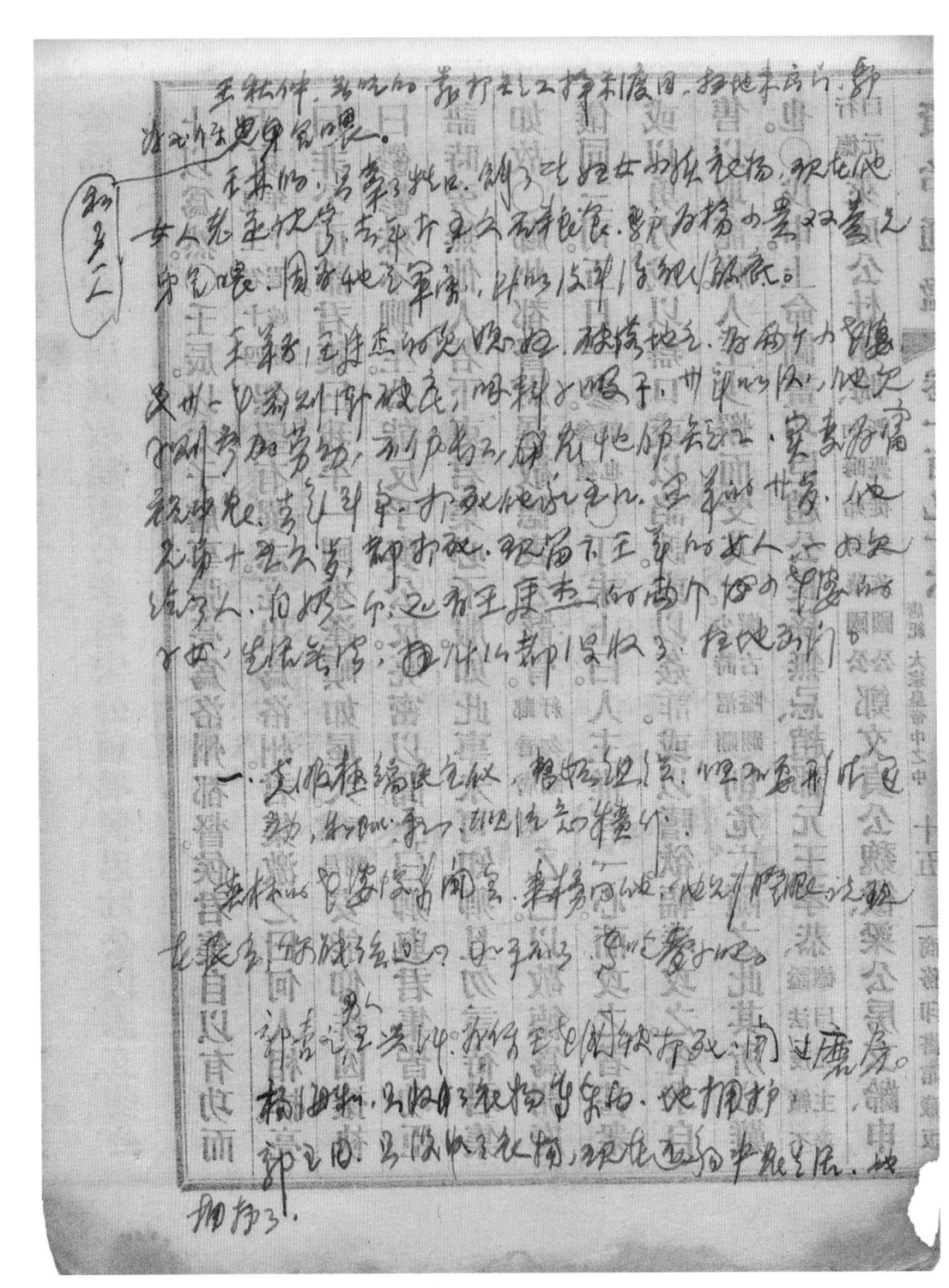

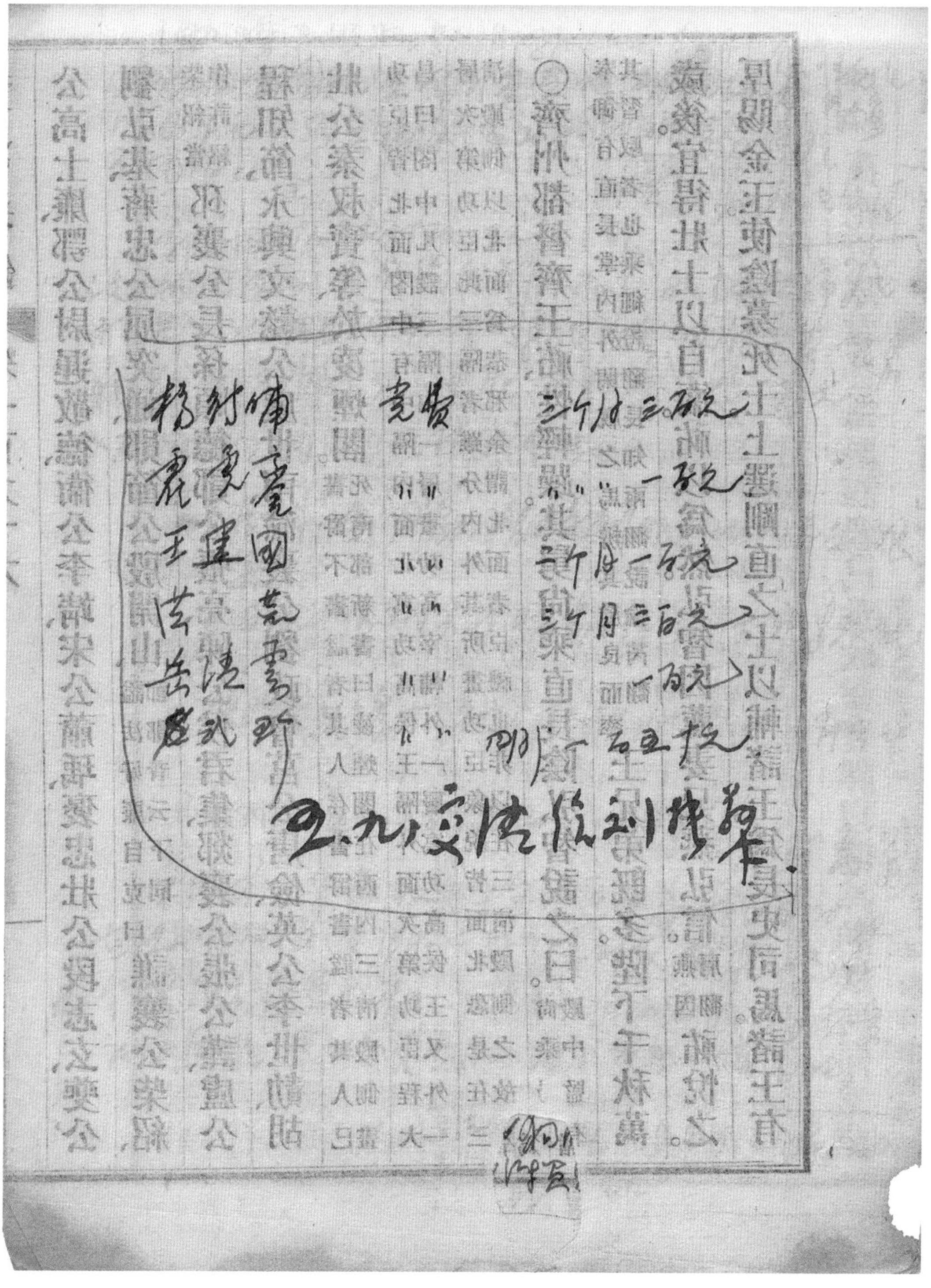

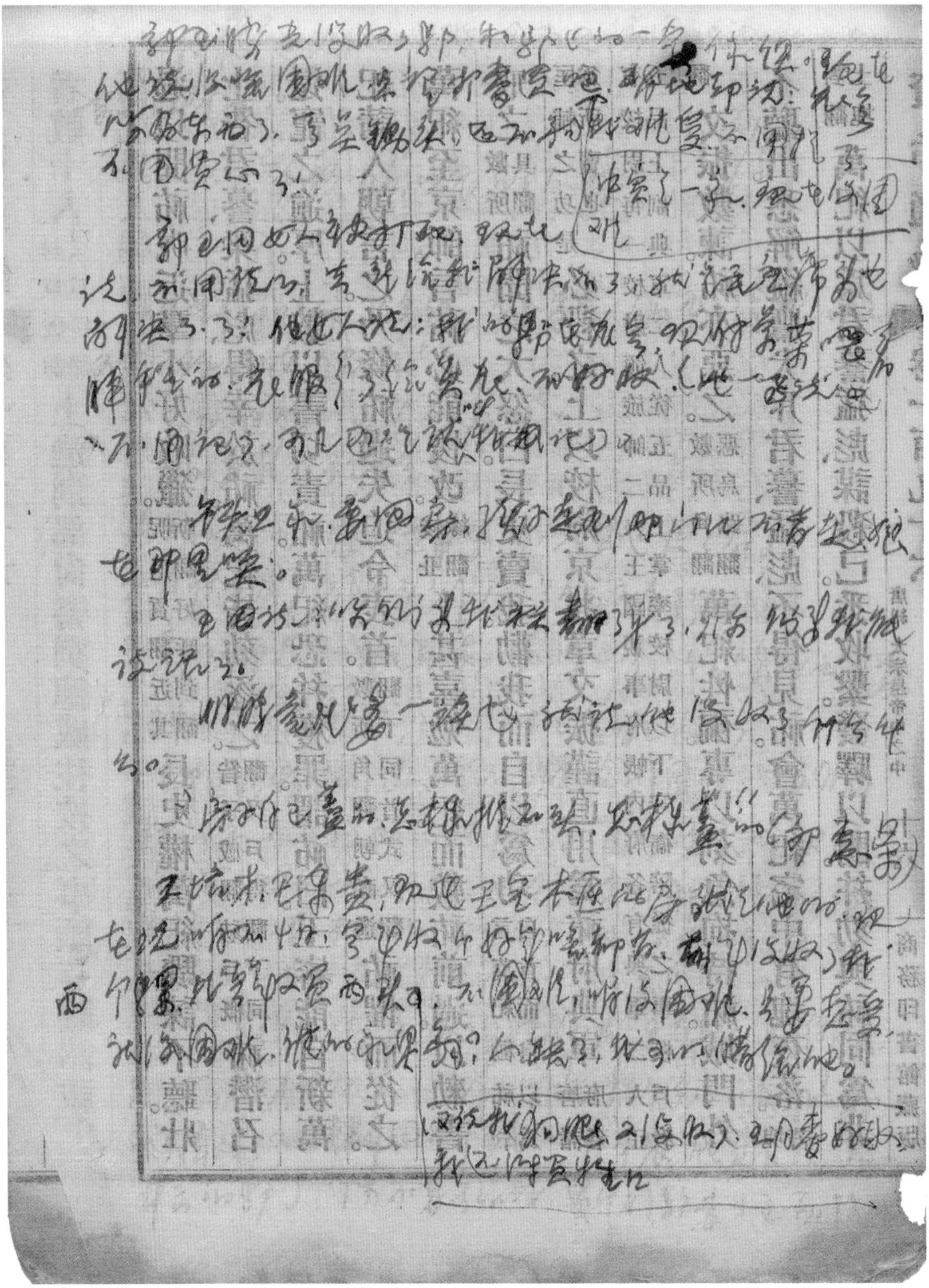

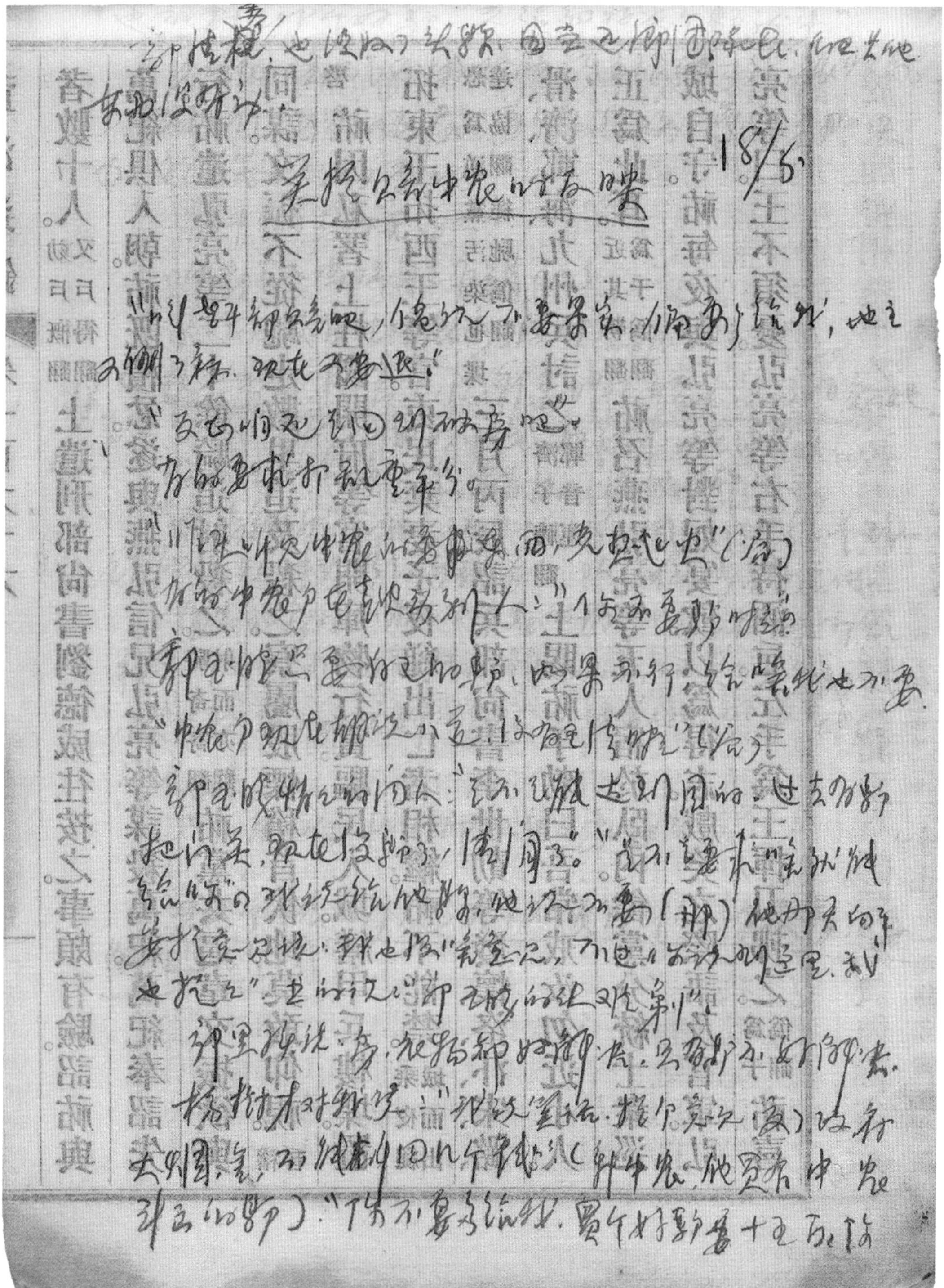

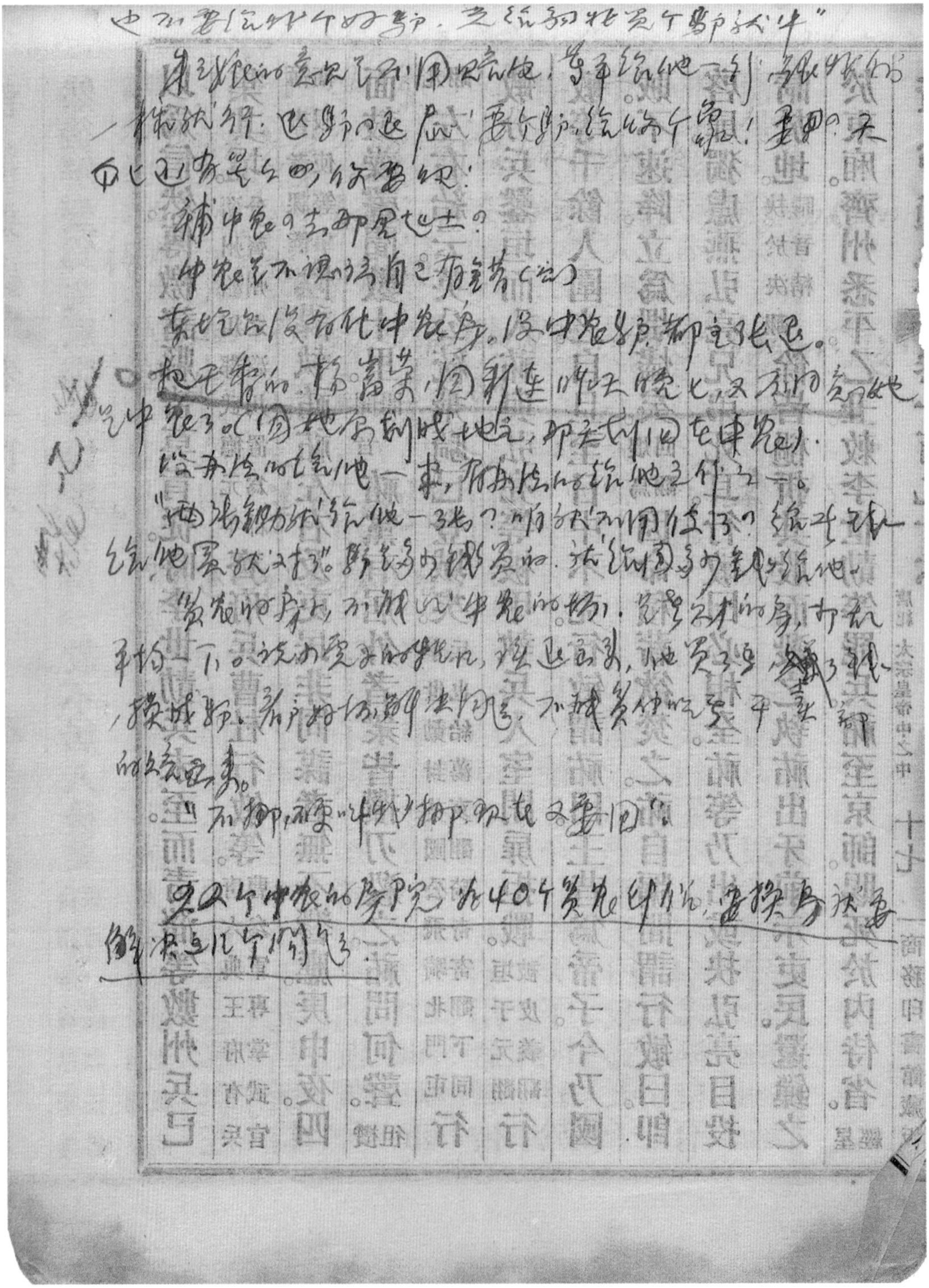

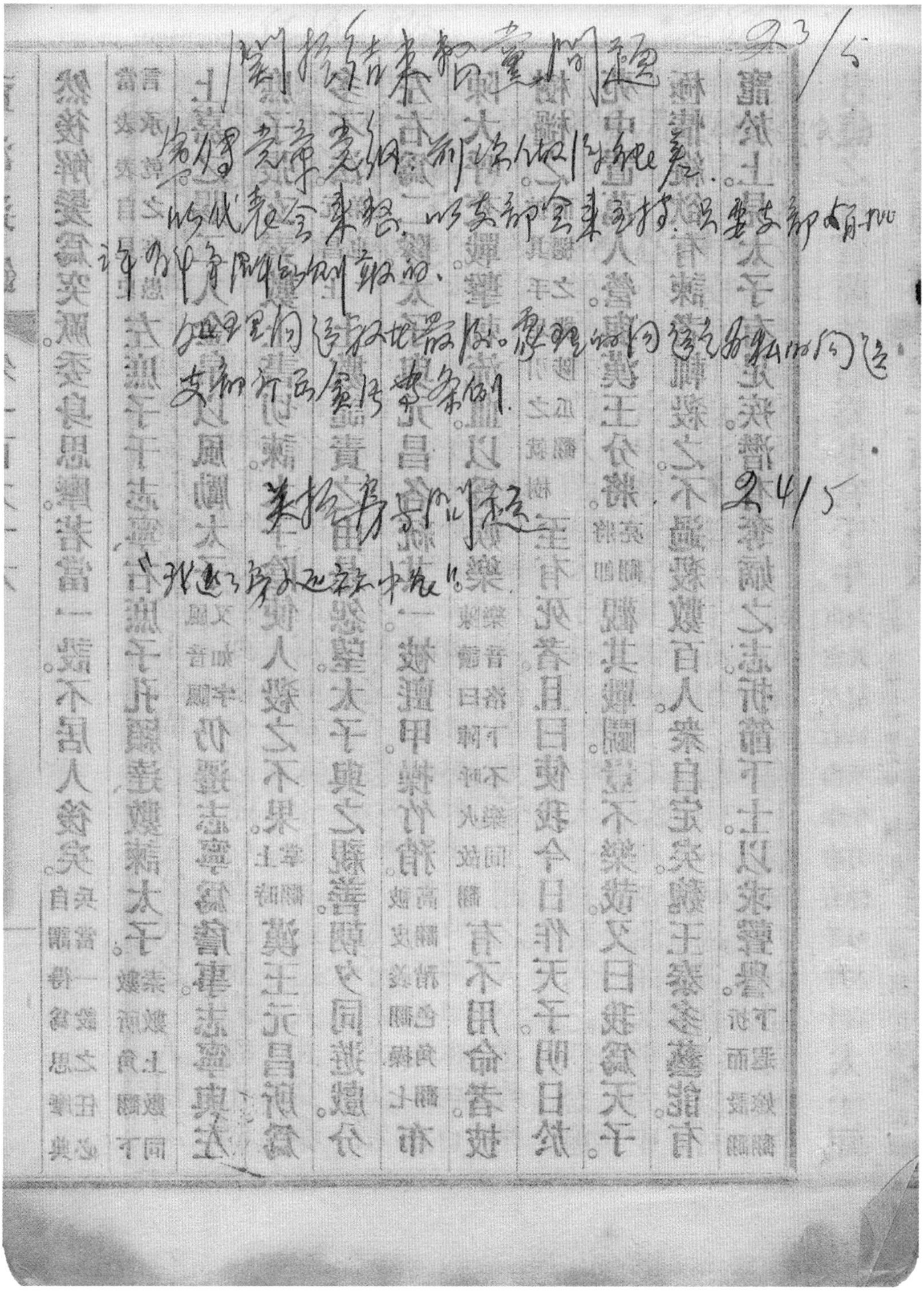
23/5
24/5

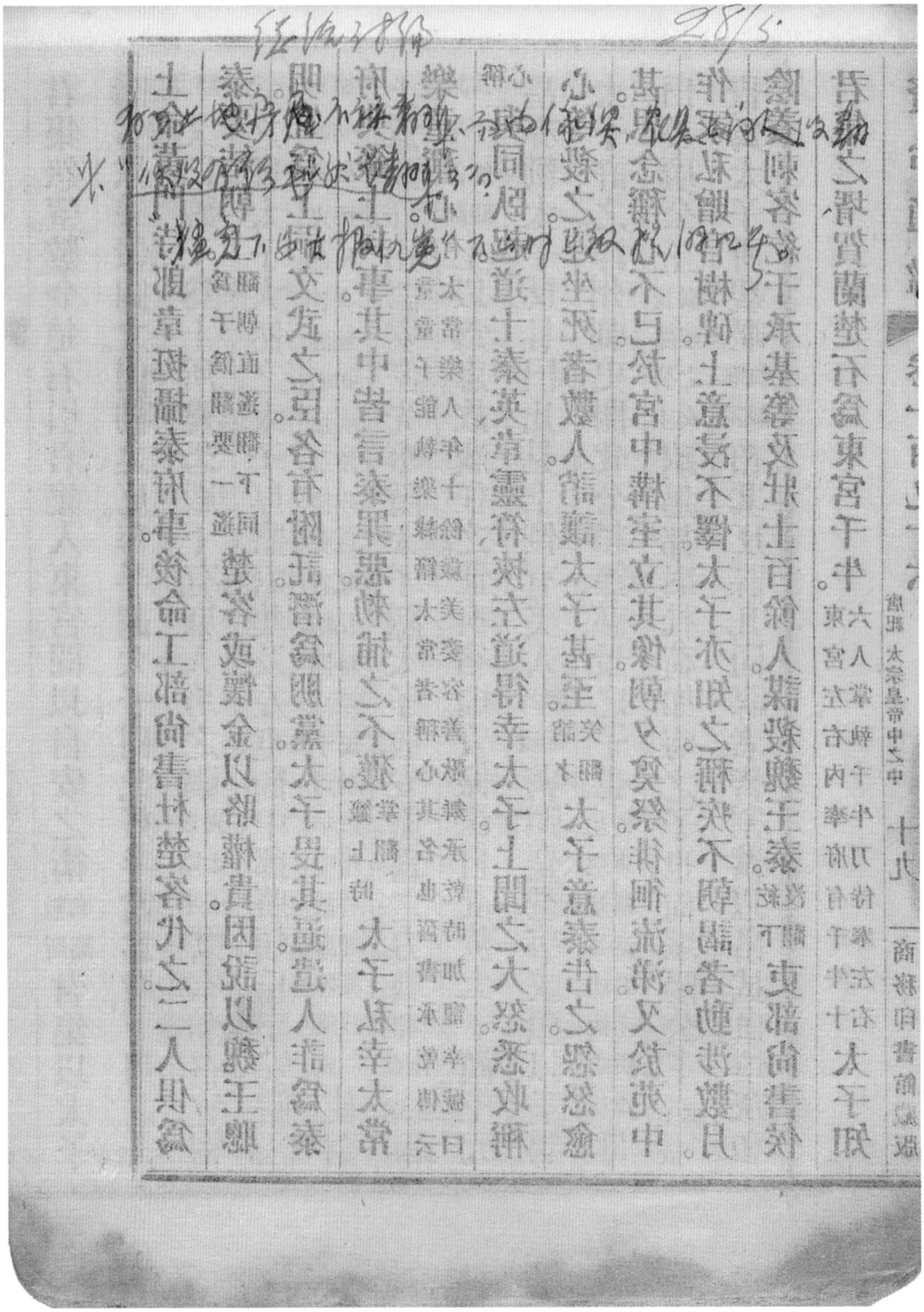

重回太行山笔记

关于《重回太行山笔记》

《重回太行山笔记》是阮章竞为他的长篇小说《太行山不倒》搜集素材所做的记录。

1945 年 8 月 15 日，日本侵略者宣布无条件投降。阮章竞从他蹲点的小山村——赤叶河村冒雨赶回太行八分区，参加大反攻。这是他投身抗日战争以来一直盼望的胜利日。为了在前线亲手将日本人赶出中国，他曾在 1942 年秋不肯奉调去延安。

他在《我为什么写〈霜天〉》[①]一文中写道：

> 16 日，太行军区道清支队向拒绝投降的日军发动攻击。日军千岛中队及伪保安团共 1000 余人被歼，残余日军龟缩到一碉堡，顽抗无望，最后集体自焚。
>
> 已是瓮中之鳖的沁阳日军，向东败逃到博爱时，为了报千岛中队全部被歼之仇，发泄败逃之耻，猛烈轰开博爱县城，进行了疯狂的烧杀后，在秋田摘折玉米，供在被歼日军坟前，然后仓皇东逃。
>
> 我进入博爱见此情景，顿时得出一个这样的结论：要日本帝国主义承认侵略战争失败，对侵略战争认罪，是永不可能的，我国人民，必须警惕！
>
> …………
>
> 就是在这两种情况之下，我在焦作县城曾是英国、日本掠夺者住过的豪华洋房里对几个一起抗战八年的战友说："我要把我们所亲自经历的所见所闻，择其心有深感的东西揉成小说，留给后代。"诸友问为什么用小说时，我说小说容量大，而且宽广自由。诸友称是，故决定写部长篇小说。

这部长篇小说的初稿写于 1947 年 3 月—6 月间，正是本书第二部分《乡间记事》期间。他在 1948 年 5 月 26 日的日记中提到："《太行山不倒》现在看来，从动笔到现在已一年又两个

---

① 《阮章竞文存　散文卷（下）》，北京十月文艺出版社，2022 年，第 964—965 页。

月了。”

中华人民共和国成立初期，他参加全国青年代表大会和第一次文代会，出国访问，到华北局宣传部任文艺处长，小说的写作一直无法继续。直到1954年9月，各大区中央局撤销，他才有时间在1954年11月至1955年4月间写完第二稿。

1955年3月，这一稿尚未完成，他又被任命为中国作家协会的肃反五人小组成员，卷入了反对“胡风集团”“丁陈集团”等一系列政治运动中，小说创作一放又是八年。

八年中，他到包头钢铁公司任宣传部长，到《诗刊》任副主编，写诗结集，就是无法集中精力于小说创作。1962年，他担任新华北局宣传部副秘书长，开始第三稿的创作。因在辖区内任职，他得以在五个月的时间里遍访太行区抗日根据地的各县，在各种场合采访我军各级指挥员，记录了大量战争亲历者的回忆。

1963年3月11日，阮章竞到达太原，开始他的实地采访工作，中间曾在5月下旬回京参加会议，6月下旬二上太行。8月14日他在修武长泉做了最后一次访谈后，正逢百年不遇的大水，太行访问不得不结束。他在重阅这部采访记录时写道：

> 这是个一生遗憾的中止。济源访问后，拟即再到安阳，但63年水灾正吃紧，到新乡已十分费事，住了一天。刘建勋同志有电话，叫到新乡。一到，他正急于处理水灾问题，住了两天，看来不可能继续访问，哪里都是正发大水，情况严重，交通全断，只好飞回北京。想等水退后第二年再去。四清开始，又没有时间。再想65年后去，以后没找到机会。

“文革”结束后的1978年到1980年的两年多时间里，他曾在山西长住，也进行了新一轮采访。但浩劫之后故人凋零，抗战胜利也已过三十多年，才有“一生遗憾”之叹。

1963年春夏间他记录的专题采访笔记共有5册，具体包括：

重回太行山笔记之一（3月16日—5月6日） 1册

重回太行山笔记之一补充（4月12日—6月11日） 1册

重回太行山笔记之二（5月4日—7月9日） 1册

重回太行山笔记之三（7月5日—8月5日） 1册

重回太行山笔记之四（8月5日—14日） 1册

这些采访的对象都是太行山抗日战争的亲历者，年龄在四五十岁的居多，这些笔记保存了他们关于战争的回忆。具体行程，编者做了摘要附后，方便读者查阅。这次搜集素材后，阮章竞先后写出了《八年烽火太行人物志》六则；短篇小说四部:《清晨的凯歌》《五阴山虎郝福堂》《侦察英雄赵亨德》《民兵王小旦》；中篇小说一部:《白丹红》。而最核心的那部长篇小说却三改书名，十易其稿，耗尽了他其后 37 年的心血。

究其原因，编者以为首先是"文革"残酷的事实，使得阮章竞对长篇小说中的人物关系进行了新的思索。1975 年开始的第四至第十稿，与之前的三稿相比，几乎是推倒重来。他试图探索投身红色革命的知识分子的心路历程，再现"文革"中遭遇迫害的八路军高级指挥员当年的丰采，同时为他自己同代人的无悔青春留下历史的痕迹。这种艰难的思索注定是孤独的。

其次是文坛环境发生变化。1991 年 10 月完成第一部时的轻松愉悦，很快就在接二连三退稿的打击下变得沉重焦虑。创作已经不是才华的流淌，而是生命对历史虔诚的还愿。他在手稿中写下这样的话：

> 长篇是在三十年前构架成的，动筋动骨以适合现在读者的要求，我无能为力了。只想从一个参与者的视角，窥视历史事件，做出自己的判断而已。成败得失，恭候明者赐教评说。

1997 年，在中国文联"晚霞工程"资助下出版第一部《霜天》时，他将总题名改为《山魂》。第二部《晴岚》和尾声《青春祭》，在他逝世前 4 个月还在修改之中，现已收入于 2022 年出版的《阮章竞文存》中。

附:

《重回太行山笔记》摘要

（1963 年 3 月 16 日—8 月 14 日）

重回太行山笔记之一

重回太行山笔记之一补充

重回太行山笔记之二

重回太行山笔记之三

重回太行山笔记之四

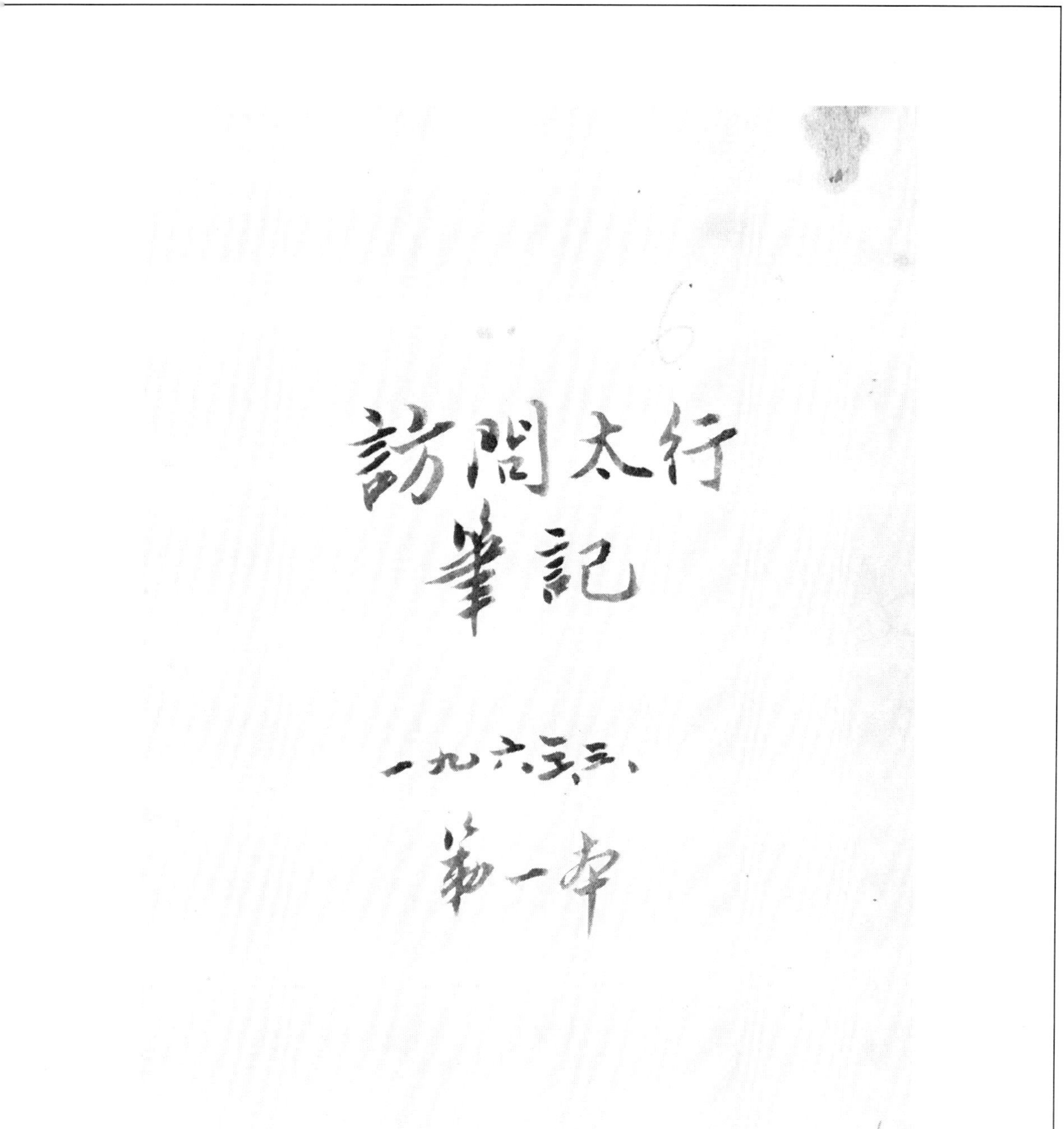
6

訪問太行
筆記

一九六三、三、

第一本

阮章竞

一九六三.三.

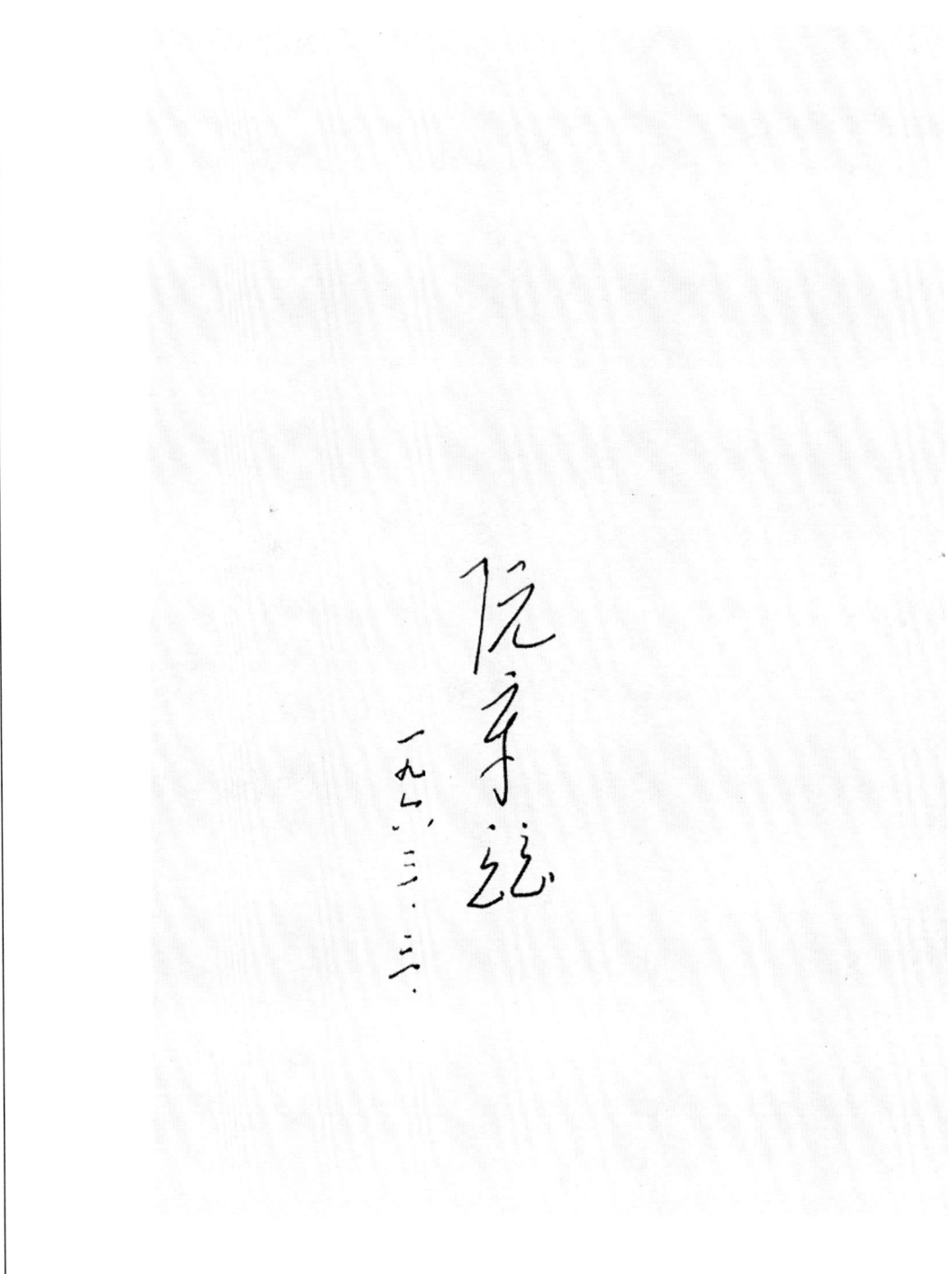

到十六日晚侯军区司令部

副司令员唐志奋：

日本投降时接管，做打军团长，晋西当时十万多人口，动员二千多人。干部阶级，去“保卫胜利果实”时一次去全报名二百多人，全会有四百多人。武委会，乡区26个干部，报名13个，7个民兵英雄全部报名。这个干部当个排，那个一个连，那个一个营。

三个民兵英雄刘日昆、刘双牛，第一批三十六人，只三四回来，双牛到主力部队。

报名的四五天当中了四五千人，非常激动，我们这部分还送要参军了。第二批到七营交给部队，当时还是政治动员……但热情就很高。

七区区长，在会议中用对比形式，把人鼓动起来，说到土匪了像“十二月政变”，杀死很多人，一惹弟兄父被杀，坚决要去报仇。

民兵工作到此是最高潮。

晋东战役，我带二千多民工，从阳城出发。（四七年）带民兵拥护民工，一直到彦马，到运城共三个月。一到遇炸，飞机轰炸，没有经验，牺牲了几人，第二天，在保送部队进行动员了，只跑了几个，都叫抓不来了。

民兵在解放了那里后，维持秩序，押送俘虏，运输，抬送伤员。

47年7月，黎城民兵参战，共37个连队，4千多人，最远的到陕南，九个月回来，有的就在那里做工作（离家一千多里）。黎城民兵被评为民兵模范县。民兵这次很好，什么时候集中，出发都准时，都有班排组织，有吹号员、炊事班，指导员是分委书记，连长都是武委会干部。

有的来回，返了又去。情绪很高。

这是解放战争时情况。

抗日战争——

开始是游击小组，有的是秘密的。任务是：侦察、放哨、割电线、破坏

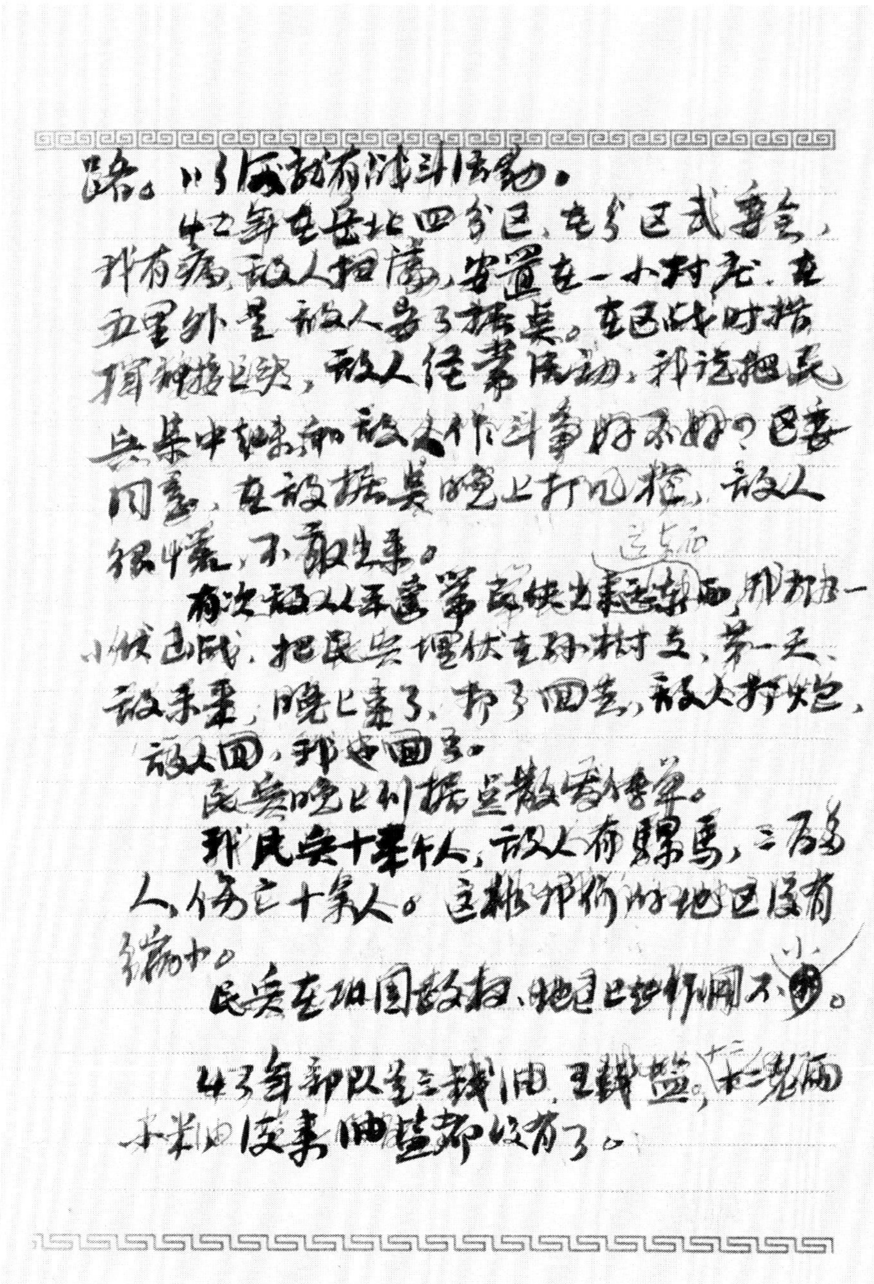

路。以后就有斗争活动。

四七年在岳北四分区，屯子区武委会，我有病，敌人扫荡，安置在一小村庄。在五里外是敌人安了据点。在区战时指挥部接上头，敌人经常活动，我说把民兵集中起来和敌人作斗争好不好？区委同意，在敌据点晚上打冷枪，敌人很慌，不敢出来。

有次敌从王庄第一次出来（这东面），我打了一小伏击战，把民兵埋伏在孙村村边，第一天敌未来，晚上来了，打了四五，敌人打炮，敌人回，我也回了。

民兵晚上到据点散传单。

我民兵十来个人，敌人有骡马，三百多人，伤亡十多人。这样我们的地区没有损失。

民兵在巩固区扫雷、地雷也炸得敌人不少。

43年部队连三钱油、三钱盐，大豆、小米，后来油盐都没有了。

二分区就是师部和驻地，能见当时的领导最多是左权、和顺。军总部住过留，十二月反扫荡后住武乡，以后是麻田一记

参谋长谈：当时在太行二分区。

二分区是总部所在地，敌对二分区组织蚕食，对二分区控制很厉害。40、42年抓了很多款子。和顺、马坊、太谷的范村、榆次、左权的芹泉、都地区，敌对那些区封锁分割很厉害。

为了开展根据地，要靠武装斗争和敌人斗争，围攻，围战，要把工作深入敌人，成立三个武工队，平定一个、和顺一个、榆太一个。

把党内有些好干部，成立武工队。

配合地下党组织，组织开展斗争。

我当时在两个县主管工作，当武工队的都是连排级干部。

敌人实行三光政策，头子刘清水、老榆太以后到昔阳，搞棒棒队，由皇协军掩护，再后是日本人。他知道我们不打老百姓，因此。

手拿棒棒，所以叫他们棒棒队。

搞的电线杆，一个堡一个城，一直修到榆城。

41、42年，敌人回来后清水，剩了个毛太康，此人很厉害，县有七八个村没有维持敌人。

我们地下党还剩了少数，武工队都穿便衣，到敌后去，配合作战。一个武工队有八人，分2人一组活动。

梢太为边区的干部，一武工队员要打通关系，因敌人分割，我们不能进去，刚到敌后和地下组织接不上头，在不能活动。我到一个村里，一进他家，他就知道是谁来，要吃饭，把他家情况摸清楚，干部连说，给他做宣传，但老人不安心，害怕是了地头，但不敢去哪里，我派一个人跟着他，看他到哪去找人，才跟他说，但怕他报告，先请他吃，八路军是一家人。以后把村长叫来，这样才能进村，要他打保票，他也怕敌人知道。还得利用地主，坏人，抽调子的，给他一些好处，他什么都说。利用大地主，在到他家，良民证也能弄到。团结[illegible]不外。隔别话[illegible]能活动，[illegible]上山。一些土地[illegible]，和地方党取得联系，能逐渐公开活动。由秘密斗争变为公开斗争。先开辟[illegible]，在进去，已把布告写好，进来或村公所，一枪打死，贴上布告。

路俗、留子、韩平、结合搞，部队再搞他的钉子。

由便衣变成部队，短枪换成长枪的斗争。

白天也能搞他，晚上能进敌人去，由小到大。对我不好的，就把他干掉。插到伪军里去，做我工作。

同蒲路有水沟，沿线都有碉堡，不通过他们不行。

伪军家属喊话瓦解敌

那些日本鬼子都通他来，他不敢打，一接近就通他，不给他们，叫他们吃果子，那们每次通他的换班时候才进去。（祁宝）

以后对付敌人，定要清野，使敌什么都找不到。

武工队、民兵、武装，开展地雷战，一排内，门外、锅台也炸。

（一）心理战，靠瓦解敌伪团结。

隰

对内电话开，开会是摆、条件以后做政治工作。

些都是坊子开垦新手。

打马坊、那次突击队，下雪天黑，敌人缩在土堆，往下投掷手榴弹，以为是皇协军，不知是日本人。我们摸上去，吃到嘴了，二个命令吃掉，不能打，战士很不满意。

每个月要完成捉俘日本人的任务。（另有20多人）

（二）教导队的其他任务。（侦察英雄）120人

有两个排当得力助手，一是侦察一是捕捉，给本川三郎当他捉的。钱先生天是的女婿。侦察清楚，寄去一封信，说运到，第二次，地窝已埋好。一炸，就扑上去，站起来拔了一刀。也有去了被炸的。但我只有二小孩，这人一把抱小孩跑去，但是寨长另一个人来捉走的。她们隔壁回日本人把丈夫弄回来了。（英雄老组）

敌人来打，包围，我们当的三人小组，都冲到了底突。敌人包围了我们。英国人一个不肯走，不肯上去，硬拖去的，他打死他，硬拖去。

前往山西去警卫员拖着去。打

结果英国人，和一个日本人，也死了，我一挡班员也牺牲。

数后在马坊牺牲，原先已牺牲过两人在敌碉堡旁。教训是牺牲是以寡敌不在乎，不掩蔽，[illegible]。

刘邓大军南下，三纵 第五 二分区 二旅 三个团。
去后，又把独立营已整干队又组成军区，
九纵来，又来过三个团。
我们打的这个团都来了。
地方部队地委书记·李
南下时，部分去团长，部长主任的去，试
参谋全体主参谋长、以下来执。
出来部也出许多，一批一批。

吴素同志：
在五旅，活动在武陟、修、获。
六分区，等我们撤来了。
主要围困焦作，在上下来回。
单李打了二十天多，地雷手武器，二门
迫击炮，没有~~炮~~炮弹，二门六〇炮，有十
几，二挺轻（四挺）机枪，二挺重机枪，
掩蔽的墙内城堡，外面有寨墙，里边
是房，不好攻。寨
拿火药炸 打碉堡，完全用土炸
和炮弹炸的，打不动，但他的是啥
的。
挡/挡不住，用灯，一灯一灯地对准，
用棺材装炸药，用电线通火，叫它坐

平汉战役

指挖地
道挖到
炸城闭
灯，挖通
了，炸破

了飞机。他们从东面突围，杨世杰，王苏，我们在他们中间，放过去，结果追了，叫了王苏走，副解放军时才捉住。

他们已地派，团团都不敢说八路军，要粮先摆四把铡刀，先铡一人。连队要粮。

戏主六纵，王宏坤主力突破。

王遵能搞为主九纵。

济源、垣曲，王屋山黄河门口渡河，渡河掩护，西援东阳。

九纵从井陉、东阳关、白草坪，过去渡河到渡化。

我主八十一团。

九纵三个旅，二十五、二十六、二十七旅（主力）我属二十七旅，尤建功旅长，副王一伦，政委李化民。

边注：敌向群众要粮，八月初　九纵队过黄河

座谈会由县付书记李世之同志主持

成[illegible]（计委主任）

3月18日 参加的有：

魏世林、李和平、李[illegible]老文史馆，鲍友林等。

魏世林：38年参加八路，做农会，开始发动

抗日。阶级斗争很含糊。当时已建立政权，以农会名

义进行活动。北柳林村中有家大地主。发动群众

宣传抗日 号召一切，一切为了抗日。

正月廿七日（1938年）日本人到晋城。土豪地主都上

了山了。

我们进了西村，发动群众。北柳林村有

李、孔两家大户住。李家贫寒，孔家地主。

我们决定先进孔家打土豪。一面要抗战，

一面要吃饭，开始借粮。向孔家借。

青抗先、妇女、自卫队，都起来。200多人去

一到孔家院包围借粮。1937年9月时

[illegible]和日本人打，所以他也不

说抗日。农民去借粮食。孔家组织了李

家的地主，登着我们打起来。这时村外

围了[illegible]死了我们的人三个人。因当

时只[illegible]，[illegible]人、地

主期[illegible]去了一二百人，[illegible]二三百人，

但他们都是男的。我们是妇女。

抗日借粮打地主，发生冲突

他们捉了我七人到(?)山，开会要枪
毙我这七人。当时正是闹的政治。我们
的人跑到八路军部（孙(?)）。当政治员
恩。说了八路军来拿不到，拿了要决死
队。那们生去王人又被捆住。从西北
死队来了，好着。地主都听说，没有
去的。我们都把他弄回去。捆了咱们，也
把他们三人捆起来。

我们没有粮，借点米面。(?)来小很
有困难 另外村里也好人有困难。

这个三斗，那个五斗，共弄了他五六十石。
那时是阴历二十七日。

是二九旅（杨秀城部）孔家的兄弟在
那里干事。他回来，穿了新军装，请村干吃
饭，批评他穿得不对。群众很拥护他。
开了会他就走了。

这村开辟工作，建立支部，十八个
党员。以后本村开辟不开。到北堡
调人去。当时部(?)。也不知什么。
只知道那村大垌子，神话一样。

孔祥(?)现在(?)部副部长

凤义

陈[illegible]委书记

当时情况非常困难。[illegible]口号：一切为了抗日，抗日高于一切，有钱出钱，有力出力。

三二九旅在这组织一些游击团，由中共党员、各外系决死队，有了武装。过去是政府的武装，那时地方武装不服从政府（国民党）。

三七、三八年，鬼子都不好，劳动群众组织起来，也对付很有利。

"扶助好官好绅，打倒坏官坏绅"

那执行这个口号。

长治1935年就有党，太行就有抗战。

我当时在[illegible]村（现在河南），当时地是属山西，党委指北领导。

三七年冬季打第一个团（全部）。

一个党员就可以打开组织。

我在三八年[illegible]，三党委[illegible]，三青二组织，秘密。一是[illegible]借，军队借。

（三九年以前旧政权）就地方支粮

民就借多少，有的借几百石，限期送到

利用敌友矛盾打击反动派（合法斗争）

借粮

地点。在西村长家里。他们用话实在可以，说给群众们。来引诱群众们。我们发动一部分给群众们，一部分给军队，群众们也出来了。

临走没吃，我们给送来。他不敢收下。

西土沟斗争[illegible]激烈，挖出一千多石粮。后来挖出五万石。土沟有钱人不多。三个村弄了二千多石。三十九旅拿的不多，存了一部分给我们学校部队，卖了一部分。这样的大头都拿出来。军民配合。

在运动中组织了农会。当时农会组织受剥削者，每村都有十几个会员，知识分子参加的少。西白岩多，男女有五六十个，后街十几个，那里中雷沟，土河二十多个。

抗战初期组织群众的情况

旧箕沟七村群众发展，而且个别的收敛，借着运动发展。

当时有民等社，扶植好人好绅，打倒坏人坏绅。

39年建党发展，有了支部。村长、旧政权全部换人。但每个村的干部、村长、助理员，不是党员，就是积极分子。

39年敌人来了，村部抓了我们的人去村长，那个村子有部队驻，不放，要我们用面担保了他。

38年镇上管理员把双成把树砍了，拾柴烧，风水树都不准砍（锁么）风雕树[illegible]，主要是拾柴[illegible]，邪家奇不能。

双成拾了一部分，把他家的东西都拿出，大部分未拾开，七二川的主来了。

张来福家不敢要，不是双成的[illegible]，当时只是割掉，他家打死了很多[illegible]，[illegible]是白青[illegible]，[illegible]，不以种[illegible]，[illegible]来、风雕树，[illegible]了一部分[illegible]。借粮是富裕中农以上，都是三四十石以上。

中央军，偷也偷不到粮食，说闻[illegible]也见不到，[illegible]们有[illegible]。

四十七军，二十七军（中央军）。

△ 人家也[illegible]，[illegible]，不思不[illegible]，给三二斗给[illegible]，[illegible]地的大财主。我们又[illegible]，地主说你的没良心，给了二斗，你又来了。

（双成未拾开，十二月被来喜了。）

孙楚他这，当着新军的副官，连长也不当我军。叫新军一个连长他和弟兄跟了，弟兄都走散了。新军又来了两个连，这样结了孙楚副官。我们跟新军说，他说跟了那弟兄们完，你们带粮食吧。

当时却走动了地富。

十二月政变：

以王靖国为首的，在阎锡山台中，孙楚急报告，说蒋也未来，阎又不要他，他就在此处。

敌意者在南关开了万人大会。开过几天就政变。1939.12.19政变

叫阎的某个"专员家"说说也不敢去，埋藏在黑门扇。

李琳的[illegible]田畑

反魏[illegible](三青团团长)开大会要反他，有一个自称是国民党中央委员，他站起说：你们扒灰不扒灰。结果过去拖了魏不放，这就要抓了他的[illegible]。他长[illegible]张云[illegible]，那个中央委员不敢[illegible]了。魏当了十来天又放出来。魏是最反动的顽固分子，拖为反[illegible]分子，[illegible]大[illegible]人。

第三区农会报告七

武斌　谈升旦明第。中央第九军一个连长来，打我们赶鼓了。我们说，问为什么要村长，我说区里叫我来代替半年，原村长再推不叫。他说山西的路第二下不一段，我说不知道，只知道叫做什么。后到回报告，割猪什肉，请他吃了饭，他不管了，我们就把县截他与中间截川开大会斗争他，斗出了粮食。这个连长把五等新到了别的地方，我们叫到了。

政委那天，七军来到去了很多人，郑小凡一说在场[illegible]，一枪就打死。

第二天早上我想去找[illegible]，遇到一个国民党村长，他说路走了。跑了很多地方，七[illegible]阳纪念叫我回去照指工作。

回到土堂，主任正变，叫到第一枪，打第二枪。同我同睡的同志也说不要跑。四十七军去包围的。

老人说是八路军救的，国军枪打，结战。说他[illegible]的[illegible]。遇想国八路军名[illegible]进窑四一个人。[illegible]人牺牲。

夜十一时，南川支部已发现反动分子，送到区里了，区长（十八九）着了，他在屯麻椿下，说路人不敢来。

讲支队抄到区政动机

区园打土堂後，四十七年秋后唐王隆又组织起来打游击，石抑了路，唐说到胡说，敌人出动队伍去，从底上往下打，使他受到伤亡。

阳坪之东、河平、陵川、沁水、高平、阳城各县干部都在土堂开会研讨。

有好的，他们回民壹兑到土堂。

陈凤义——

土河已收复以后，我们的村（旧址）已丢了，支部就布置，去选新村长，此村长不在我手里，他们还不同。土河里四十八个村，旧国民收复后选他的一个被我更迭的人。我们布置搞革命团，搞游击，青搞好就下台。那里有个中心支部，四种相连防务，他们联系去做了，选他当保长，我就到那里活动选他，选上了，有病，因情况严重，不久，我们就去找他，叫他呈状勤提，呈状取出来给大家，批评他，他第二天就去上任。反动份子去接工农去爆的人，去问村长，他说都是好人。要想来捉到，地富告状，去算，抓，都抓不到。罚了几百块钱（四百多）。请了客，来陪过堂，大家按住了钱，就把事了了。都驱去说住了。

四〇年冬又有问题，派人去暑堆。

三九年七八月开始，搞合理负担，主要是对地富、中农是没去的，当时我们是不知什么叫计算，就以户划等级，分特等甲等，主要是这两等，专等是地主，次等是富农。乙等是没得到多的。因此，在政策中这会组组织了，土改得头的就是地主，在堆中有农，说是当区长。要范堤隆，在地主家中去他家开会，要研究告我们。我们已转下地下，晚上，向他家塞了两个手榴弹，他们有人出来就用缺把枪打了他一枪，要主是告诉他：这里不是你们的天下。我们就把这九户人去各村里都包起来；另外，有一个专区大营到村长的被捕

十二月激变 汉的四千军

合理负担以后人称

三年十二月村村都被

杨廷、程老肆（当了村长）、安森升作了村副和民兵。我们利用他这个家伙，安置寡妇的地帐。因查的时间长，和他谈判。他不敢了。打了铜器送她。利开会时不敢说了。我问他开什么会，她要查他的帐。先紧起来，或有人说从民团开始反。他怕了，写了具结，以后他未拿生地。我们也没有退。这样把事压了下来。

魏吉信

另有一个地主是国民党区分会宣传组织。魏先是在土河住，后搬到大林，他到了土河，说这是老家。他自在土河的本家是弟兄共产党，这样这些所云之把魏吉信置起。

国民党的乡书记，跟我是本家，有次谈起魏吉信，利用他和魏吉信有些交情。

魏凤鸣

他是他不仅是指望而已共产党党部今日。

魏吉社接出安照理，武装集中营，正来拿宣言，但也知魏吉社不正，想是我们的宣传开。魏吉社不好，打击他，并防国民党把鑑去社的主记和区宣传部撤了。

我们的组织中，有一个是民十八年参加国民党，38年参加我党，他能教书，又继续谢了与敌[illegible]。他以多国民党的党籍不到这个部，不直接的县党部，能得到很好情报。他在我们工作，起了很大作用（现此人在福建工作）。

三路人在营垛，我们能把党员掺在维持会中。四个维持会，我掌握了三个。第一个维持会就有四个党员，[illegible]不良民证部分。通讯员也是我们的人。（有的走了会长）

派去当通讯员，第一是偷子弹，第二报告。这人才十三岁，很好。

搁来的区长，我派去一个付区长，他不敢去，给他两个任务，一，偷送报纸，二是拿去平常。他做了[illegible]回来，不敢去了。区公助员也不肯几个月去，给以他党籍。

横道头维持会，打不进去。我们这里队去只有去了，把他抓出来法制。维持会维持[illegible]良安，好在机构不好，能[illegible]，[illegible]，但又不能不干，偷走了，给予两次处分，才[illegible]了地[illegible]。

对打不进去的维持会用此法

搬运时，丢掉了常委的。一个党员率领两个连。四三军北中条溃散，跑来一个营，营长是晋城人。他和原来的国民党溃兵们，吃不上饭。他就自己成立军政府。成立就要有地方武装。四十三中有我们派去的人。他们也有两个接头关系，我们就派了三五十人进去。他有一个游击队，有三个大队（连）。政府中的五个科，派（营）去的人。国共派不出有文化的，国民党县长也兼了一个科长。成立了两个区，区长是国民党，但接近我们。

东边有二十七军，国民党不把这边的粮，那时又来抢。

他没有子弹，为此伤亡。

以后两个连长投向日本。

又发现排斥、要杀他，他说他是四三军培养的，知他那里也有多少粮，他去取出来的。但他知道我们在八路军，派人跟他根据地，跑回本军。当时还想抢跟他的几个人的粮。

这样工作搞了七八个月。从40年开始。

八路军和有谅先生，他是我们的联络。

※据说去了，因征询过青年团员，并两个干部我下层好。47年村他选到了基本宣传，那时是越来越少。农村干部也很简单，他常借机把缺点的部分性情…

是好人，不想教书，只喜欢钓鱼，没在小村弹花，因此被派到学校去，以后教书，住在姊姊家，坚持工作。

（国民青年在那里办干部训练班）

五百多二十七之前受训，支部解决了两个人的钱，来受训去训不加入国民党，有一个还把前天三青团交给什么的，不加入三青团，敌人说他并没已过，训了他一顿。※

三青团。

借出机会，参加三青团。

李和平

这村维持会有会长，助理员（可有几个）秘书，还有情报员。

敌人还组织了暗杀团。我去参加，但我不知道…国民党开始说说。上面有青天白日中国花，红字标，看似像一个国民党员似的，问：

"为什么把中华民国丢掉？将来全国的戴帽上去了中国徽"，他说他是中央军了委员会，什么也有何着。我说是了，你管不着。

（以不敢给八路军）

那时都有工、青、农、妇等。

十二月以来第八路军队来就没有了。

后在[illegible]那年他叫"黑猫子"。

是我们人的地方叫"留置场"。

打不死的刘子

李章被生擒后，不敢在家，跑到前线有人放牛，发展八个党员，又组织起支部。在第二年开始时，他就在陵川起来。

留在这里的，买各种东西，尽力贩搅，

李平贵红军，为人老实，爱大利。

十二月政变之后，李和平在城内开铺做生意以供应和掩护八路军，但李不会做生意，白天什么也卖不出去，因晚上八路军队的人一到晚上都到店里吃饭，结果很快就把本钱吃空了。后又找些要为好的帮忙。所以后又想把它变为接济八路军的地方。

以后又在敌人据点附近开店，但因太近，没有客人。他是个中农，家有房地，（因家里卖了些房地又借资本（给他父亲同意）），但仍然失败。当时好多我们的人也常住在店中。

李是个村里的知识分子，据说过去很能说话，但人懒不喜劳动，好穿好戴，人们说每天睡到日上三竿才起来，当时他是农会秘书，每天送报的都是从窗缝中塞进去的，他也不会发。

他现在文史馆，喜写写画画。

武斌当时认为（廿七年作正）被迫受训回来后！一概坚持工作，但在四三年开展时审查他们，说他们是政治动摇，写信至支部证明，但说这样的同志必须有已党员担保才行，这样这两个人都是从新入党。

以上这几个同志谈话都很重要，说明了当时十二队突围的情况，而且有几个人，很有性格，如武斌、李享、李和平各有一定特色。

三月十九日座谈

魏凤彩——　　　　（不明－4人）

十二月政委说地方上组织民兵，后成立了武装委员会

开始时（42年2月后）二分支队土匪队伍，头子李正法，后边进到主党政策，十八团把他解决。又解决了十五军，俘虏缴了些枪，遗散，我们利用他们的枪成立了心河支队。

43年太行军区开辟了豫东。

主力区干队，游击队，民兵都有了枪了。

打心河（李瑞章），号称民兵去了，去了六七百民兵，又得了一二百条枪，盒子枪有十几把。这些用一两年来才买一条枪。

这里讲东的回解放后打胜的开始

同年就事开始又得了一些枪。

民兵一些有轻机枪，掷弹筒。

46年山下，牺牲最重，两次参战，豫北三件，也是46年10月。

47年解放时候，去了三四个月，牺牲很大。虽然有牺牲，但民兵情绪很高，不害怕。

陵川支前

支援豫西，去了一批民兵，……小的民兵回来。去了不能回来的当干部，干部就七十多人。

陕西这次去了六七百民兵。

据北方来 后第一块土地，晋堡也做了准备，民兵都做了安排。民兵自己就把地富集中起来看看生产。

农会领导部分转移 试当主领导跟群众转移阵地。

山下召开会议，山下传达，干部都已上山来了。暗暗通知都要准备，又不让走漏消息。估计明天敌人就来。十月中旬已来，这年回去一部分，春耕时大部分都回去了。

群众记忆深，常来往的花钱（技术）这些没有问，结果就不了结束。他们也叫做管理。主要是靠好人，靠得住，这样。晋堡家的都回去了。

抗战时期

43年，有闹，荒年，土匪，各色各样的部队，又遇上42、43年的灾荒。

二月过来，这个村才把区村政权机构恢复起来。晋东四个区公所，包括心腹。民主当心腹，向地主借了部分粮，准备双减。

那时土河中心支部书记，没有大地主，富农多。不会弄，结果不但不减减而且还要给地富的。这不行呀，共产党的干部向地富交租的。"上级人下来，会弄这双减结果" 棒才解决这个问题。不久，他们不肯还粮还地，打官司，当时只有县长王宾鱼，其它的不管，官司打输了，还要交粮交地。我羞辱他嘲笑他。

大家批评县长时，他说三三制，我们说他的脑袋也三三制。

后来我向地委说，地委批评了县长。以后汪恒也批评了他。

很多是同干部家庭开出。

双减直至42年开始。

42年旱，43年虫，饿死了十万人。年地更困难。

群众运动大的是44年以后。如插区与区的联合斗争。教育的敌人投奔张家。

相当武装，敌人不敢出来，我们向敌人送信，说几时去缴，先交三枪，出来就请罪。

化装打进敌人支应局，偷情报、子弹、枪，约好时间，去敌人吃饭时拿枪。他进到了，回来大家还批评他，说他不留名姓。

干部接回来不好？你一次就接完了。要给他们多送情报、武器。

弄了棵扁子枪（弹弓的道理）周七九

弹壳，内装火药、石子，引信用洋火，纸包好用，人手一支。能打二百多发，出来如鸟枪，一大堆。43年换的，有些武器打二七军，打坏了，得到他们的枪。有一个打不响，因枪膛要擦好，也不能比碰响。枪筒是包的，卷的，加粗。

展开地雷战。

空室清野，把牛驴也空起来。空在梯田地里，内有水、草，一定饲牲口饿不死。驴、牛不叫，有草吃，能到草不到。

人藏山洞，有（不见驴牛，一般不叫）的洞有后孔，因在那里偏能出来烟吓跑，开始人不敢进，拿着棒棒，才开路。

利用山洞，利用矿洞。

但主要是对付杂牌军。打起以后，44年才是敌人，警备队。

抗日时期游击小组唱的歌

我们都是游击队，
你拿锄头我拿锤。
全国同胞都起来，
一起向前进。

游击队要打日本兵，
叫我解放老百姓，
男女老少都起来，
消灭鬼子兵。

十二月（民歌）

正月里，正月正，
正月二七鬼子到寨城，
敌人放火烧了粮，
炮打了郝元度村。

二月里，放春光，
鬼子住在城里头，
维持会，汉奸老一窝，
又是吃喝又是抢。

三月里，三月三，
鬼子打了刘家川，
南下八路游击队，
耗费了它很多大炮弹！　　（可删掉"它"字）

四月里，破春荒，
全部退下太行山，
鬼子走了民得安，
汉奸个个[illegible]！

六月里，正难熬，
日本鬼子又来了，
偷了晋城往西跑，
东西吴营打散了！
（不全）

晋城从前称战锋说话的人为"马匹"。

三月二十日参观

东四义征生模范村，属巴公公社，离城三十五里。据说李世民曾来过这里。

革命前，土地集中在几户地主、商人和富农的手中，虽然房子都很好，都是有钱人的，穷人很多。

1952年，这村当时卫生工作搞得好，毛主席曾题字："动员起来，讲究卫生，减少疾病，提高健康水平，粉碎敌人的细菌战"锦旗，由全国卫生工作会议授与这村。

58年，村前有道小小河，妨碍卫生，他们在此修了湖，取名为"东风湖"，于60年8月1日竣工。

这村四周是水，素称为千年，（不分大小）沿河两岸都种了树，空地造了林。湖中修了亭和一间水中房屋，周围全以石柱木栏杆。西边一个为一块的湖是莲湖。

中午到离那的公社所在地，吃了午饭，休息了一二小时就去看该公社的任庄水库。水库修得不错，三个湖形连起的，中有几个大大小小岛。现蓄水一千多万立方水，按设计能蓄三四千万立方。在那里看了四张画了湖景，学习时为公社了任庄。我们到的这边之来庄。此庙管理府城文物就在这里。

最后到达玉皇庙看宋之时二十八宿塑像，真塑得不错，栩栩如生。可惜有好几尊在46年土改时，被农民搬倒，有的坏了头部，有的坏了手足，有的受了程度不同的破坏。

正殿是玉皇宫，有很多塑像，也不错，但不如二十八宿的和廊房的好。

其它还有许多，都不算好。庙在山坡上，建筑很好，可惜没有修理，但已有看守保护的人。

东四义还有一座戏楼，完全是木楼叠成的结构，只有四根石柱，看来也是很特别的。

看来这里的古文物，都需保护，否则很快就会坏掉。

（东四义的当时记录在有高楼的绿色小本里）

三月二十一日参观丹河铁路大桥

昨天在长治开会的县委书记都回了晋城。去陵川、阳城、沁水、阳城各县的县委书记陪到晋城，在4点钟时去陵川工作。他认识道路。沁水县委书记陪全。

华北铁路工程局请一些来到这丹河大桥的人去参观。我们和他们一齐去。

早上四时一刻起来，五时三十分开车。铁路局准备了专门送我们去的车。我们同行者要第二次接我们，迟到了。晋城车站离城十里。

这条铁路，从焦作通长治，直到太原。他两头都接不来，故只有晋城段通到长治。据说要第四个五年计划才能通，现已进行了七年。

铁路经过42个隧洞才能到山西。桥梁很多，差不多一洞一桥。

桥是双曲拱桥式的，高八十公尺，中间的跨度八十公尺，两边的小跨度是二十公尺。桥身长一百四十五公尺。是全国中最高最长的桥，但现在华北铁路桥施工时的比它更长了。

桥很雄伟，又高又广，像虹一样在丹河上。桥的北面是山谷底河进入丹河的合流处。山势险峻，非常清。

我跟铁路同志从西坡下河，非常陡，则

了回来时，腿却软了。在回来的路上发现了四个野鸭蛋，在工棚煮熟和全部给吃了。

在小那里画了三幅速写。大约二十时半，乘从兰州来的火车回到县城，时间还不到十二时。

今天临摹画了六张风景画（速写）。

在战争时期，我在自己的部门里或别的地方，听到、见到这样的人物：

在某些方面，不能得出结论说这样的人很糟糕，虽然他可以与她为朋友，但在道德上，使人生气。他常和一些女同志发生了关系，但常以此来宣扬自己，告诉别人（亲近的朋友等等），说××女同志不是姑娘，因此他不喜欢她。其实是她的某些方面，被对方发现了他的意图而拒绝了他，而他却经常在纠缠她。

有一些这样的人，发现了女同志的一些生活问题，就经常议论，暗中嘲笑，即使这同志已早没有这些了。

人，也可能会发生一些了，但这些人欺骗人之后，又诽谤人，似乎他很幸福，而叫女人丢丑。把这些建在女人的痛苦上。

1938年3月 日寇第一次侵占寿城，驻南寨二郎庙的日军长青山一郎带300个日本兵到南王捕鸡，农民李补堂年近六十，一见日本人来了，急将刺刀，横身打战，见日兵快到家门，关上大门，日兵撬撞，被李补堂从房上挪砖，打伤了四个日兵，砸回去，随后来了一百多，把全体家围住，纵火，李补堂他们夫妻、四岁男孩和姪媳烧死。在纵火当，李被砍了数十刀，李的被日大害。三人被烧成灰，日兵拍手称快。有人写了也根的诗：烈火化取火，
英烈耀日天，
硬骨成灰烬，
气节传民间。

那以此二七年为吃千队、大柱队。

五月二十二日到柳树口去。

从晋城到柳树口七十余里。路很不好走，要上下三次大山道。但已不是战争时期的山道了，而是在大跃进时，农民们沿着陡坡、悬崖开出了可通汽车的大道。

今天坐地委的司机（姓李）开吉普去，车虽然不好，但开得很不错。

柳树口已全变了。原来的大道两旁都修了新店铺，有了百货商店、农具工厂，也有了电灯。

柳树口人民公社，就在原来的南庙中。过去占着的一个正房，现已修建成一个办公大院。

柳树口人民公社原和白洋泉河公社是一个公社，现已分开。

原来的北庙，盖了座大会堂。

这里在战争年代的交通要道。现因公路和铁路已通，现很少人从这里来往。为此这条街道两旁的许多原来的合作店房商业的都已改为农业。

这里是个贫苦地区，山多土薄，春天很旱，过来很好的光景。

去年生活很好，是建国以来的第二次丰年。第一次是五五年，第二次是五八年。去年的

过了八年。为了纪念这个地方画了幅速写、

李打算到祖师庙旧址的玄坛庙去。图画不太好，只画着张锅口和旧址遗存的大塘。也即画了两张速写。

这里，过去经过，常听到山下的炮声，现在这个时代已一去不复返了。战争时几次经过这里，现在重游，很有意思。我也曾在时告诉前线的默缘小孩，她说她听说过在战争时期这里大道。

最后回来时，我向保家河公社停了一个钟头。

今天天气阴，就要下雨。没有到玄坛庙，又因有云雾，未能饱看太行山的景色。

44年[illegible]盖地，[illegible]一名[illegible]人[illegible]，在地[illegible]土窑里挖出[illegible]头，五十多付尸骨。

[illegible]七十万人[illegible]三年。

1940年后，加强"囚笼政策"运动。

[illegible]的二七师，[illegible]的四二军，还有十三支队、十三支队，红枪会、黄枪会。

对皇协军散的标语"回过头来，自己觉悟，伪军同胞，打鬼打鬼！"

△ 42年冈村宁次组织日寇扫荡，采取"铁壁合围"式的三层阵地扫荡。

△ 晋冀鲁豫部队的已以付割电线，并逼近炮楼的伪军："我们[有30人到北面去]是八路军，今天要割电线，你们敢打枪，先解决炮楼"。敌一声不敢吭。割了很长的线路之后，又通知伪军："你们打几枪吧，不然不好交代罢了"，伪军果然打了几枪。

竖两杆子，上挂标语，一根倒，表示情况紧急，躲好牲畜。两根都倒，表示敌人已出动，两根又竖起来，表示敌人已去了。

宣传口号"粮要藏好，人要跑掉，门要打得牢，人要跑得掉，有水要喝净，灶火不见烟"。

"找不见""摸不着"、"跑得脱"

"跳雷""前门雷"、"开门大吉"、"[illegible]"。（地雷战）狗

[illegible]

（*这是赵老师作的）

用榆木炮打敌人据点。

"洞里鬼子心发慌，山口东边开个枪眼。你拿枪，我拿刀，爬上山头放响榆木炮，吓得鬼子不敢睡觉"。*

鸡鸣利

高利贷

每年秋后放秋包，每斗利三（五）升，到明年秋后打场为期，限三天交完，第四天鸡叫就算过期，加倍称利，故叫"鸡鸣利"。

范×旦之，四口人，"无房住"不能遮风雨，铺的是草苫，烧的是树枝，全家只有一条破毡，一条破被，终年光脚，两个孩子一丝不挂赤身露体。大闺女饿死，孩子快饿死的时候，村将子要卖到李家，结果自己也在途中饿死。

灾年地主粮烂了不肯贷给农民，他说："粮烂顶肥，上地能多打粮，低利低利借出去坏了我们的规矩"（高利）

封建官僚恶霸

地主的典型

恶霸、官僚地主吴×盖房子拆了周围的民房和东关老庙，奶奶堂，三官庙。

盖大小金屋，盖铜厂，打麦厂，拆了他的民房有三百余间。盖房子的工人不给工资，做工小工给他做了一年工，一分不给。后因修[illegible]

地冻了一天，害了一场大病。他家大门门
外，本是一条通到大道。身大的有个怪病，随
便"撞"人，人从那里经过，躲着面走。有
一人从那里经过惊动了他，他上前的撞
"撞"，后来一撞死了。这样的"撞"死
"撞"病子被撞死的不少人，可死的有七七人。
家邑住的女儿好，他要强娶她做小老婆，不
一家宁死不肯，就被这些他们给抓了押了半个月，
最后（和好）只好把女儿嫁给他做妾，
可是过不久，就赶回去，又不许和别
人结婚，这女的后来只好嫁[illegible]。
有次家中小东阁工人的老婆，他要接
她来工厂，工人看计不能，未去工厂。工人
的弟弟也被他嫂嫂报仇，告到[illegible]，不报
案，后来他把这个工人弟弟逼去当了和尚。
身后的前头的妻是他第二个儿子的情妇，
身二少休了原妻，和父亲的妻同居[illegible]，
当时身后已七十多了，据说这小妻是被
逼嫁到身家的。
身的大儿子留学外国，娶了一外国女
人。在日本人来的时，身被日寇[illegible]
（外国女人）

有些人被撞病，有的被撞成拐子，有的被撞死了。

回忆 这个材料很可能在太行山区曾经"中心"流行，情况很相符。

这是很好的。

反封建，大翻身时 （据笔记摘记）

打官司打状，撑腰拔牙。

"村谈村情，什么事也不准向外揭露"封建时期人家犯了校规、家法，武者的纪律，但作为斗争，威胁人民自相议论。

"削毛、剥皮、露骨头"

"农民生在此谷，地主不劳而食，都是皇天注定，任何人不得违反。"

"命中注定"

翻身翻个盖，千秋万代"

"种粮人我是赤脚光肚，你娘为你算了什么？为啥他穷，为啥他富"？

"斗了恶霸的撑腰，斗不倒地主翻不了身"

"等得了好地方，

按排合适不移，

揭开不移动，

长在穷人的心坎上"。

土改时代斗争中的语言

翻身四字经

穷人过去，比比现在，翻身以前，翻身以后？

谁当的家，谁吃的穿？谁当的家，卖地卖房？

谁当的家，妻离子散？谁……，家破人亡？

谁救过咱，谁养活咱，谁是救星，谁是阎王？

挖穷根儿

同是娘生，同是娘养，咱娘生咱，赤脚光肚；
他娘养他，带来几么？咱手里穷，咱家也穷，
他手里富，租谷却富，这是何情，这是何故？

为啥咱穷，为啥他富？咱坟不对，咱命不好？
咱不能想，咱不能挑？拉出钱堂，就把钱挤，
火也翻手，钱就翻手，穷根在哪，仔细找找。
?

贷他二十，年利三分，背上十年，还本八十。
借人二十，还人八十，咱是背钱，咱是还钱？
还咱有钱，咱贷他吧？说咱没钱，还人八十。
仔细想想，仔细听听，这是命穷，贫是命穷？

正月好熬，腊月难过，东家藏藏，西家躲躲，
债主逼住，一群嗷嗷，西门了东，门门剩钱。
一亩半地，两升玉米，不够还东，根也剩钱，
孩子没吃，穷家没穿，债主逼迫，哭哭啼啼。
咱们过年，叫苦连天，挖出穷根，谁不心寒？

给了主家，当了底奴，苦熬一年，打二十石。
吃上三石，只剩下两石，缴十五石，叫那去了？
有土有财，为甚有穷？咱吃主家，他吃底奴。

气小不要，气大不要，三三十岁，小伙正好。
不歇晌午，摸黑起早，天明担水，晌午锄草。
主人不明，人还睡觉，得了场病，人家不要。
赶门出外，饿死就了。不如主家，养狗一条。
伤心不伤，恼眼不恼。

打个长工，落一场空，挨饿一夏，受冻一冬。
天阴下雨，人家不闲，锄人家苗，荒了自家。
秋后菜秸，荒草一把，仔细想想，穷根在哪？

挖生粗地，伤心种子，打上一石，出租五斗。
斗大二升，秋后六斗，风车一扇，还欠一斗。
拆出秕谷，地主拿走，抓把喂鸡，抓把喂狗。
荒年饿死，不如升斗，逼咱没法，上西逃走。

说没子女，说没亲娘，逃离家乡，讨要为家。
逼咱没法，纯不想家，饿死爹娘，埋掉之上。
卖了闺女，离开地方，拾些东西，两门恨之！

不是坐牢狱，不是穿破帐，为何多腐朽，也难回乡？
共产党来，我才回乡，斗争地主，永永翻身了。
这个恩情，永世难忘。谢谢毛主席，谢共产党！

谁养活谁

五谷杂粮，是谁种的？穿衣穿鞋，是谁做的？
住的房屋，是谁盖的？黑煤黑炭，是谁挖的？
地主不劳动，粮吃不了，咱光流汗，天天不饱。
是他养活，是咱养活？他养活咱，咱养活他？

跟着谁走

农民翻身，依靠何人？依靠政府，依靠干部。
依靠自己，依靠群众？一人翻身，众人翻身。
共产党好，国民党好？跟谁好走，跟谁倒灶？
跟共产党，永错不了。

这些都由工作开会讲和
每集的结尾诗

烧掉变天账，讨回千年债，刨掉穷根根，
彻底大翻身！

保卫翻身果实。
上阵去把仗打，打垮老蒋介石。
王双喜同志参军说：毛主席救了我全家命，我就是这个孩子，也要去保卫毛主席。

英雄的人民英雄的豪言

搞得把关子，恩闻断州城！

做军鞋歌：
太阳东升照亮了心，翻身了前解放军。
针连线来心连心，前方后方连成一条心。
做双军鞋送前方，解放军穿上打胜仗。

王家庄西鹿宋代的二十八宿，据说是破四旧时的刘惠塑的。

孔二先生 思想

过去对劳动的看法：
依靠把力吃粗饭，指东村西吃川盘。
膀头出力，劳后一亿；心头出力，劳后千亿。

东回义新歌：
东四义村大变样，
处处楼房处处香。
生活卫生条件进，
万事千红幸福庄。

那里种了40万株树，穿天杨、梧桐、龙须柳，东北苹果，通公社的马路已是林荫。

全村一百一十多院，三千多间房子。

有个1,700方尺的广场，有鱼塘、花园，院院种花，家家养金鱼。

东四义焕然一新，街道上干干净净。

村头中溪塘花圃，东风湖水阁凉亭，
白日里鸟语花香，到晚上电灯辉煌。
一进村心情舒畅，到家里冬暖夏凉。
食堂饭又甜又香，指生死人经手此。

洪洞广胜寺元代壁画有"太行散乐忠都秀在此做场"，写于泰定元年四月。忠都秀是女艺人。

上党宫调，与明初元代宫调有关。

诸宫调始创者孔三传，他是北宋泽州人。刘知远的诸宫调中的"出队子"、"六么令"、"耍孩儿"、"一枝花"的牌子，至今仍沿用。

上党宫调历史

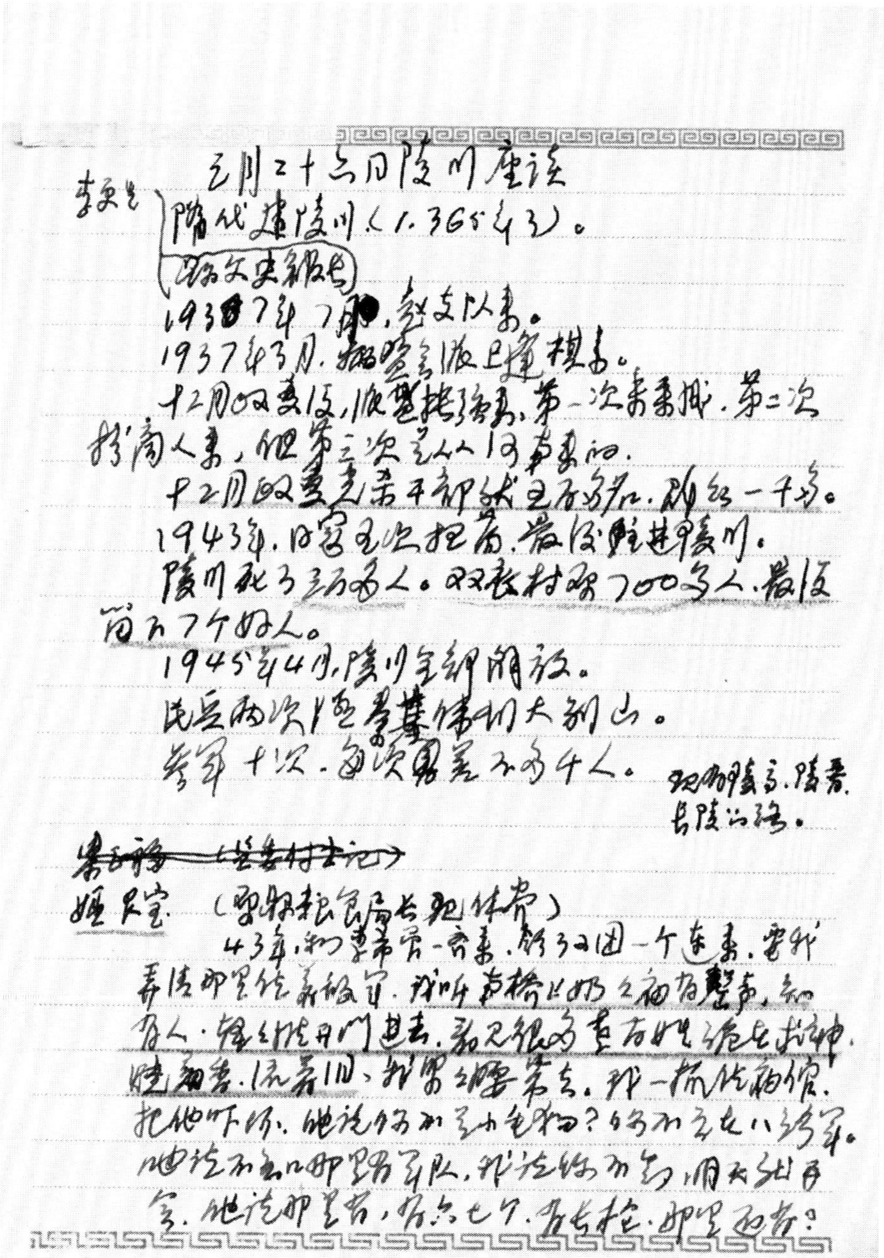

三月二十六日陵川座谈

李文生

隋代建陵川（1365年）。

（[illegible]文史[illegible]）

1937年7月，新支队来。

1937年3月，[illegible]上[illegible]根据地。

十二月以来，顽[illegible]，第一次来袭扰，第二次[illegible]人来，但第三次[illegible]。

十二月以后[illegible]干部[illegible]，[illegible]一千多。

1943年，日寇三次扫荡，最后驻进陵川。

陵川死了三万多人。双底村死700多人，最后留下7个妇人。

1945年4月，陵川全部解放。

民兵两次[illegible]太行山。

参军十次，每次[illegible]不少千人。

[illegible]陵[illegible]。[illegible]长陵[illegible]。

~~[illegible]（[illegible]村书记）~~

姬贝宝（[illegible]粮食局长 退休）

43年，[illegible]一个[illegible]。[illegible]一个[illegible]来。要我[illegible]那里[illegible]。我[illegible]有声，[illegible]有人，[illegible]门进去。[illegible]我[illegible]。[illegible]，我一[illegible]。把他[illegible]，他说你[illegible]？你[illegible]八路军。他说[illegible]那里[illegible]队，我说你[illegible]。他说那里[illegible]，有[illegible]七个，[illegible]长枪，那里[illegible]？

去杨柳村那里还有。这时候几次来说完那里那里有。

二

我回去报告，三专员老布置好，以打响枪哄走为号。我引他们去。一个指导员领军队，结果我们还未到，就听到枪响了，我们马上跳墙进去。

那次弄了三十支枪和一支土机枪，以后我扛了支毛瑟。捉了十七个敌人。

第二天在这个大村（三百来户）开会，说李希岗、赵云福叛了，八路来了。

回来我回家后，住了个很长的几个月以后，土匪张维来，要我父亲好交代，当时都跑了。我的媳妇和我，只有我母亲在家。"张在哪？""我走了八路军。""因你走了八路，你要被抓走了。"我说"去，现在还去的八路"。

就写了一封信去威胁，要他撤离我家。不肯。

听说现在特务头长柳义，因堵截那路长匪，他（逃走）就弄了他的亲生柳义。

李希岗说打，说打，得了把转盘机枪，一把短把，把杨子王也弄出来。把他亲自送到城里，并写了封信给杨子王。

坚

部队走了，把我们手枪也要了，说枪在敌人那里，你去要。留下我三人在那里坚持工作。

自己到了陵川二区后来，找到梁木，领我到

行

柳木刻了"陵川抗日第二区公所"，张有个王玺。李裕民当区长。

没有枪，只有手榴弹，听说南陵东沟司节有枪。我们分开去，东沟说不在了，让走了八路。我问说阳城藏着二十支枪，他不肯说，叫我找来，我问他，他说镇子村知道，叫镇上来，一人轿王天的村副。把三人分开东、西、堂屋各一个。都不肯说，只好说只有他两人知道，只知道有四支。"我说你不说，今天算你完了"他说，"不瞒你说，八枝"。"再多了，他两人知道。"却不说："只有八条第子，一粒子弹也没有。"结果弄出了八条枪，叫出来八路军的人翁，说要支好的，是汉阳造，也是土枪。叫他带杨城叶，说我收了，要存条，我说打个收条。（杨城叶，王改人小队长）

这杨城叶成立叫杜立营，交五支枪，五个好区干队，去寺门，回来，几天后费信，说枪、人都成了杜立营。带干队西柏，把我气坏了。

听这个区干队，有本事，抬挺机枪吧！

听说李阳林史柳王区部下人，王要历人，说枪在李家庄一带。我化装几次去侦察，有天又截当时杨子已出二十不小来挺四十毛。（眼镜）

二十二团来，说借动员礼拜，叫我去。

给我在区长组织了二十个个人长。李师长说给他们打枪，一挺套子，还有一八百箭，让崇阳去的

（寨）

子四，新青队常带枪，露出长枪头，让人知道我有枪。让人知道小鬼有枪。

跟我去抓山口陈的鬼子据点，隔三步一个。我挨着一个的肩，一个手榴弹。

一切都出来。我见这个人，我说一个，是我们家的村长。"你又是汉奸吧？我问另一个人，第三个是枪眼，我知道是土匪，三个跳了，捉住两人。他说来土匪不够回来，不解他是土匪，常是。问他机枪在那里，不知道枪！拉响枪，他说不准响枪我！"他带着我注深家我单窗里。没有步枪？说步枪在楼上。

我是飞机来去太保，怕他们了机枪，我们别埋伏着，小鬼出去，天快黑了，去弄出来了，刚亮出来。但他不肯让出来子，说出来两个，两个手榴弹。

飞机军去取了步枪，再叫大家取机枪打敌人道路，打过来了。

回来后，我不敢露出机枪，去由军队查后才敢拿出来，去威风。她主管不敢说他。他们说我们不缺手榴弹。

又想问捡的弹筒为什么不敢了？听说二七军在民兵的藏在里头[illegible]都拿了，那[illegible]东西，[illegible]弹筒，捡了七个。[illegible]主管[illegible]我们有四个，给了他们一个网。那时他是重武器。

保林到了肥，以后，柳树寨村的组织会，十八里的。在城里住，因为我在那里活动，不回去，把媳妇也搬来，结果她很俗的第二个很好。

二不够要我把了到了肥，他应当要来修城墙，两个人又讨论，他每到回来也修的城墙，后来去的也修好了。

我说还接不住到了肥，他回来的报告。

44年春，他要回西寨媳妇，他当时二十七岁，我知要的是白年英，她的叫英翠英，是嫁了两姓。

和王说（高牙引、贫农、大花村人）"小媳妇给你办个了"，什么什么，都道好了。我在要的就嫁了她，日后来了，怎么叫这个之乐？他说他姑姑家那要媳妇吧。二百多户，但不知是那一家。他不敢去。叫他姓子和民兵去，在寨东第一位工作，还有他们，西寨的村长，民兵站岗，我有两支枪，一支打响，一支不响，二支长枪。

编为包部队，挑选好民兵，向四个村叫四个好民兵，和我们四人去，出去不敢和民兵说明，吃了晚饭以后出发，每人带上手榴弹，绳子，…

里。上半夜各区富开个会。西营的村长王和亲说：是白党富去。我说你是胡说，你说白话了。当他拍手的时，去了七人。这时告诉民兵，已离村不远了。

李藩说要把队伍拉上大岭。他是指导员，我是连长，这时第3区的。

李藩说不懂地形，我说我知道，然后告诉他，那边是平阳川，那边是出这样。李藩说一打就不能回去，最好回来。我说就打拿他两个武器。藩说不能这样。

那村边已是夜静，帝石匠会转了转，什么动静都没有。我就放心了。听到有窗外的人说话，就叫人叫门。那屋中的青年说……我叫他进去，先吹灯，以为是土匪。原来是个村长，他叫我们土匪。

我问他为什么叫我们土匪：他说我们土匪，他怕八路军在村子里。他告我们刘某已走了，在半夜打过灯，有村警看他。我先打发他走才出来的。

我们往那山队去，到了村边。我说这是陵川了，不要怕。

我进去了，街门是开的，房门是锁住了。以为那村长哄我了。

此草稿纸写的。

没搂门楼去听，又听不到，又出来了。安心，一天早就快明了。

去要叫小一子和她出来问。我想去安[illegible]说到屯里要[illegible]。八路军来抓，我是跳二区团来报告（是土西团[illegible]说她的）

去石姓不肯，我是跳二区团，他说去，[illegible]把她推出来了。我得问她，叫福信，你又[illegible]叫，海鹏了他认识我了，听说他去了八路军，我说叫说，我们就是八路军。

他说在[illegible]表弟家里大本家，但不肯去，我硬要他去，是他叫那里去找他[illegible]回来，告诉我们到屯北小楼，一看，“我是吧？”

我叫了[illegible]把门包围，我带两个民兵去，一推街门，就响了。里边插着，[illegible]把东屋叫了她说客人。我急了，一把把窗户撞开进去，把她又[illegible]，他又[illegible]我！我听去算着怕打她，一想就打她。全然打倒。但不敢就进，一推门，门栅着了，已经闹房，四五个人，八对着[illegible]。

我叫民兵进去，“把手举起来！”“把枪卸下来”，把[illegible]捆住来，[illegible]没有枪。

新娘在炕下，闹房人拉她，拉出来。我问她[illegible]，她说[illegible]姓[illegible]，嫁给土西[illegible]。[illegible]她说[illegible]。

第二天，何何的审了一堂，他说不是汉奸，是[illegible]中央的[illegible]长派[illegible]，不然就是八路军。我饶了他。他说的[illegible]律[illegible]。

后来与我说明，说不要管，我说[illegible]出门以后到快天明，要给姬[illegible]知人来了，打起来，他们不敢上来，我说你们上来，他说你下来，打到快饭时他们退了。我不退，后来[illegible]打了[illegible]他的排长。来了一百多人来，打[illegible]。

我[illegible]何何村长（就是那个）说的，不准有人过[illegible]山头，一来就打。

上面把它当好人十多个不准抢劫人，说到十多地，说了条件了，抢劫[illegible]解决了吧。

问西路
工团士[illegible]
[illegible]

姬[illegible]，[illegible]手的周民主[illegible]长，
[illegible]阳陵心自治[illegible]会
战地工作第四团，[illegible]，[illegible]大[illegible]回。

四[illegible]、二[illegible]队，我[illegible]他们。
[illegible]阳陵川三四个[illegible]长，[illegible]，[illegible]他，“[illegible]不[illegible]个[illegible]掉他？”

我说要"亲友关係去捉他"，叫一直主意的去找小郝拳小闯，姓战送的那个伪长等保三在那里。听说这个伪长和一伙拳三春在多年移居村里，租去两间来捉住。

後我们民兵和村农村长张平，一路去了三个人，弄好了，就去，包围了院子。连长说两个院都要包围，第一院果然不在，在第二院，见一人揣成级资关的，一定是他。当时我见郝队长已去，粪城人，他认识他，证实。但他不承认，叫我去审他，用刑，他出声了，但还不承认，剥开衣服，有良民证，就证实他是，就当跟他读过去。

当时陆明，在祖先家烤火，在那里审他，说了过程后，陆明说：

陆明拉着那个伪长，读他的事，陆明还给他烤纸。

以后三拳三春当了伪队长，又把拳捉了。

下雪捉伪长

是第二年春，他那时建宁镇，在岛山东南炮楼。下雪很大，天黑了，王西村第喜西厩第一个排，说去捉伪队长。

那个人当时队长（伍家队），实去队长姓朱，在那里住着。西炮楼的两个住着。

那个人回去以后我不去，雪很大，路很不好走，走到半路，第二天和人家回去了。

把秦之寿捉住了，他不承认，但我早听他的形状，问来者那，来搜出来，在一个小洞前发见他的铅笔和外袍。

是否有枪了

要队长放了两颗手榴弹后，开门隐藏，被民兵一枪逮捉住，弄了他的十字套，开不了枪。

宣城地务，打两手榴弹为号，我们在那里分一路来听到，来能出来，后正规军又派一班去把他们带出来。

老百姓卸来者这些女人，还有两个女的，不知什么人。

捉了他四个兵，内有一个子男兵。

这是老百姓的话

老百姓说不值枪毙一个？

三个兵脱逃，二女人和子男兵由我们审问。有一女是陵川的，跟了个兵，不知羞耻！

老百姓说的

公安局缴枪，八路军下乡，自卫队站岗，五十三军剥削，民训受饥饿。

抗战开始的民谣，反映对旧政权及物资的痛恨。

三月二十七日座谈

张书城　城关西街大队书记

我事变时（现39岁）是民代表。

抗战的时候，成立（城关）了游击小组，政府退，二七军来，四十军住林县。二七军来，他们没[illegible]掉，推上开始[illegible]。

二战区来时派来杨部（开始）组织一万人去请愿，去破坏城打死他。

那家很穷，没有父母，二七军要支差，很穷打击。一年来后，日本人打他打到太行东山。几天后，日本退了，二七军又来了陵川城了。又支差，收买[illegible]送粮食，割谷头，什么都吃光了，弄的老百姓不能生活。

所说二七军在黄庄南走，却走了个精光，损失很多，走到凤头（高城），碰到日本打开了。把二七军打成一片，也分不开那个团了。又从凤头跑到陵川，一个师败了很多人，又指开政府，抓人抄家。

军部陵高城，下面支差，送[illegible]，什么[illegible]照不行，不敢不交。[illegible]（四丈），炮，[illegible]了一场，什么也没有了，就跑回家。日本人来了，打二七军一个团（一二七团），全部走了。打得像刮风一样。

我记二七军跨了，八路军在黄云要进来了。同一开始很红，在八路军来了一二万人。我想八给军队也不还。

二七年在野外当牛娃时，三百姓饿死，饿了没人管。

咱人都说不走了。

民三十二年秋晚上，我正吃饭，来一人，腰缠手榴弹，不是百姓，穿的是从庙里接下来的。是说是八路军，说队伍要开过来了。他说队伍来，就给说已十来来。我说去十来来。我[illegible]去接对头，送到西××。李石姓说那里没队伍。

我当时生寒病，躲了两三天，他们不去不行。

后来把我捉住，打死三次晕倒，说我跟八路弄来。

李石姓把我保出来。

一只手打一百多板，又用板子撑嘴打腰。

灌冷水，吃油条十来根，叫我出来再不跟八路走了。我嘴里说行，但心说这怎么不去哩？

后来，他村长的保长又把我捉了。把我放在铁镣绳上加杠，要我说，问我是村长的情形。又把板凳弄来，坐老虎凳。我也是不说。

又用水渍麻绳打。

村里又化了十五元来，把我弄出来，又要罚五十万银洋。我卖了破房，他没人敢要。

我，鼻子也是黑时，后来脚上也变 惨知也让向孝錬回分区以后尹来了。来向我谈情况。回来住一宿后，我向他透露情况。

四月初八起打伪军部后。围困陵川一月多，未打开。

（不能）
我曾对特务营长说把陵川炮楼打下来？打了半夜未打开，陵川的敌人冲出来了。（未打了）

我到了巴去（第四次来担任师）。和他一起行动。

吴文华　前贫下中农

事变后，我有四个抗日政权，敌人有三个。

三保险、抗救队、回国队、四是人民认她成立的部队。

蚂子无鼻不下雨，天子无鼻不下雨。当时的群众(作)编的老话。

吃陵川，穿陵川，大炮一响走不停。

对二七山部的议论

李政肖　平城公社西河大队主任

二七军垮的时候，我们那在当地贫农局。我不敢去，我姐敢去，常回八路军情况。

我村四个人在大井一带和我军接上头。告诉我们如何回村组织工作。黑天白日我四人在一块，也不敢和别人谈。

当时，二七军已散，有散兵，我们也没有武器不行。来了八个二七军，带二支步枪，来村子饭吃，我去送饭，知道他们情况。我布置好，敌人八名，咱二人进去先夺枪。我们把两支枪弄到手了，他们不敢动。后来说我们像样有了枪，也交了。

不断有敌人来，有的带枪，有的没有，有的挎刀，带枪去，把他告诉了，他说要投奔八路军，说没在村里已好了。

又逃走，枪又交了。　　　　2

又一次我军来了。中央军有四十人，五条枪。分队的人心不来。二七军把咱去了个排，把枪和二条队引了。

俘虏教育放回去，解放后说不好，放了又害来。

又拉的一个二七军，当往政府里，她去了。弟到水窑宣，抽死放在窑中。我们村的人害怕，我说当领导的，有我负责。第二天，这人又死活，有人说遍野里，听见有喘气，说是二七军，老姓名周五承过了。

有次四人带一支枪，黑夜找过纳，到小庙，四人带了来，一枪打死。

这支枪可不敢交了，交枪也不得了咱，不敢揩，白天藏，也不敢叫解放军知道。

又弄了个手榴弹两箱，都埋起来。

听说县城有个参加突击队的，有支枪，又去弄回两支，又弄了把刺刀。

一共弄了二七军二十七个人。枪共弄了十支。

二团九连来了，开会成立托日村政府（43年8月），那会说有黄军在的队伍找我，我当村长。有财粮委员、武委。

这没有武器，他们说你去找吧，我们又不敢暴露。

安原民兵，有十二人了，共三四两条枪，机里，敌人出去，我们也出发，就三四两条枪和手榴弹。

有的去坡的又弄了条枪，这平都是说过没有枪。

以后在平城岗上接弄了两支枪，他又怕过去来了，他说你这支枪打不响，换了吧？我说不怕枪与钱所有的，我不开嘴，是没有搞。枪也是不敢露。

敌人秋天出来了，四五十人，把枪藏在包菜干中，说敢去干，小孩说敢去，他十八九了。

敌人正在吃饭（在井上），十八个同志去了，七里然打开了，打伤了他好几个人，敌人跑了，结果把我们的枪分开了，干脆把它来，"有枪？真有个背包了"（不十分清楚）。

闹去财，叫他买枪，不如多来钱买一支。

当着向我说这枪的工厂。

出财政查闹过钱，要他买了共三支。

这些都是不算什么人都七支。

去找买枪人，也找了我一个独立营人。

是显缺乏人的时候，是那帮他们，找到村干部。

把里面放了开了些，多少服务了。

镇搜了几个人

提给专车的，三队中有人说话，散了。

因他说外路话，他以为我是突击队也不敢去特务营，他就只好向北去就放心。

把三人又弄了，因特务营的团长知道我抓了突击队，来要人了。说弄死了，你不要说这了吧（他已走），那是在战争中。

以后我们把白的找回去抱敌人打死，但上头宽大。

朋乡
所属
太行
山区
深米

石门没有能打过。

敌人来抢粮，我们又把他打了，得回十五石米粮，夺回半数。敌有一百多，我只四十余人。

有次我们枪毙了一个村长之弟，后他来了一百多人，民兵和他打起来，敌山上有一个排，有炮楼，那里都怕，常打枪，打疲他，他不敢出来。

白狄家不断袭扰，后解放以后出上列我们，后来好了，敌十几人转在那里没有出来枪。

这次敌人伤了几十人，但我未受伤，拆了砖头十几个山（死）枪。

抵有敌人的，从来进过石门，除非大扫荡他们。

那时赶过来的，在那里，常有我们的

以为会吃喝，吃亏了?

到好年，他去吹嘘不让我们缴去，当时要回一枪，很有阶级观点，後他弄了房子、地，收拾起民兵，当汉奸半做敌害，他联合了敌人，我们民兵去，吃了亏。

又有一次，煽惑了民兵去人，他民兵却未蒙露那是有地雷，因有一窝害了民兵，以粗变卖了汉奸。

经此教训，民兵要组大换拔，把枪交了出去。

（有死有伤）

“不死我还得扛枪。”

到处控诉，一千元。

任区长叫我到革掉他村长，又组织了二十多个民兵，陀着民兵，川去和抢他，吃它家粮了。

孙楚的罪恶

指挥十二月政变是第二战区第三行署主任孙楚。

1939.12.——1943.共杀邓里百多人，群众六千人。

梁玉福　杨发善书记

我军来了，找到我，二七军人来此报告，叫我组织翻身农团。

敌人把枪拆开了，给我一包，了给一捧居一包，交我们藏。我说要去报告，等他们来取时，你叫小女去告诉我。他们来了也不给，但要吃饭，不报告他是意思。

过了七八天，两个二七军来了，请他吃饭，我们办庄，白天也没人去，他就住下了。

我们找的金锁两人来了，比过了二七军。二七军一个在烧火，一个在外边去。这时有二更天了，金锁摔倒一个了，我弄那个，却把我摔倒了，幸好我手拿把二七军腿拉住，我才翻过来。

我们四人把这二人弄死了，把枪交给独立营。

六月间，二七军又来了一二十人，要来取枪，我说没有机，他们把我弟兄来烧，烧，后来区附近的群众三十人，用土枪把他们吓跑了。

这样以后独立营有伤病员都往我那里送。

李希引　人民医院副院长

37年在村里当教员，後参加牺盟会。做抗日和报工作。以後又叫我做统战工作，因我是当教员的，认识些地主。那时闹抬公道团，牺盟会叫我负了公道团长的工作，搞合理负担，我向县长提，县财主嫌说得多，我叫他去调查穷人有多少地，又叫贫农把地富的放债，土地，房屋拿出来，这样把地主拿住了，他两个地主负了三分之二，他不满意。

去找我舅父，他是县长，但他却叫狗腿，在会上去喊反对口号。

我家是开店的，当县长了，我说引，我去，找我舅父，和别人合开的把放债药东（当然房的）西都弄出来，撤了个队长。

县财反对我，向县政府要求成立了突击队，突击开会。我们说，我们也弄突击队。

人家说我的工作是打击抗会。

快退却了，因我是病房，又叫我去管药房。

到了一个山庄，二七军来抢，四十军也来抢，群众很低沉，李季说要做群众工作，给群众看病，这样，合作社的工作打开了。群众也拥护我们了，说我们不是八路军，而是开药看病的。二七军来抢也得到群众拥护。

後又搞煤窑，还是利用给群众看病。

被坏家伙报告，宪兵队来了，嘴巴打，问他我的名，问他八路军在这里干什么。我胡说了一通，他说不是八路军没有人哩。

评 怪不得陈赓个胖，不怪陈赓的什么个样。

王德印　城关供销社支部书记

37年底38年初，李希圣回来后开会，要讲民主民生。要开仓，李主张，第一特派员（留的）不主张，要等时起来。

以后这个人又回来，群众不相信他，而相信李希圣，因为就是地主。

民训处[illegible]（闫民芝）当时在此活动，有次在开会，捉了他们五支枪。

以后不成问题了，在会议上要把黄三家地主七家富农，以下才是中农。

二七军来了，地富倒算。

二七军当初守佛，差不多每人都有，他已不想过去。
（胡问）

二七军来，他问说是啥八路。当时村里不知道啥八路是指什么，我当他们是八路军，也不是八路军。什么是啥八路？

当时，发展是很快，摊派也不大。有的人被捉住他们说并不是啥八路，就是共产党。

对付要粮的反动军

二七军一个付官，来要二十石粮，限期三天，不然就把他当共产党的，订下计划。到期他家有民伕来了，说明了给他送。到村外叫他回来为了，以后刑痛痛，说有不说说，进门就捆起来，把民伕也捆了，他说我是共产党。

把他们两人勒死，因不敢打枪。

以后凡是要粮队伍来，先作以以一些话，说话，人就乘机逃去干掉，但也不让他吃饭。

姬良堂

十二月以来当了村副，当了一年，政变，顽军来了，要我当村长。"你就是给他们村付不能为我当村长。"当时，并打了我两次。

你是给八路做事，为什么不给中央办事也行。

我说村长不好当，八路在时有的多少，为的少出，中央来了，就捉他放。他说要枪毙给你子弹天就拾起来，结果打了个八路军，结城里胖，把脚都弄破。

当我们走来也在这，背個着，有人说伙伴女友爱，我为他解小便，用手帕揩鼻血，救用裹着一同我们一道上去，男的，女的，答救。

战友李叙给我穿了长裤，面见到，他接解下，他还有二件衬衣。

"这是什么地方，这是藏龙卧虎之地。"——秦基伟说的，他是本走村的我们的学堂团长，他当时有四十岁。44年病死。

秦基伟、吴法宪。

"你不要心怕，在这里多少英雄地德，八路打仗情愿，穷人家，还军都在这里面的"

唱段平板秧歌，谁会唱谁唱。

过了个时期"咱们多拾不留，多做多做饭，不打多个斗争"。

但实在不说说话。

有一個犯毛病，打饭，他说我这地方不留，我打了他。他告班长。秦说呼哈打，却也急吃饭，扛锄把碗打了。

过来，不知人给我说会不会的时候，曾不信，自己晓。我们：

"抽烟会扯掉鞋底（地名），海员把

牢变主刑。”

横额："不论天理"。 后有贴。

~~[illegible]~~ 大家都笑起来，春节说不贴咱的

就闹纠纷，初二七军的和连退回了。

把连长也打了一次，因试之叫去打水，顶了他一下。

听说朱总来了，给有关系校官，来要八路军的东西了，要跟总司令走，但要问过地方的，我们走不开，只走了八个部队的。

在给我们做示威了，我去讲，那里有一二厂，纱里头的东西，他们要得倒下来了，又迫我去，一刹头的在那里叫了班长，用皮鞭打人，我说同是犯人，你为什么打人？我打了他一掌（用鞋）。

第二天团长问我为什么打他，我说都是犯人，他打我怎么不打他？他说你怎么这些？我说我想走了，你不放。

“这个宝座给团的饶了”要我去学习。犯人都拥护我，团体学习。

（看守所里有二厂）

监狱长来了，又把我照会转到看守所，不准动，大小便不准出来，打饭和尿桶放在一起，一上一碗。

当文书报他，要认真一场，推翻依据。
把墙上钉也弄下来，烧掉。
关了七天，又恢复了常态，出了戏。
以后他妹妹先去世了，妻要说了，叫我是
八年没进一个（花）王家宅，是国民党。
围起来了，我们搞过一阵。
"当兵，把这家弄走给你们吧"
（我说）王先生说我是小毛，我说，你也来了，
新参军了，找个好地方，给他安排了
个庙里，他这是去文化，新参军了四
两移。（他有病，在家了一下）
第二天他来，说他是指导员，是给你们
的统筹安排的。
"指导员，你去把他吧"。他想不动，就
说他指导打他。
以后是他们的人怎么也不敢进
庙了。
最后花了五十元中学(?)买来，也那里
一年。（审判了，押了三年他）
妻妻和我见面也笑了，是王家也来过，
他过去和我快，他报告我们的人也绝了。（赖文学）

鲁村事件

1938年春，陵川游击队第四大队在鲁村设伏了鲁村盐店。反动分子乘机煽动群众抢盐，四大队长贾文林开枪打死了一个群众。后已处理判刑。张蔼楼利用地方封建势力，向阎锡山通电，用军事力量把县长王耿人赶走。随后闹的八小县闹之一，师人凤任陵川县长。

1938年十一月下旬，县委布置了反师斗争。12月5日前后，先后在城东、盖城、平城、下川、杨村、六泉、芋坡、秦家、张村、冶头等村，纷纷举行集会，要求撤换坏官师人凤。组成二百余人的代表去长治王专员请愿。共二次。各县也派代表支援。王专员已答应。这时专员续济川已被赶下台，由决死纵队政委戎伍胜为专员。斗争胜利，师人凤被赶下台了。

39年元旦，在城关迎和坡，举行纪念胜利大会，欢迎张维翰同志为县长。

三月廿七日座谈

李润保：

敌争师人团时，我在公安局，开始当班长，捕住敌人（间）七人，不敢打枪，黑夜弄死。

改变时，公安局变为特务营。我当排长，带领八十多人撤退，改了二十八人，睡在窑洞里，用土埋住。有个未砸死，改告者，都跑走了，结果被敌追了。他们的至多死。不当走，要抢粮食，又弄掉二人。

走时在石坡又新掉十七人。史家的罪恶之大，一书未能写死。

宋泰华　原平城公社党委书记

改变前当个政训队，搞地下活动，受工作团结会，搞情报工作。

朱德在垂萃打了胜仗，时局不稳定，陵川解放过。

百团大战后，敌人来了个扫荡，打了很多，打下陵川。

我们公安局往平川去，我在那里。

敌人从马圪山快到平川，离八十里，形势紧张了。马当特务营，四中队，……

[illegible]

我方吃小米。

以后三十二团回防了。

我也不当侦察股长，常带战士做侦察工作。

后来营长把三营军指挥，团长升我做营长了。

三十二团住邯城（平顺二区）。

四十军住花园村，当时来了七师的九个部和伪军。

卫岩村

当地老百姓，多几棚，很穷困，和妇女们结婚，被敌人侦察，被杀，那妇女把我们出卖，不肯报仇。我们把地布置工作，侦察员兰部（敌人称他编村长），有天，她找五个兵工来叫（编村长）我，到了，她说是兵工找，抽大烟，可能当去不远，若十里里地，离敌据点二十多里。

我找些人，但已干饭，枪不好，又不敢打仗。那村首要是村长的伍长，我叫他去，带他一人去，又带备城一队去偷巡，还有个民兵。那是十月天，天快黑，到村一个人也没有。遇到一开店的，问他，他说是兰部不在，打了他一下，才说是在那里抽大烟。去中农家，到那家窑洞门口，大院，房子很好，也在群众第一个村主。叫民兵布置岗哨，在

见敌人就打枪，跑。我们两人爬过墙，李
俊英不敢上，另一个民兵也不敢上，我上，我
从他肩膀上踩上到房顶上，通路不熟。当时
月亮不明，狗咬开了，怕没有人出来，心突突
地跳。楼上地转不敢下，跳下去，开大门，却
找不着，不好开，开了，二民兵进去，通过第
二道门。我拿着手支步枪，出来一个老乡，
不像是党部，用手把窗户打破，看见一大个
在抽大烟，只有一人了。推门进去，按住
抽烟的，他也不问，看门见这，他承认是
是党部，叫他拿出枪，搜他没有枪，
把他带出来，说里边只有他一人，说部有，
只有四个侦察员在王霞家住，我说：你嘴硬
多少二斤半手榴弹下来。

我说明王霞家试试，民兵不敢去，我
们三人去，党部说他不敢，带他去
做组长，如果敌人不听我说话。

王霞家

到了，在炕底的墙打了一枪，掉了
两个手榴弹，往里冲，里面乱七八糟，我不
敢打枪，怕伤好老百姓人了。拨开墙往外
把他们拉回来。

把俘虏带回区公所，大家很吃惊，笑

这个情况，和我们全队对王拴一样多的情况一样。

别公开的，第二天就跑了。没有截着。李双喜组长地。

李双喜问民兵截着拦着。

那时是个单人枝，青实战力，谁也不敢碰。

听来程人说，敌□□打到这村来了。

四道二团。（现在党都没有）

王更信，手下□□党部书记也，带着人来，我们听见他们说话，因而明了。

便衣侦察部队来了，往上冲，硬着嘴头，不知我们来。

这是六月天，用机枪一打，敌人就跑了，朝东地打着李双喜，不抓住敌人就跑掉。把长信派出来，三营卫兵跟着去，又拿下李双喜。

快到4点钟了，支部力量齐了。民兵都走去了。

43年，配合军队把敌人收拾了，第二次控制县党部，又跑了，第二次被摧垮。

因此党在群众中有威信。

十五里内，不收伪村，实行客观公平的政策。敌人也来了，自动伤很厉害。去打据点的一个伪村长，打了十五个。

第二次控制县党部

（东头）

二个伪村长

敌要决定要打进长治山，他汉奸都很坚决，不要打进去。

据情报，陈村洞，他们一回村，我们就知道。我们的目标是打进长治城。

情报来，说二人都在家。布告早就贴好了。到夏天，乌致全军，黄昏时出发进，村外人，墙子，就跑进，叫门。摸住屁股打了一枪。到第二家，他从后门跑了。这个半年时间不敢出来。

（这个伪村长出来开门一看，惊叫，转身就跑，我们跟阴）

这个据点还是打进去，也不敢出城门。

他晚说又在出，第布告去，跑了。又抓了个日本的密查伪村长。

这个据点重取回来了，东关也有了民兵了。这的校也解放了。

长治也打进很多人，组织起来。敌后武工队能够常活动。

纪念长治王朱第师团。

长治工作做好了，情报做得很好。

闫军来要来，当了万多人，"上党天字，神军如胜，援军必到，西军必败"

到师来了，有三个兵团，太行、太岳、冀南。黄关、屯留、长子、潞城都有敌人。

敌人们不敢出来，另方面对我们有恐慌，说闫兵每班有一挺机枪。

民兵摸住汉奸的屁股打了一枪，奸

过了若干时候又又

驻长治的日本兵害怕

陵川伪军中杨志玉，又叫阳城查团师长

主张，民兵部长李勋至，组织指挥机关，计划打阳城。杨志玉从陵川逃出到阳城当第八师长。

董事部老平阳城，打阳城，

工人又俗阳城，又攻城，新队投敌占阳城，电话总机架在关丁王家。

今年以后，八路军打二团，打不过日本人。如了城市，相信八路军要胜了。

搞攻城，炸，指挥城加110。

打些时间，我军攻下一段，打死敌人好几百，八路即要打下全阳城。

城内地道暗沟，钻我炮楼里。

打到关下雨，王分队钻出冲进了城。

打炮楼，打死很多敌人。

"我八路军多没有一个，不知从哪里去主机枪"。

试有成

政变前的形势。

张荫梧1937年10月来的，副总指挥王长江。张吹说：

"河北民军经过陵川而来的 是陵川人民的救星。"

①抓了地方实力派，杜明甫、郭迎林、高孟卿。

②抓政权，李郁文。③成立军民粮食调剂委员会，李根常平仓，二万多石。主任委员李子长，付的李郁文。

物价委员会主时正来整顿。特委王通过物价委员会，张通过李郁文在这里受训，因此指点。

决定

我当时当组员。

把李郁文指挥了。李希曾来。粮食清粮组务。查地清家，绅士都来，李希曾们小，士绅说了李郁文长期，因经没厚，说希没有来，希说来此来，没有来我就当代表。

李郁文把民军当代表去了。

王耳大人来西。发动大请愿，民军吃粮食，抗日军（新地）队也要吃粮食。

五月十六，谁是多少人，二十里地内的农民都来，增加口粮来。

王龙会把提出，减租息。

地方、民军、士绅也都来开会，派代表到来

查编

李宜宣是陵川县第一区队队长，时为民军五团与五团团长，讲至民军五团，与五团团长付(?)。

打进来，民军五团被打散。

侏白冯陈薇梧诗亭。四月二九日和李宜宣
民军五团的李宜宣劫持王耿人，马福林将杨
团收编。

宋之书告给收多报告王耿人，说李被杀，
就说是死了，要去买棺，不说村子。王耿人
刚回来，他们借钱把他走。

（李的族子）

39年6月打曲多场，同李林的人，在寨去找了
土霸王，把第二战区“智仁勇”胸章。

和他们部队在阴历三月十九日打的，在冶头。

李宜宣（杀他们的），把曲砍了一刀，未砍死，
以后打死，埋在岩石。

他们的部队都在睡觉，打散。

这时打开，打到天黑。打死张家人，我
们有的牺牲的，半城可以看了很多木柜。

他的部队讲到要缘子俊退到曹家洞本
塘边本寨，在至山的人都打死了。

阴历九月初，发动群众五千余，去李宜宣。
初二十二，五八旅去解决了曲匪，并把他抢
走的东西都归还了。

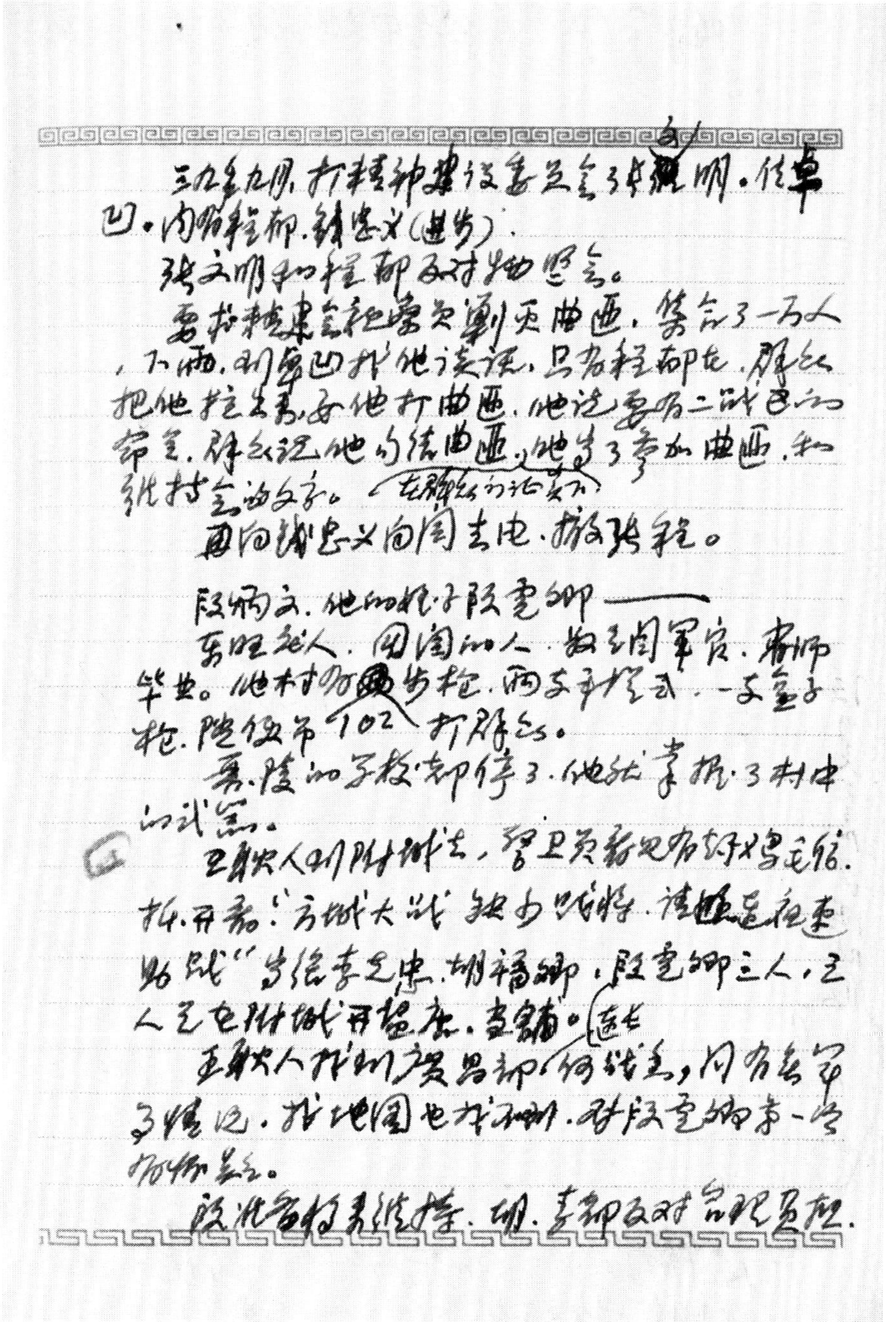
三九年九月，打[illegible]设委员会了张文明。住卓
巴。内有程邨、韩忠义（进步）。
张文明和程邨子对[illegible]照会。
要找[illegible]刘[illegible]曲西，集合了一万人
，下雨，[illegible]把他谈话，只有程邨在，群众
把他拉出来，要他打曲西，他说要有二[illegible]的
命令，群众说他为什么曲西，他当了参加曲西，和
张村[illegible]的文字。（[illegible]）
[illegible]向韩忠义向[illegible]去电，[illegible]张程。

段炳文，他的儿子段重卿——
东旺老人，同阎的人，做了阎军官，老师
毕业。他村有[illegible]步枪，两支手枪式，一支盒子
枪，随[illegible]第102打死了。
[illegible]陵的学校都停了，他就拿[illegible]了村中
的武器。
王献人们附城去，警卫员[illegible]。
[illegible]开会：“方城大战[illegible]战将，请[illegible]在来
贴战”当信李之忠、胡福卿，段重卿三人，王
人在附城开[illegible]店、[illegible]铺。（连长）
王献人找到[illegible]、何[illegible]，问有无[illegible]
[illegible]。找[illegible]，对段重卿来一[illegible]
[illegible]。
段[illegible]村[illegible]，胡、李部反对[illegible]。

陈冰芝（陈[illegible]，这年七月时[illegible]组织部书记，现在中南）。

这个连长与[illegible]一个月，弄明情况，把三人解决。[illegible]（[illegible]红军，只有一条[illegible]）

"天下农民是一家，打到南京去，活捉蒋介石""解放全中国"的口号下，以区组织民兵连、基干连、远征连等，分为一二三梯队，以"太南支队""太行支队""五十九团""独立二团"等番号，奔赴豫北前线、[illegible]伏牛山、山西的临汾等地支援前线。

陵川民兵参加支前战役

1945年8月，民兵四百余人由武委会主任[illegible]配合新一旅二团打东西大井，缴获迫击炮一门，步枪13支，俘敌二百七十余人。四年四11月5日一千二百五十三人，担架五百八十付，参加豫北战役[illegible]。计参加民兵9,386人次，[illegible]迫击炮一门，轻机枪二挺，步枪二百0四支，缺枪二十二支，[illegible]，俘敌五百二十四名。

例 1948

打[illegible]，缴获大型炮楼三个，俘敌[illegible]人，[illegible]一名，[illegible]机二，[illegible]枪一，步手枪59支，[illegible]

也收到山河"勤务供给，支援太行"锦旗。

反师人员斗争

师委曾出面驳长，被出席人民赶了出来。又去续修川的庇护下来陵川当县长。

一二九师的张一天纵去平城见张荫梧，安排了杨堂为保安队副司令，张云鹏委张云青为公安局长。地痞流氓不满手共的县动员委员会出现。

38年5月，我军收复长治，续修川驻进，掩护我组织，撤销了师的保安队司令职务，解散了师的土匪队伍曲家杨部。

七月，师捕了商人刘龙地，以通敌的罪名，抢劫了二十多商人，第二五金铺枪决。

八月间我们又设法撤了师的参谋长。

师新来搞不好，派人到晋东南作团和河北民军扰动。

周和县委书记，由于长治形势，把师在陵川的作风报告到中央，通过师军调了师职了。

师就以善时秀要求县政府官员的罪名捕了善。还加了很多罪名。

曲多草上匪家保安司令管辖

善时秀当作前进团长，杨行政专员

反师人凤斗争，很明白地说明抗战第一阶段的争取政权的反复情况，而且是很生动的例子。

我们三五五召开党员会，发动了反师运动，宣传师的十大罪状，要求撤换专员师人凤。

敌人在专署动员会上制造拥护师的舆论，他们利用会中的地富反动派的头头，想把不当选的列席代表变为表决权，敌人要操纵。

他们決定十二月十日上午在城隍庙举行拥师大会，不通知抗日人民团体参加，我知道就做了布置，到会二千多人。

师、原、康、郭又以为要胜了，大会开始，师伪造的大横标代表老百姓宣读，宣读宣告出来，群众问开了：师为了什么？你是给谁代表？你代表谁？我们不要这个家伙。台下喊出打倒标语。

这会却变成了反师大会。

敌人又用预备在十月十二日被推的所谓民族英雄节，拥护师大会，又编了师的十大功劳。由原治稿念，台下有笑声。原师以为成功了，没想到接着发生的反师的口号，敌人无法控制，只好说时间晚了，

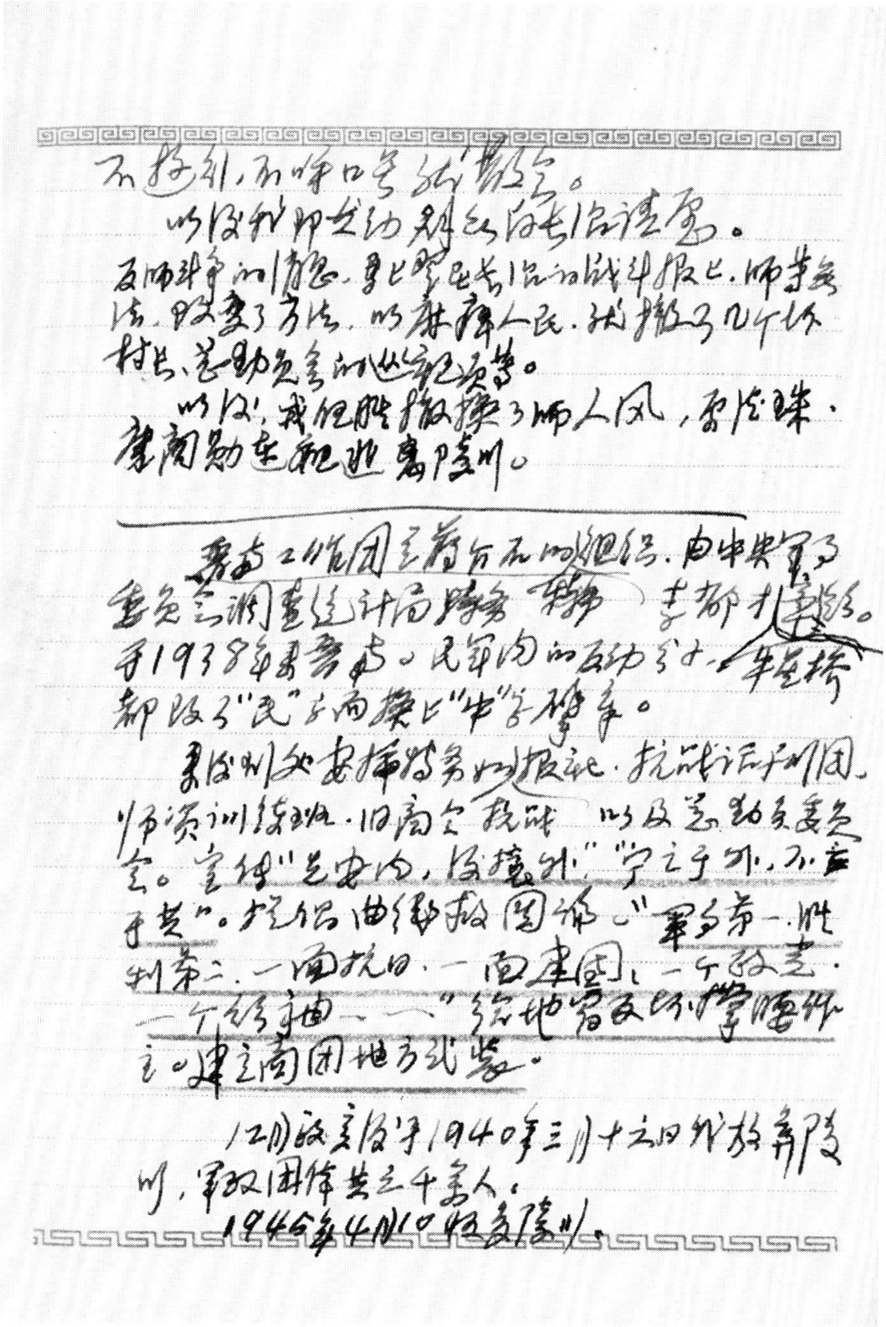
不择手段，不惜[illegible]。
以后我师出动[illegible]。
反师斗争的情况。[illegible]战斗报告。师首长[illegible]法，改变了方法，以麻痹人民。[illegible]村长、并动员[illegible]等。
以后，我们胜利撤换了师人员，[illegible]冀南[illegible]进驻陵川。

[illegible]工作团主要任务的通信。由中央军委[illegible]于1938年[illegible]。民军内的反动分子[illegible]都改了"民"字而换上"中"字称号。
[illegible]抗战[illegible]师资训练班[illegible]抗战[illegible]以及[illegible]。宣传"先安内，后攘外"、"宁亡于外，不亡于共"。提倡曲线救国论，"军事第一，胜利第二"，"一面抗日，一面建国"，"一个政党，一个领袖，一个主义"。[illegible]
1944年三月十六日[illegible]陵川，军政团体共三千多人。
1944年4月10日于陵川。

三月二十七日夜晚，看了胖美三月三的集市文化娱乐活动。平塘公社演出形式的"十不闲"，演员共十人，主角是一个老头和一个老婆。老头手拿竹板，边打边唱边舞，老婆和一边对答一边舞蹈。另外是八个年青妇女，手拿花棍，配合舞唱。形式活泼可爱，能随便编改进新的内容。是农村文化宣传的一种好形式。

伴唱舞的妇女也可多些。

曲调一律是"莲花落"。

唱出的内容是十二个月种和闲。唱者又唱些历史故事，如"二郎担山赶太阳"、"宋朝有个薛仁贵"、"杨梅开花一口黄"、"山里中文堂"、"家住望京万江东"、"担来打马去城东"、"上八洞、下八洞、中八洞有个张果老"。

十不闲就是说十个演员不停歇地表演而得名。

农谚　桃三杏四李五年，想吃核桃等九年，枣树当年就还钱。

王搁

种地要种成垄（好）
种地种成坑（坏）

已摘

谚语：热了剥去当衣裳。饱了剥去当干粮。

说好闺女有眼高头。家有梧桐树，招凤凰来。

人托人能够着天。

人穷上山，人富下川。

东叶河在土改后，即掀起参军。东西暨坡才十七户，参军八人，中有全中（已牺牲）。

全东叶河参军四十二人（超过计划的三十人），回来的只有七人。王保春在支前战争中，失掉右臂。

王明春（女），三八年则入党，十二月回家退党，和其它党员一样失掉关系，44年重新入党。土改时是妇女会干部，现在是大队付队长，妇女队队长。现年四十四岁。已有了两个孩子。

孩子王姓寡妇。据说对她并不好。

王全有，37年参军，在沁县受弹伤，右眼和腿部，据说前几年犯错误，开除出党，现思想很落后，光闹困难。家有妻和两个小孩（一男一女）。

王嘉保，系乡民公社任付主任，因闹待遇，被退回村领导东叶河公路。

明立（王大富）在解放后，曾当过党支书，他修梯田，前几年死了。

黑山农谚集：

吸大烟，又欠债，唱秧歌，别村种地这里长着豆芽菜。

又：要灯节，唱秧歌，二月二还不归家，地里长着豆芽菜。

农民说种大叶杨：“门前鬼不敢拍手”（意言杨叶沙沙作响）

成立合作化，文化跟着去。两个语言的还是地主家。

以新党委书记李[illegible]同晋城的陈书记（李仪）到太谷住迎宾馆，招待员见他们穿的是农民不好的衣服，不招呼他们。李对陈说：以后要如不穿好的，连饭也吃不上。

黄围洞（此处有一洞叫黄梅洞，因一和尚进去不见出来，以后把它堵了），此洞很大，内有塑像，都坏了。很窄。大洞叫“关帝洞”，从神社后进去，一洞要弯着身才能前进，两里又五又一里。有各种钟乳石，以形状取了各种名字，如：半天灯、五台山、上天梯、云盘路、核桃山，等十数个。

黄围洞出了名很了很[illegible]，名胜如下。

洞左有一座尖形山，叫王楼，有两个可通的透洞，神话是二郎神担山追太阳用扁担戳成的，这里是一个，对面的是我家。

此有两个好看的洞。